CISNE

Biblioteca de

REBECCA BRANDEWYNE

REBECCA BRANDEWYNE

AMORES TURBULENTOS

Traducción de
Aurora Echevarría

COLECCION CISNE

Título original: *No Gentle Love*
Diseño de la portada: Método, S. L.
Ilustración de la portada: Elaine Duillo

Tercera edición: febrero, 1999

Printed in Spain – Impreso en España

ISBN: 84-01-50651-4 (vol. 3/2)
Depósito legal: B. 1.867 - 1999

Fotocomposición: Alfonso Lozano

Impreso en Litografía Rosés, S. A.
Progrés, 54-60. Gavà (Barcelona)

M 5 0 6 5 1 4

A la memoria de mis dos hermanas,
Mimi y Nanny

PERSONAJES

EN IRLANDA:

Lord Fergus McShane, duque de Shanetara
Su hija: lady Rosamunde
Sus nietos: lord Trevor, conde de Shaughnessy
lord Gerald
lord Rian, conde de Keldara
lord Patrick, vizconde de Blackwood
lady Morgana
lord Colin
Lady Fionna, condesa de Shaughnessy
Bridget, doncella, más tarde vizcondesa de Blackwood
Doctor Michael Kelsey, médico de la familia
Brendan O'Hara, miembro de un clan

EN INGLATERRA:

Lord Braddington Denby, conde de Brisbane
Lady Anne Winwood, más tarde condesa de Brisbane
Sir Anthony Reginald
Lady Cecily Brooksworth
Lord Harry Chalmers
Doña María Frampstead

EN FRANCIA:

Lord Phillipe du Lac, vizconde de Blanchefleur

EN ÁFRICA:

Kassou, jefe de los Ashanti
Capitán Taylor Jones

EN INDIA:

Príncipe Sirsi, Maharajah de Bhavnagar
Sus esposas: Dhoraji
Amredi
Jind
Su hermano: el príncipe Hassan

EN CHINA:

Señora Sung
Señora Kiangsu, la Dama Roja
Taian, una muchacha china

AMORES TURBULENTOS

La verde Irlanda,
cuando la tierra se cubre de verdor
bajo el sol del verano,
rivaliza con el color de sus ojos.
Ella contempla el mar embravecido,
y allá, en el horizonte,
aparece una vela alta y blanca
que anuncia su llegada.
Dicen que se la llevó
con violencia y arrogancia,
como era propio de él,
y que la hizo suya.
No fue un amor sosegado
nacido de un romántico idilio,
sino una ardiente pasión
que quemó los amargos recuerdos del tiempo
y prendió fuego para siempre
a la oscuridad de sus vidas.

LIBRO PRIMERO

LA VERDE IRLANDA

I

Londres, Inglaterra, 1812

Las gotas de lluvia corrían por los cristales de la ventana a través de la cual Morgana McShane contemplaba la plaza. Sintió frío en la mejilla que tenía pegada al cristal, pero no se inmutó; estaba demasiado absorta en su melancolía y en la extraña carta que había recibido hacía apenas dos semanas. Miró distraídamente cómo pasaban los carruajes por la calle adoquinada delante de su casa, una casa pequeña pero decorada con gusto. Por un instante envidió a la gente bien vestida que viajaba con ellos. Alisó los pliegues de su modesto vestido con cierto resentimiento; estaba de luto, y vestir siempre de aburrido negro la deprimía aún más. Sin embargo, fue sólo un pensamiento momentáneo, porque enseguida le remordió la conciencia y se avergonzó de sí misma y de su autocompasión. Aunque el vestido negro que llevaba era el único que tenía, estaba limpio y en buen estado, nada de qué avergonzarse. ¿Y qué importaba que no estuviera de moda si le prestaba un buen servicio? No necesitaba vestidos elegantes y, en cualquier caso, no podía permitírselos. Jamás la admitirían en el Almack's, o «centro matrimonial», como a menudo lo llamaban los jóvenes dandis que frecuentaban las salas de ese selecto club donde todas las chicas de la alta sociedad confiaban en cazar marido. Sólo las de sangre más noble recibían invitaciones de su estricta clientela.

Una mujer como ella no podía aspirar a un hombre que afirmara pertenecer a esa elite conocida como círculo de la Holland House, ese grupo de dandis y libertinos, amigos íntimos de George, el príncipe regente; un hombre que frecuentara Watier's, Brook's, Alfred's (también conocido como «Half-Read's»,[1] porque últimamente había caído en desgracia) y White's; un hombre que fuera miembro del Four Horses Club, con su americana a rayas azules y amarillas, y que asistiera cada noche a los bailes del Almack's. La mano más noble a la que podía aspirar Morgana era la de un comerciante, o «tendero» como la nobleza los llamaba vulgarmente, y entre sus amistades, aun éstos escaseaban.

Estaba el hijo del panadero, que a menudo insistía en que aceptara un pastelillo cuando acababa de hacer sus pequeñas compras, y que en cierta ocasión había intentado besarla en la tienda de su padre. También estaba el guantero, del que no lograba memorizar su nombre ya que pocas veces disponía de dinero para comprarse un par de guantes nuevos. Y el librero, que la observaba en un silencio lleno de adoración y colocaba a la vista los libros de poesía de su padre, aunque nunca se vendieran bien.

Morgana no habría querido a ninguno de esos hombres, aunque le hubieran pedido la mano. Su madre había muerto tras una larga enfermedad cuando ella era apenas una niña, pero todavía recordaba con claridad su dulce y afable rostro, olía la fragancia de la verbena, y oía su voz melodiosa y suave contándole la romántica boda clandestina con su padre. Este episodio tantas veces narrado había causado una impresión tan honda en la niña, que ella

1. En inglés, «semiinstruido». Se pronuncia como «Alfred's», el nombre del club, pero con h. *(N. de la T.)*

también había decidido casarse únicamente por amor. Y Morgana no amaba al hijo del panadero ni al guantero ni al librero.

Su situación era de lo más peculiar. Su madre había sido una dama sin título, y su padre, un barón irlandés empobrecido que, al fugarse con la joven inglesa a quien tanto amaba, había renunciado a sus tierras y su título. De no haber sido menor de edad cuando se casó, Connor McShane y su mujer no se habrían visto reducidos a la miseria en la que habían vivido; pero él no podía administrar sus bienes y lo habían desheredado por casarse sin el consentimiento de su tutor. Así pues, Morgana creció en un ambiente de considerable pobreza, sin sentirse cómoda ni entre los nobles ni entre los obreros de las sucias fábricas cubiertas de hollín de Londres.

Hija única, llevó una vida solitaria a excepción de los escasos años que pasó en un selecto colegio. Su madre así lo quiso y de alguna manera lograron reunir poco a poco el dinero necesario. Pero el colegio no fue una experiencia muy grata para la joven. Sus compañeras de curso, al enterarse de su precaria situación, se divertían ridiculizándola y mofándose de sus modales y forma de vestir; y el hecho de que sacara las mejores notas de la clase poco contribuyó a suavizar sus crueles comentarios. Aunque se defendiera adoptando una actitud fría y condescendiente ante ellas, sin dignarse a darles la satisfacción de una réplica, la herida fue profunda. Sin embargo, por extraño que parezca, no derivó en resentimiento sino en la firme decisión de no tratar jamás a otro ser humano con semejante crueldad.

Morgana era una joven extraordinariamente despierta y no tardó en granjearse el grosero título de «resabida», uno de los apodos menos desagradables que le habían adjudicado sus adineradas compañeras de curso, aunque con él pretendieran reflejar su desprecio.

A medida que crecía, Morgana fue desarrollando un agudo sentido del humor y una lengua afilada y sarcástica. Era mejor reír que llorar, decidió, y no soportaba que la compadecieran. Más de un alma bien intencionada al ofrecerle consuelo se quedaba desconcertada ante su sonrisa indiferente y el extraño brillo que a menudo se percibía en sus ojos, y acababa por tener la sensación de ser ella, y no Morgana, quien estaba espantosamente fuera de lugar. En efecto, las honradas matronas que se esforzaban por conquistar el corazón de su padre viudo se indignaban ante un trato tan peculiar. Sin embargo, en el carácter de la joven había un lado tierno y soñador, fruto del cariño que le habían demostrado sus padres en la niñez; pero este lado no lo revelaba nunca al resto del mundo, porque había aprendido pronto en el colegio que hacerlo era exponerse al ridículo. Por el contrario, se mostraba siempre serena y práctica, o como le decía bromeando su padre, tenía la cabeza sobre los hombros. Hacía tiempo que se había resignado al hecho de que nunca se casaría. A los veintiún años llevaba bien el manto de la soltería, lo aceptaba con calma, desechando los sueños de bodas clandestinas de su niñez.

Su padre había intentado prepararla para una vida de pobreza, enseñándole a valerse por sí misma. De seguir vivo, habría acabado por darse cuenta de que el mundo no aprobaba a las mujeres independientes, relegándolas al papel de institutrices y damas de compañía. Había confiado en que su única hija se aventurara a escribir y se convirtiera en una nueva Jane Austen, pero no deseaba que desafiara las maldades del mundo como un hombre, sino que observara la vida y tratara de denunciar su crueldad a través de los libros.

La joven no comprendía que la clase de vida para la que su padre la había preparado tardaría generaciones en llegar. Su único intento de escribir resultó un catastrófico fracaso y, si bien jamás lo hubiera reconocido, ese día en particular se sintió muy asustada, confusa y mucho más sola en el mundo.

«¡En fin!», se dijo, y pronto volvió a la realidad y a la habitación vacía con un suspiro.

Eran más de las cinco y anheló oír los pasos de su padre en el vestíbulo, y el ruido sordo al colgar el sombrero y el paraguas en el perchero anunciando su regreso. Pero nunca volvería a oírlos. Hacía un mes y medio que su padre había muerto, de un repentino ataque al corazón había dicho el médico, y sólo ella y unas pocas amantes de su poesía lo habían llorado.

Cerró y vendió la casa junto con los muebles, sin quedarse más que unos pocos enseres personales y los libros de poemas de su padre. Tal vez su obra hubiera sido más reconocida de no haberse tratado de un barón irlandés empobrecido, o de haber vivido en otra época, porque últimamente se había visto completamente eclipsado por William Wordsworth, Percy Bysshe Shelley y lord George Byron, cuyos poemas habían acaparado la atención de la buena sociedad.

Morgana sabía que debía encontrar un empleo para mantenerse y se había ofrecido varias veces como institutriz; pero, aunque poseía muchos de los conocimientos que se encontraban en los libros, sus esbeltos dedos eran torpes al piano y sus intentos de pintar acuarelas habrían sido condenados por los ojos menos críticos. La música y el arte no habían sido su fuerte en el colegio y como éstas eran las materias en las que se lucían las damas bien instruidas de la época, nadie quiso contratarla.

El señor Tinsley, el mejor amigo de su padre, lo atribuía a que era demasiado bonita.

–¡Ajá! –refunfuñó cuando ella le explicó su fracaso–. Esas gatas viejas temen que sus hijos se fuguen contigo.

Ella rió, porque no se consideraba bonita, aunque tal vez alguien la encontrara atractiva. Tenía el cabello largo del color del cobre fundido, y los ojos de un brillante verde esmeralda salpicados de motas doradas y ribeteados de largas pestañas, negras como el humo que arrojaban las fábricas de Londres. Bajo unas cejas de color azabache delicadamente arqueadas, sus ojos eran su único rasgo destacable, se dijo Morgana con tristeza. Estaba de moda en esa época tener los ojos y el cabello oscuros, y ella no sabía apreciar la belleza de su nariz aristocrática, sus gruesos labios color amapola que inducían a los hombres a imaginar la naturaleza salvaje y apasionada que se escondía tras su reservada frialdad, o la forma cuadrada de su mandíbula que tanta personalidad confería a su rostro. Era alta y delgada, o grácil, como la habrían descrito los románticos. Sus redondeados senos y su cintura estrecha eran todo cuanto podía desearse, y en su tez, de color marfil, no había rastro de las pecas que parecían infestar a tantas pelirrojas. Le divertía pensar que alguien quisiera fugarse con la hija de un poeta pobre y así se lo dijo al señor Tinsley.

–Así es –volvió a gruñir él–. Tiene que ser estúpido el hombre que no vea el tesoro que eres. ¿Sabes?, si yo fuera más joven y no tuviera mujer, esos petimetres no tendrían oportunidad alguna.

–Vamos, Horace –dijo su mujer con una sonrisa–. Ya sabes lo que me costó llevarte al altar.

–Humm –replicó él, y le brillaron los ojos.

Morgana comprendió que se mantendría en sus trece como de costumbre y decidió cambiar de tema. Pero aún no había resuelto el problema de cómo iba a mantenerse. Que ella supiera, su madre no tenía familia, y su padre había roto toda relación con la suya, de modo que estaba perdida y no sabía qué hacer. Y entonces llegó la carta.

Era de su abuelo, al que nunca había conocido: el mismo viejo irlandés obstinado que rabió de dolor cuando su hijo menor se hizo poeta y se enfureció aún más cuando éste se fugó con una joven inglesa, su madre, en lugar de casarse con una chica irlandesa de alta alcurnia; el tutor que dio la espalda a su padre y lo desheredó. Morgana ignoraba que el viejo supiera de su existencia, pero al parecer así era, porque la carta iba dirigida claramente a ella y contenía instrucciones explícitas. Volvió a leerla: «Como dudo que en tus circunstancias seas capaz de mantenerte, he reservado un pasaje en el *Portsmouth*, que partirá rumbo a Irlanda dentro de unas semanas. El dinero que te envío es para los gastos del viaje. Espero tu llegada en breve.» La carta proseguía, pero el resto no era más que un formal y frío pésame por la muerte de su padre y un breve comentario acerca de que sin duda encontraría Irlanda más agradable que la sucia y atestada ciudad de Londres. La firmaba «Fergus McShane, duque de Shanetara».

Su primera reacción fue devolver el dinero a su abuelo y decirle que se las había arreglado perfectamente sin él durante veintiún años, y así seguiría haciéndolo. Sin embargo, dado que se veía incapaz de conseguir un empleo, Morgana no tardó en cuestionarse la prudencia de tal proceder. Su padre raras veces había mencionado Shanetara, el hogar familiar, y ella en secreto anhelaba verlo y conocer al hombre que había renegado de su padre. De los escasos comentarios de Connor McShane sobre el tema, Morgana se había formado una imagen bastante horripilante de un anciano severo que doblegaba a la gente a su voluntad y se deshacía de ella en cuanto no satisfacía sus deseos. El orgullo la empujaba a rechazar la presuntuosa orden, pero finalmente pesaron más la curiosidad y el temor de no encontrar trabajo, y decidió prepararse para el viaje que tenía por delante. Jamás le pasó por la cabeza que era más que improbable que su abuelo se hubiera enterado de la muerte de su padre, o que la letra de la carta era demasiado firme para pertenecer a un octogenario.

En la habitación vacía, Morgana miró alrededor con tristeza. Lamentaba abandonar su pequeño hogar, porque era el único mundo que conocía. Pero al día siguiente el *Portsmouth* zarparía rumbo a Irlanda y ella se encontraría a bordo. Al fin iba a conocer al hombre que con tanta crueldad había desheredado a su padre y tal vez enterraría por fin los fantasmas del rencor que había existido entre ellos.

Lord Braddington Denby, conde de Brisbane, se recostó en el asiento con aire cansino. La noche había sido larga y había perdido una gran suma, al igual que todos los sentados a la mesa. ¡Maldito Keldara! Una de dos, o hacía trampas o era el mismísimo diablo, y dado que era amigo de Rian McShane, Denby se inclinó por lo último. Nadie llamaba fullero al conde de Keldara, ni siquiera para sus adentros. No obstante, había tenido la banca toda la noche, y los bolsillos vacíos de Denby daban fe de ello. Apuró el vaso de vino y volvió a dejarlo en la mesa. A través de la ventana podía ver los primeros rayos rosa pálido del amanecer que iluminaban el cielo y contuvo un bostezo, deseando que los dos hombres sentados a la mesa terminaran la partida para poder retirarse. Si no dormía un poco, al día siguiente tendría unas profundas ojeras. Bueno, lo que quedaba del día, se apresuró a corregirse, volviendo a mirar por la ventana. No comprendía que Chalmers y Keldara parecieran tan frescos como cuando habían llegado, salvo, claro está, por las arrugas de concentración dibujadas en el grueso rostro de lord Chalmers al recoger los últimos billetes de la mesa.

–Por mí ya está bien así, Keldara –sonrió Chalmers en tono áspero, ya que nunca le había gustado el conde–. Juraría que esta noche has tenido una suerte endiablada.

–No, Chalmers –replicó Su Señoría al tiempo que recogía sus ganancias–. La suerte de los irlandeses.

–Hablando de irlandeses. –Sir Anthony Reginald se despertó del sopor en que le había sumido el alcohol–. Asistí a un funeral el otro día... No, no pudo ser el otro día porque acudí a la ascensión de un globo. Debió de ser un par de meses atrás.

Los tres hombres lo miraron expectantes.

–Bueno –dijo Denby exasperado–. ¿Qué tiene eso que ver con los precios del té en China?

–¿Los precios del té? –Sir Reginald puso en blanco sus ojos inyectados en sangre–. ¿Han vuelto a subir? Debes de haber bebido más de la cuenta, Denby. Hablaba de funerales.

–Por el amor de Dios, hombre, ¿qué tienen que ver los funerales con Irlanda? –Lord Chalmers miró enfadado al joven y se preguntó por qué se había invitado a la reunión.

–Oh, el amigo que murió era un poeta irlandés –se apresuró a añadir sir Reginald mientras los demás lo miraban impacientes–. Fui con Byron y Shelley. Pensé que tal vez Keldara lo conocía, eso es todo.

–Mi querido muchacho. –El conde se desenrolló las mangas de volantes con gesto indolente–. Sólo porque vengo de la verde Irlanda no significa que conozca a todos mis compatriotas más de lo que tú conoces a todos los tipos que han asistido a Eton.

–Bueno, el nombre de ese tipo era Connor McShane –replicó Reginald malhumorado–. Pensé que a lo mejor era pariente tuyo o algo así. No era mi intención ofenderle, Señoría.

Sería inconcebible ofender a Rian McShane, que era un experto tirador. Sir Reginald no tenía intención de poner fin a una vida de lujos en un duelo al amanecer.

Keldara estudió con fingido desinterés al ruborizado joven.

–Creo que puedes tener razón acerca de que sea pariente mío, Anthony, pero nunca he conocido a ese hombre. ¿Dices que ha muerto?

Sir Reginald lo miró con expresión embobada.

–Sólo he dicho que asistí al funeral, ¿no? –Su estado de embriaguez le ayudaba a vencer el temor reverencial que solía imponerle la presencia del conde–. Lástima, porque dejó a una hija encantadora. Quiero decir que también estaba allí, en el funeral. No sé cómo se las arreglará. Es demasiado bonita para ser institutriz, y no es probable que quieran casarse con ella. Tengo entendido que su situación es muy precaria. Seguramente acabará por convertirse en la querida de algún hombre. Pensé en mí, sin ir más lejos, pero algo en aquellos extraños ojos verdes me disuadió. O mucho me equivoco o esa joven induciría a la bebida al mismísimo diablo.

–Bueno, se hace tarde, muchachos. –Rian reunió sus ganancias y se dispuso a marcharse–. Gracias por la velada, Denby. –Saludó a su anfitrión con una inclinación de cabeza.

–Cuando gustes, Rian. –Lord Brisbane contuvo otro bostezo–. Nos vemos mañana en el club de boxeo.

El conde de Keldara recorrió meditabundo la breve distancia que lo separaba de su casa de Grosvenor Square. Así que el tío Connor había muerto. Supuso que sería un golpe para su abuelo enterarse de que el único hijo que le quedaba con vida había muerto sin saber que lamentaba haberlo desheredado. ¿Acaso no le había pedido el viejo que averiguara qué había sido de su hijo predilecto? En efecto, Rian hizo indagaciones en secreto y lo mantuvo informado, aunque el viejo no quiso que Connor se enterara, ni le permitió hablar siquiera con él. Rian estaba seguro de que el abuelo querría que Morgana, su prima, fuera a vivir a Shanetara. ¿Adónde si no podría ir? Pensó en aquellos ojos verdes que había visto varias veces en el pasado. Sí, era una auténtica belleza. ¡Menudo revuelo iba a armar en la casa!

El conde de Keldara era un hombre extremadamente complejo. Engreído, egoísta y arrogante, se había criado con su abuelo tras la muerte de sus padres. Fergus McShane era un anciano severo e inflexible que había vigilado el crecimiento y educación de su nieto predilecto con mirada perspicaz y rigurosa. Tenía diez años cuando lo trajeron a Shanetara, después de que su padre fuera tragado por el mar y su desconsolada madre muriera de tristeza. A Fergus le gustó enseguida el muchacho, que sostenía su mirada penetrante sin pestañear y no se dejaba intimidar a pesar de los muchos golpes que había recibido en el pasado. Sin la tierna mano de una mujer que lo guiara, Rian se convirtió en un joven ingobernable y rebelde. Podría decirse que Fergus en cierto sentido lo alentaba, inculcándole sus orgullosas convicciones, insistiendo particularmente en el orgullo del nombre y abolengo de los McShane, y haciendo lo posible por eliminar la faceta apacible y tierna que había heredado de su madre. Fergus no triunfó del todo en esta parte de su plan, pero Rian llevaba tanto tiempo reprimiendo toda muestra de dulzura que apenas era consciente de que poseía alguna.

Cuando el duque lo consideró oportuno envió a su nieto a Eton, Inglaterra, para que recibiera la educación pertinente; y una vez allí, Rian se juntó con los herederos de lo mejor y más selecto de la nobleza inglesa. Su atractivo personal y su forma de tratar a las damas le granjearon muchos amigos, pero a la mayoría de los cuales despreciaba por considerarlos criaturas apocadas y fatuas. Las cartas se convirtieron en su pasión. Al principio, como todos los jóvenes, era desplumado por manos expertas que lo convencían de que entrase en las casas de juego sin otro propósito que despojarle de su dinero. Pero aprendió pronto de esos maestros y, como aguantaba el alcohol mejor que la mayoría de sus compañeros, no tardó en convertirse en uno de los mejores jugadores de Londres, reputación que su endiablada buena suerte no hizo sino aumentar.

A los dieciocho años Rian mató por primera vez a un hombre en un duelo por causa de una fulana y en gran parte se debió a que su oponente era aún peor tirador que él. Rian resultó levemente herido y se indignó tanto ante su falta de pericia que pasó largas horas en la galería de tiro al blanco Manton, en la escuela de esgrima Angelo y en el club de boxeo Jackson, convirtiéndose en un adversario a la altura de cualquier enemigo.

Dos años más tarde, en una de sus constantes rachas de suerte, se vio convertido en dueño de un barco un tanto decrépito. Lo ganó jugando a los cientos en una partida que duró toda la noche, y al llevarlo de vuelta a Irlanda descubrió la alegría de vivir. Nada le parecía más emocionante que permanecer al timón del barco, con las velas agitándose al viento y el sabor del agua salada en los labios. Su abuelo se alarmó ante esta nueva afición porque recordaba la muerte del padre de Rian, y pasó mucho tiempo tratando de disuadirlo. Sin embargo, su nieto estaba decidido y podía ser tan obstinado como el anciano. Fergus McShane nunca cometía dos veces el mismo error. El más suspicaz del impetuoso clan de los McShane comprendió que si seguía importunando a su nieto predilecto sobre el asunto del barco lo perdería para siempre, del mismo modo que había perdido a su hijo Connor.

El conde prosperó como marinero y, con el tiempo, vendió su primer barco y compró un veloz clíper, que equipó con varias clases de armamento. Lo bautizó con el nombre de *Hechicera* y se convirtió en su único amor.

Ahora, a los treinta y dos años, era un hombre insolente y desconsiderado, que solía salirse con la suya. Con su rostro atractivo, la simpatía burlona que había adquirido con los años, y la fama de ser infalible en los duelos y un tipo peligroso con el que más valía no cruzarse, que había adquirido con los años, se había abierto paso a través del juego en la sociedad londinense. Solía aburrirse en todas partes excepto en el mar, y el hecho de que las aventuras que emprendía para aliviar el tedio tiñeran su nombre de escándalo le traía sin cuidado. Tenía muchos enemigos y tan pocos amigos que podía contarlos con los dedos de una mano. Le gustaba George Bryan Brummell por su agudo sentido del humor y lord Alvanley por su ingenio. Aunque ambos eran fatuos y presumidos en grado sumo, le abrían muchas puertas. Quien se hallaba en la lista negra de Beau Brummell se veía inmediatamente marginado por la sociedad entera; por el contrario, era admitido todo el que estuviera bien con él. Sir Anthony Reginald era un mocoso pero con él la diversión estaba asegurada. En cuanto a lord Brisbane, era el mejor amigo de Rian. Habían estudiado juntos en Eton, y aunque Denby a menudo desaprobaba las peligrosas aventuras de Rian, tampoco gozaba de una reputación sin tacha. Estos amigos, aunque escasos, lo apoyarían hasta la muerte.

Sin embargo, Rian no pedía nada a nadie, y se aprovechaba de toda mujer lo bastante estúpida para enamorarse de él, abandonándola en cuanto disfrutaba de ella. No tenía esposa ni intención de casarse, y despreciaba a las coquetonas bellezas que se llevaba a la cama por considerarlas intrigantes sanguijuelas, así como a las bobas y remilgadas niñas recién salidas del colegio por no ser dignas de su atención. Las viudas de Londres lo consideraban un caso imposible y un peligroso libertino; y las madres casamenteras sufrían forzosamente un desengaño si pretendían que sus hijas lo conquistaran (lo que sucedía a menudo, pues tenía fama de ser uno de los hombres más ricos de Londres). Rian escapaba de sus garras, ya que valoraba mucho su ociosa y disoluta libertad y además nunca se había enamorado.

En cuanto llegó a su casa de Grosvenor Square, el conde se sentó ante su escritorio, escribió una carta a Morgana y la firmó con el nombre de su abuelo. A continuación redactó una breve nota dirigida al viejo en la que explicaba las circunstancias y su proceder. Estaba tan acostumbrado a que lo obedecieran que jamás se le había pasado por la cabeza que su prima Morgana ignorase sus instrucciones. Luego se sirvió una copa de brandy y subió a la habitación con una divertida sonrisa en el rostro al pensar en cómo reaccionaría su abuelo ante su actuación de esa noche.

El conde se habría sentido satisfecho de haberse encontrado en Shanetara para ver cómo reaccionaba Fergus McShane al recibir la carta; porque, aunque Rian respetaba a su abuelo, los dos hombres poseían la misma voluntad férrea y siempre trataban de superarse mutuamente. El duque de Shanetara se puso rojo de furia y, de haber estado presente Rian, se habría sentido tentado de darle una paliza con su fusta. Pero se limitó a someter al resto de la familia a sus invectivas sin revelarle el motivo. Sin embargo, Fergus McShane era capaz de ver el lado cómico de la situación y disfrutó comunicando a todos que muy pronto habría otra boca que alimentar. La familia McShane debía aceptar el hecho de que habría un nuevo pariente a la hora de repartir la fortuna del viejo. Todos contemplaron la inminente llegada de Morgana con consternación, a excepción de Rosamunde, la hija de Fergus, que estaba levemente trastornada y a la que, en cualquier caso, nunca tenían en cuenta. La reacción general encantó al duque, que disfrutaba teniéndolos en vilo acerca del testamento y obligándolos a bailar al son que tocara.

Fergus McShane desentonaba en el siglo XIX. Evocaba una época que el resto de Inglaterra habría preferido olvidar. Le consternaba no poder vivir al estilo de William McShane, el antepasado que había construido el castillo de Shanetara y raptado a una novia para adornar sus largos corredores. Fergus gobernaba en sus dominios como un señor feudal y su tacañería era por todos conocida. Lo llenaba de amargura la muerte de sus cuatro hijos y la deserción del más joven. Pensaba que su hija era tonta y sus tres nietos una pandilla de imbéciles. Sólo Rian y su nieto Colin lograban de alguna manera mantener sus esperanzas, y únicamente Rian era digno de su respeto y admiración.

El anciano ansiaba ver a su nieto predilecto casado y dándole fuertes y vigorosos herederos, pero hasta el momento sus deseos no se habían visto cumplidos. También le habría gustado que Rian se ocupara de las propiedades de los McShane, que eran vastas y numerosas, pero su rebelde nieto había declarado con vehemencia que eran responsabilidad y legado de su primo Trevor, no suya. Dado que Fergus consideraba a Trevor un estúpido, permitió de mala gana que su nieto Patrick tomara las riendas de la hacienda en su lugar, sintiéndose sólo ligeramente consolado al pensar que éste era un poco menos estúpido que Trevor.

Sin embargo, Fergus no era de los que eludían una responsabilidad. Ya que no podía hacer nada para impedir la llegada de su nieta, el duque decidió, sólo por curiosidad, conocerla. A continuación se tranquilizó diciéndose que si no le gustaba, la enviaría de vuelta a su país de inmediato. Era demasiado orgulloso para reconocer, incluso en su fuero interno, que había sufrido mucho al expulsar al menor de sus hijos, o que en secreto esperaba, una vez aplacada su furia inicial, expiar de alguna manera su deplorable e irreflexiva acción.

Los muelles bullían de actividad cuando Morgana llegó con su equipaje para subir a bordo del *Portsmouth*. Los

Tinsley se habían ofrecido amablemente a acompañarla para asegurarse de que partía sin novedad, y la señora Tinsley rompió a llorar mientras su marido descargaba el baúl y ultimaba los detalles con el capitán del barco.

–Tendrás cuidado, ¿verdad? –dijo preocupada, al tiempo que daba unas palmaditas en la mano de Morgana–. No me gusta verte marchar así, a un lugar extraño, al encuentro de parientes que no conoces.

–Por favor, no te preocupes, Susan –la tranquilizó Morgana–. Estoy segura de que todo irá bien. Y prometo escribir en cuanto llegue.

–Bueno, Susan. –El señor Tinsley se reunió con ellas–. He hablado con el capitán y me ha dado su palabra de que cuidará de nuestra pequeña.

–Horace, no sé cómo daros las gracias a ti y a Susan por todo lo que habéis hecho por mí. –Morgana sintió que se le llenaban los ojos de lágrimas.

–No tienes nada que agradecer, pequeña. –El anciano se aclaró la voz–. Es lo mínimo que podemos hacer por la querida hija de Connor.

Morgana los abrazó a ambos afectuosamente y a continuación subió corriendo por la pasarela. Les dijo adiós con la mano hasta que la costa se fundió en la distancia; cuando ya no pudo verlos bajó a su pequeño camarote.

En el muelle, Rian observó desde el interior del coche cómo Morgana subía a bordo del *Portsmouth*. Los caballos se movían y mordían el freno impacientes, porque no estaban acostumbrados a permanecer tanto tiempo quietos. Confiaba en que su abuelo no se enfadara demasiado por lo que había hecho. Sí, Morgana era una mujer muy bella. Aunque llevara los cabellos cobrizos tan severamente recogidos hacia atrás, no podía ocultar la belleza de su rostro. Antes de emprender el regreso aguardó a que el barco abandonara el puerto y avanzara lentamente por el Támesis hacia el mar abierto. Louis, el lacayo del conde, no comprendía por qué Su Señoría había permanecido tanto tiempo contemplando los muelles, pero estaba acostumbrado a los antojos de su señor y no hizo preguntas.

Una vez en casa, Rian subió por las escaleras y abrió el cofre que siempre llevaba consigo. En su interior guardaba una pieza de tela que debió de ser tejida para una princesa: una seda de un verde intenso entretejida con finísimos hilos de oro, que al acercarla a la luz relucía como un millar de estrellas cayendo en las turbulentas aguas del océano. Había pensado en vendérsela a madame Leroux, propietaria de la boutique más famosa de Londres, porque sabía que estaría dispuesta a pagar un precio desorbitado por ella. Pero ahora sabía que sólo una mujer podría llevar ese asombroso tono verde. Suspiró y dejó caer la tela en el cofre. Morgana estaría encantadora con esa seda china, no cabía duda. Confió en que llegara a Irlanda sin contratiempos.

Se vistió y pidió que le prepararan de nuevo el coche. Había quedado en cenar con lady Cecily Brooksworth, que había enviudado recientemente y era su actual amante. Últimamente había empezado a cansarse de sus cada vez más numerosas exigencias y malas caras. Cecily conocía mil maneras de complacer a un hombre, sobre todo en la cama, pero Rian empezaba a estar harto de ella, del mismo modo que se había hartado de las otras mujeres que se arrojaban a sus brazos como abejas sobre un tarro de miel. Esbozó una sonrisa sardónica. No cabía duda de que Cecily confiaba en convencerlo de que se casara con ella, aun cuando afirmaba rotundamente que no pensaba volver a contraer matrimonio. Sin embargo, el conde seguía apreciando su libertad, y muchos corazones rotos y madres casamenteras podían dar fe de ello.

Cecily hizo unos encantadores pucheros cuando Rian le anunció que regresaba a Irlanda por un tiempo, pero no hizo una horrible escena como había temido. Era demasiado lista para eso. Se limitó a decir que lo echaría de menos y que confiaba en que algún día considerase oportuno llevarla consigo. Sabía que había otra mujer, pero estaba convencida de que ninguna lo complacía o atraía tanto como ella, porque le había dedicado mucho más tiempo que a las demás. Se proponía casarse con él, y la consentida Cecily Brooksworth siempre conseguía lo que se proponía.

Sin embargo, se sintió algo inquieta cuando vio que antes del amanecer abandonaba su cama, lo cual no había hecho en meses. Rian no le confesó que era porque no había soñado con el cabello oscuro y los ojos de Cecily, sino con unos rizos cobrizos y unos ojos del color de la verde Irlanda. Morgana ya había empezado a obsesionarlo.

La travesía era tranquila, pero Morgana pronto se cansó del balanceo del barco y del estrecho camarote. Llevaba en el mar un par de semanas y sólo se había mareado los primeros días. El capitán se había mostrado sumamente atento al permitir a Morgana y a los demás pasajeros que se dirigían a Estados Unidos subir a cubierta cuando el tiempo no lo impedía. Le escocían los labios por la sal de la espuma del mar que le rociaba la cara mientras permanecía apoyada en la barandilla, ansiosa de que el viaje tocara a su fin. ¡Cómo deseaba volver a pisar tierra firme!

Morgana vio cumplido su deseo cuando varios días más tarde divisaron la costa de la verde Irlanda. Su primera impresión del país fue que era muy acertado que lo llamaran así, porque a simple vista parecía un inmenso prado verde. El barco atracó en el muelle de la pequeña ciudad de Kilshannon, no muy lejos de Dingle, en el sudoeste de Irlanda. Podía ver a lo lejos la colina de Brandon, aunque entonces no sabía cómo se llamaba. El capitán le explicó que no solían atracar barcos allí, pero era el puerto más próximo a su último destino. Las aguas en aquella particular zona costera eran lo bastante profundas para que no fuera preciso llevarla en bote a tierra, de modo que descendió por la pasarela y, tratando de ocultar su nerviosismo, observó cómo descargaban su baúl. Como no había contestado la carta de su abuelo, ignoraba si enviarían a alguien a recogerla, y no sabía cómo proceder. En el muelle, Morgana echó un vistazo alrededor en busca de un rostro familiar, aun cuando no conocía a nadie en Irlanda.

Supuso que se trataba de un acto reflejo propio de quien llega a un lugar extraño.

El pueblo era pequeño pero muy animado. A cada lado del muelle se alineaban los almacenes y había una única tienda, una iglesia (que hacía las veces de escuela) y una fonda que albergaba la taberna local. Por las calles sin pavimentar circulaban varios caballos y calesas destartaladas, pero la mayoría de la gente caminaba por el barro con dificultad. Era evidente que hacía poco que había llovido. Algunas personas la observaban con curiosidad, pero, tal como le había dicho el capitán, Kilshannon era uno de los pocos puertos en esa parte de Irlanda y sin duda no era tan insólito para los aldeanos ver un barco atracado en el puerto. Tan absorta estaba en su examen de la pequeña ciudad que no reparó en el hombre que se acercó lentamente a ella.

–¿Lady McShane?

Morgana se volvió, sorprendida ante esa forma poco corriente de dirigirse a ella.

–¿Sí?

–Me llamo Kerr O'Malley. Lord Shanetara me ha enviado a recogerla.

–Encantada, señor O'Malley. Me alegro de que haya venido –dijo ella, tendiéndole la mano. Pero el gesto fue ignorado por el hombre, que se volvió con brusquedad y preguntó:

–¿Es éste su equipaje?

Ella asintió, algo confusa ante la actitud de ese hombre, que arrastró el baúl hasta un pequeño landó.

–Me temo que pesa bastante –se disculpó ella al tiempo que le ofrecía ayuda, pero él lo levantó sin dificultad. El delgado y menudo hombre era más fuerte de lo que aparentaba.

El camino era desigual y lleno de baches, y Morgana se dedicó a estudiar al individuo poco comunicativo sentado frente a ella, del que no había averiguado más que su nombre y que llevaba muchos años al servicio de su abuelo. Su curtido rostro era de los que no revelaban la edad y tanto podía haber tenido cuarenta años como setenta, pero sostenía las riendas con manos firmes y su mirada era limpia y penetrante.

–¿Está lejos? –preguntó Morgana, con tono de indecisión.

–Allí la tiene –respondió él al tiempo que extendía su brazo en dirección a Shanetara.

Y ante ellos apareció la gran mansión, oscura y llena de presagios, levantada sobre un alto peñasco que miraba al océano. Era un edificio bastante viejo y asimétrico; la casa original, a la que habían añadido alas con los años, era ahora una extraña mezcla de estilos arquitectónicos. La fachada estaba llena de ventanas estrechas y alargadas que parecían observarla como unos ojos tras los orificios de una máscara. En la intersección de los enormes aleros se alzaban varias torres y un balcón recorría todo el perímetro del edificio. Árboles enormes cubrían parte del tejado, prolongando las largas y oscuras sombras que Shanetara proyectaba sobre el terreno bajo el sol de la mañana. Por un instante, Morgana tuvo la impresión de que se alargaban para abrazarla y se estremeció.

–Es impresionante –dijo con tono casi desafiante.

–Así es. –Kerr O'Malley se volvió de pronto locuaz–. Ha sido el hogar de generaciones de McShane, y son una pandilla de orgullosos y testarudos. Ninguno olvidó jamás su patrimonio ni abandonó sus muros hasta que su padre lo hizo.

Se interrumpió de golpe, como si hubiera hablado demasiado, y Morgana realizó el resto del trayecto incómoda ante su silencio desaprobador y el gesto obstinado de su mandíbula. De modo que ése era el motivo de sus pocas ganas de hablar. Culpaba a su padre por haber dividido a la familia con su impulsiva acción juvenil, y al parecer le tocaba a ella aguantar su indignación. Si su actitud era una muestra de lo que su abuelo sentía, Morgana estaba convencida de que no sería muy bien recibida en la enorme y amenazante mansión. Volvió a estremecerse, deseando no haber venido.

El coche se detuvo con estruendo delante de las pesadas puertas de madera de Shanetara. Kerr O'Malley ayudó a bajar a Morgana y volvió su atención hacia el baúl. Esta vez la joven no cometió el error de ofrecerle ayuda. El hombre dejó el equipaje en el umbral y llamó bruscamente a la puerta con el aldabón de bronce. Se oyeron pasos ligeros en el interior; acto seguido se abrió la puerta de par en par y apareció una mujer rolliza de aspecto agradable cuyo físico contrastaba con la ligereza de sus pies.

–¡Santo Dios! –exclamó radiante de alegría–. ¡Si es la viva imagen de su padre! Entre, señora. Estábamos esperándola. ¿Ha tenido un buen viaje? Supongo que querrá ver su habitación cuanto antes y refrescarse un poco. –Siguió hablando sin esperar respuesta–. Kerr O'Malley, sube ahora mismo el baúl a la habitación de lady McShane. ¿Qué haces allí plantado como si uno de tus viejos caballos te hubiera dado una coz en la cabeza? –Se volvió hacia Morgana con un suspiro–. ¡Se lo aseguro, a veces creo que este hombre mío no tiene ni pizca de juicio!

–¿El señor O'Malley es su marido? –preguntó Morgana al tiempo que observaba cómo el anciano subía el pesado baúl por el largo y curvo tramo de escaleras.

–Sí, y uno muy bueno, a pesar de sus defectos. Pero, por favor, no me llame señora O'Malley. Puede llamarme Mollie, como las demás jóvenes.

–¿Las demás jóvenes? –preguntó Morgana, estupefacta ante esa mujer que era la última persona en el mundo que esperaba encontrar en Shanetara.

–Me refiero a sus primas, señora. Son cinco, y una preciosa colección, si me permite decirlo. Lord Trevor está casado, naturalmente, con una frágil muñequita. –Mollie sorbió por la nariz–. Nada que ver con usted. –Sus penetrantes pero amistosos ojos repararon en cada detalle del aspecto de Morgana–. Más tarde los conocerá a todos. Excepto a lord Rian, claro. Su barco todavía tardará un tiempo en volver.

Morgana trató de asimilar rápidamente aquella información. Al parecer ella, que siempre había llevado una vida solitaria, de pronto poseía una enorme familia. Las conjeturas acerca de lo que significaría vivir en Shanetara con un anciano amargado dieron paso a fantasías de una gran mansión llena de niños ruidosos y risas alegres. Tal vez no fuera tan malo como había imaginado.

–¿Tengo otros parientes? –preguntó, sin querer parecer curiosa pero ansiosa de saber más acerca de la familia.

–Está su tía, naturalmente, que se muere de ganas de conocerla. Connor era su hermano predilecto, ya sabe.

No, Morgana no lo sabía, pero no iba a decírselo. Era evidente que Mollie creía que su padre le había explicado todo acerca de Shanetara y, por alguna razón, no quiso confesarle que raras veces le había hablado del hogar de su niñez y que no sabía prácticamente nada de esa etapa de su vida.

–Bueno –dijo Mollie entre jadeos cuando terminaron de subir por las largas escaleras–. Aquí estamos.

Las habitaciones de Morgana, de encantadores tonos verdes y dorados, consistían en un pequeño salón y un dormitorio más espacioso, dominado por una enorme cama con dosel. Su baúl reposaba en medio de las paredes circulares.

–Debemos de estar en la torre –pensó en voz alta, recordando los altos desvanes que había visto entre las alas de la casa.

–Sí, su abuelo ha escogido personalmente estas habitaciones para usted. Supongo que querrá verla en cuanto esté listo. Si desea algo no tiene más que llamar. –Mollie señaló la cuerda de campana–. Me ocuparé de que le suban enseguida una taza de té.

Aguardó un instante, como invitándola a confiar en ella, pero Morgana permaneció en silencio. La vida prácticamente solitaria que había llevado hasta entonces la había vuelto reservada, y Mollie, pese a su amistoso interés, aún era una extraña. Morgana no deseaba que los criados hablaran de ella y, como sin duda era inevitable, prefirió mantener su reserva.

–Gracias, señora..., perdón, Mollie. Ha sido muy amable.

–Bueno, es lo mínimo que puedo hacer –repuso de mala gana la mujer al ver que la joven no tenía intención de seguir la conversación.

Apenas hubo salido de la habitación, Morgana se acercó a la ventana y contempló los terrenos rocosos que se extendían hasta los páramos y pantanales de color púrpura, con el fondo del mar gris. Era un cuadro de una cruel frialdad, aunque hermoso de una manera extraña y salvaje. Se preguntó por qué su abuelo le había asignado esta habitación. Si creía que iba a intimidarla, pronto se enteraría de que era la hija de Connor McShane y que si era preciso podía ser tan fría y dura como esos peñascos.

Empezó a deshacer el equipaje y a colgar la ropa en el espacioso armario, en cuyo interior sus vestidos parecían aún más escasos. Colocó los libros de su padre en la mesilla de noche, y el cepillo y el peine de su madre sobre el tocador. Vertió un poco más de agua del pequeño jarro en la palangana, se lavó la cara y las manos, luego se soltó el cabello, lo cepilló y volvió a recogérselo en un moño. Como al parecer no había nada más que hacer, se acercó nuevamente a la ventana y se sumió en sus pensamientos.

Una suave llamada a la puerta la arrancó de sus ensoñaciones. Abrió y dejó pasar a una joven delgada de cabello corto y oscuro, y los ojos más grandes y azules que Morgana jamás había visto. La joven hizo una pequeña reverencia.

–Me llamo Bridget, señora. Vengo a traerle una taza de té. –Dejó la bandeja y le sirvió el té, examinándola con curiosidad–. ¿Ha tenido buen viaje, ¿señora?

–Oh, sí, gracias, estupendo. –Morgana bebió de la humeante taza.

–Eso está muy bien –dijo la joven con una sonrisa–. Lord Rian dice que el mar a veces está tan picado que los viajeros que no están acostumbrados se marean. Me alegro de que no sufriera esos malestares.

–No, después de una breve indisposición inicial, me sentí perfectamente bien, para disgusto de una robusta metodista que viajaba a América para reunirse con su marido. –Morgana esbozó una traviesa sonrisa, olvidando parte de su reserva–. Cayó enferma el primer día, muy oportunamente porque así me libré de escuchar sus firmes convicciones religiosas. Estoy segura de que pensó que mi alma era una causa perdida. –Se sorprendió riendo, algo que había ocurrido muy pocas veces desde la muerte de su padre.

–Sí, algunas personas tienen extrañas creencias –asintió Bridget con malicia, porque ella era católica.

Morgana vio que la doncella estaba deseando formularle toda clase de preguntas y hacía grandes esfuerzos por contenerse. Tenía aproximadamente sus mismos años, y como Morgana había hecho pocas amistades en Londres, era una novedad para ella hablar con alguien de su edad.

–¿Llevas mucho tiempo trabajando aquí? –preguntó.

–Cerca de un año, señora.

–¿Y te gusta Shanetara, Bridget?

–Es un lugar encantador, señora, y el trabajo no es duro. La señora O'Malley hace que la casa funcione como un reloj.

–Me lo imagino. Parece una mujer muy competente –replicó Morgana, recordando la mirada perspicaz de Mollie.

–Lo es –asintió Bridget–. Me alegro mucho de que haya venido, señora –exclamó en un repentino arranque de confianza–. Al principio pensamos que rechazaría la invitación de su abuelo.

–Yo no lo llamaría invitación, Bridget, sino más bien una orden. Pero eso no viene al caso. Después de la muerte de mi padre no me vi capaz de mantenerme, así pues, estoy aquí. En realidad no tenía muchas alternativas.

–Bueno, eso no lo sé, señora, pero estoy segura de que hay muchos hombres que se apresurarían a casarse con una mujer tan bonita como usted. Kyla, la otra doncella, estaba convencida de que usted sería estirada y bastante antipática, y que probablemente nos miraría por encima del hombro, siendo las pobres irlandesas que somos. No, le dije, escucha lo que te digo, lady McShane será todo lo señora que cabe esperar, y no como lady Lindsey Joyce, para la que trabajé allá en Letterick. Me alegro mucho de haber tenido razón. –Batió palmas.

–Y yo me alegro de que estés contenta, Bridget –contestó Morgana, decidida a pasar por alto sus ingenuas palabras y divertida ante la pueril actitud de la joven. Estaba segura de que también creía en duendes.

–Oh. –Bridget se llevó una mano a la boca–. Debo llevarla enseguida a ver a su abuelo. En cuanto termine el té –concedió–. Estaba tan entretenida hablando que se me había olvidado. La señora O'Malley siempre dice que hablo por los codos. ¡Oh, Dios mío, espero que el anciano no se enfade! Puede ser tan brusco a veces... Le pido disculpas, señora.

–No me sorprende en absoluto –respondió Morgana secamente al recordar el tono autoritario de la carta que había recibido y haciendo caso omiso de la crítica de Bridget acerca de su pariente. Después de todo, la chica era muy joven. Morgana se volvió y la siguió por el corredor.

No vio a su abuelo de inmediato. Las cortinas de la habitación estaban corridas y tardó unos instantes en acostumbrar la vista a la oscuridad. Se sobresaltó cuando una voz bronca bramó:

–Bueno, no te quedes ahí, niña. Acércate para que pueda verte.

Morgana se guió por el sonido de la voz y se dirigió a la gran cama de columnas que había en medio de la habitación. El hombre recostado en las almohadas era el vivo retrato de su padre, sólo que más viejo. Tenía sus mismos ojos claros, pero los años de lucha y amargura le habían surcado el rostro de arrugas. Frunció sus pobladas cejas blancas mientras la observaba.

–De modo que eres Morgana McShane –dijo tras examinar con detenimiento a la joven.

–Sí –replicó ella, mirándole fijamente a los ojos. Sin embargo, la intensidad de su mirada la desconcertó y esperó a que volviera a hablar.

De haberlo conocido mejor Morgana habría comprendido, por la extraña sonrisa que curvaba las comisuras de sus labios, que el anciano aprobaba su aspecto. Pero como no lo conocía y la sonrisa fue pasajera, sólo pudo suponer que le divertía el ajado vestido que llevaba y sus penosas circunstancias, de manera que se puso rígida y adoptó un aire arrogante. Esta reacción complació aún más al anciano porque le recordó a otro McShane, su nieto Rian, quien también había sostenido su mirada sin pestañear y había permanecido desafiante ante él.

–Humm –dijo el anciano–. Si por mí fuera, no te habría reconocido como pariente. Tu padre dejó esta casa por voluntad propia. ¿Qué te hace pensar que vamos a alegrarnos por la vuelta de su hija?

–Nunca he pensado nada parecido –repuso Morgana con calma, mirándolo a los ojos. Se preguntó si el viejo intentaba mortificarla y empezó a sentirse incómoda en su presencia–. Si mal no recuerdo, fue usted quien me pidió que viniera.

–Sí, es posible. Está claro que no puedo permitir que una McShane vaya mendigando por las calles como una vulgar ramera. Pero te lo advierto, eso no significa que tengas que gustarme.

Morgana sujetó con fuerza los lados del vestido para impedir que le temblaran las manos. ¡Ese hombre era horrible! Más horrible de lo que había imaginado. ¿Cómo iba a vivir allí? A sus labios acudieron palabras groseras e insultantes, pero se contuvo y se limitó a decir:

–No me preocupa gustarle o no. Si no me quiere aquí, sólo tiene que enviarme de vuelta a Londres.

De pronto, la idea hizo que se sintiese esperanzada y mortificada al mismo tiempo. Tendría que ponerse a trabajar en una de esas espantosas fábricas. Se vio a sí misma convertida en uno de aquellos espantajos que andaban buscando comida entre los cubos de la basura, con esa horrible tos provocada por las condiciones laborales en esas sucias fábricas de Londres.

–¿Quién ha hablado de enviarte de vuelta? –replicó

Fergus McShane–. Acabas de llegar. No puedo permitirme malgastar el dinero a tu antojo. ¡Por Dios! Te quedarás aquí hasta que yo decida qué hacer contigo, niña, ¿me has oído? ¡No pienso permitir que desbarates mis planes como hizo tu padre!

–¿Es por eso que me ha traído aquí, para desquitarse de lo que le hizo mi padre? –Morgana habló con voz gélida, sin ser consciente de que echaba fuego por los ojos–. Pues no pienso darle ese gusto. Me temo que los dos hemos cometido un error, así que me marcharé lo antes posible.

Ante su asombro, el anciano soltó una carcajada cargada de ironía.

–*Touché*, me complace comprobar que no eres una joven sin carácter como Fionna. Al menos has heredado el temperamento irlandés de los McShane, aunque quede oculto bajo la frialdad de tu sangre inglesa. ¡Dios! No aguanto a las mojigatas.

–¿Fionna? –preguntó Morgana con tono vacilante, bajando la guardia ante tal cambio de actitud.

–La mujer de Trevor, una joven gris e insulsa como ninguna. La conocerás esta noche en la cena y creo que compartirás mi opinión.

Morgana se quedó ensimismada por un instante, sintiéndose como si hubiera quemado todas las naves que había dejado atrás pero sin comprender realmente qué había sucedido. Entonces su abuelo la hizo reaccionar.

–Bueno, márchate ya, niña. No te quedes ahí plantada como si hubieras perdido el juicio.

–Desde luego que no –replicó ella secamente, y salió de la habitación sin decir una palabra más, encantada de escapar de la mirada penetrante y la áspera voz del anciano.

Sonó la campana que anunciaba la cena, pero Morgana tardó en comprender de qué se trataba y se retrasó un poco. Había considerado la posibilidad de que le subieran una bandeja a la habitación con el pretexto del cansancio del viaje, pero temió que su abuelo la tachara de cobarde, y no iba a permitir que creyera que la había vencido en su anterior encuentro. ¡Bajaría a cenar y le demostraría de qué estaba hecha la hija de Connor McShane!

Mientras descendía por la escalera de caracol oyó voces, pero éstas se interrumpieron en cuanto entró en la habitación. Su abuelo bramó:

–¡Llegas tarde! –Y procedió a presentarla.

Su primo Trevor parecía bastante arrogante y presumido. Morgana calculó que rondaba los cuarenta. Era el principal heredero por ser el primogénito del hijo mayor del abuelo y, a la muerte de éste, se convertiría en el duque de Shanetara. En ese momento ostentaba el título de conde de Shaughnessy, otra de las haciendas de los McShane. Pese a que su cintura había ido en aumento y comenzaba a clarearle el pelo, seguía siendo muy atractivo. Por el momento Trevor se contentaba con tontear con la política y conservaba su escaño en el Parlamento. En varias ocasiones le informó de que había tenido el honor de charlar con Wolfe Tone, Henry Gratan y nada menos que William Pitt en persona.

Su mujer, Fionna, era una joven que, para sorpresa de Morgana, debía de tener cerca de la mitad de años que él. Parecía una mujer tímida sin muchas cosas que decir o sugerir, aunque Trevor raras veces le permitía abrir la boca. Tenía un aspecto vulgar, por no decir algo peor, y debido a su carácter insulso no era extraño olvidarse de su presencia.

El hermano de Trevor, Gerald, era un poco más joven. Un fornido y musculoso hombre de treinta y seis años, irlandés a todas luces, y algo bebido además. Morgana no tardó en comprobar que éste era su estado habitual. Había sido teniente en el ejército británico destinado a España durante la Guerra de Independencia, pero lo habían enviado de vuelta a casa cuando un escopetazo lo dejó cojo de una pierna. Desde entonces se había dado a la bebida, dependiendo de una pequeña pensión y de la buena voluntad de su hermano y su abuelo para subsistir.

A Morgana le gustó su primo Patrick de inmediato. Era

tan simpático y divertido que enseguida se sintió más cómoda, sobre todo cuando él le guiñó un ojo e hizo una mueca, dándole a entender que sabía exactamente cómo se sentía. Patrick tenía veintisiete años, y sin ser tan alto como Trevor o Gerald, poseía una buena figura. Llevaba un traje bien cortado y aunque no era tan elegante ni caro como el de Trevor, resultaba infinitamente mejor que las desaliñadas prendas que vestía Gerald. Era el vizconde de Blackwood, una finca situada en Inglaterra que había heredado al ser el único varón superviviente del lado materno de la familia. Le proporcionaba una renta modesta ya que parte de las propiedades estaban sujetas a vínculo, pero prefería vivir en Shanetara porque le encantaba Irlanda, aun cuando no poseía allí ninguna propiedad.

Morgana no reparó gran cosa en Colin, tal vez porque permaneció sentado en silencio, en actitud meditabunda. Sólo advirtió que era menor que ella; tenía diecinueve años y uno de esos hermosos rostros que en un hombre sólo pueden describirse como poéticos. El cabello negro y alborotado resaltaba la palidez de su cara, y los penetrantes ojos marrones estaban ribeteados por oscuras pestañas que contrastaban con su tez clara. Colin, según se enteró más tarde Morgana, no tenía un gran porvenir ya que, como ella, dependía enteramente de su abuelo para su sustento. Probablemente tendría que hacerse sacerdote, una perspectiva que le horrorizaba. Habría preferido ingresar en una escuela militar como Gerald, pero su abuelo lo adoraba y tras la grave herida de aquél, se lo había prohibido.

Sin embargo, fue su tía Rosamunde quien atrajo y retuvo la atención de Morgana, porque fue la primera que se dirigió a ella con afecto, abrazándola y murmurando que confiaba en que pronto se hicieran amigas. Morgana le cogió la mano con fuerza, luchando por contener las lágrimas, porque su tía se parecía mucho a su padre. Rosamunde debió de ser hermosa en su juventud, y a los sesenta años conservaba su atractivo, aunque asomaban mechones grises en su descolorido cabello pelirrojo y tenía la tez blanca surcada de finas arrugas. Era muy delicada y grácil, y cada gesto parecía cuidadosamente estudiado. Morgana podía imaginarla en su juventud practicando delante del espejo.

Como le había informado Mollie poco antes, no estaba la familia al completo. Faltaba su primo Rian, del que dedujo que era capitán de barco.

–Ésa no es su única ocupación –le informó Trevor cumpliendo con su deber–. También es el conde de Keldara, título que obtuvo de la forma más repugnante que cabe imaginar. ¡Nada menos que jugando! ¿Puedes creerlo? El pobre hombre apostó todo lo que tenía y perdió, de modo que el rey George le ordenó que para pagar la deuda entregara sus propiedades y el título a Rian. Se produjo un terrible escándalo porque, tras perder la fortuna, el ex conde se suicidó. ¡Rian es un ser despiadado!

–¡Ya es suficiente, Trevor! –le reprendió su abuelo con tono severo–. No, Morgana, el barco de nuestro querido muchacho todavía no ha atracado en el puerto, pero esperamos verlo aparecer muy pronto. Es una lástima que se haya perdido tu llegada, pero me consta que si él estuviera aquí te daría la más calurosa de las bienvenidas.

Morgana le dio las gracias, pero se sintió extrañamente molesta ante la sonrisa burlona que había esbozado el anciano al nombrar a Rian, y se preguntó para sus adentros cuánto tiempo sería capaz de aguantar el parloteo de Trevor.

En ese preciso instante Bridget pasó por el pasillo y Morgana la vio abrir desmesuradamente los ojos de estupefacción cuando Patrick le hizo un guiño jovial. Acto seguido Morgana llamó la atención de su primo, quien le sonrió arrepentido al darse cuenta de que lo había sorprendido.

La familia no vaciló en someter a Morgana a un despiadado interrogatorio. Parecían arremeter desde todos los flancos, pero ella trató de responder a tantas preguntas como le fue posible, dudando de que en algún momento le permitieran probar bocado.

–Sí, sé montar, Gerald, pero nunca he salido de caza.

No dudo que es un gran deporte, pero creo que no quiero aprender, gracias. No me gusta ver matar animales.

–On, vamos, prima –le respondió él–. ¿Acaso no practican la caza de zorros en Londres? O al menos en algunas fincas de los alrededores.

–Sí, eso creo, pero nunca he tenido ocasión de alternar con la alta sociedad y he llevado una vida más bien tranquila.

–Tu padre era poeta, ¿no es cierto, prima? –Esta vez era Colin, que hasta entonces había permanecido en silencio.

–En esta casa no se habla del padre de Morgana, jovencito –le interrumpió el abuelo enojado.

–Creo que esa actitud es poco realista, abuelo, ahora que Morgana está aquí y el tío Connor ha fallecido. Me parece ridículo que siga guardando rencor a un muerto. Me gustaría escuchar a Morgana, si se molesta en responder.

–Desde luego que voy a responderte, Colin –se apresuró a decir Morgana, ansiosa de defender a su padre, antes de que el abuelo tuviera tiempo de replicar–. Mi padre era un poeta extraordinario, aunque no demasiado conocido en Inglaterra. Siempre hemos pensado que el éxito de Percey Shelley y lord Byron eclipsó su carrera.

–Hummm –gruñó Fergus McShane–. Tu padre fue un fracasado. Y no quiero oír una palabra más sobre él. Si queréis que haya paz en esta casa, no volváis a mencionar su nombre ¡y basta! –soltó el anciano acalorado–. En cuanto a ti –se volvió hacia Colin–, eres un mocoso desobediente. Te agradecería que mostraras un poco más de respeto hacia tus mayores, sobre todo cuando se trata de tu único medio de sustento. Ahora quisiera oír tus disculpas, o te quedarás sin el adelanto de tu asignación que me has pedido esta mañana.

Colin se enojó ante esta diatriba en público, pero logró balbucear una disculpa. Todos se sentían algo incómodos y respiraron cuando Rosamunde, con un ademán, indicó a las mujeres que salieran, dejando a los caballeros con su oporto.

–Querida, queridísima hija de Connor –dijo tras reunirse en torno al hogar del salón, porque, aunque era primavera, seguía refrescando por las noches–. ¡Me alegro tanto de que hayas venido! Disculpa la conducta de mi padre, pero desde el escándalo no quiere oír hablar de Connor, ya sabes. De modo que no debemos molestarlo. Pero lamenté mucho enterarme de su muerte. Siempre fue mi hermano preferido. Esperaba volver a verlo, pero ya no podrá ser. –Hizo una dramática pausa y Morgana se dio cuenta de que su tía, de una forma vaga y soñadora, estaba algo trastornada–. Me temo que no fui una buena hermana para él y me comporté como una cobarde. Pensé en escribirle, pero mi padre no quiso oír hablar de ello después de que Connor renunciara a sus tierras para hacerse poeta. Pero bueno, hablemos de cosas más agradables. –Dio una palmadita a su lado en el sofá–. Siéntate aquí, querida, y déjame verte. Hubo un tiempo en que mi cabello era de ese mismo color. Es terrible hacerse vieja. –Rió con tristeza–. Cuando era joven...

El ambiente se animó considerablemente con la llegada de los hombres, pero Morgana no pudo evitar pensar que había sido tema de una animada charla. El abuelo se acercó a un tablero de ajedrez empotrado en un mueble y empezó a colocar las piezas de mármol blancas y negras. Trevor se disponía a sentarse frente al anciano, pero éste lo rechazó con un ademán.

–No, Trevor, esta noche no estoy de humor para tus poco imaginativas tácticas. Quisiera un adversario más estimulante, si no te molesta. ¿Sabes jugar, niña? –preguntó, volviéndose hacia Morgana.

–Bueno, sí –respondió ella, porque a menudo había jugado por las noches con su padre–, pero me temo que difícilmente seré un oponente interesante para usted. Estoy segura de que se divertirá más con uno de mis primos.

–¡Tonterías! –Golpeó el suelo con el bastón–. Colin tarda siglos en mover y...

–Sólo trato de jugar correctamente, abuelo –repuso el joven en su defensa.

–No interrumpas a tus mayores, muchacho –lo reprendió el anciano–. Gerald es distraído y Patrick últimamente no logra concentrarse en el juego. Vamos, niña, no tendrás miedo de perder... –añadió con intención de provocarla.

–Por supuesto que no –replicó ella, dolida sólo de pensarlo, y se levantó para ocupar el asiento frente a él–. Haré todo lo posible por ganar.

Se enfrascaron en la partida, después de que Morgana escogiera las piezas negras. El resto de la familia permaneció en segundo plano hablando en voz baja para no distraerlos. Dos horas más tarde Morgana se encontró ante un jaque mate.

–Has jugado bien, niña, pero no lo suficiente para ganar –concluyó Fergus–. Te aseguro que es asombroso lo que puedes llegar a averiguar de una persona durante una partida de ajedrez. Todavía no has aprendido que es preciso hacer sacrificios para ganar. Si hubieras cambiado tu reina por la mía, me habrías sacado ventaja, ya que sólo me quedaba una torre frente a las dos tuyas. Sería realmente interesante saber qué se esconde detrás de tu sosegada apariencia. –Sus ojos parecieron taladrarla–. Me gustaría verte jugar con Rian–. El anciano se rió como si le complaciera la idea.

Morgana decidió pasar por alto los comentarios sobre su personalidad.

–Admito que usted es mejor estratega, y tal vez he jugado con demasiada prisa, sin pensar en sacrificios. Pero aprendo rápido y algún día le ganaré.

–Eso ya lo veremos –le desafió él en voz baja.

Sin embargo Morgana comprendió que no era únicamente ante el tablero de ajedrez donde iban a librar batalla. La había estado poniendo a prueba. A pesar de sus excentricidades, el anciano poseía una mente aguda. Tendría que estar alerta hasta descubrir qué era lo que pretendía de ella.

Aquella noche no pudo dormir, repasando lo que había averiguado de la familia. Trevor y Fionna no vivían en Shanetara, sino en Shaughnessy Bay, la hacienda vecina de

Trevor. También estaba Kilshannon Hall, Dower House, donde Rosamunde hubiera podido vivir de haberlo deseado. Era evidente que prefería aguantar los constantes ataques de su padre que pasar sus días en soledad. Patrick y Colin residían en Shanetara, lo mismo que Gerald, ya que Fergus no había creído oportuno otorgarles una hacienda; pero Gerald pasaba la mayor parte de las noches en la posada de Kilshannon, divirtiéndose con las muchachas de la taberna. No había niños ni risas ni amor. Su futuro en esa casa no se anunciaba demasiado alegre. Pero mientras se sumía por fin en un sueño poco tranquilo, Morgana se preguntó si Rian, el capitán de barco, el jugador, el conde de Keldara, sería diferente de los demás.

II

Morgana no tardó en acostumbrarse a su nueva vida. Era libre de ir y venir a su antojo ya que, como la casa contaba con suficientes criados, no le habían encomendado ninguna tarea en particular. Así, por primera vez en su vida se encontró con tiempo de sobra. Dedicaba tres horas al día a explorar su nuevo entorno y conocer mejor a sus parientes. Rosamunde y ella muy pronto trabaron amistad, aunque a menudo le resultaba un tanto agotadora la teatralidad de su tía; y, tal como había prometido, aprendió rápido a defenderse de los ocasionales ataques verbales de su abuelo. Patrick resultó una ayuda inestimable a la hora de adaptarse a Irlanda. Siempre estaba dispuesto a sacarla de paseo en su landó y hacerle de guía por esos escabrosos parajes, o a acompañarla a la ciudad si lo deseaba. Trevor también se ofrecía a cumplir esas funciones, pero Morgana descubrió que no era capaz de aguantar mucho tiempo seguido su arrogancia.

Irlanda era un hermoso país, con sus abruptos montes y sus prados verdes. No muy lejos de Shanetara estaba el lago Donareen, y a lo largo del día ella contemplaba su superficie inmóvil que reflejaba como un espejo el cielo azul. En una ocasión Patrick la llevó a Shaughnessy, unas cuantas chozas próximas a la bahía del mismo nombre donde vivían la mayoría de los arrendatarios de su abuelo. Sólo había una calle a lo largo de la cual se alineaban patéticamente las destartaladas chozas, y sus moradores, sucios y greñosos, los observaban con apatía desde las puertas.

–Quería que vieras un típico pueblo irlandés –dijo él al regresar–. Kilshannon y Dingle son paraísos comparados con la mayoría de las aldeas de los alrededores.

–Pero ¿por qué el abuelo no hace algo por esta gente? –preguntó Morgana–. Seguro que podría ayudarlos.

–¡Por Dios, Morgana! ¿No has visto lo tacaño que es? Sólo se preocupa por sí mismo, con las posibles excepciones de Colin y Rian. Sí, Rian es el único que sabe manejar al viejo y hace todo lo que puede, pero ni siquiera eso basta, entre Inglaterra que no deja de presionarnos y esas malditas guerras napoleónicas. Por no hablar de nuestros propios Irlandeses Unidos y las demás organizaciones radicales clandestinas. Los católicos están luchando por la libertad y los arrendatarios quieren ser propietarios de las tierras que cultivan, pero el abuelo sostiene la disparatada idea de que es un señor feudal y se niega a dividir siquiera un palmo de su tierra. Heredó los títulos de nuestros padres cuando éstos murieron, pero se niega a darnos al menos una compensación a Colin y a mí, aunque a regañadientes permitió que Trevor ostentara su título. El viejo es dueño de cada palmo de tierra que ves. –Patrick abarcó el horizonte con un gesto–. Además, según la ley los católicos no pueden heredar propiedades –continuó–. Todos somos anglicanos, ¿sabes? Los arrendatarios no tienen ilusiones, ni sueños, simplemente existen. Viven del mísero sustento que logran arrancar a la tierra que cultivan en Shanetara.

–Pero, Patrick, ¿no te gustaría que Irlanda se liberara del gobierno inglés? –preguntó ella.

–Desde luego que sí, pero es una traición hablar de ello. Además, el rey George no lo consentirá mientras viva. Se niega a escuchar siquiera las sugerencias de Pitt sobre cómo mejorar las condiciones de esta región. Por las noches los hombres acuden a Kilshannon a beber whisky y discuten sobre la libertad y demás. Entonces estallan altercados y hay luchas de facciones.

–¿Qué es eso?

–Luchas entre clanes. Por lo general son entre los Kennedy y los O'Hara. Esas familias se mantienen unidas, pero cuando un Kennedy se casa con una mujer O'Hara, contrae una deuda y debe pagarla; de lo contrario está en juego el buen nombre de la familia. Generalmente acaba en asesinato. Más de un pobre irlandés ha huido a Estados Unidos para evitar que lo ahorcaran por asesinato.

–¡Eso es horrible! –exclamó Morgana–. ¿No se puede hacer nada al respecto?

–El abuelo suele actuar de mediador y juez, y los clanes procuran atenerse a su veredicto; pero a veces se exaltan los ánimos y la cosa se complica.

Morgana se estremeció bajo el sol.

–¿No es peligro salir a pasear por aquí? ¿Y si alguien nos agrede?

Él la miró y se echó a reír, pero al darse cuenta de que ella hablaba en serio se disculpó.

–No tienes de qué tener miedo, prima. Ningún irlandés en todo el país osaría ponerte una mano encima. Caería muerto antes del anochecer.

Después de eso, Morgana no volvió a preocuparse del asunto e incluso se aficionó a dar sola largas caminatas, ya que no tenía caballo, por los páramos y las playas. En una ocasión acudió de nuevo a Shaughnessy con una cesta de fruta y fiambres, que había pedido en la cocina, con la intención de repartirlos entre las familias más necesitadas. Pero la miraron con hostilidad y, sin faltar a la cortesía pero con frialdad, le comunicaron que no pensaban aceptar su caridad. Uno de ellos, Brendan O'Hara, le hizo varios comentarios tan mordaces que Morgana se marchó del pueblo agarrando con fuerza la cesta y al borde de las lágrimas. Esa misma noche, algo más tarde, Bridget llamó suavemente a la puerta de su habitación.

–Sí, Bridget, ¿qué ocurre?

–He oído lo que ha ocurrido hoy, señora, me refiero a Shaughnessy, y vengo a disculparme por mi gente. Sé que sus intenciones eran buenas, pero verá, es una cuestión de orgullo. Se habrían sentido..., bueno, inferiores, si hubieran aceptado su caridad. Sólo quería que no pensara que somos desagradecidos. Lo comprende, ¿verdad, señora? –Miró a Morgana con expresión suplicante, deseando que Su Señoría lo entendiera. A continuación le rogó que la perdonara si pensaba que hablaba demasiado–. Sólo trataba de explicárselo –concluyó Bridget.

–Sí, lo comprendo –dijo Morgana–. Y lamento que alguno de tus parientes se haya sentido insultado. Espero que les ofrezcas mis disculpas ya que, como tú dices, mis intenciones eran buenas, pero soy extraña en esta tierra y no conozco vuestras costumbres. Lo haré mejor en el futuro.

Bridget asintió, y mientras salía dijo:

–Señora, mi hermano me pidió que le dijera que lo lamenta si esta tarde ha herido sus sentimientos.

–¿Su hermano?

–Sí, Brendan O'Hara, señora.

–Ah, sí, lo recuerdo, pero ignoraba que fuese tu hermano, Bridget. Por favor, dile que no tiene importancia.

–Sí, señora.

Morgana no volvió a cometer el mismo error y a partir de entonces trató de no pasar por Shaughnessy, pero si por casualidad lo hacía, la trataban con cortesía, de modo que empezó a creer que después de todo los aldeanos no le guardaban rencor. Supuso que su familia se había enterado del incidente, pero nadie se lo mencionó.

Sin embargo, unos días más tarde sintió la mirada crítica de Fergus McShane sobre ella. Sólo tenía un vestido negro y, como seguía de luto, cada noche lo lavaba para volvérselo a poner al día siguiente. Le avergonzaba contar con un solo un vestido pero, paradójicamente, como a los Kennedy y los O'Hara, su orgullo no le permitía pedir a su abuelo dinero para comprarse ropa nueva. Esa noche, él comentó con cierto sarcasmo:

–Morgana, si éste es tu vestido preferido, me decepciona tu gusto. No te he visto otro desde que has llegado.

Se hizo inmediatamente un silencio en la mesa y el resto de la familia se volvió hacia ella con distintos grados de compasión y visible embarazo. Colin evitó mirarla siquiera.

–Lo siento –logró decir Morgana sin perder la calma–, pero todavía estoy de luto por mi padre.

–Bueno, pues ya es hora de que lo dejes –replicó él–. Rosamunde, mañana acompañarás a la joven a Dingle y te ocuparás de que la modista le haga unos cuantos vestidos decentes.

–No puedo permitírselo... –comenzó a decir Morgana, pero se vio rápidamente interrumpida.

–¡Silencio! Te aseguro que no permitiré que ninguna de mis nietas se pasee por ahí vestida con andrajos –rugió, al tiempo que golpeaba el suelo con el bastón como siempre que se exaltaba, sin caer en la cuenta de que, por primera vez, la había reconocido como nieta–. ¡Por Dios! Estás viviendo bajo mi techo, así que puedo mantenerte del mismo modo que mantengo al resto de tus holgazanes primos –refunfuñó y les dirigió una mirada feroz.

Así fue como a la mañana siguiente Patrick acompañó a Rosamunde y Morgana a Dingle. La modista le tomó las medidas y le trajo telas para que las examinara. Morgana escogió y descartó los distintos tejidos, combinando los colores con cuidado. Aunque no apartaba los ojos de las preciosas telas de vivos colores, no quiso escoger más que los insulsos marrones, grises y beiges que acostumbraba a llevar.

–Soy una solterona –se reía ante las protestas de su tía– y debo representar mi papel.

Rosamunde se dio cuenta de que no era posible hacer que su obstinada sobrina cambiara de parecer y desistió en su intento.

La señora Casey le mostró varios modelos a fin de que escogiera.

–Naturalmente no son tan bonitos como los que está

acostumbrada a ver en Londres –observó la mujer preocupada–. Pero haré cuanto pueda para que esté elegante, y no encontrará usted a una costurera mejor, ni siquiera en Dublín.

Rosamunde decidió incluso encargar unos cuantos vestidos para ella.

–Ahora será mejor que nos ocupemos de los sombreros, guantes y camisas –insistió–. Y, querida, necesitas sin falta un par de zapatos de cabritilla y unas botas de montar. El precio no es problema, señora Casey, y si puede tenerlos en tres semanas, recibirá un extra.

–Tía –susurró Morgana–, ¿qué hace? El abuelo se pondrá furioso.

–Olvídalo. Esta vez pienso mantenerme en mis trece.

–¡Tres semanas! –gritó la señora Casey. Morgana vio que la costurera sumaba mentalmente el número de parientes que podrían ayudarla–. Sí –concedió finalmente–. Creo que podré arreglarlo.

–Bien –dijo Rosamunde–. Vamos, niña.

Cuando por fin estuvieron listas para emprender el regreso, Morgana se sentía extenuada pero secretamente satisfecha por no haber permitido que Rosamunde la convenciera para que se comprara los vestidos de colores vivos. Quería aceptar tan poca caridad de su abuelo como le fuera posible, y su instinto le decía que, siendo el canalla aguafiestas que era, miraría con ceño la ropa frívola. Y estaba en lo cierto.

–Espero que no te hayas comprado toda la tienda, jovencita, después de todo el tiempo que has pasado hoy en la ciudad –refunfuñó a su regreso.

–Vamos, padre –intercedió Rosamunde–. Fue idea tuya que Morgana se comprara ropa nueva. Además, creo que te gustará lo que hemos encargado.

–Eso espero –replicó. Y por fortuna dejó las cosas así.

Morgana hizo todo lo posible por trabar amistad con Fionna, pero la joven parecía tan intimidada en su presencia que raras veces hacía progresos en ese sentido. Algunas veces cogía el landó y conducía hasta la Shaughnessy Bay para hacerle una visita. A Fionna no parecía importarle; al contrario, Morgana tenía la impresión de que la joven a menudo la esperaba ansiosa, pero su timidez le impedía demostrarlo. Morgana averiguó que era la hija de lord Andrew Joyce, de Letterick, la finca vecina en que Bridget había servido previamente. Tenía una hermana, Lindsey, pero su relación con ella no era muy estrecha. Al parecer la familia había atravesado una mala época tras perder el favor del rey y la proposición de Trevor había llegado en un momento sumamente oportuno. Morgana estaba en lo cierto al pensar que él la eclipsaba e intimidaba, pero la joven había temido mucho más la furia que habría manifestado su padre de haber rehusado casarse con Trevor, que al parecer se había mostrado muy generoso con la familia a cambio de la mano de Fionna. Aún no hacía tres años que estaban casados.

–Lindsey también tuvo una proposición matrimonial –le contó en voz baja Fionna–. De Sean Devlin, de Devlin's Way, pero ella se negó a aceptar. Es más fuerte que yo. Gritó a padre y juró una y otra vez que sólo había un hombre para ella en toda Irlanda. También le dijo que si la obligaba a casarse con un hombre que no soportaba, padre se pudriría en la prisión a causa de sus deudas antes de que ella moviera un dedo para salvarlo. Supongo que soy una mujer débil –prosiguió con voz queda–. Pero nunca fui feliz en casa y la proposición de Trevor fue como un regalo del cielo. Al menos me trata bien –suspiró, y Morgana se mordió la lengua para no espetarle su opinión al respecto–. Creo que Lindsey jamás será feliz. No descansará hasta que se salga con la suya –continuó Fionna–. Está loca por tu primo Rian, y él nunca se casará con ella, lo sé.

En ese momento entró Trevor y no tuvieron oportunidad de continuar la conversación, de modo que Morgana se marchó sin poder saciar su curiosidad. Volvió a preguntarse cómo sería ese primo al que aún no conocía y que podía trastornar el juicio de una joven hasta el punto de que ésta desafiara a su pobre padre y afrontara la ruina financiera por ello. Era el nieto predilecto del abuelo, afirmaba la familia; un jugador licencioso, declaraba Trevor, y sin embargo Patrick le había contado cómo había tratado de mejorar la situación de los arrendatarios. Un hombre de muchas caras, se dijo.

Morgana solía abandonar Shaughnessy Bay tan pronto como aparecía Trevor. Siempre se mostraba serio y formal, y le constaba que contemplaba con ceño sus modales poco convencionales, aunque ella no creía que lo fueran. Se había escandalizado y avergonzado al enterarse de que su prima se paseaba por el campo a su capricho sin un mozo o una doncella que la acompañaran, pero ella no había tenido ninguna en Londres y no veía razón para cambiar. Una noche Morgana oyó a Trevor tratando de influir en su abuelo sobre la cuestión.

–¡Tonterías! –El anciano golpeó el suelo con el bastón–. Morgana es una joven que sabe valerse por sí misma, y los aldeanos saben que si algo le ocurriera, tendrían que vérselas conmigo. ¡Está perfectamente a salvo, y tú eres un estúpido!

–Se lo advierto, abuelo, no saldrá nada bueno de todo esto –replicó Trevor, herido, y abandonó inmediatamente la habitación.

Desde luego, a Fionna no se le permitía ni salir a los jardines sin alguien agarrado a sus faldas. A Morgana le encantó la actitud del anciano, porque sabía que su libertad se habría visto considerablemente mermada de tener un mozo o una doncella siguiéndola a todas horas.

Cierta vez, en una de sus excursiones por los páramos, encontró a Colin tendido sobre la hierba, leyendo un libro de poesía.

–¿Te molesto? –preguntó, vacilante, sin querer interrumpir la soledad del muchacho.

–En absoluto, prima –respondió él educadamente.

–Veo que estás leyendo los últimos poemas de lord Byron.

–Sí, son muy buenos, ¿no te parece?

–Sus primeros versos lo son, pero todavía no he leído este nuevo libro.

–Me encantará prestártelo cuando acabe, prima.

–Gracias, Colin.

Pasaron largo rato discutiendo sobre varios autores que ambos conocían bien. Colin tenía una mente aguda y privilegiada, y muy hábil a la hora de subrayar temas y significados ocultos que Morgana, más romántica, a menudo pasaba por alto.

Le leyó varios poemas que había escrito y ella los encontró tan brutales, crueles y retorcidos, que quedó muy perturbada. Sin embargo, no se lo manifestó a Colin, pues parecía muy orgulloso de su obra. Poco después se marchó, dejándolo enfrascado en el libro de poemas de lord Byron.

–Morgana –la llamó Rosamunde desde el balcón cuando se aproximaba a la casa–. Sube, niña, ya han llegado tus vestidos. Kerr ha ido esta tarde a recogerlos.

La joven se apresuró a entrar, ansiosa por probárselos, y el suelo de la habitación muy pronto estuvo cubierto de sombreros, zapatos, guantes, camisas y vestidos.

–Oh, tía –exclamó–. ¡Todo es tan bonito!

–Mira, ¿no es estupenda la confección? –preguntó Rosamunde al tiempo que sostenía un vestido de lino beige.

Morgana se disponía a responder cuando se abrió la puerta de par en par y entró su abuelo.

–Hummm –gruñó el anciano–. Esto no es más que un montón de dinero malgastado. Ponte este traje de montar, niña, y sal al jardín.

Rosamunde sacudió la cabeza ante la conducta de su padre, pero ayudó a Morgana a ponerse el traje de color verde oscuro y la observó calzarse las altas botas negras. Veinte minutos más tarde Morgana estaba en el jardín, tal como Fergus McShane había ordenado.

–Tómatelo con calma –dijo él con brusquedad cuando ella se detuvo a su lado. El anciano alzó una mano para detener su réplica–. No te molestes, no pienso escuchar la excusa que estoy seguro vas a ofrecerme. –Se aclaró la voz y pareció atragantarse con las palabras–. Patrick me ha llamado la atención sobre el hecho de que has estado paseándote y conduciendo el landó por donde has querido en esas expediciones tuyas. Dado que cada una de tus primas, incluida esa mojigata –añadió, refiriéndose a Fionna–, tiene su propio caballo, he decidido que era justo que tú también tuvieras uno.

Morgana se quedó sin habla al ver que traían una maravillosa yegua ruana.

–De modo que he comprado esta yegua para ti –continuó el anciano–. Respétala y ocúpate de que la cuiden debidamente.

–¡Abuelo, es preciosa! No sé qué decir... –Morgana estaba tan extasiada que no reparó en la breve sonrisa de satisfacción que esbozó el anciano al oír sus palabras. Tuvo que hacer un gran esfuerzo para reprimir el impulso de abrazarlo.

–Entonces no digas nada –gruñó Fergus McShane–. Por Dios, he comprobado que es preferible que las personas que no saben qué decir mantengan la boca cerrada.

Se volvió y se encaminó con paso majestuoso a la casa. Pero Morgana estaba segura de haberlo visto asomado a la ventana, observándola, cuando ella se subió al caballo con la ayuda del mozo de cuadra y se alejó. La joven sonrió con aire satisfecho y le dijo adiós con la mano, y se vio ampliamente recompensada al ver que las cortinas volvían bruscamente a su lugar. El anciano tenía un corazón más blando de lo que estaba dispuesto a reconocer.

Como un gavilán, Morgana corrió libremente por los páramos, encantada de estar otra vez a lomos de un caballo. Los cabellos no tardaron en soltársele de su pulcro moño y caer sobre su espalda, flotando al viento. Respiró hondo. ¡Oh, qué placer cabalgar libremente! Rió sonoramente al tiempo que se frotaba la cara con las largas crines de la yegua, casi del mismo color que su rizada melena, y pensó con acierto que ésta era la razón por la que su abuelo había escogido esa yegua en particular. Morgana la llamó *Copper Lady*, y Shanetara y el campo de los alrededores no tardaron en acostumbrarse a su presencia.

–Sí. –Los Kennedy y los O'Hara sacudían la cabeza al verla pasar–. Lleva el demonio dentro. Salta a la vista que la sangre de los McShane corre por sus venas. Seguro que es tan salvaje como cualquiera de ellos. ¡Calla! ¡Sólo una bruja puede montar esa yegua!

Morgana se enteró más tarde de que *Copper Lady* había tenido varios propietarios y que todos habían renunciado a ella porque sus mujeres e hijas no podían controlar su impetuosidad. Había pertenecido, entre otros, a Lindsey Joyce, que ni siquiera había sido capaz de montarla.

Para Morgana era un misterio cómo había sabido su abuelo que ella conseguiría dominar a la yegua. Parecían hechas la una para la otra, porque el animal jamás le jugó una mala pasada y ella no tuvo dificultad en controlarlo. A veces algún aldeano se santiguaba al verla pasar, convencido de que eran ciertos los rumores de que era bruja y esperando protegerse así de los malos espíritus. Pero nadie le hizo ningún daño. Podía cabalgar por donde quisiera en esa parte de Irlanda donde los McShane eran respetados y temidos, y donde su palabra era ley. En los alrededores no había un alma que se atreviera a ofenderla, porque la cólera de su abuelo era legendaria.

Un día, poco después de que le regalaran a *Copper Lady*, Morgana dio un paseo a caballo más largo de lo habitual y emprendió el regreso de mala gana. Tenía las mejillas encendidas por la emoción y sus enormes ojos, del mismo verde esmeralda que su traje de montar, destellaban. Los rizos cobrizos le caían libremente sobre la espalda. Pronto anochecería y tardaría bastante en arreglarse mínimamente para bajar a cenar, pensó. Pero siempre había que pagar un precio por la diversión. Hincó los talones ligeramente en los flancos de la yegua y entró en el jardín a galope, casi chocando con el moreno y alto desconocido que aguardaba allí de pie. Él cogió las riendas del caballo y consiguió detenerlo e impedir la colisión.

Desde su montura, Morgana bajó la vista y se encontró con unos ojos tan verdes como los suyos. Pero no eran color esmeralda, sino oscuros y fríos; y aunque brillaban, no emitían destellos. Las pestañas eran oscuras y rizadas, y las cejas, pobladas y despeinadas, negras como el hollín. En un rostro bronceado por el sol, la boca sensual y la nariz aristocrática indicaban que ese hombre era un McShane. Su mandíbula, cuadrada y prominente, era la de una persona decidida. Su cabello despeinado era negro como la noche cuando cae sobre las profundidades del mar de Irlanda. Era de constitución ágil y fuerte, y los poderosos músculos que había desarrollado tras años de subir por las jarcias de su barco, se le marcaban al moverse. Iba con unos ceñidos pantalones marrones y el brillo de sus botas habría enorgullecido a cualquier *valet*. Llevaba un abrigo bien cortado y un fular de seda cuidadosamente anudado al cuello, pero su chaqueta de caza confirmaba que no era un dandi sino un deslumbrante caballero surgido de las ornadas páginas de un poema. Cuando sus miradas se cruzaron, Morgana creyó ahogarse en las oscuras profundidades de esos remansos verdes. Se sintió hipnotizada y de pronto tuvo el absurdo pensamiento de que había vuelto, de que para lo bueno y lo malo había vuelto. No tenía duda de que el hombre que tenía ante sí era Rian McShane.

Él contuvo la respiración. Era encantadora, incluso más de lo que recordaba, y sintió el frenético impulso de bajarla de la silla y exclamar que le pertenecía, pero no lo hizo. Una oleada de excitación le recorrió las piernas cuando abarcó con la mirada el cabello cobrizo despeinado por el viento, los ojos verde esmeralda y la boca color amapola ligeramente entreabierta en una expresión de sorpresa. Sólo con mirar a una mujer sabía si la deseaba o no, y en ese momento supo que deseaba a Morgana, y supo también que, a su debido tiempo y a su manera, la poseería.

–Bueno –susurró con aire arrogante–. Tú debes de ser mi prima Morgana, la joven que ha armado tanto alboroto en esta casa.

–Así es –respondió ella, tratando de controlar sus emociones. Al fin y al cabo, no esperaba tan insolente saludo–. Y tú debes de ser Rian.

Él rió suavemente.

–Ajá. ¿Sabías que cuando te enfadas, las motas doradas de tus encantadores ojos verdes salen a la superficie como la arena dorada que arrastra la marea?

Morgana se quedó ligeramente boquiabierta y no supo qué decir. Las palabras eran dulces pero por alguna razón sonaron burlonas cuando él las pronunció, mientras parecía desnudarla con su mirada oscura y vulgar. Trató de arrebatarle las riendas de las manos, pero él no las soltó. Por el contrario, extendió los brazos y, cogiéndola por la cintura, la ayudó a bajar.

–Así está mejor –dijo él al advertir el cambio de posiciones, porque, aunque ella era alta, su cabeza apenas llegaba a la altura de sus anchos hombros.

–Si me sueltas podré llevar el caballo a los establos.

–Tonterías. ¿Para qué crees que el abuelo tiene mozos de cuadra? –Llamó con voz áspera y uno de ellos acudió corriendo–. Llévate la yegua de lady McShane y asegúrate de que la cepillan y la alimentan bien. Por lo visto la han hecho trabajar duro. –Entonces se volvió hacia Morgana–. Vamos, te acompañaré hasta la casa.

Ella se quedó perpleja y bajó la guardia ante aquel cambio de actitud. Era el mismo truco que utilizaba su abuelo. Al parecer Rian era un buen alumno. La acompañó hasta el pie de la escalinata.

–¿En qué piensas, prima?

–Yo... me preguntaba qué clase de hombre eres –tartamudeó Morgana, sincera.

–Uno que siempre consigue lo que se propone. –Rian la miró–. No lo olvides. –Y sin decir más, se marchó.

Sus palabras encerraban una advertencia y una promesa, y Morgana tembló llena de presentimientos mientras subía corriendo por las escaleras hacia el silencioso santuario de su habitación.

II

Aquella noche [illegible]

[illegible]

[illegible]

[illegible]

III

Aquella noche Morgana se vistió con esmero para bajar a cenar, pero el traje tenía demasiados botones para sus temblorosos dedos y acabó por pedir ayuda a Bridget. Cuando por fin estuvo lista, sonrió a la imagen reflejada en el espejo, satisfecha con lo que veía. El precioso brocado beige de su vestido acentuaba el rojo llameante de su cabello y los destellos dorados de sus ojos verdes. Bendijo para sus adentros a su abuelo por la ropa que tan a regañadientes le había comprado. Ir tan bien vestida le infundía seguridad y necesitaba armarse de todo el valor que tuviera a su alcance.

Había intentado sin éxito librarse del extraño nerviosismo que se había apoderado de ella al ver a Rian. Se sentía atraída por él de una manera inexplicable, y comprendió por qué Lindsey Joyce había desafiado a su padre. ¡Ese hombre era condenadamente atractivo!

Sintió que se le revolvía el estómago al entrar en el comedor y tomar asiento entre Patrick y Colin. Trevor y Fionna se habían unido a ellos y Morgana advirtió que, por desgracia, Rian se había sentado delante de ella. En otras circunstancias, en otro lugar, se habría sentido aliviada, porque se consideraba de mala educación hablar con los comensales que estaban al otro lado de la mesa, pero había comprobado muy pronto que los McShane pasaban por alto esa norma de urbanidad, así como todas las que no satisfacían sus caprichos. Sin embargo esa noche no tuvo que decir gran cosa, ya que Rian fue el centro de atención, y ella tuvo ocasión de examinarlo detenidamente sin parecer maleducada.

El resto de la familia lo acosó con preguntas acerca de su último viaje. Rian había estado en Oriente y tenía muchas historias interesantes que contar. Morgana lo observaba furtivamente mientras hablaba, y descubrió que era refinado, pero su aire desenvuelto y despreocupado a menudo rayaba en lo insultante; y tuvo la clara impresión de que se reía de ellos. Se advertía cierta arrogancia en sus ademanes mientras los examinaba a todos con detenimiento, y arrastraba las palabras con un deje que tenía resabios de la alta sociedad londinense. El acento irlandés, tan acusado en Gerald, sólo irrumpía en el discurso de Rian cuando éste se proponía causar algún efecto.

Morgana tuvo la sensación de que era un hombre de humor variable y de muchas caras, y no se dejó confundir por su aire despreocupado. Era como uno de los tigres de Bengala que él afirmaba haber visto en la India, tendidos indolentemente al sol pero prestos a desperezarse y saltar sobre su presa en el momento preciso. Sí, de todos sus primos, éste era el más peligroso. Debería andar con cuidado o acabaría atrapándola con sus fáciles encantos que cautivaban, les gustara o no, a todos los que se hallaban en su presencia.

Aquella noche los hombres no se entretuvieron tomando su oporto y se reunieron casi inmediatamente con las damas. Se sentaron en círculo y observaron cómo Kerr O'Malley traía el cofre de Rian y lo dejaba delante de él. Rian levantó la tapa, ocultando su contenido todo el tiempo que le fue posible para divertirse. Durante la cena había anunciado que tenía un regalo para cada miembro de la familia y ahora disfrutaba con la expectación que había despertado. Entregó a Rosamunde y Fionna unos bonitos abanicos delicadamente pintados, un bastón hermosamente tallado al abuelo, unas cajas de rapé muy ornamentadas a Trevor y Patrick, un libro de *haiku* a Colin y la estatuilla de un ídolo monstruoso a Gerald.

–Pero no le has traído nada a Morgana, Rian –le reprendió Rosamunde con suavidad.

–Vamos, tía –repuso Morgana educada–. El primo Rian no podía saber que yo estaba aquí. No me importa quedarme sin regalo.

Rian la miró a los ojos y sus labios se curvaron en una sonrisa burlona.

–¿Cómo sabes que no tengo nada para ti, prima? Nunca puedes estar segura de nada que me concierna. –Dicho esto, se inclinó una vez más sobre el cofre y sacó una pieza de seda que al acercarla a la luz brillaba reflejando mil tonos distintos de verde y dorado, como el mar cuando el sol se refleja sobre su superficie. Morgana se quedó boquiabierta cuando él la ayudó a levantarse de su asiento junto al fuego y dejó caer los brillantes pliegues alrededor de ella. Un escalofrío recorrió la espalda de la joven al sentir el roce de sus dedos.

–Dicen que la tejen sirenas que con sus dulces canciones de amor seducen a los capitanes de barco y los atraen hacia las rocas, donde encuentran la muerte. ¿Te atreverás a llevarla, prima? –murmuró él.

–Es preciosa, Rian. –Lo miró fríamente a los ojos, aunque le latía con fuerza el corazón–. La llevaré encantada.

Morgana le apartó las manos de la cintura y plegó con cuidado los metros de tela mientras Rosamunde exclamaba:

–¡Qué regalo más bonito, Rian! Sólo Morgana puede llevar este tono tan particular de verde. Pero ¿cómo lo sabías?

Por toda respuesta el conde volvió a esbozar una semisonrisa burlona.

Después de esa velada, Rian trató con cortesía a Morgana cuando tenían ocasión de verse, pero no provocaba los encuentros, lo que por alguna razón hería a la joven. Aunque lo encontraba arrogante y ofensivo, Rian la intrigaba, y por primera vez en su vida no lograba comprender sus contradictorios sentimientos.

Se enteró por Bridget de que a menudo recorría a caballo la finca y hacía sugerencias a su padre sobre el modo de obtener mejores rendimientos. Entonces, él y Fergus, junto con Patrick y en ocasiones Trevor, se encerraban durante horas para discutir los intereses de los distintos negocios de la familia. En ocasiones Rian cabalgaba hasta Letterick para visitar a la hermana de Fionna, Lindsey Joyce. Por la noche a menudo se convertía en el ruidoso compañero de copas de Gerald en la taberna de Kilshannon. Oyó rumores de reyertas y devaneos amorosos, de partidas de cartas y de grandes apuestas. Patrick le contó en una ocasión que Rian podía atravesar de un tiro el centro de un naipe a cincuenta pasos de distancia, y que era infalible con la espada.

Morgana se sentía sola, pero no sabía por qué, ya que siempre había llevado una vida solitaria y raras veces le había afectado. En sus paseos a caballo empezó a alejarse cada vez más de Shanetara, en un intento por escapar de esos muros que amenazaban con sepultarla. Le atraía el mar y a menudo regresaba con los cabellos empapados de bruma y un gusto salado en los labios. Lloraba la pérdida de su padre y se sentía perdida en esa tierra extraña.

Fergus McShane tenía una mirada penetrante y era muy intuitivo. Aunque se negara a admitirlo, había tomado un cariño desmesurado a su nieta y le molestaba verla tan taciturna. Llegó a la conclusión de que la joven necesitaba divertirse, y una noche durante la cena anunció que se proponía organizar un baile de disfraces.

–¡Bromea, abuelo! –exclamó Trevor, atónito.

–Creo que es una magnífica idea, padre. –Rosamunde batió palmas, extasiada–. Imaginaros la casa llena de gente y de alegría una vez más. Porque no hemos dado una fiesta desde que Connor... –Se interrumpió bruscamente al advertir la mirada severa del abuelo.

–¿Qué está tramando, viejo? ¿Por qué diablos quiere abrir de repente la casa después de veinte años? –Rian lo examinó con aire indiferente.

–Se me ocurrió que, aparte de esta familia, Morgana no conoce a nadie aquí en Irlanda de su misma posición social. Y no permitiré que alterne con los aldeanos. Este baile será su presentación en la sociedad irlandesa y le brindará la oportunidad de conocer a caballeros de su clase. Ya es hora de que empiece a pensar en su futuro. Tal vez encuentre un soltero atractivo que se ocupe de ella, aunque lo más probable es que sus modales francos ahuyenten a todos esos aburridos petimetres. Pero no consentiré que se convierta en una resabida o en una anciana histriónica como Rosy.

–¿Y de quién fue la culpa? –replicó Rosamunde, dispuesta a pelear. Pero Morgana, más preocupada por su propio futuro que por el pasado de su tía, se apresuró a interrumpirla:

–¡Se guardará bien de exhibirme de este modo! ¡Cielo Santo! No pienso permitir que me subaste como a una esclava ante un desfile de hombres que vienen a comprarme. Yo ya soy una solterona, abuelo, le guste o no soy demasiado vieja para que me case usted con cualquiera a fin de deshacerse de mí como una mercancía que estorba –dijo torciendo el gesto con ira simulada.

–Bueno, niña, ¿qué piensas hacer entonces con tu vida? El lugar de la mujer está en su hogar, con su marido y sus hijos. –Al abuelo no le divirtió su actitud.

–Eso no es cierto –continuó Morgana, haciendo caso omiso del rostro cada vez más encendido del anciano–. Es evidente que nunca ha leído el libro de Mary Wollstonecraft, *La reivindicación de los derechos de las mujeres*. Ustedes los hombres pretenden mantenernos en la ignorancia, débiles y tímidas para reforzar sus teorías sobre la superioridad del hombre. Nos gobiernan y sin embargo no se nos consulta cómo queremos que nos gobiernen. Ayer sin ir más lejos decidí que acompañaría a Trevor la próxima vez que vaya a Dublín, así podré plantear esta cuestión en el Parlamento.

La familia entera se quedó boquiabierta, a excepción de Rian, que soltó una sonora carcajada y dio unas bruscas palmadas en la espalda al sorprendido y avergonzado Trevor.

–Hummm –replicó el abuelo, capaz de advertir que por lo menos su nieta se burlaba descaradamente de él–. Eso no es más que un montón de disparates, si quieres saber mi opinión. No tengo herederos, niña, salvo esta pandilla de desagradecidos decepcionantes, y quiero ver a mis nietos antes de morir. Ninguno de vosotros está casado, excepto Trevor, y Fionna todavía no ha traído vástagos al mundo, ¡ni parece ser capaz de hacerlo!

Fionna rompió a llorar y, aguijoneada por un extraño deseo de desafiarlo, salió de la habitación. Colérico, Trevor dejó la servilleta sobre el plato y dirigió a Morgana una mirada de odio, como dándole a entender que él tampoco apreciaba su sentido del humor.

–Sus palabras han sido muy duras, abuelo. –Habló con precipitación y ceremoniosamente salió también de la habitación, llamando a su desconsolada mujer–. Fionna, cielo, no llores.

–Voy a organizar un baile de disfraces –exclamó Fergus McShane– y todos vosotros asistiréis. –A continuación abandonó el comedor con paso airado, reprimiendo el fuerte impulso de tirar de las orejas a su impertinente nieta.

En cuanto se hubo retirado, Morgana se echó a reír, encantada de haber logrado imponerse al anciano. Ante su asombro, Rian también rió. A continuación levantó la copa y brindó silenciosamente a su salud, y por un instante Morgana creyó ver aprobación y algo más que un ligero interés en su mirada.

Pero antes de que tuviera tiempo de pensar en ello, Gerald se levantó tambaleante de la silla y preguntó si había pasado algo mientras dormitaba, ya que al parecer no había oído una sola palabra. Rosamunde se irritó hasta el extremo de golpearle los nudillos con el cuchillo de la mantequilla. Él gritó indignado ante semejante trato y señaló a Morgana con un dedo acusador.

–Todo esto es por tu culpa. ¡Dios mío! No ha habido más que problemas desde que llegaste. ¡Los aldeanos tienen razón, eres una bruja de pelo rojo!

–¿Cómo te atreves a llamarme bruja? –replicó Morgana–. Tus rudos modales sólo los supera tu supersticiosa estupidez.

Enfurecido, cogió una costilla de cordero y se la arrojó a Morgana, que se hallaba en el otro extremo de la habitación. Ella tuvo el reflejo de agacharse y la costilla alcanzó a Patrick de pleno en la sien. Paciente en general, llegado a este punto no aguantó más, se levantó de un salto y le propinó a Gerald un puñetazo en la nariz. Éste se tambaleó y cayó al suelo, inconsciente.

–¡Por Dios, Patrick! –exclamó Rian–. No conocía esta faceta tuya.

Morgana no pudo contenerse y volvió a reír, para indignación de Rosamunde, que había estado hablando consigo misma en el rincón desde que había reprendido a su sobrino con el cuchillo de la mantequilla.

–¿Por qué no me has dicho que el cuchillo estaba sucio? –preguntó a Morgana con los labios ridículamente apretados–. Lo habría limpiado primero. No es muy amable reírse de mis malos modales.

Morgana acompañó a su tía hasta la puerta por miedo de que si no la alejaba de la desastrosa escena, estallara en incontrolables carcajadas, estado que no era muy propio de ella.

–Bueno, esto dará que hablar a los criados durante un mes por lo menos. –Rosamunde sacudió la cabeza con incredulidad mientras Morgana la acompañaba al pasillo–. No puedo imaginar lo que le ha ocurrido a esta familia. Todos os habéis comportado como imbéciles –murmuró, olvidándose convenientemente de su indecorosa conducta.

Morgana optó por no recordársela porque, en su opinión, ya era suficiente por una noche. A continuación se dirigió a toda prisa a su habitación por temor a sufrir otro ataque de risa.

IV

A la mañana siguiente el abuelo no se sintió con fuerzas para levantarse, y antes del mediodía estaba sumamente excitado.

–Rosamunde –bramó desde la cama–. Echa a este medicucho de la habitación.

–Sí, padre –respondió ella, y acto seguido escribió una nota en que solicitaba al doctor Kelsey que les hiciera una visita.

El resto de la familia desayunó en silencio, Gerald con la nariz ligeramente hinchada y Patrick con expresión avergonzada. Morgana se disculpó apenas tuvo ocasión y buscó refugio en una de las habitaciones que encontraba particularmente acogedora por ser espaciosa, alegre y de colores más vivos que los sombríos tonos que se veían en la mayor parte de la casa. Colin le había prestado el libro de poemas de lord Byron que le había prometido, y se acurrucó en la *chaiselongue*, ansiosa de perderse en los románticos pasajes.

Una hora más tarde se vio bruscamente interrumpida por los golpes del aldabón de bronce en la puerta principal. Se repitieron los golpes y se preguntó desconcertada por qué nadie había respondido. Sin duda Stepplewhite, el serio mayordomo, había bajado nuevamente a la bodega. Morgana esperó unos minutos y finalmente se levantó y fue a abrir la puerta.

Un hombre alto, de ojos azules y risueños, cabello rubio y un aire algo desgarbado aguardaba en el umbral.

–Usted debe de ser lady Morgana –dijo él–. Los aldeanos la han mencionado a menudo. Soy Michael Kelsey, el médico. Su abuelo me ha mandado llamar.

–Por supuesto. Pase, doctor.

Él entró y dijo:

–Conozco el camino, gracias. Supongo que su abuelo ha tenido otro de sus ataques. Si no anda con cuidado, un día de éstos va a reventar de rabia. Es un anciano extraordinario, y está realmente en buena forma, si se tiene en cuenta su edad. Lo más probable es que nos entierre a todos. Creo que en estas ocasiones sólo me llama para recibir un poco de atención –le confió Michael Kelsey en tono agradable–. Yo soy alguien más a quien poder atormentar. Bueno, no la entretengo más. Subiré un momento a ver a su abuelo.

Morgana observó cómo el doctor Kelsey subía por las escaleras, conmovida por su amabilidad. Era evidente que conocía bien al abuelo. Decidió que le gustaría volver a hablar con él, de modo que esperó a que bajara.

–¿Puedo acompañarlo hasta la puerta, doctor? –preguntó–. Me gustaría saber si el abuelo se pondrá bien.

–Es un honor –dijo él con una sonrisa–. Sí, es justamente lo que pensaba. No hay de qué preocuparse. Estará bien tan pronto como se calme y descanse un poco. Mímenlo y asegúrense de que nada lo moleste. Supongo que anoche hubo una discusión acerca del baile de disfraces.

Morgana se sonrojó levemente.

–Así es. Por lo visto el abuelo cree que necesito un marido y el baile es su forma de presentarme en sociedad.

–Bueno, una joven tan bonita como usted no tendrá dificultades para dominar la situación –replicó él.

–El caso es que no quiero casarme.

–Tal vez conozca a alguien que le haga cambiar de parecer. –Rió al ver el desconcierto de la joven ante la sugerencia.

–Sí, siempre cabe esa posibilidad –le concedió ella al fin.

Se vieron interrumpidos bruscamente por la llegada de Rian, quien llegó a lomos de su enorme semental negro que, según le habían contado a Morgana, incluso navegaba con él en su barco a dondequiera que fuera.

–Hola, Michael –dijo–. ¿Ocurre algo?

–No, señor. Sólo otro de los ataques de su abuelo. Tiene buen aspecto. ¿Qué tal la vida en el mar?

–Bien. Mi barco atracó hace un mes y están poniéndolo a punto.

–¿Piensa volver a zarpar pronto?

–No lo sé –dijo Rian y se volvió hacia Morgana por primera vez desde que había comenzado la conversación–. Nunca se sabe en qué dirección soplará el viento.

–Así es –respondió el doctor, captando al parecer algo que se le había escapado a Morgana–. Ya va siendo hora de que yo también recapacite en ese sentido. Bueno, será mejor que me marche.

Morgana le tendió la mano con un gesto airoso.

–Ha sido un placer conocerlo, doctor. Por favor, vuelva pronto, aunque no haya nadie enfermo en Shanetara.

–Eso es lo que debería hacer, lady Morgana. –Le sonrió y le estrechó la mano, sosteniéndola un poco más de lo necesario antes de subir a la calesa–. Buenos días, lady Morgana, Señoría.

Rian la examinó burlón una vez que se hubo marchado Michael Kelsey. Morgana se sonrojó al notar su intensa mirada, porque tenía la sensación de que la desnudaba con los ojos. Se disponía a hablar, pero lo pensó mejor y le volvió la espalda, dejando que se esfumara toda la intimidad que las risas de la noche anterior habían creado entre ellos.

A pesar de su disconformidad, Morgana descubrió que cada vez se sentía más entusiasmada ante la perspectiva del baile de disfraces. Se abrieron habitaciones que llevaban años sin utilizarse, y Mollie O'Malley y su ejército de criadas retiraron las fundas que cubrían los muebles y los pulieron hasta que desapareció todo el polvo. Refrescaron el ambiente con lavanda y una atmósfera de alegría transformó la casa.

Decidieron que cada miembro de la familia se disfrazaría de uno de los antepasados de los McShane, así que una mañana Morgana subió a la galería de retratos para elegir uno. Le fascinaron los cuadros, porque no sabía gran cosa de sus antepasados irlandeses. Se detuvo ante un tipo duro de mirada severa que se parecía mucho a Rian.

–Éste es un tatarabuelo McShane, o algo así, el hombre que hizo construir Shanetara. –Una voz a sus espaldas la sobresaltó–. Era pirata.

–¡Rian! –exclamó ella. No lo había oído acercarse.

–Este McShane era marinero, como yo, sólo que él se pasó la vida saqueando barcos ajenos y atracando en puertos. Ésa era su esposa. –Rian señaló una hermosa mujer con una larga melena pelirroja–. Ahora ya sabes de dónde has sacado tus flameantes cabellos. –Le acarició el pelo con suavidad.

Morgana volvió a sentir que un extraño escalofrío le recorría la columna y se apartó por temor a que él se diera cuenta.

–¿Cómo se llamaba? –preguntó suavemente, alzando la vista hacia los agradables ojos verdes y la sensual boca color amapola de la mujer del retrato. El vestido también era verde, a juego con sus ojos, reflejando el talento del artista más que el color en sí, pensó Morgana.

–Katy, Katy McShane. Era la hija de un señor de la guerra enemigo. Un día William, el pirata, navegó hacia la costa del norte de Irlanda y, en un acto de venganza contra su padre, la raptó. En el mismo castillo del que ahora soy conde.

–¡Qué horrible! –Morgana se estremeció ligeramente–. ¡Cómo debió de sufrir!

–Oh, no estoy tan seguro. McShane era un atractivo conquistador y sin duda sabía cómo tenerla contenta.

–Sigo pensando que fue horrible –replicó ella.

–¿Por qué?

–Ser arrancada de ese modo de tu casa por un pirata y tener que casarte con un hombre al que no amas, violada... –Se le quebró la voz al darse cuenta de que sus palabras habían sido demasiado explícitas e impropias de una dama.

Rian se acercó a ella con un brillo burlón en los ojos verdes.

–¿Qué sabrás tú de violaciones? –preguntó, torciendo ligeramente el gesto.

–Na... nada –tartamudeó ella, tratando de recuperar la compostura–. Sólo he supuesto que debe de ser una experiencia horrible. Por favor, cambiemos de tema.

–Pero yo lo encuentro muy interesante –repuso él, rodeándole la cintura con los brazos y arrinconándola contra la pared–. Apuesto a que es la primera vez que hablas de violaciones con un hombre.

–Sabes que sí –replicó ella con tono glacial, tratando de escapar de sus fuertes brazos. No le gustaba el rumbo que estaba tomando la conversación.

–Con el tiempo podrías llegar a amar a un hombre así, como hizo Katy McShane –susurró Rian con una extraña sonrisa en los labios.

–Me parece muy poco probable –repuso Morgana secamente.

–Ya veo –suspiró él, apartándose–. Creo que existen argumentos en favor de los viejos métodos, después de todo. Katy lo aceptó como un hecho de la vida y no tardó en amar a William porque comprendió lo mucho que la deseaba y todo lo que había arriesgado para conseguirla. ¡Hoy en día las mujeres no son más que intrigantes sanguijuelas o niñas tontas!

–¿Es eso lo que piensas de nosotras? –Morgana hizo una mueca burlona.

–Le pido disculpas, señora –dijo Rian al tiempo que hacía una ridícula reverencia–. Mejorando lo presente, por supuesto.

–¿Qué le ocurrió a Katy McShane? –se apresuró a preguntar ella en un intento por desviar la conversación.

–Oh, el barco de William se hundió justo frente a la costa de Kilshannon, y se dice que al final se volvió loca y se arrojó a las rocas desde los balcones de Shanetara –continuó casi en un susurro–. Dicen que cuando la luna está alta y el mar embravecido, el barco fantasma de William navega por el océano, y puedes oír a Katy llamándolo y llorando suavemente hasta que vuelve a reunirse con él. Puede que sólo sean los susurros quejumbrosos del viento, por supuesto, pero los aldeanos juran que es Katy McShane, que llora la muerte de su amante.

Morgana no pudo evitar estremecerse y Rian, al ver que abría mucho los ojos, se rió rompiendo el hechizo.

–Si decides disfrazarte de Katy McShane, avísame y te prestaré las esmeraldas que lleva en este cuadro. Eran de mi madre.

Dicho esto, se retiró y la dejó sola en la larga galería, oyendo el eco de sus pasos.

Ya se habían enviado las invitaciones para el baile y la noticia de que Shanetara volvía a abrir sus puertas después de veinte largos años se difundió rápidamente por la comarca. El día señalado los invitados empezaron a llegar puntualmente, procedentes de todas partes. Acudieron los Devlin, los Gallagher, los Joyce y los O'Brien. Incluso Henry Grattan vino de Dublín a instancias de su abuelo.

Morgana permaneció en su habitación, ya que Fergus le había pedido que no bajara antes del baile. De pie delante del espejo, esperando, se sintió como si fuera realmente Katy McShane. Su vestido, una copia exacta del de la joven del retrato, era de raso verde intenso con un elegante lazo. Llevaba el cabello suelto, como el de Katy en el cuadro, y se movía impacientemente mientras Bridget trataba de prenderle los pequeños lazos verdes en sus rizos cobrizos. Cuando Morgana volvió a mirarse en el espejo, la imagen que vio reflejada era la de una extraña, y a duras penas se reconoció. ¡Pero si hasta estaba guapa! ¿Quién hubiera creído que la hija de un poeta arruinado asistiría a un baile en su honor, vestida impecablemente con un traje que habría codiciado hasta una reina? Se preguntó si todo desaparecería a medianoche, si resultaría que Shanetara no era más que un sueño y si cuando despertara, se encontraría en la cama de la pequeña casa de su padre.

Por fin llegó el momento de que Morgana hiciera su aparición. Sólo le faltaba la gargantilla de esmeraldas que Rian había prometido prestarle para esa noche. Le dio efusivamente las gracias a Bridget por su ayuda, cogió la máscara y el abanico y, recogiendo los pliegues de la falda, consiguió recorrer el sinuoso pasillo hasta la habitación de su primo. Morgana no había vuelto a verlo desde la incómoda conversación en la galería de retratos, y respiró hondo antes de llamar suavemente a la puerta. No hubo respuesta.

–Rian –dijo ella al tiempo que volvía a llamar un poco más fuerte.

Esta vez se abrió la puerta y él apareció en el umbral, atractivamente ataviado con el traje de pirata que había llevado William, el raptor de Katy.

–¿Está lista para que la rapte, señora? –preguntó insolente, arrastrando las palabras.

–De ningún modo –replicó ella con frialdad, decidida a no perder de nuevo la serenidad–. Debí imaginarme que escogerías este antepasado.

–Por supuesto que sí. ¿Se te ocurre alguien más a quien le vaya el papel?

–He venido a buscar las esmeraldas –repuso ella, pasando por alto la pregunta–. Dijiste que podría llevarlas.

–Ah, sí. Debería haber supuesto que no era mi encantadora persona lo que te ha traído con tanta audacia a mi habitación. Entra mientras voy a buscarlas.

–¡Oh, Rian, son magníficas! –Se quedó boquiabierta cuando él sacó las esmeraldas del joyero que estaba encima del tocador–. ¿Estás seguro de que no te importa que me las ponga? ¿Y si las pierdo o me las roban? Me sentiría fatal. Tal vez no debería llevarlas.

–Tonterías. Seguro que estarán en excelentes manos. –Con un ademán desechó sus protestas–. Si te das la vuelta, te las pondré.

Morgana sintió cómo sus manos tibias cerraban el broche y volvió a experimentar el escalofrío de excitación que le recorría el cuerpo cuando la tocaba. Él le ofreció los pendientes a juego y ella se los puso, echándose el cabello hacia atrás para estudiar el efecto en el espejo.

–Hola, Katy –susurró a la extraña joven que veía reflejada, tan distinta a ella, y no se dio cuenta de que había hablado en voz alta hasta que sorprendió la mirada de Rian en el espejo.

No sonrió con expresión burlona como ella había temido y, por un instante, volvió a tener la sensación de que él la comprendía y sabía lo que sentía.

–Vamos –dijo él–. Te acompañaré abajo.

Se pusieron las máscaras y se encaminaron hacia las luces y las risas del salón de baile.

–Llegáis tarde –los reprendió el abuelo con brusquedad al pie de la escalera, aun cuando él había previsto la gran entrada de Morgana–. Siempre llegas tarde –añadió malhumorado dirigiéndose a Rian, e inició las presentaciones.

–Procura no acapararla.

–No te preocupes. Estoy seguro de que ninguno de los aquí presentes me brindará esta oportunidad –respondió Rian con una sonrisa.

–¿Ha... venido el doctor Kelsey? –balbuceó Morgana al tiempo que se preguntaba si volvería a ver aquel amable rostro.

Deseó que la tragara la tierra cuando Rian la miró a través de los agujeros de la máscara con sus ojos verdes brillantes de burla y respondió secamente:

–Dudo mucho que Michael Kelsey sea la clase de hombre que el abuelo tenía en mente cuando sugirió que conocieras a algunos de los solteros más codiciados. El médico es un plebeyo.

–Bueno, tú no eres más que un capitán de barco –replicó ella, enfadada consigo misma por haberlo preguntado y por permitir que la consideración que poco antes le había demostrado Rian la engañara, haciéndole creer que era algo más que un hombre arrogante y exigente.

–Ésta es otra cuestión. Yo soy un lord y un noble. Los barcos son sencillamente un pasatiempo divertido para mí. No tengo que ganarme la vida con ellos.

Morgana no supo qué contestar y deseó con todas sus fuerzas que se marchara. Sin embargo, se descubrió extrañamente irritada y contrariada cuando él, tras presentarle a varios jóvenes, desapareció.

Transcurrieron las horas, y empezó a cansarse del ruido, las risas y las luces, y los incesantes «Morgana, querida. ¿Conoces ya a...?» de Rosamunde. Sabía que las intenciones de su tía eran buenas, pero empezaba a sentirse algo así como una muñeca de porcelana. Bailó hasta que sintió que no le respondían los pies, flirteó un poco (aunque inexperta en el juego), y sonrió hasta que le dolieron las mejillas. Sabía que, soltera o no, no le habría gustado conseguir a ninguno de los hombres presentes esa noche. Eran figuras sin rostro, todas elegantemente vestidas, no tan bien como los hombres que había visto a caballo por la calle pavimentada frente a su casa de Londres, pero así y todo elegantes, de acuerdo con los criterios de Irlanda. Todos le susurraban educados y triviales cumplidos sobre sus pendientes y la aburrían con su charla ingenua. No se reían de sus agudos comentarios ni comprendían sus observaciones más serias. Un joven desconcertado respondió: «Oye, no serás una sabelotodo, ¿verdad?», cuando le preguntó su opinión sobre la situación política en Irlanda.

No, de tener que escoger, Morgana sabía que optaría por un hombre que supiera más del mundo y no sólo de Irlanda; un hombre culto e instruido en las artes; un hombre con un ingenio tan agudo como el suyo, que la mirara a los ojos en silenciosa compenetración cuando nadie más pudiera comprender sus sentimientos; un hombre que a veces conociera sus pensamientos mejor de lo que a ella le hubiera gustado. A su mente acudió espontáneamente la imagen de Rian. Había viajado mucho y era refinado e inteligente; y aunque a menudo se reía de ella, tenía la sensación de que por lo menos la comprendía. Lo vio bailando con Lindsey Joyce y recordó los rumores que había oído acerca de ellos. Lindsey tenía el cabello más oscuro que Fionna, y unos ojos marrones y melosos que lanzaban coquetos destellos. No tardó mucho en comprender por qué Fionna se sentía tan eclipsada por su hermana. Lindsey Joyce sabía qué quería y qué debía hacer exactamente para conseguirlo.

–Aburrida como una ostra, ¿verdad, prima?

Morgana se volvió.

–¿Colin?

–El mismo. Estas horribles máscaras son terriblemente calurosas, ¿no te parece?

–Lo son –respondió Morgana, contenta de encontrar a alguien que no fuera un completo extraño.

–Te sacaría a bailar, prima, pero estoy seguro de que tu programa está completo y de cualquier modo no soy un gran bailarín. De hecho, me siento completamente perdido entre la arrogante aristocracia. A menudo consigo sacar al abuelo de sus casillas.

–Vamos, Colin, estoy segura de que no eres tan malo como dices –dijo Morgana en un intento por consolarlo.

–Pues lo soy. No me gusta la caza ni las cartas, ni nada de lo que debe ocupar a un caballero de casta y cuna. Prefiero escribir poesía, como tu padre, pero me falta el valor suficiente para afrontar la pobreza como hizo él. Si mi abuelo permitiera que me alistase en el ejército, sé que lograría destacar y encontrar un mecenas.

Morgana no tuvo ocasión de replicar, porque en ese preciso instante Sean Devlin se acercó para invitarla a bailar el vals que los músicos habían empezado a tocar. Sean, un tipo agradable aunque algo dandi, se disponía a conducirla a la pista de baile cuando Rian se interpuso entre ellos.

–Perdona, amigo, pero este baile creo que me corresponde. Espero que no te ofendas. A propósito, Lindsey se muere por una copa de champán.

–Por supuesto que no, Rian –respondió Sean con cortesía–. Tu prima es encantadora. Me ocuparé de que lady Lindsey tenga su champán. –Se volvió hacia Morgana–. Tal vez el próximo baile, lady Morgana, si no está demasiado comprometida.

Ella le sonrió, contenta de que hubiera pasado por alto la arrogante interrupción de Rian, porque el nombre de Sean estaba en su programa.

–Me encantaría –respondió, porque le tocaba bailar con Patrick el próximo baile y estaba segura de que él lo comprendería–. No has sido muy cortés, Rian –le dijo cuando Sean se hubo alejado.

–Sean y yo somos viejos amigos. Te aseguro que no le ha importado en absoluto.

–¿Cómo lo sabes? Aunque te parezca increíble, me encuentra encantadora. –Le irritó que Rian insinuara que no merecía la pena discutir por bailar con ella.

–Oh, eso no es cierto, prima. Deseaba ardientemente bailar contigo, y tu programa estaba lleno. No tenía otra alternativa que robarle a alguien el turno. Vamos, si se hubiera ofendido, habría tenido que batirme a duelo con él al amanecer. ¿Habrías llorado por mí, Morgana, y por el riesgo que asumí para poder sostenerte esta noche entre mis brazos? –se burló.

Morgana se mordió el labio inferior.

–Estoy empezando a cansarme de tus comentarios sarcásticos, primo. –De pronto decidió jugar al estilo de Rian y le pisó deliberadamente un pie–. Disculpa, primo –exclamó con fingida consternación–. ¿Te he pisado?

Él echó la cabeza hacia atrás y rió, haciendo que todos los miraran sorprendidos, porque parecía realmente divertido y la expresión de hastío que acostumbraba exhibir en las fiestas había desaparecido de su rostro. Estrechó a Morgana con más fuerza entre sus brazos.

–Sabía que tarde o temprano conseguiría romper esa

máscara de hielo. Ríe, Morgana, que hay muchos motivos en este mundo para reírse –dijo él, y Morgana se dio cuenta de que probablemente hablase en serio–. Nadie espera que te comportes como una institutriz, ya lo sabes.

Se preguntó si actuaba realmente como una institutriz y se sintió herida y desilusionada. Miró con consternación el hermoso rostro burlón de su primo. Se sonrojó al advertir su astuta sonrisa y bajó los ojos para evitar su mirada.

Terminaron el resto del vals en silencio, y Rian no volvió a bailar con ella esa noche. Morgana no disfrutó demasiado de su éxito en el baile, aunque su abuelo pareciera particularmente complacido. Pero de haber sabido los motivos de la maliciosa sonrisa de Fergus, se habría alarmado mucho. Mientras observaba bailar a Morgana y Rian, al anciano se le había ocurrido una idea extravagante, y cuanto más pensaba en ella, más decidido estaba a llevarla a cabo. El hecho de que no complaciera a ninguno de sus dos nietos le traía sin cuidado, porque fue en ese preciso momento cuando Fergus McShane decidió que Rian se casaría con Morgana.

Rian necesitaba una esposa. Ese discurso de que estaba casado con el mar era una bobada. Un hombre tenía que sentar la cabeza tarde o temprano, y ¿qué mejor esposa para su obstinado nieto que Morgana, una muchacha igual de obstinada e ingeniosa? El anciano se rió encantado, frotándose las manos con regocijo al tiempo que decidía qué hacer para llevarlo a cabo. No iba a ser una empresa fácil, porque tanto Rian como Morgana se opondrían si se enteraran del plan; pero le darían hermosos herederos que perpetuarían el impetuoso clan de los McShane, Fergus no tenía ninguna duda al respecto. ¡Al demonio la libertad de Rian y la soltería de Morgana! Él, Fergus, pondría fin a tan lamentables estados y sus nietos, una vez que se reconciliaran con la idea, se lo agradecerían.

El anciano estaba tan encantado con su plan que se deshizo momentáneamente de su bastón para bailar una giga con la vizcondesa de Laughlin, quien se quedó tan sorprendida como todos los presentes ante semejante reacción.

Morgana observó las cabriolas de su abuelo con tanta estupefacción como el resto de los invitados, pero dejó de prestar atención cuando Lindsey Joyce se acercó a ella.

–Es un placer conocerla, lady McShane –la saludó Lindsey arrastrando las palabras–. He oído hablar mucho de usted y al parecer es un modelo de virtud –añadió con una suave hostilidad a la que Morgana instantáneamente correspondió–. Dicen que monta la endemoniada yegua que yo tenía. Debe de tener tanta fuerza como un hombre. Reconozco que yo soy tan delicada, que apenas puedo sostener las riendas. Pasearse por toda la región a caballo debe de haberle hecho aún más fuerte de lo que parece. –Agitó las pestañas.

–Digamos que no soy una mojigata –replicó Morgana con una seguridad en sí misma que en realidad no sentía y tomando prestado el insultante término de su abuelo.

–Dios, ¿no son ésas las esmeraldas de los McShane? –Lindsey cambió de táctica.

–Así es.

–Creía que pertenecían a Rian. ¿Qué ha tenido que hacer para conseguirlas?

–Tal vez sepa manejarle mejor que usted –replicó Morgana, repentinamente cansada, y sin embargo satisfecha de ser tan certera como Lindsey con los dardos.

Se alejó sintiendo una gran agitación en su interior. Le entraron deseos incontenibles de huir de esa gente y salió disimuladamente al jardín, donde hacía más fresco. Apoyó la cabeza en el tronco de un árbol y respiró. ¡No le extrañaba que su padre hubiera abandonado el mundo en el que había nacido! Esos esnobs de la alta sociedad no eran más que plebeyos disfrazados con títulos y máscaras de soberbia. Los sentimientos de amor y odio no la abandonaron y se dio cuenta de que necesitaba desesperadamente un amigo en esa tierra extraña, un confidente, como lo había sido en otro tiempo su padre, alguien que no fuera McShane, ni ninguna de sus afectadas amistades. Pensó en Michael Kelsey. Quería volver a verlo, a pesar de lo que Rian había dicho acerca de él. Su instinto le decía que el médico era un hombre amable en quien se podía confiar. Si era capaz de curar las enfermedades del cuerpo, ¿por qué no iba a poder hacer otro tanto con las del espíritu? Tal vez si hablara con él se sentiría mejor. De pronto decidió que a la mañana siguiente iría a caballo hasta Kilshannon y lo buscaría, porque tenía la impresión de que, a pesar de su abierta invitación, vacilaría en volver a Shanetara a no ser que alguien cayera enfermo. Sí, eso es lo que necesitaba, hablar con alguien, dejar salir todo lo que había ido acumulando durante meses. ¡Vamos, si hasta empezaba a sentirse mejor!

–¿Te escondes de alguien o te has citado con uno de los estúpidos de allí dentro?

Morgana se volvió sobresaltada y vio a Rian apoyado contra un árbol con una indolente sonrisa en la cara.

–No creo que sea de tu incumbencia –replicó, repentinamente enfadada con él también. La provocaba y se reía de ella el sinvergüenza, pensó irracionalmente.

–¿De modo que eres realmente una tigresa? –dijo él despacio–. ¿Por fin me enseñas las garras? ¿Vas a arañarme? No lo creo. –De pronto le sujetó las muñecas.

–Dígame, mi señor –se burló Morgana, tratando de sonar tan desagradable como él–. Si lo araño, ¿saldrá de sus venas sangre azul o será roja como la de un hombre vulgar?

Al ver que se le ensanchaban los orificios de la nariz y apretaba los labios, Morgana comprendió que lo había ofendido. Pero le daba igual. Quería herirlo, desquitarse con él y su maldita arrogancia.

–No me saques de quicio, Morgana –le advirtió él en voz baja al tiempo que la atraía hacia sí. En alguna parte a lo lejos un reloj dio las doce–. La hora de las brujas –añadió en un susurro, los ojos verdes fríos y duros–. ¿Te quito la máscara para ver si eres una bruja como dicen los aldeanos?

Antes de que pudiera replicar, él le desató la máscara y se la quitó.

–Sí –murmuró–. Con esos ojos que tienes podrías hechizar a un hombre. –Le deslizó la mano por la garganta y, al llegar al hombro, le bajó la manga del vestido poniendo al descubierto la palidez de su piel.

Morgana lo miró fijamente, hipnotizada, pero enseguida recobró el sentido y trató de apartarlo. Ante el brusco movimiento él apretó los dedos y la hizo retroceder.

–Mañana tendré un cardenal –murmuró ella, advirtiendo cómo a la luz de sus ojos se disipaba su enfado y se le aceleraba el pulso.

–Míralo bien, entonces –respondió él–, así sabrás quién es más fuerte de los dos...

–Me pondré un vestido escotado y le diré a todo el mundo que fuiste tú el que me hizo la señal –le gritó con fingido coraje, pues temblaba en sus rudas garras.

–Sí –se rió él suavemente–. Cuéntales que te he puesto mi marca y verás cuántos hombres en toda Irlanda se atreven a desafiarme.

Morgana se alejó de él temblando repentinamente de miedo y durante todo el camino sintió la mirada burlona de Rian clavada en su espalda.

V

A la mañana siguiente Morgana tenía efectivamente un cardenal violáceo en el hombro, pero no cumplió su amenaza de exhibirlo. Por el contrario, se puso un vestido de cuello alto y trató de no pensar en la conducta de Rian la noche anterior. Tenía un terrible dolor de cabeza y contuvo un bostezo mientras bajaba a desayunar. Cuando Rian sonrió divertido al ver su vestido, ella le lanzó una mirada glacial e hizo como si no existiera. No comprendía las reglas del juego que él había iniciado y se juró a sí misma no participar.

Al parecer los invitados que se habían quedado a pasar la noche no estaban acostumbrados a madrugar como solía hacerse en Shanetara, ya que en el desayuno sólo se encontraban presentes los miembros de la familia. Gerald, por una vez sobrio, se lamentaba de haber perdido una considerable suma de dinero en la mesa de juego que se había organizado para distraer a los jóvenes pocos aficionados al baile.

–Le digo que Rian es el mismísimo diablo, abuelo. Anoche nadie consiguió ganarle y tuvo la banca la mayor parte de la velada.

–Vamos, Gerry –intervino Rian–. Según tú, yo soy el

diablo y la pobre Morgana, una bruja. Mañana Patrick será aprendiz de hechicero. Deberías buscarte una explicación más lógica. Admítelo, primo, sencillamente soy mejor jugador que tú.

–No pienso admitir nada parecido, Rian. Vamos, si hasta Sean Devlin dijo que eras el diablo personificado, y es el hombre más sensato que conozco.

–Puede que lo dijera porque también perdió un montón de dinero anoche. –Los ojos de Patrick destellaron–. Al igual que Johnnie Gallagher y Max O'Brien, si no me equivoco.

–¿Cómo lo haces, primo? –preguntó Colin intrigado–. ¿Tienes una técnica secreta o sólo confías en tu suerte?

–Soy el mismísimo diablo –bromeó Rian, con gran irritación de Colin.

–Por Dios, ya veo que no voy a poder obtener una respuesta seria de ti –dijo enfadado.

–No expliques nunca a nadie cómo ganar una partida o conseguir una mujer, Colin. En el noventa por ciento de los casos no seguirán tu consejo y acabarán despreciándote por triunfar en lo que ellos han fracasado –le aconsejó Rian.

–¡Ya está bien de cartas! –exclamó Fergus–. Quiero oír ahora lo mucho que disfrutó Morgana de la velada y si le llamó la atención algún joven. ¿Y bien? –La miró, seguro de la respuesta.

Se regocijaba en secreto, convencido de que su plan era acertado porque no le había pasado por alto la mirada burlona que Rian le había dirigido a Morgana, ni la forma en que su nieta hacía todo lo posible por ignorar al tunante. ¡Tanto mejor! Si ya se atrajeran, la empresa sería demasiado sencilla.

–El baile fue realmente agradable –respondió Morgana con calma–. Pero no me interesó ninguno de los presentes en particular. Como le dije, abuelo, no tengo intención de casarme. Ya no soy una joven casadera.

–¡Maldita sea, niña! –exclamó él–. No pienso cargar con otra solterona, o con una institutriz rodeada de mocosos, si es eso en lo que estás pensando. No importa –rió para sus adentros–, ya encontraré a alguien dispuesto a soportarte.

Morgana se sintió algo intranquila tras ese comentario y se preguntó qué maquinaba esta vez el anciano. Pero estaba decidida a no permitir que le arruinara el día y después del desayuno subió corriendo a su habitación para ponerse el traje de montar.

–Jim. –Encontró al mozo de cuadra–. ¿Puedes ensillar a *Copper Lady*, por favor? Si alguien te pregunta por mí –añadió cuando el muchacho sacó la yegua y la ayudó a montar–, di que he ido a pasar el día a Kilshannon. Tengo unos asuntos que atender.

Era un día precioso. A la luz del sol, el lago parecía una gran extensión de hierba azulada y los peñascos rocosos no resultaban tan amenazadores como a menudo se veían por la noche, cuando el negro cielo hacía que pareciesen monstruos agazapados en la oscuridad.

Kilshannon era un pueblo pequeño pero lleno de vida porque estaba más cerca de Shanetara que Dingle y muchos de los arrendatarios del abuelo iban allí en busca de provisiones. Morgana paseó sobre *Copper Lady* por las sinuosas calles sin prestar atención a las miradas de los transeúntes hasta que encontró el diminuto consultorio del doctor Kelsey.

–Lady McShane –dijo él, saliendo a su encuentro cuando sonó la campana de la puerta–. ¡Qué agradable sorpresa! Puedes irte a casa, Max. –Se volvió hacia un niño–. Dile a tu madre que la herida está cicatrizando bien. Bueno, ¿qué puedo hacer por usted? –preguntó una vez que el niño hubo salido–. No hay nadie enfermo en Shanetara, espero.

–No, no es nada en realidad. –Morgana no sabía cómo expresar lo que tenía en mente–. Supongo que se trata de simple nostalgia. ¿Hay alguna cura para eso, doctor?

–Mire –el médico le dirigió una mirada comprensiva–, ¿por qué no vamos a dar una vuelta y me habla de ello, si le parece?

–Es muy amable, doctor Kelsey, pero no quisiera apartarlo de su consulta.

–Nada de eso –replicó él–. De todos modos, hoy no estoy muy ocupado.

–Muy bien –asintió ella con repentina timidez.

Morgana dejó a *Copper Lady* en el pequeño cobertizo que había junto a la consulta y pasearon en la calesa del doctor hasta que encontraron un prado encantador.

–¿Qué le parece si nos detenemos un rato y paseamos un poco, lady Morgana? –preguntó él.

–Sólo Morgana, por favor –dijo ella impulsivamente–. Lady Morgana suena demasiado formal.

–En ese caso, llámame Michael –rió él, tuteándola.

–De acuerdo. Es un bonito lugar para detenerse.

Michael la ayudó a bajar de la calesa cogiéndola fuertemente de la cintura.

–Háblame de ti, Michael –dijo ella para entablar conversación.

–No hay mucho que contar. Nací en Kilshannon hace veintiocho años. Mi padre era uno de los arrendatarios de tu abuelo, y mi madre trabajaba en la casa grande, como llaman los aldeanos a Shanetara. Fui lo bastante afortunado y brillante como para que me admitieran en la universidad de Dublín. Mi padre sufrió un accidente trabajando en los campos de Shanetara y tu abuelo se hizo cargo de mis estudios para compensarlo de las heridas. El duque se portó realmente bien con nosotros. Por desgracia en esa época no había ningún médico en Kilshannon y el de Dingle no pudo venir. Mi padre murió poco después, de ahí que decidiera dedicarme a la medicina. Al terminar mis estudios regresé y abrí la consulta.

Morgana, pensativa, asimiló la información y a continuación dijo:

–Mi padre te habría envidiado por la labor que realizas aquí, Michael. Otro habría vuelto la espalda a estos arrendatarios indigentes y se habría quedado en Londres con la corte del rey. Mucho me temo que aquí no te harás rico.

–No, pero me siento útil, y eso es más de lo que hubiera conseguido en Londres. Esta gente me necesita y me alegro de poder ayudarlos.

–¿Y tu madre?

–Murió también, que Dios la tenga en su gloria. Hubo una epidemia y muchos murieron innecesariamente, los padres de algunos de tus primos entre ellos. Sencillamente no supimos qué hacer.

–No lo sabía –murmuró Morgana–. Ninguno de mis primos me ha hablado del pasado. ¡Qué horrible! Tal vez esto explique su comportamiento. Trevor es arrogante pero a la vez sumiso, y Gerald, alcohólico. Colin permanece meditabundo y en silencio la mayor parte del tiempo y se pasa el día leyendo o escribiendo poesía. Rian es... bueno... extraño. Patrick parece ser el único normal del grupo.

–Sí, Trevor y Gerald perdieron entonces a sus padres. Fue terrible, todos esos cuerpos yaciendo en las calles, con los vientres hinchados y las lenguas negras y gruesas a causa de la sed que les provocaba la fiebre. Sabe Dios que hicimos todo lo que estaba en nuestras manos, pero no bastó. El hedor era lo bastante fuerte como para provocar náuseas y las mujeres se desmayaban al ver la escena.

–¡Qué horrible! –exclamó Morgana con voz débil.

–El padre de Rian había muerto poco antes en el mar. Su madre no logró recuperarse del golpe y tres semanas más tarde murió de tristeza. En cierto sentido tuvieron suerte de librarse de la epidemia. Los padres de Patrick lograron sobrevivir, pero un año más tarde se mataron cuando su coche volcó al regresar una noche de Letterick. Al padre de Colin lo mataron de un tiro en un duelo, y su madre, pobrecilla, dejó el niño en la puerta de Shanetara y desapareció. Nadie ha vuelto a saber de ella.

–Y mi padre huyó con mi madre, una mujer inglesa. No me extraña que el abuelo a veces parezca tan amargado.

–No creo que echara a tu padre porque tu madre fuera inglesa, Morgana. También lo era la de Patrick y así es como heredó su título. Si no me equivoco tu abuelo se enfadó con tu padre cuando se negó a volver a Irlanda.

–Y mi tía Rosamunde, ¿por qué no se casó, Michael?

–No lo sé. Hubo rumores acerca de un escándalo entre ella y uno de los mozos de cuadra de Shanetara. Los aldeanos dicen que estaba muy enamorada y quería casarse con él, pero tu abuelo no quiso ni oír hablar de asunto. Afirman que el hombre sólo iba tras su fortuna y supongo que tienen razón, porque tu abuelo lo sobornó para que se esfumara. El tipo se marchó de Shanetara y dicen que después de eso tu tía no volvió a interesarse por ningún otro hombre. Estoy seguro de que has notado que a veces tiende a vivir en el pasado y sostiene conversaciones imaginarias con otras personas. Desde entonces ha perdido un poco el contacto con la realidad, aunque la mayor parte del tiempo está perfectamente bien.

–Gracias, Michael –dijo Morgana con sinceridad–. Tal vez esto me ayude a comprender mejor a mi familia.

Se hacía tarde y emprendieron el camino de vuelta a Kilshannon. Morgana sacó a *Copper Lady* del cobertizo y Michael la ayudó a montar.

–Espero que no estés enfadado conmigo por haberte robado todo el día –le dijo.

–En absoluto –respondió él con una sonrisa–. Por favor, vuelve cuando quieras.

Morgana lo miró con afecto.

–Así lo haré.

Y, sin necesidad de palabras, quedó expresa entre ambos la promesa de una futura amistad. Ella no esperó su respuesta y, dando media vuelta, se encaminó hacia la carretera que llevaba a Shanetara.

Aquella noche Morgana no logró conciliar el sueño. Finalmente decidió bajar a la biblioteca del abuelo para coger la primera novela de Jane Austen. Se puso la bata y bajó por las escaleras de puntillas para no despertar al resto de los moradores. Dejó la lámpara sobre la mesa y examinó las estanterías en busca del libro. El abuelo poseía una extraordinaria biblioteca y ella ya había leído muchos desde su llegada. De pronto se detuvo. Escondidos en un oscuro extremo de un estante se encontraban todos los libros de poemas de su padre. Cogió uno y lo sostuvo con cariño entre los brazos. De modo que el anciano no había logrado endurecerse del todo con respecto a su padre.

–Vaya, vaya, la literata ha bajado a hurtadillas en busca de un libro. Pensaba que ya los había leído todos.

Sobresaltada, Morgana se volvió y vio a Rian con un vaso de whisky en una mano y la camisa desabrochada hasta la cintura dejando al descubierto la oscura mata de pelo que le cubría el pecho. Ella se ciñó bien la bata con el libro de su padre todavía en las manos.

–¿Qué quieres? –preguntó con calma.

–Nada. He visto luz y he venido a ver quién merodeaba en plena noche por la biblioteca del abuelo.

–Bueno, ahora ya lo sabes. Déjame pasar, por favor.

Él no hizo el menor gesto de apartarse.

–Rian, estás en medio del pasillo. ¿Me dejas pasar, por favor?

En lugar de eso, se acercó a ella y la arrinconó contra una de las estanterías.

–Hoy has visto a Michael Kelsey en la ciudad, ¿verdad?

–No es asunto tuyo si lo he visto o no.

–Te dije que te mantuvieras alejada de él –soltó Rian.

–¿Y qué me importa? No tienes ningún derecho sobre mí –repitió Morgana.

–No, Mag. –La llamó como su padre solía llamarla de niña, con ese nombre curiosamente tergiversado y alfabéticamente erróneo, que nadie había vuelto a emplear y en el que llevaba años sin pensar–. Pero te gustaría, ¿no es cierto?

–No sé de qué estás hablando, Rian –repuso ella con frialdad.

–De esto. –Recorrió con la mano la curva de su mandíbula y le levantó la cara hacia él.

–Rian, no –le rogó ella en voz baja, adivinando sus intenciones y sintiéndose repentinamente asustada.

Sin hacer caso, Rian estrelló el vaso de whisky contra

la pared y el líquido ámbar se deslizó lentamente por el panel de roble. Los ojos de Rian se oscurecieron en el mismo instante en que acercó los labios a los de Morgana y los apretó, suavemente al principio, luego más fuerte, más exigente, separándoselos con la lengua para explorar la suavidad del interior de su boca. Ella se puso rígida porque nunca la había tocado un hombre, pero Rian tenía experiencia. Supo por instinto que él era el primero y le gustó la idea. Introdujo las manos por el interior de la bata de Morgana y la apretó contra su duro y musculoso cuerpo mientras proseguía el lento ataque y le recorría con la boca la mejilla y el cuello, hasta llegar a los senos.

–Por favor –susurró Morgana, sin comprender el fuego que ardía en su interior.

Gimió en voz baja, sin darse cuenta siquiera, hasta que finalmente se abandonó en sus brazos y el libro de su padre cayó, olvidado, al suelo. Ésta era la respuesta que él buscaba, porque la soltó y observó fijamente; y no hizo nada por detenerla cuando ella se volvió y salió corriendo de la habitación.

VI

Durante las semanas que siguieron al baile de disfraces Morgana recibió tantas invitaciones que apenas tuvo tiempo de reflexionar acerca de la conducta de Rian aquella noche en la biblioteca. De vez en cuando al levantar la vista lo sorprendía mirándola y notaba que la sangre le subía poco a poco a la cara. Pero no hubo más forcejeos. Ella tenía demasiados compromisos, entre otros las reuniones en Devlin's Way, donde se jugaba al *whist* y al *silver loo* hasta altas horas de la madrugada. Johnnie Gallagher organizó también varias cacerías de zorros en Laughlin Hall, y aunque Morgana cabalgaba con ellos, se negaba a tomar parte en la matanza por considerarla cruel. Rian asistió también a tales acontecimientos, pero ella solía pedir a Patrick o Colin que la escoltaran, si no había nadie más disponible. Y poco a poco la congoja y la sensación de soledad empezaron a abandonarla y su aspecto melancólico desapareció, así como gran parte de su reserva natural.

Su relación con Michael Kelsey derivó en un afecto casi fraternal y a menudo iba al pueblo a hacerle una visita. En cierta ocasión llevó el almuerzo.

–¿Qué tal si te escapas un rato de todos estos frascos y vendas?

–¿Qué te propones? –Los ojos le brillaron con interés mientras se secaba las manos con una toalla.

–Me propongo –empezó a decir ella al tiempo que dejaba la cesta de picnic sobre la mesa– llevarte al campo y atiborrarte de todo lo que estoy segura que tu parecer de médico desaprobará con firmeza, es decir, pan y queso, jamón ahumado, una botella de vino que he hurtado de la bodega del abuelo y tarta de manzana.

–Mi parecer de médico, como tú lo llamas, me dice que todo eso engorda y embriaga, pero hoy manda el estómago, así que muéstreme el camino, señora. Será un placer acompañarla.

Como siempre, Morgana dejó a *Copper Lady* en el cobertizo y pasearon en la calesa de Michael hasta aquel prado que había empezado a considerar como suyo. Extendió el mantel y vació la cesta, charlando todo el tiempo animadamente.

Hablaron y rieron, y él cortó el jamón y el queso en trozos y los metió entre rebanadas de pan tierno. Bebieron vino, que se les subió un poco a la cabeza, y terminaron con toda la tarta de manzana. Morgana levantó la vista hacia Michael y suspiró. Se notaba las mejillas encendidas y lo atribuyó al vino. Tendida sobre la hierba, se dio la vuelta y contempló las blancas e hinchadas nubes del cielo.

–¿Alguna vez has deseado tocar una nube, Michael? ¿No parecen la cosa más blanda del mundo? Me gustaría alcanzarlas y hundir la cabeza en una.

–Sí –susurró él.

Morgana se volvió y lo miró a los ojos, tan azules como el cielo sobre sus cabezas.

–Me alegro de haber encontrado un amigo –dijo simplemente.

Conmovido, el médico le apretó la mano brevemente antes de encaminarse hacia la calesa.

El viernes, un hombre de aspecto pulcro y formal llegó a Shanetara elegantemente vestido. Entró en la casa sin dirigir una palabra a nadie y Bridget lo acompañó rápidamente y en silencio a la habitación del abuelo, mirándolo intrigada con el rabillo del ojo. Poco después llegaron Trevor y Fionna.

–Dios mío, cuando venía hacía aquí he visto a Angus O'Donnell. –Trevor entró corriendo en el salón–. ¿Ha muerto el abuelo?

–No vendas la piel del oso antes de haberlo matado, querido muchacho –respondió Rian–. El viejo está más sano que tú.

–Entonces, ¿qué hace aquí O'Donnell?

–Lo mismo me pregunto yo –volvió a responder Rian–. Pero me apuesto el cuello a que el abuelo está modificando el testamento.

–Bueno, eso es lo que he supuesto al ver a O'Donnell –intervino Patrick.

–¡Dios mío! –volvió a exclamar Trevor–. Nos dejará sin nada, lo sé. Supe que el viejo cambiaría su testamento en cuanto llegó aquí Morgana. ¡Ella tiene la culpa de todo!

–No sé de qué te preocupas –replicó Colin con impaciencia–. Te ganas bien la vida y el anciano va a dejarte Shanetara. Yo soy el que realmente necesita dinero, y Morgana es más pobre que las ratas.

–¡Tonterías! –protestó Trevor.

El hombre en cuestión bajó en ese preciso momento por las escaleras y no tuvieron tiempo de continuar la discusión. Trevor se apresuró a seguirlo y lo interrogó, tratando de averiguar qué ocurría, pero el señor O'Donnell era tan discreto como un cura y se limitó a sacudir la cabeza y a marcharse, dejándolos a todos intrigados y ligeramente irritados ante su actitud.

–¿No os parece un tipo extraño? –preguntó Gerald sin dirigirse a nadie en particular–. Sólo espero que el viejo me deje lo bastante para comprar bebida el resto de mis días.

–¡Qué repugnante! –Colin se sacudió una pelusa imaginaria de la manga.

–No utilices este tono conmigo, mocoso insolente –le advirtió Gerald–, si no quieres ganarte una bofetada.

–¡Silencio los dos! –ordenó Trevor sin poder ocultar su nerviosismo–. Es imposible saber qué ha hecho ese loco con el testamento.

–Bueno, supongo que tendremos que esperar a la hora del almuerzo para averiguarlo –repuso Rian con lógica, y salió de la habitación dejándolos enzarzados en una acalorada discusión.

Sin embargo Morgana no se enteró de lo sucedido. Había cogido su capa y salido a pasear mucho antes de que el abogado de su abuelo llegara, y todavía no había vuelto cuando el pulcro hombre se marchó. El aire era frío y húmedo, como si fuera a llover. Echó a andar hacia la colina de Brandon, sumida en sus pensamientos. Tan ensimismada estaba que no oyó los cascos detrás de ella.

–¿Adónde vas, encantadora bruja? –Rian la miró desde su negro semental.

–Lejos de ti –replicó ella, y apretó el paso.

–Es inútil –dijo él, y soltó una carcajada–. Nunca correrás más deprisa que *Lucifer.*

–¿*Lucifer*? ¡Vaya nombre para un caballo! –Se encogió de hombros con indiferencia.

Ante su sorpresa, Rian detuvo al semental y miró cómo se alejaba. Morgana lo ignoraba, pero él a menudo la observaba cuando paseaba por los páramos y la había visto varias veces con Michael Kelsey. No sabía qué había entre ellos, pero sospechaba que eran amantes. Le irritó que buscara tan ansiosa los vulgares besos del médico y despreciara los suyos. La había deseado únicamente para amenizar su estancia en Irlanda, porque empezaba a estar harto de Lindsey Joyce; pero desde que Morgana había huido de él y lo ignoraba, su deseo se había convertido en algo más que un capricho pasajero. El interés de Rian había aumentado, porque amaba el desafío y la persecución, y pocas veces tenía ocasión de experimentarlos. Estaba decidido a conseguirla y jugaba con ventaja, porque sabía lo bastante del pasado de Morgana como para adivinar sus sentimientos. La insolencia del conde la hería en su amor propio y, sin embargo, no podía evitar sentirse atraída por una mente más astuta. Por otra parte, las tumultuosas sensaciones que le recorrían el cuerpo eran desconocidas y resultaban aterradoras para alguien que, como ella, carecía de experiencia con los hombres.

Los suaves labios de Morgana temblaron cuando la besó, y ella no supo contener, o reconocer siquiera, sus propios deseos. Sí, era un desafío digno de un hombre hastiado; y Rian no tenía duda de que tarde o temprano vencería su resistencia y la haría suya.

El hecho de que fuera su prima, arrojada a una tierra extraña en medio de parientes desconocidos, y el que no tuviese dinero le traía sin cuidado. Tenía intención de aprovecharse de su precaria condición. Rian sonrió con arrogancia. ¿Qué mujer renunciaría a los vestidos elegantes y a las joyas? Él era rico. La convertiría generosamente en su amante y, cuando se cansara de ella, le compraría una bonita casa y le pasaría una modesta renta.

De pronto sonrió y golpeó a *Lucifer* con la fusta. Al cabo de pocos minutos Morgana se sobresaltó al oír el ruido de unos cascos que se aproximaban a toda velocidad. Se volvió en el preciso momento en que Rian alargaba el brazo y la subía a su caballo.

–Estúpido –jadeó ella–. Podrías haberme matado.

–No lo creo –le susurró al oído.

–Bájame de inmediato. –Morgana intentó adoptar un tono autoritario, sabiendo que él haría exactamente lo que se le antojara.

Rian, como de costumbre, no hizo caso y, metiéndole la mano por debajo de la capa, la apretó contra su pecho. Empezó a llover ligeramente y Morgana estaba segura de que él podía oírle los latidos del corazón. Rian dejó las riendas de *Lucifer* y volviéndole la cara a Morgana la besó con brusquedad, hiriendo sus tiernos labios. Ella gimió suavemente y lo odió por tocarla, al tiempo que sentía por todo el cuerpo una oleada de excitación. Finalmente se rindió y apoyó la cabeza en su hombro respondiendo a sus deseos. Cuando él se sintió satisfecho, la soltó. Recogió las riendas de *Lucifer* y lo condujo de vuelta a Shanetara, sintiendo cómo temblaba Morgana contra su cuerpo.

–Eres despreciable –dijo finalmente ella, avergonzada de su propia conducta desenfrenada.

–Vamos, Mag. –Él la miró fijamente–. No intentes fingir que no has disfrutado. He notado cómo respondías a mi beso.

–Bruto. –Estaba a punto de echarse a llorar de vergüenza–. Si vuelves a tocarme, te juro que se lo diré al abuelo. Se pondrá furioso contigo –le advirtió.

–Por usted, señora, me enfrentaré a la ira del viejo.

Morgana no dijo nada más mientras se acercaban a los establos. Rian la ayudó a desmontar, cogiéndola fuertemente por la cintura más tiempo del necesario, y volvieron a la casa por separado.

Aquella noche el abuelo parecía particularmente animado, y Morgana pensó que parecía más astuto y satisfecho de sí mismo que de costumbre, lo que la inquietó. Apenas probó bocado, con Rian sentado frente a ella dirigiéndole miradas burlonas. Trató de esquivar sus significativas miradas, pero cada vez le resultaba más difícil.

Todos estaban muertos de curiosidad acerca de la visita de Angus O'Donnell, pero nadie tuvo el coraje suficiente para interrogar a Fergus en el transcurso de la cena, de modo que Morgana seguía sin saber nada del asunto. El anciano esperó a que los hombres se quedaran a solas con su oporto para dejar caer la noticia.

–Estoy seguro de que preguntaréis por qué ha venido hoy Angus. –Se aclaró la voz–. Será mejor que os diga que he cambiado el testamento.

–Lo sabía –se lamentó Trevor.

–Como sabéis –continuó él, pasando por alto las palabras de Trevor–, Morgana se considera una solterona demasiado vieja para casarse. Bueno, pues en mi opinión no lo es. Y he decidido que me gustaría que se casara con uno de vosotros. He dispuesto, por tanto, dejar toda mi fortuna al que consiga llevarla al altar. –Se vio interrumpido por exclamaciones de indignación y sorpresa–. No he terminado. –Levantó la mano a fin de contener sus comentarios–. Siempre y cuando se case con ella antes de que yo muera. Estoy seguro de que es un gran incentivo para todos vosotros porque la muchacha no carece de encanto, y ninguno, ni siquiera Rian –lanzó a su nieto una mirada penetrante–, posee una fortuna comparable a la mía.

Concluyó su breve discurso, convencido de que había jugado lo bastante con la codicia de sus nietos como para que la partida resultara interesante; y seguro de que Rian sería el ganador, ya que éste no soportaba perder.

Sus nietos quedaron por un instante sin habla, preguntándose si habían oído bien, hasta que Trevor explotó.

–¡Pero eso es ridículo! La idea en sí es enormemente injusta, sobre todo para mí, que ya estoy casado.

–Debo decir que me parece realmente poco equitativo, abuelo, que excluya al resto de este modo –opinó Patrick.

–¿De qué espera que viva? –gritó Colin–. A duras penas puedo acabar el mes con mi asignación.

–Espero que dejes de perder el tiempo con esa basura que lees, y que sin duda escribes, y empieces a considerar en serio el sacerdocio.

–La poesía no es basura, sino cultura. ¡Y no quiero ser un maldito cura! –soltó Colin desafiante al anciano.

–¿Y cómo compraré una bebida decente? –intervino Gerald, echando leña al fuego.

–Me parece que ya has bebido más de lo que te corresponde –insinuó Fergus secamente–. ¡Jamás pensé que vería a un McShane convertido en un borracho!

–¿Puedo preguntar qué piensa hacer con su dinero si la señora en cuestión no consiente en casarse con ninguno de nosotros? –Rian habló por primera vez, enormemente disgustado por el cariz que habían tomado repentinamente los acontecimientos.

–Siempre has sido más inteligente que el resto –dijo el abuelo con una sonrisa–. En ese caso, he dejado instrucciones para que construyan un orfanato en mi memoria. Se llamará Hogar Fergus McShane para los Niños Pobres.

Emplearán mi fortuna en construirlo y el resto irá a parar a un fondo destinado a su mantenimiento.

–¡Con los años se ha vuelto senil! –exclamó Trevor entre las carcajadas de Gerald–. Eso no lo aprobará ningún tribunal.

–Angus O'Donnell ya lo ha redactado. ¿Insinúas que eres mejor abogado que él? –Fergus le dirigió una mirada penetrante.

Trevor no supo qué contestar y, tras un momentáneo silencio, el anciano continuó.

–Hay algo más. Morgana no debe enterarse del testamento. Ha heredado la obstinación de los McShane –observó, no sin orgullo– y si llegase a saberlo desbarataría todos mis planes. Quien le revele el contenido del testamento será expulsado de Shanetara y no verá un solo penique. ¿Queda claro?

Todos asintieron, todavía atónitos por la inesperada noticia.

–Bien –continuó secamente–. Será cortejada con todo el respeto que merece una dama y una prima. –De pronto lanzó una mirada significativa a Rian, como si hubiera adivinado las disolutas intenciones de su nieto–. Y supongo que así lo haréis, todos vosotros. –Rió–. No olvidéis lo que está en juego. –Se volvió hacia Trevor–. Trevor, antes has comentado que este plan es injusto en lo que a ti se refiere, y tienes razón. Sin embargo, heredarás Shanetara bajo cualquier circunstancia, y las rentas que produce no son nada despreciables. Además, si Gerald consigue casarse con la joven –añadió con un bufido, como si eso fuera altamente improbable–, no me cabe duda de que compartirá su buena fortuna contigo, después de todos los años que has cuidado de él.

–Admítalo –dijo Rian fríamente antes de que Trevor tuviera tiempo de replicar–. Ha maquinado todo esto para compensarla por todos los años de pobreza que ha tenido que sufrir por su culpa. Su maldito orgullo no le permitirá aceptar a ninguno de nosotros. Se está volviendo blando y sentimental con los años –añadió consternado ante la repentina debilidad del abuelo y al ver frustrados todos sus planes.

–Si lo soy –replicó el duque con ironía–, no es asunto tuyo. Llega un momento en la vida en que te das cuenta de que tienes que devolver algo de todo lo que has tomado de ella. Recuérdalo, y serás un hombre mejor.

Dicho esto, Fergus cerró los ojos cansado, con la sensación de que, por fin, había hecho todo lo que estaba en su mano.

VII

El sábado Morgana se reunió, como siempre, con Michael y pasó con él una agradable tarde cogiendo flores silvestres. Pero la diversión terminó cuando al volver a Shanetara topó con Brendan O'Hara. No había vuelto a verlo desde el fatídico día, varios meses atrás, en que había intentado llevar una cesta de fruta a los aldeanos de Shaughnessy; cuando ella, recién llegada a Irlanda e ignorante de sus costumbres, le había herido tan profundamente en su orgullo que la obligó a marcharse del pueblo con sus crueles comentarios. Ahora él le cerraba el paso y la estudiaba fríamente con unos ojos tan azules como los de su hermana Bridget. La recorrió con la mirada de una forma insultante. ¡Cuánto le habría gustado llevarse a la cama a esa bruja de cabellos rojos! Pero no merecía la pena que lo colgaran por ella, y los McShane tenían muy mal carácter. De pronto Morgana supo, sin duda, que él la había visto con Michael, y que probablemente los vigilaba desde hacía tiempo. Dios mío, ¿mantendría la boca cerrada? Los McShane pondrían fin a su amistad con el médico si se enteraban.

–Está cortándome el paso, señor O'Hara –dijo ella sosteniendo su mirada glacial.

–¿De veras, lady Morgana?

Brendan se mostraba insolente y no era de fiar. De pronto cayó en la cuenta de que estaba totalmente sola, sin un mozo o una doncella que la acompañara. Al ver la descarada postura del hombre deseó ardientemente tener a alguien junto a ella, y las advertencias del estirado Trevor volvieron a su memoria, atormentándola. Fustigó a la yegua y, para su sorpresa, el hombre se apartó del camino. Pasó delante de él sin que la molestara, pero sintió sus fríos ojos azules clavados en ella mientras se alejaba carretera abajo.

Varias semanas más tarde, Morgana advirtió que la actitud de sus primos hacia ella había experimentado un cambio sustancial desde su llegada. Lo notó por primera vez cuando Gerald, excepcionalmente bien trajeado, se acercó a ella una mañana y le preguntó si quería acompañarlo a Dingle.

–Pensé que a lo mejor te gustaría ir de compras. Los almacenes están mucho mejor surtidos que los pocos que hay en Kilshannon, y me encantaría disfrutar de tu compañía.

Morgana, desconfiada, le olió el aliento, pero no halló el menor rastro de alcohol. Recordó que hacía varias noches que no veía a Gerald realmente borracho, y decidió acompañarlo. Él habló animadamente todo el camino, e incluso se disculpó por haberla llamado bruja pelirroja.

–Aunque todavía te encuentro algo hechizante. –La miró de reojo.

«¡Vamos, pero si está tratando de flirtear conmigo!», pensó ella. Gerald, que no le había prestado la menor atención desde su llegada, con la excepción de esa noche en el comedor, después de que el abuelo anunciara su intención de organizar un baile de disfraces. Morgana miró a su corpulento y musculoso primo y se sonrojó.

–Estás muy bonita cuando te ruborizas. Ya lo he notado en otras ocasiones.

Su comentario sólo sirvió para que le subieran más los

colores. Gerald la miró fijamente y Morgana percibió la corriente de pensamientos impronunciables que circuló entre ellos. Distraído, no vio un bache y el coche dio una sacudida y arrojó a Morgana contra su pecho. Él la rodeó con su fornido brazo.

–Estáte quieta. ¿Acaso quieres caerte y hacerte daño? No, señor. Sería absolutamente intolerable.

Tranquilizó a los caballos mientras ella se soltaba con delicadeza. Pese a todo pasaron un día agradable. Gerald la llevó de compras y se mostró extremadamente paciente mientras ella examinaba las piezas de tela. Le compró unas encantadoras cintas verdes para el cabello y, al volver a casa, Morgana le dio las gracias por la agradable tarde y no pensó más en él. Sin embargo, sus atenciones hacia ella fueron en aumento, hasta el extremo de agobiarla y desconcertarla. Los hombres de la familia advirtieron su incomodidad con distintos grados de humor y recelo, mientras ella trataba en vano de averiguar la razón del cambio de actitud de Gerald.

No lo supo hasta que una mañana fue a ver a Fionna e hizo un descubrimiento tan desagradable como desconcertante. Morgana vio a su joven prima en el jardín y desmontó del caballo con la intención de llamarla a gritos, cuando le llegaron voces procedentes del gran mirador que se alzaba detrás de la casa. Al parecer Gerald y Trevor mantenían una acalorada discusión. Morgana se acercó con cautela y, sin proponérselo, se encontró escuchando absorta la conversación.

–Vas demasiado deprisa –oyó decir a Trevor.

–Y yo te digo que pronto tendré a la pequeña zorra en el bote –presumió Gerald.

–¡Maldita sea, Gerry! Ella es mucho más lista de lo que imaginas. Tienes que ir con calma, mimarla, convencerla de que eres algo más que un idiota musculoso.

–Conque un idiota musculoso, ¿eh? Deja que te diga algo, hermano mayor. Si no fuera por mí, no pintarías nada en este asunto.

–Lo sé, estúpido. ¿No ves que sólo intento ayudarte?

Si la ahuyentas antes de haberla llevado al altar, nunca podremos echar mano del dinero del viejo.

Morgana retrocedió con la cara encendida de ira. No quiso oír más, porque estaba segura de que hablaban de ella. ¿Qué significaba eso? ¿De qué dinero hablaban? Entonces lo comprendió. La dote, por supuesto. La dote que el abuelo le había prometido si se casaba. ¡Pero era absurdo! Gerald no llegaría al extremo de casarse con ella por lo que, conociendo la tacañería del abuelo, sería una insignificante suma de dinero. La idea era tan ridícula que la desechó, pero a partir de entonces guardó las distancias con Gerald y, aunque sin faltar ningún momento a la cortesía, se mostró muy reservada. Cuanto más se esforzaba él en complacerla y en caerle en gracia, más fríamente lo trataba ella, hasta que el pobre zoquete pareció tan confundido que sus demás primos quedaron encantados.

Una noche Morgana se encontraba en su dormitorio cepillándose el cabello, cuando Bridget entró a preparar el baño nocturno de su señora. Morgana cruzó unas palabras con la joven y a continuación volvió a su silenciosa tarea, de modo que tardó un poco en advertir las lágrimas que corrían por las mejillas de Bridget.

–Vamos, Bridget –se levantó de un salto, preocupada–. ¿Qué ocurre? Seguro que no hay motivos para llorar.

–¡Oh, señora! –gimió Bridget suavemente–. Estoy tan avergonzada. No puedo contarle mis problemas a una dama decente como usted.

–Por supuesto que puedes. ¿Acaso no somos amigas? Desde luego que lo somos, y para eso están los amigos. Ahora dime lo que te preocupa.

–¡Oh, señora! –volvió a gemir Bridget–. Voy a tener un hijo.

De todas las confidencias que podrían haberle hecho, ésa era la última que Morgana había esperado oír. Bridget era una chica tan dulce que Morgana se quedó atónita.

–¿Estás segura?

Bridget asintió desconsolada.

–Bridget, mírame. ¿Sabes quién es el padre?

La doncella bajó una vez más sus aterrorizados ojos.

–Sí –asintió con un hilo de voz–. Pero no puedo decírselo, señora, de verdad que no puedo.

–Pero debes hacerlo, Bridget –la persuadió Morgana con suavidad–. Ese hombre debe reparar el mal que te ha hecho. Lo comprendes, ¿verdad?

–Él no puede, señora.

–¿Por qué no? ¿Se lo has dicho? ¿Se ha negado a casarse contigo? Dios mío, ¿no estará casado ya?

–No –murmuró ella.

–Entonces tendrá que pagar por lo que ha hecho –concluyó Morgana con estoicismo, porque le costaba creer que la chica no fuera inocente antes de que la sedujeran cruelmente y la abandonaran.

–¿Lo amas, Bridget? –le preguntó en tono afable.

–Sí –asintió la doncella–. Lo quiero más que a mi vida. Es por eso que no voy a deshonrarlo. Verá, él no es de mi clase.

Al oír esas palabras Morgana sintió que algo se removía en su interior, algo de lo que tal vez quedaba de la niña que había sufrido en la escuela con los odiosos comentarios de sus compañeras de clase. Apretó la mandíbula, furiosa, decidida a no permitir que la criada también sufriera.

–Eso es descabellado, Bridget. Todos somos seres humanos, ni mejores ni peores que nuestro prójimo. ¿Ese hombre te ama?

–Creo que sí, de lo contrario yo no habría... –Rompió de nuevo a llorar–. Oh, señora, ¿qué voy a hacer?

–Lo primero que debes hacer es decirme su nombre. Confía en mí –insistió Morgana.

–Es... su primo Patrick –dijo finalmente la doncella de mala gana.

Morgana contuvo el aliento. ¡Claro! Recordaba el guiño que había sorprendido la noche que ella llegó a Shanetara. ¿Cómo se las habían arreglado para mantener su aventura tanto tiempo en secreto?

–No te muevas de aquí hasta que yo vuelva –le ordenó Morgana.

–¿Adónde va? –exclamó Bridget, nerviosa.

–A buscar a Patrick.

–No, no, señora, no debe...

–Por supuesto que sí. No seas tonta, Bridget. Mi primo es un hombre de honor. Si te ama, te aceptará tal como eres, a pesar del esnobismo de su clase.

Después de asegurarse de que la doncella no saldría huyendo, Morgana corrió por el pasillo hasta la habitación de Patrick.

–¡Primo! –Llamó a la puerta–. ¿Puedo entrar?

Él pareció algo sorprendido de verla, lo que era natural, pero no fue nada comparado con la mirada de mortificación que le dirigió cuando Morgana le pidió que la acompañara enseguida a su habitación.

–Pero ¿qué te propones? Sin duda sabes que no es muy decoroso.

–No me importa –respondió ella–. No puedo explicártelo ahora. Debes venir conmigo. –Le tiró de la manga, decidida a llevarlo por la fuerza, si era preciso.

Bridget los vio entrar con sus aterrorizados ojos azules desde el otro extremo de la habitación y rompió a llorar desconsolada.

–¿Bridget? –Patrick corrió a su lado–. ¿Qué está pasando aquí?

–Espera un hijo, Patrick –soltó bruscamente Morgana.

–¡Dios mío!

–Lo siento, Paddy. ¡Estoy tan avergonzada! –gimió débilmente la doncella.

–Patrick, ¿tú la quieres? –Morgana miró sin pestañear a su primo.

–¡Cielos, sí! –exclamó él–. Lo siento, es sólo que... Dios mío... ¿qué vamos a hacer?

–Vais a casaros, naturalmente, como cualquier pareja de jóvenes enamorados –respondió Morgana con tranquilidad.

–Pero el abuelo no lo consentirá, y me desheredará...

–empezó a decir Patrick, pero se interrumpió bruscamente.

–¿Qué eres, un hombre o un ratón? –le preguntó Morgana secamente–. ¿Quieres a Bridget o no?

–Por supuesto que sí. –Patrick tomó la mano de la joven entre las suyas y le dijo–: Te quiero. –Se volvió hacia su prima y, abandonando la prudencia, añadió–: Tienes razón, prima. No debo dejarme intimidar. Obtendremos una licencia especial y nos casaremos mañana, aunque no tengo ni idea de cómo voy a conseguirla. Nunca me he relacionado con obispos y demás, salvo en la iglesia, claro. Y supongo que el cura de Dingle debe de temer la cólera de mi abuelo lo suficiente como para concederme una.

Aquello era algo que Morgana no había considerado. Bridget se mordió el labio.

–No funcionará, Paddy. ¿De qué vamos a vivir? Arruinaré tu vida para siempre.

–¡Tonterías! –repuso Patrick bruscamente, demostrando a Morgana que su sosegado primo poseía el temperamento y las agallas de los McShane cuando quería–. No quiero volver a oír nada parecido. Nos las arreglaremos. Todavía tengo la finca de mi madre en Inglaterra.

–¡Rian! –De pronto Morgana chasqueó los dedos, sosteniendo sus miradas intrigadas–. Rian sabrá cómo conseguir la licencia. Iré a buscarlo.

–¡Oh, no! –gritó Bridget–. Seguro que se lo dice a tu abuelo.

–No, no lo hará –decidió Morgana, sin saber muy bien por qué no iba a hacerlo.

–¿Cómo demonios sabes que puede conseguirla? –replicó Patrick.

–Lo sé. Esperad aquí.

Y Morgana recorrió una vez más el pasillo hasta la habitación de su primo.

–Rian –empezó a decir al llegar a la puerta–. Necesito tu ayuda. ¿Puedes venir a mi habitación, por favor?

A diferencia de Patrick, Rian no hizo ninguna pregunta, sino que arqueó una ceja burlón y respondió despacio:

–Espero que hagas lo posible para que merezca la pena.

Ella intentó pasar por alto el comentario y sus esfuerzos se vieron premiados con una carcajada.

–¿Os dais cuenta de que el viejo pondrá el grito en el cielo cuando se entere? –preguntó Rian tras oír la historia completa.

–Por supuesto que sí. –Patrick parecía impaciente–. Ya hemos pensado en ello, pero no hay otra solución.

–Entonces ¿estás decidido a seguir adelante, Patrick?

–Sí, Bridget y yo nos queremos, y ahora, con el niño en camino, no puedo abandonarla y dejar que se muera de hambre.

–No, supongo que no. Soy amigo de un obispo y estoy seguro de que me dará la licencia. Iremos esta noche a buscarla. Sólo espero que consigas convencer al cura de Dingle para que te case una vez que tengas el permiso. Supongo que Morgana y yo podemos hacer de testigos y asegurar que el anciano ha dado su consentimiento, aunque legalmente no lo necesitas. Me consta que todo el mundo de por aquí teme al viejo buitre.

–Oh, ¿haríais eso por nosotros? –preguntó Bridget sin aliento.

–Por supuesto –concedió Rian–. ¿Verdad, Mag?

–Puestos a hacer, hagámoslo bien –respondió ella.

Dejaron a los preocupados pero satisfechos amantes a solas con sus ilusiones y temores, y regresaron a la habitación de Rian, donde juntos trazaron planes como dos conspiradores. Ella lo ayudó a ponerse la chaqueta y el gabán.

–Estaré de vuelta antes del amanecer –dijo él.

–Me encargaré de que Bridget y Patrick estén listos para marchar por la mañana. Te agradezco mucho todo lo que estás haciendo, Rian –murmuró ella, pero se mordió la lengua cuando él se burló un momento después:

–No te preocupes. Me aseguraré de exigir un precio por mis servicios. –Y salió a la oscuridad de la noche.

A la mañana siguiente, una novia muy nerviosa y un novio algo desafiante se casaron en Dingle. Celebró la boda un sacerdote que sólo había creído a medias las firmes promesas de que aquella unión contaba con la bendición y el consentimiento del abuelo. Por fortuna Rian sabía ser encantador y persuasivo cuando quería, y una pequeña cantidad como donación para la iglesia, por supuesto, ayudó a zanjar el asunto. Al concluir la breve ceremonia, Morgana comprendió de pronto la importancia del paso que había dado la feliz pareja y que ella misma había alentado, y sólo de pensar en la ira de su abuelo le temblaron las rodillas de terror. Sin embargo estaba decidida a no dejarse intimidar.

–¿Arrepentida, Mag? –Rian la examinó divertido–. No te preocupes, estaré allí para apoyarte.

–Por una vez te agradezco sinceramente tu apoyo –admitió ella de mala gana.

Colérico no es el adjetivo adecuado para describir el estado de Fergus McShane cuando le informaron acerca de la boda. Patrick hizo frente al anciano sin pestañear, y Bridget, aunque con lágrimas en los ojos, tampoco se amedrentó. Morgana pensó con ironía que por lo menos el abuelo no podría tachar a la mujer de Patrick de falta de carácter.

–¡Casados! ¡Casados! –aulló el abuelo, al tiempo que golpeaba furiosa y violentamente el suelo con el bastón–. ¿Cómo has podido hacerlo, mocoso desagradecido? Y tú... –se volvió hacia Bridget–, tú, lagarta, ganándote su afecto para meterte en la familia. Creí que eras una criada leal, ¿y así es como me lo pagas? ¡Por Dios, Patrick! Ahora mismo te excluiré de mi testamento.

–Ya lo ha hecho, abuelo –le recordó Patrick con serenidad, y a continuación se mordió la lengua hasta sentir dolor.

–Entonces te privaré de tus fondos y te echaré de esta casa, ¿me has oído? –El anciano estaba demasiado alterado para darse cuenta de la equivocación que estaba cometiendo en presencia de todos–. ¡Haced las maletas inmediatamente y desapareced de mi vista!

–Como quiera, abuelo. Vamos, Bridget.

–¿No se está precipitando un poco? –preguntó Rian–. Creo que ya pasó por esto una vez y sufrió mucho.

–No me vengas con ésas, canalla desagradecido, que los has persuadido y ayudado. Y tú, Morgana, que te acogí en mi casa cuando nadie te quería. ¡He criado un cuervo bajo mi techo! ¡Mira todos los problemas que has causado! –gritó.

–Si Patrick se va, yo también me voy –dijo Morgana en voz baja–. No puedo vivir en la casa de un hipócrita.

–He estado considerando la posibilidad de volver a zarpar. Tal vez ahora sea el momento. –Rian se encogió de hombros con indiferencia.

–Hummm. Creéis que me estoy equivocando y tratáis de castigarme, ¿no es cierto? –Se sintió ligeramente complacido al ver que los dos se habían aliado en su contra–. Pues no lo permitiré, ¿me habéis oído? ¡Dios mío, si no es más que una vulgar criada! –replicó el anciano.

–Lo que no cambia el hecho de que lleva el hijo de Patrick en sus entrañas, su bisnieto –le recordó Rian, que había decidido que era preferible explicarle el motivo de esa apresurada e impropia boda.

–Mi bisnieto, en efecto. Si tuviéramos alguna seguridad de que es hijo de Patrick.

–El niño es mío, señor –intervino Patrick, tratando de controlar su evidente irritación al entrar en la habitación con las maletas–. Y demostrará a mi mujer el debido respeto no volviendo a repetir esas palabras. Yo tengo la culpa, de tenerla alguien. Amo a Bridget y me aproveché de ella imperdonablemente porque no fui lo bastante hombre para hacer frente a su cólera y casarme con Bridget. Espero que ella sea capaz de perdonar mi debilidad y apruebe el paso que he dado para reparar mi error. –Se volvió hacia Rian–. Me voy con Bridget a la posada de Kilshannon. Te agradecería que te ocuparas de que lleven el resto de mis cosas por la mañana.

–Encantado, primo. ¿Te importa que bese a la novia antes de que os marchéis?

–Por supuesto que no.

Rian se inclinó y plantó un beso de primo en la mejilla de la joven.

–Bienvenida a la familia, querida, tal y como es. Espero que no nos juzgues apresuradamente.

–No, señor –susurró ella agradecida mientras Morgana la abrazaba y animaba, deseando lo mejor a la pareja.

Se hizo un silencio en el salón, interrumpido únicamente por el ruido de las ruedas de la calesa que se alejaba a la media luz del atardecer. Finalmente Morgana recuperó el habla.

–Será mejor que suba y empiece a hacer las maletas. Kerr puede acompañarme a la ciudad por la mañana. Me llevaré el resto del equipaje de Patrick conmigo –le dijo a Rian.

Se detuvieron cuando el anciano dejó caer el bastón con gran estrépito para llevarse las manos a la garganta. Parecía ahogarse y su rostro adquirió un tono azulado.

–¡Abuelo! –exclamó Morgana, corriendo a su lado. Rian ya estaba aflojándole la corbata.

–Rosamunde, ve a buscar a Michael. –Morgana no se dio cuenta de que había llamado al médico por su nombre de pila hasta que sorprendió la breve aunque penetrante mirada que le lanzó Rian. Sin embargo, éste no dijo nada y volvió su atención hacia el abuelo.

–Llevémosle al sofá –dijo.

Lo hicieron en silencio, tratando de colocar al anciano lo más cómodo posible. Al cabo de unos minutos llegó Michael, quien dirigió una breve y tranquilizadora mirada a Morgana antes de pasar a atender a Fergus McShane. Aguardaron preocupados en un rincón hasta que el médico empezó a guardar sus complicados instrumentos en el maletín que siempre llevaba consigo.

–¿Y bien, Michael? –Rian fue el primero en hablar–. ¿Qué le ocurre al abuelo?

–Ha sufrido un ligero ataque, nada serio, espero. Pero deben obligarlo a descansar. Procuren que esté tranquilo y no dejen que se excite. Está en buena forma, pero estas cosas se agravan con el tiempo, sobre todo en un hombre de su edad. Otro disgusto como éste podría matarlo. Les recomiendo que traten de que guarde cama el mayor tiempo posible.

–¿Se pondrá bien, doctor Kelsey? –Morgana se sonrojó ligeramente al llamarlo por su nombre profesional, porque para ella era Michael, su querido y leal amigo, y le molestaba tener que fingir delante de su familia cuando le hubiera gustado abrazarlo en busca de consuelo y decirles a todos el afecto que sentía hacia ese hombre tranquilo.

–Creo que sí, lady Morgana. –Se mostró igualmente formal–. Sin embargo, puede que haya cierta parálisis leve. Es demasiado pronto para saberlo.

Cuando Morgana lo acompañó hasta la calesa, él le apretó suavemente la mano para animarla, antes de marcharse.

VIII

Patrick no fue desterrado de Shanetara porque durante varios días el anciano se encontró muy débil, de hecho nunca volvió a recuperar por completo su vigor; y como durante un tiempo Patrick había ayudado al abuelo y nadie más sabía cómo llevar la finca, fue imposible prescindir de él. Rian había permanecido demasiados años en el mar, alejado de todo; Trevor había asistido a la facultad de derecho los años en los que hubiera podido aprender, y desde entonces pasaba demasiado tiempo en Dublín, en el Parlamento; y Gerald y Colin jamás habían demostrado ningún interés por la administración de la imponente finca. Patrick, con su amor por la tierra buena y fértil, junto con su decisión de permanecer en Irlanda aun cuando poseía una finca en Inglaterra, se había ganado sin proponérselo un lugar en el corazón del anciano; así, aunque éste no perdonó abiertamente a Patrick por lo que todavía consideraba un desastroso matrimonio, permitió que la joven pareja se mudara de Kilshannon Hall a Dower House, la casa que Rosemunde nunca había ocupado.

Los McShane pensaban que Patrick había sido un estúpido al casarse con una vulgar criada cuando habría podido conseguir una fortuna, y empezaron a hacer apuestas sobre quién conseguiría la mano de Morgana. Rian y Colin eran los únicos que tenían posibilidades de ganar, ya que ella había dejado claro que no quería tener nada con Gerald.

Patrick recorría la hacienda a diario para asegurarse de que todo marchaba bien, y poco a poco él y Bridget se integraron en el círculo familiar.

Rian acudió cada día a Kilshannon con Morgana para ayudar a Bridget a trasladar los muebles y limpiar la casa hasta que la dejaron reluciente. Cuando podía escapar de sus obligaciones, Patrick se reunía con ellos, y él y Rian hacían reír a las jóvenes con sus historias y bromas, sintiéndose mucho más unidos de lo que habían estado en su infancia. Morgana empezó a descubrir una faceta más jovial en el carácter de Rian, y lo encontró extrañamente inquietante. En ocasiones Fionna también los acompañaba, y Morgana se alegró al comprobar que, lejos de despreciar a Bridget, la acogió en la familia con una atractiva timidez. Cuando daban por terminado el día, se retiraban a Shanetara y hablaban y reían mientras bordaban delicadas ropas para el niño que pronto nacería. De hecho, con la aceptación de la antigua criada, poco a poco y sin proponérselo, empezó a reinar en la casa un ambiente más normal. Morgana miró hacia el otro extremo de la habitación y sonrió a Bridget, satisfecha del cambio que había traído consigo.

Pero, como de costumbre, no duró mucho la paz en Shanetara. Un sábado, Morgana volvía de pasar la tarde con Michael pensando todavía en el niño cuya mano infectada él estaba intentando curar, cuando se encontró con Brendan O'Hara, el hermano de Bridget. El hombre estaba enfadado, peor aún, se sentía irremisiblemente insultado.

–Una vez más está usted en mitad del camino, señor O'Hara –logró decir Morgana con calma. Pero esta vez él no intentó apartarse.

–Se cree muy lista, ¿verdad? –soltó él con desprecio–, casando a Bridget con tantas prisas mientras yo estaba en

Ulster. –¿Ulster? Morgana ni siquiera sabía que se había marchado–. Pues le diré algo, miss Gran Lady de la Casa Grande, usted ha convertido a los O'Hara en el hazmerreír del condado.

–No atino a comprender su enfado, señor O'Hara. –Morgana trató de ocultar su nerviosismo–. Su hermana ha hecho una buena boda con el hombre al que ama.

–Se ha casado demasiado bien, y preñada además. –Morgana dio un respingo–. Ja, creía que no lo sabía, ¿eh? Bueno, pues esta mañana temprano he hecho una visita a mi hermana. El condado entero cree que no es más que una seductora y calculadora ramera. Los he oído hablar. «Los O'Hara se creen mejores que nosotros, muchachos.» –La miró con frialdad–. Oh, sí, eso es lo que comentan. Bueno, pues no crea que vamos a mendigar favores a los engreídos McShane.

–Nunca se me ha ocurrido pensarlo, señor O'Hara.

–¡Hummm! Se cree una señora muy respetable, ¿verdad? Pues no lo es. La he visto con Michael Kelsey, ese pobre estúpido embrutecido. –Morgana se quedó boquiabierta. ¡Ese hombre creía que ella y Michael eran amantes!–. ¿Pretende cambiarse por Bridget? –continuó él–. ¿O sólo se está divirtiendo? ¿Por qué no escoge a un hombre de verdad, que sepa manejar a una fulana como usted? –Extendió el brazo y de un tirón la obligó a desmontar.

Esta vez Morgana se asustó de verdad mientras miraba con fijeza sus fríos ojos azules.

–Yo podría enseñarle un par de cosas. –Brendan la agarró del cabello y le giró la cara hacia él–. Su arrepentido primo sedujo a mi hermana, y ahora ella ha salido de su elemento y no sabe cómo tratar a la gente rica como usted. ¿A que su abuelo tampoco está demasiado contento? Y ahora somos uno menos en casa para traer dinero y ayudar a mantener a la familia –prosiguió él sin esperar respuesta.

–Me cuesta creer que Bridget permita que se mueran de hambre –consiguió decir Morgana con sequedad.

–¿Cree que aceptaríamos algo de ella ahora? No aceptamos caridad, lady Morgana –repuso con tono sarcástico–. Ni siquiera de los de nuestra clase, ¿recuerda? Creo que merezco una compensación por la pérdida de mi hermana, ¿no le parece?

–¿Qué se propone, señor O'Hara? Estoy segura de que mi abuelo se ocupará de ello.

–Apuesto a que sí, pero no como yo quiero. –Rió con malicia–. Quiero que su familia sufra tanto como la mía, ojo por ojo, por decirlo así. ¿Me comprende?

Morgana lo comprendió todo cuanto el hombre se inclinó hacia ella y la besó con brutalidad. Forcejeó en vano mientras él le aferraba el escote del vestido y se lo rasgaba, y gritó horrorizada cuando la tiró al suelo y, plantando una pierna a cada lado de su cuerpo, la miró con una sonrisa de satisfacción anticipada. Gimió al ver que se pasaba la lengua por los labios y se reía a carcajadas de su angustia. A continuación el hombre se llevó la mano al cinturón y se dejó caer sobre ella. Morgana gritó, pues sabía que no podría sacárselo de encima. Pero algo ocurría, porque de pronto él dejó de moverse. Y entonces vio la sangre, sangre por todas partes, tibia y roja, que empapaba su vestido desgarrado y encharcaba el suelo. Morgana volvió a gritar, histéricamente esta vez. No pudo contenerse. Los gritos se convirtieron en sollozos sofocados y las lágrimas le corrieron a raudales por las mejillas cuando vio los ciegos, fríos y acusadores ojos azules de Brendan O'Hara. ¡Le habían disparado por la espalda! Advirtió el agujero al intentar sacárselo de encima. ¡Dios mío! Ni siquiera había oído la detonación. Entonces alguien gritó: «¡Mag!, ¡Mag!», y allí estaba Rian, quitándole el cuerpo de Brendan de encima. Se arrodilló a su lado, y en su confusión, ella le golpeó el pecho, todavía gritando y sollozando, hasta que él la zarandeó y abofeteó. Morgana lo miró atónita.

–Lo siento, Mag, pero no tenía otra salida –dijo Rian con suavidad cuando ella se hubo tranquilizado–. ¿Estás bien?

–Creo... que sí. –Tenía todo el cuerpo entumecido.

–Bien. –Rian se volvió hacia el hombre muerto–. Supongo que será mejor que regresemos a casa y enviemos a alguien a recoger el cuerpo de Brendan.

–Oh, Dios mío –gimió Morgana–. Pobre Bridget. Todo ha sido por mi culpa.

–¡Cállate! No has podido evitarlo. No sé cómo ha podido atacarte de este modo. Él tenía otros planes.

Morgana miró el cuerpo y sólo entonces cayó en la cuenta de que Rian había matado a un hombre.

–Quería vengarse por lo de Bridget.

Rian la ayudó a levantarse y la subió a *Lucifer*, ya que *Copper Lady* había salido huyendo. Luego montó detrás de ella, sosteniéndola con firmeza. Morgana cerró los ojos y apoyó la cabeza en su hombro, sintiéndose extrañamente reconfortada. Rian había preferido matar a un nombre antes que verla violada. No quiso preguntarle sus motivos o la razón por la que se encontraba en esa parte de los páramos. Nunca se enteró de que él la había seguido con la intención de poner fin a la aventura que creía que estaba teniendo con Michael Kelsey.

Velaron el cuerpo de Brendan O'Hara durante tres días. Ningún McShane asistió al funeral, con la excepción de Bridget y Patrick, que fueron abiertamente rechazados por los O'Hara. El abuelo había sido informado sucintamente de lo ocurrido, y Rian echó a Trevor sin ceremonias cuando éste les hizo una breve visita para reprocharles, con indisimulada satisfacción, que no habían escuchado sus advertencias. Morgana agradeció que Bridget no le guardara rencor por el trágico suceso; y pronto todo volvió a la normalidad... con dos excepciones: se le prohibió volver a salir sin compañía, lo que puso fin a sus encuentros con Michael; y empezó a mirar a Rian con más respeto, aunque no permitió que su interés por él aumentara.

IX

Los días eran más cortos y fríos a medida que se acercaba el invierno, así que los encuentros de Morgana y Michael no habrían podido continuar de todos modos. Ella echaba de menos a su amigo pues ya no tenía con quién hablar y, sin darse cuenta, empezó a pasar más tiempo con Rian. Pero era una relación extraña: cada vez que ella se convencía de que no se sentía atraída hacia él, se volvía y lo sorprendía mirándola con una sonrisa, por lo que le costaba permanecer mucho tiempo enfadada con él. Además, Colin estaba demasiado ensimismado y Rosamunde, aturdida la mayor parte del tiempo, como para poder entablar una conversación ingeniosa con ellos.

Unas semanas antes de la pequeña fiesta que pensaba dar en Nochevieja, Morgana abrió el último cajón de la cómoda y sacó la tela que le había regalado Rian a su regreso. Pediría a la señora Casey que le hiciera algo especial para la ocasión, algo de estilo oriental quizá. Después de todo, era seda china. Rian sabría lo que ella quería, pensó Morgana, y, recogiendo los pliegues de la brillante tela, salió a su encuentro.

–Así que quieres algo chino, ¿eh? –dijo Rian cuando le describió lo que tenía en mente. A continuación cogió un grueso bloc y se puso a dibujar. Luego añadió–: Ésta es la clase de vestido que llevan las mujeres en China.

Morgana se quedó boquiabierta al ver que había dibujado una túnica larga y suelta con unas amplias mangas acampanadas, bastante inocente, pero abierta por los lados casi hasta los muslos, al estilo oriental. Ella sabía que, con una buena confección, la tela del vestido se le ceñiría de tal modo al cuerpo que revelaría todas sus formas al andar. Era escandaloso e impensable, pero él la provocó con su siguiente comentario.

–¿Qué ocurre? ¿Es demasiado atrevido para ti, Mag? –le preguntó con insolencia.

–En absoluto. –Morgana aceptó el desafío con frialdad. No permitiría que él volviera a vencerla–. Pediré que me lo hagan exactamente como lo has dibujado.

Y salió de la habitación. Oh, cómo le gustaría ver por una vez a ese exasperante hombre arrastrándose ante ella, se dijo acalorada. Rian, por su parte, pensó en lo atractiva que estaría con ese vestido provocador, y en cómo se escandalizarían todos al verla aparecer. Lindsey Joyce se pondría verde de envidia; rió al imaginarla. Sin duda prometía ser una estupenda fiesta de Nochevieja. Esa prima de ojos verdes siempre estaba armando alboroto; claro que en esta ocasión él la había animado. Entonces pensó en Michael Kelsey y apretó con fuerza el vaso de whisky. ¡Ese presuntuoso médico! Mag lo veía en secreto, y Rian estaba seguro de que creía estar enamorada de él. Iría al pueblo y pondría fin al asunto, pero entonces Mag se enteraría y reaccionaría con furia. ¿Eran realmente amantes? No, seguro que no. Michael tenía unas convicciones religiosas demasiado profundas. Un hombre de su moralidad encontraría escandalosa y repugnante la idea de tener relaciones íntimas antes del matrimonio. ¡El pobre estúpido! Mag debía de estar amargándole la vida en estos momentos. Era demasiado considerado para casarse con ella y someterla a una vida de pobreza y ridículo, y no era lo bastante canalla para tener una simple aventura con la joven. «¡Dios! Menudo estúpido», pensó Rian de nuevo. Afortunadamente él no tenía escrúpulos en lo que a las mujeres se refería. ¿No había sido el día anterior, que había hecho el amor con Lindsey Joyce y ella le había clavado las uñas en la espalda rogándole que siguiera? Sí, le divertía, pero no despertaba en él ese deseo incontenible que sentía con el mero roce de la mano de Morgana. Esa chica estaba volviéndolo loco a él también. Recordó el día que la había besado, el dulce sabor de sus temblorosos labios bajo su ardiente boca. La deseaba y se proponía conseguirla, a cualquier precio y a pesar del estúpido testamento de su abuelo. ¿Acaso no había matado a un hombre por ella? Confiado y arrogante, apartó a Michael Kelsey de sus pensamientos.

Con la seda china Morgana se hizo un vestido que difería en algo del dibujo de Rian, ya que en el último momento recuperó algo de sentido común. La señora Casey se quedó tan horrorizada al verlo, que Morgana le permitió modificarlo un poco, reduciendo la longitud de los cortes laterales. Engalanada en los brillantes pliegues contuvo la respiración. ¡Era magnífico! Rian había acertado, como siempre. Sin embargo el vestido era un poco chocante; su diseño venía de otro mundo, no encajaba en la sala de baile de su abuelo, sino en un baño de bambú con geishas y abanicos pintados. Así y todo, estaba decidida a llevarlo. No se puso joyas que pudieran desmerecer el vestido y se recogió el cabello al estilo oriental. Por último se maquilló con destreza para hacer resaltar sus ojos de color verde esmeralda. Cuando por fin estuvo lista, recogió el delicado abanico chino que Rian sabía sacado en el último momento de su cofre de tesoros, que parecía no tener fondo, y se dirigió al salón de baile.

Rian salió a su encuentro al pie de la escalera.

–Debo reconocer, Mag, que no sospechaba esta faceta tuya –le susurró con una mirada de aprobación.

–Bueno, pues ahora ya sabes algo más de mí. –Morgana arqueó una ceja con malicia, pero le tembló ligeramente la mano cuando él se la cogió para acompañarla al salón.

El vestido causó sensación desde el primer momento y por un instante Morgana no se creyó capaz de soportar las copas alzadas con sorna y los zumbantes murmullos alrededor de ella. Sin embargo, Rian permaneció a su lado, riéndose de todo lo que ella decía y actuando como si su atuendo fuera absolutamente convencional, y ante su sorpresa salió de la prueba muy airosa, por lo menos hasta que Lindsey Joyce se acercó a ellos.

–Bueno, bueno, ¿es esto lo que se lleva en los burdeles de China? –Lindsey miró fijamente el vestido de Morgana con mal disimulado disgusto.

–¡Lindsey! –exclamó Rian severo.

–Querido, sólo comento lo obvio. –Volvió la cabeza hacia él con indecisión.

–Estás siendo ofensiva. –La cogió del brazo y añadió–: Veo que tendré que enseñarte buenos modales.

Morgana los observó alejarse y sintió algo parecido a los celos. ¿Cómo podía Rian soportar a una mujer así? Casi parecía divertirse con esa gatita. Morgana asintió distraída cuando Colin la invitó a bailar.

Rian se indignó al verla bailar con la cabeza inclinada para oír lo que Colin le decía al oído. ¡Ese insolente! No había duda de que confiaba en seducir a Morgana para que se casara con él. Los labios de Rian se curvaron en una sonrisa maliciosa. Bueno, si todo salía como esperaba, Morgana sería suya antes de que terminara la velada, y el joven Colin sería el primer sorprendido. De mal humor se sirvió un vaso de whisky y buscó con la mirada las mesas de juego.

–Oh, perdona, prima. Te he pisado el vestido –le confesó Colin desolado–. Ya te dije que no bailo muy bien.

–Sólo es un pequeño desgarrón. Si me disculpas, lo coseré enseguida.

Morgana se escabulló de la bulliciosa fiesta y subió con sigilo por las escaleras en busca de aguja e hilo. Terminó de coser el pequeño desgarrón, pero en lugar de volver enseguida, decidió dar una vuelta y salió por las escaleras traseras a pesar de que empezaba a caer una fina lluvia. Al cabo de un rato de pasear por la playa disfrutando del aire fresco de la noche, regresó a la fiesta de mala gana, aunque satisfecha por el breve respiro.

–Veo que no eres una gran anfitriona, Mag. ¿La fiesta no ha resultado como esperabas?

Morgana se volvió y se encontró a Rian sin chaqueta, con la corbata aflojada y la camisa desabrochada hasta la cintura.

–¿Qué haces tú aquí?

–Te he visto salir a hurtadillas y he decidido hacerte compañía. ¡Menuda andariega estás hecha! El abuelo se enfadará mucho.

–Estás borracho –dijo Morgana con disgusto cuando él se le acercó tambaleante.

–Lo estoy –concedió él, cogiéndola del brazo.

–Suéltame, bruto –dijo ella con frialdad, arrepentida de haber salido a tomar el aire.

–¡Estáte quieta! –replicó él con voz cortante–. He venido a hacerte una proposición. Maldita sea, te deseo –murmuró, y al ver la llama de la pasión en sus ojos, Morgana se sintió extrañamente inquieta y excitada al mismo tiempo–. Te deseo desde la primera vez que te vi. Bueno, no exactamente –rectificó con voz de borracho–. La primera vez que te vi sólo tenías siete años; y puede que sea muchas cosas, pero no voy por ahí pervirtiendo jovencitas.

Morgana frunció el entrecejo confusa. ¿De qué demonios estaba hablando? ¿Cómo podía haberla visto cuando apenas era una niña? No era más que cháchara de borracho.

–Sí, te deseo, querida, y me he propuesto que seas mía –continuó él, entornando los ojos.

«Vamos –pensó Morgana de pronto–, el arrogante Rian McShane me está pidiendo la mano.» Una proposición, había dicho. Sonrió triunfante, convencida de haber ganado la partida.

–No quiero casarme contigo, Rian –repuso con frialdad.

–¡Casarte! ¡Casarte! –Echó la cabeza hacia atrás y rió–.

¡Por Dios, eso sí que es gracioso! Estoy casado con el mar, niña. Lo que te estoy pidiendo es que te conviertas en mi querida.

Morgana no se habría quedado tan anonadada y aturdida si él la hubiera abofeteado.

–¿Tu querida? –gritó.

–Oh, vamos, Mag. –De pronto Rian pareció serenarse y empezó a cubrirle las manos y las muñecas de abrasadores besos–. No te hagas la remilgada conmigo. Sé que me deseas tanto como yo a ti.

–¡Estás loco! –Ella trató de soltarse–. Nunca te he dado motivos para que me hables de este modo.

–Por supuesto que me los has dado. Te he visto observarme, preguntándote cómo sería acostarse conmigo. Todas las mujeres pensáis en lo mismo –continuó él, sin hacer caso de su expresión ultrajada–. No tienes por qué avergonzarte de ello. Te compraré una casa en Londres, te gustaría, ¿verdad, preciosa? Te compraré vestidos elegantes y joyas. ¿Qué me dice, señora?

–¡Suéltame! –exclamó ella, temiendo que le estallara la cabeza si seguía escuchándolo.

–¡Maldita sea! –La expresión de Rian se volvió de pronto terriblemente hostil–. Se trata de Michael Kelsey, ¿no es cierto? ¡Juro por Dios que me desharé de ese médico entrometido! Lo echaré del pueblo aunque sea lo último que haga. Crees estar enamorada de él, ¿no es cierto? –La zarandeó con brusquedad.

–No seas ridículo. Michael y yo sólo somos amigos.

Por un instante Rian casi le creyó. Luego entornó los ojos y rió sarcástico.

–¿A quién quieres engañar? Os he visto juntos. ¡Por Dios, te olvidarás de él muy pronto, yo me encargaré de que lo hagas!

Forcejearon en la arena cuando la besó a la fuerza y le introdujo la lengua entre los labios. Morgana sintió que, a pesar de sí misma, le daba vueltas la cabeza y creyó desvanecerse, y lo habría hecho de no haberla sostenido Rian con sus fornidos brazos.

–¿Lo ves? –le dijo con voz ronca al oído–. Me deseas, nena.

–¡No, no es verdad! ¡No es verdad! –gritó ella jadeante, pero tenía sus dudas. ¿Lo había alentado ella? Oh, sí, lo había besado. Y en el fondo sabía que había respondido a sus caricias, a algo físico y animal que había en él y que ni siquiera ahora sabía qué era. ¿Lo había inducido a actuar así?–. ¡Oh, Dios mío! –se lamentó en voz baja, mientras las manos de Rian bajaban hasta sus senos.

Se retorció entre sus brazos y forcejeó con desesperación, porque estaba borracho y ella no sabía de qué podía ser capaz. Cayeron al suelo y Morgana cogió un puñado de arena y se lo arrojó a los ojos. Él la soltó de inmediato, se llevó furioso las manos a la cara y comenzó a maldecirla como el marinero borracho que era. Ella se alejó de él corriendo a ciegas como un cervatillo asustado. No volvió la vista atrás, ni siquiera cuando lo oyó gritar.

–Serás mía, bruja –dijo, y se echó a reír una vez más.

Morgana temblaba violentamente cuando entró a todo correr en la casa y subió a su habitación. Se arregló el cabello despeinado y se alisó el vestido, tratando de calmarse. ¡Ese estúpido engreído! ¿Era esto a lo que había estado jugando? ¡Su querida! La palabra le resonó en la cabeza como un martillazo y tardó un rato en darse cuenta de que llamaban a la puerta. La entreabrió con cautela, temiendo que se tratara de Rian, pero era Colin quien aguardaba en el umbral.

–¿Lo has arreglado, Morgana?

–¿El qué?

–El desgarrón..., lo siento muchísimo. ¿Has podido coserlo?

–Sí, oh... sí... –Morgana sonrió, tratando de recuperar la calma–. Era muy pequeño, como me figuraba.

–Bien, prima, yo... quería hablar contigo –balbuceó Colin mientras ella aguardaba expectante–. Quiero hacerte una proposición interesante.

–¿Proposición? –casi gritó ella.

–No, no es lo que estás pensando. –Se dio cuenta del

error y se apresuró a añadir–: Pensé que tal vez consideraras casarte conmigo. Oh, ya sé que no me quieres más de lo que yo te quiero a ti, pero tenemos muchos intereses en común, sobre todo la poesía, y no creo que importe que seas un par de años mayor que yo, ¿no? –Hizo una pausa y continuó–: He pensado mucho en ello últimamente y creo que es la solución perfecta a nuestra situación. Con el dinero..., quiero decir con tu dote, podría obtener el grado de oficial en el ejército. Tú tendrías libertad para viajar y hacer cuanto te viniera en gana, y yo miraría hacia otro lado en lo que a tus aventuras se refiere, siempre y cuando actuaras con discreción. No estaríamos obligados a tener... relaciones íntimas enseguida, aunque, naturalmente, me gustaría tener herederos en el futuro. Por favor, di que sí, Morgana, y te prometo que no te arrepentirás –concluyó casi sin aliento.

Morgana lo miró atónita por un instante, incapaz de asimilar en una sola noche una proposición deshonesta y una petición de mano. Nunca se le había pasado por la cabeza que Colin pudiera proponerle matrimonio, y menos de ese modo, y se quedó sin habla. Luego, poco a poco se dio cuenta de que no era mala idea. Era bastante bien parecido y lo manejaría con cierta facilidad. Además sería el mayor insulto imaginable para Rian, el arrogante y burlón Rian. ¡Podía ver la expresión de su cara! Así, apresuradamente y por despecho, Morgana consintió en casarse con Colin.

–No te arrepentirás, Morgana –dijo al tiempo que le cogía apasionadamente la mano–. ¿Para cuándo te parece que fijemos la fecha?

–Lo antes posible, ¿no crees? –respondió ella con frialdad, ahora que ya había tomado la decisión.

–¡Oh, sabía que llegaríamos a un buen acuerdo! –exclamó Colin con entusiasmo–. Conseguiré una licencia especial y nos casaremos dentro de dos semanas. ¿Crees que tendrás bastante tiempo?

–Sí, muy bien –respondió Morgana en tono áspero al pensar de nuevo en la cara de Rian y preguntándose por qué de pronto empezaba a arrepentirse de su apresurada decisión. Pero al ver la expresión de satisfacción de Colin no tuvo valor para retractarse de sus impetuosas palabras y permitió que le besara fervorosamente la mano antes de volver a la fiesta.

–Colin –dijo ella al llegar a la puerta del salón de baile–. Esperemos hasta mañana para anunciar nuestra boda, por favor. Toda esta gente... y el revuelo...

–Oh, desde luego. Tienes razón. Estás siempre en todo –dijo él con una sonrisa. En ese momento habría hecho cualquier cosa por ella, tan satisfecho y seguro estaba de echar mano a la fortuna de su abuelo–. Como tú quieras, querida.

Morgana nunca supo cómo logró aguantar hasta el final de la velada. Se le heló la sonrisa en los labios mientras miraba a los invitados sin verlos. Permaneció pegada a Colin el resto de la noche, soltando un comentario mordaz a Rian cada vez que éste se le acercaba. Él la miró con el entrecejo fruncido y se dio cuenta de que se lo había buscado. Y los tres, aunque por motivos diferentes, pensaron que jamás olvidarían esa Nochevieja.

X

Fergus McShane jamás se había sentido tan furioso; sus bien trazados planes de pronto parecían haberse frustrado. Ahí tenía a Rian, ceñudo, dispuesto a echar la bronca al que osara dirigirle la palabra; y a Morgana, fingiendo que era feliz, pero a todas luces aturdida. Y a Colin, pavoneándose delante de todos. Fergus hubiera rugido de cólera... Pero ya era demasiado tarde, porque la boda era ese mismo día. Gruñó sólo de pensarlo. ¡Menuda pandilla de necios! Nunca hubiera creído que Rian y Morgana serían capaces de comportarse tan estúpidamente, aunque ignoraba la razón de su ruptura. Colin había conseguido una licencia especial; Rosamunde había avisado a la iglesia; la señora Casey había confeccionado el traje de la novia y él, Fergus, tenía que llevarla al altar.

Se estiró la corbata gruñendo en medio del silencio, porque el resto de la familia se encontraba ya en la iglesia, esperando el comienzo de la ceremonia. A excepción de Colin, que se había quedado atrás para llevar en su coche a su abuelo. ¡Colin! De pronto el anciano rió con malicia. ¿Tarde? Nunca era demasiado tarde. Con otro extravagante plan bullendo en su cerebro recorrió con sigilo el pasillo hasta la habitación de Colin. Su nieto se encontraba dentro, tarareando una alegre tonada, y no oyó llegar a su abuelo ni lo vio meter la mano por la puerta y retirar la llave de la cerradura. Más triunfante aún que Colin, Fergus McShane cerró la puerta por fuera, rió brevemente y se alejó con aire jubiloso de la habitación de su nieto.

Condujo él mismo el coche hasta la iglesia sin volver la mirada hacia la casa vacía, donde Colin ya debía de estar desesperado tratando de salir de la habitación. El duque rió entre dientes sólo de imaginarlo. «¡He ahí un novio condenado a perderse su propia boda!», pensó.

–Abuelo –Morgana se apresuró a salir de la iglesia–, ¿dónde está Colin?

–No lo sé, niña. ¿No ha llegado? No lo he encontrado y pensé que ya había salido hacia aquí –mintió el anciano sin escrúpulos.

–Pues no ha llegado. –Echó una mirada alrededor, inquieta.

–Bueno, no te preocupes, niña. Aún tenemos mucho tiempo por delante.

Entraron en la pequeña habitación de la iglesia donde durante generaciones habían aguardado todas las novias irlandesas antes de recorrer el largo pasillo hasta el altar. A través del resquicio de la puerta, Morgana vio que todos los bancos estaban ocupados por conocidos de los McShane y se sorprendió ante el número de asistentes, ya que no había mandado ninguna invitación. Era evidente que el anuncio enviado por correo había bastado para que la noticia se propagara de boca en boca. Rian, que irónicamente era el padrino, permanecía con Patrick junto a la barandilla del altar enfrente de Bridget y Fionna, las damas de honor de Morgana. Muchos de los presentes rezaban arrodillados, pero los McShane permanecieron de pie, esperando.

Esperaron y esperaron. Esperaron durante media hora; y entretanto Colin trataba con furia de derribar la puerta; pero era en vano, porque el resistente marco de roble se negaba a ceder. Contempló a continuación la posibilidad de saltar por la ventana, pero comprendió que sólo conseguiría romperse la crisma. Entonces trató de quitar la llave que seguía en la cerradura exterior de la puerta pero se le cayó al suelo del pasillo y quedó fuera de su alcance. Desesperado, empezó a golpear las paredes y a gritar, pero no había nadie en Shanetara para oírle.

Por fin Morgana se volvió hacia su abuelo.

–No va a venir –dijo despacio–. Debe de haberle ocurrido algo.

Fergus McShane la cogió con fuerza del brazo y con una inclinación de cabeza indicó al organista que empezara a tocar la marcha nupcial al tiempo que conducía a su horrorizada nieta hacia la nave principal. Todos los presentes se pusieron de pie, expectantes.

–¿Qué hace? –susurró Morgana frenética–. No puede haber ceremonia sin el novio. ¡Deténgase! ¡Deténgase ahora mismo!

–Tendrás un novio, querida. –Fergus habló con disimulo, asintiendo y sonriendo a los invitados al pasar–. No temas.

La condujo lenta y solemnemente hacia el altar donde el sacerdote y los McShane aguardaban de pie. Arrastró a la confusa y temblorosa novia hasta su último destino y entonces, tranquilamente, cogió con la misma fuerza a Rian del brazo y le habló deprisa y en voz baja para que nadie, ni siquiera Morgana, pudiera oírle.

–Colin no vendrá –dijo el anciano sin rodeos–. Lo he encerrado en su habitación, así que tendrás que ocupar su lugar. ¡No digas nada! Sé que quieres a Morgana. Además, ya va siendo hora de que te cases, y ¿qué mejor que una mujer de nuestra propia familia? Es bonita y rebosa salud, Rian, y te dará muchos hijos. El orgullo del nombre de los McShane está hoy en juego –continuó mientras su nieto permanecía en silencio, perplejo y enojado al verse manipulado de ese modo–. Colin no es el hombre adecuado para ella y nunca he pretendido que lo fuera. Necesita a alguien como tú, ¡y eres necio si no lo ves! –El anciano le dirigió una mirada penetrante–. Quiero que te cases con ella.

Rian entornó sus ojos verdes y lo miró con dureza.

–Por lo visto lo tiene todo calculado –dijo secamente–. Pero no tengo intención de perder mi libertad.

–¿Tu libertad? ¡Bah! –replicó Fergus–. Perderás algo más que eso como no te cases ahora mismo con tu prima, te lo aseguro. Puedo complicarte mucho la vida, no lo olvides.

Sin una palabra Rian tomó la mano de Morgana, conteniendo los deseos de golpear a su abuelo hasta dejarlo sin sentido por haberlo atrapado de ese modo. Trevor se formó enseguida una idea de lo ocurrido y, siempre atento a sus obligaciones y modales, se condujo tan silenciosa y discretamente para tranquilizar a los asistentes que el incidente, que apenas había durado unos minutos, pareció lo más natural del mundo.

Pero esos pocos minutos le parecieron horas a Morgana, cuya mano helada reposaba en la de Rian. Apenas podía dar crédito a lo que sucedía y se sintió tan aliviada al ver que no iban a abandonarla en el altar delante de toda esa gente, que no se detuvo a pensar en lo que ocurriría una vez terminada la ceremonia. Le atormentaba un doloroso recuerdo, algo que le había sucedido de niña, en el colegio. Esperaba a su padre, que asistiría a la clase de literatura para hablar de sus poemas. ¡Qué orgullosa se sentía, segura de que ninguna tenía un padre tan famoso como el suyo, y decidida a granjearse por fin la simpatía de sus compañeras! Esperó y esperó, pero su distraído padre había olvidado la cita y no acudió.

«¡No va a venir! ¡No va a venir!»

Aún podía oír a aquellas horribles niñas canturreando esa frase una y otra vez, riéndose de ella, provocándola. Alzó la mirada y vio la dura expresión de Rian.

–¿Vas a casarte conmigo? –le preguntó Morgana en voz baja.

–¿Qué te hace pensar que aún te deseo? –preguntó él con crueldad, mientras Fergus se alejaba de la pareja, una vez cumplido su deber de colocar la mano de Morgana en la de Rian.

La cabeza le daba vueltas. Se reirían de ella. ¡Todo el mundo se reiría de ella y no podría soportarlo!

–Por favor –le imploró en voz baja, mordiéndose el labio.

Él la miró burlón, examinándola como si se tratara de una esclava. Sí, la deseaba, ¡maldita sea! La convertiría en su mujer y tanto ella como su abuelo se arrepentirían de ese día.

¿Cabía imaginar una boda más extraña? Morgana tenía el rostro tan blanco como su traje de novia, el traje que una frenética señora Casey había confeccionado en apenas tres días. No, no era un simple vestido, pensó de pronto, sino un sudario, un sudario de color crudo adornado de encajes y millares de diminutas perlas. Le tembló la voz mientras repetía los votos, pero la de Rian se oyó firme y clara; y entonces él la besó furiosa, posesivamente, mientras el cura los bendecía. Morgana sintió que le quemaban los labios bajo su abrasadora boca y tembló entre sus brazos al comprender de pronto la magnitud de lo que acababa de hacer. ¡Estaba casada! Casada con Rian McShane, un hombre que continuamente se burlaba de ella y había pretendido convertirla en su querida; y en ese momento lo despreció. Dios mío, ¿qué había hecho? ¿Qué había hecho? Ahora él podría hacer lo que se le antojara con ella y no tendría derecho a impedírselo. Rian debió de leerle el pensamiento, porque la miró inexorable con una hermética y odiosa sonrisa mientras salían de la iglesia.

–¡Enhorabuena, Rian! –Sean Devlin se acercó en cuanto lograron abrirse paso hasta la puerta–. Aunque debo decir que nos has dado un buen susto. Creía que Morgana iba a casarse con Colin.

–¿Colin? –Rian arqueó una ceja sin alterarse–. Rosamunde debió de equivocarse. Ya sabes que está un poco trastornada –añadió en tono conspirativo.

Morgana se sonrojó durante esos instantes de angustia que Rian logró suavizar con su serena explicación. Por lo menos no tenía intención de revelar a todo el mundo la verdad sobre su matrimonio. ¡Podía estarle agradecida!

Una vez concluidas las felicitaciones, Morgana regresó a Shanetara sentada en silencio junto a Rian en el mismo coche que debería haber llevado a Colin. ¡Colin! ¿Qué le habría ocurrido? Dio vueltas al pesado anillo de oro que Rian le había puesto en el dedo índice a fin de marcarla como posesión suya. Miró su rostro agitado y se preguntó en qué estaría pensando ese extraño y arrogante hombre que ahora era su marido. Él advirtió que lo observaba y clavó la mirada en los ojos verde esmeralda, llenos de motas doradas y de miedo, y en la boca color amapola que tanto había ansiado. Ahora era suya, para siempre; podía hacer con ella lo que se le antojara. De pronto cayó en la cuenta del poder que poseía sobre ella y la cogió por la cintura con naturalidad, no sin advertir su mueca de desagrado.

–Eres mi mujer –le dijo con frialdad–. A pesar de las circunstancias, eres mi mujer.

–No –susurró ella–. Yo no te quiero..., yo...

Antes de que pudiera terminar la frase, Rian la atrajo bruscamente hacia él con los ojos brillantes como el acero.

–Me querías lo bastante allí dentro como para casarte conmigo. –La zarandeó con suavidad–. Y ahora que me he visto obligado a sacrificar mi libertad por ti, no tengo intención de dejarte escapar.

–¿Obligado? ¿Cómo?

Él soltó una carcajada.

–El abuelo encerró a Colin en su habitación y me amenazó con hacerme la vida imposible si no me casaba contigo.

–No, no te creo. Nadie ha podido obligarte a hacer algo que tú no deseas, Rian. Debías de tener alguna otra razón para hacerlo.

Él la desnudó con la mirada.

–Creo que tú ya la conoces –dijo despacio.

Morgana trató de apartarse, pero él acercó los labios a su boca y la besó con brusquedad, estrechándola contra su pecho. Ella oyó cómo crujía la licencia matrimonial en su bolsillo, la licencia especial que el sacerdote había rellenado con sus nombres. ¡Oh, si ella y Colin hubieran esperado un poco y enviado las invitaciones para la boda, eso nunca habría ocurrido!, se lamentó.

–Deja que me vaya, por favor –le susurró cuando él la soltó.

Por toda respuesta él le puso la mano con delicadeza pero firmemente alrededor de su blanco cuello.

–Me perteneces –se mofó.

Morgana tembló de miedo cuando él volvió a besarla ansiosa y brutalmente.

Al oírlos entrar, Colin aporreó de nuevo la puerta de su habitación lleno de rabia y frustración.

–¡Dejadme salir! ¡Os digo que me dejéis salir de aquí!

–¡Pero si es lord Colin! –exclamó Mollie con incredulidad, mientras se apresuraba a entrar en la casa, tan confusa como los demás ante el repentino giro que tomaban los acontecimientos.

Corrió escaleras arriba y, al comprender lo que ocurría, recogió la llave del suelo y abrió la puerta al enfurecido joven.

–¿Quién ha podido hacer una cosa así, señor? –preguntó sorprendida mientras Colin salía corriendo y la apartaba de un empujón.

–¡Usted! Ha sido usted quien me ha encerrado. –Avanzó furioso hacia su abuelo al llegar al pie de la escalera–. Pero ¿por qué? Gané limpia y honradamente. Ha arruinado mi boda y convertido a Morgana en el hazmerreír del condado. ¡Todo el mundo creerá que la abandoné en el altar! ¿Cómo ha podido hacerme esto, abuelo? Morgana –se volvió hacia la joven, que se encontraba de pie al lado de Rian, aturdida por lo ocurrido–, nos casaremos mañana, te lo prometo –le dijo, cogiéndole los brazos.

–¡Aparta las manos de mi mujer! –exclamó Rian en medio del repentino silencio.

–¿Has dicho tu mujer? ¡Eso es imposible!

–¿De veras? Pues no lo es, querido muchacho. Gracias al abuelo –replicó Rian.

–Por Dios, Rian, me las pagarás. Lo habéis planeado juntos para que te quedes tú con el dinero. Siempre has sido el predilecto del viejo, pero juro que me las pagaréis –gritó Colin, agitando el puño ante su primo y su abuelo.

–¿Dinero? ¿Qué dinero? –Morgana recobró por fin el habla y los miró con suspicacia.

–El abuelo cambió su testamento. –Colin se volvió de nuevo hacia ella, sin temor a revelar la verdad–. Dijo que dejaría su dinero al primero que lograra llevarte al altar. ¡Y yo iba a conseguirlo todo! –gritó.

Morgana se mareó y por un instante creyó desvanecerse. Palideció y de pronto enrojeció de furia y miró a Rian fijamente.

–¿Es eso cierto? ¿Lo es? –preguntó.

–Sí, criatura –respondió Fergus malhumorado–. Es cierto, pero lo hice con la mejor intención.

¡Dinero! Rian se había casado con ella por dinero. ¡Y ella que había creído que la quería, incluso que la amaba! Sentía ganas de reír y llorar al mismo tiempo. No la quería, lo único que le importaba era el dinero del viejo. Sin pronunciar palabra se dio media vuelta, subió corriendo a su habitación y, dando un portazo, echó la llave temblando del disgusto y el horror. En el piso de abajo prosiguió la discusión hasta que finalmente, tras unos cuantos portazos más, se hizo un extraño y sobrecogedor silencio.

Morgana no bajó a cenar y devolvió intacta la comida que Mollie le había preparado.

–Pobre niña –murmuró Mollie mientras recogía la bandeja–. La pobre ha tenido un día de boda muy triste y confuso. No me extraña que no tenga apetito.

En las dependencias del servicio, los criados se reunieron en torno a la mesa de la cena para hablar sobre el extraño giro que habían tomado los acontecimientos y mover la cabeza compadeciéndose de la pobre lady McShane, prometida a un hombre y casada de pronto con otro; porque todo lo que sabían era que Rosamunde no se había equivocado al anunciar la boda.

Cayó la noche y cuando todos los miembros de la familia se retiraron a sus respectivas habitaciones, sólo uno de ellos se sentía satisfecho con lo ocurrido. El anciano estaba convencido de que Rian y Morgana recapacitarían y acabarían haciendo las paces, sólo era cuestión de tiempo.

Morgana se quitó el traje de novia, se lavó la cara y, soltándose el cabello, se lo cepilló mecánicamente, mirándose sin verse en el espejo. Se puso el salto de cama que debería haberse puesto para Colin y se acostó. Pero pronto descubrió que no podía dormir, volvió a levantarse y se paseó nerviosa por la habitación. Lo que necesitaba era una copa, una buena copa de whishy irlandés que tranquilizara sus nervios destrozados y entumeciera agradablemente los miembros de su cuerpo. ¿Cabía imaginar un día más horrible? Finalmente abrió la puerta.

–¿Es esto lo que buscas?

Rian se encontraba en el pasillo con un batín negro abierto hasta la cintura que dejaba al descubierto el espeso y negro pelo que cubría su musculoso pecho. Sostenía un vaso de whisky en la mano. Morgana trató de cerrar la puerta, pero él la apartó sin dificultad.

–Vamos, cógelo –dijo él–. Te he oído dar vueltas por la habitación como una tigresa enjaulada. Es lo que necesitas, lo sé. ¡Maldita sea! ¡No me importa que bebas, querida!

Ella se ciñó la bata mientras cogía el vaso y puso una mueca de disgusto al ver su sonrisa burlona.

–Un nefasto día de boda, ¿no te parece? –preguntó él.

–Rian, por favor, seamos sensatos. Ni tú ni yo deseamos este matrimonio –dijo Morgana mientras bebía de un trago el whisky–. Te puedes quedar todo el dinero que vas a obtener por haberte casado conmigo, sólo te pido que te mantengas alejado de mí.

–Pero yo quiero disfrutar de mis derechos como marido. Y por si no lo recuerda, señora, ésta es nuestra noche de bodas. –Rió con sorna.

Ella retrocedió hasta encontrarse arrinconada contra la pared.

–Si me pones una mano encima, gritaré –susurró.

–Y yo taparé tus gritos con mis besos –respondió Rian en voz baja al tiempo que la atraía hacia él, sintiendo una excitación creciente en su interior. Ella le pertenecía y la deseaba...

Morgana forcejeó, pero no podía hacer frente a su fuerza y determinación. Él la cogió en brazos y, cargándola sobre los hombros, la llevó a su dormitorio y la arrojó a la cama. Ella trató de levantarse, pero Rian la sujetó al tiempo que le rasgaba el camisón transparente con sus rudas manos. Morgana gritó al verse desnuda y él le tapó la boca furioso.

–¡Cállate! –gruñó–. ¿O quieres que el abuelo se entere de lo bien que funcionan sus planes? –se burló.

–No, por favor –le rogó ella–. No quiero que me toques.

Rian rió con voz ronca en la oscuridad.

–Entonces ¿por qué te late tan deprisa el corazón?

Tras estas palabras, apretó sus duros y exigentes labios contra los de Morgana hasta hacerla estremecer, y le invadió con la lengua el suave interior de su boca al tiempo que con las manos exploraba cada curva de su cuerpo, que ningún hombre había tocado. Le mordisqueó las orejas y le acarició el pelo, y ella se retorció y gimió débilmente, sintiendo que le ardía todo el cuerpo bajo sus abrasadores besos y experimentadas manos. Le suplicó en vano que se detuviera cuando Rian se tendió sobre ella, los músculos de los brazos y la espalda perfectamente marcados. Soltó un débil e incoherente grito tratando de liberarse, pero él le agarró las manos y las sostuvo. A continuación le recorrió los senos con la boca y se los lamió, dejándole húmedos remolinos sobre la piel, y jugueteó con sus pezones hasta convertirlos en duros y colorados picos. Entonces deslizó la mano hasta el vientre y entre los muslos, tirando de los suaves rizos y acariciándola lenta y rítmicamente.

–Oh, Rian, no... –susurró ella, casi entre sollozos.

–Shhh, preciosa.

Morgana sintió su cálido aliento en la cara. De pronto él se arrodilló y le separó los muslos, y Morgana gritó horrorizada, pero él volvió a cerrarle la boca con los labios. Ella esperó su embestida, sintiendo que le invadía una dolorosa urgencia y que su cuerpo joven y ágil le traicionaba. Las gotas de sudor brillaron a la luz del fuego cuando él la montó y, empujando lentamente hacia adelante, la penetró. Se movió delicada y rítmicamente dentro de ella, al tiempo que le ponía las manos detrás de la espalda y se las arqueaba para que notara sus avances. Morgana gemía débilmente mientras él le besaba los cabellos y la cara y, sin darse cuenta, le echó los brazos al cuello y lo atrajo hacia sí. Rian le dijo al oído palabras que jamás había escuchado y susurró su nombre. Finalmente llegó hasta lo más hondo de ella y, vencido por su propio deseo, se estremeció y quedó inmóvil.

–Bruja de ojos verdes –susurró mientras le acariciaba la cara cubierta de lágrimas y la besaba con ternura, acunándola entre sus brazos como a un niño.

–Me has hecho daño –dijo ella entre sollozos.

–Siempre duele la primera vez que se hace el amor.

–¡El amor! –Ella lanzó un grito sofocado y miró fijamente los ojos verdes de Rian en la oscuridad, sintiendo cómo el odio le rasgaba las entrañas–. Te odio, Rian McShane. Y juro sobre la tumba de mi padre que te arrepentirás del día en que te casaste conmigo y me violaste.

Él rió suavemente en la oscuridad al tiempo que se volvía y la poseía una vez más.

XI

A la mañana siguiente, Morgana despertó con la sensación de que no era un día como los demás. Sintió un suave tirón y al volverse descubrió el brazo de Rian alrededor de ella, la mano sobre sus cabellos. Claro, ahora estaba casada. Le pareció extraño despertar y ver a ese hombre a su lado. Lo estudió con curiosidad a la tenue luz del amanecer y advirtió el tranquilo movimiento de su pecho mientras dormía. ¿Era ése el mismo hombre que había provocado sensaciones tan excitantes en su cuerpo la noche anterior? Debía reconocer que era atractivo. Tenía el cuerpo bronceado por el sol y se le marcaban los músculos mientras se removía en sueños. Recordó que los había notado cuando se tendió sobre ella, y se sonrojó. ¡La había poseído, y ella había respondido!

Con cautela apartó sus rizos de la mano de Rian, porque no quería despertarlo. Se levantó con sigilo de la cama, se vistió y se dirigió a los establos. Era temprano y no había nadie para ensillarle la yegua, pero tenía ganas de cabalgar, de modo que colocó con paciencia las bridas a *Copper Lady* y la montó a pelo, como solía hacer mucho tiempo atrás; y entonces se dirigió hacia la playa para poner en orden sus ideas.

Dos cosas resultaban evidentes: estaba casada con Rian y se había acostado con él; y, en segundo lugar, el abuelo lo había planeado todo. Si Rian se había casado con ella por dinero y en realidad no la quería, ¿por qué la había forzado la noche anterior? No tenía ningún sentido. Se estremeció al pensar que había dormido entre sus brazos y en cómo le había respondido su cuerpo traidor. La poseería y se aprovecharía de ella cuando se le antojara, no le cabía la menor duda, y la idea la asustó. ¿Había despertado en ella algo que no quería reconocer?

Rian se volvió, alargó el brazo para atraer a su mujer hacia él, pero no la encontró. Sobresaltado, abrió los ojos. Se había marchado. ¡Maldita sea! ¿Dónde podía estar a esas horas de la mañana? Se levantó rápidamente de la cama y se vistió. Primero la buscó en su dormitorio («su antiguo dormitorio», se dijo enfadado y decidido a encargarse de que Mollie trasladara cuanto antes las cosas de Morgana a su nueva habitación) pero estaba vacío. Tampoco la encontró en la planta baja. Finalmente se dirigió con determinación hacia los establos. Como era de esperar, *Copper Lady* no se encontraba allí.

–¡Jim! –Subió al desván y despertó al joven zarandeándolo con brusquedad–. ¿Cuándo ha salido la señora?

–¿La señora? –repitió el muchacho atontado, frotándose los ojos–. Aquí no ha venido nadie, señor.

–No digas tonterías. El caballo de mi esposa no está. Debes de habérselo ensillado.

–No he ensillado ningún caballo, señor –respondió el joven con sinceridad.

–Y yo te digo que la yegua no está. –Tiró del muchacho hasta que éste se levantó de la cama–. No ha podido ensillarla ella sola.

Bajaron por las escaleras y Jim señaló la silla de Morgana que seguía en el establo. Sin embargo, no podía explicar por qué faltaba el caballo y temió que su señor se enojara con él.

–Ensilla a *Lucifer*, deprisa –ordenó Rian.

Una vez fuera, siguió las huellas de los cascos de la

yegua, que lo condujeron hasta el mar, lo cual lo llenó de inquietud. Morgana no podía haber cometido ninguna tontería. Pensó en la noche anterior. Ella lo había rechazado, pero él la forzó. Tal vez estaba enfadada, o no aguantaba más, pensó, e hincó cruelmente los talones en los flancos de *Lucifer*. Empezó a ver huellas más recientes de *Cooper Lady* cuando se encaminó hacia los páramos y por fin divisó su figura a lo lejos. En otro momento, ver a su mujer cabalgando sin montura le habría divertido, pero ahora estaba preocupado y su irritación le sirvió para encubrir su inquietud. Furioso, se dirigió a galope tendido hacia ella.

Morgana oyó el sonido apagado de los cascos en la arena y, al volverse, vio la figura de su marido que se acercaba a toda velocidad. «Parece enfadado», pensó, y sintió un repentino escalofrío de temor. Finalmente Rian alcanzó a Morgana.

–¿Qué demonios crees que estás haciendo? –bramó.

–Dando un paseo a caballo –logró responder ella a pesar de sus nervios.

–¿A estas horas de la mañana, sin montura y sola? Debería darte una paliza.

Ella se estremeció al oír el tono de enfado de su voz, convencida de que de un momento a otro le pegaría.

–Lo siento, Rian. Me apetecía montar y como no había nadie, he salido sola. He montado muchas veces sin silla.

–Tienes instrucciones de no salir sin un mozo que te acompañe. Supón que uno de los O'Hara te ve y decide terminar lo que Brendan empezó.

–Lo siento –repitió ella–. No he pensado en ello.

–Ése es tu problema –repuso él con frialdad–. Que no piensas, a no ser que sea en algún tipo de escándalo para provocar a los aldeanos. Baja ahora mismo del caballo.

Santo cielo, ¿iba a obligarla a volver a casa andando? Pero él cogió las riendas de *Copper Lady* y las ató a la silla de *Lucifer*, y a continuación, con el rostro imperturbable, subió a Morgana a su caballo. Ella quería que se calmara pero no se le ocurrió nada que decir. Sentía el brazo de él rígido alrededor de la cintura, y cuando se disponía a disculparse una vez más, Rian la estrechó contra su pecho dejándola sin aliento.

Sin decir una sola palabra, Rian dejó los caballos al cuidado de Jim, quien sintió un enorme alivio al ver que se libraba de uno de los rapapolvos de su señor. Luego condujo a Morgana por las escaleras traseras de Shanetara en medio de un terrible silencio. Cuando llegaron a la habitación, cerró con firmeza la puerta tras de sí.

–No vuelvas a hacerlo o te daré una paliza que nunca olvidarás. ¿Me has comprendido? –preguntó con dureza.

Morgana asintió sin atreverse a hablar. Al ver su rostro compungido, el enojo de Rian se disipó. Vaya manera de arreglar un matrimonio.

–Morgana, acércate –le dijo con suavidad.

Ella lo miró con recelo, preguntándose el porqué del repentino cambio, pero hizo lo que le pidió. Temía que, después de todo, se hubiera decidido a darle la paliza, pero sabía que si trataba de escapar, la atraparía. Rian la atrajo hacia él.

–Abrázame.

Morgana no daba crédito a sus oídos. ¿Cómo se atrevía a intentar cortejarla después de proferir tales amenazas? Levantó su esbelta mano para abofetearlo, pero él la detuvo con destreza y le retorció el brazo con tanta fuerza que la hizo retroceder.

–Algún día te enterarás de que yo mando sobre todas mis posesiones, Mag –se mofó con arrogancia. Entonces acercó los labios a su boca y la besó profunda y ávidamente, y los últimos resquicios de irritación de esa mañana se disiparon al besar sus dulces labios. Entonces, con los ojos cegados por la pasión, la llevó a la cama.

Morgana se movió nerviosa cuando la doncella llamó a la puerta. Estaba segura de que a esas alturas toda la casa se habría enterado de que se encontraba en el dormitorio de Rian. ¡Ojalá no hubiera abierto la puerta para ir a buscar una copa la noche anterior! Trató de liberarse de los brazos de Rian, pero él la sujetó con fuerza y se limitó a tirar de la sábana para tapar sus cuerpos desnudos antes de dejar entrar a la doncella.

–¿Puedes subirnos el desayuno a la habitación, Kyla? –preguntó a la joven cuando ésta terminó de descorrer las cortinas y apilar los leños de la chimenea–. Creo que por esta vez mi abuelo nos disculpará. –Rian miró a Morgana con insolencia.

Ella se sonrojó, deseando que la doncella se apresurara a salir. La joven la miró con malicia.

–Lo sabe –replicó Morgana cuando la doncella cerró por fin la puerta tras de sí, después de reparar en su cabello enmarañado y en los hombros desnudos bajo la sábana–. Contará a los criados que me hacías el amor por la mañana.

–¿Y? –Rian arqueó una ceja y añadió con calma–: Eres mi mujer.

Morgana no supo qué responder y se mordió el labio en un gesto de impotencia, mientras él se tendía de nuevo sobre ella y volvía a poseerla, esta vez con rudeza, sin preámbulos.

Algo más tarde, ese mismo día, Rian le propuso ir a Kilshannon para ver cómo marchaban los trabajos en el barco. A Morgana le entusiasmó la idea, pues sentía mucha curiosidad. Lo había visto atracado en el puerto pero nunca había subido a bordo. Además, deseaba escapar de las curiosas miradas de la familia y de la maliciosa risita de su abuelo. El anciano quedó encantado cuando Rian ordenó a Mollie que trasladara las cosas de su mujer a su habitación. Morgana protestó, pero él se mostró inflexible.

–Te has casado conmigo para lo bueno y para lo malo, bruja –rió–. Y ahora que he probado tus encantos, no tengo interés en que durmamos en habitaciones separadas.

Esta vez *Copper Lady* fue debidamente ensillada, y ¿qué mejor escolta para Morgana que su marido? No tardaron en recorrer el camino que llevaba a la ciudad y dejaron los caballos en el muelle mientras subían a bordo.

Era un barco magnífico, Morgana no creía haber visto ninguno tan bonito. Se llamaba *Hechicera*, tenía una graciosa silueta y su dueño era orgulloso y alto como las velas que ondulaban al viento. Rian le presentó al primer ayudante, el señor Harrison, que no pudo disimular su sorpresa cuando se enteró de que era la mujer de su patrón.

–Vergüenza debería darle, capitán, por no habernos avisado. Los muchachos y yo le habríamos preparado una fiesta. ¿Dice que fue ayer mismo? Claro, viendo a la señora puedo comprender sus prisas. Es una auténtica belleza, si no le ofende que se lo diga, lady Keldara –se volvió hacia Morgana respetuoso.

–Por supuesto que no, señor Harrison –le aseguró ella, sintiéndose extraña al oírse llamar lady Keldara.

Rian se puso a hablar con él sobre los progresos que se habían realizado en el barco, mientras Morgana inspeccionaba la cubierta con interés, haciendo caso omiso de las miradas de curiosidad de la tripulación. Por fin su marido se reunió con ella y se ofreció a enseñarle el resto del barco.

De vuelta a casa estuvieron a punto de chocar contra Lindsey Joyce, quien tiró brutalmente de las bridas de su caballo cuando éste se levantó nervioso para esquivarlos.

–Rian McShane, escoria piojosa. ¿Cómo has podido casarte con esa... bruja de pelo rojo a mis espaldas? Sabías que me iba a Dublín a visitar a mi tía. Y ahora vuelvo y me encuentro con esto –exclamó–. Era virgen la primera vez que me tocaste. Has arruinado mi reputación y ahora me dejas tirada como a una vulgar ramera. No lo permitiré, ¿me has oído? –Echaba chispas por los ojos–. Pienso contar a todo el condado lo canalla y despreciable que eres.

Morgana sintió que se le revolvía el estómago. ¡Lindsey Joyce! ¡Ella y Rian habían sido amantes! Vio que su marido apretaba los labios.

–Lo que cuentes es asunto tuyo, Lindsey. –Rian se tragó las palabras con rabia–. Pero tú ya no eras virgen en nuestro primer encuentro. Eres muy buena fingiendo, pero no has conseguido engañarme. Apuesto a que Sean Devlin y Johnnie Gallagher también han probado tus encantos, y probablemente otros muchos que no quiero ni nombrar. Sólo te perjudicarías a ti misma con el escándalo, pues de un tiempo a esta parte mi reputación ha mejorado. Pero te lo advierto –continuó con suavidad–, si haces correr falsos rumores u odiosos comentarios sobre mi mujer, te romperé personalmente el precioso cuello.

–Pero Rian... –gimió Lindsey.

Morgana no esperó a oír el resto. Le daba vueltas la cabeza y, golpeando el caballo con la fusta, volvió a galope tendido a Shanetara. Ni siquiera oyó cómo Rian gritaba su nombre.

Al llegar a casa, Morgana se arrojó sobre la cama y ocultó la cabeza bajo la almohada, sollozando como si fuera a partírsele el corazón. Pensó que no sería capaz de soportarlo. Lindsey Joyce no era más que una vulgar ramera. ¿Cómo había podido Rian liarse con ella? Morgana no se paró a pensar por qué le importaba tanto con quién se había visto o acostado su marido. Sólo sabía que lo odiaba con toda su alma. Se encargaría de que Mollie trasladara inmediatamente sus cosas a su antiguo dormitorio. Furiosa, empezó a descolgar los vestidos del armario.

–¿Qué demonios crees que estás haciendo? –Rian irrumpió en la habitación sin llamar a la puerta.

–Vuelvo a mi dormitorio –se limitó a responder Morgana, sin importarle si la abofeteaba por su insolencia.

–Ni lo sueñes. –Rian le arrancó un vestido de la mano–. Vuelve a colgarlos ahora mismo.

–No pienso.

–Te lo advierto, Mag. –Avanzó lentamente hacia ella.

Morgana retrocedió.

–No voy a permitir que vuelvas a tocarme, Rian. Vete a Letterick con tu pequeña ramera –exclamó ella–. Pienso volver a Inglaterra tan pronto como encuentre un barco que me lleve.

–¿Y qué crees que vas a hacer allí?

–Mi madre debía de tener parientes. Averiguaré quiénes son y me abandonaré a su merced. Seguro que no son peores que tú y el abuelo –replicó ella.

–Baja la voz –la amenazó él–. No pienso permitir que hagas enfadar al viejo.

–¿Por qué? ¿Temes que cambie el testamento y te deje sin el dinero por el que te has casado conmigo?

Él la sujetó por los hombros y la zarandeó.

–¡Cállate! No sabes lo que dices. Ahora arregla todo este desorden. No hay ningún lugar al que puedas ir sin que yo me entere.

Con estas palabras abandonó la habitación con un portazo. Temblando de la cabeza a los pies, Morgana recogió lentamente sus vestidos. Tenía razón, no había ningún lugar en que esconderse porque tarde o temprano él la encontraría. ¡Nunca lograría escapar de él, no mientras viviera!

Aquella noche, cuando Rian se acercó a ella, Morgana se resistió con todas sus fuerzas y gritó histérica hasta que él le tapó la boca con la mano, casi asfixiándola. En esta ocasión no se mostró delicado, sino que la trató con cruel arrogancia. Ella lo odió por ello, y cuando todo terminó, se soltó de sus brazos y se alejó de él todo lo que la anchura de la cama le permitía. Él se burló de su enfado.

-Cuando tengas frío, cariño, buscarás ansiosa el calor de mis brazos –le dijo con suavidad al oído.

A Morgana los días se le volvieron interminables, y las noches eternas. Rian se mostraba cada vez más arrogante y reservado; cuando Morgana levantaba la vista en busca de un trozo de encaje, lo sorprendía observándola con expresión especulativa. Y si le comentaba algo sobre su actitud, él le replicaba con sorna, tratando de derribar sus defensas. Por la noche le hacía el amor, aunque ella se debatiera con todas sus fuerzas y gritara que lo odiaba, hasta que él se cansaba de su afilada lengua y le cerraba la boca con ardientes besos. La montaba como a una potra salvaje, con rienda corta y fusta. Había noches en que ella inventaba cualquier excusa para permanecer más tiempo en el salón después de que todos se hubieran retirado. Otras en que, para huir de él, se apresuraba a subir inmediatamente después de la cena. Entonces se sentaba durante horas en la habitación, esperando nerviosa el momento en que él entraría por la puerta a reclamar sus derechos.

Rian le había arrebatado los restos de su infancia. Al tomarla entre sus brazos la había obligado a reconocer a la mujer apasionada que llevaba dentro. Y Morgana lo odió por ello. Era como si hubiera descubierto en ella algo salvaje y tratara de liberarlo de la jaula de su fría reserva; y él la cambió, Dios mío, si la cambió. Se reía y burlaba de ella, y la obligó a desarrollar un carácter que rivalizara con el suyo, una mente igual de rápida y aguda, y una voluntad tan férrea como la mejor de los McShane.

Eran como duelistas, sólo que él era más fuerte y cada vez que parecía iniciar un nuevo asalto, se volvía en el último momento, dejando claro que sólo jugaba con ella y que podía abandonar el duelo cuando se le antojara. Morgana se cansó de permanecer constantemente en guardia y de esquivar sus diestras estocadas para que se le cayera la espada de la mano en cuanto él la besara con ardiente pasión antes de poseerla apasionadamente.

En una ocasión ella lo provocó más de la cuenta y él la abofeteó, como había prometido hacer, la arrojó al suelo y la poseyó allí mismo, sin molestarse en quitarle la ropa o permitirle la comodidad de la cama, que apenas estaba a unos pasos de distancia. Y en otra ocasión él le hincó los dientes en el hombro y la obligó a suplicar clemencia hasta que el mordisco se convirtió en beso; entonces la penetró.

En momentos de mayor tranquilidad, Rian reflexionaba acerca de su cruel comportamiento, preguntándose por qué se atormentaba a sí mismo y a ella; a continuación veía la expresión desdeñosa de Morgana y, herido en su orgullo al verse rechazado, volvía a endurecerse. Así la arrastró también a ella a una situación insoportable, confiando en derribar sus defensas y obligarla a reconocer que lo deseaba con la misma pasión. Pero aunque Morgana pareciera flaquear, Rian era consciente de que cuando por fin había encontrado a la mujer de sus sueños, ésta lo rechazaba. Era un duro golpe a su orgullo y su masculinidad, de modo que la vigilaba, confiando en descubrir algún signo de ternura o interés en su rostro. Al ver que nada salía a la superficie, se reía y burlaba de ella, utilizando su único poder, la posesión física, para conseguir arrancarle alguna clase de respuesta.

Morgana bostezó soñolienta, estirándose como una gata en la enorme cama. Rian, sabiendo que cada mañana se levantaba con sigilo mientras él dormía, se había acostumbrado a despertar al menor movimiento de ella. Esta vez la rodeó con los brazos y atrajo su cuerpo tibio hacia sí. Morgana no opuso resistencia, porque había comprendido que al hacerlo lo invitaba a emplear la fuerza; y él sonrió, divertido, al verla acurrucada contra él temerosa de moverse. Entonces la besó y sintió cómo ella respondía abriendo los labios, y supo que lo odiaba por haberle arrancado esa respuesta.

–Buenos días, cariño.

–Buenos días –susurró Morgana.

Sintió que despertaba el deseo dentro de él y decidió que le haría al amor con delicadeza, si ella se lo permitía. Le puso una mano sobre el pecho, pero antes de que pudiera continuar llamaron bruscamente a la puerta.

–¿Quién es? –preguntó con sequedad, enojado por la interrupción.

–Kyla, señor. Lord Patrick dice que vaya corriendo. La señora va a tener el niño.

–¡Santo cielo! –exclamó Rian en voz baja–. Dígale a Patrick que bajaré tan pronto como pueda.

Miró a Morgana y suspiró, sabiendo que se sentía aliviada en secreto. Pero no pudo resistir besarla una vez más, antes de levantarse de mala gana de la cama.

–Más tarde, preciosa –le prometió en voz baja, y ella lo premió sonrojándose levemente.

Una vez que Rian se vistió y salió, Morgana se levantó de la cama con un ligero mareo que venía molestándole desde hacía dos semanas. No había querido comentárselo a Rian por temor a que pensara que se trataba de una excusa para ir a la ciudad a ver a Michael. Esta vez no sólo le daba vueltas la cabeza sino que sentía náuseas, y a duras penas logró llegar a la palangana. Cuando terminó de vomitar, se limpió lentamente la boca con un paño mojado mientras le asaltaba una terrible sospecha. A continuación se vistió y bajó.

Fuera, Kerr enganchaba los caballos al coche refunfuñando.

–¿Qué ocurre, Kerr? –preguntó Morgana, deteniéndose al lado de Rian.

–Señora, el duque dice que no va a tolerar que un nieto suyo nazca en Dower House e insiste en que traigamos a lady Bridget inmediatamente a Shanetara.

–Pero eso es una locura –replicó Morgana–. Bridget podría tener el niño por el camino.

–No sabemos cuándo han empezado los dolores del parto –observó Rian pensativo–. Tal vez estemos a tiempo de trasladarla.

–Rian, no lo hagas. Probablemente tendrá mucho dolor y el viaje podría matarla.

–Tonterías. Es un mujer fuerte y no está tan lejos. Será mejor que te marches ya, Kerr. –Se volvió hacia el anciano–. No es necesario que vayamos también nosotros –añadió una vez que el malhumorado Kerr se hubo marchado–. Entrad y decidle a Mollie que tenga todo listo. Yo iré a la ciudad a avisar al doctor Kelsey.

El rostro de Morgana se suavizó al oír el nombre de su amigo. Rian se dio cuenta y, agarrándola por la mandíbula, le levantó la cara hacia él.

–Recuerda a quién de los dos perteneces –le advirtió antes de dirigirse a los establos.

–¡No seas estúpido! –replicó Morgana en un tono más áspero que el que pretendía emplear, temiendo que quisiera echar al médico de la ciudad como había prometido en una ocasión–. Michael y yo sólo somos amigos.

Rian rió con suavidad, porque ahora sabía que no había tenido ninguna aventura con Michael. No había habido ningún hombre antes que él, porque Morgana era virgen y estaba aterrorizada cuando él la poseyó por primera vez. También sabía que no amaba al médico como él irracionalmente había creído. Sin embargo, dada su naturaleza celosa y posesiva, no pudo resistir burlarse de ella. Prefería asustarla un poco a que le fuese infiel a sus espaldas.

Trajeron a Bridget a Shanetara porque los dolores de parto sólo acababan de comenzar y ella, al igual que el abuelo, creía que el niño debía nacer en la casa grande. No tardó en ser instalada en el antiguo dormitorio de su marido, y Mollie iba y venía con una amplia sonrisa en su rostro rubicundo.

Morgana apretó brevemente la mano de Bridget y salió de la habitación siguiendo los consejos de Mollie. Se reunió con el resto de la familia en el salón principal. Trevor y Fionna ya habían llegado de Shaughnessy Bay.

–¿Cómo está? –preguntó Patrick ansioso.

–Bien, pero Mollie dice que todavía tardará un rato en dar a luz.

–Deja de preocuparte, Patrick –gruñó el abuelo–. Bridget es una joven fuerte y sana, y será sencillo para ella. –Entonces miró a Rian y a Morgana con astucia–. Será mejor que les digas a tus primos que pongan manos a la obra, Patrick, para que tu hijo tenga compañía –se rió, ya que sabía cómo andaban las cosas entre la pareja a la que había obligado a casarse. Pero Fergus era un viejo zorro y sabía que donde hay odio y pasión, se encuentra el germen de algo más duradero. Sólo era cuestión de tiempo, hasta que ese par de necios orgullosos y testarudos también lo comprendieran.

Rian no dijo nada pero miró con aire pensativo a su mujer, y Morgana se sonrojó al notar su mirada penetrante y se pregunto si había adivinado que podía estar embarazada.

–El doctor Kelsey está aquí. –Trevor interrumpió bruscamente los pensamientos de todos.

Rian vio que Morgana corría ansiosa a la puerta y, en un nuevo arrebato de celos, alargó el brazo y la detuvo.

–El médico no te necesita –le gruñó al oído.

Morgana se disponía a replicar pero se contuvo. No era el momento ni el lugar para discutir. Además, Rian tenía razón, ella no tenía ni idea de traer niños al mundo.

No fue hasta después de medianoche cuando finalmente se oyó el débil y triste llanto del bebé. Morgana se había quedado dormida en el sofá con la cabeza apoyada en el hombro de Rian, y Mollie no quiso avisarle, pero la joven se despertó al oír el llanto. Patrick se disponía a subir ansioso por las escaleras cuando ella lo alcanzó.

–Espera aquí –dijo—. Puede que Bridget aún no esté lista para que la veas.

Él asintió y la dejó subir mientras esperaba nervioso al pie de la escalera. Morgana entró de puntillas en la habitación y vio a Bridget con el rostro colorado por el esfuerzo pero sonriente.

–Oh, Morgana –exclamó entre jadeos–. Es una niña.

–Es preciosa, Bridget. –Morgana retiró la suave sábana para echar una rápida mirada a la diminuta y arrugada cara del bebé.

–Sí –respondió Bridget con orgullo–. Creo que es la McShane más bonita que he visto nunca.

–¿Puedo llevarla abajo? Empieza a ser difícil detener a Patrick. –Morgana se rió y de pronto se encontró con la mirada penetrante de Michael.

Bridget no parecía muy dispuesta a separarse de la niña, pero, siguiendo el consejo del médico de que necesitaba descansar, permitió que Morgana la cogiera después de arrancarle la solemne promesa de que la subiría en cuanto todos hubieran tenido la oportunidad de verla.

–Morgana –dijo Bridget cuando ésta salía de la habitación–. Le he puesto el nombre de Maureen, como tu... tu abuela. –Pese a lo cansada que estaba no olvidó corregirse, algo que se había propuesto para que Patrick no se avergonzara de ella en sociedad, aunque él nunca la había criticado.

Morgana asintió comprensiva. Era su manera de complacer al anciano irascible que había vuelto la espalda a la joven pareja después de su boda. Michael la acompañó hasta la puerta y, una vez en el pasillo, se volvió hacia ella.

–Morgana, he estado tan preocupado por ti –susurró para que la conversación no llegara a oídos de Bridget–. ¿Estás bien? ¿Estás contenta? Tu boda fue tan repentina e inesperada.

–Lo sé –respondió Morgana también en voz baja–. Siento no haber podido verte últimamente. He echado de menos nuestras charlas. Supongo que estoy todo lo bien que cabe esperar. Por favor, Michael, debo bajar o Rian subirá a buscarme. Es muy... posesivo –balbuceó.

Él asintió comprensivo.

–Morgana, si alguna vez te sientes triste o necesitas algo, acuérdate de mí.

–Gracias –respondió ella con gratitud–. Siempre has sido un buen amigo, Michael.

–Puedes estar orgulloso, Patrick. ¡Eres padre de una niña! –exclamó Morgana al entrar en el salón mientras tendía el bebé a su primo.

–Es tan pequeña –observó Patrick, perplejo.

–Todos los bebés lo son. –Rian miró a la niña por encima del hombro de su primo.

–Se llama Maureen –informó Morgana con calma.

–Maureen –repitió Fergus pensativo, y por un momento volvió a ver el rostro de su difunta mujer–. Me gusta.

Morgana vio que el anciano estaba realmente complacido y se alegró por su cuñada.

–¿Está bien Bridget? –preguntó Patrick, apartando la vista del bebé que tenía en los brazos.

–No podía estar mejor. Todo lo que necesita es dormir un poco. ¿Por qué no le llevas tú a Maureen ahora? –sugirió Morgana, y lo observó subir cauteloso las escaleras, cogiendo con torpeza al bebé.

–Creo que todos necesitamos dormir un poco –observó Rian, cogiendo de la mano a su mujer–. Propongo que demos la noche por terminada.

Una vez en el santuario de su habitación, Rian cerró la puerta y se sirvió una copa de la botella de whisky que estaba sobre la cómoda.

–Dios, espero que no tardes tanto en tener un hijo. –Se dejó caer cansinamente en una silla.

Al oír estas palabras, Morgana se llevó inconsciente la mano al vientre.

–Entonces lo sabes –dijo.

–¿El qué? –Levantó la cabeza con brusquedad mientras la estudiaba con suspicacia, y de pronto reparó en su gesto.

–Creo... creo que estoy embarazada.

–¿Estás segura, Morgana? No has tenido mareos.

–Sí, me he mareado esta mañana, y no me he encontrado bien las dos últimas semanas. No quería decírtelo por temor a que creyeras que sólo quería ver a Michael –le explicó vacilante.

–Comprendo –dijo él lentamente, preguntándose si odiaba al niño que ella llevaba en sus entrañas, su hijo. Estaba un poco borracho, porque llevaba bebiendo prácticamente todo el día, pero aguantaba bien el alcohol–. Ven aquí –le ordenó con suavidad.

Morgana cruzó despacio la habitación y se arrodilló a sus pies. Él alargó la mano y la deslizó entre sus rizos cobrizos, luego le levantó la cara y la besó profunda, lentamente, saboreando la dulzura de su boca. Dejó el vaso en la mesa y le desabrochó la parte delantera del vestido para introducir la mano y acariciarle los pechos hinchados. Sí, le pertenecía, y si verla esa noche con la hija de Patrick en los brazos lo había conmovido, ahora que sabía que llevaba a su propio hijo en las entrañas la emoción que sintió fue aún mayor. Sí, el abuelo tenía razón. Le daría hermosos hijos, y un hombre necesitaba herederos que perpetuaran su nombre.

Morgana gimió débilmente bajo sus caricias y él contuvo la respiración, sintiendo que un deseo abrasador se apoderaba de él. Cogió el vaso de whisky y sin querer derramó un poco sobre uno de los pechos desnudos de

Morgana, y ésta notó cómo el frío líquido ámbar se deslizaba sobre su piel tibia. Él acercó la boca y trazó con la lengua diminutos remolinos, al tiempo que le lamía el whisky de la piel satinada y le mordisqueaba suavemente el pezón endurecido.

–Abrázame –susurró él con voz ronca, y Morgana obedeció, temblando ante las extrañas sensaciones que él, el padre del hijo que estaba por nacer, despertaba en su cuerpo.

Él la tendió a su lado en la *chaise longue*, le quitó el vestido y luego se desnudó. A continuación derramó deliberadamente el contenido del vaso sobre el cuerpo de Morgana y acercó la boca al vello ya húmedo del pubis para lamer el whisky que le corría entre los muslos. La oyó pronunciar entrecortadamente su nombre mientras, a pesar de sí misma, guiaba su cabeza, invitándolo a explorar con la lengua en su interior. A continuación él retrocedió hasta su boca para que Morgana pudiera probar el sabor ligeramente salado de sus labios mezclado con el alcohol, antes de que sintiera su dura virilidad dentro de ella.

Morgana suspiró cuando, poco después, llegó la dulce descarga de Rian. Entonces la invadió una ligera sensación de frustración que siempre sentía después de que él la excitara de ese modo, como si hubiera algo más, algo que no lograba alcanzar del todo. Despertados poco a poco sus sentidos bajo las expertas manos y labios de Rian, Morgana no podía saber que sólo era cuestión de tiempo y que algún día conocería la respuesta que intuitivamente buscaba.

XII

Maureen resultó ser una niña encantadora que raras veces se enfadaba o lloriqueaba. Tenía los ojos grandes y azules como su madre, pero saltaba a la vista que su cabello sería de un brillante color cobrizo. «Como el de la prima Morgana», pensaba Bridget. Hasta el abuelo parecía haber olvidado el rechazo inicial que había sentido hacia su nuera y a menudo se le podía ver sentado en el salón con la niña en los brazos. Bridget no era de las que aguantaba mucho tiempo postrada en cama y no tardó en levantarse.

Una tarde lluviosa todos estaban sentados en el salón jugando al *whist* cuando Rian, aburrido del juego, sugirió que bajaran al sótano a explorar las mazmorras.

–¿Hay mazmorras en esta casa? –preguntó Morgana, horrorizada sólo de pensarlo.

–Oh, sí –informó Colin excitado–. Y también hay todo tipo de galerías subterráneas ahí abajo. Algunas de ellas se comunican con las cuevas de las rocas que hay junto al mar. En otros tiempos las utilizaban los piratas para entrar y salir de la casa sin ser vistos. Dicen que algunos miembros de la familia se perdieron en ellas y nunca volvió a saberse de ellos.

Morgana no quería ir, pero todos se rieron de ella y aseguraron que sería muy divertido, de modo que cuando finalmente encendieron varias antorchas y se encaminaron hacia los sótanos, los siguió a regañadientes.

Reinaba una tenebrosa oscuridad a pesar de las antorchas, y las empinadas escaleras se hallaban cubiertas de barro. Morgana supuso que, para que el musgo brotara en las grietas, el agua del mar debía de colarse a través de las cuevas y por debajo de la casa. Se oía el eco de las voces cada vez que alguien hablaba, aunque por alguna razón todos lo hacían en susurros. Recorrieron con cautela los serpenteantes pasadizos, Morgana cogida fuertemente de la mano de su marido, que le parecía más fornido y rudo a la parpadeante luz de la antorcha. Sí, doscientos años atrás habría recorrido los mares saqueando y robando a sus enemigos. La sangre de sus salvajes antepasados seguía corriendo impetuosamente por sus venas. Ella había podido comprobarlo la noche que la atacó en la playa. Sintió un escalofrío al recordarlo.

–¿Asustada, Mag? –se burló–. No sueles colgarte de mí de esta manera.

Ella no se molestó en contestar y él se echó a reír, escudriñando con sus insolentes y ávidos ojos verdes el rostro asustado de su mujer a la parpadeante luz de las antorchas.

Las mazmorras eran frías y húmedas, y las pesadas puertas de madera crujieron y chirriaron al girar sobre sus goznes de hierro oxidado. Las ratas se escabullían de la luz de las antorchas, chillando indignadas al ver invadidos sus refugios. De algunas de las paredes colgaban pesadas cadenas de hierro y había viejos instrumentos de tortura en varias celdas. Rian le dijo a Morgana los nombres de algunos: arrancaojos, hierros de marcar, rodillos de púas, empulgueras y torniquetes de frentes. Le explicó que ataban a los prisioneros al potro de tormento y tensaban poco a poco las cuerdas en torno a sus miembros para alargárselos. Solían reservar el peor método a los prisioneros más tercos: la estrapada. Colocaban enormes pesos sobre los pies de los prisioneros y, colgados de una cuerda con las manos atadas a la espalda, los dejaban caer desde lo alto de un mástil hasta casi rozar el suelo. Rian le explicó que esa clase de tortura dejaba a las víctimas con las manos, pies, codos, muslos y hombros totalmente dislocados, y que a veces se les salían las tripas mientras seguían con vida allí colgados.

–¡Dios mío! –gritó ella–. No quiero escuchar más.

Rian vio que estaba muy pálida y decidió dejar de atormentarla. Durante la mayor parte del trayecto Morgana se sintió muy mareada y no quería otra cosa que volver a la seguridad del salón. Tenía los zapatos y el dobladillo del vestido mojados por la humedad del suelo de piedra y le dolían los músculos de las piernas al andar. Se quedó mirando fijamente la bota de hierro que Colin había intentado probarse y de pronto se dio cuenta de que los demás se habían marchado. Creyó oírlos hablar en el otro extremo de la galería y se apresuró a alcanzarlos, pero una sola antorcha no daba suficiente luz y se equivocó de pasadizo. Despertó a un bandada de murciélagos que se precipitó hacia ella con estridentes chillidos, amenazándola con sus caras de rata y batiendo furiosamente sus alas esqueléticas. Una le golpeó la cabeza y Morgana soltó un grito de terror al recordar, de pronto, todas las historias que había oído acerca de vampiros y murciélagos. Se dio media vuelta, dejó caer la antorcha y echó a correr a ciegas, arrojándose por la primera puerta que encontró. Horrorizada vio que ésta se cerraba detrás de ella; la golpeó desesperada, pero la puerta no se movió. Gritó y gritó hasta que, exhausta, comprendió que a través de la gruesa madera nadie podría oírla y, sollozando, se dejó caer sobre el frío suelo.

Morgana no sabía cuánto tiempo llevaba allí acurrucada sobre las piedras húmedas con el vestido mojado y helada hasta los huesos. No tenía modo de saberlo. Se atragantó al recordar las historias de Colin sobre las personas que se habían perdido y muerto en los pasadizos, y se preguntó asustada si correría la misma suerte. Oía las ratas escabullirse en la oscuridad y se arrimó todo lo que pudo a la puerta, encogiendo las piernas cuando una le pasó por encima de un zapato. Finalmente se sumió en un sueño agitado.

Se despertó sobresaltada. Dios mío, ¿cuánto tiempo llevaba dormida y qué la había despertado? Aguzó el oído en medio del espeluznante silencio y finalmente creyó oír voces. ¿O de nuevo se estaba dejando llevar por su lamentable imaginación? No le importaba. Se levantó y volvió a aporrear cansinamente la puerta, pidiendo ayuda a gritos. Su imaginación debía de haberle jugado otra mala pasada. Se preguntó si se volvería loca antes de morir de hambre, o si ya empezaba a delirar. Entonces oyó un chirrido y la puerta se abrió sobre sus goznes proyectando la sombra de su marido en las paredes a la luz parpadeante de la antorcha.

–Rian –murmuró Morgana antes de desmayarse en los brazos de él.

Abrió lentamente los ojos a medida que surtían efecto las sales aromáticas que Rian sostenía bajo su nariz. Durante un horripilante instante creyó que seguía en la húmeda mazmorra, pero enseguida se dio cuenta aliviada de que estaba en el sofá del gran salón.

–Dios mío, Mag. –Rian, preocupado, inclinó su rostro sobre ella–. ¿Por qué te separaste del resto? Podríamos haberte perdido para siempre.

–No lo hice –sollozó ella–. Me volví y ya no había nadie. Traté de encontraros pero esos horribles murciélagos se precipitaron sobre mí. –Se llevó una mano a la frente, donde uno de ellos la había golpeado.

–Creía que me seguías, Morgana –dijo Colin–. Lo siento.

–¿Estás bien? –preguntó Rian.

–Creo que sí. –Hizo una mueca de dolor cuando él le aplicó ungüento en la herida de la frente.

–Has tenido suerte –le dijo Patrick con tono morboso–. Si Rian no llega a encontrar la antorcha que se te cayó, nunca habríamos sabido en qué pasadizo buscar.

–Ya está bien, Patrick –lo interrumpió Rian con aspereza–. Morgana ya ha tenido bastante por un día.

La levantó en brazos y la llevó escaleras arriba hasta su habitación tras ordenar a Kyla que les subiera la cena porque esa noche no bajarían. Morgana apenas probó bocado y, por una vez, Rian no intentó hacerle el amor y pareció contentarse con sostenerla con ternura entre sus brazos. Ella lloró sobre su pecho durante un rato, mientras él trataba de calmarla con dulces y tranquilizadoras palabras, tratándola como a una niña asustada por una pesadilla.

Morgana no sabía cuánto tiempo llevaba dormida en sus brazos cuando la despertaron unos gritos procedentes del balcón. Desconcertada, se levantó de la cama y se puso la bata. Abrió sin hacer ruido las puertas correderas porque no quería despertar a Rian, que dormía plácidamente. Era una noche de luna llena y la niebla se había instalado sobre los páramos proyectando sombras alargadas en la oscuridad. El llanto parecía provenir del otro extremo del balcón, y ella siguió el sonido. Morgana se quedó sin aliento al divisar la etérea figura de una mujer con una larga cabellera pelirroja que contemplaba el mar, llorando como si fuera a partírsele el corazón. Parecía flotar con su vestido blanco como un sudario ondulando en la neblina. Morgana la reconoció enseguida por el retrato; era Katy McShane. Entonces miró el océano y vio la vaga silueta plateada de un barco en la oscuridad, un barco fantasma. Se estremeció al recordar la historia que le había contado Rian. Estaba tan cerca ahora de la mujer que casi podía alargar un brazo y tocarla. El gentil espectro se volvió con los ojos brillantes por las lágrimas y miró el rostro sorprendido de Morgana. A continuación, se asomó una vez más al balcón.

–William, ya voy, William. –Su voz sonó apagada como la música de laúd que había tocado en otro tiempo.

Entonces, lentamente, el plateado fantasma se desvaneció en la niebla. Morgana miró el mar y vio cómo el barco desaparecía del horizonte dejando sólo el pálido reflejo de la luna sobre las aguas.

–Morgana ¿qué estás haciendo aquí fuera? –le preguntó su marido detrás de ella.

–Rian, la he visto.

–¿A quién?

–A Katy McShane y el barco fantasma.

En voz baja él recitó en la oscuridad:

«Allí, en un momento podemos sumir nuestros años
en fatal penitencia, y en nuestra alma en ruinas
convertir la sangre en lágrimas
y teñir de Noche las cosas de colores;
la carrera de la vida se torna una huida inútil
para los que caminan en la oscuridad; en el mar
los más osados navegan a los puertos que los llaman;
pero por la Eternidad yerran barcos
que avanzan sin descanso y que jamás echarán anclas.»

–Rian. –Morgana se volvió sorprendida–. No sabía que habías leído a lord Byron.

–Entra, Mag. –La condujo con delicadeza del brazo–. Es tarde y cogerás frío.

Morgana permaneció largo rato despierta en la cama, reflexionando sobre esa nueva faceta de su marido. ¿Cómo podía ser tan cruel un instante y al siguiente recitar el más hermoso poema, comprendiendo a la perfección el estado de ánimo creado por el encantador fantasma? Mirándolo a la luz de la luna, Morgana había sentido cómo sus melodiosas palabras le llegaban al corazón. ¿Se estaba enamorando de Rian?

A la mañana siguiente llegó a la conclusión de que el fantasma debió de hechizarla, porque Rian recuperó su habitual arrogancia y le magulló los labios al hacerle el amor, sin mostrar el menor rastro de la comprensión de la noche anterior. Morgana le dijo que lo odiaba y al ver que él se reía con insolencia, le sacó la lengua. Él rió aún más fuerte y, apartando las sábanas, empezó a hacerle cosquillas sin piedad. Jadeando, ella consiguió coger una de las almohadas y con ella le propinó un golpe en la cabeza.

Rian cogió inmediatamente la otra y no tardaron en enzarzarse en una terrible batalla de almohadas. La de Rian se reventó por las costuras y muy pronto toda la habitación quedó cubierta de plumas, para irritación de Kyla, que tuvo que limpiar el desastre y a quien se oyó más tarde refunfuñar acerca del insólito comportamiento de sus señores.

Una mañana Morgana decidió ir a Kilshannon Hall para visitar a Bridget y ver a la pequeña Maureen. De buen humor, dejó sueltas las riendas a *Copper Lady* mientras canturreaba y se reía con Ben, el mozo. Tal vez fuera eso lo que le salvó la vida, porque la yegua tropezó con una madriguera y tiró al suelo a su distraída dueña. En ese preciso instante sonó un disparo y la bala hizo un enorme agujero en la silla de montar de Morgana. De no haberse caído, estaría muerta. Temblando, su puso de pie y miró hacia las colinas en busca de algún cazador. Oyó que Ben gritaba que había gente más abajo y entonces le preguntó si se encontraba bien. Ella asintió temblorosa mientras él la ayudaba a montar a su caballo, ya que *Copper Lady* había huido despavorida hacia Shanetara.

Cuando llegaron, Rian los esperaba en la cuadra con la yegua.

–¿Qué demonios ha sucedido? –preguntó con tono perentorio.

A esas alturas Morgana estaba prácticamente sollozando.

–Alguien ha intentado matarme. Mira la silla, está destrozada –se quejó incoherente.

–Te compraré otra. –Rian trató de calmar sus temores–. Probablemente sólo era un cazador furtivo, Mag. Pediré a Ben que haga indagaciones.

El mozo recorrió los alrededores interrogando a los arrendatarios, pero no logró averiguar nada. Nadie había visto a ningún cazador esa mañana. Morgana llegó a la conclusión de que Rian probablemente tenía razón, que se estaba dejando llevar por la imaginación, porque nadie podía querer hacerle daño.

Su cuerpo experimentaba cambios e iba adquiriendo un redondeado volumen a medida que el niño crecía en sus entrañas. Estaba embarazada de cuatro meses y se le empezaba a notar, pero no cayó en la cuenta hasta que una noche Bridget le preguntó:

–¿Para cuándo esperas el niño? –Ella y Rian decidieron que iba siendo hora de comunicárselo a la familia.

El abuelo no cabía de alegría cuando se enteró de la noticia e insistió en celebrarlo. Patrick dio palmadas alegremente en la espalda de Rian, diciendo:

–¿Por qué has tardado tanto, primo?

Morgana se sonrojó de vergüenza. Rian la miró con expresión divertida, pero ella creyó ver ternura en su mirada y confió en que estuviera contento con el bebé.

En medio del alboroto general nadie advirtió que Colin se abstuvo de felicitar a la pareja y se escabulló del salón en cuanto le fue posible. Cada día le guardaba más rencor a Morgana por haberse casado con Rian, excluyéndolo así del testamento de su abuelo. No sabía que Fergus jamás había tenido intención de desheredar al resto de la familia y que no había sido sino un ardid para obligar a Rian a casarse con la joven. Después de la boda, Fergus había enviado una nota al señor O'Donnell, el abogado, en la cual le daba instrucciones de que destruyera el último documento. Pero, por desgracia, se olvidó de comunicárselo a la familia.

Aquella noche Rian y Morgana se disponían a bajar a cenar cuando ella recordó que se había olvidado de cerrar las puertaventanas del balcón. Como amenazaba lluvia, decidió volver y cerrarlas.

–Baja tú, Rian –dijo Morgana–. Sólo tardo un momento.

El pasillo parecía más oscuro que nunca cuando Morgana salió de la habitación e, intranquila, se apresuró a bajar por las escaleras. No había puesto un pie en el primer escalón cuando una mano le asestó un brusco golpe en la espalda y se encontró rodando escaleras abajo. Lo último que recordaba era la cara de Rian inclinada sobre ella antes de que la tragara la oscuridad.

XIII

Rian tenía el rostro desencajado cuando levantó en brazos a su inconsciente mujer al pie de las escaleras y pidió ayuda con voz ronca. La llevó al dormitorio y la tendió en la cama. Por fortuna seguía respirando. Parecía sangrar por todas partes y al quitarle la ropa comprendió el motivo, pero apenas se detuvo un instante a lamentarse por la pérdida del niño.

–Mollie, traiga paños y agua caliente –exclamó trabajando febrilmente, porque Morgana tenía el rostro mortalmente pálido y respiraba con dificultad.

Bridget y Fionna acudieron a ayudarlo y entre las dos bañaron el cuerpo frío de Morgana y le lavaron los cortes de la cara y los hombros magullados por la caída.

Patrick había ido a buscar al médico y Michael Kelsey casi se mató por llegar a Shanetara, tan afligido como estaba por la noticia. Pero no fue nada comparado con su disgusto cuando al entrar corriendo en la habitación, Rian cubrió a su mujer con la sábana y le gritó que saliera.

–Dios mío, soy médico. –Lo apartó de un empujón, olvidándose por un momento de la diferencia de clases.

Michael pidió a Bridget y a Fionna que salieran de la habitación e, insensible a la cólera de Rian, destapó el cuerpo de Morgana y empezó a examinarlo. Trabajó deprisa y en silencio.

–Ha perdido el niño. –Lanzó una mirada al ansioso rostro de Rian.

Los dos hombres se estudiaron en silencio, sus sentimientos contradictorios reflejados en el semblante.

–Lo... siento, Michael. –Rian trató de recuperar la compostura–. No debería haberme comportado de este modo. Es sólo que una vez creí que tú y Morgana erais amantes. Sé que no es cierto pero... ¡Dios mío! ¿Se pondrá bien?

Michael Kelsey observó fijamente al conde en silencio, sabiendo lo que le había costado al orgulloso hombre disculparse, y asintió comprensivo.

–Fui y sigo siendo sólo amigo suyo, señor. –Volvió a echar una mirada al pálido rostro de Morgana–. Debemos cubrirla de hielo o se desangrará. ¿Usted la... ama? –preguntó vacilante.

–¿Amor? Creo que no conozco el significado de esa palabra –respondió Rian con amargura, comprendiendo de repente algo mejor sus sentimientos. A continuación se fue en busca del hielo.

–Morgana Shelley McShane, ¿has derramado tinta sobre el escritorio?

–No, padre.

–Te aseguro que es un pecado decir mentiras, niña.

La niña miró la oscura mancha y observó fascinada cómo se convertía en un torrente de sangre color carmesí que corría por el suelo a su lado. Gritó.

–Quédate quieta, debes descansar.

–Va a violarme. Que alguien me ayude, por favor.

–¿Quién?

–Brendan, no, Rian.

–Estoy aquí. No te muevas.

–No me quiere.

–¿Quién?

–Rian.

–Estoy aquí, Mag. Intenta dormir un poco.

La niña vio cómo crecía la mancha, hasta volverse tan grande y negra como el mar de Irlanda. Sintió el agua fría sobre su piel desnuda. Volvió a gritar, asustada, mientras el diablo se alzaba de la arena dorada y le hacía señas, y a continuación le ponía las manos sobre los senos.

–Es un pecado, niña.

–No, no quiero ir al infierno. Él me forzó. No me quite a mi hijo.

–Traga.

–Morgana, con sus bucles cobrizos, se cree mejor que las demás.

Sus compañeras de clase formaron un círculo alrededor de ella. Reían.

–No vendrá.

Gritó. Las lágrimas se borraron con los besos. ¿De papá? No, papá está muerto. Entonces ¿de quién? Una lágrima cayó sobre su pecho y se convirtió en whisky.

–Suéltame. Estás borracho.

Ella miró sus ojos verdes que se convirtieron en seda china.

–Nadie más puede llevar este color, pero ¿cómo lo sabías?

Un pirata permanecía de pie delante de ella. Soltó una carcajada burlona antes de rasgarle la frágil tela del vestido, magullando su blanco hombro.

–La hora de las brujas.

–Es una bruja de cabellos rojos.

–¡No!

–Es un pecado, niña.

El pirata volvía a ser el diablo, que la perseguía a lomos de un caballo negro. Ella no podía correr. Las piernas no le respondían. Se pasó la lengua por los labios.

–Traga.

Sintió frío en la frente. Se oyó un disparo. Él caía. No, ella caía, caía, caía...

Veía el barco plateado envuelto en la niebla gris. La

mujer lloraba, su vestido blanco como un sudario ondeando al viento.

–William, ya voy, William.

–«Pero por la Eternidad yerran barcos que avanzan sin descanso y que jamás echarán anclas.»

La mujer se sumió en la negrura de la noche. Dios mío, estaba tan oscuro. Tenía el vestido húmedo y hacía frío sobre el suelo de piedra. Oía las ratas escabulléndose. Sus pies se alargaron hasta convertirse en esqueléticas alas. Se abalanzaron sobre ella, chillando. Dejó caer la antorcha. De pronto yacía atada sobre un potro de tortura. Le estiraban los miembros cada vez más fuerte y sentía cómo las empulgueras le perforaban la carne.

–Admítelo, eres una bruja.

–No.

–Tu padre está muerto, niña.

Introdujeron el ataúd en el foso. Oía los golpes sordos de la pala a medida que lo cubrían de tierra. Vestía de negro, no, llevaba un vestido color crema con millares de diminutas perlas.

–¿Vas a casarte conmigo?

–¿Qué te hace pensar que aún te deseo?

Tenía un pesado aro de oro en su dedo anular. No, era una cadena. Se encontraba encadenada a un frío muro de piedra. Estaba a oscuras. Espera, alguien había traído una luz. Dejó la lámpara en la mesa. No había paredes, sólo estantes y más estantes de libros. Era una biblioteca.

–¿Quién está robando los libros de mi padre?

El vaso de whisky se hizo añicos. El libro. Dejó caer el libro de poemas de su padre. Estaba en el suelo. Ella estaba en el suelo, delante de la chimenea, y se cortaba con los trozos de vidrio. No, era arena. Arrojó los guijarros al demonio y éste le arañó la espalda, dejándole diminutos surcos de los que manaba sangre. La sentía, húmeda y pegajosa, entre sus muslos. Gritó.

–¡Rian!

Morgana abrió los ojos lentamente tratando de recordar dónde se encontraba. La habitación era un caos, había ropa y toallas mojadas por el suelo; las cortinas estaban corridas y se hallaba a oscuras. Sus ojos, dos opacas cuentas color esmeralda, enfocaron con dificultad al hombre de barba sentado al lado de la cama. Sin duda estaba en su dormitorio de Shanetara y el extraño sin afeitar era Rian, su marido.

Se preguntó por qué Kyla no había subido a limpiar la habitación. Debía arreglar todo este desorden enseguida. Trató de moverse, pero tenía los miembros entumecidos y doloridos. Entonces recordó que había sufrido un accidente y había caído rodando por las escaleras. No, no había caído; alguien la había empujado; su confusa mente empezó a despejarse. Pero ¿por qué iba alguien a hacerle daño? Volvió a mirar a Rian, que dormitaba en la silla. ¿Se arrepentía de haberse casado con ella? ¿Acaso Lindsey Joyce había resultado ser una tentación imposible de resistir? ¿Había decidido él que su muerte era la única solución para librarse de esa parodia de matrimonio? Rian se desplazaba con el sigilo de una pantera. Pudo disparar perfectamente desde los páramos. Y fue él quien propuso explorar las mazmorras. ¿Se cerró la puerta por sí sola? ¿Cómo había sabido dónde buscarla? ¿Pudo indicárselo una antorcha? Y cuando yacía al pie de la escalera, ¿cómo llegó allí tan deprisa? ¿Fue él quien la empujó?

Morgana pensó en cómo se reiría Rian de sus temores y se dijo que era tonta. ¿Habría sido todo un ardid para que ella no sospechara de él? Intentó recordar la expresión de su rostro cuando se inclinó sobre ella al pie de la escalera, pero la imagen se empañó al sentir una sensación de humedad entre las piernas. «Dios mío, no», imploró en silencio. Pero estaba segura de que había perdido al niño, su hijo, el hijo que nunca había sabido si lo deseaba o no. Su vientre volvía a estar liso. ¿No podía sacar nada bueno de ese hombre diabólico y burlón con el que se había casado?

Rian se despertó sobresaltado al notar la mirada de su

mujer. Por un instante pensó que seguía delirando, pero entonces vio las lágrimas en sus ojos.

–He perdido el niño, ¿verdad? –preguntó ella suavemente.

Él le cogió la mano.

–Tendremos otros, Mag.

–¡No! No quiero otro niño. No de ti, nunca. Quiero el divorcio –jadeó con amargura–. Quiero romper con esta parodia de matrimonio. ¡Quiero escapar, olvidar que vine aquí y que te conocí!

–Shhhh, Mag. Estás muy nerviosa a causa del accidente y del golpe de perder al niño.

–¡Accidente! –gritó esta vez–. No fue un accidente. Alguien me empujó deliberadamente escaleras abajo.

Rian la observó por un instante, luego dijo:

–Hablaremos de eso más tarde, cuando te sientas mejor. Te sacaré de aquí, si eso es lo que quieres. Pero quiero que esto te quede muy claro. Eres mi mujer y no pienso concederte el divorcio bajo ningún concepto.

Morgana ocultó el rostro en la almohada, sollozando entrecortadamente. ¡El muy animal! Lo odiaba, y estaba convencida de que se proponía matarla.

LIBRO SEGUNDO

UNA VELA ALTA Y BLANCA

XIV

El océano Atlántico, 1813

Dos semanas más tarde Rian se llevó a Morgana de Shanetara, tal como había prometido. Zarparon con rumbo a Inglaterra después de explicar al resto de la familia que creía que su mujer necesitaba cambiar de aires. Morgana se alegró de abandonar los muros de Shanetara y el hecho de que Rian la acompañara sólo empañó ligeramente la repentina sensación de libertad que experimentó al dejar atrás la gran mansión. Como no se le ocurría por qué iba a querer él deshacerse del bebé, sus sospechas de que había intentado matarla se disiparon poco a poco. Observó cómo la costa verde de Irlanda se perdía en la distancia sin saber que transcurrirían cuatro años antes de volver a verla.

Morgana, quedó encantada con la amabilidad de la tripulación del barco y poco a poco su semblante pálido y preocupado mejoró. Rian se mostró reservado, pero el cambio de aires también le sentó bien y la expresión ansiosa y angustiada que había adquirido mientras atendía a su mujer desapareció al encontrarse una vez más convertido en dueño de su barco y del destino.

Sin embargo, no hizo intento alguno de tocar a su mujer, y Morgana agradeció que la dejara tranquila, sin compartir siquiera la cama enorme y caliente que había sustituido al estrecho catre de su camarote. Él dormía en el pequeño sofá situado junto a su escritorio, a pesar de que le asomaban los pies, y a menudo caía al suelo cuando el barco balanceaba. Morgana temía sugerirle que se trasladara de cama por temor a que lo interpretara como una invitación a volver a ejercer sus deberes de marido.

Así pues, llegaron tácitamente a una tregua. Rian le enseñó a leer las cartas de navegación que a menudo estudiaba por la noche y a orientarse por las estrellas, aunque solía utilizar el sextante que Morgana vio la primera vez que subió a bordo. Por las tardes jugaban al ajedrez y a veces, a sugerencia de él, ella leía en en voz alta el libro de poemas de su padre. Sin embargo, era un acuerdo molesto y agobiante, pues a Rian le costaba un enorme esfuerzo cortejar a su mujer sin tocarla. Cada vez era más dolorosa la urgencia al verla desnudarse por la noche y deslizarse sola bajo las sábanas.

Morgana contemplaba con desconcierto la actitud comedida de su marido, y también con temor, pues se preguntaba por qué no la violaba como antes. Le habría gustado atormentarlo, burlarse sutilmente de él con sus encantos, pero temía llevarlo demasiado lejos. A menudo paseaba por la cubierta de buena mañana si el tiempo lo permitía, y lo observaba trabajar. Pero Rian le había prohibido explorar el resto del barco porque, según decía, no quería tener que colgar a ninguno de sus hombres por tratar de violarla.

–Aunque sin duda te parecería un cambio muy aceptable después de mis brutales atenciones –se burlaba él. Y Morgana regresaba rabiando al camarote, convencida de que lo odiaba con toda su alma.

Una mañana, al subir a cubierta, se encontró con que

el cielo estaba encapotado y soplaba el viento. Vio la figura alta de Rian al timón y se acercó a él vacilante.

–¿Va a haber tormenta, Rian?

–Eso parece. Será mejor que bajes al camarote y no salgas de allí. Estas tempestades repentinas pueden ser muy peligrosas.

Ella suspiró decepcionada, porque esos paseos eran su único entretenimiento y odiaba renunciar a ellos, pero volvió al camarote como le habían ordenado. Al carecer de la estabilidad de un buque de carga, a media tarde el barco se vio sacudido por las enormes olas igual que una hoja al viento. Morgana oyó a *Lucifer y Copper Lady* relinchar nerviosos bajo la cubierta mientras daban coces en sus compartimientos.

De pronto el viento bramó y empezó a llover torrencialmente. Morgana se agachó cuando rugió un trueno y un relámpago iluminó el cielo. Una sacudida la lanzó al otro extremo del camarote y las naranjas que estaban sobre la mesa cayeron y rodaron por el suelo. Se agarró a la columna de la cama, preguntándose qué estaría haciendo Rian fuera. Le aterrorizaban las tormentas y apenas podía ver a través de la portilla que la lluvia azotaba sin piedad. Dios mío, ¿y si Rian estaba en lo alto de un mástil? No, trató de acallar sus temores; seguramente seguiría al timón. Pero ¿y si no era así? ¿Y si había caído por la borda? ¿Qué haría ella?, ¿adónde iría?

Morgana volvió a estremecerse al oír un trueno ensordecedor. Estaba aterrorizada y deseó ardientemente que su marido bajara al camarote y se mofara de sus temores. Esperó hasta que no pudo aguantar más, entonces cogió su capa y se precipitó por la puerta.

El viento casi la tiró al suelo cuando logró salir a cubierta, y la lluvia la azotó sin piedad, cegándola con su furia. Se arrimó a la pared y avanzó poco a poco. Sí, allí estaba Rian. Morgana distinguió su oscura y esbelta figura luchando con el timón mientras gritaba órdenes a los hombres que trepaban por los mástiles. Abandonó el cobijo de la pared y, tambaleándose, cruzó la cubierta hacia él. El viento le agitaba con furia la capa y un repentino cambio de sentido la arrojó cerca de la borda. Al caer se agarró de una cuerda atada a uno de los mástiles, pero el balanceo del barco era demasiado violento y resbaló hacia estribor.

–¡Rian! –gritó, y el viento le arrebató las palabras de la boca.

Él le tendió la mano y tiró de ella. La cogió en brazos y se encaminó dando tumbos al camarote. Cerró la puerta de una patada y el portazo sonó más fuerte que el trueno que había aterrorizado a Morgana hacía apenas unos momentos. Estaban los dos helados y calados hasta los huesos, pero ella no temblaba de frío, sino de miedo al ver el rostro enfurecido de su marido.

–¡Estúpida! –exclamó él–. Podríamos haber muerto los dos. ¿No te he dicho que no te movieras del camarote? –La zarandeó con furia a pesar de que le castañeteaban los dientes y el miedo se reflejaba en sus ojos.

–Me asusté de la tormenta –dijo.

Rian la miró fijamente mientras ella dejaba caer al suelo la capa empapada. El vestido mojado se le pegaba como la hiedra a un muro, revelando cada curva de ese maravilloso cuerpo que llevaba casi dos meses sin tocar. De pronto se sintió invadido por un deseo irrefrenable. ¡Al diablo con todo! Morgana lo odiaba y le había causado más problemas de los que merecía sufrir por ella. ¡Se las pagaría! Ya estaba cansado de sus estúpidos antojos y fantasías. Con toda la furia que había acumulado en su lucha contra la tormenta, Rian la agarró y se olvidó del barco, de la tormenta y de todo, mientras su boca se precipitaba sobre la de Morgana como un halcón hambriento. Ella se debatió frenética y el miedo le infundió una fuerza que ignoraba poseer. Se soltó de sus brazos al tiempo que le clavaba las uñas y gritaba histérica.

–¡Bruja! –exclamó él. Voy a enseñarte una lección que nunca olvidarás, y a partir de ahora cuando te dé una orden, procura seguirla o te daré una paliza que te dejará sin aliento.

–Tú... animal –dijo ella jadeando–. ¡Jamás serás mi dueño, lo juro!

Él la abofeteo brutalmente y a continuación se quitó la ropa. Morgana trató de escapar, pero él la agarró con crueldad y soltó una carcajada demoníaca junto a su oído mientras le arrancaba el empapado vestido. El barco se balanceaba violentamente en las turbias aguas y se vieron arrojados sobre la enorme cama con dosel. Él le cubrió la boca de besos y la obligó a separar los labios, violando el suave interior. Morgana luchaba por respirar mientras él deslizaba las manos hasta sus senos y las ahuecaba en torno a su pálida redondez hasta hincharlos de la pasión que sabía despertaría en ella, a pesar del odio que sentía hacia él. Notó cómo se le endurecían los pezones en respuesta, entonces le separó los muslos con un rápido movimiento de rodilla e introdujo una mano en la suave carne que no tardaría en poseer. La movió lenta, delicadamente, hasta que, sonrojada de excitación, Morgana cerró los ojos y con un débil gemido se rindió. Entonces la montó, y ella no habría sabido decir si era el barco o su marido lo que la sacudía con tanta violencia y delicadeza al mismo tiempo, despertando en su cuerpo los más salvajes deseos. Sintió un agradable estremecimiento en todo el cuerpo hasta que finalmente estalló de placer y dolor, como las olas furiosas al estrellarse contra el casco del barco, una y otra vez, hasta que menguó la marea y permaneció inmóvil debajo de él, con los ojos arrasados en lágrimas.

–Oh, Rian –gimió débilmente–. No sabía que podía ser así.

Y él supo que por fin había conocido lo más recóndito y esencial de su feminidad. Sonrió triunfal, satisfecho al fin, y se durmió.

Cuando los primeros rayos iluminaron el cielo, Rian se volvió y extendió el brazo en busca de su mujer, y una vez más experimentaron el éxtasis que habían conocido la noche anterior. Cuando terminaron, él la dejó durmiendo y salió a cubierta a inspeccionar los daños sufridos por el barco. El viento había partido uno de los mástiles por la mitad, pero eso era todo. Podía esperar hasta llegar a Londres para repararlo.

Pensó en la noche anterior y se preguntó si habrían cambiado los sentimientos de su mujer hacia él. Bueno, una cosa era segura, probablemente sería la última vez que ella desobedeciera sus órdenes. ¡Maldita sea! ¿Por qué no quería comprender que él sólo pensaba en su seguridad? Recordó la dulce curva de sus labios y su cuerpo desnudo tendido en la cama antes de poseerla. Señor, era peor que un animal en celo cuando le hacía el amor. ¿Qué diablos le ocurría... a él, el osado e irresistible Rian McShane, que siempre había tenido lo que se le antojaba y se había largado sin volver la vista atrás? Cuando se trataba de su mujer de ojos verdes se sentía como un joven imberbe. ¿Qué tenía ella que lo arrastraba al borde de la locura?

Morgana se estiró lánguidamente en la cama y bostezó, preguntándose cómo había podido responder con tanta pasión a las caricias de un hombre que odiaba, un hombre que abusaba de ella y la utilizaba para su propio placer, y que a continuación se enfrascaba en sus quehaceres cotidianos como si nada hubiera ocurrido. ¿Cómo se comportaría él cuando regresara? ¿Le ofrecería una migaja de consuelo o volvería a transformarse en el arrogante y exigente hombre que solía ser? Siempre empleaba la fuerza física en cuanto ella empezaba a ganar terreno. ¿Lo vencería algún día? ¿Deseaba realmente vencerlo? De ser franca consigo misma, Morgana tendría que reconocer que no estaba muy segura.

Rian no bajó al camarote hasta la hora de comer. Morgana se puso uno de sus más favorecedores vestidos verdes y se sentó a leer, esperando ansiosa el momento en que él entrara por la puerta. No sabía si correr hacia él o dejar que se le acercara. Finalmente llegó al término medio de cruzar hasta la mitad del pequeño camarote y preguntar sobre el estado del barco.

–Sólo ha sufrido unos pocos daños, nada serio.

–Me alegro –respondió ella.

–Está muy atractiva esta noche, Su Señoría, lo bastante guapa para acudir a un baile. ¿Me concede esta pieza, madame?

–Pero si no hay música –replicó ella.

Sin pronunciar palabra, Rian se volvió y salió del camarote. Cuando regresó, el suave y melodioso rasgueo de una guitarra llenaba el aire.

–Pida y recibirá, señora –dijo Rian, tomándola en sus brazos.

–Pero Rian, ¿de dónde viene esa música?

–Jeb, uno de mis hombres, está tocando para nosotros al otro lado de la puerta.

Bailaron en silencio al son de la romántica melodía, los brazos de Rian alrededor de la cintura de Morgana, que apoyó la cabeza en su pecho. Él la miró y vio las espesas y largas pestañas que enmarcaban sus enormes ojos color esmeralda, y la cuadrada forma de su mandíbula. Con el entrecejo fruncido advirtió que tenía un cardenal donde la había golpeado. No debió de lastimar esa encantadora piel, pero, demonios, ¿qué se suponía que tenía que hacer con una mujer tan obstinada? Echó un vistazo a la curva de sus redondeados senos que subían y bajaban mientras él le susurraba al oído:

–Cariño, creo que será mejor que comamos ahora, si es que quieres comer algo.

–Lo que tú digas, Rian –respondió Morgana, y bajó la mirada con recato.

Sin embargo no consiguió engañarlo. Probablemente incluso ahora rabiara por encontrar la ocasión de ajustarle las cuentas. ¡Tendría que estar en guardia!

XV

Londres bullía de actividad cuando el barco subió por el Támesis y se adentró en el puerto. De pie en la cubierta del *Hechicera*, Morgana no se dio cuenta de lo mucho que había echado de menos esa ciudad hasta que volvió a verla en todo su esplendor. ¡Cómo se alegraba de que Rian la hubiera traído! El barco echó amarras y ella bajó corriendo impaciente por la pasarela, dando vueltas encantada, sin hacer caso de los transeúntes que la miraban como si se hubiera vuelto loca. Desde el timón, Rian sonrió ante esa extraña mezcla de niña y mujer. Bramó órdenes a la tripulación y comprobó que el barco estuviera bien amarrado en el muelle antes de reunirse en tierra con ella. De inmediato mandaron al señor Harrison a los establos de Su Señoría en busca del carruaje. Mientras aguardaban su regreso, Rian y Morgana fueron a una taberna cercana a tomar un refrigerio. Habían terminado cuando entró Harrison anunciando que el coche de Su Señoría esperaba.

–¡Santo cielo, patrón! –gritó un hombre bajo pero robusto entre las cabezas de los caballos cuando se acercaron al vehículo–. Empezaba a pensar que esa maldita isla verde se lo había tragado.

–Nada de eso, Louis. Ahora trata de comportarte en

presencia de la señora o pensará que no eres más que un vulgar bandido. –El conde miró a su lacayo con afecto.

–¿Bandido? pero patrón... –El hombre bajo lo miró dolido–. ¿Cómo puede decir algo así de mí?

–Lo digo con facilidad, Louis, porque me consta que en varias ocasiones has robado sin escrúpulos a mis amigos. Espero que en mi ausencia no te hayas embolsado ni una guinea.

–Pero señor –Louis parecía petrificado–, por supuesto que no he hecho nada parecido.

–Ya lo veremos. –Rian se volvió hacia su mujer–. Morgana, permíteme que te presente a Louis, mi lacayo. Procura sujetar con fuerza el bolso cuando lo veas cerca de ti. Ésta es mi mujer, lady Keldara.

–¿El patrón se ha casado sin decir una palabra a su pobre lacayo, y con una joven tan bonita, además? Aunque no me extrañan sus prisas por atraparla. –Respetuoso, se llevó la mano a la gorra y dedicó a Morgana una traviesa sonrisa.

Ella no pudo evitar sonreír a su vez.

–¿Es cierto que roba, Rian?

–Por desgracia sí, pero enseguida se arrepiente y antes incluso de llegar a casa lo ha confesado todo. No tienes idea de la cantidad de relojes, faltriqueras y sellos que he tenido que devolver a mis amigos.

Rian hizo una señal para que los caballos se pusieran en marcha y Louis, que llevaba mucho tiempo al servicio del conde, soltó el freno del carruaje y se apresuró a subir al pescante.

–No lo crea, Su Señoría. ¡No se me ocurriría quitarle ni dos peniques!

–Bueno, eso espero, Louis –le advirtió Rian despacio–, o tendrás que buscar empleo en otra parte.

Louis sorbió por la nariz.

–El otro día precisamente lord Chalmers me preguntó si me gustaría trabajar para él.

Rian rió.

–Ese viejo estúpido con cara de pocos amigos. Será

mejor que trabajes para lord Brisbane. Tiene unas caballerías mucho más elegantes y sus establos están mejor cuidados. Si quieres puedo escribirte una carta de recomendación.

Louis se volvió hacia el conde y le lanzó una mirada de reproche.

–No estará echándome a la calle, ¿verdad, patrón?

–Por supuesto que no, Louis. Pero estáte callado o acabarás en la cárcel por tus pequeños hurtos.

Era evidente que Louis sabía cuándo había agotado la paciencia de su señor, porque no volvió a abrir la boca.

–Bueno, cariño. –Rian conducía el carruaje con destreza por las concurridas calles–. ¿Quieres ir directamente a casa? Me temo que la encontraremos patas arriba por anunciar nuestra llegada con tan poca antelación.

–No sabía que tenías una casa en Londres.

–Hay muchas cosas que no sabes de mí –respondió con sequedad.

–Si no te importa –dijo Morgana tímidamente–, me gustaría dar una vuelta por Hyde Park.

–Sus deseos son órdenes para mí –respondió él, mirándola con insolencia.

Poco después se encontraban paseando alegremente por el parque. Morgana se embebió de aquel lugar que tan entrañables recuerdos le traía, sin avergonzarse de su aspecto algo desaliñado y su poco apropiada indumentaria. Un faetón pasó por su lado y ella lo miró anhelante y exclamó:

–¡Oh, Rian, me gustaría tanto tener un carro como ése!

–No lo llames así, Mag. No es muy propio de una dama –le respondió él en el mismo tono que había empleado momentos antes con Louis–. ¿Sabes llevar un tiro?

–Por supuesto. Mi padre no descuidó esa parte de mi educación.

–Bueno, pues veamos si sabes de qué estás hablando –dijo él deteniendo los caballos.

–¿Quieres decir que vas a dejarme llevarlo ahora? –preguntó Morgana, estupefacta.

–¿Por qué no? ¿Acaso tienes miedo?

–¡Desde luego que no! –replicó indignada y se levantó para cambiarle el sitio.

–¡Caray, patrón! No va a permitir que conduzca una mujer, ¿verdad? –Louis parecía alarmado–. ¿Qué pensarán mis competidores si permito que una dama lleve las riendas? ¿Qué pasará con mi reputación?

–¡Olvídate de ella, Louis! –replicó Rian.

Louis lo miró ofendido, pero no hizo otro comentario mientras Morgana hacía estallar el látigo en dirección a los caballos delanteros y tiraba de las riendas. Trotaron a paso rápido por Hyde Park, sin hacer caso del revuelo que parecían causar.

–Dios mío, Denby. –Sir Anthony Reginald se apresuró a agarrar del brazo a su compañero mientras el coche daba la vuelta a la avenida–. Es Keldara.

–¿Cuándo habrá vuelto? –preguntó Denby, ocupado en flirtear con la señorita Winwood, una morena insolente cuya carabina se había rezagado para examinar unas rosas.

–¡Por el amor de Dios! –exclamó Anthony exasperado–. Lleva las riendas una pelirroja y o mucho me equivoco o es una descarada.

Lord Brisbane se quedó lo bastante impresionado con esa información como para levantar la vista hacia el vehículo y silbó suavemente al ver lo que se aproximaba a toda velocidad.

–Keldara debe de haber perdido el juicio, Anthony. Creo que tienes razón.

–Esa mujer me resulta terriblemente familiar –apuntó sir Reginald tratando de recordar dónde había visto esa cara–. ¡Ya lo tengo, Brad! Es la hija del poeta. El del funeral que asistí, ¿recuerdas? Os lo comenté una noche durante una partida de cartas.

–Así es –asintió Denby–. Pero ¿qué diablos está haciendo en el carruaje de Keldara y nada menos que llevando las riendas?

Llenos de curiosidad, hicieron señales al vehículo para que se detuviera y Morgana tiró de las riendas obediente.

–Brad, Anthony. –Rian saludó a sus amigos con una sonrisa divertida, pues saltaba a la vista que reventaban por saber lo que ocurría.

–Mi querido amigo Rian, ¿cuándo has vuelto? Te aseguro que esto ha estado muerto sin ti –repuso Denby comiéndose descaradamente a Morgana con los ojos.

Herida en su orgullo, la señorita Winwood advirtió con un suspiro la ausencia de su carabina y declaró que debía ir a buscarla enseguida.

Por su parte, Anthony se quedó tan pasmado por la belleza de Morgana, que no advirtió el entrecejo fruncido del conde.

–Esta misma mañana –respondió Rian–. Morgana, querida, permíteme que te presente a lord Braddington Denby y a sir Anthony Reginald. Caballeros, ésta es mi esposa.

Los dos hombres no se habrían quedado más atónitos si el cielo se hubiera desplomado. Morgana observó en silencio cómo abrían la boca, mudos de asombro.

–¿Has dicho tu esposa? Es un placer conocerla, lady Keldara. No puede imaginarse cuántos corazones va a partir esta noticia. Todas las madres casamenteras de la ciudad llevan años tratando de que sus hijas conquisten a este diablo –anunció Denby encantado.

–Pero ¿cómo ha ocurrido, Rian? –preguntó Anthony, desconcertado ante el inesperado giro que habían tomado los acontecimientos.

–Lady Keldara es mi prima, querido amigo. –Rian lo examinó detenidamente–. Nos conocimos en la hacienda de mi padre, en Irlanda. Se puede decir que se dispuso que cayera en mis brazos –añadió al tiempo que lanzaba una perversa mirada a Morgana, quien por un momento temió que les revelara la verdad de su matrimonio.

Pero al parecer Rian sólo bromeaba, porque tras aceptar la invitación a la partida de cartas que organizaba lord Brisbane la semana siguiente, les informó que debían marcharse y, tomando las riendas de las manos de su mujer, dejó que sus amigos digirieran la inesperada noticia de su boda.

–Tendrás tu faetón, cariño. Probablemente Haverill tendrá lo que buscamos –anunció Rian cuando desaparecieron de su vista–. Iré a Tattersall para ver si encuentro caballos adecuados para ti.

Louis acabó por reconocer que la joven sabía muy bien cómo llevar las riendas, un cumplido sincero, señaló Rian, que dejó muy satisfecha a Morgana mientras se detenía frente a la elegante residencia del conde en Grosvenor Square.

Tal como temía Rian, todo estaba revuelto y en desorden aun cuando los eficientes criados hicieron todo lo posible para que la pareja se sintiera a gusto. La esposa de Su Señoría los intrigaba, pero a ninguno le sorprendió la noticia de la boda ya que, después de tantos años a su servicio, habían aprendido a esperar cualquier cosa de ese calavera. El aspecto de Morgana sólo confirmó su creencia de que Su Señoría sabía escoger; y Bagley, el mayordomo, se presentó orgulloso con un ramo de flores que había comprado a toda prisa en nombre de todo el personal de servicio. Ligeramente abrumada por su amabilidad, Morgana dijo unas palabras y a continuación subió a deshacer el equipaje mientras Rian mandaba llamar al señor Wright, su secretario, y preguntaba bruscamente por Chilham, el *valet*.

Según le informaron, Chilham se encontraba en el piso de arriba examinando los daños sufridos por el vestuario de Su Señoría y mordiéndose la lengua al ver el lamentable aspecto de las botas. Chilham no soportaba los rigores del mar y se negaba en rotundo a navegar con Rian, dejando que cuidara de sí mismo cuando se ausentaba del país; y cada vez que el conde regresaba, el estado de sus ropas ponía a Chilham tan enfermo como el vaivén de las olas. Con una expresión de auténtico disgusto, el *valet* se dispuso a limpiar el barro de las botas tras mandar a una de las sirvientas a buscar una botella de champán para devolverles el famoso brillo por el que todos los amigos dandis de su señor envidiaban y codiciaban sus servicios.

A fin de no dar más trabajo a los criados y tras solicitar al perplejo señor Wright que pusiera un anuncio en el *Morning gazette* para comunicar su boda, Rian llevó a Morgana al Piazza, donde comieron carne de cangrejo, pimientos rellenos y lenguas de gato, y fueron a todas luces la comidilla de la ciudad. Morgana se vio obligada a soportar los guiños de muchos jóvenes y las malas caras y miradas asesinas de las mujeres. Al parecer las noticias viajaban rápido.

–¡Santo cielo! –exclamó ella. No me dijiste que medio Londres habría dado lo que fuera por pescarte. ¿Cuál de estas damas crees que es más probable que pierda los estribos y me apuñale por la espalda?

Rian echó la cabeza hacia atrás y soltó una carcajada, y todos comentaron lo mucho que disfrutaba el conde llamando la atención. Una hermosa mujer de cabellos negros parecía particularmente irritada. Se llamaba lady Cecily Brooksworth, según se enteraría más tarde Morgana, y hasta entonces había sido la favorita del Watier's, Brooks's y White's, donde se habían hecho apuestas acerca de qué encantadora dama tenía más posibilidades de pescar al esquivo lord Keldara. Cecily se enfureció al verse convertida en el hazmerreír de la ciudad, porque durante algún tiempo había sido la querida de Rian y tenía muchas esperanzas de atraparlo. Ver cómo se exhibía con una deslumbrante esposa colgada del brazo era más de lo que podía soportar. Ardía en deseos de arrancar esos encantadores ojos verde esmeralda y tirar de esos bucles pelirrojos, pero era lo bastante lista para saber que Rian se enfadaría si le hacía una escena. Furiosa, decidió desquitarse con él más tarde e informó a su acompañante, el vizconde de Blanchefleur, que tenía una terrible jaqueca y debía regresar a casa enseguida. El vizconde, Phillipe du Lac, se hizo cargo de inmediato y pidió su carruaje. Cecily pasó por alto las sonrisas de satisfacción que le dirigieron las mujeres más perversas, fingió no haber visto a Rian y no se inmutó cuando lady Jersey comentó en voz alta que el conde de Keldara se había zafado de más de una jauría y aseguró que siempre había sabido que era un viejo zorro.

A la mañana siguiente, Rian anunció que tenía unos asuntos que atender y dijo a Morgana que podía continuar la decoración de la casa y que, si lo deseaba, pidiera ayuda a lord Brisbane, cuyo gusto era considerado tan exquisito como el de Beau Brummell. Después de averiguar que Rian volvería para la cena, Morgana pidió a Bagley que enviara una nota a lord Brisbane, luego se vistió ella sola, porque Chilham aún no le había proporcionado una doncella. La señora Cadwalder, el ama de llaves, quedó satisfecha al comprobar que la nueva esposa no tenía intención de entrometerse en su forma de llevar la casa; y la señora Northbridge, la cocinera, sonrió alegremente cuando Morgana le dio instrucciones de seguir preparando las comidas que más complacían a Su Señoría.

Enseguida llegó lord Brisbane, encantado de acompañar a la esposa del conde y satisfecho por la confianza que su amigo había depositado en él al dejarla bajo su custodia. Brad, como pidió a Morgana que lo llamara, era un verdadero experto en lo que a cuestiones de la buena sociedad se refería y no vaciló en acompañar a su joven alumna a las tiendas más elegantes de Londres. La guió con mano infalible en la selección del papel de las paredes, muebles y bellas porcelanas chinas de Dresden para su salón. Ella se quedó horrorizada del precio, pero cuando se lo comentó a Denby, él se limitó a reír y le aseguró que Rian podía permitírselo.

Estas palabras la desconcertaron, porque no comprendía de dónde sacaba su marido el dinero y le costaba creer que el tacaño de su abuelo consintiera en correr con los gastos de la casa de Londres. Se sentía muy confusa, pues tenía entendido que todo lo heredado por sus primos estaba sujeto a vínculo y a fondos de fideicomiso hasta la muerte de su abuelo, y ninguno poseía una fortuna mayor que la que éste había dejado a su marido en el testamento. Rian sin duda obtenía ingresos de su hacienda en Irlanda y de su barco, pero no creía que representaran una gran suma. Perpleja, inquirió a Denby acerca del asunto.

–No lo sé –respondió, sin dar importancia a la pregunta–. Creo que tiene acciones en la Compañía de las Indias Orientales, y que ganó esta casa a los dados. Es un jugador endiabladamente bueno y un as con los dados. Lo he visto ganar y perder fortunas en las mesas de juego.

Esta explicación la satisfizo por completo, porque sabía que el juego no era una forma muy segura de ganarse la vida y supuso que Rian se había casado con ella para mantener a distancia a los acreedores con las ganancias monetarias que confiaba obtener mediante el testamento del abuelo. Además, según le explicó pacientemente Denby, si alguien no podía pagar sus deudas, se limitaba a tomar dinero prestado y prometía devolverlo más tarde, lo que solía complacer a la mayoría de los acreedores, más que nada porque se consideraba de mal gusto apremiar a un miembro de la alta sociedad. Algunos pedían créditos a Howard y Gibbs.

–Pero es mal asunto mezclarse con esos buitres –añadió Denby, que había visto a más de un buen amigo arruinarse a causa de los exorbitantes intereses que les pedían.

Se cansaron muy pronto de comprar y volvieron a casa, donde los esperaba Rian. Como casi era la hora de cenar, Morgana pidió a lord Brisbane que los acompañara y pasaron una entretenida velada gracias a él, pues los puso al corriente de los últimos chismes de Londres.

Las siguientes semanas Rian llevó a bailar a Morgana a Vauxhall Gardens y le consiguió un palco en el Drury Lane. La llevó a ver a las bestias salvajes del Royal Exchange e incluso consintió en ir con ella de compras al Pantheon Bazaar. Morgana descubrió que estaba bien versado en la historia de Inglaterra cuando visitaron la torre de Londres, y que le gustaba la música y había visto tocar a Mozart y a Beethoven.

Había mañanas en que él la sacaba a rastras de la cama y le hacía cosquillas sin piedad, y noches en que se enrollaba sus largos cabellos pelirrojos al cuello y susurraba que la deseaba. Cenaban en los mejores locales, jugaban hasta altas horas de la madrugada y paseaban por Hyde Park.

Rian la presentó en la Holland House, el pináculo social de los *whigs* donde ella tuvo ocasión de conocer a lord Brougham, Luis Felipe, el duque de Orléans, Talleyrand, el príncipe de Metternich, madame de Staël y Thomas Moore. Volvió a ver a Henry Grattan, y se quedó increíblemente encantada cuando su marido la presentó a lord George Byron, que a menudo frecuentaba sus salas. Allí Morgana alternó con George, el principe regente, y con lady Jersey, uno de los miembros más influyentes del Almack's. Rian le habló de la situación política del momento y le informó que los *whigs*, que llevaban casi quince años en el poder, habían perdido mucho control frente a los *tories* bajo el mandato de William Pitt.

Morgana descubrió en su marido nuevas facetas y empezó a darse cuenta de que aún le quedaban por desentrañar aspectos de su carácter. Averiguó que era un libertino. De hecho lo averiguó todo acerca de él, salvo cómo era en realidad.

Recibía muchas invitaciones y cuando Rian no podía acompañarla, lord Brisbane o sir Reginald se ofrecían gustosos a ocupar su lugar. Al principio ella se sentía incómoda, pero Anthony le aseguró que era muy corriente que una mujer casada se rodeara de una serie de galanes que la sacaran a pasear cuando su marido no estaba disponible. Había muchos jóvenes dandis deseosos de llevarla del brazo, pero Morgana prefería a Denby y a Reginald; a Denby porque le daba motivos para creer que tenía más interés en ella que como mujer de su mejor amigo, y a Reginald porque pertenecía a un grupo divertido que gustaba de entregarse a los placeres.

En efecto, Rian y ella parecían desenvolverse a las mil maravillas, hasta que lord Brisbane organizó otra de sus partidas de cartas cuyas invitaciones eran muy codiciadas. Allí Morgana tuvo la desgracia de conocer a lady Cecily Brooksworth. Cuando lord Brisbane se acercó con la bella pareja, Cecily sonrió dulcemente y les dio la enhorabuena; pero Morgana, que a esas alturas ya había oído los rumores acerca de Cecily y su marido, no disfrutó del encuentro y pidió a lord Brisbane que le enseñara su colección de jade. Cecily sabía que lord Brisbane la odiaba y que no se molestaba en disimular que le divertía su desconcierto. Le habría gustado abofetearlo, porque le constaba que era él quien le había impedido casarse con el conde, y se alegró cuando la dejaron a solas con Rian.

–¡Sinvergüenza! –susurró al conde–. ¿Cómo te atreves a volver con una esposa colgada del brazo?

–¿Celosa, Cecily? –Rian arqueó una ceja interrogativo, porque no quería una escena como la que le había hecho Lindsey Joyce en Irlanda. Estaba cansado de esas mujeres rencorosas y no comprendía cómo se le había ocurrido llevárselas a la cama–. Pero si eras tú la que dijo que el matrimonio era un aburrimiento y restringía la libertad.

Cecily se mordió el labio, porque era cierto que había pronunciado esas palabras, pero sólo con la esperanza de que su falta de interés lo indujera a tomar el camino que ella fingía deplorar. Sin embargo no se dio por vencida y replicó con prontitud.

–Así es, cariño. Debe de ser terriblemente aburrido para ti. Y con ese escandaloso color de pelo, además, cuando hoy en día lo que está de moda es ser morena. –Se pasó la mano por el cabello negro, segura de sí misma–. En menuda trampa has caído. ¿Crees que podrás soportarlo?

–Oh, ya lo creo –respondió él lánguido–. De noche todos los gatos son pardos.

Cecily sofocó un grito al oír el cruel insulto. Rian soltó una desagradable carcajada y añadió:

–No te preocupes, querida. Una viuda adinerada con tus evidentes encantos no debería tener dificultades en encontrar marido, si es eso lo que quieres.

Vio a su mujer en las mesas de juego sonrojándose alegremente al oír un comentario de Anthony y por un momento le consumieron los mismos celos que debía de sentir Cecily. Por Dios, Morgana era su mujer, y no le gustaba la forma en que Anthony se inclinaba hacia ella. Al acercarse a la mesa se enteró de que había perdido todo su dinero y acababa de dejar en la mesa sus pendientes de esmeralda con la intención de cambiarlos. Los recogió con destreza y puso un puñado de billetes en su lugar.

–Tengo dinero, querida. No es necesario que malvendas tus joyas.

Celosa de la atención que su marido prestaba a esa encantadora viuda e ignorante de las palabras que se habían cruzado, Morgana se vio apremiada por el deseo de escandalizar a ese hombre que decía ser su dueño. Además, el champán se le había subido a la cabeza.

–¿De veras? –preguntó con tono sarcástico–. ¿No crees que te estás adelantando a los acontecimientos? Creía que el abuelo seguía vivo cuando nos marchamos. Oh, a propósito, ¿es ésa una de tus infames víctimas, o tal vez debería decir rameras?

Él se inclinó y le susurró al oído:

–Agradece el que nadie haya oído tu comentario, porque de lo contrario te habría matado. Ahora coge tu capa. Nos vamos a casa antes de que te pongas en ridículo. Lady Jersey y la princesa Esterházy están aquí y se negarán a admitirte en el Almack's si sigues comportándote como una maleducada.

Se disculpó y se marcharon, sin saber muy bien por qué habían vuelto a reñir. Por fortuna nadie advirtió la escena y como lord Brisbane afirmó que de tener una mujer tan hermosa como Morgana también se apresuraría a volver a casa, todos supusieron que Rian deseaba estar a solas con su esposa.

En el carruaje el silencio era ensordecedor. A Morgana le iba a estallar la cabeza y anheló la comodidad de una cama. Sentado a su lado, Rian permaneció todo el trayecto con una expresión ceñuda que no presagiaba nada bueno. Aguardó hasta llegar al santuario de su dormitorio para volverse hacia ella y decirle:

–Quiero saber la razón de tu indecorosa conducta esta noche. –La zarandeó con brutalidad.

–¿Mi conducta? –exclamó ella–. ¿Arrancas las sonrisas de una mujer como Cecily Brooksworth y luego desapruebas mi conducta cuando otros, que a diferencia de ti no buscan obtener dinero alguno casándose conmigo, me encuentran encantadora?

Rian la miró con incredulidad. No atinaba a comprender por qué cada vez que discutían mencionaba el testamento de su abuelo. ¿Acaso creía que era pobre? Entornó los ojos. Tal vez fuera mejor así. Sin embargo le divirtió su comentario, ya que no tendría celos de Cecily de no sentir algo por él. Le dio la espalda fingiendo desinterés.

–Vamos, Morgana, creo que estás celosa.

–¿Celosa? ¿De esa bruja? –exclamó furiosa–. Ojalá te largaras con ella y me dejaras en paz.

Rian comenzó a proferir juramentos, pero ella se mostró inflexible y se negó a disculparse aun cuando él le arrancó la ropa y, arrojándola a la cama, se arrojó sobre ella y la poseyó.

Morgana fue admitida después de todo en el Almack's y, haciendo caso omiso de las protestas de Rian acerca de lo condenadamente aburrido que era ese lugar, le rogó que la llevara allí enseguida. Se sintió desilusionada al comprobar que él tenía razón, porque bailar era la principal diversión de la velada y no se servían más que horchata y bizcochos. Sin embargo el desencanto no fue tan grande, pues fue allí donde conoció a Beau Brummell. El exquisito dandi de la alta sociedad le cayó enseguida en gracia por su sentido del humor y su convencimiento de que, de no ser por sus impertinentes disparates, no hubiera dejado su huella en la historia. Hacía lo que se le antojaba y conseguía incomodar a los que se negaban a seguir su ejemplo, imponiendo así sus excentricidades a la alta sociedad y riéndose de los que, como corderos, se apresuraban a imitarlo.

Rian cumplió su promesa y le compró un faetón y un par de caballos castaños, y pronto se hizo habitual ver a Morgana temprano por la mañana pasear por Hyde Park con Louis, el lacayo de Rian, sentado orgullosamente a su lado. La posición de éste mejoró frente a sus colegas, pues ninguno conocía a una dama que llevara las riendas, con la excepción de Letty Lade, una vulgar y desvergonzada mujercilla que ni siquiera conducía tan bien como Morgana. Ésta disfrutaba atormentando sin piedad al pobre Louis recordándole el modo en que había reaccionado la primera vez que la vio con las riendas.

Rian observaba divertido cómo su mujer ascendía los peldaños del éxito, esperando y preguntándose cuándo se hartaría de esos afectados juegos y buscaría, como otros muchos, formas más intrigantes de ocupar su mente. La poseía cada noche y se aseguraba de que no tuviera ningún amante entre su corte de galanes, porque estaba convencido de que tras su máscara de alegre frivolidad seguía odiándolo con la misma pasión y aprovecharía la primera ocasión que se le presentara para ajustarle las cuentas.

Unos días más tarde Rian había quedado con varios amigos en el Cribb's Parlour y se quedó perplejo al ver aparecer a su mujer con el más favorecedor de su vestidos de crepé dorado que resaltaba su figura y hacía que las motas doradas de sus ojos brillaran de forma fascinante. Morgana frunció el entrecejo y le recordó que no se admitía a nadie en el Almack's con pantalones ceñidos, luego añadió que por mucho que lady Jersey lo considerara un viejo zorro, no podía saltarse las estrictas normas de la Asamblea por él.

–¿Almack's? –le preguntó él con incredulidad–. Pero si tengo una cita en el Cribb's Parlour.

–Rian, no habrás olvidado que tenemos un compromiso con Brad y Anne. Le prometí a lady Winwood que esta noche haría de carabina de su hija y no creo que sea de buen gusto plantarla.

Rian se dio una palmada en la frente.

–¡Cielos! ¿No puede Brad buscarse otra carabina? Pero si esa chica acaba de salir del colegio. Te aseguro que no puedo perderme la partida de esta noche. Si no me equivoco habrá importantes apuestas.

–Anne Winwood es una chica encantadora y, si prestaras más atención, sabrías que Brad se propone pedir su mano. Anne es la primera mujer en la que se ha fijado desde que murió su esposa hace unos años.

–¿Estás diciendo que Brad piensa casarse con esa chica? –Rian no podía dar crédito a lo que oía–. Vamos, lady Winwood jamás lo consentirá. Ya hace tiempo que le ha echado el ojo al duque de Hawthorne.

–Pues a Anne no le gusta el duque. Me lo dijo el otro día y no puedo culparla, porque debe de tener setenta años por lo menos. –Morgana resopló–. Pero si no tienes intención de acompañarme, tal vez pueda ir con Anthony, si es que todavía no se ha comprometido con nadie.

Salió enfadada de la habitación y dejó a su marido maldiciendo a las mujeres. De mal humor, el conde pidió su carruaje y se marchó de la casa dando un portazo.

Rian descubrió con gran disgusto que no era capaz de disfrutar de la partida en Cribb's Parlour, porque no conseguía quitarse de la cabeza a sir Anthony Reginald del brazo de su mujer en el Almack's. Estaba celoso de que la acompañara el joven barón, y la imagen de las dos parejas riendo y bailando juntos en la Asamblea no dejaba de atormentarlo. Además, como no lograba concentrarse en el juego, Rian perdió varias apuestas. Tras beber de un trago su gran vaso de whisky, arrojó las cartas y abandonó la mesa, dejando plantados a sus amigos, que comentaron que ni el diablo habría podido estar de peor humor esa noche.

Se hallaba a medio camino del Almack's cuando recordó que no se había cambiado de pantalones y volvieron a su memoria las sarcásticas palabras de su mujer acerca de las normas de la Asamblea. Con un gruñido se encaminó a Grosvenor Square y sólo entrar en la casa llamó impaciente a Chilham. Se puso rápidamente sus calzones y con las prisas estropeó nada menos que siete fulares, pero de poco le sirvieron, porque llegó a los salones de la Asamblea con doce minutos de retraso y ni el duque de Wellington conseguía ser admitido a partir de las once. De nada le valieron las maldiciones ni los ruegos, aun cuando Willis, que presidía el club, se esforzó en mostrarse comprensivo con el conde, porque ya había recibido en una ocasión una bofetada de un joven aristócrata furioso.

Rian regresó a su casa de peor humor si cabe y el whisky que se apresuró a beber poco contribuyó a animarlo. Se irritó aún más cuando Bagley le anunció la llegada de Beau Brummell y lord Alvanley.

George Bryan *Beau* Brummell y los lores Alvanley, Mildmay y Pierrepoint constituían lo que en los círculos elegantes se conocía como el Cuarteto Único. Eran el grupo del Mirador, esos dandis arrogantes que cuando se sentaban en el mirador de su club favorito negaban el saludo hasta a sus amigos más íntimos al verlos pasar por la calle. En realidad Rian también pertenecía a este grupo, pero siempre le habían interesado otros temas aparte de la moda.

Ahora escudriñó a sus amigos con el entrecejo fruncido.

–¿Qué ocurre, George? ¿Has descubierto un nuevo sastre para que vengas a aporrear mi puerta a estas horas de la madrugada?

–Querido muchacho. –Beau se sacudió una pelusa imaginaria de la manga–. ¿Qué demonios te pasa? No me digas que has vuelto a jugar.

–Sólo queríamos saber si te gustaría acompañarnos mañana a la galería de tiro Manton. –Lord Alvanley suspiró disgustado ante la actitud de su amigo.

–¿De veras tienes intención de practicar el tiro al blanco, Beau? –Rian hizo un esfuerzo por animarse.

El Rey de la Moda lo miró con los ojos entornados.

–Por supuesto que no. Pero he aceptado tomar un ligero desayuno, siempre que Alvanley no quiera salir a cazar después. ¡Es un deporte tan agotador! Siempre se te manchan las botas de barro. –Orgulloso, echó un vistazo a sus relucientes Hessians.

–Sí, eso sin duda me sentará bien –dijo Rian con amargura.

Alvanley lo miró preocupado.

–Muchacho, te veo en baja forma esta noche. No es corriente en ti estar tan taciturno. He visto a tu bella esposa en el Almack's con la señorita Winwood, una joven de lo más encantadora. Lady Keldara se estaba esmerando con ella. Denby y Reginald también se encontraban allí –añadió.

–Ésta es precisamente la razón por la que estoy de tan mal humor –dijo Rian–. ¿Con qué derecho acompaña Anthony a mi mujer a la Asamblea?

–No hay nada de malo en ello, Keldara –se apresuró a asegurarle Beau–. Su comportamiento era totalmente correcto, te lo aseguro.

–Tal vez –Rian los miró con ceño–, pero debería haberla llevado yo mismo. He echado a perder la velada.

Sus dos amigos hicieron lo que pudieron por animarlo y, tras consumir una buena parte del brandy del conde, se despidieron y partieron cogidos amistosamente del brazo.

Cuando Morgana regresó a casa, encontró a su marido algo más animado y dijo que lamentaba que la partida no le hubiera ido tan bien como esperaba. Él advirtió con disgusto que tenía los ojos brillantes y las mejillas sonrojadas, y decidió que el joven barón no volvería a tener la oportunidad de colgarse del brazo de su mujer como un colegial pasmado. Con los ojos oscurecidos por el deseo, la atrajo hacia sí y la besó con avidez.

Morgana salió de la biblioteca tras recrearse con la última publicación de lord Byron, y se alegró al ver que sir Anthony Reginald se abría paso hacia ella.

–Anthony –lo saludó–. ¿Puedo llevarte a alguna parte?

–Encantado, Morgana, pero sólo hasta la esquina. Me esperan en el club de boxeo Jackson y me temo que ya llego tarde.

–Uf –exclamó ella mientras lo ayudaba a subir a la calesa que Rian había insistido en comprarle para que tuviera otro vehículo en los establos además del chocante faetón, y las calesas eran, como ella decía, lo último–. ¿Por qué tienes que practicar un deporte tan estúpido? Rian siempre está frecuentando este lugar y presume de ser diestro con los puños y aplastar muchas cabezas.

–Morgana, ¿qué es lo próximo que vas a decir? –rió Anthony–. No está bien que Rian te enseñe esa jerga.

–¡Oh, Tony, no seas tan pedante! Empiezas a parecerte a nuestro querido Brad, que siempre está diciéndome lo que debo y no debo decir o hacer; además, Beau me encuentra muy atractiva, sobre todo después de soportar a esas tontas mojigatas que se reúnen en el Almack's para dar caza a algunos de los solteros de la ciudad. Dime, ¿cómo has conseguido escapar de sus avariciosas garras?

–Ah, sólo es porque usted ya tiene marido, señora. –Le dirigió una atrevida mirada y ella lo recompensó ruborizándose–. Pero cambiemos de tema. ¿Irás al baile de disfraces de Ranleigh la semana que viene?

–Ay de mí, no. Mi marido dice que no es decente.

–Entiendo. –Se quitó una pelusa de sus mangas de volantes–. Rian se ha vuelto tremendamente serio últimamente. No solía ser un tipo tan aburrido.

–Bueno, tal vez tema que yo haga algo horrible. La semana pasada llegó a casa a tiempo de impedirme que fuera a la Peerless Pool –suspiró ella decepcionada.

–Oh, bromeas.

–No, pero yo no sabía que estaba mal visto aparecer por allí. De niña llevé una vida solitaria y por desgracia ignoro las normas de la buena sociedad.

–Bueno, tal vez podamos encontrar el modo de que vayas a Ranleigh. No estará tan mal si todos van enmascarados –dijo él mientras descendía del carruaje, porque ya habían llegado al final de la calle–. Trataré de pensar en algo –prometió al tiempo que le soltaba la mano.

–¡Oh, hazlo, Tony! –exclamó ella con tono anhelante–. Sería muy divertido.

Él hizo una reverencia y se abrió paso entre la multitud, y no se volvió cuando ella le gritó que vigilara que no lo dejaran fuera de combate. De haberlo hecho, Morgana habría visto la sonrisa divertida que asomó a sus labios.

Por una de esas extrañas casualidades, al cabo de pocos días el secretario de Rian, el señor Wright, los visitó para comunicarles que había unos asuntos urgentes en la finca de Sussex que en su opinión debían ser atendidos por el conde en persona. Cuando el hombre se hubo marchado, Rian ordenó a Morgana que hiciera las maletas porque tenían que marcharse al campo, a pesar de estar en plena temporada.

–Pero, Rian –protestó ella–, no puedes haber olvidado la fiesta de mañana en casa de lady Jersey. Sería muy descortés por mi parte que me disculpara a estas alturas y tampoco estoy a tiempo de cancelar el resto de mis compromisos.

–¡Maldita sea! –soltó él–. Es una lástima que fuera ella quien te introdujo en el Almack's. Bueno, ve y dile que lo siento mucho, pero que debo acudir a Mandrake Downs a arreglar unos asuntos con los arrendatarios. Procuraré estar de regreso cuanto antes.

Sin embargo, Rian no calculó bien el tiempo que iba a ocuparle escuchar las quejas de los hombres que cultivaban sus tierras y cuidaban de sus rebaños, porque se vio envuelto en muchos problemas. No quería acabar sus días en la miseria sin nada más que su título para mantenerse, como muchos de los nobles de esa época. Además, se puso furioso al descubrir que el capataz se había aprovechado de sus largas ausencias para embolsarse una considerable parte de los beneficios de la finca. Y ocurrió que lo que Rian creyó que sería cuestión de pocos días pronto se convirtió en dos semanas, y su desafiante esposa pudo informar a sir Reginald que estaría más que encantada de acudir con él a Ranleigh.

La velada empezó inocentemente y los invitados no parecían más ruidosos que los que había visto en muchas partidas de cartas a las que había asistido, de modo que Morgana consiguió calmar su ansiedad por lo que haría Rian si se enterara de que había desobedecido sus órdenes. Sin duda no había nada de malo en un simple baile de disfraces. Se la veía espléndida con su dominó dorado abotonado hasta el cuello y una máscara a juego. Se había dibujado un pequeño lunar en la comisura de los labios que le daba un aire seductor cuando sonreía al devoto Anthony.

Bebieron y bailaron, y rieron divertidos cada vez que una joven desafortunada era atrapada y desenmascarada por un intrépido perseguidor. Morgana tomó especial cuidado en no correr la misma suerte, y Anthony cumplió con su deber y la defendió de los jóvenes más osados. Ella observaba a la multitud algo confusa porque el vino empezaba a causarle el habitual efecto de aturdimiento. De pronto soltó una risita y exclamó:

–Oh, mira, ¿no es ése Denby con la señorita Winwood?

Él miró en la dirección que ella señalaba.

–Creo que tienes razón. Puedo reconocer la peluca de Brad en cualquier parte.

–¡Oh, Tony, cómo nos vamos a divertir! –Morgana rió de nuevo–. Corre a desenmascarar a la señorita Winwood. Apuesto a que Denby se va a quedar de piedra.

–¡Hecho! –exclamó Anthony sin aliento, ya que con sólo imaginar el rostro de su querido amigo Denby ambos estallaron en carcajadas. Luego se encaminó dando brincos hacia el otro extremo de la sala para sorprender a la inocente pareja.

Morgana lo observó hasta que se perdió de vista entre la multitud, entonces se volvió y se encontró con una figura alta y oscura sentada a su lado en el palco. Por un instante le dio un vuelco el corazón porque creyó que se trataba de Rian, pero enseguida se dio cuenta de que era demasiado pálido y esbelto para ser su marido.

–Bueno, ¿qué tenemos aquí? –exclamó él, y ella creyó detectar un ligero acento francés en su voz. Sus sospechas se vieron confirmadas cuando el intruso añadió–: Vamos, *ma chère,* veamos qué belleza se esconde detrás de esa máscara.

–Me está importunando, señor. Debo rogarle que se marche inmediatamente. –Morgana se enfadó consigo misma al descubrir que no articulaba bien las palabras.

–Ya, ya. *Ma jeune fille,* tal vez has tomado demasiado vino, ¿eh? *bien*, no te escaparás tan fácilmente cuando intente atraparte. –Se acercó a ella.

–*Non, monsieur*. –Morgana se alegró al comprobar que recordaba el francés aprendido en el colegio–. *Je suis engagée.*

–*Qu'est-ce qu'il y a, ma chère?* He visto a *votre ami* marcharse. Tardará un poco en volver, así que tenemos tiempo de sobra. –Con un repentino movimiento la sujetó por la muñeca para impedir que se escapara y le desató con destreza la máscara–. ¡*Mon dieu,* eres preciosa!

Sin previo aviso, el joven inclinó la cabeza y la besó. Morgana debería de haberse desvanecido, pero ante su sorpresa lo encontró ligeramente excitante y divertido. Con un grito agudo comprendió que el vino se le había subido a la cabeza. Se soltó del extraño enmascarado y salió a toda prisa del palco abriéndose paso entre la ruidosa multitud. Con enorme alivio divisó a Anthony en el otro extremo de la sala y consiguió llegar hasta él.

–Era en efecto Brad quien estaba con la señorita Winwood. ¡Tendrías que haber visto su cara! ¿Qué ocurre, Morgana? Estás sin aliento.

–Alguien me ha molestado. –Consiguió soltar una débil risita pues no deseaba contar toda la verdad del incidente–. No tiene importancia. He conseguido escapar, pero si no te importa me gustaría regresar a casa.

–Por supuesto –respondió él con expresión preocupada. Lo pagaría muy caro si el conde se enterase de ello–. Ha sido culpa mía, no he debido dejarte sola en el palco.

–No, no, estoy bien. No ha sido nada. Dime, ¿se ha quedado muy horrorizado Denby?

Por fortuna, Rian no se enteró de la pequeña escapada de Morgana a Ranleigh, porque lord Brisbane y la señorita Winwood estaban demasiado avergonzados para mencionarlo y sir Reginald creyó prudente guardar silencio; así, cuando el conde comentó a Morgana que la veía muy seria desde su regreso, ella fue capaz de afirmar sin temor a contradecirse que se había aburrido sin él. Rian la miró suspicaz, pero para alivio de Morgana no dijo nada.

Sin embargo, nunca se sabe qué nos deparará el destino, y lo que no es más que un incidente insignificante puede en ocasiones hacer que los acontecimientos tomen un giro inesperado, como Morgana no tardó en comprobar. Así, dio la casualidad de que lady Brooksworth decidió dar una pequeña fiesta con la esperanza de demostrar a Rian que no lloraba su pérdida y darle celos con su ejército de admiradores. Morgana no tenía deseos de asistir, pero comprendió que sólo conseguiría complacer a la joven viuda con sus excusas. De modo que se encontró sentada junto a un anciano decididamente senil en el salón de Cecily, decorado con dudoso gusto, sintiéndose de lo más incómoda.

La viuda se había ocupado de que su rival se viera obligada a entablar conversación con lord Bromley, quien no sólo era excéntrico, sino sordo como una tapia, y disfrutó terriblemente al ver la visible irritación de Morgana. Ésta se disponía a llamar la atención de su marido cuando se anunció a otro caballero.

–¡Phillipe! *Mon cher*, qué alegría verte –exclamó Cecily encantada al tiempo que lanzaba una rápida mirada a Rian para comprobar si había reparado en su atractivo pretendiente y perdiéndose por tanto la expresión horrorizada de Morgana, pues se trataba nada menos que del osado francés que la había abordado en Ranleigh–. Atención, por favor, quiero presentarles a mi querido amigo Phillipe du Lac, vizconde de Blanchefleur. –Una vez concluidas las presentaciones, lo tomó del brazo.

Para gran alivio de Morgana, el francés se limitó a murmurar unas palabras corteses sin dar muestras de conocerla cuando se inclinó a besarle la mano. No fue hasta la cena, cuando por desgracia se encontró sentada a su lado y con Rian junto a la astuta viuda al otro extremo de la mesa, que el vizconde le hizo saber a Morgana que la había reconocido inmediatamente.

–Mi querida enmascarada, ¿cómo iba a olvidar el dulce sabor a miel de sus labios? –La miró con deleite.

Ella le imploró que callara y se volvió hacia Rian, pero éste estaba demasiado ocupado riéndose de algún comentario de Cecily para advertir su mirada.

–Ah, te preocupa tu marido, *ma chère*. Pero si sólo tiene ojos para la encantadora viuda. No es hombre que haga escenas de celos, *n'est-ce pas*?

Sin embargo Phillipe llevó la conversación a otros temas y explicó a Morgana que era un *emigré* francés que debido a sus orígenes aristocráticos se había visto obligado a huir de las tropas de Napoleón y había salvado la vida por los pelos.

–Ahora no tengo nada. Mi hogar, mis tierras, mi título, todo se ha desvanecido. Ese monstruo se ha quedado con todo. Pero bueno, hablemos de cosas más agradables. He pensado mucho en tu hermoso rostro desde esa noche en Ranleigh. A menudo, a altas horas de la madrugada, he anhelado tus labios, *ma chérie*. –Advirtió encantado que Morgana se ruborizaba–. ¿Cuándo puedo volver a verte?

–No es posible, *monsieur*. Por favor, no hable de esto con nadie. Mi marido es muy posesivo y me mataría si supiera que fui a Ranleigh.

–Creo que aquí en Inglaterra tenéis el dicho «Querer es poder». Yo siempre puedo, *ma petite*.

Morgana no alentó osadas insinuaciones y, haciendo caso omiso de la triunfante sonrisa de Cecily, dijo a Rian inmediatamente después de la cena que le dolía la cabeza y deseaba regresar a casa enseguida. Él se alegró tanto de librarse de las provocaciones de la viuda, a quien empezaba a encontrar terriblemente aburrida, que accedió encantado a la urgente petición de su esposa.

A la mañana siguiente, el francés hizo una visita a Morgana, pero ésta dejó dicho que estaba enferma y el vizconde se marchó enojado sin dejar su tarjeta. Le molestó que se negara a recibirlo, pero era tan vanidoso que lo atribuyó sencillamente a su timidez.

Phillipe estaba completamente arruinado y había llegado a Inglaterra sin otro propósito que encontrar a una mujer acaudalada con quien casarse. Estaba convencido de que una vez que tuviera suficiente dinero podría volver a Francia y recuperar sus tierras y su título. Había estado a punto de pedir la mano a lady Cecily Brooksworth, porque era muy rica y le divertían sus travesuras en la cama. Sin embargo fue sincero al decir a Morgana que la deseaba, porque ella se le había aparecido en sueños desde aquella noche en Ranleigh y estaba resuelto a conseguirla. Ninguna mujer había rechazado al vizconde de Blanchefleur, y no iba a consentir que sucediera ahora.

Era decidido y tenaz, pero sus modales eran tan impecables que Morgana se vio obligada a mostrarse educada con él por temor a que Rian se enterara de su escapada a Ranleigh; y Phillipe se abrió paso poco a poco hasta obtener un lugar destacado entre sus devotos galanes.

XVI

–Phillipe –Morgana se volvió hacia él en el salón–, debes procurar controlarte. Si persistes en tus insinuaciones no tendré más remedio que rogarte que te marches. Fui una necia al dejar que entraras en mi vida.

–Pero, *ma chère,* es tu deslumbrante belleza la que me vuelve tan audaz –murmuró él, tratando de ocultar su impaciencia.

Habían transcurrido cerca de dos meses desde la fiesta en casa de Cecily y a Phillipe se le estaba acabando el poco dinero que había sido capaz de ahorrar o ganar en el juego. Peor aún, sus acreedores lo acosaban y amenazaban con enviarlo a la prisión de Newgate si no pagaba sus deudas. Por otra parte, había fracasado en sus intentos de ganarse honestamente el afecto de Morgana. Una de dos, o lo utilizaba, lo que su ego se negaba a admitir, o bien temía a su marido, porque le había dicho con vehemencia que Rian jamás le concedería el divorcio.

–Pero, *ma petite,* si le dices que deseas el divorcio porque estás enamorada de otro hombre, ya no te querrá, te lo aseguro –insistió él, exasperado.

–No, me mataría. No lo conoces, Phillipe. Él... –No, no podía decirle a ese hombre cómo se había casado con su marido. Sólo lograría que la presionara aún más para que se divorciara de Rian. En lugar de eso, añadió–: Vete, por favor. Volverá enseguida y estoy muy cansada.

Phillipe era lo bastante sensato como para darse cuenta de que si seguía insistiendo sólo conseguiría acrecentar su obstinación, de modo que, irritado, recogió los guantes y el bastón, y se marchó.

Morgana permaneció sentada largo rato, reflexionando. Phillipe du Lac la amaba, estaba segura de ello. Aunque no le parecía tan atractivo como Rian, era bien parecido. Y la trataría con todo el cariño y respeto que podía desear. Pero Rian jamás la dejaría marchar. No la amaba, pero la deseaba con la misma pasión con que había deseado a Cecily Brooksworth y a Lindsey Joyce. La odiaba, la utilizaba, abusaba y se burlaba de ella, pero le pertenecía y a él le gustaba conservar lo que era suyo. Sin embargo, últimamente se ausentaba a menudo, ocupado en la política y el juego, según decía, aunque Morgana estaba convencida de que frecuentaba los prostíbulos en busca de brazos más reconfortantes que los suyos. Tal vez se había cansado de ella y la dejara marchar.

Esa noche Morgana tocó el tema vacilante.

–Rian, quiero hablar contigo. ¿Piensas salir esta noche?

–No, si deseas mi compañía, cariño –respondió él con una sonrisa insolente.

–Ya sabes que no –replicó ella con frialdad–. No más de lo que tú pareces desear la mía últimamente.

–Vamos, Morgana, no he advertido que suspiraras por mis encantos.

–No te engañes. –Estaba a punto de perder el control de sí misma y de la conversación–. Odio que me toques.

Irritado, Rian la cogió por los hombros y la miró a los ojos.

–¿Es por eso que siempre acabas rindiéndote, te tiemblan las rodillas cuando te beso y gimes como un animal herido cuando despierto la pasión en tu cuerpo? –preguntó, zarandeándola.

Morgana se sintió humillada. Era terrible que él supiera

lo que sentía cuando la tocaba, pero hablar abiertamente de ello era vergonzoso.

–Tú no despiertas nada en mí –mintió mientras trataba de soltarse.

–¡Ja! No me engañas, bruja de ojos verdes. ¿Quieres que te lo demuestre? –La sujetó por la barbilla con crueldad.

–¡No me toques! –exclamó ella, aterrorizada por la cólera que veía reflejada en sus ojos–. Quiero acabar con este matrimonio. Te odio.

Rian le lanzó una mirada oscura y penetrante.

–¿De veras, cariño? ¿No será que deseas ardientemente los abrazos de otro hombre? ¿Del joven Du Lac, tal vez?

Ella sofocó un grito de terror y se ruborizó. Dios mío, ¿cómo podía saberlo? ¿La espiaba o no era más que una suposición? ¿O acaso era realmente el diablo encarnado como afirmaban sus amigos?

–Oh, sí, sé que el francés te ha estado persiguiendo como un colegial enamorado. –Soltó una carcajada burlona–. ¿Acaso te gusta más ese cazafortunas arruinado? Dime, Mag, has permitido que te haga el amor, ¿no es cierto?

–No –logró responder ella al fin.

–Será mejor que lo olvides, cariño –dijo él con suavidad, pero Morgana no se dejó engañar–. Te lo advierto, jamás te librarás de mí. –Le deslizó la mano por la garganta y presionó un instante antes de soltarla y salir de la casa dando un portazo.

Morgana se dejó caer al suelo, sollozando como una niña.

Rian no tuvo que buscar mucho hasta encontrar a Du Lac en una de las casas de juego que tenía fama de ser frecuentada por estafadores, tramposos, o, para decirlo sin rodeos, fulleros.

–Buenas noches, Du Lac –lo saludó posando una mano con naturalidad sobre el hombro del joven–. ¿Cómo va la partida?

–Al parecer esta es mi noche de suerte, señor. –Phillipe miró al conde con recelo.

–¿Le importa si me siento?

–Desde luego que no. Será un placer, lord Keldara –respondió Du Lac con aire satisfecho.

Sin duda sería un placer incomparable desplumar al hombre que lo mantenía alejado de la mujer que deseaba por encima de todo, y tal vez, cuando lo hubiera dejado sin dinero, le arrebataría a su mujer también.

Sin embargo, Rian era un jugador extremadamente hábil y dejó que el francés se confiara perdiendo mucho dinero al principio hasta que se quedó a solas con él en la mesa. El conde examinó las cartas y no tardó en descubrir las marcas. El dibujo del dorso variaba de forma tan imperceptible en cada carta que sólo un experto o alguien que las examinara con ese propósito lo hubiera advertido. A partir de entonces Rian empezó a ganar con determinación.

–Al parecer ha cambiado la suerte, señor –observó Phillipe en tono amargo.

No tardaron en apilarse los pagarés en un pulcro montón frente al vaso de whisky de Rian.

–Bien, Du Lac –dijo suavemente–. Se hace tarde y mi mujer me espera. Me gustaría liquidar estas deudas antes de marchar.

–Pero, señor, no puedo pagarle esta misma noche. No es muy caballeroso por su parte que me lo pida. Debe darme tiempo para saldar mis pagarés. Le doy mi palabra de que lo haré lo antes posible. –Phillipe lo miraba horrorizado.

–Así es, soy poco caballeroso, Phillipe –dijo Rian, y soltó una carcajada tan siniestra que hizo estremecer a su oponente–. Pero usted es un fullero. No me levante la voz, estúpido. Si alguien más lo descubre, se verá en la ruina y madame Frampstead no tendrá más remedio que denunciarlo, lo cual aborrece porque da mala reputación a su casa de juego. Vamos, Du Lac, la verdad es que lo creía más listo. Yo de usted no sacaría la pistola que tiene escondida. Le estoy apuntando con la mía, así que no me obligue a utilizarla. Sería una escena desagradable, ¿no le parece? –Rian reunió los pagarés–. Me llevaré éstos conmigo, nunca se sabe cuándo pueden ser útiles, sobre todo si continúa cortejando a mi mujer con ardientes demostraciones de amor. Oh, sí, lo sé todo. –Soltó una desagradable carcajada ante la estupefacta mirada del francés–. Sé vigilar muy bien mis pertenencias. Y usted es un verdadero estúpido, Du Lac. No me extraña que Napoleón los haya aniquilado como corderos. Tenga cuidado de no acabar corriendo una suerte aún peor que la guillotina. Yo no soy tan compasivo.

Con estas palabras, el conde desapareció silenciosamente en la noche.

Morgana se encontraba en el piso de abajo tomándose una copa cuando Rian entró. Había descubierto que el alcohol era lo único que lograba hacerle olvidar durante un rato al diablo encarnado a quien llamaba marido. Se sobresaltó al oír un portazo, porque no esperaba verlo regresar tan temprano.

–¿Ahogando tus penas, cariño? Se me ocurre un sistema más efectivo.

De pronto dio rienda suelta a toda la cólera que había reprimido contra el francés y su mujer, y se abalanzó sobre ella enloquecido. Aunque aturdida por el alcohol, Morgana fue más ágil y en un momento puso el sofá entre ambos. Lo rodearon lentamente, con cautela, como un tigre y su presa, hasta que ella se precipitó hacia la puerta y empezó a subir por las escaleras. Si conseguía llegar a su dormitorio, tal vez podría escapar de él. En el cuarto peldaño dio un traspié y resbaló hacia atrás hasta terminar espatarrada en el suelo a los pies de Rian.

–¡Levántate! –le ordenó él con frialdad.

–No.

Rian blasfemó entre dientes, y, cargándosela a los hombros, empezó a subir por las escaleras. Se detuvo a cerrar la puerta del dormitorio de una patada antes de arrojarla sobre la cama. Morgana sintió que le ardía el cuerpo cuando Rian empezó a acariciarla suave, ansiosa, hasta cariñosamente, al tiempo que le cubría de besos los pechos y el vientre. Gritó contra su voluntad al sentir el conocido dolor que se extendía como una llama entre sus piernas.

–Tu cuerpo dice que me amas, cariño –dijo Rian con la mano entre sus muslos–. ¿Tú que dices?

–Te odio –dijo Morgana entre jadeos, pero ni siquiera ella podía creer esas palabras pronunciadas con tan poca convicción.

Él se echó a reír.

–¿De veras, cariño?

–No –gimió, rindiéndose antes incluso de que él la penetrara y cerrando los ojos al alcanzar el clímax.

A la mañana siguiente, otra visita del señor Wright llevó al conde de Keldara a decidir cerrar la mansión de Londres y retirarse a Mandrake Downs, la casa de campo. Como la temporada de Londres casi había tocado a su fin, Morgana no puso objeción a sus planes. No había dudado ni por un momento que Rian acabaría por encontrar el modo de impedirle ver a Phillipe; además, sería agradable alejarse por un tiempo del ajetreo de la ciudad. A pesar de sí misma tenía que reconocer que echaba de menos la vida en el campo a la que se había acostumbrado en Irlanda.

–Pero, Rian –dijo sentada a la mesa del desayuno–. No acabo de comprender por qué te está causando tantos problemas esa finca.

–Está en Sussex, cariño –respondió él al tiempo que con aire despreocupado untaba de mantequilla un panecillo–. Y muchos de los hombres de allí son contrabandistas. Al parecer los dragones han vuelto a hacer indagaciones. Si arrestan a mis hombres, no tendré a nadie que trabaje mis tierras y cuide de mis rebaños.

–¿Tienes ovejas? –preguntó Morgana soltando una risita.

–Es un negocio muy rentable, cariño.

–¿Y el contrabando también lo es?

Rian la miró fijamente por un instante.

–No necesito mezclarme en esos asuntos.

Dos semanas más tarde Morgana se encontró dando botes en el interior del inmenso coche que Rian había comprado para tales viajes. A su lado tenía a Penney, la joven que finalmente le habían procurado como doncella, y a Chilham. También los acompañaban Louis y otros dos cocheros, porque el conde no tenía deseos de que lo asaltaran los bandidos que infestaban los caminos.

–Oh, no nos harían ningún daño, ¿verdad Rian? –dijo Morgana, algo asustada ante la perspectiva.

Los ojos verdes de Rian se encontraron con los suyos y recorrieron los rizos cobrizos y la pálida piel de su mujer, y por un momento la vio en los brazos de aquellos vulgares ladrones. Se estremeció sólo de pensarlo y añadió otro cochero al séquito, y tal medida hizo que la pobre Penney gimoteara, convencida de que todos morirían antes de llegar a su destino.

–No te preocupes, Penney –la tranquilizó Morgana–. Su Señoría no permitiría que nos ocurriera nada malo.

El viaje a Mandrake Downs transcurrió sin incidentes y todos se alegraron de bajarse por fin del coche, porque aunque tenía buenos amortiguadores, no resultaba del todo confortable por los abruptos caminos que habían recorrido.

Detrás de ellos habían dejado a un furioso Phillipe du Lac, medio enloquecido de deseo por Morgana y ansioso por vengarse del conde de Keldara. Phillipe aún se enfureció más al encontrar la mansión del conde cerrada a cal y canto. Supuso con acierto que Su Señoría se proponía alejar a Morgana de él lo antes posible y ese pensamiento no contribuyó a aplacar su ira. No tenía otra salida que recuperar el tiempo perdido con lady Cecily Brooksworth.

Al llegar a la casa de lady Brooksworth, le complació descubrir que ésta se alegraba de volver a verlo. Aunque parecía reacia a considerarlo de nuevo como pretendiente, descubrieron que tenían mucho en común. Ambos estaban ansiosos por descargar su cólera contra los McShane.

–Te lo aseguro, Cecily –dijo Phillipe con aire taciturno–. No puedo comprender la pasión que despierta en ti Rian McShane. Ese hombre es un monstruo.

–Supongo que posee el aliciente de lo inalcanzable. La bruja de su mujer te atrae por los mismos motivos, querido muchacho. ¡Cómo me gustaría ver humillada a esa orgullosa lagarta! –De pronto se le ocurrió una idea–. Phillipe, cuando encontraste la casa cerrada, ¿se te ocurrió ir al puerto para ver si el barco de Rian seguía allí?

–No. ¿Por qué lo preguntas?

–Porque si sigue en el puerto, seguro que se han marchado a Mandrake Downs, la casa de campo de Sussex.

–¿Y eso qué tiene que ver conmigo? No conozco a nadie allí.

–Oh, claro que sí, Phillipe. Mi difunto marido, lord Brooksworth, me dejó una maravillosa casita no muy lejos de las tierras de Rian. Creo que ya va siendo hora de que vaya a respirar un poco de aire puro. Londres puede llegar a ser bastante sofocante en esta época del año.

Así fue como, en cuestión de pocos días, un obeso y bajo posadero tuvo a dos parejas de alta alcurnia pernoctando en su mesón de la carretera que iba de Londres a Sussex.

Morgana quedó absolutamente anonadada al ver Mandrake Downs. Era como si hubiera retrocedido a otra época, a otro país. Rian guardaba la mayoría de sus tesoros allí y la finca era como un palacio oriental con alfombras tejidas, jarrones Ming y dragones chinos. Había preciosas esculturas de jade, estatuas de marfil y pieles de tigre, así como lanzas y escudos africanos. En toda la casa reinaba una extraña y exótica atmósfera, y en las habitaciones flotaba un olor acre y penetrante. Rian le explicó que se trataba del incienso que solían quemar por las noches. A Morgana le fascinó particularmente la caja tallada que, según dijo él, era un rompecabezas chino. Consistía en muchas cajitas con tiradores que se abrían con sólo tocarlos, revelando otras cajas en su interior. Podía pasarse horas sentada probando los diminutos tiradores y abriendo caja tras caja hasta que se equivocaba y se encontraba ante una con una pequeña cerradura. Entonces volvía a empezar, decidida a dar con la llave, mientras Rian se reía de sus incesantes esfuerzos y le decía que ni siquiera él había sido capaz de abrir la caja del centro.

–¿Qué se supone que hay en ella? –le preguntó Morgana una noche.

–La anciana china que me la vendió dijo que contenía el secreto de la felicidad –respondió él en voz baja–. Explicó que quien lograra abrir la última caja descubriría el secreto del amor eterno.

–Me pregunto cuál será. –Morgana lo miró intrigada.

–Supongo que tendrás que abrir la caja para averiguarlo –replicó él, acariciándole el cabello con delicadeza.

En las veladas que pasaron juntos tratando de resolver el enigma de la caja, Morgana y Rian se sintieron más unidos que nunca y disfrutaron del apacible placer de estar juntos a solas por primera vez desde su boda, descubriendo como amantes sus facetas ocultas. A ambos les irritó enormemente enterarse de que Phillipe y Cecily los habían seguido hasta Sussex. En una cacería que tuvo lugar en la finca vecina del señor Johnson, el primer compromiso social que los McShane habían aceptado desde su llegada a Mandrake Downs, Cecily persiguió descaradamente a Rian mientras éste cabalgaba por el abrupto camino a lomos de *Lucifer*. Y Phillipe no cesó de importunar a Morgana dejando que su caballo se acercara tanto a *Copper Lady* que finalmente la yegua dio un traspié y arrojó a su dueña a un charco.

–¡Estúpido! –exclamó Morgana cuando el vizconde la ayudó a ponerse de pie–. Ha sido una locura que vinieras aquí. Rian me ha contado lo que pasó entre vosotros en la casa de juego de madame Frampstead. Conseguirá arruinarte.

–Merecería la pena si me dijeras que me amas, *ma chère*. –Du Lac le ofreció un pañuelo para que se secara–. Lamento que tu yegua te tirara al suelo.

–No lo habría hecho de no haberte arrimado tanto a ella. Ahora, por favor, vete y déjame tranquila. Debo cambiarme estas ropas mojadas.

Phillipe la observó alejarse y, sintiendo hacia lord Keldara un odio que le abrasaba las entrañas, juró deshacerse de su adversario a cualquier precio. Unas semanas más tarde se le presentó la oportunidad.

Complacido ante el gran número de miembros de la alta sociedad prácticamente acampados a las puertas de su casa y estimulado por las poco sutiles advertencias de su mujer acerca de que tenían tres hijas por casar, el hacendado Johnson había consentido en organizar una pelea privada entre dos de sus mejores gallos a fin de conocer mejor a varios de los más codiciados jóvenes de sangre noble. La noticia no tardó en divulgarse gracias a que era muy hablador y extrovertido y a última hora de la tarde del gran día sus prados se vieron repletos de caballos, carruajes y demás. Se hicieron las apuestas; los últimos asistentes trataron de hacerse un sitio; y el hacendado procuró ser el centro de la reunión y no perdió la oportunidad de estrechar la mano de un joven vizconde ni de dar una palmadita en el hombro de un atractivo barón.

Rian había conseguido aparcar su carruaje y estaba apostando fuerte por el gallo color rojizo. No le divirtió cuando el barón Linton, cuya finca lindaba con la suya, interrumpió de pronto la negociación y exclamó:

–Dios mío, ¿ha visto eso?

El conde se volvió a tiempo para ver cómo lady Brookswort, con parasol y todo, bajaba de su carruaje con ayuda del francés.

–Una pelea de gallos no es lugar para una mujer –gruñó Rian–. Sigamos, Ned.

Ninguno de los dos gallos parecía sacar ventaja sobre el otro y el dueño accedió a regañadientes a que pelearan a muerte. Sus espolones relucían mientras ambos daban vueltas y se picoteaban cruelmente, estimulados por el olor penetrante de la sangre que no tardó en teñir de rojo sus hermosas plumas. Nadie, ni siquiera Rian, reparó en Phillipe cuando éste se escabulló por detrás del carruaje del conde con una gruesa rama para aflojar una de las ruedas traseras.

Veinte minutos más tarde la pelea estaba decidida. El

gallo gris se hallaba gravemente herido y trataba de eludir los avances mortales de su ensangrentado adversario. Los espectadores que habían apostado por el gallo de color rojizo se miraron consternados cuando, tras un gran trueno, se desencadenó una fugaz tormenta de verano. Tanto los granjeros como los nobles de los alrededores se precipitaron a sus vehículos antes de hundirse en lo que pronto se convertiría en un gran lodazal. El hacendado Johnson se detuvo apenas un instante para guardar sus valiosos gallos, aliviado por no haber perdido ninguno. Rian hizo dar la vuelta al carruaje con la intención de alejarse lo antes posible de la multitud y estuvo a punto de derribar a lady Cecily, quien le imploró que la llevara a su casa porque había perdido a Phillipe en medio del bullicio y a causa de la tormenta no podía dominar los caballos.

–¿No te dije que no compraras los bayos de Bixby? –gritó él con furia al advertir que no tenía otra alternativa que acompañarla.

Ella no respondió a su intempestiva observación, pues estaba demasiado ocupada protegiéndose de la lluvia con su poco efectivo y empapado parasol.

El conde, que tenía fama de ser un conductor imprudente, hizo restallar el látigo y los caballos galoparon a toda velocidad bajo la lluvia cegadora. En circunstancias normales habría comprendido la temeridad de su acto, pero Cecily lo había hecho enfurecer y no pensaba con claridad. Las llorosas súplicas de ésta para que aminorara el paso sólo lograron enfurecerlo más y ni siquiera Louis, tan temeroso por su querida vida en la parte posterior del carruaje, logró hacerlo entrar en razón. Se disponían a tomar una pronunciada curva cuando la rueda que Phillipe había aflojado se soltó del eje y el carruaje se salió del camino y cayó en la zanja. Rian trató desesperadamente de controlar a los aterrorizados caballos, pero las riendas de cuero estaban mojadas y se le resbalaban de las manos, y no pudo hacer nada para evitar el terrible accidente. Por unos instantes sus ojos enfocaron el rostro horrorizado de Cecily, y luego se sumió en la oscuridad.

Louis se puso de pie con cautela. Le dolía la cabeza y por los pinchazos que sentía en los costados comprendió que se había roto varias costillas. No sabía qué hora era, pero había dejado de llover y era de noche. Se tambaleó a ciegas hacia el carruaje, del que había salido despedido, y una vez que sus ojos se acostumbraron a la oscuridad vio que éste se hallaba bajo la colina medio oculto entre los árboles. Llegó hasta él penosamente. Cecily seguía en el interior del vehículo. Le habló, pero no obtuvo otra respuesta que los susurros del viento. El endeble parasol y su precioso cuello se habían roto. Buscó al conde, pero no lo veía por ninguna parte y decidió abandonar la búsqueda al comprender que no lograría encontrar a su señor en la oscuridad. Sollozando entrecortadamente emprendió el largo y penoso camino hacia Mandrake Downs.

Morgana escuchó con calma el terrible incidente que el lacayo le relató. Había deseado deshacerse de su marido, pero no de este modo. Lloró en silencio y las lágrimas le bañaron las mejillas, pero no consiguió soltar un grito de dolor.

Con los primeros rayos de luz, Louis partió con tantos hombres como pudo reunir. Registraron toda la comarca, pero no había ni rastro del cuerpo del conde. Los granjeros de Sussex llegaron a la conclusión de que había caído al río que cruzaba los campos y se había ahogado, y el cuerpo había sido arrastrado hasta el canal de la Mancha. No fue hasta que levantaron el cuerpo sin vida de la pobre Cecily que Louis divisó las marcas en torno al eje de una rueda trasera y empezó a pensar que ésta tal vez no se había soltado sola. No dijo nada, pero sabía que el conde tenía enemigos y decidió mantener los ojos bien abiertos a fin de averiguar cuál de ellos podía haber deseado la muerte de su señor.

Llevaron el cadáver de Cecily a Londres para enterrarlo, pero Morgana no asistió al funeral. Se quedó en Mandrake, drogada la mayor parte del tiempo con el láudano que el doctor le había recetado para los nervios. Adelgazó mucho y tenía los ojos enrojecidos por el llanto constante; de hecho parecía desconsolada. Los vecinos la compadecían sin saber que era el remordimiento lo que la estaba consumiendo, porque descubrió que no era capaz de disfrutar de su tan ansiada libertad tras la muerte de Rian. Mandrake Downs era como una tumba. Morgana no permitía que se abrieran las cortinas y la casa se hallaba sumida en la penumbra. Se negó a recibir a las numerosas visitas que acudieron a presentar sus respetos, y cuando Chilham se dirigió tímidamente a ella para hablar de los preparativos del entierro, ella le respondió con voz apagada que no era posible celebrar un funeral sin cadáver.

–Puede que no esté muerto, Chilham –repuso en un tono que hizo que el *valet* se estremeciera y comentara a Penney que la señora sin duda había perdido el juicio.

Permanecía interminables horas sentada en la oscuridad jugando con el rompecabezas chino, tratando de desentrañar su enigma. Al ver que no podía, lo arrojaba a un lado y rompía a llorar. El rostro y las palabras de Rian volvían a su memoria atormentándola, y estaba convencida de que jamás averiguaría qué se ocultaba en su interior. Por las noches anhelaba sentir el peso del cuerpo de Rian sobre ella y el dolor entre sus muslos era incesante. No podía conciliar el sueño y adquirió la costumbre de pasearse por la casa en mitad de la noche, cuchicheando con los rostros chinos que la miraban burlones desde las paredes.

Los criados se asustaron tanto de su conducta que cuando Phillipe volvió a visitarla después de tres semanas de intentarlo a diario, lo hicieron pasar. Se quedó tan estupefacto ante el aspecto de Morgana que, por unos momentos, no pudo hablar. Pero se recobró con maestría y corrió a su lado.

–*Mon Dieu, ma chère*, ¿por qué no has querido recibirme antes? Eres una sombra de lo que fuiste.

Morgana lo miró con los ojos vidriosos sin verlo.

–¿Por qué has venido, Phillipe?

–He venido a cuidar de ti, querida. –El vizconde era lo bastante sensato para comprender que estaba drogada–. Deja que te acompañe a tu habitación.

–Rian se enfadará. Debes marcharte enseguida.

–Rian está muerto, *ma fille*. Se mató en un accidente. –Se movió con cautela para no asustarla.

–Sí, ahora me acuerdo –dijo ella despacio–. Me duele tanto la cabeza que no dejo de confundir las cosas. Me gustaría acostarme un rato.

–Claro, querida. –La ayudó a ponerse de pie y la acompañó al piso de arriba.

El dormitorio estaba a oscuras. Phillipe la miró con detenimiento y sintió cómo se despertaba en él el deseo mientras encendía una vela tras otra, que iluminaron la habitación con una luz parpadeante que proyectaba horripilantes sombras sobre la pared. Ahora esa mujer le pertenecía. Había matado por ella y se proponía hacerla suya. Morgana no emitió sonido alguno cuando se acercó a ella. De hecho se había quedado profundamente dormida cuando él le quitó el vestido y la poseyó apasionadamente.

Por un instante Morgana oyó los carruajes pasar por las calles adoquinadas frente a la pequeña casa en que vivía con su padre, y a los comerciantes pregonando sus mercancías más abajo. Entonces se volvió y, al ver una oscura cabeza sobre la almohada, retrocedió en el tiempo y creyó estar con su marido en la enorme cama con dosel de Shanetara. Suspiró y contempló los ojos castaños que se habían abierto de repente, y entonces cayó en la cuenta de que no soñaba. Los acontecimientos de las semanas anteriores acudieron a su memoria. No, no estaba en Irlanda y el hombre que yacía a su lado no era Rian. Se apartó del desconcertado Phillipe con un grito de desesperación.

–¿Cómo has llegado hasta aquí? Dios mío, ¿qué has hecho?

–Shhh, *ma chère*. Se acabó. Estoy aquí para cuidar de ti. Te quiero y jamás permitiré que nadie vuelva a hacerte daño –susurró él en tono tranquilizador–. Vamos, *ma fille*, nos espera toda una vida juntos. Lo de anoche sólo fue el comienzo.

La volvió a tomar entre sus brazos e instintivamente le cubrió la garganta y el cabello de húmedos besos. Se tendió sobre ella y Morgana sintió cómo la penetraba con delicadeza. Se mostró muy tierno, como si supiera que Rian la había tratado con brutalidad, y dio lo mejor de sí mismo, poniendo las manos en los lugares adecuados. Sin embargo, no le provocó el dolor abrasador que se propagaba por su cuerpo como la pólvora cuando Rian la tocaba, ni la condujo al borde de un abismo y la dejó caer una y otra vez, como sabía hacerlo Rian. Respondió con tanta frialdad a las caricias de Phillipe que bien podría haber sido una estatua de mármol. Éste se apartó una vez satisfecho, diciéndose que debía darle tiempo para acostumbrarse a él, y fue lo bastante sensato como para permanecer en silencio.

Morgana dedujo por la ausencia de su doncella que toda la casa sabía que Phillipe se encontraba en su dormitorio. Permitió que éste la besara una vez más antes de levantarse, luego cogió la bata y llamó a la criada. Advirtió que él seguía todos sus movimientos con la mirada, pero no se ruborizó hasta que le dijo en tono afectuoso que era la mujer más hermosa que jamás había visto.

–Tentarías al mismísimo diablo, *ma chère* –añadió con la mayor seriedad, a lo que Morgana contestó que ya lo había hecho.

Y así fue como, tal vez sin pensárselo dos veces y ciertamente sin proponérselo, Phillipe se convirtió en su amante. Morgana prefería no pensar en ello porque sabía que nunca volvería a ser la alegre y sonriente niña que corría a besar a su padre al oír sus pasos en el vestíbulo. Brendan O'Hara le había puesto sus repugnantes manos encima, humillándola mentalmente, enfangándola y rebajándola al nivel carnal del deseo animal. Rian había abusado de ella rasgando los frágiles velos de su niñez y obligándola a asumir a la mujer apasionada que llevaba dentro. ¿Qué importaba un hombre más?

Los días transcurrían despacio y Morgana no era inmune a los rumores que corrían por la comarca ni a las ásperas y francas observaciones de Louis acerca de que el cadáver de su marido aún no estaba frío en su ataúd. Las noches transcurrían también despacio, tan interminables como las numerosas velas que Phillipe encendía y observaba consumir mientras proseguía su delicada embestida sobre el cuerpo y los sentidos de Morgana. A veces ésta se inquietaba ante su obsesión por las parpadeantes velas, porque a menudo lo miraba a los ojos y, aunque Phillipe le sostenía la mirada, ella sabía que veía otra cosa o a alguien en su lugar.

El vizconde era tan distinto a Morgana que ella no se molestó en tratar de comprenderlo. No se burlaba de ella ni la obligaba a defenderse como había hecho Rian. No le gustaba la poesía, a excepción de unos cuantos versos que había memorizado con la intención de encandilar a alguna estúpida doncella; y si discutían, se quedaba callado y se refugiaba en su soledad, de la que salía transcurrido un intervalo prudente como si nada hubiera sucedido.

Con gran asombro Morgana descubrió que echaba de menos las sonrisas insolentes y la insoportable arrogancia de Rian, y a menudo se sorprendía comparando la belleza juvenil de Phillipe con el aspecto recio y varonil de su marido. Había deseado apartar al conde de su vida y, sin embargo, ahora que se había marchado, no cesaba de desear que regresase.

Phillipe advertía su inquietud y comprendió que debía apartarla de todo lo que la atormentaba y avivaba sus recuerdos. Tenía varios conocidos en la costa y con el dinero de Morgana dispuso que ambos abandonaran Inglaterra y se dirigieran disfrazados a Francia.

Sentada en la diminuta embarcación de su amante, aterida de frío y humedad, Morgana observó cómo la costa de Inglaterra empequeñecía hasta perderse en la niebla.

XVII

El conde de Keldara no estaba muerto. En realidad, tal como sospechaba Louis, había caído al río y probablemente se habría ahogado de no ser por una retorcida rama que lo mantuvo a flote mientras la corriente lo arrastraba veloz río abajo. Terminó en una postura indigna de un señor, boca abajo en el barro que cubría la orilla del riachuelo. Fue allí donde una joven llamada Bess, que había desobedecido las severas advertencias de su madre de que no volviera a bañarse desnuda en el río, lo encontró por casualidad.

Así, cuando Rian sintió las primeras punzadas de dolor anunciándole que volvía en sí, no se encontró en las profundidades del infierno como esperaba, sino en una maravillosa y blanda cama de plumas.

–¡Por fin ha despertado! Empezaba a creer que dormiría eternamente.

Rian se sobresaltó al descubrir que no se hallaba solo en la habitación. Vislumbró a una atractiva muchacha de normes ojos azules y melena castaña. Advirtió vagamente que era muy joven, aunque la dura vida que llevaba había dejado huella en su rostro.

–¿Dónde estoy?

–En una pequeña cabaña en las tierras de mi madre. Un poco más lejos tenemos una pequeña posada llamada Blue Boar; tal vez haya oído hablar de ella.

–No. –Cerró los ojos porque le dolía terriblemente la cabeza y no vio la expresión de decepción de la joven.

–¿Cómo se llama? –La curiosidad de la muchacha pesaba más que su preocupación por el visible sufrimiento de Rian.

Él abrió los ojos y la miró en silencio, porque por mucho que lo intentara no lograba recordarlo. Vio sus botas cubiertas de barro endurecido por las puntas y tuvo la ligera impresión de que alguien se disgustaría al verlas en tal penoso estado. Luego dijo el primer nombre que le vino a la cabeza.

–Jack.

–Bien, Jack, ¿tiene hambre?

Él asintió.

–¿Cuánto tiempo llevo aquí?

–Oh, unas dos o tres semanas, supongo. He venido cada día y a veces también de noche, si lograba escabullirme sin que me descubriera mi madre. Me desollaría viva si se enterara de esto.

De alguna parte la joven sacó un poco de pan y queso, que Rian devoró con avidez. Tres semanas. Llevaba inconsciente tres semanas, pero ¿y antes? No podía recordar nada y le dolía la cabeza al intentarlo.

–¿Cómo te llamas? –preguntó finalmente, limpiándose las migas de la boca.

–Elizabeth, como la reina. Pero la mayoría de la gente me llama Bess. Oiga, usted no se parece a la gente de por aquí. Por lo menos sus ropas no eran tan bastas como las de la mayoría de las personas que conozco. Eran de hilo suave y fino. ¿Es usted caballero?

–¿Cómo sabes que no las robé? –Logró esbozar un perversa sonrisa ya que, por lo que sabía, era posible.

–Caballero Jack, el salteador de caminos. –Bess soltó una risita al pensarlo. Qué emocionante sería si fuera cierto. De pronto se le ensombreció el rostro–. ¿Quién es Morgana?

El fantasma de una bruja de cabellos rojos y ojos verdes acudió brevemente a su memoria, pero se desvaneció tan deprisa como la bruma de la mañana.

–¿Por qué lo preguntas? –inquirió en tono áspero.

–Por nada. –Bess se encogió de hombros con aire indiferente–. La llamaba mientras estaba inconsciente.

–¿De veras? –volvió a cerrar los ojos y permaneció una vez más en silencio.

Cuatro días más tarde Rian se vio con fuerzas para levantarse, pero le dolía terriblemente la cabeza y perdió el equilibrio la primera vez que trató de permanecer de pie. Bess le explicó que lo había encontrado a orillas del riachuelo y llevado a rastras hasta la choza, pero no sabía cómo había llegado allí. De pie, se miró fijamente en el espejo y sólo vio a un extraño, el caballero Jack, como Bess había empezado a llamarlo. Llevaba barba y bigotes y el cabello despeinado le caía en mechones color ébano sobre el rostro, ocultándoselo. En la mejilla izquierda tenía una fea herida que, a juzgar por la costra que la cubría, debía de ser reciente. Le dejaría una cicatriz para el resto de su vida. Bess le había lavado y arreglado la ropa y mientras se vestía se preguntó de nuevo quién era en realidad. Por el momento no importaba. Tenía que vivir y no podía seguir dependiendo de la caridad de Bess.

–Oh, Jack –le oyó decir a la joven cuando entró–. No deberías estar otra vez levantado –lo regañó en tono maternal–. Has estado demasiado enfermo.

–Bess, ¿crees que podrías conseguirme un revólver y una espada? –preguntó él, haciendo caso omiso de sus consejos.

–Por Dios, Jack, no será sencillo pero lo intentaré –respondió ella, porque lo consideraba el hombre más guapo que jamás había visto. Ni siquiera la cicatriz podía restar atractivo a su rostro. Estaba enamorada de él y hubiera hecho cualquier cosa por ganarse su afecto.

Aquella noche, con las armas que Bess había robado a un huésped de la posada de su madre, Rian llevó a término el primero de sus muchos atracos como el Caballero

Jack, el bandido que iba a aterrorizar el condado de Sussex durante los próximos meses. Bess lo esperaba sin aliento en la pequeña cabaña, temerosa de que lo mataran, pero excitada ante la aventura más emocionante de su triste vida.

–Aquí tienes. –Cuando entró dejó caer una bolsa con monedas de oro en su regazo–. Mañana irás a la ciudad y me comprarás un caballo mejor. El que me has dejado está casi ciego.

–Lo siento, Jack, pero hice lo que pude. Tim, el mozo de cuadra, tenía miedo de prestármelo. Te cuelgan si te cogen con un caballo robado.

–También por saltear caminos –dijo, y rió con insolencia–. Y por el amor de Dios, cómprate un vestido decente. Ya estoy cansado de verte con estos harapos.

–¿Quieres decir que puedo comprarme un vestido nuevo, Jack? –preguntó emocionada.

Le dirigió una mirada especulativa. Era bastante guapa, con sus enormes ojos azules y las mejillas encendidas. No poseía la belleza salvaje de la bruja que lo perseguía en sus sueños, pero resultaba atractiva de una forma tosca y rural.

–Claro, criatura –dijo Jack antes de tomarla entre sus brazos.

Bess yacía muy quieta por temor a despertar al hombre que dormía plácidamente a su lado. Observó el lento subir y bajar de su pecho a la luz de la luna. Había hecho el amor con muchos hombres, pero ninguno la había hecho disfrutar como éste. Con sigilo se levantó de la cama y se vistió. A la mañana siguiente le diría a su madre que se iba de casa, porque después de esa noche no soportaría estar ni una hora separada de él.

–Eres una estúpida ramera –dijo su madre al enterarse de la decisión de su hija–. Se trata de un hombre, ¿no es cierto?

–Sí, madre, y nunca más volveré aquí.

–¿Es así como me pagas todos los años que he cuidado de ti? Sabes muy bien que no puedo llevar el negocio sin tu ayuda.

Bess le dio bruscamente la espalda.

–No me necesitas, madre. Te alegrarás de que me marche, porque así tendrás una boca menos que alimentar y un cuerpo menos que vestir. Toma –añadió al tiempo que le entregaba unas cuantas monedas de oro–, por todo lo que has hecho por mí.

Vio cómo su madre mordía con codicia el soberano para asegurarse de que era auténtico y a continuación cerraba de golpe la puerta tras de sí. Su madre ni siquiera la oyó partir, tan absorta estaba en la pieza de oro que le había dado.

Bess recorrió el corto camino que llevaba a la ciudad y compró no uno, sino dos caballos. Se cuidó bien de que no la timaran y sus esfuerzos se vieron ampliamente recompensados cuando el herrero le dijo que había hecho un buen negocio. El hombre preguntó intrigado de dónde sacaba el oro, pero ella sacudió la cabeza y le respondió que no era asunto suyo. Montó la yegua más pequeña y tiró del semental tras de sí. A continuación se encaminó hacia la tienda de ropa y se compró el vestido más bonito que encontró de su talla. Su última parada fue para abastecerse de comida y vino, después regresó a la cabaña, donde Jack la esperaba.

–Me he ido de casa –le dijo con timidez–, así que no tenemos por qué quedarnos aquí. No es un lugar muy seguro puesto que los contrabandistas lo conocen y a veces lo utilizan cuando no tienen otro lugar adonde ir.

Rian la escuchó en silencio. Tenía previsto marcharse de todo modos, pero cargar con la responsabilidad de una joven era algo con lo que no había contado. Sin embargo no le pareció bien abandonarla, ya que era indudable que le había salvado la vida.

Finalmente decidió llevársela con él. Tras varios días de búsqueda, alquilaron una diminuta casa a un granjero que no hacía preguntas a sus arrendatarios siempre y cuando le pagaran. Rian volvió a su vida delictiva, siempre en solitario. Se negó a permitir que Bess lo acompañara en sus expediciones aunque ésta se lo suplicó; y con cada atraco se volvió más y más osado. Le producía una perversa emoción detener los carruajes de los nobles y gritar: «¡La bolsa o la vida!» a sus ocupantes mientras les arrebataba sus gruesas bolsas, relojes, faltriqueras y sellos. Disfrutaba arrancando las joyas a las mujeres porque, para él, todas tenían el mismo rostro que la bruja de los ojos verdes que se le aparecía en sueños. Morgana, dijo Bess que la había llamado. Y se vengaba de ese encantador espectro cada vez que aterrorizaba a las pobres doncellas hasta que perdían el sentido. Luego regresaba a casa para hacerle el amor a la devota Bess, que se reía alegre y batía palmas cuando él la besaba y le regalaba los oídos con un nuevo episodio acerca de cómo había vuelto a burlar a los dragones.

Rian a menudo se preguntaba quién era y de dónde venía, pero no recordaba nada y, frustrado, desistía en el intento. A su mente acudían imágenes borrosas y confusas, pero ninguna tan clara como la de Morgana. Por la noche se removía inquieto en sueños y veía una vela alta blanca en un precioso barco, tan real que casi podía sentir la espuma del mar salpicándole el rostro. Fragmentos de recuerdos lo perseguían, sólo para desvanecerse como la bruma al amanecer. Veía a la bruja de ojos verdes envuelta en relucientes pliegues de seda china, riendo y llorando, mientras él se enrollaba sus largos cabellos pelirrojos en torno al cuello; los labios color amapola fruncidos, las pestañas rizadas y negras poniendo de relieve sus ojos almendrados. Se despertaba empapado en un sudor frío y con un dolor entre las piernas que ni la complaciente Bess lograba aliviar, y se volvía a preguntar quién era ese espectro y por qué lo atormentaba.

Lord Chalmers no quería viajar de noche, y menos por Sussex, donde circulaban las historias sobre el osado y atractivo salteador de caminos conocido como el Caballero Jack. No, Su Señoría no lamentaría llegar a su destino y cuanto antes mejor. Sin embargo era lo bastante listo para darse cuenta de que iba a correr un riesgo aún mayor al final de su viaje. Traficar con contrabandistas era un delito que se pagaba con la horca. No sólo eso, los contrabandistas eran una multitud abigarrada, astuta y peligrosa; y nunca podía estar seguro de que no le clavarían un puñal en la espalda a la mínima oportunidad. Les pagaba generosamente y las mercancías que recibía a cambio le proporcionaban un margen de beneficio mayor que en el mercado negro. Las sedas francesas y el brandy eran particularmente rentables. Sin embargo, Chalmers decidió que ése sería su último viaje. Había amasado una fortuna en los últimos años y ya no tenía necesidad de asociarse con criminales vulgares cuyas exigencias aumentaban sin cesar y que se volvían cada vez más amenazadores. Lord Chalmers acomodó su rechoncho cuerpo en el asiento y se sumió en un sueño ligero.

Rian observó con considerable interés el coche que se aproximaba. El emblema inscrito en las puntas le indicó que se trataba de miembros de la realeza y que un incauto aguardaba a ser desplumado en su interior. Con una sonrisa burlona sacó los revólveres y, plantándose en mitad del camino, gritó la ya familiar orden.

Lord Chalmers despertó sobresaltado. ¡Un atraco! ¡Despediría a sus hombres a la mañana siguiente! No se atrevió a asomar la cabeza por la ventana para ver lo que ocurría. Tal vez si se agachaba en el suelo pasaría desapercibido. Con esa intención, acomodó sus carnes entre los dos asientos y los muelles del coche crujieron de forma inquietante bajo su peso. Pero de poco le sirvió, porque la puerta se abrió de golpe y el cañón de un fatal revólver le apuntó a la nariz.

–Las alhajas, gordinflón, deprisa –gritó Rian en la jerga que había aprendido de Bess, que había nacido en un barrio pobre de Londres y hacía apenas unos años que se había trasladado a Sussex.

Chalmers miró fijamente el rostro marcado con una cicatriz y la mirada glacial de ese hombre, y decidió no discutir. Se quitó las sortijas de sus gruesos dedos lo más deprisa que pudo, maldiciendo en silencio a sus cobardes hombres y a ese arrogante bandido.

–Eso también, amigo –dijo Rian señalando la pesada bolsa que colgaba de la cintura de lord Chalmers.

–Escuche. –Su Señoría se sentía humillado. ¿Cómo iba a pagar la mercancía de contrabando? Esos sanguinarios no vacilarían en matarlo si se creían estafados–. Ya le he dado todas mis joyas. Estoy seguro de que puede pasar sin mi bolsa. Tengo que pagar muchas deudas esta noche.

–¿De veras? No es mi problema, gordinflón. Además, le sentará bien deshacerse de algo de peso. –Rian sonrió con insolencia, apuntando al grueso vientre de Su Señoría con el cañón del revólver.

A lord Chalmers no le atraía la idea de ser asesinado, y menos por unas pocas monedas de oro, de modo que le entregó la bolsa sin otra palabra de protesta, aunque gruñendo, porque ahora tendría que regresar a Londres sin el botín por el que había hecho tan largo recorrido. Memorizó bien el rostro del bandido con la intención de denunciar el incidente en cuanto fuera posible. Había algo familiar en esos ojos duros y fríos. No pudo evitar estremecerse. «No es un hombre sino el diablo», se dijo, y no descansó hasta que el ladrón le agradeció su hospitalidad y se perdió en la noche. Su Señoría se secó el sudor de la cara y, tras decir en tono amargo a sus mercenarios lo que pensaba de su protección, les ordenó que dieran media vuelta de inmediato.

Rian se encaminó hacia su casa. Con el oro y las joyas obtenidos ya no era preciso otro atraco esa noche. Sonrió al recordar al viejo gordo acurrucado entre los asientos del coche levantando el trasero como una avestruz. Dios, cómo se reiría Bess cuando se lo contara. Sin embargo no pudo pensar más en ello porque el ruido de unos cascos le advirtió del peligro que se avecinaba. Musitando una maldición, espoleó al caballo hasta hacerlo galopar. ¡Condenados dragones! Siempre estaban a punto de atraparlo después de cada atraco. Tendría que ser más precavido. Obligó al semental a salir del camino y adentrarse en el bosque, sin hacer caso de las ramas que le golpeaban la cara. Se inclinó sobre las crines del caballo y cabalgó veloz como llevado por el diablo. Podía oír los gritos de los dragones vociferando órdenes los unos a los otros a medida que se sumaban a la persecución. Sonó un disparo, seguido de otro. Rian se sobresaltó al sentir que la última bala le rozaba el hombro y comprendió que estaba herido. Siguió avanzando, sin hacer caso del dolor en el brazo ni de la sangre que no tardó en empaparle el abrigo. Era rápido y astuto, y durante los últimos meses había llegado a conocer muy bien esa comarca. Retrocedió y se escondió hasta que oyó que se alejaban. Entonces, sin aliento y con un intenso dolor, se encaminó hacia la pequeña casa que compartía con Bess.

–¡Oh, Jack, estás herido! –gritó ella al verlo–. Deja que te ayude.

–No es más que un arañazo –protestó él, pero dejó que lo curara.

La herida era poco profunda, como había afirmado, pero sangraba tanto que Bess casi se desmayó al verla.

–Dios, Jack, tienes que dejarlo –dijo la joven, verdaderamente asustada porque ¿que sería de ella si lo mataban?–. Tenemos suficiente ahorrado para comprarnos una granja y establecernos como personas honradas.

Su comentario irritó a Rian, porque últimamente Bess hablaba cada vez más a menudo de casarse y formar una familia. Le agobiaba oírle hablar de ello y trató de distraerla describiéndole al corpulento lord Chalmers. Ella no tardó en echarse a reír, como él esperaba, y ya no pensó más que en sus hazañas.

Tal vez Rian no habría recordado nunca quién era de no ser por una casualidad del destino. Lord Brisbane no había obtenido el consentimiento de lady Winwood para casarse con su hija Anne y se quedó tan desolado que le pidió a su amada que se fugara con él. Ella no vaciló en aceptar, ya que lo quería con verdadera devoción y se había quedado petrificada cuando su dominante madre la quiso obligar a casarse con el odioso lord Hawthorne.

Aunque Anne no era mayor de edad, Brisbane le había asegurado que su madre no anularía el matrimonio, una vez contraído, pues hacerlo significaría un terrible escándalo y, además, él no era tan mal partido. Con ese pensamiento en mente, los dos habían decidido viajar a Sussex donde Brisbane tenía un amigo obispo que podría celebrar la ceremonia.

Y así, quiso la suerte que Rian los detuviera. Lord Brisbane tenía tanto miedo de que el bandido le robara la licencia especial de matrimonio que no reconoció a su mejor amigo. Por suerte para Rian, o por desgracia, ni siquiera Morgana hubiera reconocido a ese extraño de barba que paseaba por las noches con el nombre de Caballero Jack. Brad se sintió inmensamente aliviado al ver que el hombre de la cicatriz los dejaba marchar sin hacer daño a su futura esposa, que lloraba histérica sobre su hombro. Sin embargo, no podía dejar de pensar en la insolente carcajada que había soltado el bandido cuando le había informado indignado que se dirigían a Sussex para casarse. Había algo extrañamente familiar en esa risa, pero apartó el pensamiento de sí mientras trataba de consolar a su querida Anne.

Empezó a llover antes de que Rian llegara a la pequeña granja y nunca supo si fue la visión del rostro de Brisbane o el susto que se pegó cuando el caballo resbaló y estuvo a punto de arrojarlo al suelo lo que hizo que recordara exactamente quién era. De pronto todo acudió a su memoria; la lluvia torrencial, la última mirada de terror de Cecily, y la rueda del carruaje que se soltó del eje antes de verse arrojado colina abajo y caer por el riachuelo.

Bess supo que algo andaba mal en cuanto Rian entró por la puerta, pero él se negó a responder a sus preguntas y se limitó a decir que estaba cansado, y ella tuvo que contentarse con eso. Mucho después de que la joven se durmiera en sus brazos, Rian seguía despierto, reviviendo el terrible accidente. Admitía que había conducido demasiado deprisa, pero ese hecho en sí no explicaba que la rueda se hubiera soltado del eje. No sabía por qué, pero tenía la sospecha de que el francés tenía la culpa. Phillipe le odiaba lo bastante como para querer matarlo. ¿Habría conseguido que Morgana secundara sus planes? ¿Estaría ella en brazos de Du Lac mientras él tenía a Bess entre los suyos? ¡Maldita Morgana! ¿Qué habría sido de ella?

En esos momentos Morgana se hallaba camino de París, donde Phillipe afirmaba tener muchos amigos que los ayudarían. Se habían detenido en Dieppe y ella no estaba disfrutando del largo viaje. Francia se encontraba repleta de ladrones e individuos sanguinarios, y el populacho seguía buscando a los últimos aristócratas mientras el reinado de Napoleón tocaba a su fin. La Nueva Coalición (Rusia, Prusia, Gran Bretaña, Suecia y Austria) había vencido al pequeño emperador en Leipzig, quien no tardó en perder el control de su imperio. Esta vez llegaron hasta Francia en su persecución.

El año anterior Napoleón había atacado a Rusia, el único rival que le quedaba en el continente. Consiguió entrar en Moscú, la capital, pero después del incendio se vio obligado a ordenar la retirada. Los rusos trataron de evitar la lucha y optaron por arrasar todo lo que pudiera facilitar el avance enemigo, quemando las tierras y todo lo que pudiera tener valor para el ejército francés. Así, sin suministros y careciendo de cuarteles donde pasar el invierno, Napoleón no tuvo otra salida que emprender la retirada. Los rusos se aprovecharon de su difícil situación y empezaron a acosar a sus tropas. Después de cruzar el río Bereziná, la *Grande Armée* quedó aniquilada y Napoleón corrió a París a fin de reunir un nuevo ejército. Ahora, casi un año más tarde, había sufrido otra importante derrota.

–Ya no aguantará mucho, *chère* –le anunció Phillipe con júbilo.

La situación de París no era mejor que la de Dieppe, y Morgana se alegró de que Phillipe la hubiera prevenido de no llevar joyas e insistido en que vistiera con sus ropas más sencillas. El París que se encontró tal vez fuera en otro tiempo una alegre y romántica ciudad, pero la guerra había causado estragos, y los asaltos a la Bastilla y la guillotina no podían ser fácilmente olvidados. No era preciso mirar a las carretas que pasaban despacio en dirección a los cementerios para saber que estaban llenas de cadáveres. Era tarde cuando Phillipe la condujo por las sinuosas y estrechas calles hasta un diminuto edificio de tres pisos. El vizconde arrancó el letrero de la puerta y la abrió con cautela.

–¡Phillipe! –La joven que acudió a su encuentro se arrojó a sus brazos, riendo y llorando al tiempo que lo abrazaba con gran afecto y confusión.

–Gabriella –dijo él devolviéndole el abrazo–. He rezado tanto para encontraros con vida después de todo este tiempo.

–No ha sido fácil, *mon ami*, pero entra y te lo explicaré todo. Claude estará encantado de volver a verte.

–Gabriella. –Se volvió hacia Morgana que permanecía olvidada en la oscuridad–. Ésta es lady Morgana McShane. Confío en poder convencerla para que se convierta en mi esposa.

La joven se acercó a ella despacio y la examinó, luego la besó rápidamente en ambas mejillas.

–Querido, me alegro mucho por vosotros.

Entraron y Gabriella les trajo algo de comer.

–No es gran cosa, Phillipe, pero mientras nos quede algo lo compartiremos con los amigos. Ahora dime cómo es que has decidido regresar a Francia.

Hablaron durante horas, empezando por la muerte de los padres de Phillipe en la guillotina. Gabriella y Claude, su marido, lograron que él escapara de ese fatal destino llevándolo a la costa y embarcándolo hacia Inglaterra; y de alguna manera habían conseguido pasar desapercibidos y salvarse también.

–Eres inglesa, ¿verdad? –La mujer se volvió hacia Morgana–. No tienes idea de lo horrible que fue bajo el Gran Comité. Robespierre estaba loco. Utilizó el Terror para intentar poner en práctica las teorías de Rousseau. Ejecutó a algunos de los franceses más brillantes, como Hébert,

Danton y Desmoulins. Vivíamos aterrorizados, y Saint-Just y Couthon, sus lugartenientes, eran igual de terribles. Cuando Saint-Just exigió las cabezas de otro grupo de los llamados traidores, la Convención reaccionó por fin en defensa propia. Juzgaron y condenaron a Robespierre a la guillotina, una muerte bastante irónica. Acudimos a la plaza y vimos cómo la hoja caía sobre el cuello del hombre responsable de la muerte de tantas personas queridas. No me avergüenza decir que me alegré.

Permanecieron un rato sentados en silencio, recordando, hasta que Phillipe comentó que su proponía reclamar sus tierras y su título.

–No será fácil, Phillipe. –Gabriella sacudió la cabeza–. No quiero desanimarte, pero han sido tiempos difíciles. Tal vez sea mejor que lo olvides y trates de empezar una nueva vida. Jamás volveré a ser la condesa Creux-Gai, que bailaba con Luis XVI y cuidaba de mi *petite* Marie Antoinette. No, ahora soy sencillamente la ciudadana St. Ville –añadió con tristeza–. *Oui,* olvídalo, *mon ami.*

–¿Olvidar, Gabriella? Viste a nuestros padres decapitados y presenciaste conmigo cómo tu hermana, *ma pauvre* Françoise, moría abrasada en su propia casa. ¿Cómo has podido olvidar? Françoise era mi esposa y sin embargo no pude hacer nada por salvarla. No lo olvidaré mientras viva.

–Hiciste todo lo que estaba en tus manos, Phillipe. No debes culparte por su muerte. Si te hubiéramos dejado entrar en el castillo, también habrías muerto.

Por fin comprendía Morgana la enfermiza fascinación que sentía por las velas y por qué la miraba fijamente sin verla. El pobre Phillipe estaba lleno de remordimientos y congoja como ella.

Sus recuerdos se vieron interrumpidos por la llegada de Claude St. Ville, un hombre atractivo que había logrado conservar parte de su alegría. Pero, al igual que su mujer, se había resignado a su destino.

–No podemos dar marcha atrás al reloj, *mon ami* –dijo con tristeza al ver la orgullosa actitud de su viejo amigo.

Le explicó que Napoleón había tratado de hacer volver

a los supervivientes de la Vieja Nobleza en un intento de acallar a los revolucionarios jacobinos, pero los *émigrés* lo despreciaron como a un usurpador advenedizo. Denunciaron sus tácticas, satirizaron sus modales, su aspecto y su forma de hablar, y se burlaron de la nueva aristocracia del emperador. Algunos habían regresado, como los Montmorency, Montesquieu, Sigur, Gramont, Noaille y Turenne, y habían recuperado parte de sus propiedades.

–¡*Merde!* –exclamó Phillipe–. ¡Tantos viejos amigos! ¿Cómo pudieron hacerlo?

–Si quieres saber realmente qué está ocurriendo, ve al salón de Juliette de Récamier. Su deslumbrante belleza y la riqueza de su marido atraen a muchos de los que temen expresar en voz alta su opinión –respondió Claude–. Tal vez Mathieu de Montmorency pueda ayudarte.

Se alojaron en casa de los St. Ville varios días, durante los cuales Phillipe hizo una visita a la popular Juliette la Récamier. Allí alternó con los generales Bernadotte y Moreau, Françoise René de Chateaubriand, Benjamin Constant de Rebecque y madame de Staël, a quien Morgana había conocido en la Holland House. Ésta se entristeció al enterarse de que la mujer fumaba opio, y se alegró de que le enviara un ejemplar de *De l'Allemagne*, que, según se informó Phillipe, era considerada como su obra maestra.

A Morgana le apenó abandonar la casa de los St. Ville. La pareja había sufrido mucho y perdido cosas que jamás volvería a recuperar, y sin embargo tenía coraje y miraba al futuro en lugar de vivir en el pasado como Phillipe.

Él insistió en ir a Ille-et-Vilaine, a las afueras de Rennes, donde se encontraba la finca de su familia, y Morgana no tuvo más remedio que acompañarlo. En cada posada en la que se registraron como marido y mujer, Phillipe se hacía pasar por un pobre campesino, un disfraz que debía haber utilizado un centenar de veces. Vestidos como iban despertaban muy poco interés y dado que el francés de Morgana era bastante limitado, Phillipe la excusaba diciendo que era muda de nacimiento.

–¡*Mon Dieu*, ojalá lo fuera mi mujer! –había exclamado un menudo mesonero antes de conducirlos a la habitación.

Por extraño que parezca, el castillo en el que había nacido el amante de Morgana seguía en pie, aunque era evidente que llevaba tiempo deshabitado. Se acercaron con cautela, pero cuando Phillipe divisó a Guillaume, su viejo mozo, olvidó sus precauciones y se dirigió a galope tendido hacia donde estaba el anciano.

–¡Guillaume, Guillaume, soy yo, Phillipe! –gritó con una amplia sonrisa.

–¿De veras es usted, monsieur Phillipe? –El anciano no pudo reprimir unas lágrimas de emoción–. Lo he creído muerto todos estos años.

Guillaume los hizo pasar al interior del castillo y pareció asimilar en el acto el insólito regreso de Phillipe y la presencia de Morgana. Después de tantos años deshabitada, la casa estaba llena de polvo y telarañas, y Morgana no comprendía cómo Phillipe podía pretender que se alojaran en ella; pero como al parecer ésa era su intención, decidió arreglar el viejo dormitorio y uno de los salones.

–*Ma chère* –dijo Phillipe sonriendo satisfecho cuando se retiraron al dormitorio–. Estoy convencido de que conseguiré recuperar estas tierras una vez que Napoleón sea expulsado. Nos quedaremos un tiempo por aquí a ver qué sucede.

Y como no tenía motivos para regresar a Inglaterra o a Irlanda, Morgana aceptó, aunque de mala gana. Allí llevaron una vida tranquila, casi furtiva. Phillipe y Guillaume salían a cazar y a pescar mientras ella se ocupaba de un pequeño huerto. A menudo se miraba sus ásperas manos y se preguntaba cómo ella, hija de un barón irlandés y esposa de un destacado conde, que había bailado en el Almack's con Beau Brummell y cuya mano había besado George, el príncipe regente, había acabado trabajando como una campesina en una remota finca de Francia. Sin embargo, sentía una paz interior que no había vuelto a experimentar desde la muerte de su padre, y por un tiempo eso la contentó.

Phillipe seguía tratándola con delicadeza y ternura, casi como un niño, y sólo cuando a la luz de las numerosas velas volvía a ver su mirada extraviada, Morgana se sentía ligeramente inquieta y algo alejada de la realidad.

Rian se sentó a la sombra de los árboles y observó intrigado Mandrake Downs. La vida le parecía haber seguido su curso, pero no veía a Morgana por ninguna parte. Agudizó la vista. Allí estaba Louis sacando brillo a las ruedas del carruaje, así que ella no debía de haber regresado a Londres. ¿Dónde podía estar? Contempló la posibilidad de anunciarles que había vuelto, pero cambio de parecer. Hasta que no descubriera el paradero de su mujer y del francés no les haría saber que seguía con vida. Esbozó una sonrisa triste. ¡Menudo golpe para Du Lac! Tiró de las riendas del semental y se encaminó al paso hacia la taberna. Tal vez allí se enterara de algo.

Estuvo de suerte, porque el barón Linton y el hacendado Johnston se encontraban allí, tomando amistosamente un cerveza. Rian se sentó en un rincón, haciendo caso omiso de la descarada mirada de la camarera, y recogió toda la información que pudo de su conversación tratando de parecer desinteresado.

El barón y el hacendado discutían acerca de la próxima pelea de gallos. Durante casi una hora no hablaron de otra cosa y Rian empezó a impacientarse. Los maldijo para sus adentros y se disponía a marcharse, cuando un comentario del barón Linton lo detuvo.

–¡Menudo desastre la última pelea de gallos, señor hacendado! –exclamó el barón–. Qué mala suerte que Keldara muriera de esa forma.

El hacendado meneó la cabeza.

–Así es, no me explico que el carruaje volcara. Tengo entendido que era miembro del Four Horses Club, de modo que debía de ser un experto con el látigo. Su lacayo dijo que se soltó la rueda trasera.

–Sí, la derecha. El conde quedó destrozado. Asistí al

funeral de lady Brooksworth en Londres, pero lady Keldara se negó a recibirme cuando acudí a presentarle mis respetos por el difunto conde.

–Cuesta creer que huyera a Francia con ese emigrado. –El hacendado volvió a sacudir la cabeza–. Siempre pensé que era un maldito forastero. Pobrecilla, debió de enloquecer de tristeza. –El hacendado bajó tanto la voz que Rian tuvo que agudizar el oído–. Los criados dicen que la condesa empezó a pasearse por la casa en mitad de la noche, hablando con los retratos y jugando con una especie de caja china.

–No me digas. –El barón Linton parecía impresionado.

–Sí, pero no me gustan las habladurías. –El hacendado arrojó varias monedas sobre la mesa–. Entonces ¿le veré el sábado para comer?

–Por supuesto. Tengo algo que discutir con usted.

El hacendado sonrió. Al parecer iba a desembarazarse por fin de una de sus hijas.

Rian regresó pensativo a la granja. De modo que su esposa se había fugado a Francia con Du Lac. «¡Loca de tristeza!», gruñó para sí. Estaba impaciente por deshacerse de él. Y la pobre Cecily. Se había cansado de ella, era cierto, pero no deseaba su muerte. Bueno, ¿qué se suponía que debía hacer ahora? En esos momentos podían estar en cualquier parte de Francia. Tendría que esperar. Sí, esperaría y vigilaría Mandrake Downs atento a cualquier indicio de su regreso. Y entonces se enterarían. Mientras tanto, el Caballero Jack reanudó su vida criminal. Sin embargo tendría que ser más precavido. No era posible saber si lord Chalmers o Denby lo habían reconocido, aunque parecía poco probable. Con una triste sonrisa hincó los talones en los flancos del semental.

Tal vez Morgana y Phillipe habrían continuado con su pacífica existencia y nunca los hubieran descubierto de no haber sido por el terrible accidente. Por extraño que parezca, se produjo a causa de la obsesión de Phillipe por las velas. Llevaban tres meses en Blanchefleur esperando oír la noticia de que Napoleón había sido destituido, pero hasta el momento el pequeño emperador había logrado retener el control de su tambaleante imperio.

Morgana estaba sentada ante el espejo cepillándose su melena pelirroja cuando Phillipe entró en el dormitorio y comenzó el ritual nocturno de encender las velas. Luego se detuvo detrás de ella y le deslizó una mano bajo el ligero camisón para acariciarle uno de sus pálidos senos. Con un débil gemido, colocó uno de los candelabros en la mesilla de noche y la llevó a la cama. Morgana no sabía cuánto tiempo llevaban haciendo el amor cuando de pronto se dio cuenta de que Phillipe, absorto en su deseo, había dejado el candelabro demasiado cerca de las cortinas de la ventana y éstas, secas y quebradizas tras años de desuso, empezaron a arder. De pronto las llamas se extendieron por toda la habitación. Con un grito de horror, Morgana saltó de la cama y se vistió.

–Vamos, Phillipe –gritó por encima de los crujidos de las ardientes vigas–. Tenemos que salir de aquí.

–Françoise, Françoise –lo oyó susurrar con voz ronca mientras tendía los brazos hacia ella.

Asfixiada por el humo y presa del terror, recogió a toda prisa sus ropas y lo sacó a rastras de la habitación. Cuando llegaron al piso de abajo comprendió que toda la casa iba a arder. Salieron tambaleándose al jardín, donde ya se había reunido un grupo de mirones.

–¡Por favor, que alguien nos ayude! –exclamó en su idioma, olvidándose a causa del pánico de dónde estaba.

Enseguida advirtió el gran error que había cometido. Los franceses odiaban a los ingleses y alguno de ellos reconoció a Phillipe. Entre la multitud se oyeron las palabras «puta inglesa» y «aristócrata». Horrorizada, comprendió que jamás la ayudarían y que lo más probable era que los mataran.

–Guillaume –susurró aliviada al ver al anciano–. Debe de ayudarnos a escapar enseguida de aquí.

Entre los dos lograron sacar uno de los caballos del establo, pero no tuvieron tiempo de ensillarlo antes de que la turba de mirones llegara en tropel. Con el rostro oculto entre las manos, Phillipe gimoteaba histérico el nombre de Françoise. Morgana recordó de pronto aquel día en los páramos en el que Brendan O'Hara se había desplomado encima de ella, sangrando por la herida que la bala de Rian le había abierto en la espalda, y cómo éste, al ver que no paraba de gritar, la había abofeteado. Con todas sus fuerzas golpeó a Phillipe y éste pareció reaccionar. Una vez Guillaume la ayudó a subir al caballo sin montura, sentó al francés detrás de ella.

–No sé cómo darle las gracias –dijo al anciano.

–No es necesario, mademoiselle. Ahora váyanse, por favor.

Morgana hundió los talones en los flancos del caballo y partió a galope tendido en medio de la noche. No sabía cuánto tiempo llevaba cabalgando, con el extenuado Phillipe agarrado como un niño a su cintura. Se encaminó al norte, hacia la costa, decidida a encontrar el modo de regresar a Inglaterra. Volvía a experimentar una maravillosa sensación de libertad, dueña de sí y de su vida, con el cabello azotándole el rostro y el vestido ondeando al viento. Por primera vez en meses podía pensar con claridad.

Con todo el dinero que le quedaba y el caballo consiguió persuadir a un joven francés para que los llevara de vuelta a Inglaterra. Se sentó en la pequeña embarcación, con la cabeza de Phillipe sobre su hombro, y contempló cómo la costa de Francia se perdía poco a poco en la lejanía. Temblando de frío, maldijo mil veces al necio de Phillipe. Verlo tan débil y autocompasivo la ponía enferma y decidió que lo abandonaría en cuanto pudiera.

–Phillipe. –Se volvió hacia él con calma en el salón de Mandrake Downs–. Voy a regresar a Londres para empezar una nueva vida. He comprendido que he estado engañándome. No puedo casarme contigo.

Hacía dos semanas que habían regresado y cada día que pasaba le disgustaba más el vizconde. Lo compadecía, y no deseaba pasar el resto de su vida junto a alguien sólo por compasión.

–Morgana, *ma chère.* –Trató de esbozar una sonrisa–. Volveremos a empezar. Yo te amo. Prometo ser un hombre mejor.

–Lo siento, Phillipe, pero no puedo corresponder a tu amor –respondió en voz baja, pero con una mirada glacial–. Podríamos haber muerto por tu culpa. Rian jamás habría perdido el control de esta manera.

El francés no pudo evitar estremecerse. Tal vez fuera cierto que era una bruja. Había visto esos mismos ojos en los aristócratas que miraban desafiantes al verdugo antes de colocar sus cabezas en la guillotina.

–Por lo menos deja que te acompañe a Londres –respondió él con la intención de que cambiase de parecer y maldiciendo en silencio al fallecido conde–. Sabes que toda la comarca vive aterrorizada por culpa de ese terrible salteador de caminos, el Caballero Jack. Dicen que lleva ropa de fino hilo y se ríe en tu cara mientras te roba. Louis y Joe no podrán protegerte.

–Es cierto –admitió ella de mala gana, porque había mandado de vuelta a Inglaterra a los demás criados antes de partir hacia Francia–. Está bien, pero debes prometerme que me dejarás en paz. La decisión está tomada.

Casi había anochecido cuando se pusieron en camino, con gran consternación por parte de Louis.

–Señora, sería mejor esperar hasta mañana –dijo alarmado ante la conducta de la joven y preguntándose nuevamente si había perdido el juicio–. Ese bandido cada vez es más osado.

Sin embargo no pudo hacer nada por detener a Morgana. Ésta quería partir cuanto antes y afirmó que todavía tenían varias horas por delante antes de hacer un alto para pasar la noche. Se rió de sus advertencias acerca del bandido y amenazó con pegar un tiro al que tratara de detener el coche. Sin embargo se echó a temblar cuando, tras recorrer varios kilómetros sin contratiempos, oyó gritar a alguien con voz burlona:

–¡La bolsa o la vida!

Rian reconoció enseguida el carruaje gracias al emblema de las puertas y supo que su esposa y el francés se encontraban en el interior. Le produjo un gran placer detener su propio vehículo y volver a ver a Morgana después de perseguirla durante tantos meses en sus sueños.

–Lo siento, Louis –susurró al sobresaltado lacayo antes de golpearle la cabeza con la culata de la pistola.

A continuación derribó al mozo, Joe, del mismo modo.

–¡Los de dentro, salgan o les pegaré un tiro! –gritó en tono arrogante con la intención de aterrorizar a su mujer. No le sorprendió ver a Phillipe bajar del coche–. ¡Du Lac! –exclamó con voz áspera.

Phillipe miró fijamente al extraño de barba que tenía ante sí.

–Me temo que cuenta usted con ventaja. No tenía idea de tener a un vulgar ladrón entre mis amistades.

–Mejor ser un ladrón que un asesino, ¿no le parece? –replicó Rian.

La mente le funcionaba a toda velocidad. Sí, lo habían planeado juntos. Al ver la cara asustada de Morgana tras la ventana supuso que estaba preocupada por Phillipe.

–¿Cómo se las arregló para aflojar la rueda de mi carruaje? –preguntó de pronto.

Phillipe se sobresaltó.

–*Mon Dieu* –susurró–, está vivo. No puedo creerlo –añadió reconociendo por fin al conde de Keldara.

–Desenvaina tu espada, despreciable cobarde –gritó Rian–. Voy a acabar contigo.

Morgana se encogió en un extremo del coche y cerró los ojos para no presenciar el drama que tenía lugar delante de ella. Hablaban en voz tan baja que no alcanzaba a oírlos, pero sabía que el bandido no podía ser otro que el Caballero Jack, pues vestía con ropas realmente elegantes. Vio de pronto que los dos hombres se disponían a batirse en duelo y contuvo un sollozo. Dios mío, ¿por qué no había hecho caso de las advertencias de Louis? Todos iban a morir. Lo más probable era que Louis y Joe ya estuvieran muertos. Se sentía culpable por haberle echado en cara a Phillipe su cobardía, porque ahora parecía decidido a salvarle la vida para probar su hombría.

Los dos hombres intercambiaron un breve saludo y empezó el ritual de fintas y estocadas. Esgrimieron las espadas, acero contra acero, emitiendo destellos a la luz de la luna mientras atacaban y se esquivaban con destreza.

–Era mi mujer la que estaba contigo, ¿verdad, Du Lac? –preguntó Rian entre dientes.

–Tal vez no le gustara tu compañía –logró responder Phillipe con frialdad al tiempo que sentía cómo la espada del conde le rozaba el brazo.

Sin embargo, no se detuvieron. Ambos sabían que se trataba de una lucha a muerte.

Blandieron las espadas una y otra vez, implacable, incansablemente. Phillipe no hizo caso de la sangrante herida de su brazo. Jadeaba y se dio cuenta vagamente de que no estaba a la altura de su rival. Rian sólo se divertía una y otra vez contra él para hacerse a un lado en el último momento, burlándose de él con arrogancia. Phillipe trató de lanzarle una estocada, pero no tuvo suerte. Rian respondió rápidamente a su ofensiva, tensando los músculos de los brazos y la espalda, y desplazándose con agilidad. Se reía como un loco mientras a Phillipe le caía el sudor a los ojos cegándole momentáneamente. Rian se detuvo y dio un paso atrás, y Du Lac comprendió que una vez más le había perdonado la vida. El ruido del acero resonó en la noche.

A Morgana le dio un vuelco el corazón. Se atragantaba y sollozaba entrecortadamente cada vez que Phillipe fallaba una estocada. Se preguntó por qué el bandido no ponía fin al duelo. Phillipe aunó todas sus fuerzas para rechazar la embestida del conde, mientras éste lo arrinconaba, haciendo una finta y atacando.

–¿Cómo lograste seducir a mi mujer? –preguntó Rian con aspereza.

–Soy un caballero. Nunca me jacto de mis conquistas –replicó Phillipe en tono cansado.

–¡Mal nacido! Mírala bien porque será la última vez que la veas –exclamó Rian con sarcasmo.

Phillipe se volvió unos instantes hacia el rostro aterrorizado de Morgana y eso le costó la vida, porque al bajar la guardia Rian le hundió el brillante acero en el corazón.

–Morgana –jadeó Du Lac, dejando caer su espada para llevarse las manos al pecho herido.

Tendió un brazo moribundo hacia ella antes de estremecerse y quedar inmóvil.

–¡Phillipe!–gritó Morgana desesperada y, abriendo de un empujón la puerta del carruaje, corriendo a su lado–. *Mon Dieu* –susurró, entre sollozos–. ¡Permite que viva! No podría resistir otra muerte.

Rian no aguantó a ver su mujer llorando sobre el cuerpo del francés y, soltando una maldición, la levantó del suelo con brusquedad.

–¡Suéltame! –gritó ella con voz frenética, porque ignoraba que era su marido y Rian no veía motivo alguno para revelárselo.

Arrastró entre forcejeos a Morgana a un lado del camino y la dejó caer sobre la hierba. Ella gritó una y otra vez mientras Rian se alzaba sobre ella como un demonio, la cicatriz de su rostro, blanca a luz de luna. Él le levantó la cara y se rió con sorna antes de arrancarle la ropa y violarla. Morgana sollozó mientras él le acariciaba su sedosa piel, le abrasaba los labios con sus besos e introducía la lengua en su dulce boca. Luego Rian le mordió con crueldad la comisura de los labios sólo para cubrirlos una vez más de ardientes besos y ella probó el sabor agridulce de la sangre que manaba de la diminuta herida. Le dolían y ardían los senos magullados a causa de sus bruscas caricias, y se sintió morir cuando él la penetró con brutalidad. Entonces, con creciente horror, se dio cuenta de que el cuerpo le respondía. Le temblaban las piernas y se estremecía, se fundía en él hasta que todo su cuerpo estalló de placer y su alma se sumió en una oscuridad que no era el cielo ni el infierno, sino un abismo donde todos sus sentidos se encontraron y fusionaron en un efímero instante de eternidad.

Durante un terrible momento Rian creyó que estaba muerta, que la había matado, aterrorizándola hasta más allá de lo que podía soportar. Entonces advirtió aliviado que seguía respirando y comprendió que su mujer había experimentado *le petit mort.* Besó con pasión sus hinchados labios, luego se arregló la ropa, montó su caballo y partió en dirección al norte, hacia Londres, confiando en que Morgana no lo odiara demasiado.

Lejos, Bess aguardaba paciente el regreso de su bandido. Esperó durante seis días antes de coger un cuchillo y cortarse las venas.

XVIII

Morgana volvió poco a poco a la realidad sintiendo todavía un dolor intenso entre los muslos. Tendida sobre la hierba húmeda por el rocío, gimió débilmente e intentó incorporarse. Se arregló el vestido y trató de apartar de su mente lo que acababa de ocurrir, pero fue inútil. Aún podía ver el demonio alzándose sobre ella, riéndose, con esa cicatriz blanca que le recorría la mejilla. Tampoco olvidaría jamás las sensaciones que había provocado en su cuerpo ni la lujuria con la que había respondido ella a sus besos y sus caricias. ¡Dios mío!, se ruborizó al recordarlo. Le dolía todo a causa de la apasionada respuesta que ese hombre había conseguido arrancarle. Con un débil grito se volvió y corrió en busca de los demás.

Louis y Joe no habían muerto, como se temía. Rian los había dejado sin conocimiento y estaban volviendo en sí cuando ella llegó al carruaje. Se frotaron la cabeza aferrándose a las ruedas en busca de apoyo. Morgana no se atrevía a mirar el lamentable cuerpo sin vida de Phillipe, con la camisa de seda con volantes cubierta de sangre seca.

–¿Estáis bien? –preguntó tratando de recuperar la calma.

–Eso creo, señora –murmuró Joe.

–¡Dios mío! –Louis la miró paralizado–. Le juro que no

era el bandido, sino el conde en persona que ha resucitado.

–No seas ridículo, Louis –replicó Morgana en un tono más áspero que el que se proponía emplear–. El golpe debe de haberte trastornado.

Morgana le volvió la espalda para evitar que el hombre viera su rostro petrificado. El Caballero Jack no podía ser su marido. ¡Qué disparate! Aun cuando siguiera con vida, Rian no se pasearía por la comarca haciéndose pasar por un vulgar ladrón.

–¿Podéis... echar un vistazo a Phillipe, por favor? Me temo que está muerto –dijo con voz ronca.

Los dos hombres repararon por primera vez en él.

–Diría que el franchute la ha palmado. –Louis se arrodilló junto a su cuerpo–. Se ha batido en duelo con el bandido, ¿verdad?

Morgana asintió en silencio.

–Me temo que tendremos que llevarlo con usted en el coche, señora, a no ser que quiera que lo dejemos aquí.

–No –respondió ella con voz ahogada–. Se merece algo mejor que eso.

Viajaron durante toda la noche y parte del día siguiente porque Morgana insistió en volver a Londres de inmediato. No podía soportar ver los ojos en blanco de Phillipe mirándola acusadores mientras avanzaban con gran estrépito por el camino. Cada vez que pasaban por un bache, el cuerpo sin vida del vizconde se precipitaba sobre Morgana y ésta tenía que volver a acomodarlo en el otro extremo del carruaje. Al principio fue terrible, pero al cabo de varias horas el cadáver del pobre Phillipe se puso rígido. Tocarlo le producía un horror espantoso y permaneció sentada tan rígida como él hasta el final del trayecto.

Rian regresó a Londres en apenas unas horas, porque hizo el viaje a caballo y podía avanzar más deprisa. En cuanto llegó a Grosvenor Square entró en la casa con sigilo para no despertar a los criados y subió al dormitorio que había compartido con Morgana. Tomó un baño, se afeitó, y a continuación se dejó caer rendido sobre la cama y se quedó profundamente dormido. Al amanecer lo despertó bruscamente un grito agudo, seguido del ruido de cristales rotos.

–¡Oh, Dios mío! No me haga nada, por favor, lord Keldara. Nunca me porté mal con usted cuando vivía –balbuceó Penney aterrorizada.

–¡Por el amor de Dios, Penney! –exclamó él furioso–. No soy un fantasma. Ahora arregla este desastre y lárgate.

–Sí..., sí, señor. –Se inclinó nerviosa para recoger los trozos de la jarra que había dejado caer y salió de la habitación tan deprisa como le permitieron las piernas–. ¡Dios mío, Bagley! –Ni siquiera se disculpó cuando topó con el mayordomo–. El señor está vivo y en su dormitorio.

–Por favor, señorita Simpson, no sea ridícula. No soporto las bromas a estas horas de la mañana. –Bagley la miró con desdén, porque todo Londres sabía que su señor había muerto en el accidente del carruaje y que la pobre señora había enloquecido de tristeza y se había fugado con un aristócrata francés arruinado.

–Hablo en serio, señor. Es la verdad, se lo juro. –Penney se santiguó a toda prisa.

Bagley se quedó lo bastante conmovido como para llamar a Chilham, el *valet*, a quien la señora había creído oportuno mantener a su servicio aun cuando se trataba, en palabras de Bagley, de un auténtico mentecato.

Chilham fue enviado de inmediato al piso de arriba para determinar si era o no cierta la ridícula historia de la doncella, ya que Bagley consideró indigno ocuparse él mismo del asunto cuando probablemente se trataba de los desvaríos de una doncella atolondrada. Sabía que podía contar con Chilham para averiguar si el conde se hallaba realmente en el piso de arriba, porque aunque era un mentecato, además de presumido, no había perdido la cabeza y no era –el mayordomo miró a Penney con aire despectivo– «una joven necia».

El conde recibió al *valet* con palabras ásperas y le arrojó una bota cubierta de barro en premio a su valor, por lo que éste pudo afirmar que Su Señoría se hallaba sin lugar a dudas en el piso de arriba, y bien vivo, añadió con amargura. Esa información armó un gran alboroto en la casa y la cocinera se puso histérica porque, al no estar los señores, se había pasado el día en la bodega del conde dando traguitos de vino en lugar de acudir al mercado, y gritó frenética que no tenía nada para el desayuno. Enseguida enviaron a una de las jóvenes que ayudaban en la cocina en busca de chuletas de cordero y fresas, el menú que solía pedir Su Señoría para desayunar.

–Y date prisa o te romperé la cabeza. –La cocinera golpeó los nudillos de la joven con una larga cuchara de madera.

Sin embargo, ver a su señor con vida no fue nada comparado con el revuelo que se armó en toda la casa cuando Morgana entró tambaleándose y dejó caer el cadáver del francés a sus pies. Penney se desmayó sólo de verlo y tuvieron que reanimarla con sales aromáticas; y al mismo Bagley, que había visto unas cuantas cosas desagradables en su vida, se le revolvió el estómago. Chilham notó el olor y se llevó el pañuelo a la cara, comentando que había sido una ocurrencia de lo más desafortunada.

–No estoy seguro de lo que va a decir Su Señoría cuando se entere, lady Keldara. –Se dio cuenta de que se avecinaba uno de sus ataques de migraña.

–¿Tú también te has vuelto chiflado, Chilham? –preguntó Morgana incrédula.

El *valet* comprendió con un sobresalto que ella ignoraba que el conde seguía con vida y masculló algo, sin encontrar las palabras para explicárselo.

–¿No le dije que fue el conde en persona el que nos atacó anoche? –Louis miró obstinado a su señora apoyando sus sucias botas en el sofá del salón.

–Por favor, quita tus pies, si es que a eso se le puede llamar pies –dijo Bagley mirando con disgusto las botas llenas de barro–, del sofá de la señora. Estoy seguro de que no fue lord Keldara quien lo hizo.

–Te crees un gran tipo, ¿verdad? pues no lo eres. Resulta que me he enterado de que tu padre era deshollinador. –Louis escupió deliberadamente tabaco en la escupidera de cobre cerca de la pierna de Bagley.

–¿De veras? –Chilham rió, satisfecho de tener algo que echar en cara a ese viejo presumido.

–La verdad, lady Keldara, no tengo por qué tolerar estos insultos –repuso el mayordomo ofendido.

–Os ruego que os calléis mientras alguien me explica qué demonios está sucediendo aquí –pidió Morgana.

–Será un placer, cariño.

Se hizo un silencio en la habitación. Morgana se volvió poco a poco y vio a su marido. La barba y el bigote habían desaparecido de su rostro, pero la cicatriz... Jamás olvidaría esa cicatriz. Por un instante le dio vueltas la cabeza y creyó desvanecerse.

–¡Tú! –exclamó–. ¡Eras tú!

Cruzó la habitación y le clavó las uñas en la cara antes de que Rian pudiera reaccionar.

–¡Te odio, te odio! –sollozó histérica, gritando y golpeándolo con los puños.

Él le cogió los brazos con brusquedad y se los sujetó a la espalda.

–Me temo que lady Keldara ha sufrido una fuerte impresión –dijo por encima de sus hombros–. Bagley, tú y Louis os ocuparéis del funeral del francés. –Señaló el cuerpo de Phillipe que yacía inerte en el suelo–. Yo me haré cargo de la señora.

Cogió en brazos a su furiosa e incrédula esposa y la llevó al dormitorio.

–¡Bastardo! –exclamó ella después de que él la arrojara sobre la cama–. ¿Cómo te has atrevido a dejarme creer que estabas muerto mientras recorrías el condado haciéndote pasar por un famoso bandido?

–Y tú, mi querida esposa, apenas pudiste esperar a meterte en la cama con ese franchute arruinado. No, no quiero oír tus estúpidas explicaciones. No tengo ninguna duda de que los dos planeasteis juntos mi muerte. ¿Fuiste tú quien aflojó la rueda de mi carruaje? No, ya veo que fue Du Lac quien lo hizo. ¡Qué lástima para ti, que yo siga con vida y tu amante francés esté muerto! –susurró con sorna.

Morgana se estremeció al oír estas palabras. Dios mío, ¿había sido Phillipe capaz de hacer algo tan terrible?

–No lo sabía –sollozó en silencio–. Debes creerme, no lo sabía.

Rian miró fijamente su aterrorizado rostro y supo que decía la verdad. Sin embargo no podía olvidar que había estado en los brazos del francés, que los labios de Du Lac habían tocado su boca color amapola y saboreado la dulzura que sólo Rian había conocido, y que su cuerpo había hallado alivio con otro hombre.

–¡Zorra! –gruñó en voz baja–. ¿Disfrutaste? ¿Acaso era mejor amante que yo para que te olvidaras tan pronto de mí?

–No, Rian –susurró, asustada–. No lo era, te lo juro.

–No mientas –replicó con voz áspera al tiempo que la zarandeaba.

Morgana se echó hacia atrás.

–No me toques –gimió, antes de que él la abofeteara con fuerza y le hiciera olvidar que Phillipe había compartido alguna vez su cama.

LIBRO TERCERO

UN AMOR APASIONADO

XIX

Londres, Inglaterra, 1814

Morgana despertó. ¡Qué extraño era volver a ver a Rian durmiendo plácidamente a su lado! Examinó la cicatriz de su rostro con curiosidad y se preguntó cómo se la habría hecho. Probablemente en el accidente, se dijo. Quería odiarlo por su comportamiento, pero advirtió consternada que no podía, pues seguía teniendo mala conciencia por haber deseado su muerte. Ahora que había vuelto descubrió que le alegraban su sonrisa burlona y sus comentarios mordaces. De pronto se enfureció.

«Al demonio con él –pensó–. Deja que crea que está muerto y de repente aparece sin dar explicación alguna. ¡Vagando por Sussex como un vulgar ladrón y dándome un susto de muerte! Debería odiarlo por violarme de ese modo y matar al pobre Phillipe.» ¿Había saboteado el francés el carruaje de Rian? En el fondo sabía que sí; debía de estar realmente desesperado. Volvió a mirar a su marido. «¿Por qué me excita de este modo? Posa los ojos sobre mí y me estremezco y fundo por dentro. No lo amo, y sin embargo me arde el cuerpo en cuanto me toca y mis labios ansían sus besos. Me muero de deseo por un hombre al que odio. Me posee cuando se le antoja y, una vez satisfecho, me da la espalda como si yo fuera un simple juguete con el que aliviar su urgencia. Y sin embargo me vigila. Lo he sorprendido observándome, escudriñando mi rostro en busca de algo. ¿Qué quiere de mí? A veces creo que está a punto de decirme lo que siente y entonces cambia de parecer. ¿Qué es lo que quiero de él? Ni siquiera lo sé.» Exhausta, Morgana cerró una vez más los ojos.

Londres pareció recibir con calma la noticia de la milagrosa resurrección del conde de Keldara. Probablemente se habría comentado más si no hubiese sido porque inmediatamente después del regreso de Rian, el rey sufrió otro de sus ataques y por toda la ciudad corrió el rumor de que el príncipe regente iba a ocupar por fin el trono.

–¿Te has enterado, querida? –preguntó la señora Drummond Burrell a Morgana una noche en el Almack's–. Dicen que le ha llegado la hora al anciano. Parece que Prinny va a ser proclamado rey después de todo.

Sin embargo, toda la excitación se esfumó cuando el rey volvió a recuperarse y el principe regente comunicó a Morgana, ante una copa de ponche en el Piazza, que sus esperanzas se habían desvanecido. Luego insistió en que acudiera a Brighton pues había decidido redecorar y remodelar el Pabellón con un tema oriental.

–No sabes lo impresionado que me quedé con la decoración de Mandrake Downs la última vez que estuve allí –le confió.

Morgana prometió hacerle una visita lo antes posible.

Naturalmente, no pudieron evitar del todo el escándalo. Pero, dicho sea en su honor, Rian permaneció junto a su mujer como un lacayo y todos los que trataron de satisfacer su curiosidad acerca de la huida de Morgana con el francés se encontraron con que sus preguntas eran recibidas con fría arrogancia. Como nadie tenía el valor de desafiar al conde de Keldara poniendo en duda el honor de su esposa, las malas lenguas no tardaron en acallarse y jamás se supo la verdad del asunto. Morgana se vio obligada a soportar muchas miradas significativas y sonrisas de satisfacción, pero como Beau Brummell no dudó en aplaudir su presencia en sociedad, haciendo caso omiso de las cejas arqueadas de los presentes, nadie se atrevió a negarle el saludo. Además, según informó el dandi a Morgana, todo el asunto «ciertamente, no era peor que el escándalo que había provocado Prinny al abandonar a la señora Fizherbert para iniciar una aventura con lady Jersey».

Rian nunca volvió a mencionar el asunto y Morgana no tardó en descubrir que le costaba recordar el color de los ojos de Phillipe, y suspiró aliviada al ver que su marido no se lo echaba cruelmente en cara como había temido. Sin embargo la examinaba con una frialdad que le resultaba enervante y empezó a creer que sería preferible cualquier cosa a las silenciosas y calculadoras miradas que se veía obligada a soportar.

–¿Por qué me miras de ese modo? Es de lo más desagradable –se quejó con tono de hastío.

Rian bajó la mirada para que no adivinase sus pensamientos, al tiempo que en su rostro se dibujaba una sonrisa burlona.

–¿Qué te ocurre, Morgana? No es ningún secreto que tu belleza me recrea la vista. –La recorrió descaradamente con la mirada, porque sin duda era un espectáculo delicioso ver a su mujer bañándose en la ornada bañera de su dormitorio. La espuma le cubría hasta los hombros y se hundió aún más en el agua para evitar su mirada–. ¿No puede mirar un marido a su esposa, cariño?

–No me parece apropiado, ya que soy tan esposa tuya como tú mi marido. Es absurdo seguir fingiendo. De haber controlado tu pasión, yo no llevaría este anillo de oro que me ata a ti y me señala como posesión tuya –replicó ella–. No es más que un símbolo de que soy tu prisionera.

–Ay, cariño. –Él posó la mano en los bucles que tenía recogidos en lo alto de la cabeza y se la deslizó por la nuca y los hombros sedosos, acariciándola con delicadeza, aun cuando ella se puso rígida–. Es cierto que me casé contigo de modo poco honesto, pero me hechizaste con tus encantos y no hubieras acudido a mí por impulso propio. Te aseguro que ningún prisionero ha conocido celda más adornada, ni raptor más atento.

–Así es, me tienes en una jaula de oro, pero no fue mi belleza lo que te sedujo –replicó Morgana con amargura–. No me engañarás con tus halagos y cumplidos fáciles. Sé que fue el dinero del abuelo lo que buscabas al casarte conmigo. Si el anciano cambiara de parecer y redactase de nuevo el testamento te lo tendrías bien merecido. ¿Qué recogerías entonces de la semilla que tan inconscientemente has sembrado?

–Bueno, todavía te tendría a ti, cariño.

Rian sumergió las manos por debajo de la espuma y las cerró en torno a los rosados senos de Morgana. La atrajo hacia él sin hacer caso del agua que no tardó en empaparle la camisa de volantes y encharcar el suelo. Le recorrió las sienes y el cuello con los labios y la besó en la boca con una avidez que no podía ocultar. Sus dedos se enredaron dolorosamente entre los bucles cobrizos de Morgana para impedirle que volviera la cara y las horquillas se soltaron y desparramaron por el suelo. Entonces acercó los labios a sus senos y mordisqueó suavemente la carne blanda y los pezones erectos, antes de deslizarle la mano por el vientre e introducírsela con delicadeza entre los muslos. Volvió a besarle el cabello y los labios, y el pulso de Morgana se aceleró cuando él le habló en voz baja al oído y sintió su aliento caliente contra el rostro, hasta que por sus venas comenzaron a correr ríos de lava fundida. Sollozó mientras él la llevaba en brazos a la cama y se quitaba la ropa.

–Sí, todavía te tendré a ti, cariño –susurró Rian con voz ronca antes de separarle los muslos con la rodilla y dejar que sintiera su dura masculinidad dentro de ella.

Morgana creyó desfallecer bajo los besos cada vez más exigentes y abrasadores de Rian, que arqueó el cuerpo y la montó. Entonces, un millar de resplandecientes soles ardieron en el interior de Morgana cuando la penetró y empujó una y otra vez hacia adelante hasta llevarla al éxtasis.

Luego Rian cogió la esponja con la que se había bañado y le enjugó con delicadeza el sudor que le cubría el cuerpo. El agua caliente le pareció fría sobre su piel ardiente y lo miró fijamente, preguntándose la razón de sus cambios de humor. Sí, había algo en su marido que no atinaba a comprender. Morgana empezaba a darse cuenta de que tenía más dinero del que apostaba tan a la ligera. En cualquier caso, no era en absoluto pobre, y se mordió el labio consternada mientras se preguntaba por centésima vez por qué se había casado entonces con ella. Sus palabras burlonas la atormentaron. «Todavía te tendría a ti, cariño», había dicho. Por el amor de Dios, ¿qué quería realmente de ella?

Días más tarde, Morgana quedó encantada al recibir una carta de Bridget. Pensaba a menudo en su familia de Irlanda, preguntándose qué sería de ellos, y había llegado a echar de menos los irónicos comentarios de su abuelo y sus furiosos bastonazos contra el suelo. Sentada a la mesa del desayuno, la abrió y leyó el contenido con avidez.

«Kilshannon Hall, 22 de enero de 1814

»Querida Morgana,

»No puedo decirte lo mucho que os echo de menos a ti y a Rian. Hasta el abuelo se queja todo el día de que la casa parece una tumba sin vosotros. Las navidades no han sido lo mismo este año.

»No reconocerías a Maureen de lo crecida que está. Dio sus primeros pasos hace apenas unos días y ha aprendido a decir varias palabras. Es una niña muy alegre y Paddy la adora.

»Me alegra comunicarte que Fionna está por fin embarazada. Espera el niño para este verano. Trevor está orgulloso como un pavo real y su pomposidad se ha vuelto más soportable. Gerald sigue bebiendo. Ojalá encontrara una esposa y sentara la cabeza.

»Por si no lo sabes, Lindsey Joyce aceptó finalmente casarse con Sean Devlin. Celebraron la boda varios días antes de

Navidad, pero no creo que funcione, porque Sean ya empieza a salir de casa y los criados dicen que el temperamento de Lindsey empeora a medida que transcurren los días.

»Estoy muy preocupada por Colin. Se encierra cada vez más en sí mismo y se pasa el día meditando y escribiendo. A menudo desaparece hasta altas horas de la madrugada y se niega a decir dónde ha estado. Rosamunde asegura que se ha unido a los rebeldes irlandeses, pero ya sabes que nunca puedes tomarla en serio. Patrick cree que tiene una mujer en alguna parte. El abuelo está muy preocupado por él; y Colin no atiende a razones. Bueno, se hace tarde y debo despedirme. Te echamos de menos y esperamos ansiosos vuestro regreso. Por favor, escribe.

»Con cariño

BRIDGET.»

Morgana entregó la carta a Rian, que la leyó con interés.

–Si quieres contestar, me encargaré encantado de enviar la carta –dijo al tiempo que se limpiaba las migas de la boca.

–Sí, me gustaría escribirles. ¿No puedo decirles cuándo pensamos volver, Rian? No quiero que se preocupen.

–Vamos, Mag, no he notado que suspiraras por volver. Tenía previsto hacer un viaje a Oriente, así que no podemos volver por un tiempo –respondió él.

–¿A Oriente? Oh, Rian, ¿quieres decir que voy a ver los lugares donde compraste todos aquellos maravillosos regalos?

–Así es, pensaba decírtelo más adelante, pero supongo que este momento es tan bueno como cualquier otro. Tenía pensado zarpar en otoño.

La emoción ante la idea de ver África, India y China borró de la cabeza de Morgana la idea de regresar a Irlanda. Después de escribir a Bridget corrió a su habitación y empezó a hacer los preparativos, aunque, como le había advertido Rian con tono jocoso, tenía por lo menos cinco meses por delante. Bombardeó a su marido con preguntas acerca de lo que tenía que llevar, la clase de gente que iba a conocer y el tiempo que cabía esperar. Él respondió con paciencia a todas sus preguntas y le describió Oriente lo mejor que pudo. Se alegró de habérselo dicho, porque ahora tendría algo en qué ocupar su tiempo y parecía más contenta de lo que la había visto en las últimas semanas.

Varios días más tarde Rian propuso dar una pequeña fiesta en honor de lord Brisbane y su nueva esposa. A Morgana le pareció una gran idea, porque desde su regreso a Londres habían visto relativamente poco a sus amigos, y no quería que creyeran que se sentía culpable o que trataba de evitar las habladurías y las miradas de desaprobación. Envió las invitaciones y se alegró al ver que todas fueron aceptadas.

La primavera flotaba renovadora e incitante en el ambiente y la casa no tardó en llenarse del aroma de gardenia, jazmín y madreselva. Era una noche muy hermosa y despejada, aunque la humedad anunciaba lluvia. En el interior de la casa brillaban las lámparas proyectando relucientes halos sobre las paredes cuando Morgana bajó por la escaleras. Había escogido para esa velada un vestido color marfil que resaltaba la palidez de su tez y hacía que su cabello rojo pareciera en llamas. Entornó sus ojos verdes que danzaron juguetones mientras cogía a su marido del brazo y se volvía hacia él en busca de aprobación. Le latía el pulso bajo las dos ristras de perlas que rodeaban su esbelto cuello. Despedía una fragancia de lilas y su proximidad hizo que Rian maldijera en silencio la fiesta que no tardaría en comenzar.

–Estás extraordinariamente hermosa esta noche, Morgana –susurró antes de posar brevemente los labios sobre la boca de su mujer.

Se apartó de ella de mala gana cuando el ruido de las ruedas de un carruaje en la calle adoquinada anunció la llegada de sus primeros invitados.

La fiesta resultó un éxito. Morgana no debió preocuparse, pues sólo habían invitado a sus amigos más íntimos y ninguno tuvo el mal gusto de mencionar el escándalo que en los círculos elegantes iba a la zaga de los rumores acerca de los periódicos ataques de locura del rey George III.

Morgana pensó que Anne, la mujer de Brisbane, tenía muy buen aspecto. Era una modosa joven de cabello rizado oscuro, y con la nariz llena de pecas que, según informó alegremente a Morgana, habían preocupado en gran manera a su madre. Lady Winwood había utilizado una loción alemana, zumo de fresas, pepinos triturados y otras pócimas menos agradables a fin de erradicar las ofensivas manchas del rostro de su hija, pero todo fue en vano.

–Sin embargo a mi marido le gustan, de modo que no tienen ninguna importancia. –Anne jugueteó alegremente con sus rizos–. A mamá le sentó muy mal que nos fugáramos y dijo que no quería saber nada de mí, cosa que le agradecí profundamente. No puedes imaginar lo horrorizada que me quedé cuando por fin consiguió que ese odioso lord Hawthorne le pidiera mi mano. ¡Puaj!

Morgana comprendía sus sentimientos, porque en varias ocasiones se había visto obligada a apartar de sí las nudosas y sobonas manos del duque, y la idea de la dulce Anne casada con tal odioso anciano le resultaba insoportable.

–Oh, estoy segura de que lady Winwood cambiará de parecer, Anne –repuso Morgana–. Al fin y al cabo, Brad no es tan mal partido y es evidente que te adora.

–Sí, es maravilloso y tiene mucha paciencia conmigo, porque ya sabes que acabo de salir del colegio y no sé muy bien cómo debo comportarme. Me temo que ya he cometido varias meteduras de pata, pero él se ríe y dice que soy boba, lo que sin duda es cierto –se rió encantada–. Me consta que tú y lord Keldara sois el mundo entero para él. Dice que Rian le ha ayudado a salir de más de un apuro en su vida.

–Y probablemente él le ha devuelto el favor. –Morgana observó a los dos hombres enfrascados en una conversación.

–¡Oh! –exclamó Anne de pronto batiendo palmas–. ¿Te he dicho que nos asaltó ese bandido, el Caballero Jack?

–No. –Morgana empezó a sentirse incómoda.

–Bueno, pues nos asaltó, y fue de lo más desagradable, aunque ahora nos parezca muy emocionante. Fue cuando íbamos camino de Sussex para casarnos.

Anne parloteó un rato alegremente, sin advertir la repentina rigidez de Morgana ni la preocupación reflejada en su rostro. Morgana quedó paralizada, porque la ley no contemplaba con indulgencia los atracos aun cuando los cometiera en broma un aristócrata. Se preguntó cuántos amigos más de Rian habrían sido asaltados.

Lord Brisbane se formulaba en ese preciso instante la misma pregunta. Al principio no había caído en la cuenta, pero cuanto más miraba a Rian, más se convencía de que éste y el Caballero Jack eran, en efecto, la misma persona. Las probabilidades de que existieran dos hombres con esa particular cicatriz eran realmente remotas.

–Rian, muchacho. –Bajó la voz–. Ignoro qué te impulsó a hacer tales diabluras, pero en Londres somos bastantes los que recibimos un susto de muerte por culpa del Caballero Jack y recordamos su cicatriz con claridad. Ve con cuidado, no vayas a terminar en la horca.

–Sí, Brad, tendré en cuenta tu advertencia. Este asunto me ha tenido preocupado, pero nadie puede demostrar nada y quien divulgue esos rumores tendrá que vérselas conmigo. Perdí la memoria durante un tiempo a raíz del accidente del carruaje y, aunque nadie lo crea, ésa es la verdad.

–Yo te creo, Rian. Ni siquiera tú gastarías una broma de tan mal gusto estando en tu sano juicio. Quédate tranquilo, que esta conversación no saldrá de aquí. Ni siquiera se lo comentaré a Anne, ya que me temo que estaba demasiado agitada para recordar tu rostro.

–Siempre has sido un buen amigo, Brad. –Rian le dio unas palmadas en el hombro–. Te llamaré si necesito ayuda.

–Cuenta conmigo –respondió Brad de todo corazón,

porque jamás olvidaría que Rian fue la única persona en todo Londres que lo apoyó cuando perdió la cabeza tras la muerte de su primera mujer.

El conde de Brisbane nunca olvidaría esa noche que volvió a casa y se encontró a su querida Sally muerta en el suelo, brutalmente golpeada por alguna razón que ignoraba. Perdió la cabeza y se habría suicidado de no ser porque Rian lo hizo entrar en razón y lo ayudó a comprender que a Sally no le habría gustado que pusiera fin a su vida de ese modo. Sin embargo no había vuelto a mirar a otra mujer hasta que la impertinente y pecosa Anne, tan diferente de Sally, conquistó su corazón que llevaba tantos años vacío.

–Es una buena chica, Brad –dijo Rian al advertir que su amigo se había vuelto hacia las dos mujeres que charlaban animadas.

–Así es, ha sido como un rayo de luz en mi vida. –Brad sonrió con indulgencia, porque el rostro dulce y lleno de vida de Anne y el pálido y encantador semblante de Morgana formaban un hermoso cuadro–. La deslumbrante belleza de tu mujer encaja con tu porte de diablo, Rian. Hacéis muy buena pareja.

–Sí –murmuró Rian, celoso de la devoción que reflejaba el rostro de Anne cuando ésta le dirigió una mirada a su marido.

Por una vez deseó que Morgana lo mirara con igual fervor. ¿Por qué no puedo ganarme su afecto? ¿Tan feo soy que le repele mirarme? Tal vez la cicatriz haya desfigurado mi rostro, pero ella me rechazó antes de que me hirieran. ¿Se pasea ante mí desnuda y espera que permanezca impasible? ¿Acaso duda de mi hombría? ¿No se da cuenta de que su cuello está hecho para mis besos? Me hechiza como una bruja cuando oculta sus ojos verde esmeralda tras esas largas pestañas azabache y curva provocadoramente su boca roja. Pretende aplacar mi pasión con sus comentarios mordaces y gritos de odio, sin querer comprender que la fortaleza tan amurallada de su corazón suplica que la tome por asalto. Sólo en la oscuridad, cuando le deslizo la mano por el cuello y la poseo por la fuerza, se rinde con un gemido y demuestra que me necesita. Al menos existe eso entre nosotros.

Morgana sintió la oscura mirada de su marido posarse sobre ella y volvió a preguntarse en qué pensaba cuando la observaba tan detenidamente con los ojos oscurecidos por el deseo. Ya le resultaba bastante desagradable que la mirara así en privado, pensó. ¿Tenían que enterarse todos de que la deseaba? ¿Cómo se atrevía a lanzarle una mirada tan impúdica delante de los invitados?

Con la intención de distraer su atención, rogó a Anne que se sentara al piano.

–He oído decir que tocas muy bien la *Fuga en do menor* de Bach –le aseguró Morgana.

Cuando por fin convenció a Anne, ésta interpretó la pieza a la perfección. Sus dedos acariciaban el teclado arrancando suavemente la música al instrumento. De pronto cambió de canción y la hechizante melodía de *Mangasverdes* llenó el aire. Morgana se puso de pie al lado del piano, porque, a pesar de su origen, era una de sus canciones favoritas, y en voz baja empezó a cantar:

«Te cuidé cuando estabas triste,
te serví con humildad;
no permití que tus pies rozaran el suelo y ni siquiera así me
[amaste.
Mangasverdes fue todo mi gozo,
Mangasverdes fue mi alegría.
Mangasverdes fue mi corazón de oro
y quién sino mi amor fue Mangasverdes.»

Aquella canción reflejaba todo el dolor y la añoranza que había albergado el corazón de Morgana. Ante su asombro, todos los invitados aplaudieron y ella bajó de las nubes con un desagradable sobresalto. Echó una mirada a su marido. ¡Dios mío, qué canción más horrible! ¿Qué debía de estar pensando Rian? Trató de esbozar una sonrisa burlona cuando él le pasó el brazo por la cintura y le susurró que estaba llena de agradables sorpresas.

Por fortuna Anne rompió el encanto cuando empezó a tocar la alegre y divertida melodía de *La violación de Lucrecia*, de Thomas Heywood. Rian y Brad se cogieron por los hombros y se pusieron a bailar mientras cantaban. Entonces Rian levantó a Morgana de la silla en la que acababa de sentarse y volvió a llevarla al centro del círculo. Con voz de barítono le cantó:

«La llevé de paseo y me gasté el jornal.
Oye bien lo que te digo.
La llevé de paseo y me gasté el jornal, y entonces la doncella desapareció.
No volveré a pasear contigo, hermosa doncella.
A pasear, a pasear,
pues los paseos han sido mi ruina.
No volveré a pasear contigo, hermosa doncella.»

A estas alturas todos los invitados reían a carcajadas mientras Rian fingía que era un marido maltratado y Morgana le lanzaba una mirada de desaprobación, pues no había sido su intención que la fiesta acabara convirtiéndose en semejante chanza. Anne reía tanto que las lágrimas le corrían por las mejillas y no podía parar de tocar. Y Beau Brummell se olvidó de sí mismo hasta el extremo de dar unas alegres palmaditas en la espalda a sir Anthony Reginald, y ni siquiera se molestó cuando el aturdido caballero le derramó sin querer el vino en sus pantalones nuevos.

Durante las siguientes semanas en los círculos elegantes no se habló de otra cosa que de la fiesta, dejando consternados a todos los que no fueron invitados, por haberse perdido lo que Beau Brummell definió con vehemencia como uno de los acontecimientos culminantes de la temporada. Y así el escándalo fue olvidado, ya que todos los que habían intentado hacer el vacío a Morgana se apresuraron a congraciarse con ella.

–¡Imagínate! –dijo Rian mientras la acompañaba al

dormitorio–. En cualquier otro momento Beau se habría muerto del susto si alguien le hubiera derramado vino en los pantalones. Debía de estar perplejo, te lo aseguro.

–Bueno, sin duda mañana lo pregonará a gritos –observó Morgana; una predicción exacta, según informó el *valet* de Beau a Chilham más tarde.

Llegaron las lluvias de abril y dejaron la tierra húmeda y exuberante, y las flores relucientes. Morgana experimentaba el desasosiego que solía embargarla por esas fechas y se encontró con que no podía leer ni bordar sin impacientarse, y a menudo terminaba una novela y no lograba recordar el argumento, o daba unas cuantas puntadas y tenía que deshacerlas y volver a empezar. Ansiaba salir de la casa, pero no quería pasear por Hyde Park bajo la lluvia. No lamentó, por lo tanto, que dejara de llover y el sol asomara una vez más por detrás de las nubes.

Una mañana observó a Rian limpiar y cargar sus pistolas en el otro extremo de la habitación y le preguntó vacilante si pensaba batirse en duelo con alguien.

–No, cariño, he quedado con Anthony para practicar el tiro al blanco en la galería Manton.

–¿Puedo ir contigo, Rian? Ya estoy harta de permanecer encerrada en casa y hoy es el primer día en dos semanas que hace buen tiempo.

–Las mujeres no van a las galerías de tiro, encanto. Lo siento, pero no puedo llevarte. Sin embargo –añadió, pues no le pasó por alto la decepción que se reflejaba en su rostro–, si quieres, mañana te llevaré al campo y te enseñaré a disparar.

Morgana aceptó de buen grado el plan y se mostró encantada cuando a la mañana siguiente Rian cumplió su promesa. Le compró una pequeña pistola, ya que la de él era demasiado pesada para ella. Se llevaron el almuerzo en una cesta y se dirigieron a las afueras de la ciudad. Rian colocó unas cuantas botellas vacías sobre una verja cercana, luego le enseñó a cargar y preparar la diminuta pistola. En realidad disparaba dos tiros antes de que hubiese que volver a cargarla. Se la dio con cautela y le advirtió:

–No creas que vas a utilizarla contra mí, cariño. –Le cogió la mano–. Tampoco apuntes al suelo porque podrías volarte los pies. No apuntes jamás a nada contra lo que no tengas intención de disparar.

Se colocó detrás de ella y puso las manos sobre las suyas, enseñándole a apuntar y disparar la pistola. Morgana no pudo evitar estremecerse cuando él la tocó y apenas logró concentrarse en lo que le decía.

–Aprieta siempre el gatillo con suavidad. No tires de él bruscamente, es fácil que falles el blanco si lo haces. Ahora veamos, ¿cómo tienes que apuntar el cañón? Colócalo a la altura de una de esas botellas. Eso es. Ahora amartilla el arma y aprieta el gatillo.

Morgana intentó hacerlo tal como él le había indicado, pero no estaba acostumbrada a sostener el peso de la pistola y sin querer lo apretó con brusquedad. Se disparó con un estampido y la bala quedó empotrada en el tronco de un árbol. El arma dio un culetazo que lanzó a Morgana tambaleante contra el pecho de su marido. Él la sujetó con una mano, mientras con la otra trataba de impedir que volviera a disparar accidentalmente el arma.

–No, cariño, has apretado el gatillo con brusquedad. Debes hacerlo suavemente. –Inclinó la cabeza y le acarició las sienes con los labios–. Vamos, vuelve a intentarlo.

Esta vez ella estaba preparada para la explosión y la fuerza con la que la pistola reculó en su mano no la sorprendió. Hizo lo que Rian le indicó y se vio recompensada cuando la botella estalló en mil pedazos. Al cabo de unos cuantos disparos, Rian dejó que lo intentara sola y aunque sólo derribó tres de las siete botellas, él le aseguró que no lo había hecho mal para tratarse de la primera vez.

–¿Vendremos otro día, Rian? –le preguntó excitada y con las mejillas sonrosadas por el esfuerzo.

–Sí, cariño, volveremos cuando quieras. –Le complació que ella disfrutara tanto. Sólo esperaba que no tuviera intención de utilizar esa pequeña arma letal contra él.

Volvió a llevarla al campo a disparar y le enseñó también esgrima, aunque él solía ir al Angelo's para practicar ese deporte, cosa que los criados desaprobaban.

–No es decoroso que se pasee en calzones por allí, señora –comentó Penney con desdén. Rian había insistido en que no podía practicar con un vestido y le proporcionó unas cuantas prendas viejas que estaban guardadas en un baúl desde antes de que partiera hacia Eton–. ¿Qué pensará la gente?

–No me ve nadie salvo los criados y mi marido, Penney. Además, es muy divertido. De todos modos, Rian se ha encargado de que las puntas no estén afiladas, así que no puedo hacerme daño, aunque creo que en realidad teme que lo lastime a él en mi ignorancia.

Se puso su sombrero de plumas y salió al jardín.

–Bueno, ¿qué tal estoy, señor?

Rian sonrió al ver que los pantalones le iban muy ajustados, y le marcaban las nalgas y las esbeltas piernas, enfundadas en sus botas altas. La blusa holgada que se había puesto sólo servía para subrayar sus redondeados pechos visibles a través de la fina tela. Se había recogido el cabello bajo el sombrero, que llevaba extremadamente ladeado.

–No creo haber tenido jamás un adversario que me alegrara tanto la vista.

Morgana desenvainó la espada.

–En guardia, señor –lo saludó, y a continuación emprendió su ofensiva.

Sabía por experiencia que Rian la podía vencer por la fuerza bruta, si era necesario, y que el mejor modo de batirse en duelo con él era moverse con rapidez y defenderse de sus estocadas hasta que él bajara la guardia. Sin embargo eso raras veces ocurría, y Rian contaba con ventaja pues tenía los brazos más largos y no necesitaba acercarse tanto para tocarla. Pero ella hacía buenas fintas, y a menudo lograba engañarlo y se adelantaba veloz para alcanzarlo antes de que él tuviera ocasión de retroceder.

Morgana estaba sin aliento mientras que Rian apenas jadeaba. Chocaron las espadas, y ella retrocedió y trató de arremeter contra él al separarlas, pero la maniobra no le salió bien. Rian le lanzó una estocada justo en el pecho y el extremo de la espada se enganchó en los lazos de la camisa de Morgana. Musitando un juramento Morgana soltó la hoja, pero desgarró la tela y vio horrorizada cómo sus senos quedaban al descubierto. Trató de sujetar los fragmentos pero Rian vio su oportunidad y, después de arrancarle la espada de la mano, apoyó la punta de la suya en su garganta.

–Bien jugado, señora, pero yo soy el vencedor y debo reclamar mi trofeo.

–¿Qué pide, señor? –preguntó ella tratando de imitar su tono burlón.

Rian entrecerró los ojos y la examinó especulativo.

–¿Qué vale su vida, señora? Aparte las manos y veamos qué voy a obtener a cambio.

–¿Pretendes atacarme con otra clase de arma? Sabes perfectamente qué se esconde debajo de esta blusa. ¿Quieres acaso que los criados también lo sepan? –Se volvió hacia las ventanas de la casa.

–No. –Rian apartó la espada y la sujetó–. Sé de un lugar adonde no llegan las miradas curiosas.

La condujo a la glorieta, oculta por las ramas de los árboles, y la arrojó al suelo, haciendo caso omiso de sus débiles protestas. Con los ojos cegados por la pasión le soltó la mano que cogía la fina tela y se recreó la vista con lo que vio. Ansioso buscó con la boca un endurecido pezón mientras trataba con torpeza de quitarle las botas y los calzones. No tardó en apilar sus ropas en un pequeño montón y despojarse de las suyas.

–No te resistas, cariño –le susurró, pues ella estaba loca de inquietud por si alguien los veía.

Rian le sujetó los brazos a la espalda y le colocó las rodillas sobre sus hombros, buscando con la boca el blando nido entre sus muslos y probando el dulce sabor con su abrasadora e incansable lengua. A Morgana se le cayó el sombrero y el cabello se le desparramó por el suelo y sobre los senos. Gritó frenéticamente al sentir una oleada de calor por donde se movía su lengua y el alivio no tardó en llegar. Entonces él la soltó y la atrajo hacia sí, y ella sintió contra la piel su aliento caliente como el de un dragón.

–Ahora házmelo tú, amor mío –le susurró él al oído.

–No puedo –dijo ella casi sollozando.

–Sí que puedes.

Enredó los dedos entre sus largos rizos cobrizos y le besó el cabello, las sienes, la boca, el cuello, los pechos, con sus abrasadores labios, antes de obligarla a bajar la cabeza. Gimió de placer cuando los húmedos labios de Morgana se acercaron a su miembro erecto. Cuando no pudo soportar por más tiempo su suave roce, la tendió sobre él y, poniéndole las manos en las caderas, guió sus movimientos. Morgana ocultó el rostro en su hombro y sollozó débilmente al sentir cómo Rian derramaba su semilla dentro de ella y una vez más fluía por su cuerpo la marea menguante.

Esa soleada tarde en el Cribb's Parlour Rian y lord Brisbane habían bebido la suficiente cantidad de Blue Ruin como para llenar el mar Mediterráneo, e hicieron una apuesta que en opinión de sir Anthony y lord Alvanley resultaría muy divertida, pero que podía traer complicaciones si la llevaban a cabo en su actual estado de embriaguez. Sin embargo no lograron persuadir a ninguno de los dos de que se trataba de una estupidez. Ambos eran hábiles con el látigo y la apuesta consistía en pasar rozando las ruedas de nada menos que cinco carruajes en el camino de Londres a Brighton. Como ni lord Alvanley ni sir Reginald tenían deseos de subir a los coches de Rian o de Brad por motivos obvios, los siguieron en la calesa de lord Alvanley.

–Te aseguro que esta broma nos va a costar muy cara, Anthony. Y Rian apenas acaba de recuperarse de su accidente –dijo lord Alvanley frunciendo el entrecejo.

–Así es, pero no voy a jugarme el tipo intentando detenerlos. Vamos, si hasta el lacayo de Keldara teme acompañar a su señor cuando le da uno de sus ataques.

–Creía que Denby era más juicioso, y además está recién casado.

Detuvieron la calesa a un lado del camino y observaron con inquietud. Los dos hombres consiguieron pasar rozando tres carruajes sin volcarlos, aunque los ocupantes no se quedaron demasiado satisfechos y gritaron improperios, y hubo un anciano que hasta los amenazó con un trabuco. Sin embargo eso no sólo no aplacó su entusiasmo, sino que lord Brisbane se atrevió a incrementar la cantidad apostada si Rian arremetía contra el próximo carruaje.

–¡Trato hecho! –gritó él, y a continuación se precipitó alegremente hacia el vehículo que se aproximaba.

Las ruedas de Rian rozaron el carruaje, pero el conductor no fue capaz de controlar a los sobresaltados caballos y el coche cayó en la zanja y volcó. Ni el ocupante ni el lacayo resultaron heridos, pero ambos estaban extremadamente indignados. Rian se acercó para asegurarse de que estaban bien y se encontró con un farfullante lord Chalmers.

–Veamos, Keldara –dijo con aspereza Su Señoría–. ¿Qué significa esta broma pesada? Podría haberme matado.

–Lo siento, señor, se trata de una simple apuesta entre Denby y yo. Confío en no haberle causado ningún daño.

–No, ninguno –repuso de pronto lord Chalmers al reparar en la cicatriz de Rian.

Sonrió con amargura. ¡Maldita sea si no fue Keldara quien me robó en Sussex! Las excentricidades de ese hombre no tenían fin. Y ahora esta pequeña travesura. Cuando lord Chalmers se marchó, una venganza adecuada empezó a tomar forma en su gruesa y calva cabeza.

–Oye, ¿no era ése Chalmers? –preguntó Denby.

–Sí, terriblemente intimidado, ¿no te parece? Qué extraño. –Rian entornó los ojos–. Se ha marchado sin apenas decir nada, aunque saltaba a la vista que la culpa era mía.

Es raro que se comportara de ese modo. Sé que me odia, pero apenas me ha reprochado las molestias que le he causado.

–Bueno, tal vez no desee batirse en duelo contigo. –Lord Brisbane, cansado del juego, añadió–: De cualquier modo has perdido la apuesta y me debes quinientas libras.

–¡Quién sabe! –Rian miró fijamente el vehículo que se alejaba por el camino.

Sin embargo lord Alvanley y sir Reginald parecían muy divertidos, porque tampoco les gustaba lord Chalmers y ver su rechoncha figura refunfuñando indignada en la zanja era todo un espectáculo. Encantados de haberlo presenciado, dieron media vuelta a la calesa y se dirigieron a la ciudad. Una vez allí repitieron la anécdota en el Watier's, convirtiendo a lord Chalmers en el blanco de la broma; y éste, irritado, juró vengarse del arrogante conde de Keldara por todas las veces que se había visto humillado por su culpa.

Morgana no encontró nada divertido el episodio y le dijo a Rian que era un milagro que no se hubiera matado. Él se burló de su enfado y repuso que no había hecho mal a nadie.

–Sí, pero ¿cómo has podido hacer el tonto con esos carruajes después del accidente que sufriste?

–En esa ocasión no fui yo el culpable, cariño –le recordó con tono sombrío.

Ella se mordió el labio y le volvió la espalda, porque no quería que viera las repentinas lágrimas que acudieron a sus ojos. ¿Cómo había podido ser tan irreflexiva para volver a mencionarlo?

A la mañana siguiente los despertaron fuertes golpes en la puerta. Morgana se apresuró a ponerse la bata, preguntándose quién podía ser a esa hora tan temprana. Se encontró en mitad de las escaleras con un Bagley muy agitado.

–Señora, son los hombres del rey. Quieren hablar con Su Señoría.

–¿Dónde están, Bagley? –preguntó reflexionando a toda velocidad. No era posible que arrestaran a Rian por volcar un carruaje. Pero ¿y si habían descubierto que era el Caballero Jack? Debía darle tiempo para escapar.

–Los he hecho pasar al salón, señora.

–Soy la condesa de Keldara. –Entró con paso majestuoso en la estancia y adoptó una actitud glacial–. ¿Qué puedo hacer por ustedes, caballeros? No estoy acostumbrada a que se me despierte tan bruscamente a estas horas de la mañana. –Morgana los observó con frialdad.

Los guardias se pusieron nerviosos en su presencia. El cabello le caía por el pecho y la espalda, y la fina bata apenas ocultaba su esbelta figura. Uno de ellos, un joven de pelo rojizo y rostro de expresión agradable, se adelantó y se aclaró la voz.

–Soy el capitán Summersby, señora –dijo–. Queríamos hablar con su marido sobre ciertos asuntos que son competencia del rey.

–Mi marido está acostado, como toda persona en su sano juicio a esta hora tan intempestiva. ¿Qué desean?

–Señora, tal vez sea mejor que tome asiento –dijo el joven capitán, visiblemente turbado–. Me temo que es una situación particularmente grave y delicada.

–No se quede ahí boquiabierto, capitán –replicó Morgana–, cuando es evidente que quien necesita tomar asiento es usted. ¡Hable de una vez! ¿Qué ha hecho mi marido para que vengan a aporrear mi puerta tan rudamente?

–Señora. –El capitán Summersby tragó saliva, porque no estaba acostumbrado a tratar con mujeres tan presuntuosas y francas–. Me temo que hemos de detener a lord Keldara.

–¿De qué se me acusa? –exigió saber Rian desde el umbral–. Le juro que lord Chalmers no resultó herido cuando ayer choqué contra su carruaje.

–¿Lord Chalmers? No sé nada sobre eso. –El capitán se estremeció ante la mirada penetrante del conde y empezó a desear no haberse ofrecido voluntario para esa misión–. Queda detenido por el asesinato de un oficial británico y como presunto líder de la rebelión del grupo radical Irlandeses Unidos que tuvo lugar en Dublín el pasado noviembre.

–¡Eso es ridículo! –replicó Morgana–. Rian no ha pisado Irlanda desde hace siete meses.

–Tendrá oportunidad de demostrarlo, señora, cuando sea procesado ante el tribunal. ¿Piensa acompañarnos pacíficamente, señor, o deben llevarlo por la fuerza mis hombres?

–¿Llevarlo? ¿Adónde quieren llevarlo? –Morgana lo miró con incredulidad. Seguro que se trataba de una broma de mal gusto.

–Lo siento, señora, pero tengo órdenes de conducir a lord Keldara a la prisión de Newgate, donde permanecerá hasta el momento del juicio. –El capitán Summersby empezaba a sentirse extremadamente afligido por la encantadora mujer del conde. Debía de ser un gran golpe para ella.

–Oh, Rian, no –gimió Morgana, arrojándose a sus brazos–. ¿Cómo es posible?

–No te preocupes, cariño. –Le dio un beso en la frente al tiempo que miraba fijamente a los oficiales uniformados–. Estoy seguro de que se trata de un terrible error. No tardaré en llegar al fondo del asunto.

Morgana observó aterrorizada cómo los oficiales se llevaban a su marido, y la sonrisa tranquilizadora que Rian le dedicó poco contribuyó a calmar sus temores.

En cuanto se marcharon, Morgana envió una nota a lord y lady Brisbane pidiéndoles que acudieran lo antes posible. Llegaron enseguida, ya que el tono de la misiva los había obligado a dejar a medias el desayuno.

–Querida Morgana. –Anne irrumpió en el salón–, ¿Qué sucede? ¿Estás enferma? –Tenía el rostro pálido de preocupación por su amiga.

–¡Oh, Anne! –Morgana rompió a llorar–. Los guardias del rey han venido a detener a Rian esta mañana.

–¿Qué? –preguntó Denby, estupefacto–. ¿No será por la estúpida broma que gastamos ayer? Vamos, es ridículo.

–No, Brad. Es mucho más grave que eso. Dicen que

anda envuelto con los revolucionarios irlandeses y que asesinó a un oficial británico en noviembre.

–Vamos, tú y yo sabemos que el pasado noviembre Rian estaba... –Se interrumpió enseguida consternado.

–Vamos, Brad, ¿qué clase de defensa es ésa? Lo más probable es que lo conduzca a la horca. –Morgana se frotó los ojos.

Anne los miró a los dos fijamente.

–Si os estáis refiriendo a los vagabundeos de Rian por Sussex como el Caballero Jack, estoy al corriente –dijo con calma.

–¿Lo sabes? –Denby, atónito, miró a su mujer–. Nunca me has dicho una palabra.

–Una cicatriz como ésa no es fácil de olvidar, pero no era asunto mío. Estoy segura de que Rian tuvo sus motivos para hacer lo que hizo. No me parece un hombre insensato.

–¡Oh, Anne, había perdido la memoria! El accidente le afectó la cabeza y no podía recordar quién era. Cuando por fin recobró la memoria, ya había cometido esos horribles crímenes. –Morgana se echó a llorar de nuevo–. ¿Qué voy a hacer?

–Vamos, vamos, llorar no sirve de mucho y estás poniendo perdida tu bonita cara –dijo Anne con cordura, lo que llevó a su marido a preguntarse si no la había subestimado–. Brad hablará con Prinny lo antes posible. Estoy segura de que no permitirá que uno de sus mejores amigos se pudra en la cárcel. Luego trataremos de averiguar quién ha hecho esas acusaciones y si tiene testigos que puedan declarar en contra de Rian. Entonces decidiremos cómo proceder.

XX

Los guardias acompañaron a Rian hasta la prisión de Newgate y lo trataron con cortesía, aunque dejándole claro que estaba detenido. Al llegar a las pesadas puertas de hierro lo pusieron bajo la custodia de uno de los carceleros, quien lo esposó y lo condujo a la luz de una antorcha a través de húmedos y sinuosos corredores hasta lo que iba a ser la celda de Rian. Se trataba de una habitación oscura y maloliente, y cuando sus ojos se acostumbraron a la luz, Rian comprendió el motivo. Era evidente que el recipiente que servía de orinal llevaba semanas sin que lo vaciaran y que el anterior ocupante había estado enfermo, porque en las paredes y el suelo de piedra se veían restos de vómito seco, así como de otras sustancias más odiosas.

–Le mantendremos aislado. –El carcelero mostró unos dientes amarillos a la luz de la antorcha–. Si no da problemas, nos llevaremos bien. Si no, recuerde que aquí dentro ya no es un poderoso señor, sino un repugnante criminal. –Soltó una desagradable carcajada antes de hacer girar la puerta sobre sus oxidados goznes y cerrarla con llave.

Rian se dejó caer en el jergón de paja lleno de polvo y piojos que había en el suelo. Las esposas irritaban sus muñecas y el hedor le revolvía el estómago. Dios mío, ¿cómo podía haber ocurrido? Lord Chalmers era un tipo astuto, pero ni siquiera él podía haber inventado esas acusaciones. Entonces ¿de quién provenían? Pensó en el aterrorizado rostro de Morgana. No, no podía albergar tanta rabia contra él. Las semanas anteriores se había mostrado tierna, casi cariñosa, y su expresión era de verdadera sorpresa y preocupación. No sabía cuánto tiempo llevaba tendido en la oscuridad, escuchando a las ratas que correteaban por la celda. Sin embargo debió de dormirse, porque al oír el ruido de la llave en la cerradura se sobresaltó.

–¿Está despierto? –El carcelero examinó al nuevo prisionero con interés–. Dicen que mató a un representante de la ley y que es uno de esos rebeldes irlandeses. Aquí tiene. –Le tendió con cautela un bol lleno de gachas, percibiendo algo sumamente peligroso en el porte arrogante e indolente del prisionero–. Es probable que se quede aquí por un tiempo, a no ser que tenga parientes que se preocupen de enviarle a un lugar mejor.

–Tengo parientes –repuso Rian–. Se ocuparán de pagarle los servicios que me preste. ¿Cree que es posible hacer algo con ese orinal? El olor resulta enormemente ofensivo.

–No está acostumbrado, ¿eh? Los vaciamos los miércoles y los domingos, antes no.

–Bien, señor...

–Crotchetts. Me llamo señor Crotchetts.

–En ese caso, señor Crotchetts, puede usted ver y oler que éste no ha sido vaciado por lo menos en un mes, y desde luego el pasado miércoles seguro que no.

–¿Y qué voy a conseguir si me tomo el trabajo de vaciarlo hoy en lugar de esperar al domingo? –Crotchetts lo miró con astucia.

–Ya le he dicho que tengo parientes. Estoy seguro de que mi mujer estará encantada de recompensarlo por las molestias que se tome por mí.

–Oh, y ¿cuál es el nombre de la dama, señor?

–Condesa de Keldara –respondió Rian en voz baja.

Crotchetts retrocedió unos pasos. Dios santo, había oído más de una historia acerca del conde de Keldara. Ese hombre era un libertino, un jugador de renombre y un disoluto, infalible tanto con la pistola como con la espada. El carcelero tendría que estar en guardia. Nunca se sabía, pero ese prisionero podía estrangularlo con sus propias manos. Con esos fríos ojos verdes sin duda parecía capaz de hacerlo. Levantó su porra en dirección a Rian.

–Quédese en ese rincón mientras lo saco de aquí. –Agarró el húmedo y pegajoso recipiente y caminó hacia atrás hasta salir de la celda.

Rian echó un vistazo a las gruesas gachas del bol que Crotchetts le había dado. Tenían un aspecto muy poco apetecible, por no decir algo peor, y una enorme cucaracha flotaba en el sospechoso contenido. Gruñendo una maldición, dejó el recipiente a un lado. Tendría que pedirle a Morgana que le enviara dinero. Crotchetts regresó con el orinal todavía pestilente, pero por lo menos vacío.

–¿Qué ocurre, señor? ¿No le gusta el menú de esta noche? –se burló.

–No mucho. Las cucarachas no suelen formar parte de mi dieta. Pero si le parece un plato delicioso, Crotchetts, puede tomárselo usted. –Rian le señaló el bol de madera.

–Comerá lo que se le dé, señor, o se quedará en ayunas.

El guardia sacó el ofensivo insecto de las gachas y lo aplastó con los dedos. Rian miró cómo sorbía vorazmente el contenido y lamía los restos del plato como un perro antes de pasarse la lengua por los labios con deleite.

–Será mejor que duerma un poco. Supongo que mañana vendrán a buscarlo para interrogarlo.

Una vez más dio la vuelta a la llave en la cerradura y dejó a Rian sumido en la oscuridad. El conde de Keldara se estremeció en su jergón. Dios mío, el húmedo suelo de piedra estaba helado y sólo contaba con una apolillada manta para calentarse. ¡Poco tenía que ver con el edredón de plumas y el calor del cuerpo de Morgana! ¿Dónde estaba ahora su encantadora esposa? ¿Lo echaba de menos mientras yacía sola en esa inmensa cama que habían compartido esa misma mañana?

Sin embargo, nadie acudió a la mañana siguiente. Sólo Crotchetts, con sus sarcásticos comentarios y unas gachas de avena, entró en la celda, y la fe de Rian en su mujer no tardó en debilitarse. Durante una semana apenas probó bocado y perdió mucho peso, pues vomitaba la mayor parte de las gachas que lograba tragar. Cubierto de piojos e inmundicia, tenía peor aspecto que cuando vagaba por las noches como el Caballero Jack. ¿Se había olvidado de él la hechizante bruja que tenía por esposa?

Crotchetts abrió de pronto la puerta.

–Levántese. Una dama quiere verlo.

Rian observó cómo Morgana entraba en la celda y, adoptando una expresión de horror al ver su aspecto, se volvía hacia el carcelero.

–Cobarde hijo de perra. –Lo miró fríamente–. ¿Es así como cuida de mi marido con el dinero que le doy? Repugnante criatura. Nada menos que el príncipe en persona se enterará de esto. Traiga comida decente y ropa enseguida, y también un poco de brandy. Estoy segura de que tiene por aquí una botella, porque le apesta el aliento. Dése prisa. –Miró al carcelero con tanto odio que el hombre sintió escalofríos–. O acabará colgado de esa horca.

Crotchetts se apresuró a cumplir sus órdenes, pensando en lo insensato que había sido guardándose el dinero de esa mujer. Pero no había creído que ésta bajara a los calabozos. Dios mío, le iba a costar muy caro.

–Rian. –Se volvió hacia su irreconocible marido–. Lo siento, no sabía que te maltrataba de este modo.

–No es culpa tuya, Morgana –dijo él, aliviado al comprobar que su esposa no lo había abandonado después de todo–. Debí suponer que el ladrón se quedaba con el dinero. –Morgana se acercó a él, pero Rian la apartó con un ademán–. No me toques, cariño. Estoy repleto de piojos. ¿Cómo es que has bajado hasta aquí? No es lugar para una mujer.

–No podía dormir, preocupada por si te estabas muriendo de hambre en este horrible lugar, y no dejaban entrar a Brad ni a Anthony. Dios mío, tienes un aspecto terrible. Más vale que ese animal se dé prisa con el brandy o yo misma lo mataré.

De modo que su mujer se preocupaba tanto por él que

había sido capaz de descender a los infiernos para asegurarse de su bienestar. Rian confió en que no estuviera todo perdido.

–Morgana, cariño, ¿qué está pasando fuera? ¿Por qué nadie me ha interrogado?

–No lo sé. Brad y Anthony han hablado con Prinny. Dice que hay pruebas decisivas contra ti y que dentro de dos semanas serás procesado. Oh, Rian, ¿cómo es posible? Dicen que tienen testigos, soldados británicos, que no son la clase de hombres capaces de inventar una historia como ésta. Me temo que el príncipe regente te cree culpable –sollozó Morgana.

–¿Por qué lloras, Morgana? Si me cuelgan, te librarás de mí para siempre.

–No, Rian. Nunca he deseado tu muerte. Ha habido demasiadas cosas entre nosotros y tu fantasma me perseguirá siempre.

No tuvo tiempo de preguntarle nada más, porque Crotchetts volvió con comida y brandy. Rian bebió el ardiente líquido y se sintió reanimado, luego se arrojó como un lobo hambriento sobre el pan, la carne y el queso.

–Señora –gimoteó el astuto Crotchetts–, le ruego que no sea demasiado severa conmigo. Tengo esposa y un hijo que mantener, y apenas me alcanza con el pequeño sueldo que recibo.

–Entonces lo siento por su familia –dijo Morgana sin pestañear–. El hedor que despide me provoca náuseas.

–Señora, me he ocupado de que Su Señoría pueda tomar un baño y afeitarse. –Crotchetts parecía petrificado–. Y de que le traigan sus ropas.

–Muy bien. Pero le advierto que no dudaré en volver a visitar a Su Señoría y haré que lo cuelguen si lo encuentro en estas condiciones.

–Sí, señora. Gracias, señora.

–Y ocúpese de que le quiten esas cadenas y le curen las llagas antes de que se le infecten.

–Sí, lady Keldara. Todo se hará tal y como usted ordena.

–Más le vale. –Morgana habló en un tono tan amenazador como su inflexible abuelo–. Ahora debo irme, Rian. Haré todo lo que esté en mis manos. Sé que eres inocente.

Rian observó a su esposa salir de la celda, y advirtió la determinación reflejada en la rectitud de sus pequeños hombros. Sí, era toda una mujer. Pocas tenían el valor que ella había demostrado esa noche. De mala gana agradeció lo afortunado que era de tenerla, y acto seguido sonrió con amargura al pensar que probablemente se habría compadecido hasta de un perro en su situación.

Morgana descubrió lo duro que resultaba ir a cualquier parte sin Rian. En cuanto entraba en una habitación se interrumpía la conversación y enseguida volvía a reanudarse en voz alta, de modo que no podía evitar pensar que hasta ese momento habían estado hablando de ella. No soportaba las miradas compasivas de las mujeres, ni las adulaciones de los hombres que pensaban que no tardaría en convertirse en una adinerada viuda. Casi ninguno, con la excepción de sus amigos más íntimos, creía en la inocencia de Rian. Todos sabían que a pesar de tener alojamiento en Londres y ser bien recibido en todas partes, no era inglés, sino irlandés de nacimiento. No podían evitar tener la sensación de que los había utilizado a fin de obtener información para los revolucionarios, pues al fin y al cabo se le veía constantemente en la Holland House con Henry Grattan. Además, fue culpa suya la temprana y funesta muerte de Cecily Brooksworth. En fin, todo el mundo sabía que el mismísimo diablo se había reencarnado en Rian McShane. Más de una mujer había oído a su marido hablar de lo afortunado que era el conde en el juego y varias habían perdido a sus amores en duelos al amanecer. Cada plan, cada broma, cada golpe de suerte en el pasado de Rian fue sacado a la luz y tergiversado de manera que encajara con la maliciosa opinión que se tenía de su persona. Incluso el hecho de que su fogoso semental negro se llamara *Lucifer* y de que bautizara su barco con el nombre de *Hechicera* se esgrimió como prueba de que estaba confabulado con el diablo.

Morgana estaba cada día más ojerosa, pues se pasaba las noches en vela llena de preocupación y anhelando las caricias de su marido. A menudo despertaba y se encontraba envuelta entre las sábanas, empapada en su propio sudor, y alargaba el brazo en la oscuridad en busca de Rian hasta que recordaba que yacía en un agujero de la prisión de Newgate.

El juicio fue presidido por un magistrado de rostro severo que llevaba una peluca blanca y rizada recogida en una coleta a la altura de la nuca. Vestía una larga y solemne toga negra, y miró la sala del tribunal a través de sus gafas de montura metálica. A Morgana le dio un vuelco el corazón cuando reparó en sus finos y severos labios y en su nariz corva, porque no daba la impresión de ser un hombre compasivo con los que violaban la ley. Ella se había puesto un sencillo vestido de color rojizo, sin ningún adorno, y se había recogido el cabello en un moño alto tratando de no llamar la atención. Pero fue inútil, porque el juez no pudo evitar advertir la palidez de su piel en contraste con el color rojizo de su vestido, y los brillantes ojos verdes que lo miraban pensativos bajo sus negras y rizadas pestañas. Advirtió con aprobación la forma cuadrada de la mandíbula, la esbelta y aristocrática nariz, las mejillas ligeramente sonrojadas y la lozana boca color amapola de la joven. Sí, lady Keldara era una gran mujer.

El alguacil acompañó a Rian a la sala y el juez interrumpió su examen. Morgana vio que su marido iba por fin vestido según correspondía a un hombre de su clase, y que el señor Crotchetts al parecer se había asustado lo bastante como para tratar algo mejor a su prisionero. Rian recorrió la sala con la mirada en busca de su mujer y cuando la encontró le dedicó una sonrisa tranquilizadora.

Se abrió la sesión y el fiscal, que representaba a Su Majestad, el rey George III de Inglaterra, tomó la palabra.

Traición era un término desagradable y Morgana cerró los ojos al oírlo. Dios mío, qué escándalo estaba causando este juicio. No todos los días un miembro de la Casa de los Lores era acusado de tan grave crimen. ¿Y si colgaban a Rian? Miró el rostro inexpresivo de su marido y se preguntó qué debía de pasar por su cabeza. Dos oficiales británicos ya lo habían identificado como el hombre que había asesinado a su comandante. Ahora un tercero se disponía a subir a la tribuna de los testigos. El fiscal, el honorable Lloyd Danfield, buscó con discreción entre los papeles que sostenía en la mano.

–Veamos, teniente Vickery, ¿tiene la bondad de explicarnos con sus propias palabras lo que ocurrió exactamente la noche del 12 de noviembre de 1813? –El señor Danfield dejó los papeles sobre su mesa.

Poco a poco salió a la luz la sórdida historia: cómo los rebeldes habían intentado ocupar la sede del Parlamento de Dublín, al parecer con la intención de asesinar a lord Melford, un dignatario británico que estaba de visita. Pero el plan había fracasado, pues la reunión del pequeño comité de lores que iba a tener lugar esa tarde en el Parlamento había sido disuelta, gracias a que un desconocido informante les advirtió a tiempo de que escaparan. Después de intentar quemar el edificio, los rebeldes habían huido en medio de la noche, perseguidos incansablemente por los cumplidores oficiales.

–Uno de los rebeldes, sin duda el líder, disparó y mató al comandante Durand. Por desgracia poco después se levantó una espesa niebla y no fuimos capaces de capturar a ninguno –informó el teniente Vickery en tono amargo.

–Estoy seguro de que hicieron cuanto pudieron, teniente. –El señor Danfield sonrió al joven oficial–. ¿Podría decirnos ahora si el hombre que cree que era el líder de los revolucionarios irlandeses se encuentra hoy en la sala?

–Bueno, es difícil decirlo. –El joven oficial se aclaró la voz nervioso–. El conde de Keldara sin duda se parece al hombre que vi, pero, si me disculpa, Su Señoría parece un poco mayor. Además, no recuerdo esa cicatriz, y no es fácil pasarla por alto. Sin embargo estaba oscuro y puede que me equivoque.

Todos los presentes contuvieron la respiración y Morgana sintió renacer sus esperanzas. De modo que había cierta sombra de duda, después de todo. Tal vez Rian saliera bien parado. El señor Danfield parecía disgustado por esa confesión y, tras lanzar una mirada glacial al joven teniente, dijo que podía retirarse. El fiscal llamó a continuación a dos testigos más, uno de los cuales también se negó a identificar al conde.

Entonces se permitió al abogado de Rian, el honorable Tyrone Cambridge, que prosiguiera. El señor Cambridge no tuvo otra alternativa que llamar a su cliente al estrado. En agudo contraste con los oficiales británicos, Rian se mostró despreocupado y casi relajado. Respondió sin titubear a las preguntas que le formularon y Morgana vio que el juez quedó impresionado ante la conducta de su marido. Explicó con voz calmada el accidente del carruaje, su prolongada convalescencia y su posterior pérdida de memoria. Sin embargo no mencionó sus andanzas como el Caballero Jack. El relato de Rian, aunque difícil de creer, era por lo menos plausible, y el juez reconoció haber oído historias aún más extrañas que habían resultado ser ciertas.

Sin duda, el juez se encontraba ante un dilema. Había condenado a muchos hombres en su día y presumía de saber juzgar a la gente. Miró fijamente al conde. Sí, ese hombre era sin duda un arrogante demonio, pero por alguna razón no podía verlo como un líder revolucionario. No es que creyera en su inocencia, sino que no lo imaginaba echando a perder una operación como ésa o participando siquiera en un plan tan estúpido. Lord Melford habría sido un objetivo insignificante puesto que, aparte de la indignación de los soldados británicos, su muerte había despertado poco interés. Sin embargo, la coartada del conde resultaba inverosímil y él mismo reconocía haber perdido la memoria. Tal vez había cometido esos crímenes en estado amnésico. De los cinco testigos que habían dado su testimonio, tres lo habían identificado como el hombre que habían visto. En cualquier caso, colgar a un miembro prominente de la alta sociedad no era un veredicto fácil de pronunciar. En caso de duda, el juez optó por aplazar el veredicto.

–Ya he tomado una decisión acerca de este asunto. –El magistrado golpeó el martillo con gran estruendo–. Decreto que el conde de Keldara, Rian Alexander McShane, sea llevado de vuelta a la prisión de Newgate, donde permanecerá encerrado durante un período de tres meses, después del cual, si no han salido a la luz más pruebas sobre el caso, será condenado a la horca por traición a la Corona de Inglaterra. ¡Dios salve al rey!

¡Tres meses! ¡Y luego lo ahorcarían! Morgana se sintió desvanecer. Sin embargo a Rian no pareció afectarle la noticia. Sus ojos verdes se entrecerraron, pero eso fue todo. Morgana no tuvo oportunidad de hablar con él antes de que los guardias se lo llevaran a empujones. Conteniendo el llanto, permitió que lord y lady Brisbane la acompañaran a casa.

Rian se paseó inquieto como un animal enjaulado por la pequeña celda, mientras la llama de la vela parpadeaba en la oscuridad proyectando sombras cambiantes en la pared. Por lo que había podido determinar, no tenía modo de escapar de esos muros que lo encerraban. No había ventanas cuyos barrotes pudiera separar haciendo palanca, ni podía perforar un túnel en las frías piedras que cubrían el suelo. Tal vez fuera posible estrangular al quejumbroso carcelero, pero las esposas le quitaban libertad de movimiento y, a su regreso a la prisión, también le habían encadenado los tobillos. Dos meses. Llevaba dos meses en ese repugnante agujero y todavía no había tenido noticias acerca de su puesta en libertad. Sin embargo no estaba dispuesto a permitir que lo colgaran por un crimen que no había cometido. El encierro y el instinto de supervivencia le habían aguzado el ingenio, y tenía sus propias teorías acerca de cómo había ocurrido el crimen del que se le acusaba, pero encerrado como estaba no podía demostrarlas. Si por casualidad lograra zafarse del verdugo, saldría en busca del canalla responsable de esa infame acción. Se estremeció sólo de pensarlo. Sí, la recompensa sería gratificante; pagarían un alto precio por la degradación y humillación que le habían obligado a soportar. Sin embargo, por lo menos Morgana se había asegurado de procurarle ropa y comida decente, y venía a menudo a ver su rostro desfigurado. Esbozó una sonrisa sardónica. A Morgana le repugnaba él y la bestia en que se había convertido.

Sin embargo, últimamente Morgana parecía haberse acostumbrado, incluso resignado, al inevitable destino que le esperaba. No sabía cuánto le atormentaba verla pasear ante él como un premio inalcanzable. La palidez de su piel era una tentación insoportable y le recordaba cruelmente su forzoso celibato. La embriagadora fragancia de su perfume –lilas, siempre lilas– se introducía por los orificios de su nariz e impregnaba todo su ser. Sí, esa hechicera de ojos verdes le pertenecía. ¿Volvería a poseerla?

Acudieron a su memoria agradables recuerdos, y volvió a ver con todo detalle la fría máscara con la que Morgana escondía su timidez, sus temores e inseguridades. El rostro encantador, los llameantes bucles cobrizos, los ojos verde esmeralda con motas doradas, la curva sensual de su boca de miel... ¡Morgana! El nombre resonó seductor y burlón en su cabeza. Morgana estremeciéndose en la arena, Morgana galopando por los páramos color púrpura, Morgana riendo en el Almack's, Morgana yaciendo entre sus brazos al cobijo de la glorieta. Siempre Morgana. Incluso después de muerto sus ojos verde esmeralda y su boca color amapola lo perseguirían, se burlarían de él, lo tentarían una y otra vez. Era como una droga para él, una enfermedad de la mente para la que no había cura. Nunca descansaría en paz en una oscura tumba, con la cabeza finalmente enterrada bajo una lápida. Caminaría hasta los confines del mundo como un fantasma atormentado y perseguido, sin dejar de buscar el calor de sus brazos, la sombra de su sonrisa, el temblor de sus labios junto a los suyos aunque no se tratara más que del beso glacial de la muerte. Sí, le pertenecía y permanecería con él para siempre en la eternidad. Con una sonrisa satisfecha cerró los ojos y se durmió.

Lord Chalmers se levantó lentamente de la mesa con una sonrisa de satisfacción en el rostro abotagado. Todo marchaba mejor de lo que había previsto. El conde de Keldara iba a ser colgado por un crimen que no había cometido. ¡Qué tormento tenía que ser contar con una coartada perfecta y no poder revelarla! Chalmers se pasó la lengua por los labios y se los relamió con glotonería, saboreando el pato asado que acababa de ingerir. La imagen de la mujer del conde acudió a su mente. Si todo salía bien, no tardaría en meter en cintura a esa bruja. La idea de que le suplicara clemencia y le rogara que salvara la vida de su marido le divirtió. Sólo él podía librar a ese tunante de una muerte casi segura, pero el precio iba a ser alto. ¡Qué dulce era el sabor de la venganza! Morir en los calabozos no era lo bastante cruel para el conde. Chalmers quería que el arrogante hijo de perra sufriera y se arrastrara por el barro. ¿Qué mejor que arrebatarle a su esposa? Quería al conde vivo para que se enterara de que él, lord Chalmers, tenía a su mujer en sus manos y que cada noche se aprovechaba de ella.

–María –dijo en voz alta.

Madame Frampstead miró a su insaciable hermano con disgusto.

–¿Qué quieres, Harry? ¿Más comida?

–No. –Se acarició el prominente vientre y eructó satisfecho–. Quiero que me hagas un pequeño favor.

–¿Qué clase de favor? Si tiene que ver con los contrabandistas, olvídalo. Te he advertido una y otra vez que no trates con esos ladrones. Serán nuestra ruina.

–¡Vamos, María! –Lord Chalmers clavó en ella sus pequeños ojos, perdidos entre pliegues de carne colgante–. No recuerdo que te quejaras cuando conseguimos el oro para comprar este local. –Señaló con un ademán las habitaciones de la casa de juego donde se encontraban.

–No sabía cómo lo habías conseguido.

–Sí que lo sabías. ¿De dónde crees que podría haber sacado semejante suma? La finca estaba hipotecada y a punto de ser vendida, por culpa de ese borracho al que llamamos padre. Tenía que hacer algo. –Le sostuvo la mano con fervor–. Nos habríamos arruinado y caído en desgracia.

–¿Y en qué nos hemos convertido? –Se soltó asustada.

–En el fondo siempre has sido una zorra, María –repuso él mirándola cruelmente–. Por fortuna nadie sabe nada de lo nuestro.

–¿Qué quieres de mí?

–Sólo que lleves un mensaje. –Se encogió de hombros con indiferencia.

–¿Qué clase de mensaje, y a quién?

–No es asunto tuyo. Tú sólo haz lo que te pido –respondió él irritado.

–No, Harry. No volveré a participar en tus perversos planes. Eres un embustero y un malvado –dijo ella estremeciéndose.

Él le torció el brazo con crueldad.

–Lo harás, María, o dejaré de costearte los perfumes y sedas que tanto te gustan.

–¡Ja! –exclamó ella–. ¿Crees que ahora necesito tu dinero? Mi casa de juego está siempre llena y me proporciona buenos ingresos. No lograrás amenazarme con la pobreza.

–Olvidas que las escrituras de esta propiedad están en mi poder, María. Estoy en condiciones de cerrar el local cuando me venga en gana. ¿Qué harías tú entonces, querida hermana? ¿Quedar a merced de uno de esos gorilas con los que tanto te gusta acostarte?

–No, Harry. –Madame Frampstead sonrió–. Es a ti a quien le falla la memoria. ¿Necesito recordarte que soy la única persona que sabe que fuiste tú quien mató a Sally Denby? El conde de Brisbane pagaría una buena cantidad de oro por enterarse del secreto que he guardado todos estos años.

Lord Chalmers la golpeó con crueldad.

–No me obligues a hacer lo mismo contigo, María. Fue un accidente. Sabes perfectamente que no tenía intención de matarla. –Frunció el entrecejo–. Sólo quería suplicarle, pedirle que se fugara conmigo. Pero ella se rió en mi cara y me llamó cerdo estúpido y repugnante. No pude soportar oír los insultos que brotaban de los dulces labios de mi amada y la golpeé. No quería hacerle daño, pero se puso histérica y empezó a llamar a gritos a los criados. Tenía que hacerla callar –gimoteó Chalmers–. Se cayó y se golpeó la cabeza con la columna de la cama. Debió de morir en el acto. Al ver la sangre que le manaba por la boca y las orejas, eché a correr. ¿Qué otra cosa podía hacer?

–Nada, Harry. Pero no olvides que fui yo quien te ayudó esa noche. ¿Cuántas veces te advertí que te alejaras de esa mujer? Ella nunca alentó tus insinuaciones y dejó bien claro que no quería tener nada contigo.

–No importa. He encontrado un ángel que ocupará su lugar. Sí, un ángel –musitó–. Está por encima de toda comparación, y no me rechazará como mi querida Sally.

–¿De qué bobadas me hablas, Harry? –María Frampstead lo miró una vez más presa de terror.

–Es a ella a quien quiero entregar el mensaje. Vendrá a mí, estoy seguro.

–Vamos, Harry, ¿quién es esa mujer? –preguntó, viendo la lujuria reflejada en el rostro de su hermano.

–Morgana McShane.

–¿La esposa de lord Keldara? Estás loco, Harry. ¿Qué esperas que vea en ti, un puerco demasiado crecido al que le cae la baba sólo de pensar en ella? No pienso hacerlo, te lo advierto.

–Lo harás, María, del mismo modo que siempre has hecho lo que he querido. A no ser, claro está, que desees ocupar su lugar en mi cama –añadió perversamente lanzando una mirada impúdica a su hermana.

–¡No, Harry, eso no! –Horrorizada, intentó apartarlo

bruscamente al tiempo que los recuerdos acudían a su memoria.

En esa época era lady María Chalmers, una hermosa joven de catorce años, e incluso entonces había advertido algo pernicioso en su hermano, había visto cómo sus perversos ojos fisgones se clavaban con lujuria en sus senos incipientes y redondeadas nalgas.

Una noche que su padre borracho se quedó dormido, Harry entró en su dormitorio. Se rió al ver el terror dibujado en su rostro. Le apestaba el aliento a alcohol y sus ojos inyectados en sangre la recorrieron perversamente. ¡Dios mío, cómo se había resistido! Pero fue en vano, porque a sus diecinueve años su hermano ya era un hombre fornido. Le metió el pañuelo en la boca para acallar sus gritos y con su fular le ató las muñecas a las columnas de la cama. Jamás olvidaría sus lujuriosas manos acariciando sus senos, el peso de su rechoncho cuerpo sobre ella mientras la violaba con su grueso y rígido miembro.

María Frampstead inclinó la cabeza con desesperación y vergüenza.

–Está bien, Harry. Haré lo que me pides.

XXI

–Vamos, Morgana. Te sentará bien salir de casa –la animó Anthony–. No puedes quedarte aquí encerrada llorando eternamente por Rian.

–Oh, Tony, no me siento con ánimo. Todos me miran fijamente y susurran a mis espaldas cuando creen que no los veo. ¡Es tan horrible! No lo soporto. –Morgana se estremeció.

–¡Pues más vale que no lo hagan en mi presencia! –exclamó Anthony indignado–. Juro que mataré al que se atreva a burlarse de tu situación, querida.

–Eres muy amable conmigo, Tony –dijo ella agradecida, dándole una palmadita en la mano–. Está bien, saldré contigo esta noche si crees que es lo mejor.

–Estupendo. Pasaré a recogerte a las siete. Y por favor, alegra esa cara. No me gusta verte tan triste. –Le levantó la barbilla y la miró a los ojos, anhelando besar sus labios temblorosos y consolarla con su fervor.

–Así lo haré, Tony. Te lo prometo.

–Buena chica.

Sir Anthony Reginald salió silbando de la casa de Grosvenor Square. No podía evitarlo, estaba perdidamente enamorado de Morgana McShane, y aunque no deseaba la muerte del conde, si esto ocurriera las cosas mejorarían mucho para él. En el fondo tenía grandes esperanzas en que, una vez viuda, Morgana se animaría a considerar su petición de mano. Pero no quería apremiarla; debía darle tiempo. Sabía que le tenía afecto y confiaba en que este sentimiento se intensificara con el tiempo.

Esa noche Morgana se arregló con especial esmero por temor a que se burlaran de su aspecto. Eligió un vestido de crepé dorado que hacía resaltar las motas de color miel de sus ojos. Era tan escotado que dejaba entrever la curva de sus redondeados pechos y exhibía sus hombros y esbelto cuello. Se puso el reluciente conjunto de topacios que Rian le había regalado por su cumpleaños. Penney la peinó con cuidado y le recogió el cabello en lo alto de la cabeza en una serie de diminutos rizos, dejando que unos cuantos le cayeran por la nuca.

Después de ponerse los guantes de malla dorada, Morgana cogió su abanico y permitió que Anthony le arreglara los pliegues de su brillante vestido. Tuvo la sensación de que le besaba ligeramente los cabellos, pero debía de ser cosa de su imaginación. Sin duda no tontearía con ella de este modo. Él la ayudó a subir a la calesa y partieron hacia las luces y risas del Drury Lane.

Esa noche representaban *El sueño de una noche de verano*, de William Shakespeare. Morgana conocía bien el argumento. Después de saludar a lord y lady Brisbane se acomodó en el palco al lado de Anthony. Sin embargo comprendió que no había sido una gran idea acudir al teatro cuando prestó atención al diálogo que sostenían los actores:

CARTABÓN: Lo haríais con demasiada ferocidad; se espantarían la duquesa y las damas hasta el punto de dar gritos, y eso sería lo bastante para que nos ahorcaran a todos.

TODOS: ¡No quedaría hijo de madre sin ahorcar!

LANZADERA: Os concedo, amigos, que si asustásemos a las damas hasta ponerlas fuera de sí, no hallarían cosa más discreta que el ahorcarnos...

Hizo una mueca irónica a Anthony y deseó ardientemente que los actores dejaran de hablar de horcas. Miró hacia el público para observar la reacción de los demás espectadores y, en el palco de enfrente, divisó a una mujer bien vestida. Morgana se sorprendió al advertir que ésta le devolvía la mirada y la saludaba con una inclinación de cabeza. Confusa, le devolvió el saludo pensando que debía de tratarse de una amiga de Rian, pues ella no la conocía. Bajó los ojos y estudió a la mujer con disimulo. Aunque debía de rondar los cuarenta, se conservaba bien. Su vestido era de fina seda francesa de un rosa pálido que hacía resaltar su cabello rubio, y las joyas que llevaba, aunque corrientes, eran muy hermosas. En su bello rostro se traslucía una tristeza que Morgana no atinaba a comprender. No recordaba haber visto a esa mujer en el Almack's ni en ninguna otra parte. Quiso preguntar a Anthony si la conocía, pero la encantadora actriz que interpretaba el papel de Titania, la reina de las hadas, lo tenía embelesado y no se atrevió a interrumpirlo.

–He renegado de su lecho y compañía –decía en ese momento la reina de las hadas.

Y Oberón, el rey de las hadas, replicó:

–¡Deténte, jactanciosa coqueta! ¿No soy tu señor?

Morgana no lograba concentrarse en la obra. No podía dejar de mirar a la mujer sentada en el otro extremo de la sala. «Pero si ella hace lo mismo –pensó sorprendida cuando sus miradas se cruzaron–. Tal vez ha oído hablar del terrible escándalo y sólo desea saciar su curiosidad. Sin embargo, qué modo más grosero de examinarme.» Morgana le volvió bruscamente la espalda.

En el descanso pidió a Anthony que le trajera una copa de ponche y se abanicó con ímpetu al tiempo que buscaba con la mirada a la insolente mujer. Con gran disgusto vio que ya no estaba en el palco. Hummm, sin duda ha salido al pasillo en busca de más información acerca de mí, se dijo Morgana echando chispas por los ojos. Sólo de pensarlo adoptó una expresión tan enfurecida que varios jóvenes, que no deseaban otra cosa que posar sus fervientes labios sobre su mano, llegaron a la conclusión de que lady Keldara tenía el aspecto más severo que podía imaginarse y que su marido debía de considerarse afortunado de que lo colgaran.

Se encontraba sola en el palco, pues Brad y Anne habían decidido dar una vuelta, y se sobresaltó ligeramente cuando la mujer rubia se detuvo sigilosa a sus espaldas.

–¿Lady Keldara?

–Sí. –Morgana le dirigió una mirada glacial.

–Usted no me conoce y mi nombre no viene al caso. Sin embargo, me han encomendado que le entregue este mensaje en propia mano. Aquí tiene. –Entregó la misiva a Morgana–. Ahora debo irme, no es conveniente que me vean en su palco.

Y tan sigilosa como se había acercado, la mujer desapareció entre la multitud del pasillo. Morgana desdobló rápidamente la nota. ¿Se trataría tal vez de un secreto admirador? Esbozó una ligera sonrisa al pensarlo y lord Chalmers, que la observaba en las sombras, se sintió complacido.

–Buen trabajo, María –dijo con una sonrisa de satisfacción.

–Realmente bueno –replicó ella–. Te ruego que lo pienses mejor, Harry, porque me temo que has escogido un adversario muy peligroso. Dudo que esta mujer se arrastre ante ti.

–¡Basta ya! No quiero seguir escuchando tus bobadas. La dama hará lo que le ordeno, descuida.

Morgana leyó el contenido de la nota, luego la dobló con manos temblorosas, las palabras grabadas en su mente. Decía así:

«Querida lady Keldara,

»Cuento con cierta información acerca de un amigo común, el Caballero Jack, que puede ser de particular interés para usted. Si desea librarlo de un destino sumamente desagradable acuda a la casa de juego de madame Frampstead el viernes por la noche. Vístase con discreción y cúbrase con un velo. La reconoceré.»

No estaba firmada y a Morgana no se le ocurría quién podía haberla enviado. ¿Y quién era la mujer que se la había entregado? ¿Madame Frampstead en persona? Echó un vistazo al palco de enfrente y vio que seguía vacío. Al parecer la mujer no tenía intención de volver. Morgana decidió que acudiría a la cita. No pensaba correr el riesgo de dejar escapar cualquier posibilidad, por remota que fuese, de salvar la vida de su marido.

Los aplausos indicaron a Morgana que la obra había concluido. Había permanecido sentada otros tres actos sin escuchar una sola palabra. Sin embargo sonrió al inquieto Anthony y afirmó haber disfrutado enormemente.

Estaba impaciente por volver a casa, al tranquilo santuario de su dormitorio, para abrir la carta y leer una vez más el contenido, pero no quiso revelar su frustración cuando Anthony insistió en tomar un refrigerio en el Piazza. Cenaron langosta y brécol con salsa holandesa, y a continuación fueron a bailar a Vauxhall Gardens.

Cuando llegaron a su casa, él entró con ella y se sirvió una copa de whisky de una de las botellas del conde. Al ver que pensaba quedarse un rato Morgana gruñó para sí, deseando con todas sus fuerzas que se marchara.

–Tony, si no te importa estoy un poco cansada –le comentó.

–Es natural –respondió él con tono tranquilizador–. ¿Por qué no tomas una copa de brandy? Te sentará bien.

Aparte de mostrarse deliberadamente grosera, no sabía cómo pedirle que se marchara, y él se negó a captar su indirecta cuando se dejó caer en el sofá y bostezó sin disimulo. La carta le quemaba en el bolso.

Anthony se sentó a su lado poco después.

–Morgana, yo... no sé cómo empezar –balbuceó. Luego, olvidando su cautela, se inclinó y la besó en los labios.

Ella se apartó sobresaltada.

–¡Oh, Anthony! ¿Cómo has podido? Siempre te he considerado amigo mío y ahora lo has estropeado todo.

–Lo siento. –Parecía tan mortificado como ella por su

conducta–. No he podido evitarlo. No sé qué me ha ocurrido.

–¡Oh, es terrible! –Morgana se llevó las manos a las mejillas; le ardían.

–Bueno, te he dicho que lo sentía –replicó él con mala cara, porque al fin y al cabo también era una mujer casada cuando se fugó con ese maldito francés. ¿Quién habría imaginado que actuaría de ese modo?

–Déjame, por favor. Y no vuelvas a mencionarme lo de esta noche. –Morgana recobró la compostura.

–No estás enfadada conmigo, ¿verdad?

–No, pero márchate, por favor.

Sin pronunciar palabra, Anthony salió de la casa dando un portazo. Sintió un gran alivio al recordar que el conde se encontraba encerrado en la prisión de Newgate, pues sabía que no habría dudado en pegarle un tiro de haberse enterado que tonteaba con su esposa.

Morgana se puso un vestido gris pálido con la intención de llamar la menor atención posible sobre su persona. Tenía una capucha ribeteada con plumones de cisne y se la abrochó hasta el cuello. Sólo cuando se la abría podía verse el vestido escotado que exhibía la leve curva de sus senos y la palidez del cuello y los hombros. Apenas se maquilló, porque sabía qué clase de local era el de madame Frampstead y sospechaba que llamaría menos la atención con la cara lavada. Se dibujó con cuidado un lunar en la comisura de los labios que le daba un aire seductor al sonreír, como lo hacía ahora, satisfecha con los resultados de sus esfuerzos. Entonces Morgana hizo algo insólito en ella: se puso polvos en el cabello. No era muy agradable pero no le quedaba más remedio. Su melena cobriza la delataría, porque ahora era un personaje célebre en Londres: la mujer pelirroja de lord Keldara.

Por fin estuvo preparada. Con un suspiro de satisfacción y un inquietante presentimiento, se puso los guantes y acudió a la funesta cita en el local de madame Frampstead preguntándose quién la esperaría allí. Fue lo bastante astuta como para pedir un coche de alquiler, pues comprendió que provocaría muchos comentarios si reconocían el emblema de su carruaje detenido frente a la casa de juego.

La ciudad estaba cubierta por un velo de niebla y el aire húmedo anunciaba lluvia. El carruaje alquilado avanzó lentamente por las callejas adoquinadas. Nadie prestó atención ni reconoció a su ocupante, oculta tras un velo. Morgana se sentó pese a todo con la espalda rígida contra el asiento, lejos de las ventanas y de la tenue luz que entraba de vez en cuando procedente de las parpadeantes farolas a ambos lados de la calle. No quería que nadie se enterara de su paseo nocturno.

Confió en no llegar demasiado tarde, pues la nota no concretaba la hora de la cita. Cuando el coche alquilado se detuvo frente al local de madame Frampstead, Morgana pagó al conductor y dijo que no era preciso que la esperara. Éste se marchó sin volver la vista atrás, pues conocía bien a las mujeres que frecuentaban ese local. Ésta iba un poco mejor vestida tal vez y se ocultaba tras un velo, pero eso era todo.

Morgana respiró hondo y levantó el pesado aldabón, y por un instante le pareció que la cabeza del león se burlaba perversamente de ella, pero sin duda era una ilusión óptica producida por el parpadeo de las lámparas. De pronto la puerta se abrió de par en par y un hombrecillo con un tic nervioso en un ojo y una nariz prominente y curva apareció en el umbral.

–Su tarjeta, por favor –dijo con tono severo.

¿Tarjeta? Naturalmente, se necesitaba una tarjeta de socio para entrar en esa clase de locales. De este modo podían averiguar la identidad de los clientes e impedir que se colaran los guardias por equivocación.

–Me temo que no tengo –balbuceó sin poder ocultar su nerviosismo.

–Entonces haga el favor de decirme su nombre y con quién piensa pasar la velada –dijo el portero, que al parecer ya conocía esa cantinela.

–Está bien, Sammy. –La mujer rubia que Morgana había visto en el teatro apareció como surgida de la nada–. Yo misma atenderé a la señora.

–Muy bien, madame –repuso el viejo de nariz corva torciendo el gesto.

–Si tiene la amabilidad de acompañarme –dijo la mujer volviéndose hacia Morgana.

Morgana jamás había visto una casa de juego y no pudo evitar mirar con curiosidad alrededor. Observó intrigada las salas por las que pasaban, reparando en el intenso rojo y dorado del mobiliario y la decoración. Las cortinas de las ventanas eran muy pesadas y la alfombra tan gruesa que los pies parecían hundirse en ella. Había espejos de marcos dorados por todas partes y muchas estatuas de mármol desnudas que seguían con ojos ciegos su figura oculta tras un velo. Reconoció a muchos de los nobles presentes y a unas cuantas de las mujeres que había visto actuar en el Drury Lane. Sin embargo nadie reparó en ella mientras trataba de seguir el paso de la mujer que supuso era madame Frampstead; se hallaban demasiado concentrados en el juego y en sus bebidas. Muchos de los hombres tenían a sus fulanas sentadas en el regazo mientras apostaban en los juegos de azar: *silver loo*, *whist*, dados, *écarté*, juego de los cientos y faraón. Podía oír el ruido sordo de los dados rodando sobre la mesa y recordó que Denby en una ocasión le comentó que así fue como consiguió Rian la mansión de Grosvenor Square. Oyó el tintineo de las monedas al pasar delante de las mesas de cartas y vio un tablero de rojo y negro en uno de los salones más tranquilos.

Finalmente madame Frampstead la condujo por unas escaleras de caracol que llevaban a los salones del piso superior. Morgana supuso con acierto que éstos se reservaban para los jugadores que mejor pagaban y que deseaban jugar en privado o disfrutar de un encuentro íntimo con sus amantes.

–Espero que no lo lamente, señora. –La mujer se dirigió a ella por segunda vez en esa noche y, abriendo la puerta que daba al tocador, desapareció por el corredor.

Morgana entró vacilante.

–Pasa y cierra la puerta –dijo una voz en la oscuridad.

Ella así lo hizo, tratando de acostumbrar la vista a la tenue luz de las parpadeantes velas, pues el piso de abajo se hallaba mucho mejor iluminado.

–¿Quién es usted y qué información posee?

Morgana se quedó boquiabierta al ver al bajo y rechoncho hombre que tenía ante sí y que la examinó entornando los ojos excitado. Reconoció al instante a lord Chalmers.

–Puedes llamarme Harry, Morgana –dijo él con suavidad, apretando sus gruesos labios con deleite anticipado–. Me gusta más el color natural de tu cabello.

–Señor, estoy segura de que no me ha traído aquí para hablar de mi aspecto. En su nota decía que podía salvar la vida de mi marido. Le ruego que me diga cómo piensa realizar tal proeza.

–Tengo mis métodos, querida. A su debido tiempo te hablaré de ellos. ¿No quieres sentarte? –Señaló una silla–. ¿Te apetece un poco de jerez, o tal vez brandy?

–No, gracias –respondió ella–. Le ruego que vaya al grano. No quisiera permanecer mucho rato en este local.

–El caso es que... –dijo él lentamente, examinándola con profunda admiración como si se tratara de una esclava o de un caballo en una subasta–. Sé muy bien que tu marido no se encontraba en Irlanda en noviembre. Oh, te preguntarás cómo lo sé. Pues porque, si no recuerdo mal, me asaltó en Sussex por esas fechas. No, no busques excusas ni lo niegues, Morgana. No estarías aquí de no haber sabido la identidad del Caballero Jack. –Chalmers rió satisfecho–. Así es, fue la cicatriz lo que me dio la pista.

–Entonces debe de saber que tal defensa es imposible, pues lo colgarían igualmente por saltear caminos. –Morgana empezaba a impacientarse.

–No necesariamente, querida. Tengo varios amigos a los que puedo persuadir para que pronuncien una sentencia más suave, sobre todo a la luz del hecho que el conde no pudo haber cometido el crimen del que se le acusa. Traición es una palabra muy fea. –Le guiñó un ojo.

La proximidad de Morgana hacía que se le cayera la baba. Esa fragancia, de lilas le pareció, era de lo más agradable. Deseó que se quitara el velo y la capa.

–¿Qué clase de sentencia podría conseguir? –preguntó Morgana, y Chalmers advirtió que estaba más interesada de lo que aparentaba.

–Oh, lo más probable es que destinen a Su Señoría a la marina. No sería de extrañar. El conde está acostumbrado a la vida del mar y sin duda le resultaría mucho más agradable que los calabozos.

–Entiendo. –A Morgana no le gustaba su mirada impúdica–. ¿Y qué quiere a cambio de realizar tan buena acción, señor? ¿Dinero?

Lord Chalmers echó la cabeza hacia atrás y rió triunfal mientras su orondo vientre temblaba como gelatina.

–Oh, no, querida. Soy un hombre muy rico y no necesito tu oro.

–Entonces, ¿qué desea?

Esta vez el hombre la miró con lujuria.

–A ti, querida, por supuesto. Hace tiempo que admiro tu belleza.

Morgana se quedó boquiabierta. Ni se le había pasado por la cabeza tal pensamiento. La idea en sí era absolutamente ridícula.

–No puedo aceptar semejante trato, señor –respondió con arrogancia e hizo ademán de levantarse.

–¿Ni siquiera para salvar la vida de tu marido, Morgana? ¡Qué lástima! Estoy seguro de que él lo lamentará. Lo lamentará mucho cuando lo cuelguen del extremo de una cuerda. –Le quitó el velo de la cara–. ¿Me permites? –Le bajó la capucha y con dedos temblorosos trató de desabrochar los diminutos botones de su vestido.

Morgana se encogió cuando le deslizó sus gruesos dedos por los hombros y los detuvo en sus senos. Pensó en Rian. ¿Querría realmente que le salvara la vida de ese modo? Algo le dijo que preferiría verse en las puertas del infierno antes de que ella aceptara ese acuerdo. Advirtió incómoda la lujuriosa mirada de lord Chalmers, clavada en el escote de su vestido, y se estremeció. ¡No! No podía hacerlo. Ni siquiera para salvar la vida de Rian podía permitir que ese cerdo rechoncho y medio calvo le pusiera las manos encima y se sirviera de ella para aplacar su dolorosa urgencia. Advirtió con horror el incipiente bulto en el interior de sus pantalones y se apartó de él asustada.

–¿Y bien, querida?

–Si me toca, gritaré –dijo–. ¡Asqueroso patán! ¿Creía que iba a permitir que manchara la piel que mi marido ha besado y acariciado? Sí, acariciado con amor. ¡Dios mío, usted no le llega a la suela de los zapatos! –le espetó con desprecio.

Lord Chalmers palideció de rabia y la golpeó con el puño.

–No me hables así, zorra. A mí, que te he amado y adorado en silencio. Tu marido no conoce el significado de la palabra amor. No te adora como yo lo hago. ¡Por Dios que no volverás a rechazarme, Sally!

Morgana se acurrucó aterrorizada en el suelo y sintió que la cabeza le daba vueltas. Ese hombre estaba loco. Ni siquiera sabía su nombre. ¿Cómo la había llamado? Sally, eso era. La golpeó brutalmente con el pie y ella se dobló de dolor.

–¡Levántate, zorra! Levántate, Sally Denby, quiero verte arrodillada a mis pies.

¡Santo cielo! Ése era el hombre que había asesinado a Sally Denby, la mujer de Brad. Tenía que serlo. Morgana comprendió horrorizada que se proponía matarla a ella también. La arrojó al suelo y le desgarró el vestido dejando sus senos al descubierto. Con un gemido de placer apretó la boca ávidamente contra los tiernos pezones e hincó los dientes en uno de ellos. Morgana se soltó con un grito, pero él la agarró por el cabello y la tiró hacia atrás. Ella tropezó y ambos cayeron al suelo. Rodaron en un frenético forcejeo, lord Chalmers tratando de subirle el vestido y las enaguas por encima de los muslos. Con un débil lamento, ella logró liberar una pierna, la levantó y lo golpeó en la ingle, y él cayó hacia atrás con un grito de dolor. Morgana trató de incorporarse, pero él se recuperó rápidamente y volvió a sujetarle las piernas, con lo que hizo que cayese al suelo. Entonces se arrojó sobre ella y casi la aplastó. Resollaba, y ella podía sentir los suspiros, los jadeos, el aliento caliente y entrecortado contra su cuello. Sollozó, porque no podía quitárselo de encima, no tenía suficiente fuerza en los brazos para empujar esa bola de sebo. Forcejeó y lo arañó, pero era inútil. Lo vio desabrocharse con torpeza los pantalones y quiso morir. En sus prisas por quitárselos, él la soltó y Morgana logró escabullirse. Se apoyó en una silla y se le cayó el bolso del regazo. Con un grito de alivio lo abrió y sacó la pequeña pistola. Lord Chalmers, que no vio el arma, se acercó a ella tambaleándose, con los pantalones bajados hasta las rodillas. Morgana cerró fuertemente los ojos y apretó el gatillo, y la pistola se disparó con un ensordecedor estampido. Chalmers la miró con incredulidad, entonces cayó lentamente mientras se llevaba una mano al orificio ensangrentado que el arma de Morgana había abierto en su grueso vientre.

–Me has matado, zorra –susurró él con voz ronca antes de emitir un último gemido y quedar inmóvil.

Morgana temblaba y sollozaba convulsivamente. Esperaba ver de un momento a otro cómo se abría la puerta y entraban los guardias en tropel, listos para detenerla. Entonces comprendió con un sobresalto que en el piso de abajo había tanto alboroto que lo más probable era que nadie hubiera oído el disparo. Con dedos temblorosos dejó caer la pistola en su bolso, dando las gracias en silencio a su marido por habérsela comprado. Todavía temblaba cuando se abotonó la capucha mirando de reojo el suelo. Recogió el velo y el bolso, echó un vistazo a su alrededor para asegurarse de que no olvidaba nada, y con cautela abrió la puerta, sin volver a mirar el corpulento cadáver de lord Chalmers que yacía espatarrado en el suelo con la boca abierta y babeante.

El pasillo estaba desierto. Al parecer nadie había oído el disparo. ¿Qué podía hacer? No era posible volver por el mismo camino con el cabello enmarañado y el vestido en tan lamentable estado. Echó a correr hacia el otro extremo del largo corredor. Un local como ése debía tener una puerta trasera. Con un grito de alegría comprobó que estaba en lo cierto. Se apresuró a bajar por las mal iluminadas escaleras de caracol y salió a la noche.

XXII

Morgana echó a correr calle abajo sin fijarse qué dirección tomaba y mirando hacia atrás por encima del hombro como si la persiguiera el mismísimo diablo. Cuando las piernas dejaron de responderle se apoyó contra el muro de un edificio, jadeando y tratando de recuperar el aliento. No tenía ni idea de dónde se encontraba. Nunca había estado en esa parte de la ciudad y no se había fijado por qué camino había venido el carruaje alquilado. Por un instante acudieron a sus ojos lágrimas de desesperación, pero reunió el poco coraje que le quedaba y se dijo que si un coche alquilado la había traído hasta allí, otro podría llevarla a casa. Siguió caminando con cautela, sobresaltándose hasta de las sombras que las parpadeantes lámparas proyectaban en la oscuridad.

No había ido muy lejos cuando dos hombres salieron de un callejón.

–¡Dios santo, Charlie, es toda una dama y de muy buen ver! –exclamó uno de ellos, mirándola con aprobación.

–No, Pete, no es ninguna dama. Más bien diría que es una furcia. ¿Qué dices tú, encanto? ¿Nos divertimos un rato antes de volver a casa?

Morgana se quedó tan aliviada al ver que no eran guardias que no fue capaz de responder.

–¿Qué ocurre? ¿Se te ha comido la lengua el gato? –preguntó el hombre llamado Pete–. ¡Por Dios, Charlie, ni siquiera lleva joyas encima! –exclamó con disgusto.

–Tal vez tenga dinero en el bolso –respondió Charlie–. ¿Qué dices tú, encanto? ¿Qué me dices de esa preciosidad que llevas allí?

Morgana reaccionó al fin. Esos hombres se proponían robarle, pero se quedarían con las ganas. Se puso rígida y les dirigió una mirada arrogante.

–Les daré todo el dinero que tengo si me dejan marchar en paz.

Los dos hombres observaron ansiosos cómo abría el pequeño bolso. No se rieron cuando, momentos después, ella sacó la pistola y les ordenó que desaparecieran antes de que cambiara de idea. Los vio alejarse a todo correr renegando de las mujeres arrogantes con pistolas cargadas y casi sonrió. En otro momento el incidente le habría parecido hasta gracioso.

Por fortuna al poco rato divisó un carruaje de alquiler e hizo señas para detenerlo. Dio la dirección de Grosvenor Square y se recostó en el asiento, reflexionando sobre lo que debía hacer a continuación. Era evidente que no podía permanecer en la casa. Madame Frampstead sabía quién era y no tardaría en denunciarla, si es que no lo había hecho ya. La idea de que la estuvieran esperando la hizo estremecer. Sin embargo parecía poco probable. Era absurdo pensar que madame Frampstead hubiera entrado siquiera en la habitación. Si estaba atendiendo a los clientes, no era probable que regresara. Morgana decidió que tenía varias horas por delante antes de que el crimen se descubriera. ¿Adónde podía ir y cómo? Podía dirigirse a Mandrake Downs, por supuesto, pero lo más probable era que también la buscaran allí. Además, ese lugar le traía malos recuerdos. En realidad, lo mejor era marcharse del país. Sonrió satisfecha. Claro, eso es lo que haría. El *Hechicera* la esperaba en el puerto de Londres. Con él podría ir a cualquier parte del mundo.

De pronto frunció el entrecejo al recordar que, aunque

era la mujer de Rian, el *Hechicera* no le pertenecía. ¿Y si el primer ayudante, Harrison, se negaba a sacar el barco del puerto sin el consentimiento del conde? Tal vez podría forzarlo a hacerlo, pero ¿cómo iba a manejar a esos hombres? Recordaba cómo se habían comportado durante la travesía y el modo en que su proximidad los había afectado. ¿Y si no lograba controlarlos? No tenía ningún deseo de ser violada por una pandilla de marineros.

«¡Ojalá Rian estuviera aquí!», pensó. La ayudaría a escapar y probablemente lo haría con ella. ¡Qué estúpida! Si Rian estuviera allí ella no se encontraría en ese aprieto. De pronto echó de menos la sonrisa burlona de su marido y su aire arrogante y despreocupado. Se le daba muy bien zafarse de los guardias. Poco a poco un plan audaz empezó a tomar forma en la cabeza de Morgana.

–Espéreme aquí –le pidió al conductor cuando llegaron a la casa–. Vuelvo enseguida.

Entró y corrió escaleras arriba antes de que los criados la vieran. Una vez en su habitación se arregló el peinado. No tenía tiempo para cambiarse de ropa pero vio con alivio que la capucha ocultaba la mayor parte de los desgarrones. Por si acaso sacó de la cómoda una capa larga y se la echó sobre los hombros. A continuación cogió un par de sombrereras y una maleta y las llenó a toda prisa con todos los vestidos y ropas de Rian que logró meter en ellas. Las cerró con un suspiro de satisfacción y se detuvo un instante para coger el rompecabezas chino y escribir una breve nota. Luego bajó corriendo por las escaleras.

–¡Bagley! –exclamó al tropezarse con el mayordomo–. Que alguien vaya a buscar a Louis de inmediato. Lady Brisbane está enferma y debo cuidar de ella unos días.

La excusa explicaría el equipaje, pensó.

–Enseguida, lady Keldara. Lamento la enfermedad de lady Brisbane. Espero que no sea nada serio.

–No lo creo. Supongo que está embarazada –dijo Morgana, esperando que Anne no se enfadara por el rumor que sin duda circularía.

Sin embargo su mentira tuvo el efecto deseado, porque Bagley se quedó boquiabierto y casi se ruborizó.

–No me diga.

Eso explicaba el extraño comportamiento de la señora a esas horas de la noche. Sin duda se alojaría varios días en casa de los Denby. Parecía muy nerviosa, pero no conocía a ninguna mujer que no perdiera la calma cuando se trataba de bebés.

Morgana vio que Louis aguardaba fuera y salió a su encuentro después de dar las buenas noches al mayordomo con tono afable.

–Louis –dijo al tiempo que subía el equipaje al coche–. Aprecias de verdad a mi marido, ¿no es cierto?

–Así es, señora –respondió él sin rodeos, preguntándose qué insinuaría su señora.

–¿Harías algo por mí sin decirle a nadie que te lo he pedido?

–Si es para ayudar al conde, lo haré. –La miró especulativo.

–Muy bien. Quiero que lleves este equipaje al *Hechicera* y le pidas al señor Harrison que reúna a la tripulación y esté listo para zarpar esta misma noche. Después llevarás este mensaje a lord y lady Brisbane. –Le entregó la nota que acababa de escribir y en la que explicaba lo ocurrido en el local de madame Frampstead y lo que se proponía hacer–. Entrégala en propia mano, Louis. Es importante que nadie se entere de su contenido. Después vuelve aquí y comunica a nuestro antipático mayordomo que me has dejado sana y salva en la residencia de lady Brisbane. ¿Lo has entendido?

–Sí, señora. –Louis sonrió al oír la observación acerca de Bagley y se hinchó de orgullo ante la confianza que su señora había depositado en él.

–Y Louis –añadió Morgana volviéndose–, quiero que sepas que, suceda lo que suceda, siempre te he tenido en gran estima. No existe un lacayo mejor.

–Gracias, señora. –Louis pensó que parecía a punto de romper a llorar y se preguntó qué habría sucedido para que le diera tan extrañas órdenes y lo despidiera con un adiós casi profético.

Observó cómo se alejaba en el coche de alquiler, luego partió a cumplir sus órdenes.

Morgana estaba preocupada, pero también desesperada. Sabía que el plan que había urdido en esa helada noche era disparatado, pero rezó para que funcionara.

–¿Adónde desea ir, señora? –le preguntó el conductor del coche, haciéndola volver a la realidad con un sobresalto.

–A la prisión de Newgate.

Si al hombre le pareció extraño, lo disimuló muy bien, porque puso rumbo a la cárcel sin decir palabra. La miró de reojo y pensó que era una mujer extraña, pero mientras pagara la carrera le traía sin cuidado si tenía que llevarla a las mismas puertas del infierno. Nunca sabría lo cerca que había estado de hacerlo. Por fin llegaron a la cárcel.

–¿Está segura de que no quiere que la espere aquí, señora? –preguntó el conductor preocupado mirando su hermoso rostro.

–No –repuso Morgana tendiéndole varias monedas–. Quédese con el cambio.

–Gracias, señora.

Morgana oyó el ruido sordo de los cascos que se alejaban en la oscuridad, luego respiró hondo y aporreó las puertas de la entrada principal de la prisión.

–¿Quién anda ahí? ¿Qué desea? –preguntó una voz soñolienta al cabo de lo que a Morgana le pareció una eternidad.

–Lady Keldara. Quiero ver a mi marido.

–Lárguese. Es tarde.

–Ábrame. Tengo un asunto importante que tratar con él. Si no abre las puertas enseguida llamaré a los guardias –amenazó ella con resolución y en un tono desagradable.

No ignoró la mirada hostil que le lanzó el guardia al abrir las puertas.

–No es necesario que me acompañe. Conozco el camino –le dijo en tono glacial.

–Hummm –gruñó él–. Si no me equivoco, ésta será una de las últimas veces que visite este lugar.

Ella le lanzó una mirada fulminante y echó a andar por el oscuro y estrecho corredor, cruzando la galería principal hasta llegar a la celda donde se encontraba Rian. Crotchetts la miró con desagrado.

–Abra la puerta. Quiero ver a mi marido.

El carcelero gruñó, pero sacó las llaves del cinturón y, seleccionando una, abrió la celda. Rian se sobresaltó al oír el ruido de los oxidados goznes y se llevó las manos a los ojos para protegerlos de la repentina y brillante luz de la linterna.

–¡Morgana!

Ella sacó la pequeña pistola de su bolso.

–No haga ruido, Crotchetts, o le volaré la tapa de los sesos –amenazó al carcelero en voz baja.

Rian miró estupefacto el arma que su mujer sostenía en la mano, y a Crotchetts se le salieron los ojos de las órbitas y emitió un sonido, pero no dijo nada.

–Eso es, Crotchetts –continuó ella en el mismo tono de voz–. Ahora coja esas llaves y quite las esposas a mi marido.

Sin mirarla, hizo lo que le ordenaba. Rian se frotó sus irritadas muñecas y tobillos con energía, a fin de reactivar la circulación.

–Rian, quítale las llaves a ese cerdo –añadió casi sonriendo–. Estoy segura de que no es preciso advertirle que se mantenga fuera de mi línea de tiro.

–Morgana, ¿qué demonios crees que estás haciendo? –le preguntó Rian arrebatándole el llavero a Crotchetts–. ¿Te has vuelto loca?

–No, te estoy sacando de la cárcel. Cualquier estúpido se daría cuenta. –Se volvió hacia Crotchetts–. Me temo que tendrá que pasar una desagradable noche en este repugnante cubículo. Vigile que las ratas no le coman los dedos de los pies mientras duerme –dijo con sorna al horrorizado carcelero, que inmediatamente empezó a gimotear suplicando que no lo dejaran allí.

–Una mujer despiadada –la elogió Rian con frialdad tras encerrar a Crotchetts pese a sus llorosas súplicas–. ¿Qué te propones hacer ahora?

Se trataba de un sencillo y cínico plan, tan fácil como osado, y Rian estuvo de acuerdo en que probablemente funcionaría. Por la noche había pocos guardas en la prisión y los pasadizos estaban tan oscuros que Morgana se proponía sacar disfrazado a su marido por la puerta principal de la cárcel.

–Es curioso cómo la gente es incapaz de ver lo que ocurre delante de sus narices –susurró Rian a la luz parpadeante–. ¡Vamos allá!

Echaron a andar por el sinuoso corredor hacia la galería principal hasta que Morgana divisó a otro carcelero.

–Escóndete –susurró y vio cómo su marido desaparecía en las sombras. Entonces, dirigiéndose al hombre que se aproximaba, dijo–: Buenas noches.

–¿Qué hace usted aquí? –exigió saber el hombre.

–¿Aquí, encanto? –preguntó Morgana en tono alegre–. Quería un poco de diversión y el guardia no vio nada malo en ello. Seguro que a estas alturas tiene la palma bien untada. ¿No lo harías tú, encanto? –Le dio un codazo en las costillas y le guiñó un ojo–. Claro que el prisionero se puso un poco violento–. Morgana dejó que la capa y la capucha le cayeran ligeramente de los hombros para que el hombre pudiera recrearse la vista con el generoso escote que su rasgado vestido dejaba a la vista–. Mi vestido nuevo ha quedado hecho trizas. Bueno, jefe, será mejor que me largue a casa. –Vio que los ojos del carcelero brillaban de lujuria. Santo cielo, ¿y si pretendía comprar los servicios que se suponía estaban en venta? Antes de que el hombre pudiera volver a abrir la boca, añadió–: Caray, no me sorprendería que ese tipo me hubiera contagiado esa enfermedad francesa. ¡El muy cerdo!

Ante aquellas palabras, el carcelero retrocedió asqueado y contuvo a duras penas una carcajada. Consternada, oyó a Rian emitir un sonido ahogado en la oscuridad y supuso que él también trataba de controlarse. Se echó a reír con fuerza y el carcelero la miró estupefacto cuando logró explicarle entre carcajadas que mucho se temía que, además, estuviera tuberculosa. La obligó a hacerse a un lado y echó a correr por uno de los retorcidos pasadizos tan deprisa como se lo permitían las piernas.

–¿Rian? –lo llamó en voz baja.

–Aquí, encanto –la imitó él desde las sombras.

–No te muevas –dijo ella–. No ha sido divertido. Casi me descubre por tu culpa.

–Lo siento, cariño –se disculpó él al ver que fruncía el entrecejo preocupada–. No volverá a suceder.

Llegaron a la entrada principal sin más incidentes y Morgana logró acaparar la atención del guardia el tiempo suficiente para que Rian pudiera escabullirse sin ser visto. Suspiró aliviada cuando las pesadas puertas se cerraron con gran estruendo a sus espaldas.

–Morgana, eres una caja de sorpresas. –Rian le besó la mano con galantería.

–Si te quedas aquí elogiando mis encantos nunca llegaremos a ninguna parte. ¡En marcha!

Se alejaron a la carrera de los muros de la prisión, doblaron las esquinas y recorrieron las callejas hasta que el ominoso edificio desapareció de su vista. Rian reprimió a duras penas un desagradable escalofrío al ver los calabozos, porque en Londres las ejecuciones eran públicas. Por un instante se preguntó cuánta gente habría acudido a mofarse de él. Finalmente se detuvieron a descansar, Morgana tratando de recuperar el aliento y Rian apoyado en el muro de un edificio, jadeante. Le dolía todo el cuerpo y se dio cuenta de que todos esos meses de encierro habían tenido su efecto.

Miró el rostro de Morgana, parcialmente iluminado por la trémula luz de las lámparas. Con un suspiro inclinó la cabeza y la besó con pasión; después de tantos meses de encierro ansiaba desesperadamente ese alivio, y exploró el dulce interior de su boca de miel.

–Oh, cariño –susurró con voz ronca–. No sabes cómo te he echado de menos. –Para sorpresa de Rian, Morgana le echó los brazos al cuello y lo besó con la misma pasión–. Mag –gimió–. No puedo poseerte aquí en la calle como a una ramera, pero me temo que no voy a aguantar mucho más esta dulce tortura.

Detuvieron un coche de alquiler y recorrieron el resto del camino hacia los muelles acurrucados en el asiento, la cabeza de Morgana apoyada sobre el hombro de su marido. ¡Todo había resultado tan sencillo! Morgana apenas podía creer que hubieran logrado escapar.

Si el señor Harrison se sorprendió al verlos, lo disimuló muy bien y se limitó a exclamar con vehemencia que se alegraba de que finalmente no hubieran ahorcado al conde.

–Siempre supe que era inocente, capitán –añadió orgulloso–. Y los muchachos y yo iremos hasta el fin del mundo si así lo desea.

Rian agradeció su confianza y le ordenó que soltaran las amarras. Con una amplia sonrisa, el primer ayudante vociferó la orden a la tripulación y se dispuso a izar las velas.

–¡Alegrad esas caras, muchachos! –gritó a las figuras que corrían de un lado para otro–. Vamos a por palillos y muñecas chinas.

–¿Entonces no vamos a Irlanda? –preguntó Morgana a Rian con el brazo alrededor de su cintura. ¡Qué agradable era apoyar la cabeza sobre su hombro y dejar que una vez más recayera en él el peso de las decisiones!

–No, cariño. Debo esperar a que este asunto se enfríe un poco antes de volver. Tendremos tiempo de sobra para decidir cómo limpiar mi nombre.

–Y el mío –murmuró preocupada. El recuerdo del asesinato de lord Chalmers ensombreció su hermoso rostro.

–¿Qué ocurre? –La miró con inquietud.

–Te lo explicaré en el camarote. No es prudente que lo oigan los demás.

–Como quieras, cariño –respondió Rian, preguntándose qué podía preocuparla, pues si conseguía que retiraran las acusaciones formuladas contra él, no existiría motivo alguno para que persiguieran a su esposa por haberlo ayudado a escapar.

Temblando ligeramente, Morgana permaneció en la cubierta del *Hechicera* con el brazo de su marido alrededor de sus hombros y contempló cómo el barco salía despacio y silenciosamente del puerto. Inglaterra no tardó en desaparecer envuelta en la niebla.

XXIII

El aire de la noche se tornó frío, y las diminutas gotas de humedad se evaporaron en la niebla gris que cubría las aguas como un pálido y silencioso velo. Las olas azotaban el casco del barco a medida que éste avanzaba en la oscuridad. Morgana se estremeció cuando el viento la rozó con sus helados dedos y sintió un escalofrío a pesar de la capa que acariciaba su esbelto cuerpo como si se tratara de un amante. Se alegró cuando Rian propuso bajar al camarote en busca de calor.

Él encendió las lámparas y, sumergiéndose agradecido en el agua caliente de la bañera que Harrison le había preparado, se frotó vigorosamente tratando de arrancarse la inmundicia que lo cubría. Cuando terminó, también se afeitó.

Morgana lo escudriñó en la penumbra. Advirtió las huellas que la vida en prisión habían dejado en su rostro y la blanca cicatriz que le recorría la mejilla. El cabello, negro como el abismo que debía de haber sido el mundo sin sol del calabozo, le colgaba enmarañado y se le rizaba en la nuca. Ese horrible lugar lo había cambiado. Si antes poseía un aire despreocupado y tranquilo, ahora se movía inquieto y con violencia contenida, como una pantera.

Sus ojos verdes ardían sin llama cuando la recorría con la mirada, el deseo tan manifiesto en su rostro que le provocaba escalofríos de excitación. Se preguntaba qué ocurriría si se entregaba a él de buen grado. ¿Se burlaría más tarde de su debilidad y la utilizaría para humillarla? «Sí, se apoderaría de mi ser y me mantendría prisionera a su voluntad, seguro de haber ganado este juego enloquecedor. Lo que despierta su deseo es el desafío, el saber que aunque posea mi cuerpo no es capaz de apresar esa parte de mí que huye de sus brazos. No es dueño de mi corazón, y eso es lo que realmente desea.»

Como de costumbre, Morgana se sintió hipnotizada por su mirada y cuando él cerró los dedos en torno a su muñeca para atraerla hacia sí, no protestó. Le temblaron los labios bajo el beso abrasador y se sintió desvanecer. No se había dado cuenta de lo mucho que había echado de menos su brusca y exigente boca.

Rian saboreó despacio el dulce sabor de sus labios calmando por fin la sed que había padecido en prisión. Apenas podía creer que la tuviera entre sus brazos. «¡Morgana!» Pronunció su nombre en voz alta y sintió que ella se estremecía. Le mordisqueó suavemente la oreja y descubrió que le temblaban las manos de excitación y deseo al bajarle la capucha y desabrochar los diminutos botones de su vestido. Miró furioso la tela desgarrada de su vestido y las marcas de los dientes en sus senos. ¿Qué lujurioso libertino se había atrevido a invadir su amado terreno? La miró a los ojos, buscando en las profundidades color esmeralda algún indicio de traición al tiempo que le acariciaba con delicadeza los magullados senos.

–¿Cómo te has hecho esto, cariño?

Ella se estremeció en sus brazos sin atreverse a mirarlo a la cara.

–¡Oh, Rian, fue horrible! Era lo que te quería explicar antes. ¡Dios mío, Rian! –se apartó de él–. He... he matado a un hombre.

Poco a poco, entre sollozos, Morgana le relató la sórdida historia. Al ver las lágrimas y la expresión de terror en el rostro de su esposa no dudó ni por un momento de su palabra. De modo que Chalmers estaba muerto. Rian sólo lamentaba que hubiera sido Morgana quien lo había matado. Le habría gustado estrangular con sus propias manos a ese bastardo. Sin embargo no se sintió engañado y sólo cuando ella continuó con su relato se le endureció el corazón. Santo cielo, qué necio había sido. Ella no lo había librado de la horca por amor, como había creído. Debería haberlo adivinado. Sólo quería salvarse a sí misma del mismo destino fatal y para ello precisaba su ayuda. Se maldijo mil veces por ser tan estúpido de creer que ella lo amaba.

Cuando Morgana terminó de hablar, se arrojó llorando sobre su pecho, pero no halló ternura en él. Los brazos de Rian parecían granito en torno a ella, y sus ojos eran más fríos que el acero cuando la miró.

–No tienes por qué enojarte. Te aseguro que lord Chalmers no... –Se interrumpió al ver su mirada burlona.

–Oh, seguro que te has salvado de forma admirable, querida –dijo Rian en tono áspero–. Lo que no comprendo es por qué pensaste que me necesitabas. Al fin y al cabo podrías haberte paseado por el barco con un látigo e imponer disciplina a mi tripulación a base de azotes. Sin duda se hubieran sentido indefensos frente a tu furia –se burló.

Ella se apartó de él, atemorizada y estupefacta ante el tono de su voz.

–Rian, yo no quería...

–No quieras engañarme, Morgana. Sé muy bien que no hay nada entre nosotros. Nada –repitió–, aparte de esto.

Apretó la boca contra la suya con crueldad y con la lengua la obligó a separar los labios para invadir su tierno y dulce interior. Tiró de su vestido desgarrado y terminó de romperlo, luego lo arrojó al suelo y rasgó con furia los restos de la prenda, impulsado por la dolorosa urgencia que sentía entre las piernas, agudizada a causa de su celibato forzoso. A continuación arrojó a Morgana sobre la cama y se abalanzó sobre ella, loco de deseo. Le hizo daño con su brusquedad, y no se inmutó cuando ella gritó de dolor y temor.

–No, Rian, así no, por favor –rogó en vano.

Él le tapó la boca con crueldad.

–¿Me engañan mis oídos o estás pidiendo clemencia, cariño? ¿Es posible que me hayas echado de menos y ansiado mis besos? –rió en voz baja–. Y ahora que me tienes me rechazas. ¿Qué clase de maldad es ésta?

–¡Te odio! –gritó ella cuando las manos de Rian vagaron por sus senos y juguetearon con sus duros pezones que ardían bajo sus caricias–. ¿Cómo te atreves a tratarme así? Debería haber dejado que te colgaran.

–No dudo que hubieras sido una viuda alegre como cuando creíste que estaba muerto –le dijo al oído–. ¿A qué pobre diablo tenías esperando entre bastidores esta vez?

–A uno mejor que tú –mintió ella con sorna.

–¿De veras, cariño? –Le rodeó la garganta con una mano–. Tienes un cuello de lo más esbelto –susurró–. ¿Sabes que podría romperlo con mis propias manos? –Apretó más los dedos como si fuera a estrangularla–. ¿Cuántos amantes se han tendido sobre ti mientras yo languidecía en ese infierno?

Esta vez ella se asustó de verdad. Dios mío, ¿iba a matarla? Rian frunció ferozmente las cejas negras y su rostro arrugado adquirió proporciones demoníacas a la parpadeante luz de la lámpara. Por un instante, Morgana creyó irracionalmente que, como todo el mundo afirmaba, era el demonio en persona.

–Ninguno –respondió entre jadeos–. No ha habido nadie, lo juro. Sólo lo he dicho para herirte.

–¿Herirme, Mag? Empiezo a cansarme de las pequeñas heridas que intentas infligirme–. Sus labios dejaron húmedos círculos sobre sus senos.

Morgana gimió y forcejeó cuando Rian se tendió con todo su peso sobre ella. Era demasiado fuerte para apartarlo. Alargó el brazo y le clavó las uñas en el rostro, dejándole sangrientas marcas sobre la blanca cicatriz.

–¡Zorra! –gritó él al tiempo que le sujetaba las manos sobre la cabeza–. ¿Es que no hay modo de que te enteres?

Hablaba en serio cuando te dije que soy dueño de las cosas que poseo.

–Yo no soy una cosa –susurró ella–. Y jamás serás mi dueño.

–¡Ja! –se burló él–. Ahora mismo eres mía y no puedes impedirlo. –Dejó caer una mano entre sus muslos y la acarició con delicadeza a pesar de que ella trataba de juntar las piernas para detenerlo.

–No tienes derecho –sollozó en voz baja.

–¿Derecho, Mag? Según la ley británica eres mi mujer y, por lo tanto, me perteneces. Puedo hacer contigo lo que se me antoje –dijo con arrogancia–. Sí, cualquier cosa.

–No, Rian, por favor. –Las lágrimas le corrían por las mejillas y sin embargo sentía una creciente excitación entre los muslos.

–¿No Rian, qué? –susurró él, volviéndose sobre ella y obligándola con las rodillas a abrir más las piernas. Entonces la penetró, haciendo que le hirviera la sangre en las venas–. Vamos, cariño –añadió con voz ronca–, dime que me deseas.

–No, yo...

–Dilo, por Dios, o juro que te...

Nunca pudo saber lo que hubiera hecho él, porque en ese preciso momento Morgana se echó a temblar, y la tierra se tambaleó y derrumbó en su interior, haciéndola estremecer de exquisito placer una y otra vez.

–Sí, te deseo –gimió ella antes de rendirse a sus lentos y profundos avances.

Madame Frampstead subió con sigilo por las escaleras y escuchó tras la puerta de su hermano. Todo estaba en silencio. ¿Habría funcionado después de todo el malvado plan de Harry? Con timidez, llamó a la puerta, esperando oír un fuerte bramido exigiendo saber quién era. Pero no obtuvo ninguna respuesta. Poco a poco dio la vuelta al pomo y entró. La visión del cuerpo grueso y rígido de su hermano espatarrado en el suelo, en medio de un charco de sangre coagulada, le produjo náuseas. Cerró rápidamente la puerta y corrió a su lado. Sí, estaba muerto, frío al tacto y duro como una roca. Sus ojos opacos la miraban llenos de reproche entre los pequeños pliegues de grasa. Tenía la boca abierta en una mueca de estupefacción y la barbilla cubierta de baba. María Frampstead lo miró fijamente, luego echó la cabeza hacia atrás y soltó una carcajada.

A lord y lady Brisbane no les gustó que los despertaran bruscamente en mitad de la noche, sobre todo porque acababan de acostarse tras una larga velada en el Almack's. Sin embargo, cuando la doncella les informó que Louis aguardaba en el salón con un mensaje urgente de lady Keldara, se apresuraron a bajar para ver lo que ocurría.

–Siento haberles despertado –se disculpó el lacayo al verlos–, pero lady Keldara insistió en que les entregara esta carta personalmente. –Les tendió el sobre sellado.

Brad lo abrió mientras Anne leía por encima de su hombro.

«Londres, Inglaterra, 5 de septiembre de 1814

»Queridísimos Brad y Anne,

»Os escribo esta nota a toda prisa con la esperanza de que me ayudéis. Esta misma noche Lord Chalmers me ha revelado en una horrible casa de juego que sabía que Rian era el Caballero Jack. Dijo que podía salvar la vida de mi marido y trató de hacer un abominable trato conmigo. Cuando me negué, intentó forzarme y lo maté. Durante la lucha me hizo saber que había asesinado a Sally. Debéis atrapar a madame Frampstead porque estoy segura de que sabe toda la historia y está metida hasta el cuello. No tengo otra alternativa que huir del país si no quiero que me procesen. Si todo va bien, Rian y yo estaremos en alta mar cuando recibáis este mensaje. Por favor, intentad ayudarme, porque estoy desesperada.

»Con cariño

MORGANA.»

La joven pareja leyó la carta con frialdad.

–Dice que ha matado a lord Chalmers, Brad –dijo Anne horrorizada–, y que fue él quien mató a Sally. ¿Cómo es posible?

–¿Dónde está la señora ahora, Louis? –Brad miró intrigado al lacayo.

–No lo sé, señor. Me dijo que llevara su equipaje al *Hechicera*, y que luego les entregara a ustedes este mensaje. Después se marchó en un coche alquilado. ¿Es cierto que ha matado a un lord? –Lo miró con incredulidad–. Vamos, no tenía aspecto de haber cometido un asesinato. Parecía muy tranquila.

–Louis –dijo Brad en tono severo–, debes llamar de inmediato a la policía. Diles que acudan directamente al local de madame Frampstead porque tienes motivos para creer que se ha cometido un crimen esta noche. Me reuniré contigo allí. Y por el amor de Dios –le lanzó una mirada severa–, no hables de esto con nadie. Si Morgana ha logrado sacar a Rian de la cárcel, debemos darles tiempo para escapar.

–Sí, señor. Enseguida, señor.

Brad corrió a vestirse y Anne le ayudó a ponerse el abrigo.

–Oh, Brad, tendrás cuidado, ¿verdad? Sé lo mucho que significaba Sally para ti –se mordió el labio–, pero ni siquiera sabemos si es cierta esta disparatada historia.

Ante la expresión de preocupación de Anne, él sonrió para tranquilizarla.

–Procuraré no tardar, Anne.

Y con estas palabras tuvo que contentarse.

Brad era casi tan bueno con el látigo como Rian y las ruedas del carruaje crujieron sobre los adoquines mientras el vehículo avanzaba frenético por las estrechas y sinuosas calles, salpicando barro y agua a su paso, porque había empezado a llover ligeramente. Tiró de las riendas con brusquedad, sin inmutarse cuando las ruedas del vehículo oscilaron peligrosamente y el coche se tambaleó en la oscuridad. Louis había cumplido su palabra, porque cuando llegó la policía ya estaba en el local de madame Frampstead.

El mayordomo de nariz prominente trató de impedirle el paso, pero lord Brisbane lo apartó con furia de un empujón.

–¿Dónde está madame Frampstead? –exigió saber.

–Arriba, señor, pero...

Brad no esperó a oír más. Subió de dos en dos los peldaños de la escalera de caracol y entró casi tambaleándose en el concurrido salón. No podía dar crédito a sus ojos. Arrodillada junto al cadáver de lord Chalmers, María Frampstead se reía histéricamente, inconsciente al parecer de la presencia de la policía que trataba de interrogarla.

–Oiga, no puede entrar aquí. Y a propósito, ¿quién es usted?

–Lord Braddington Denby, conde de Brisbane. –Denby lanzó al hombre una mirada glacial–. Creo que puedo ser de alguna ayuda, puesto que he sido yo quien los ha mandado llamar.

–¿De veras? Entonces tal vez pueda decirnos cómo se ha enterado de este penoso incidente. –El oficial miró sombrío la desagradable escena.

–Esta noche he recibido una nota bastante sorprendente de lady Keldara...

–¿La mujer del rebelde irlandés?

–Lord Keldara no es ningún rebelde irlandés –replicó Brad con frialdad.

El oficial, el señor Smythe, decidió que era preferible no tocar esa cuestión.

–¿Tiene aquí el mensaje? –preguntó.

–Por desgracia no, pero es irrelevante. Lady Keldara explicaba que lord Chalmers... –señaló el grueso cadáver– había intentado violarla y que ella lo había matado en defensa propia. También insistía en que ese mismo hombre era responsable del brutal asesinato de mi mujer, ocurrido hace varios años.

–Oh, entonces lo hizo ella, ¿no? –El señor Smythe lo miró con escepticismo.

–Es verdad –intervino de pronto María Frampstead, acaparando de inmediato la atención de todos, que contemplaron su rostro bañado en lágrimas y esperaron a que continuara–. Harry estaba loco de atar. –Rió–. Amaba a su esposa. –Miró a Denby con expresión suplicante–. No quería matarla, pero perdió la cabeza. Una noche fue a su casa y le rogó que se fugara con él, y ella se rió en su cara. Jamás le había dado motivos para creer que correspondía a su amor y se puso a gritar, y entonces Harry la golpeó, tratando de hacerla callar. Ella se cayó y se golpeó la cabeza con la columna de la cama. Murió en el acto. Él acudió a mí en busca de ayuda y se la brindé. –Se cubrió el rostro con las manos.

El señor Smythe le dio tiempo para recobrarse, luego dijo:

–Le ruego que continúe, madame Frampstead. ¿Por qué acudió a usted lord Chalmers? –La ayudó a sentarse en una silla.

Ella volvió a hablar en un tono más tranquilo, con una expresión casi serena.

–Era mi hermano. Él... me había comprado este local y me lo echó en cara, amenazándome con cerrarlo si no hacía lo que me pedía. –Cerró los ojos unos instantes rogando que le creyeran, porque no tenía valor para revelar a esos hombres de aspecto severo la incestuosa relación que había mantenido–. Hace un par de semanas me pidió que le entregara una nota a lady Keldara en la que le pedía que se encontrara con él aquí esta noche. Estaba loco, se lo aseguro. Harry creía que la dama sentía algo hacia él y la escena se repitió... –Madame Frampstead volvió a llorar en silencio.

–Pero ¿por qué iba a acudir lady Keldara a esa cita, y precisamente en su local? No es mi intención ofenderla, madame Frampstead –añadió el señor Smythe tosiendo discretamente.

–Harry dijo que podía demostrar que lord Keldara no era líder de los rebeldes irlandeses como todos creían. Me dijo que había visto al conde en Sussex en noviembre y se proponía hacer un trato con la dama.

–¿Y en qué consistía ese trato? –El señor Smythe se sentía cada vez más intrigado e interesado. Jamás le habían asignado un caso tan escandaloso.

–Bueno. –María Frampstead tragó saliva–. Dijo que diría al juez que había visto al conde si... lady Keldara consentía en convertirse en su... querida. Ella debió de negarse y él la atacó. Como puede ver hubo una pelea. –Señaló la habitación desordenada–. A Harry le gustaba golpear. Era extremadamente cruel.

–Me temo que tendrá que acompañarnos, madame Frampstead –repuso el señor Smythe en tono severo pero con una expresión afable, pues compadecía a esa mujer. Se volvió hacia lord Brisbane y añadió–: No creo que se hagan acusaciones contra lady Keldara, aunque tendrá que declarar. Abandonar la escena del crimen es un delito grave, pero se trata de un caso claro de defensa propia y estoy seguro de que el juez tendrá en cuenta lo alterada que debía de estar. Con la declaración de madame Frampstead no tendrá ninguna dificultad. A propósito, ¿sabe dónde se encuentra ella en estos momentos?

–Lo ignoro –mintió Brad–. Su mensaje era tan urgente y confuso que corrí hacia aquí. No tengo ni idea de dónde puede haber ido. Estoy seguro de que sólo acudió a nosotros porque su marido está en la cárcel, e injustamente al parecer –añadió.

–Me encargaré de investigar ese asunto –prometió el señor Smythe.

Fue una promesa que el oficial no tuvo que cumplir, porque a la mañana siguiente todo Londres comentaba la noticia de que el conocido conde de Keldara había escapado de la prisión de Newgate, y que él y su mujer habían desaparecido.

Morgana despertó poco a poco. Le dolía el cuerpo y tenía cardenales violáceos en la garganta y los senos. Se preguntó cómo su marido podía haberse vuelto de pronto tan cruel y brutal. ¿Qué había hecho ella para ponerlo tan furioso?

Nada de lo que recordaba haber dicho podía explicar su enfado. Sin duda no era a causa del incidente con lord Chalmers. No había sido culpa suya y, además, él había acabado con la vida de muchos hombres. Ella misma lo había visto matar a dos. No, ésa no podía ser la razón. Entonces ¿de qué se trataba?

Rian le cogió los cabellos cobrizos y ella trató de soltárselos con cuidado, pero él abrió lentamente los ojos y la sujetó por las muñecas.

–No emprenderás el vuelo, paloma –susurró.

–Por favor, me haces daño.

Rian se incorporó sobre un codo y miró consternado las magulladuras. Le molestaba ver su pálida piel tan amoratada, pero no se sentía culpable. Ella se merecía eso y más.

–Seré delicado contigo cuando aprendas a obedecerme, cariño –susurró mientras trazaba con una mano diminutos círculos sobre su vientre.

Morgana permaneció inmóvil, el miedo y el odio reflejados en su rostro.

–No volveré a pedirte clemencia ni me rendiré a tus abrazos, Rian –dijo con frialdad.

–Sí que lo harás, cariño. Lo harás.

Entonces la poseyó, pero no disfrutó porque ella cumplió con su palabra y permaneció tan inmóvil y silenciosa como una estatua. Él se apartó disgustado y, murmurando, se vistió y salió del camarote.

Morgana sonrió, satisfecha de haber ganado una pequeña batalla.

Más tarde también se vistió, tomó el ligero desayuno que Harrison le había servido y salió a cubierta para dar su paseo matinal. Rian se enfadó al verla y gruñó una orden a Timmons, el contramaestre. Morgana se echó hacia atrás la cabellera con arrogancia y le volvió la espalda, y él apretó los puños ante su insolencia y se marchó sin pronunciar palabra.

–Buenos días. –Morgana se detuvo a charlar unos instantes con Jeb, porque desde que se había enterado de que tocaba la guitarra se había convertido en su predilecto–. Confío en oír los melodiosos acordes de su guitarra esta noche –le dijo radiante.

–Si así lo desea la señora –respondió él.

Los demás miembros de la tripulación no tardaron en rodearla, porque le habían tomado un extraordinario cariño y, en contra de la superstición popular, habían decidido que llevar una dama a bordo no traía mala suerte. Le rogaron que les explicara cómo había logrado sacar al conde de la cárcel y ella les relató alegremente la historia. Rian frunció el entrecejo al oír los comentarios. ¡Maldita mujer! Se acercó al pequeño grupo de marineros enormemente irritado por la conducta de su esposa.

–¿No tenéis nada mejor que hacer? –gruñó.

Los hombres miraron su rostro enfurecido con cierta sorpresa, luego recordaron que era muy celoso y se apresuraron a atender sus tareas más urgentes, murmurando sentidas excusas a Morgana antes de retirarse.

–Manténte alejada de la tripulación –dijo con frialdad.

Se alejó sin volver la vista atrás, y no pudo ver por tanto cómo Morgana le sacaba puerilmente la lengua a sus espaldas. Con el entrecejo fruncido, ella volvió al camarote, maldiciéndolo por aguarle la fiesta. «Es el hombre más cruel que he conocido jamás –se dijo mientras se dejaba caer sobre una silla–. ¿Cómo se atreve a darme órdenes como si fuera una esclava? ¡No lo permitiré! Se pasea por ahí como un gallo en un corral, esperando que me incline y me arrastre a sus pies. Al diablo con él. –Cogió el rompecabezas chino y trató de abrir las esquivas cajitas–. Juro que se arrepentirá del día en que se casó conmigo. Seré como una veleta y sonreiré o frunciré el entrecejo según se me antoje hasta volverlo loco. Me tomaré mis pequeñas revanchas por jugar al gato y al ratón conmigo. –Morgana rió–. Acabará suplicando que lo ahorquen, lo juro.»

Esa noche Morgana hizo caso omiso del aspecto sombrío y la mirada feroz de Rian y puso el plan en marcha. Sería un error mostrarse complaciente con él demasiado pronto, pues podría despertar sus sospechas. Así pues, poco después de cenar le lanzó una mirada fulminante y, recogiendo su capa, se apresuró a salir del camarote antes de que él pudiera detenerla. Los débiles y susurrantes acordes de la guitarra la condujeron hasta Jeb.

–¿Me enseñarías a tocar, Jeb? –preguntó en voz baja.

Si al anciano le sorprendió la petición, lo disimuló muy bien porque respondió que sería un placer. Así, cuando Rian salió del camarote media hora más tarde en busca de su mujer, la encontró sosteniendo la guitarra de Jeb y aprendiendo unos acordes. Se detuvo en seco algo consternado, pues esperaba encontrarla flirteando en medio de un grupo de marineros esperanzados. No vio nada impropio en su conducta, ya que parecía totalmente concentrada en poner los dedos correctamente en los trastes y cuerdas, mientras el paciente Jeb la corregía con una actitud casi paternal, ya que era por lo menos veinte años mayor que su joven alumna. Ninguno de los dos advirtió su presencia y, tras observarlos durante unos minutos, dio media vuelta y se alejó sin decir nada. Si Morgana deseaba aprender a tocar la guitarra, no le importaba. Tal vez así tuviera algo que hacer durante la larga travesía.

Así, con la aprobación tácita de su marido, Morgana pudo continuar con sus lecciones. Resultó ser una alumna aventajada y voluntariosa, y mejoró con rapidez. Jeb no tardó en esperar ansioso las lecciones nocturnas. Había perdido a su esposa e hija en el Caribe, y la hermosa mujer del capitán llenaba ese vacío en su vida. El marinero resplandeció de alegría y orgullo cuando ella tocó su primera melodía, aunque algo vacilante y con algunos pequeños errores. La expresión de satisfacción de Morgana al oír sus elogios compensó con creces las horas que le había dedicado. Aunque la tripulación se mofó de él sin piedad y se convirtió en el blanco de muchas bromas subidas de tono, Jeb siguió viendo a Morgana como la hija que podría haber tenido.

Era un día gris y lúgubre, y las gotas de lluvia caían como lágrimas del cielo encapotado. Morgana miró pensativa por la ventana del camarote. La tensión de la travesía empezaba a afectarla. Últimamente Rian se mostraba taciturno y reservado, y apenas le dirigía la palabra. Incluso sus comentarios burlones eran mejores que el frío silencio que se veía obligada a soportar. Si intentaba hablarle, él le respondía con un gruñido, presto a recriminarle el odio que le demostraba antes de sujetarla brutalmente y aplacar su deseo con los temblorosos labios y la pálida piel de Morgana. Se ocupaba de sus tareas diarias y se mostraba brusco y distante con la tripulación, que se preguntaba la causa de su malhumor.

Morgana se mordió el labio. No servía de nada seguir adelante con el plan. Tal vez no fuera una buena idea enemistarse con él. Tenía la impresión de estar jugando con un animal peligroso, una bestia que de un momento a otro podía romper las cadenas que lo sujetaban y saltar ferozmente sobre ella. Se llevó inconscientemente las manos al cuello, recordando las amenazadoras palabras que Rian le había susurrado mientras apretaba los dedos en torno a su garganta, y por un instante se preguntó si había sido él quien había tratado de matarla en Shanetara. Había pasado tanto tiempo y parecía tan lejano que casi lo había olvidado. ¿Había sido él?

XXIV

Morgana chapoteaba alegremente en la bañera. Qué amable había sido Harrison al recoger el agua de la lluvia en cubos y guardarla para su baño. Ya estaba harta de la sensación que le producía la sal del mar en la piel. El agua jabonosa era nítida y suave al tacto, con una fragancia fresca y limpia que se mezclaba de modo embriagador con el perfume de lilas que siempre utilizaba. Se frotó vigorosamente hasta que experimentó una sensación de hormigueo y la piel le quedó reluciente a la luz de la lámpara. Encorvado sobre su escritorio, Rian musitó un juramento cuando la pluma con la que escribía dejó una enorme y oscura mancha de tinta en el libro mayor. ¡Maldita sea! No podía concentrarse con ella repantingada en la bañera salpicando el suelo. El aroma de su perfume llegaba hasta él, dulce, seductor. Morgana sonrió al verlo cerrar de golpe el libro mayor y dejar la pluma en el tintero.

Rian echó la silla hacia atrás y se volvió para contemplarla con aire burlón. El agua formaba remolinos en torno a sus sonrosados pechos y de la espesa melena recogida en un moño se le había escapado un mechón que le goteaba y se le rizaba en la nuca. Se enjabonaba con el jabón perfumado y, sujetando en alto la esponja, la estrujaba, dejando que la espuma le cayera por el cuello y los senos. Absorta en ese placer, no parecía prestar atención a Rian. Alzó una pierna con delicadeza y al extender los brazos para enjabonarse los dedos de los pies, sus pechos dibujaron amplias ondas en el agua. Morgana advirtió el brillo del deseo en los ojos de su marido y volvió la cabeza para impedir que viera su sonrisa triunfal. «Sí –pensó–, mírame bien, imbécil, y verás que soy una mujer y no una posesión tuya.»

De manera lenta y sensual salió de la bañera y se cubrió el sedoso y reluciente cuerpo mojado con una toalla de lino. Ésta se adhirió provocativamente a sus curvas mientras se soltaba el cabello, dejando que la espesa melena le cayera en cascada por la espalda. Empezó a cepillarse los bucles pelirrojos, mientras miraba a Rian de reojo en el espejo.

«Se exhibe ante mí como si fuéramos amantes –se dijo Rian–. ¿Acaso trata de seducirme? ¿A qué se debe este repentino cambio?»

Le quitó el cepillo de la mano y empezó a peinarle los enmarañados bucles. Una máscara fría e inflexible cubrió el rostro de Morgana. «Genial, debería haber sido actriz», pensó al verse reflejada en el espejo. Y se apartó bruscamente de él.

–Puedo cepillármelo yo sola perfectamente –dijo con frialdad.

Él examinó su rostro inexpresivo con cierta sorpresa, pues hubiera jurado que hacía tan sólo un momento se le había insinuado. «¿Qué clase de juego es éste? –se preguntó–. ¿No se da cuenta de lo que siento al verla? Exhibe sus pálidos pechos ante mí y en cuanto la toco se convierte en una estatua de mármol. ¿Acaso trata de volverme loco? –De pronto entornó los ojos y esbozó una sonrisa burlona–. Trata de tentarme con sus encantos y luego permanece fría como una estatua bajo mi cuerpo, así puede reírse de mí al ver que no encuentro placer en sus brazos.»

Arrojó el cepillo sobre la mesa y le sujetó las muñecas, atrayéndola hacia él. Morgana cerró los ojos con fuerza, preparada para ser brutalmente violada. Ante su sorpresa, Rian posó suavemente la boca sobre la suya y le separó delicadamente los labios con la lengua. Envolvió los dedos en los bucles cobrizos para mantenerla inmovilizada mientras le recorría las sienes, las orejas, el cuello. Le quitó la toalla y, dejándola caer a sus pies, continuó con los pechos. Los besó sin cesar, lenta y ávidamente, hasta que ella creyó que no pararía jamás. La boca de Morgana tembló al sentir la dolorosa urgencia que se extendía por su cuerpo traidor y soltó un débil gemido. Rian apretó las manos en torno a sus hinchados pechos y hundió el rostro en ellos, mordisqueándole los pezones. Se puso de rodillas y exploró con la lengua entre sus muslos mientras le acariciaba la redondeada curva de las nalgas.

Morgana no pudo controlarse y lo atrajo hacia sí. La boca de Rian se deslizó hasta su vientre, dejándola temblorosa, exigente, insatisfecha. Su cuerpo pedía a gritos ser poseído. ¡Dios mío! ¿Qué estaba haciendo con ella?

Entonces él la llevó en brazos hasta la cama y apenas se detuvo para quitarse la ropa antes de deslizarse junto a ella y separarle los muslos. Entre sollozos, Morgana le echó los brazos al cuello y se olvidó de todo cuando él la miró fijamente con una extraña sonrisa de triunfo y la penetró.

Un fuerte rugido parecido al retumbar de un trueno en el cielo despertó a Morgana. «Volverá a llover», pensó, tratando de liberarse del poderoso abrazo de Rian, que tenía una mano hundida en su cabello y deslizaba inconscientemente una rodilla entre sus muslos. Se sorprendió al ver que su marido, tras despertar bruscamente, se levantaba de un salto de la cama, se ponía los pantalones a toda prisa y salía del camarote dando un portazo y gritándole que no se moviera. Encogida de miedo, ella tiró de la sábana para cubrir su desnudez. ¿Qué había hecho para provocar este repentino arrebato?

Se oyó el estampido de otro trueno y ella también se levantó de un salto y se vistió. Rian sabía que le aterrorizaban las tormentas. ¿Cómo se había atrevido a dejarla sola frente a la furia de la tempestad? Oyó cómo bramaba órdenes a la tripulación, y ruido de pasos sobre la cubierta cuando todos se apresuraron a cumplirlas. A pesar de recordar la irritación de su marido la última vez que lo había desobedecido, Morgana salió en su busca. «¡Pero si no hay ni una sola nube en el cielo!», se dijo mirando confusa el horizonte azul. En ese preciso instante se levantó una humareda blanca y resonó otro trueno, que sacudió el casco del *Hechicera* y dejó a Morgana empapada. Vislumbró un barco a lo lejos a través de la nube de humo que empezaba a clarear y de pronto comprendió alarmada que se trataba de un ataque.

¡Dios mío! ¿Tan lejos había llegado la armada británica para arrestarlos? Los hombres del *Hechicera* estaban cargando los cañones, y ella comprendió que se preparaban para combatir. Se oyó un gran estruendo cuando un marinero encendió la mecha de uno de los cañones y éste vomitó llamas y humo al lanzar su contenido contra el otro buque. El barco atacante respondió al bombardeo y la botavara de uno de los mástiles del *Hechicera* se derrumbó dejando la vela hecha trizas. Morgana se agarró a la borda y se agachó para esquivar los escombros que pasaban volando sobre su cabeza. En ese momento Rian la vio y empezó a gritarle colérico que regresara abajo.

De nuevo en el camarote, Morgana se paseó nerviosamente mientras se preguntaba qué sucedía en cubierta y sobresaltándose cada vez que oía el fragor de un cañonazo. Las olas furiosas azotaban el casco del *Hechicera*. Después de lo que le pareció una eternidad, oyó cómo la tripulación gritaba con entusiasmo y supuso que habían vencido. Por lo menos ya no se oía el ruido de los garfios de asalto contra el costado del buque y, si bien habían aminorado la marcha, podía deberse al daño sufrido en un mástil.

Rian entró un momento después, acalorado, cansado y cubierto de pólvora, con la camisa empapada de sudor.

–¡Estúpida! –La miró con hostilidad–. Podrían haberte matado allá arriba.

–No sabía que nos estaban atacando –respondió ella

sosteniendo su fría mirada–. Pensé que era una tormenta y me asusté. ¿Era... la armada británica que venía a arrestarnos?

Al ver su expresión asustada y la palidez de su rostro, la voz de Rian se suavizó.

–No, querida, aunque sin duda hubieras preferido que se tratara de ellos. Era una cañonera bereber. No quiero pensar en lo que habrían hecho esos indeseables piratas con una mujer como tú.

Morgana se estremeció. Había oído historias acerca de cómo los piratas moros vendían a las mujeres como esclavas y convertían en eunucos a los hombres.

–No tienes de qué preocuparte, amor mío. –Rian la rodeó con un brazo–. El *Hechicera* está bien armado y hemos resistido ataques peores. De cualquier modo pensaba hacer escala en Cádiz para comprar provisiones. Nos llevará algún tiempo reparar el mástil dañado, pero no hay otra solución.

Morgana se sintió tan aliviada al ver que él no la reprendía por haberle desobedecido que no protestó cuando él la llevó a la cama y le dejó húmedos y sudorosos regueros de pólvora en los senos y el vientre.

Cádiz estaba atestada de gente, ya que era una de las pocas ciudades que habían logrado resistir con éxito el asedio francés durante la guerra de Independencia. Se trataba además de la sede de las Cortes Españolas, la asamblea representativa compuesta por el clero, la nobleza y la burguesía. Morgana, que nunca había estado en España, contemplaba extasiada a sus habitantes de pelo oscuro, las casas encaladas de tejados rojos y los curiosos burros que avanzaban con dificultad por las estrechas calles cargados con cestos repletos de mercancías, meneando enérgicamente las colas para ahuyentar las moscas y con los párpados entrecerrados por el calor, inconscientes al parecer del alboroto que los rodeaba. Aquí y allá jugaban niños harapientos, con amplias sonrisas blancas en sus rostros de piel morena, mientras los vendedores ambulantes pregonaban con voz chillona sus mercancías. En una esquina de la catedral un anciano ciego rogaba por las almas; Rian le arrojó un par de monedas al pasar.

Enviaron a Harrison en busca de material para reparar el barco, y Rian dio permiso para desembarcar al resto de la tripulación, pues estaban tan hartos como él de la magra dieta que se veían obligados a seguir a causa de las escasas provisiones que habían traído de Inglaterra.

Morgana, alegre, cogió a Rian del brazo y, haciendo caso omiso de las miradas curiosas de los transeúntes, se dedicó a observar lo que ocurría alrededor de ella. Pasaron junto a un grupo de campesinas que lavaban ropa en la fuente de una plaza, charlando animadamente. De vez en cuando un chiquillo se les acercaba corriendo y se ofrecía para mostrarles la ciudad o prestarles cualquier otro servicio. Rian les daba una moneda y les decía que por el momento no era preciso. Morgana observó cómo se iluminaba un rostro detrás de otro mientras las mugrientas manos aferraban las monedas antes de desaparecer entre la multitud.

Su marido le había prometido llevarla al mercado. Deambuló entre los concurridos puestos palpando las frutas y las verduras para asegurarse de que estaban maduras, aunque no demasiado, mientras Rian regateaba con los vendedores, ya que hablaba español con fluidez y Morgana no sabía una sola palabra. Él no dejaba de sorprenderla y su facilidad para tratar con los campesinos la asombró. El cesto de Morgana pronto estuvo lleno a rebosar y Rian permitió al último chiquillo que se les acercó que llevara las compras de la señora si lo hacía con cuidado. El muchacho sonrió encantado y, dándole las gracias, los siguió llevando la pesada carga con suma delicadeza.

Se detuvieron frente a un puesto de faldas y mantos de vivos colores, y Morgana insistió en comprarse algunos, además de algunas blusas de escote redondo con volantes.

–Ya sabes que con las prisas casi no he traído ropa y los pocos vestidos que tenía me los has desgarrado –le explicó.

Rian no se dejó intimidar por su tono de voz y riendo

con sorna respondió que lo que debía hacer era aprender a desnudarse más deprisa. No obstante se los compró y los vestidos se sumaron a los paquetes cada vez más numerosos que acarreaba el niño.

–Rian, ¿no crees que deberías echarle una mano o al menos pagar a otro chiquillo para que lo ayude? –preguntó Morgana preocupada.

–No, amor mío. Sería de lo más insultante para él. Además, a este ritmo, me quedaré sin dinero mucho antes de que el muchacho se canse de cargar con todo.

Morgana miró con expresión ceñuda y agitó sus rizos en actitud desafiante.

–Seguramente habrá alguna maldita casa de juego en esta ciudad donde podrás volver a llenar fácilmente tu faltriquera.

–¿Tan impaciente estás por librarte de mí, cariño? –La rodeó con el brazo y la besó en la oreja.

–Estáte quieto, Rian, la gente nos mira. –Trató de apartarse y él la soltó riendo.

Rian le compró unas pulseras aunque le advirtió que eran baratas y perderían su brillo, pero a ella le gustaba cómo tintineaban en su muñeca y aseguró que no le importaba. Sin embargo, cuando Morgana la pidió que comprara una jaula con dos canarios él se opuso enérgicamente, pues no estaba dispuesto a soportar el ruido de los pájaros durante toda la travesía y, de todos modos, lo más probable era que no resistieran un viaje tan largo.

Por último Rian propuso ir a un hotel y refrescarse un poco, ya que se acercaba la hora de cenar. Ella aceptó de buena gana, pues quería probarse sus vestidos nuevos y tomar un baño, y no tardaron en encontrarse instalados en un edificio encalado muy pintoresco con balcones de hierro forjado.

–Y bien, ¿qué te parece España? –preguntó él después de dar una propina al mozo y apilar las compras de Morgana sobre la cama.

–Oh, es maravillosa, Rian –contestó ella, atareada con los paquetes.

Por fin encontró el que quería y se lo llevó al cuarto de baño donde, entre risitas sofocadas, dos sirvientas le habían preparado el baño. La examinaron intrigadas con sus ojos oscuros y aunque ella trató de explicarles que no necesitaba ayuda, no logró hacerse comprender. Las muchachas se afanaron por desabrocharle el vestido y quitarle los zapatos, a continuación le recogieron el cabello entre risas y parloteos, sin que ella comprendiera una palabra. Parecían encantadas con sus rizos cobrizos y no cesaban de repetirle:

–Su pelo rojo es muy bonito, señora.

Cuando salió de la bañera, la ayudaron a ponerse una falda de colores y una blusa blanca, y le enseñaron cómo atarse las sandalias que había pedido a Rian que le comprara en el último momento. Asintieron con la cabeza, le dirigieron una sonrisa radiante y se mostraron encantadas cuando Morgana pronunció la única palabra en español que había aprendido en todo el día: «Gracias.»

Por fin se retiraron y ella se dirigió a la habitación contigua para reunirse con Rian, que estaba repantingado en un sillón fumando un cigarro. Lo miró sorprendida, pues no sabía que fumara y sólo de vez en cuando lo había visto tomar una pizca de rapé.

–¡Pareces una gitana, cariño! –exclamó él, pues la falda fruncida le dejaba a la vista un esbelto tobillo al andar y la blusa escotada le ceñía los pechos de modo seductor–. Tendré que llevarme mis pistolas esta noche por si algún español de sangre caliente intenta aprovecharse de tus encantos.

La sentó en su regazo y la besó dejándole en los labios el sabor a tabaco y vino. Ella rió y se apartó de él insistiendo en que no quería tener que bañarse otra vez.

–Además estoy hambrienta –exclamó, ruborizándose bajo su mirada aprobadora.

Cenaron al aire libre en el jardín de uno de los restaurantes más populares de Cádiz, a base de tortitas de maíz calientes rellenas de carne picante y cubiertas con queso fundido, y arroz con pimiento jalapeño que hizo que

Morgana se abalanzara sobre su vaso de vino para aliviar el ardor. El aire de la noche era cálido, cargado de la embriagadora fragancia de las flores exóticas, y los trinos de los numerosos pájaros se mezclaban con los melodiosos acordes de una guitarra flamenca que alguien tocaba en la oscuridad.

Rian bebió un sorbo de vino y encendió otro cigarro, aspirando profundamente el humo mientras observaba cómo Morgana extendía la mano para arrancar una flor blanca y se la colocaba detrás de la oreja. Ella lo miró por encima de la mesa y por un momento sus miradas se encontraron, y algo se removió en el interior de ambos porque durante ese efímero instante apenas si respiraron. El ruido de unas castañuelas rompió el encanto y unos bailarines empezaron a ejecutar los tradicionales pasos flamencos. Morgana se volvió hacia ellos mientras Rian musitaba una maldición.

Pasearon durante un rato por la orilla del mar, pero ninguno de los dos podía evitar recordar aquella noche en la playa de Irlanda y finalmente regresaron al hotel.

A la mañana siguiente entrenaron un poco a los caballos, pues Louis se había ocupado de embarcar a *Lucifer* y *Copper Lady*, así como el equipaje que Morgana le había confiado.

Cuatro días después se encontraban de nuevo en alta mar. Morgana tenía únicamente la hermosa guitarra de ébano con incrustaciones de nácar que Rian le había regalado la última noche en Cádiz en recuerdo del encanto de España.

El viento hinchaba suavemente las velas cuando abandonaron Cádiz. De pie junto a la borda, Morgana sintió el agua salada, fría y estimulante que le salpicaba el rostro. Respiró profundamente y se pasó la lengua por los labios para saborear el sabor del mar. Partieron rumbo a África, evitando las zonas costeras donde podrían encontrar a los piratas berberiscos, los oscuros moros que ya los habían atacado en una ocasión. Los días se sucedían sin novedad, y Morgana se dejaba arrastrar como un barco a la deriva, desconcertada, a la espera. Rian permanecía extrañamente callado y ella ignoraba el motivo de su reserva, pero no se atrevía a preguntárselo por miedo a que se mostrara de nuevo cortante y burlón.

Pensó en sus frecuentes arranques de melancolía al anochecer cuando ella se apoyaba en la borda del *Hechicera* junto a Jeb y los acordes de sus guitarras resonaban en la quietud de la noche. Por primera vez en su vida Morgana empezaba a tener una vaga idea de cómo era en realidad el hombre con quien se había casado. Pero no sabía ver al demonio que empujaba a Rian a actuar de ese modo, como tampoco era capaz de darse cuenta de por qué se empeñaba en odiarlo en lugar de tratar de comprenderlo. Sólo cuando yacían juntos en la oscuridad reconocía lo mucho que lo necesitaba.

Arrojó sobre la mesa el libro que estaba leyendo, pues no lograba concentrarse en su contenido. ¿Qué le estaba sucediendo? Oía a Rian en cubierta paseándose como un animal enjaulado, inquieto, atormentado. Morgana jugó con el rompecabezas chino durante un rato pero, como de costumbre, no consiguió dar con la llave y enseguida desistió en su intento. Finalmente cogió la capa y subió a cubierta, donde permaneció a la sombra de los imponentes mástiles.

Sí, allí estaba él, estudiando las estrellas, su alta silueta recortada contra el cielo negro a la plateada luz de la luna. No se le acercó, sino que lo observó con disimulo. Era tan esquivo como el rompecabezas chino que le había regalado. Morgana se estremeció cuando la brisa nocturna la rozó con sus fríos dedos y en ese momento Rian reparó en ella.

–¿Qué haces aquí fuera, Mag?

–Lo mismo que tú, contemplar las estrellas. –Habló con voz dulce, penetrante.

–¿Verdad que son hermosas?

–Sí –respondió ella.

Rian le señaló varias constelaciones, muchos de cuyos

nombres le hicieron pensar en los románticos mitos griegos.

–Dicen que todos nacemos bajo determinadas estrellas y que éstas rigen nuestros destinos –reflexionó Morgana en voz alta.

–Sí –respondió él–. Ambos nacimos bajo el signo de Piscis.

–Pero tú eres once años mayor que yo. Yo tengo veintitrés y tú treinta y cuatro. No entiendo cómo un pequeño grupo de estrellas puede influir en dos vidas tan alejadas.

–Tampoco yo lo sé, cariño, pero así es. Fue el destino lo que te trajo a Irlanda y te convirtió en mi esposa. –Bajó la mirada hacia ella.

–No, fueron la voluntad de hierro de un anciano y tus propios deseos, Rian. Me niego a creer lo contrario. –Se ciñó aún más la capa.

–¿Quién sabe si nos hacemos a nosotros mismos o nos convertimos en lo que ha determinado el destino?

–Tú eres un hombre. Elaboras tus propias reglas, sin hacer caso de las que la sociedad ha dispuesto. ¿Se trata del destino o de tu propia arrogancia?

–Tal vez un poco de cada. Tomo las cosas que deseo y nadie se atreve a impedírmelo. –Puso las manos sobre los hombros de Morgana–. Pero quizá sea porque he vivido y viajado lo suficiente para comprender que a veces tienes que arriesgarte sin importarte el precio que tengas que pagar. Otros esperan con los brazos cruzados, mirando cómo pasa la vida, porque son demasiado cobardes para aprovechar las oportunidades. Tal vez mi orgullo y mi arrogancia te resulten insoportables, pero éstas son las cualidades que me permiten sobrevivir. –Hablaba con dulzura, clavando sus ojos verdes en el rostro de Morgana–. A menudo sólo puedo confiar en mi ingenio y osadía. No sé adónde irán nuestras almas una vez que nuestro cuerpo se haya convertido en polvo, Morgana, pero no quiero tener que enfrentarme algún día a un dios y confesar que he desperdiciado mi vida.

–¿Acaso crees que ese dios existe?

–No lo sé, cariño –contestó él con tono de sinceridad–. Ya te dije en una ocasión que vivo el presente y sólo me importa la herencia que espero dejar algún día a mis hijos.

–Tal vez nunca tengamos ninguno, Rian. –Su proximidad hacía que el corazón de Morgana volviera a latir con fuerza.

–Entonces no habrá nadie para recoger la cosecha que he sembrado y serán unos extraños los que ocupen Keldara y contemplen las verdes tierras que ahora poseo.

–¿Y eso te dolería, Rian?

–¿Debo responder a esta pregunta? –De pronto la atrajo bruscamente hacia él–. ¿Pretendes hurgar en mi mente para encontrar una nueva manera de hacerme daño? ¿Crees que no me duele tener una esposa que me desprecia y no quiere hijos de mí?

–Tú fuiste el que decidiste casarte conmigo. Tú eres quien puede liberarme de este amargo vínculo. –Volvió la cabeza.

–No, Morgana, tú eres quien guarda la llave de la jaula de oro en la que afirmas que te he encerrado. No tienes más que abrir la puerta.

–Hablas con enigmas, Rian. No te comprendo.

–Ésta es tu desgracia –le espetó él.

Ella miró por un instante su misterioso rostro, preguntándose qué era lo que trataba de decirle. Luego echó a correr hacia el camarote.

Varios días después divisaron la costa de África, donde tenían previsto desembarcar. La costa de los esclavos estaba intensamente marcada por la ininterrumpida línea de playas y rompientes que se extendían hasta la verde espesura de la selva, los tamarindos, las palmeras y los manglares.

El *Hechicera* se detuvo a poca distancia de la orilla y Rian dio órdenes de no acercarse más, y añadió que no desembarcaran a los caballos pues las mortales moscas tsétsé podrían acabar con ellos.

–Morgana, ve al camarote y vístete con la ropa más cómoda que tengas. Nada de enaguas ni corsés, pues no te será fácil respirar ese aire tan húmedo. Y ponte tus botas más altas y resistentes –ordenó Rian.

Ella así lo hizo, contenta de que no la dejara en el barco. Pero tuvo un funesto presentimiento que la hizo estremecer cuando él le tendió una pequeña daga y le advirtió:

–África es una tierra salvaje, Mag. Puedes necesitarla.

Ella se la ató al muslo, lo que le proporcionó cierta sensación de seguridad y alivio.

Lanzaron al agua uno de los botes y ella bajó hasta él, ayudada por las serviciales manos de los hombres que los acompañarían. Harrison se quedó al mando del barco. Remaron hacia la desembocadura del enorme río que iba a parar al océano. Siguieron resueltos su serpenteante curso, adentrándose en las profundidades de la húmeda maleza. El espeluznante silencio del lugar sólo era interrumpido por los ruidosos chillidos de los monos que colgaban de las palmeras, provocando que una multitud de pájaros de vivos colores emprendieran el vuelo. Los *bullikookoos* emitían sonidos estridentes desde las copas de los árboles y de vez en cuando un aullido agudo desgarraba el aire. Rian dijo que se trataba de un leopardo.

Morgana nunca había visto a un hombre negro y la visión del primero no le resultó nada agradable. Flotaba boca abajo en el río como un bulto informe y putrefacto, con el cabello enredado de ramitas y hojas. Miró a su marido, sintiendo que se le revolvía el estómago.

–Han sido los negreros. Debía de estar enfermo, o fueron descubiertos y lo arrojaron por la borda –respondió al ver que lo observaba con expresión interrogante–. El comercio de esclavos es ilegal, Mag. Pero la ley no puede hacer nada a menos que sorprenda a los negreros con la mercancía, así que éstos a menudo los lanzan sencillamente por la borda.

–Pero... son seres humanos –balbuceó Morgana.

–Para los traficantes de esclavos no, amor mío.

Pronto se demostró que la explicación de Rian era correcta porque encontraron varios cadáveres más durante el camino, así como partes de miembros que se habían desprendido de los cuerpos putrefactos. Además de cadáveres, en el río había muchos troncos y Morgana descubrió horrorizada que de vez en cuando éstos se despertaban furiosos y abrían sus enormes fauces y sus ojos pequeños y brillantes.

–Cocodrilos. No saques las manos del bote, Mag –advirtió Rian sin parecer excesivamente preocupado.

Las espesas algas que cubrían diversas partes del río se adherían a los remos como si se tratara de lodo verde. Los hombres seguían remando; el ruido continuo de los remos interrumpido por las llamadas de los animales salvajes eran los únicos sonidos en medio del amenazador y opresivo silencio.

–Allí está Bobosanga, capitán –dijo uno de los hombres.

Morgana miró en la dirección que el hombre señalaba y se sorprendió al ver unas cuantas chozas agrupadas a orillas del río. Estaban hechas por entero de cañas de bambú y algunas de ellas tenían las paredes cubiertas de barro endurecido. Varios botes se abrían paso entre el buque atracado, el *Dragon Queen*, y los muelles. Morgana vio que transportaban negros encadenados entre sí como animales.

–Si no comercias con esclavos, ¿por qué hemos venido aquí, Rian?

–Hay otras muchas cosas que comprar aparte de esclavos, cariño. Ya lo verás más adelante.

Echaron las amarras y fueron recibidos de inmediato por una multitud de africanos que les pedían regalos y hacían crujir sus dedos a modo de saludo. Muchos se quedaron mirando a Morgana con abierta curiosidad, pues la visión de una mujer blanca era poco corriente. Vio cómo Rian les lanzaba muchos de los collares de cuentas y algunas de las telas vistosas que había comprado en Cádiz con este propósito. Sonrieron encantados al recibir los presentes, luego retrocedieron un poco para dejar paso a un corpulento individuo de piel amarillenta. Morgana se dio cuenta enseguida de que era mulato, pues en su rostro se mezclaban rasgos españoles y negroides.

–Bienvenido de nuevo a Bobosanga, capitán McShane. –Los ojos del hombre se posaron en Morgana.

–Mis saludos, Don Mojados. –Rian bajó del bote y estrechó la mano del mulato. Luego se volvió para ayudar a Morgana.

Ella se quedó mirando al imponente individuo con tanta curiosidad como él manifestaba hacia ella, y reparó en el marcado contraste entre el pelo ensortijado y los gruesos labios, y la nariz más bien aguileña y los altos pómulos.

–Don Mojados –dijo Rian rompiendo su silencioso examen–. Permítame que le presente a mi esposa, lady Keldara.

–Encantado de conocerla, señora. –El mulato se inclinó de inmediato sobre la mano de Morgana–. Debe perdonarme por mirarla tan fijamente, pero no tengo muchas ocasiones de ver a una mujer blanca por estas tierras, y menos una tan bella como usted. Venga conmigo, por favor.

Los condujo a una de las chozas más espaciosas y apartó las pieles colgadas a la entrada invitándolos a pasar. Había muchas otras pieles similares en el suelo, así como enormes cojines de fina seda y mesitas de bambú. En un rincón había un lecho de hierba.

–Siéntense, siéntense. –Don Mojados agitó una mano con impaciencia–. ¿Así que ha venido a negociar conmigo? –preguntó a Rian después de que todos se acomodaran en los cojines y una atractiva muchacha negra les hubiera servido una refrescante bebida a base de frutas.

–Sí, como siempre.

–¿Debo entender entonces que sigue negándose a comerciar con esclavos? –El mulato se secó la frente con un gran pañuelo.

Morgana notó que su holgada blusa se le pegaba a la espalda y las gotas de sudor se le deslizaban entre los pechos a causa de la humedad y el calor. Las botas altas le molestaban y maldijo a Rian en silencio por obligarla a ponérselas.

–No, Don Mojados. Me basta con la mercancía de costumbre. La trata de esclavos es un negocio sucio.

–Pero muy rentable, ¿no? –El mulato rió sonoramente y le vibraron las carnes con el esfuerzo–. Pero si no tiene valor, no discutiré este punto. Es usted afortunado, porque esperamos otra caravana en cuestión de días. Puede quedarse en esta choza todo el tiempo que quiera. Naturalmente, cuento con ustedes para cenar. Ésta es Bawku –les presentó a la muchacha negra que había servido las bebidas–, mi tercera esposa. Habla su idioma y los atenderá en lo que pueda.

Después de que el extraño individuo desapareciera, Morgana, rendida, se tendió en el lecho de hierba; el calor le producía somnolencia. Rian dijo que debía ocuparse del alojamiento de los miembros de la tripulación que los habían acompañado y abandonó la choza poco después. Morgana no sabía cuánto tiempo llevaba durmiendo cuando la despertaron lo que creyó que eran unas risitas sofocadas. Se volvió y vio a varias mujeres negras mirándola con curiosidad a través de una abertura en la pared. Una de ellas ahogó otra risita. Se incorporó y ellas se alejaron de la pequeña choza con cierto temor. Morgana las llamó, haciéndoles señas de que se acercaran y, tras cierta vacilación, entraron en fila y se sentaron observándola en un solemne silencio. Era evidente que no hablaba su idioma.

En ese instante llegó Bawku, quien tras soltar una retahíla de sonidos guturales, se volvió hacia Morgana.

–Quieren saber si su pelo es de verdad –explicó con cierta timidez–. Por favor disculpe sus malos modales. Me ocuparé de que se marchen si así lo desea. No sabía que la molestaban.

–No, deje que se queden.

A Morgana le intrigaban esas mujeres desnudas hasta la cintura y con faldas hechas de hierbas. Algunas sujetaban junto a sus pechos bebés de piel más clara y se dio cuenta de que la mayoría eran mulatos, probablemente vástagos de los traficantes de esclavos.

Conversó un rato con ellas utilizando a Bawku como intérprete, pero en cuanto regresó Rian las mujeres se escabulleron rápidamente, sofocando risitas y desviando la mirada al pasar junto a él.

La cena de esa noche fue un festín a base de pollos asados con almendras y arroz, lechones enteros rellenos de uvas y tamarindos, batatas bañadas en leche de cabra y miel, y cocos frescos que Rian le enseñó a partir para comer la carne blanca de su interior. Se sirvieron toda clase de licores, espesos como jarabe: vino de palma, crema de cacao y absenta.

Más tarde unos músicos africanos tocaron en su honor extraños instrumentos: tambores confeccionados con pieles fuertemente tensadas sobre un armazón cilíndrico e instrumentos parecidos a una guitarra con cuerdas hechas de tripa de animal. No era la clase de música que Morgana conocía, si bien los cantos que la acompañaban resultaban inolvidables. Una muchacha negra como el carbón, de formas sinuosas y piel reluciente, danzó alrededor del fuego, deslizándose como una serpiente al ritmo agitado de la música. El cabello de ébano le caía libremente sobre la espalda. Era extrañamente lacio, en marcado contraste con las ensortijadas cabezas de la mayoría de las demás mujeres. Tenía los ojos oscuros y rasgados, y se había untado los labios con el jugo de alguna baya para darles un exquisito color rojo. Iba prácticamente desnuda, a excepción de una faja blanca alrededor de la cintura. Lucía brillantes brazaletes en las muñecas y los tobillos, y de sus orejas colgaban enormes aros dorados. En una mejilla tenía pequeñas cicatrices que formaban un intrincado dibujo. Su vientre se movía como si tuviera vida propia, mientras a la luz del fuego balanceaba sensualmente las caderas, las nalgas redondeadas y firmes, los pechos pequeños y puntiagudos. Era alta, con largas y esbeltas piernas, y mientras bailaba sus pies desnudos casi parecían flotar sobre el duro suelo.

–Mi segunda esposa, Talorza –murmuró Don Mojados en la oscuridad–. Su padre era moro y su madre una nativa de Dahomey. Tal vez no sea tan inteligente como Bawku; no habla inglés y se niega a aprenderlo, pero, como pueden ver, no le faltan encantos.

A Morgana le costaba creer que Don Mojados tuviera cinco esposas. Encontraba esta costumbre más bien repugnante y se preguntaba si las mujeres no sentirían celos unas de otras, aunque no alcanzaba a comprender por qué habían querido casarse con ese fornido individuo.

La música se interrumpió con brusquedad y Talorza se desplomó airosa en el suelo de la choza entre fuertes aplausos. A continuación se levantó, e inclinando la cabeza con orgullo, abandonó la choza sin decir palabra. Todos parecieron algo aliviados con su marcha y Morgana vio gotas de sudor en la frente de muchos de los hombres presentes, incluido su marido.

Cuando se retiraron a su choza para pasar la noche, se desvistió sin advertir los ojos de Rian, brillantes de deseo, y se lavó con la esponja utilizando el agua tibia que Bawku había dejado en un recipiente de barro. Después se tendió en el lecho de hierba y dejó caer la pesada mosquitera a su alrededor para mantener alejados a los insectos. Rian se fumó un cigarro y, al cabo de un rato, también se desvistió y se lavó antes de deslizarse a su lado. Ambos empezaron a sudar en la oscuridad cuando él apretó los labios sobre los de ella y la poseyó.

En los días siguientes Morgana aprendió mucho acerca de los africanos y su estilo de vida. Descubrió que los negreros no se internaban en la selva en busca de hombres negros como había pensado, sino que simplemente se sentaban a esperar la llegada de las caravanas, pues eran los mismos negros quienes malvendían como esclavos a los prisioneros de tribus rivales y en ocasiones a alguna esposa gruñona cuya desatada lengua no podían soportar por más tiempo, o a un hijo demasiado ambicioso que hubiera tratado de convertirse en jefe antes de la muerte de su padre.

Conoció a las otras esposas de Don Mojados: Nako, apenas una chiquilla y con la que el mulato se había casado ante todo por compasión para evitar que fuera violada por un grupo de negreros borrachos; Lakhamané, la cuarta esposa, de la tribu de los fulbé, que era tan dulce e inteligente como Bawku y tenía la piel casi de color miel; y Kolokani, la primera esposa, a quien todo el poblado temía porque era una sacerdotisa vudú y pasaba mucho tiempo con el hechicero de la tribu, preparando pócimas e invocando la ayuda de Damballa y Legba.

Kolokani advirtió a Morgana sobre los espíritus malignos que podían devorar el cerebro o el aliento de una persona, o apagarle la luz de los ojos. La *mamali* le preparó una pequeña bolsita de *ouanga* y le dijo que la llevara siempre con ella pues la protegería de los malos espíritus. Morgana se la puso alrededor del cuello dejando que le colgara entre los pechos. Rian se burló de su esposa y dijo que era una estupidez, pues las raíces que contenían olían mal. Ella no quiso tomarse a la ligera la religión de Kolokani y se negó a quitársela, y al cabo de un tiempo él dejó de importunarla con el tema. Pero a Morgana no le gustaba Gberia, el hechicero. No sabía por qué Don Mojados lo toleraba, pues a menudo acusaba a alguien de la tribu de algún crimen e insistía en que el individuo en cuestión bebiera un cuenco de jugo de la corteza de tali para probar su culpabilidad o inocencia. Como dicho jugo era venenoso, el acusado casi siempre moría. Morgana comentó a su marido que le parecía escandaloso que Don Mojados le permitiera seguir con esa farsa.

–No puede hacer nada, amor mío. Es su estilo de vida –explicó Rian.

No obstante, Morgana fingía no ver al hechicero cada vez que se lo cruzaba y se sentía vagamente incómoda cuando él la observaba a través de las aberturas de su máscara de plumas.

Varios días después de la llegada de los McShane, el

ruido de tambores se extendió por la selva anunciando la llegada de la caravana. Don Mojados mandó a buscar de inmediato *fanda, bungee,* comida, vino y presentes para impresionar favorablemente al jefe de la caravana antes de iniciar las negociaciones.

Bawku explicó a Morgana que una vez que llegaran los esclavos encadenados se celebraría un gran *colungee* y que habría largas discusiones a fin de regatear el precio de la mercancía. Ante su sorpresa, Morgana vio que lo que le habían dicho acerca de negros que vendían a otros negros era totalmente cierto. La única diferencia entre el jefe de la caravana y los esclavos encadenados era que éstos llevaban una correa alrededor del cuello. Los encargados de la venta se paseaban arriba y abajo con sus látigos, prestos a utilizarlos si uno de los esclavos se salía de la fila.

Entre los esclavos también había algunas mujeres que sostenían enormes cestos de mercancías sobre sus cabezas. A Morgana le sorprendió que fueran capaces de mantener en perfecto equilibrio esas pesadas cestas al andar. Sin duda éstas contenían lo que Rian esperaba comprar.

Los hombres de Don Mojados al ver la caravana se adelantaron de inmediato e iniciaron la entrega de presentes después de saludarse unos a otros haciendo crujir sus dedos con entusiasmo. Morgana también se alegró de que hubiera llegado, pues luego de que Rian comprase lo que quería regresarían al *Hechicera*. Había algo opresivo en esa misteriosa tierra que amenazaba con engullirla si se quedaba por más tiempo. No sabía qué le inquietaba más, si el calor o los extraños sonidos de la noche, pero estaba ansiosa por partir.

Sin embargo no había contado con la afición de los africanos por el espectáculo. De entrada el jefe dedicó largo rato a explicar la naturaleza exacta de su visita a Bobosanga. Les ofrecieron bebidas y cigarrillos mientras Don Mojados se recostaba con actitud paciente en su sillón, escuchando con atención a pesar de que tanto él como el jefe sabían perfectamente de qué clase de negocio se trataba. A continuación se celebró el festín de costumbre y

Talorza volvió a danzar. La fiesta se prolongó hasta la noche y Morgana, que empezaba a aburrirse, apoyó la cabeza en el hombro de Rian. A estas alturas ya sabía sin necesidad de preguntar que la transacción de la mercancía no tendría lugar esa noche.

–¿Cuánto va a durar esto? –preguntó con un bostezo, cubriéndose la boca con la mano y lanzando una rápida mirada a su alrededor para asegurarse de que nadie la había visto. Al parecer los africanos eran infatigables.

–Por lo general depende de lo que el jefe espera obtener por sus esclavos –le informó Rian–. Outtaye es un tipo astuto y muy duro negociando. Esto puede durar días.

Morgana no se dio cuenta de que se había dormido hasta que Rian la zarandeó para despertarla.

–¡Vamos! –susurró en la oscuridad.

Ella lo siguió a ciegas dando traspiés hasta que él alargó la mano para sujetarla. Una vez en la choza, Morgana se dejó caer sobre el lecho de hierba sin tomarse la molestia de desnudarse.

–Levántate –le ordenó él.

–¡No! Déjame tranquila. –Comprendió que el vino de palma que había tomado era tan malo como una droga y por eso se sentía tan cansada.

Rian rió con suavidad.

–¿Prefiere que sea yo quien la despoje de sus prendas, señora?

Morgana se incorporó cansada y se quitó lentamente el vestido. Había traído muy pocos consigo y no podía permitirse que él le hiciera trizas ninguno, lo que sin duda hubiera ocurrido de no haberse apresurado a obedecerle.

–Tendría que haberte traído aquí antes, Mag. No sueles estar tan dispuesta a obedecer. –Rian parecía divertido.

–Es este horrible lugar. Hay algo diabólico en él. Es tan misterioso y extraño que siento como si me estuviera devorando viva.

–Shhh, Mag. –La tomó entre sus brazos y la besó con suavidad–. Produce el mismo efecto en mí. Es como una lenta erosión de la mente. Ningún hombre blanco puede permanecer aquí por mucho tiempo. Éste es el secreto de la supervivencia de África. Pronto nos marcharemos.

Le acarició el cabello y se preguntó si Kolokani habría estado contando a su esposa más cosas sobre la magia vudú. Sin embargo, Mag tenía razón. Había algo inquietante en el ambiente.

Rian apretó la boca contra la de Morgana y se sorprendió al notar que los labios de ella parecían aferrarse a los suyos, casi confiados. Sin duda se debía a la generosa cantidad de vino de palma que había tomado, pero aun así se sintió extrañamente complacido; y al ver que ella no protestaba, la llevó hasta el lecho de hierba y se tendió a su lado.

Recorrió las suaves curvas y los pechos redondeados de Morgana y, como siempre, el roce y el olor de su cuerpo no tardaron en despertar en él el deseo. Le deslizó las manos por los muslos, acariciándolos con suavidad hasta que vio que ella empezaba a responder. Morgana ahogó un grito al sentir que la penetraba y arqueó sus caderas para acogerlo en su interior, mientras él le susurraba con voz ronca al oído. En este precioso y breve instante, Rian conoció el placer más dulce de la tierra y se sumó a su grito con otro más profundo. Después guardó silencio, y besó el rostro y el cuello de su esposa, hundiendo los labios en la suave y ondulante melena pelirroja.

Rian abrió lentamente los ojos. Los dorados rayos del sol africano se colaban por las rendijas de la choza, pero no era eso lo que le había despertado. Ladeó la cabeza y lo oyó de nuevo, un grito fuerte y apremiante seguido de ruido de pasos. Se puso los pantalones, haciendo una breve pausa para examinar el rostro de Morgana, tan puerilmente inocente sin su fría máscara. Se preguntó si alguna vez llegaría a comprender a su esposa. La noche anterior casi se había mostrado cariñosa entre sus brazos.

Cuando Rian salió de la choza, Don Mojados ya estaba en la plaza. Se había congregado una multitud de negros, así como toda su tripulación, y escuchaban atentos las súplicas algo incoherentes y apresuradas de un joven blanco arrodillado en el centro del círculo. Rian vio con sorpresa que era sacerdote.

–Debe venir conmigo, Don Mojados –rogaba–. Estamos desesperados y tememos por nuestras vidas.

–¿Qué sucede? –preguntó Rian, avanzando entre los hombres que se habían apartado para dejarle paso.

–Disculpe. Soy el padre John, señor. He venido a suplicar a Don Mojados que nos ayude.

–Soy el conde de Keldara –se presentó Rian–. ¿Cuál es el problema, padre?

–Verá, pertenezco a la misión que está más al norte. El padre Samuel me pidió que viniera, porque él es demasiado viejo para realizar este viaje. Últimamente los nativos se muestran muy inquietos y el padre Samuel teme que ataquen la misión. No podemos defendernos y necesitamos ayuda para sofocar los disturbios. Señor, tenemos a dos monjas entre nosotros. –El joven sacerdote lo miró suplicante.

–¿Dice que no se ha producido ningún ataque hasta ahora, padre? –preguntó Rian.

–Así es, señor. Pero los nativos han cambiado mucho en los últimos tiempos. Hemos hecho grandes progresos, pero la mayoría han dejado de asistir a misa y los más pequeños ya no frecuentan la escuela que fundaron las hermanas.

–Las viejas costumbres no se olvidan tan fácilmente, padre. Tal vez Damballa y Legba son demasiado poderosos para permitir que los sustituya su dios. –Rian se volvió hacia el corpulento mulato–. Don Mojados, ¿tiene intención de enviar ayuda a la misión?

–Capitán McShane, soy una buena persona, pero no puedo mezclar a mis hombres en una acción que podría resultar inútil. Tengo un negocio que atender. Si me marcho de Bobosanga, Outtaye venderá a sus esclavos en otra parte.

–En ese caso yo y mis hombres iremos a la misión.

¿Puedo confiar en que escoja los productos que deseo y los suba a bordo de mi barco?

–Naturalmente, capitán McShane.

–Oh, gracias, señor. –El sacerdote, agradecido, cogió las manos de Rian–. Que Dios le bendiga.

–Guárdese sus plegarias para alguien que las necesite, padre. Yo soy el diablo en persona, ¿o acaso no se lo han dicho?

Tras estas palabras Rian se alejó sin más y llamó a gritos a sus hombres. El sacerdote se preguntó estupefacto qué clase de hombre era el conde para arriesgar su vida por gente que servía a un Dios al que no veneraba.

Morgana se incorporó sobre un codo y parpadeó ante el repentino rayo de luz que penetró en la choza cuando Rian entró. Al ver la severa y ceñuda expresión de su rostro, se dio cuenta de que algo iba mal.

–¿Qué sucede? –preguntó al tiempo que tiraba de la ligera sábana para cubrir su desnudez.

Mientras le alcanzaba la ropa, Rian le explicó brevemente la situación.

–Tengo que ir, Mag. Tal vez no sea nada, pero he visto lo que esos negros hacen con los prisioneros. Y no es agradable, te lo aseguro.

–¡Pero no puedes dejarme aquí! –gritó ella–. ¡No puedes! No podré soportarlo, Rian. Me prometiste que nos marcharíamos.

–Lo sé, cariño, y lo siento, pero hay dos monjas en la misión. Dos mujeres blancas, Mag. No puedo permitir que los nativos les hagan daño. Estarás a salvo, Morgana. –Se soltó con delicadeza–. Sansón se quedará contigo y te protegerá con su vida.

El miembro más voluminoso de la tripulación era llamado Sansón por el resto de los marineros debido a su tamaño. Se rumoreaba que había matado a muchos hombres con sus propias manos. Morgana se estremeció en silencio.

–Por favor, no me dejes aquí. Me sucederá algo, lo sé. –Se mordió el labio.

Rian rió.

–Mag, te he dicho un millón de veces que no te dejes arrastrar por tu imaginación. Estaré de vuelta antes de que te des cuenta.

Partió con el joven sacerdote y los miembros de su tripulación los siguieron en fila de a uno. Ella los observó hasta que desaparecieron en la densa y húmeda vegetación de la selva. Entonces se dejó caer en el lecho de hierba y rompió a llorar de rabia. «¡El muy bestia! Piensa dejarme aquí con estos salvajes, ese fornido mulato y su esposa reina del vudú –pensó malhumorada–. Pero enseguida se arrepintió, pues habían sido amables con ella. ¡Dios mío, tal vez no tenga intención de regresar!» De pronto se sintió inquieta y renacieron todos sus antiguos temores. «Quizá sea así como pretende deshacerse de mí.»

Trató de calmarse y envió a buscar a Bawku para que le llenara de agua el recipiente de barro a fin de lavarse. Se sintió algo más tranquila al descubrir la voluminosa silueta de Sansón apostada a la entrada con una pesada espada en la mano.

–¡Fíjate, Bawku! –exclamó furiosa al mirarse en el espejo–. Parezco una espantosa y vieja bruja. No me extraña que mi marido se haya marchado en busca de nuevos intereses.

Tenía el rostro quemado por el sol y la enmarañada melena pelirroja sobre la espalda.

–Vamos, vamos, señora. Estoy segura de que no se trata de eso –la tranquilizó Bawku con voz suave–. Me temo que una piel tan delicada como la suya no está hecha para resistir el sol africano. Sé de una planta cuyo jugo le hidratará de nuevo el rostro, y puede lavarse el pelo. Después se sentirá mejor, ¿no le parece?

–Es posible. –Sin embargo Morgana seguía compadeciéndose de sí misma.

–Claro que sí. Vamos, déjeme que la ayude. Le prometo que el capitán no la reconocerá cuando regrese.

Morgana siguió refunfuñando en voz baja, pero dejó hacer a Bawku y se sorprendió ligeramente al descubrir que la mujer conocía con exactitud qué plantas podían aliviar su piel reseca y dar brillo a su estropeado cabello.

–Tiene el pelo tan fino –decía Bawku mientras lo lavaba, masajeando el cuero cabelludo de Morgana– y de un color tan hermoso. Las demás mujeres al principio creyeron que era una peluca.

–Sí, me acuerdo. –Morgana sonrió brevemente al recordar las risitas forzadas de las muchachas africanas el día que vinieron a su choza.

Al terminar, Bawku envolvió la cabeza de Morgana en una toalla blanca y limpia, y le untó el cuerpo con el jugo que había extraído previamente de algunas plantas.

–Hummm, qué agradable, Bawku –susurró Morgana, cerrando los ojos.

–Espere y verá, señora. Esto es lo que utiliza Talorza para hacer brillar su piel.

–Es tan extraña, Bawku. Nunca la he oído hablar.

–¡Bah! Se cree demasiado buena para nosotros. Baila y fuma la hierba de los sueños, y está ausente la mayor parte del tiempo; de cuerpo presente, pero sin espíritu. Muy malo. Legba vendrá algún día y le devorará el aliento si no se anda con cuidado –profetizó Bawku misteriosa.

–¿La hierba de los sueños? ¿Qué es eso?

–Se llama Bangi. Hace vagar el espíritu, como cuando bebes demasiado vino de palma, y te deja el cuerpo vacío. Legba vendrá algún día y le apagará la luz de ojos. Kolokani dice que es cierto.

–No, Bawku, debe de ser algún tipo de droga, eso es todo.

Morgana volvía a tener mucho sueño. Cansada, cerró los ojos.

El aire era caliente y pesado, y presagiaba tormenta. Rian se abría paso a machetazos entre las ramas. El sudor le caía por los ojos y los mosquitos lo acosaban sin piedad, al igual que a sus hombres, mientras que a los pocos negros que viajaban con ellos no parecían afectarles. El sendero que conducía a la misión estaba tan invadido por la vegetación que Rian se preguntó cómo habría logrado el sacerdote encontrar el camino hasta Bobosanga. Sin duda el hombre conocía bien el territorio, pues llevaba cinco años viviendo en él, intentando convertir al cristianismo a los africanos. Debía de ser una tarea difícil e ingrata, cuando menos sumamente infructuosa, se dijo Rian. Nunca había visto a un hombre negro cristiano. De pronto sonrió, pues en realidad tampoco conocía a ningún hombre blanco cristiano.

Acamparon a orillas del río y, sin alejarse mucho de las armas, hicieron un fuego para ahuyentar a los animales salvajes que merodeaban por la noche. Rian comprobó que sus pistolas de duelo estaban cargadas y listas para disparar, y que el estoque y el cuchillo se hallaban a su alcance.

Cerró los ojos, sin advertir que el joven sacerdote lo examinaba intrigado en la oscuridad, preguntándose en qué estaría pensando. Hacía mucho tiempo que Rian había aprendido a dormir aguzando el oído ante cualquier peligro inesperado. Sólo cuando se sentía totalmente a salvo se relajaba y se sumía en un sueño profundo, como si se hallara bajo el efecto de un narcótico. El rostro furioso de Morgana acudió a su mente. ¡Dios mío, no le había gustado nada que la dejara en Bobosanga! Casi pareció importarle que se marchara. Sin duda sería víctima de su afilada lengua cuando regresara.

Anduvieron otros dos días antes de divisar la misión, o lo que quedaba de ella, porque llegaron precisamente con dos días de retraso y la habían incendiado y arrasado por completo. Las dos monjas yacían en el suelo atadas a estacas con los miembros extendidos, las manos y los pies atravesados por lanzas. Rian pudo imaginar lo que debían de haber sufrido antes de morir. La espesa sangre coagulada había atraído a hordas de hormigas que cubrían los cadáveres como un minúsculo ejército, entrando y saliendo por los orificios de la nariz, la boca y los ojos de los cadáveres.

–¡Oh, Dios mío! –gimió el padre John y de inmediato volvió la cara para vomitar.

–¿Dónde estaba su dios cuando sucedía esto, padre? –preguntó Rian con amargura, dando una patada al rosario de perlas que encontró entre el polvo.

Hallaron al padre Samuel un poco más lejos, atado a un árbol. Lo habían degollado y le habían arrancado las tripas; todavía sujetaba una biblia entre sus rígidas y putrefactas manos.

Los pocos negros que habían permanecido fieles a la misión también yacían muertos, decapitados, y sus cuerpos formaban un pequeño montículo sobre el que se habían posado varios buitres, entusiasmados con el festín que tan amablemente les habían proporcionado los nativos.

Rian los ahuyentó colérico y echaron a volar, graznando de modo estridente y agitando sus grandes alas por encima de su cabeza, a la espera de que se marchara.

–Vamos, muchachos, empezad a cavar –gritó a la tripulación–. Tenemos que enterrar a esta gente.

–Pero, capitán… –empezó a decir uno de los hombres, mirando horrorizado los cuerpos en descomposición.

–He dicho que enterremos estos cadáveres bajo tierra –dijo Rian en torno amenazador entornando los ojos.

–Sí –respondió el hombre y se marchó arrastrando los pies.

Afilaron algunas cañas de bambú y se las ingeniaron para excavar varias fosas profundas en las que introdujeron los cadáveres, tras lo cual el padre John leyó un pasaje de su biblia. Rian trabajó como los demás, maldiciendo para sus adentros. «¡Malditos imbéciles! Deberían habérselo imaginado», pensó colérico.

La selva estaba extrañamente silenciosa, sólo el susurro de las hojas de los árboles y los repentinos chillidos de los monos rompían la inquietante calma. Un lagarto cruzó a toda prisa la maleza. Entonces se oyó un trueno, y las nubes se arremolinaron oscureciendo el cielo antes de que cayera una lluvia torrencial. Los hombres acabaron de amontonar las piedras sobre las sepulturas para impedir que los animales salvajes desenterraran los cuerpos, y corrieron a resguardarse bajo las amplias hojas de las palmas. Agazapado bajo el improvisado refugio y reflexionando acerca del triste final de la misión, Rian tuvo de pronto un funesto presentimiento.

XXV

Morgana se encontraba en la choza cuando los guerreros ashanti, pintados y semidesnudos, llegaron a Bobosanga con flechas y lanzas afiladas. Al oír los gritos corrió a levantar la piel que colgaba a la entrada de la choza para asomarse a hurtadillas, pero al ver la terrible escena la dejó caer de inmediato y el corazón comenzó a latirle.

Nadie se sorprendió tanto como Don Mojados, que holgazaneaba en una hamaca, sorbiendo un espeso zumo de frutas en la cáscara de un coco y fumando un cigarro, mientras la pequeña Nako lo abanicaba indolente con la rama de una palmera. Jamás se había quedado tan estupefacto, pues Bobosanga había prosperado durante tres años a orillas del río africano y nunca había ocurrido nada parecido. Cayó de la hamaca, y el pequeño Nako soltó la rama y echó a correr gritando.

Don Mojados vociferó órdenes a sus criados negros que chillaban y trataban de escapar hacia la selva. Los guerreros los mataban como animales, aullando entusiasmados cada vez que alguno caía víctima de una lanza. Luego prendieron fuego al poblado y las chozas de cañas de bambú ardieron como briznas de hierba seca. Outtaye se defendió con valentía, al igual que los miembros de su caravana, que también habían sido cogidos por sorpresa.

Morgana logró salir milagrosamente de la choza en llamas y se detuvo en la plaza en medio de la confusión, con los ojos arrasados en lágrimas. Sansón abandonó por un momento su desesperada lucha para llamarla y una lanza le atravesó el pecho. Cayó al suelo tambaleándose, mientras la sangre le brotaba a borbotones de la herida mortal.

La lucha terminó pronto. El suelo quedó cubierto de cadáveres ensangrentados, muchos con la cabeza y los miembros separados del tronco. Los guerreros ya habían capturado a algunas mujeres cuando Morgana vio a Bawku forcejeando con dos de ellos. Sin pensarlo, corrió en su ayuda.

–¡Dejadla en paz, monstruos! –gritó, tratando de apartarlos y arañándolos con furia.

Entonces un hombre negro, más alto que los demás y magníficamente ataviado con una especie de coraza de huesos y un taparrabos, el rostro pintado a rayas de colores y una cinta de largas plumas en la frente, se acercó y bramó una orden. De inmediato el poblado quedó en silencio.

Morgana clavó la mirada en sus salvajes ojos oscuros y sintió que un estremecimiento de terror le recorría la espalda. El guerrero la examinó atentamente, con los pies muy separados, y a continuación alargó la mano y le tocó la larga cabellera pelirroja. Ella quedó paralizada de miedo y horror. Lo vio murmurar algo que no pudo entender y otros dos guerreros se acercaron corriendo con largas tiras de lianas. El jefe, porque no podía ser otro, las trenzó y enrolló con brutalidad en torno al cuello de Morgana, que se encogió de miedo. A continuación ataron también a las cinco esposas de Don Mojados formando una cadena, de forma que ninguna de ellas pudiera moverse o escapar sin arrastrar a las demás consigo. A Outtaye lo ataron por separado. Morgana supuso con acierto que los guerreros lo habían reconocido como a un jefe rival y tenían intención de pedir un rescate por él. En cuanto a Don Mojados, los ashanti lo torturaron y murió tras una larga agonía.

La afilada punta de una lanza rozó el costado de Morgana, quien se puso en marcha con dificultad, las lianas irritándole la garganta al sollozar. Nako y Lakhamané gritaban y balbuceaban de modo incoherente. Kolokani invocaba en voz baja a sus dioses vudús, maldiciendo con vehemencia las vidas de los guerreros. Bawku temblaba con los ojos llenos de lágrimas. Sólo Talorza permanecía tan altiva y silenciosa como una estatua, sin que su rostro pétreo dejara entrever emoción alguna.

Cruzaban el poblado en ruinas dejando atrás los cadáveres decapitados y el voluminoso cuerpo de Don Mojados cuyos intestinos se amontonaban en el suelo, cuando estalló una tormenta.

LIBRO CUARTO

RECUERDOS AMARGOS

XVI

La selva, África, 1815

La lluvia cegadora que azotaba el rostro de Morgana se mezclaba con sus lágrimas de amargura y terror. Sin hacer caso del diluvio, los nativos obligaron a los prisioneros a continuar, pinchándolos con las puntas de sus lanzas de un modo nada alentador. Caminaron sin descanso sobre las hojas mojadas y resbaladizas de las palmeras. Morgana tropezaba a menudo y se caía al suelo fangoso de la selva, pero la obligaban con rudeza a ponerse en pie enseguida. La melena pelirroja se le pegaba a la espalda bajo la intensa lluvia. Tenía la ropa totalmente empapada y las hebras de liana le irritaban el cuello.

Observó frente a ella que la ensortijada cabeza de Bawku brillaba a causa de las gotas de lluvia. Eso era casi lo único que podía ver con claridad. En una ocasión trató de desatar las gruesas lianas que la tenían prisionera, pero eran tan resistentes como una cuerda y no logró aflojarlas siquiera. Al cabo de un rato tampoco eso le preocupaba. Nada importaba excepto ser capaz de colocar un pie delante del otro sin resbalar y caer, sin dejar de mirar a

Bawku por miedo a que cada una tirara en distinta dirección y se estrangularan mutuamente. Dejó de sentir la lluvia, las asfixiantes lianas en torno a su cuello, los doloridos músculos de sus piernas, y resolvió que este estado de aturdimiento debía de ser un mecanismo de defensa, pues ya la había ayudado en crisis anteriores.

Al caer la noche la procesión se detuvo y todos se resguardaron como pudieron bajo los árboles. Cansada, Morgana se dejó caer al suelo y apoyó la cabeza en un tronco; las demás se tendieron a su lado. El ruido de la lluvia era incesante y los ashanti ni siquiera trataron de encender un fuego. Al ver que cogían frutas de los cestos que algunos llevaban, Morgana de pronto fue consciente del hambre que tenía. El individuo alto, supuestamente el jefe, le ofreció los restos de su comida cuando terminó, pero ella no fue capaz de tocar las frutas a medio comer y, volviéndole la espalda con un gruñido, las arrojó entre la maleza.

Se durmió, pero al cabo de apenas unas horas la despertaron bruscamente y vio que seguía lloviendo a cántaros. Ella y las mujeres de Don Mojados tuvieron que hacer juntas sus necesidades. No podía ser de otro modo, y Morgana pensó que jamás se había sentido tan humillada, agachada entre la maleza africana con otras cinco mujeres y tratando de cerrar los ojos ante los guerreros que las miraban con indiferencia. Se alegró de llevar una falda larga.

Se preguntó vagamente por Rian, y su sonrisa misteriosa y burlona le vino a la memoria. Él no habría tenido miedo. La habría besado con sus abrasadores labios para alejar los temores que pudiera tener y se hubiera burlado del peligro. Este pensamiento por alguna razón la reconfortó, de modo que alzó sus pequeños hombros y siguió avanzando.

Las horas se convirtieron en días y los días en semanas, y la lluvia seguía cayendo sin cesar. Morgana no lograba recordar la sensación de calor, ni sabía ya lo que era no tener que caminar sin parar, dormir con la espalda apoyada contra un árbol o comer las sobras de algunos frutos secos sintiéndose agradecida por ello.

Nadie hablaba. Ella no podía entender la lengua ashanti que parecía consistir básicamente en gestos y gruñidos amenazadores. No sabía que se trataba de un pueblo inteligente y orgulloso, conocido por sus magníficos trabajos artesanales en oro. Las cautivas estaban demasiado cansadas, desamparadas y asustadas como para hablar y Morgana casi olvidó que tenía voz, una voz capaz de reír, llorar y cantar.

Hasta entonces no había sido más que una mujer estúpida y egoísta, que disfrutaba con las luces brillantes y la animación de Londres y encontraba de lo más normal que Rian la colmara de regalos. De pronto Morgana comprendió con alarmante claridad que lo que había tomado por tesoros no eran más que pedazos de oro deslustrado, carentes de valor; cosas que perdían su sentido una vez que las poseía. Comprendía demasiado bien por qué Rian las había considerado tan insignificantes como a las personas que las valoraban. ¿Qué era lo que le había dicho una noche acerca de que lo único que valía la pena poseer era lo que nadie podía arrebatarte? Por alguna razón trató de recordar sus palabras, pero le resultó imposible. Apenas lo había escuchado entonces; su odio hacia él se lo había impedido.

Extenuada, siguió adelante sin saber siquiera adónde se dirigía. ¿Acaso esos salvajes africanos se proponían matarla? En ese caso, ¿por qué no lo habían hecho ya? La forma en que el alto mulato la había examinado la hizo estremecer. Las mujeres reconocían esa mirada en los hombres desde el principio de los tiempos: el brillo aterrador, excitante y acariciador del deseo. Hombres y mujeres habían matado por él, muerto por él, levantado y derribado imperios por él. Y Morgana estaba viva porque ese brillo se hallaba en los ojos de un africano alto y negro.

Se llamaba Kassou, aunque ella nunca lo sabría, y era, en efecto, un jefe orgulloso, como lo habían sido su padre y su abuelo antes que él. El príncipe de un pueblo que los británicos tratarían de someter durante casi un siglo, aunque nunca lo consiguieran del todo. De piel fina y oscura, y nariz orgullosa, Kassou era bien parecido y poseía un porte regio. Tenía siete esposas y numerosos hijos. En secreto, muchas veces había pensado que no le daban más que problemas y con un suspiro de frustración se preguntaba si tal vez no sería mejor hacer como el hombre blanco y no tener más que una esposa. Siete mujeres eran mil veces más molestas que una, pues discutían entre sí como cotorras, se peleaban por sus hijos como tigresas y ponían cara larga si no las llevaba a la cama durante la semana que les tocaba. No conocía un momento de paz.

¡Por Legba que la pálida mujer con el cabello como fuego le intrigaba! Nunca había visto a una mujer blanca, aunque sí a negreros blancos en varias ocasiones. Claro que esas dos mujeres con extraños atuendos negros eran blancas, se dijo al recordar de pronto a esas curiosas criaturas que rezaban a su dios con cuentas en las manos. ¿Qué clase de dios se contentaba con una ristra de cuentas?, se preguntó perplejo. En su poblado se adoraba a los dioses con numerosos rituales, comida, presentes y sacrificios. Debía de ser muy pobre aquel dios, al que no alimentaban ni daban ofrendas, se mofó para sus adentros.

El cabello caía húmedo y oscuro sobre la espalda de la mujer blanca, y Kassou observó con interés la curva de sus senos bajo la fina blusa que llevaba. «Una absurda costumbre», se dijo. ¿Cómo podía respirar su piel? ¿Cómo le llegaban los rayos del sol? Bueno, estaba claro que no lo hacían, o de lo contrario no sería tan pálida. Pero tenía aguante, admitió de mala gana. Había dejado de gritar o llorar como las demás, y permanecía silenciosa, al igual que la mujer alta de aspecto árabe. Ésta no había emitido sonido alguno. Tal vez se la entregase a Djibasso, su mejor amigo, a quien parecía gustarle bastante. Pero la blanca se la guardaría para él. Sería la envidia de todos los ashanti, pues ninguno podría jactarse de poseer una mujer así. O quizá se la ofreciera al rey en Kumasi. Semejante regalo sin duda aumentaría la estima del monarca hacia él, pensó, y no pudo evitar sonreír. Las demás las vendería a los negreros.

Kassou suspiró mientras seguían avanzando bajo la tormenta. La estación de las lluvias no tardaría en pasar y lo dejaría como siempre con el interrogante de si no sería peor lo que vendría después. El verano iba a ser caluroso y húmedo, y el calor confundía las mentes de los hombres, así como la de los animales. Kassou recordó el verano anterior a que tuvieran lugar los rituales ashanti que lo proclamaron hombre.

Djibasso y él habían salido de caza cuando oyeron el grito desgarrador del leopardo. Llevaban semanas en el poblado sin comida, sobreviviendo con lo que podían recoger en la selva. El leopardo también estaba hambriento, pues sólo la amenaza de morir de hambre podía haberlo obligado a acercarse tanto al campamento de los humanos. Kassou casi sintió la frente cubierta de sudor, a pesar de la lluvia, al recordar el momento en que Djibasso y él se enfrentaron a la bestia. Las delicadas patas del leopardo producían un ruido sordo al pasearse de un lado a otro como un animal enjaulado. Al verlo Kassou se quedó completamente inmóvil y advirtió a Djibasso que no se moviera, pero el viento soplaba en su contra y el sensible olfato del animal percibió el olor del miedo en el aire. Se volvió y, dando un enorme salto, se abalanzó sobre su presa. Kassou, que se había recuperado por fin del susto gracias a su instinto de cazador, levantó la lanza y atravesó el corazón de la bestia. El animal se estremeció y cayó al suelo inmóvil.

¡Qué orgulloso se había sentido su padre al enterarse de la proeza que su hijo, que todavía no era un hombre siquiera, había llevado a cabo! Desollaron al leopardo, cuya piel seguía adornando la choza de Kassou como recuerdo simbólico de su valentía para la gente del poblado.

Kassou volvió a clavar los ojos en la mujer de pelo rojo y se preguntó si eso la impresionaría. Morgana advirtió su mirada y se estremeció. ¡Tenía que escapar y pronto!

Rian se obstinaba en que sus hombres avanzaran lo más rápidamente posible bajo la lluvia cegadora, conduciéndolos con una furia que no alcanzaban a comprender. Ni siquiera él sabía por qué los apremiaba tan duramente, aunque seguramente se debía a la intangible sensación de fatalidad que lo había ido invadiendo hasta apoderarse de él por completo. Los maldijo a todos, haciendo que el sacerdote murmurara plegarias por el alma perdida del conde mientras se abrían paso a machetazos de regreso a Bobosanga.

Tardaron casi una semana a causa de la lluvia,y cuando por fin llegaron, lo que quedaba del poblado era prácticamente irreconocible. Los restos chamuscados de las chozas no eran más que fangosos montones de cenizas y los cadáveres yacían hinchados y en descomposición.

Rian contempló la desoladora escena y por un instante perdió los estribos. Cayó de rodillas en mitad del poblado y empezó a dar alaridos al tiempo que se golpeaba el pecho con los puños. Sus hombres lo observaron con incredulidad, pues jamás lo habían visto comportarse de este modo, y temieron que hubiera perdido el juicio. Con miradas de complicidad y sin hacer caso de la lluvia, empezaron a examinar los cadáveres en busca de algún indicio de los rizos pelirrojos y la pálida piel de la esposa de Rian. No lo encontraron, pero se estremecieron de horror al descubrir el cuerpo de Sansón, y ninguno quiso ofrecerse a comunicar al capitán que creían que su esposa había caído prisionera de los guerreros ashanti o que yacía muerta en la selva.

–Mejor muerta que en las garras de esos animales –observó con tristeza uno de los miembros de la tripulación–. Pobre muchacha.

–Sí, era muy bonita –convino otro–. Y muy valiente también. La vi plantarle cara al capitán muchas veces.

Los demás asintieron con la cabeza, como si se tratara de una gran proeza, pues todos sentían un temor reverencial hacia su capitán.

Rian no oyó esos comentarios, a pesar de que los hombres hablaban a gritos a causa de la lluvia torrencial. Lo único que llegaba a sus oídos era el recuerdo de la suplicante voz de Morgana. «No me dejes aquí», le había rogado. Y él se había reído, pensó con amargura. Nunca imaginó que los ashanti irían tan lejos y atacarían Bobosanga. Ella estaba muerta. Su encantadora, risueña, esquiva y sensual esposa estaba muerta, y no podía culpar a nadie más que a sí mismo. A él y su maldita arrogancia. Era tan responsable de su muerte como si hubiera empuñado las lanzas de esos salvajes asesinos.

Derramó amargas lágrimas, pero sus hombres no lo vieron. Rian sintió una mano en el hombro y al levantar el rostro se encontró con el padre John.

–Hijo mío. –El sacerdote carraspeó y deseó no tener que alzar la voz para hacerse oír–. Debe sobreponerse. Su esposa puede seguir con vida.

–No, yo la he matado.

A Rian se le atragantaron las palabras y el sacerdote apenas le entendió. Pero le bastó con ver el sufrimiento atroz que reflejaba su mirada, que no tardó en transformarse en un deseo ciego de venganza.

–Los mataré, acabaré con todos y cada uno de ellos. –Rian entornó los ojos con determinación–. Los perseguiré como a perros y los mataré, aunque me cueste la vida. Se lo prometo, padre, la muerte de mi mujer no quedará impune.

Sus hombres no pudieron convencerlo de que existía una posibilidad de que Morgana siguiera con vida, ni persuadirlo de que se quedaran en el poblado a descansar un poco. Se comportaba como un poseso y nada de lo que pudieran decirle logró cambiar su intención de partir de inmediato tras los pasos de los guerreros ashanti.

–Pero, capitán, ni siquiera sabemos qué dirección pueden haber tomado, y, además, estamos agotados –protestó uno de ellos.

–No me cabe la menor duda de que los ashanti van de regreso a Kumasi. Los que no queráis seguirme podéis regresar al barco –repuso Rian en tono frío e inflexible.

Ninguno lo hizo. La sola idea de lo que haría Harrison si regresaban al *Hechicera* sin el capitán los disuadió. Se quejaron en silencio y, arrastrando sus fatigados cuerpos, siguieron a Rian, secretamente convencidos de que la pérdida de su esposa le había trastornado el juicio.

No podían seguir con exactitud el mismo camino que los guerreros de Kassou porque la lluvia había borrado todas las huellas, pero Rian tenía una leve idea de la dirección que debían de haber tomado y se dejó guiar por su instinto. Tenía una expresión pétrea, y andaba y se comportaba como un zombi. No sentía compasión por sus hombres y parecía ser infatigable. Empezó a desvariar y se preguntó un millón de veces por qué seguía avanzando en lugar de regresar al *Hechicera*, pues la venganza carecía de sentido, no le devolvería a Morgana. Veía su rostro asustado detrás de cada piedra y cada árbol, y el sonido de su voz suplicante resonaba implacable en su cabeza. Se despreciaba a sí mismo.

Ahora que la creía muerta era capaz de reconocer que la amaba de verdad, la amaba más allá de toda razón, y sintió una furia cegadora que le recorrió desde la boca del estómago hasta el corazón con un dolor casi insoportable. Sí, había tenido miedo de confesárselo, miedo de que ella le hiciera daño, de que se burlara de él como tan a menudo se había burlado de ella. Sí, la había deseado y amado con una pasión que casi lo había hecho enloquecer, porque ella no correspondía a su amor, y había tratado de herirla por este motivo. «Eres un estúpido, Rian McShane», se dijo con amargura, y juró que si por casualidad ella seguía con vida y la encontraba, le confesaría sus sentimientos.

El poblado de Kassou estaba a cierta distancia de Kumasi y fue allí adonde llevó a sus prisioneros. Morgana se encogió asustada cuando él le cortó la liana del cuello con sus fuertes manos y la empujó con brutalidad al interior de su choza, separándola de las demás. Dentro había un fuego encendido y ella se acercó tambaleante para tratar de calentar su cuerpo empapado. Se dejó caer al suelo agotada y se durmió casi al instante. Al cabo de unas horas el sonido de los tambores y los cantos de la tribu la despertaron. Con un sobresalto advirtió que había anochecido. Seguía estando sola en la choza. Levantó tímidamente la piel que colgaba a la entrada para mirar a hurtadillas hacia afuera, pero al ver dos guerreros con lanzas montando guardia la dejó caer de nuevo. No había nadie más a la vista y supuso que el ruido procedía de la gran choza situada en medio del poblado.

Morgana empezó a tiritar de nuevo y se acercó despacio a la hoguera. Estaba terriblemente asustada y se preguntaba qué se proponían hacer con ella esos salvajes. Recordó la mirada del hombre alto y se estremeció. El instinto de supervivencia la obligó a salir del estado de aturdimiento en el que se encontraba. Tenía que escaparse mientras los nativos se hallaban absortos en sus celebraciones, pues tal vez no tuviera otra oportunidad. Pero ¿cómo? Morgana inspeccionó la choza, pero no encontró nada que pudiera utilizar como arma. Entonces, con un ligero sobresalto notó la pequeña daga que llevaba sujeta al muslo. Frenética, la sacó de su funda. No había tenido ocasión de hacerlo antes porque la habían estado vigilando muy de cerca. Pensó en utilizarla contra los dos guardianes apostados a la entrada, pero cayó en la cuenta de que no podría matarlos a los dos. Su fuerza no podía compararse a la de ellos y probablemente alertarían a todo el poblado con sus gritos. Echó un vistazo a las paredes de la choza hechas de cañas de bambú unidas con lianas. Morgana advirtió que una parte estaba empapada por la lluvia y cedía con facilidad al apoyar su ligero peso. Con un suspiro de alivio cogió la pequeña daga y puso manos a la obra, cortando las lianas lo más deprisa que pudo. Al cabo de un rato había cortado las suficientes para separar las cañas y dejar una abertura por la que pasara su cuerpo. Con el corazón palpitante, Morgana salió a la oscuridad.

Tras unos instantes de vacilación, se adentró en la densa

vegetación de la selva, sin atreverse a plantearse si sería capaz de sobrevivir en ella. Corrió a ciegas, completamente desorientada, tratando únicamente de alejarse lo máximo posible del poblado. Los días que había pasado caminando le habían fortalecido los músculos de las piernas y ahora se movía con rapidez entre la maleza, pues no tenía la menor idea de cuándo advertirían su ausencia y si saldrían o no en su busca.

Esa primera noche apenas durmió, subida a un árbol que compartió con una pareja de enojados monos que luego de emitir feroces chillidos y hacer gestos amenazadores la dejaron tranquila y se limitaron a observarla intrigados desde las ramas más altas. Dormitó a intervalos y con las primeras luces del amanecer se puso nuevamente en marcha, obligándose a avanzar con energía. Cogió algunas frutas que fue comiendo mientras andaba. Su único propósito era encontrar el río que serpenteaba a través de la selva hasta desembocar en el océano. Tenía la esperanza de poder alertar a los ocupantes del *Hechicera* desde la orilla.

Por primera vez Morgana agradeció la lluvia que caía sin cesar, pues gracias a ella había poco movimiento en la selva. Había logrado orientarse vagamente incluso a la pálida luz del amanecer y se encaminó hacia el sur, segura de que antes o después llegaría a la costa.

Kassou montó en cólera al descubrir que Morgana había desaparecido, pero no intentó seguirla pues sabía que bajo la lluvia sería imposible. La mujer de cabello pelirrojo moriría con toda seguridad, se dijo meneando la cabeza con tristeza. Tres días después mató a todos los prisioneros excepto a Talorza. No soportaba verlos porque le recordaban a la mujer blanca de ojos verdes.

Al cabo de varios días Morgana se tranquilizó un poco, segura ahora de que los guerreros no habían salido en su busca. Sin embargo no abandonó sus precauciones, pues existían más tribus en la selva y no deseaba caer otra vez prisionera. Se alegraba de llevar las resistentes botas que Rian había insistido en que se pusiera, ya que la selva estaba infestada de serpientes y le proporcionaban una buena protección contra el repentino y rápido movimiento de sus cabezas. La primera vez que una serpiente la atacó, casi se desmayó y se quedó mirando petrificada los pequeños y brillantes ojos astutos del ofidio antes de coger un grueso palo y golpearlo hasta dejar una masa sanguinolienta en el suelo. Entonces se quitó la bota y comprobó con gran alivio que los colmillos de la serpiente no habían logrado atravesar el cuero mojado. Ahora apenas se preocupaba por eso, aunque tenía infinito cuidado de no pararse bajo las ramas, pues había aprendido con rapidez que las pitones se deslizaban por ellas y se enroscaban alrededor de su presa hasta asfixiarla.

Una mañana despertó con la sensación de que había ocurrido algo. La espesa maleza parecía silenciosa y se sobresaltó al darse cuenta de que había dejado de llover. El sol de África brillaba radiante otra vez. Morgana se alegró porque ahora le resultaría más fácil avanzar, pero no tardó en descubrir lo equivocada que estaba. Las criaturas salvajes salieron a rastras de sus guaridas en busca de una presa. Los leopardos rugían en medio de la noche mientras merodeaban en la oscuridad y más de una vez Morgana vio sus extraños ojos rasgados brillar a la luz de la luna. En tales ocasiones, guiada por el instinto, se quedaba absolutamente inmóvil y contenía la respiración hasta que las bestias habían desaparecido.

Su rostro quemado por el sol adquirió un tono dorado, y sus ropas estaban tan desgarradas que las cortó y se recogió la larga falda de modo que no le estorbara al andar. A menudo se preguntaba cómo podía seguir viva, y, en efecto, no era sino su propia tenacidad y su milagrosa buena suerte lo que la mantenían con vida. Comprendió con claridad lo que Rian había tratado de decirle cuando le explicó que muchas veces había sido gracias al sentido común y al instinto que había logrado sobrevivir.

No probó nada que no hubiera visto comer a monos,

pues temía que en su ignorancia acabase envenenándose. Y supuso que si no mataba a esas bestias peludas, tampoco sería perjudicial para ella. Pero perdió mucho peso a causa de esa dieta y empezaban a marcársele los huesos.

En cierta ocasión se inclinó a beber en un riachuelo y no reconoció su anguloso y enjuto rostro reflejado en el agua. Sofocó un grito al ver aparecer otra imagen reflejada y al volverse se encontró cara a cara con un nativo africano que tendió una mano oscura hacia ella. Sin detenerse a pensar, Morgana sacó de la funda atada a su muslo la pequeña daga y la clavó en el pecho del hombre, que retrocedió tambaleándose sin emitir sonido y se desplomó, la sangre brotándole a borbotones de la herida mortal. Morgana no esperó a averiguar si había más hombres con él. Le arrancó la daga del pecho y apenas si se detuvo para limpiarla con algunas hojas y meterla nuevamente en su funda antes de desaparecer entre la maleza. Temblaba asustada a causa del incidente, pero las largas noches africanas y la lucha furtiva por sobrevivir habían tenido su efecto. No sentía el más mínimo remordimiento por lo que acababa de hacer, y ni siquiera la inquietaron los graznidos de los buitres que pronto volaron en círculos sobre su cabeza.

Morgana aplastaba con furia los mosquitos que no cesaban de picarla, dejándole feas ronchas rojas en la piel. Sin embargo, poco podía hacer contra los demás insectos que se le metían entre la ropa, aun cuando a menudo se detenía para sacudírselos o aplastarlos. Los ojos se le hincharon y le lloraban como reacción alérgica a las picaduras, y cuando empezaba a creer que no podía ocurrirle nada peor, hicieron su aparición las langostas: una auténtica plaga, una nube de millones de cuerpos zumbantes que oscureció el cielo. Estaban por todas partes, en el agua, las frutas, los ojos y la boca de Morgana, y ella no podía hacer nada para detenerlas. Vomitó trozos de los insectos que se había tragado y que seguían llegando. Los pájaros caían muertos por un exceso de comida, y se descomponían en el suelo.

Gritó cuando se encontró en la sabana, pues comprendió que había estado andando en círculos. Finalmente la noche la envolvió con su manto piadoso y Morgana se dejó caer al suelo.

Rian miró con alivio el cielo despejado, pues ahora podría seguir a los ashanti con mayor rapidez. Las lluvias lo habían deprimido y llenado de amargura y remordimientos. Tenía arrugas alrededor de los ojos y la boca a causa de la tensión, pero no dio tregua ni a sí mismo ni a sus hombres. En otro momento tal vez se habría reído de esa singular procesión de hombres extenuados que se adentraban en el corazón de la selva africana arrastrando consigo a un harapiento sacerdote. De hecho, cuanto más reflexionaba sobre ello, más gracioso le parecía. Por fin se echó a reír, y sus estridentes carcajadas resonaron entre la maleza. Los miembros de la tripulación menearon la cabeza y se lanzaron miradas de complicidad a sus espaldas. Sí, el capitán estaba loco. Sólo había que oír sus carcajadas. Era la risa del diablo, pues estaba claro que ningún hombre en su sano juicio encontraría motivos para reír en tan horribles circunstancias.

Pero Rian se negó a escuchar sus sugerencias de que necesitaban descansar y no dio explicación ninguna acerca de sus extraños arrebatos. Aun así trató de dominarse. No conseguiría nada perdiendo el control de sí mismo. Sus hombres podrían amotinarse y negarse a seguirlo, e iba a necesitar su ayuda más adelante. En efecto, sus rostros resentidos le informaron de que ya habían discutido una acción similar. Con un suspiro, propuso que se fueran a dormir temprano y esto pareció animarlos de algún modo. Aun así, Rian durmió con sus pistolas cargadas, y el estoque y el cuchillo al alcance de la mano.

Resultó ser una excelente precaución, pues durante la noche uno de sus hombres intentó cortarle el cuello. Se levantó en el acto, soltó una maldición y se arrojó sobre él. Los dos hombres lucharon a brazo partido rodando por el suelo hasta que Rian clavó el arma en el pecho de su adversario.

–Y ahora –se encaró a sus hombres, colérico–, ¿alguien más pone en duda mi cargo como capitán de esta tripulación?

Silenciosos, los hombres regresaron a sus lechos sin atreverse a mirar a los ojos a su capitán. Ninguno deseaba correr la misma suerte que Thompson.

Al cabo de varios días avistaron el poblado ashanti. Rian se acercó a rastras para observarlo mejor. No había señales de su esposa, pero divisó a Talorza, la bailarina, y supo que se encontraban en el lugar acertado.

Los ashanti no se esperaban el ataque, lo cual favoreció a Rian pues los guerreros casi triplicaban en número a su tripulación. Con el elemento sorpresa de su parte, prendió fuego a todas las chozas casi simultáneamente y, en medio de la confusión, él y sus hombres se desperdigaron por el poblado, matando a tantos guerreros como podían. Fue una lucha larga, sangrienta y feroz; pero al final vencieron Rian y su tripulación, ya que contaban con armas de fuego y muchos ashanti se asustaron tanto del estruendo que huyeron despavoridos a la selva.

Decidido a todo, Rian ordenó a los prisioneros que quedaban que se pusieran en fila y trató de interrogarlos, para lo cual pidió al padre John que hiciera de intérprete. Si se negaban a responder les cortaba el cuello. Ya habían muerto tres guerreros de ese modo cuando se acercó el cuarto. Éste era más alto que los demás y lo miró directamente a los ojos, sin dar muestras de temor. «Debe de ser el jefe», pensó Rian. Se volvió hacia el sacerdote.

–Dígale que sé que es el jefe. Explíquele también que yo soy jefe entre mis hombres y respeto su valentía. Dígale que le desafío a probar nuestra fuerza. Si gano yo, él me dirá qué le ha sucedido a la mujer pelirroja. Si pierdo, él y su gente quedarán libres.

–Pero, señor... –protestó el sacerdote.

–¡Dígaselo!

El sol africano era abrasador y las chozas en llamas convertían el poblado en un infierno. Tras desnudarse hasta la cintura, Rian se limpió el sudor de los ojos, luego cogió una lanza ashanti y se puso en guardia. Encaró a su adversario sabiendo que se trataba de una lucha que no podía perder. La imagen de los ojos verdes de Morgana acudió a su mente y le costó apartarla. Tenía que averiguar si seguía o no con vida; y si esos salvajes la habían matado, los asesinaría a todos. El jefe ashanti se movía alrededor de él y, en cuanto chocaron las lanzas, Rian sintió cierto temor. No iba a ser una lucha fácil. No se trataba de un dandi de salón debilitado por el exceso de alcohol y de mujeres, sino de un guerrero fuerte y viril, acostumbrado a combatir y a vivir en condiciones primitivas; un hombre cuyo cuerpo se había fortalecido en su lucha por sobrevivir en la selva africana.

Una y otra vez las lanzas encontraron resistencia y retrocedieron para arremeter de nuevo. Rian se sentía desfallecer, pero el orgullo y el recuerdo de Morgana lo mantenían en pie y no apartaba la mirada del jefe ashanti.

Sus hombres observaban inquietos, con las armas listas para intervenir, pues a pesar de las palabras del capitán se proponían asesinar a los salvajes si éste moría.

No fue sino por un extraño golpe de suerte que Rian venció y, cuando años más tarde explicara la historia, seguiría sin dar crédito a su victoria. Entre las chozas incendiadas se encontraba la del hechicero, quien guardaba una víbora en un cesto. Ésta logró escapar de las llamas y se deslizó hasta el centro del poblado. Los dos hombres se detuvieron bruscamente al verla y trataron de empujarse mutuamente hacia sus venenosos colmillos. La víbora se abalanzó sobre el tobillo de Kassou introduciéndole su mortífero veneno. El jefe se tambaleó y cayó al suelo mientras la serpiente atacaba de nuevo. Rian la atravesó con la lanza y la arrojó entre la maleza, luego se arrodilló junto al agonizante guerrero ashanti.

–¿Qué es lo que dice, padre? –dijo esforzándose por entender sus susurros.

El sacerdote se acercó corriendo a Rian.

–Usted es el elegido. Damballa lo ha dicho así. La pelirroja escapó y se internó en la selva. A estas horas Legba ya habrá apagado la luz de sus ojos.

Kassou gimió hasta que finalmente enmudeció, y Rian en silencio le cerró sus oscuros ojos para siempre. Ahora no le quedaba la menor duda de que Morgana había muerto. Si había escapado, no habría sido capaz de sobrevivir en la salvaje África. Legba sin duda habría apagado la luz de sus maravillosos ojos verde esmeralda, tal como el ashanti había dicho.

No hizo ademán ninguno para detener a sus hombres cuando éstos asesinaron al resto de los guerreros y violaron a las histéricas mujeres antes de silenciarlas para siempre. Por último saquearon lo que quedaba del poblado.

Rian se sentía agotado y vacío. Tenía la boca tan seca que no podía ni tragar. Permaneció de rodillas junto al jefe muerto hasta que la voz del sacerdote lo devolvió a la realidad.

–Hijo mío, sus hombres están violando y asesinando a seres humanos. Tiene que detenerlos.

Rian se libró del brazo del hombre y se alejó a grandes zancadas. Algunos de sus hombes lo vieron marcharse y corrieron a alcanzarlo. Ni uno solo volvió la vista hacia el poblado ashanti, envuelto en llamas y sembrado de cadáveres sanguinolentos. Un chiquillo que había logrado pasar inadvertido deambulaba dando gritos en medio de las chozas, sin comprender que ya nadie respondería a sus llamadas.

XXVII

En lo más recóndito de su mente Morgana decidió que había muerto y ascendido a los cielos, porque creyó ver inclinado sobre ella a un ángel alto y rubio mirándola con preocupación con unos ojos de un azul cristalino. Sin embargo, la imagen se desvaneció en cuanto volvió a perder el conocimiento.

La visión no había sido un ángel. Se llamaba Taylor Jones y estaba bien vivo. Cazador y comerciante por naturaleza, era un hombre tranquilo y de pocas palabras. Había salido de caza con varios indígenas y lo último que esperaba encontrarse era una joven medio muerta con el cabello rojo y enmarañado, y el rostro tan acribillado por los insectos que casi resultaba irreconocible. La cogió en brazos con delicadeza y, tras pedir a los indígenas que trajeran la litera destinada a transportar la caza, la tendió en ella sin muchas esperanzas. Estaba convencido de que moriría antes del anochecer, pero aun así la hizo llevar hasta el poblado de los indígenas.

Allí la desnudó y la bañó con ternura, sacudiendo la cabeza al ver el estado en que se encontraba su cuerpo. Preparó una cataplasma y se la esparció sobre la piel, luego la envolvió en hojas de tabaco a fin de extraerle el veneno de los insectos. Se sentó a su lado toda la noche velando su sueño y preguntándose quién era y cómo había ido a parar a la inmensa sabana en semejantes condiciones. De vez en cuando le pasaba un paño húmedo por la frente febril y le humedecía los labios cortados. Debía de aliviarle el dolor porque cada vez parecía menos inquieta. Aunque de vez en cuando se le escaparan las lágrimas.

Taylor observó maravillado su silenciosa batalla por sobrevivir, pues se aferraba a su frágil vida con determinación. A la mañana siguiente estaba convencido de que viviría.

Morgana permaneció en estado de coma varios días más, durante los cuales Taylor se sentó a observarla y cuidó de ella como si se tratara de un niño. Le sostenía la mano cuando gritaba en voz alta, y le hablaba con voz dulce y arrastrando las palabras sin dejar de preguntarse por qué le importaba que sobreviviera esa joven desamparada.

Sin embargo Taylor era la clase de hombre que curaba las alas rotas de los pájaros y los soltaba en cuanto eran capaces de volver a volar. No soportaba ver el sufrimiento ajeno y esa mujer de melena pelirroja le inspiraba una extraña compasión. Al cabo de varios días vio con gran alivio cómo abría lentamente los ojos y por un instante creyó ahogarse en sus profundidades verde esmeralda. Resultaban demasiado fascinantes e hipnotizantes, y Taylor experimentó sensaciones que creía olvidadas. Entonces ella esbozó una sonrisa tan hermosa, dulce y encandadora como sus ojos, revelando una dentadura blanca y uniforme.

–¿Estoy en el cielo? ¿Eres un ángel? –preguntó con un hilo de voz.

Al oír estas palabras él casi rió.

–No, aunque por un tiempo creí que ése iba a ser tu destino.

Morgana lo estudió unos instantes en silencio. Era un hombre corpulento, como un gran oso de felpa con el pelo despeinado, barba y bigote. Sus ojos azul cristalino eran serenos y tristes; sin duda había sufrido mucho en la vida. No sólo no apartó la mirada de Morgana, sino que la observaba sin pestañear. Parecía unos veinte años mayor que ella.

–¿Cómo te llamas, pequeña? –preguntó finalmente.

–Morgana.

–Es un nombre muy bonito. El mío es Taylor Jones. Pero estás cansada y no debería hablar contigo. Tienes que descansar.

Morgana se sonrojó, consciente de pronto de que no llevaba nada bajo la ligera sábana que le cubría el cuerpo, y que la habían untado con una especie de bálsamo y cubierto de hojas. Se sentía a gusto y el picor había desaparecido. Cerró los ojos y volvió a dormirse, pensando en el extraño giro que habían tomado los acontecimientos. ¿Quién era ese hombre corpulento que la trataba con tanta amabilidad, y dónde se encontraba?

Pocos días después se vio con fuerzas para incorporarse y tomar el caldo que Taylor le había preparado.

–¿Cómo te sientes hoy? –preguntó al entrar en la cabaña.

–Mucho mejor, gracias –respondió ella, y bebió el caldo humeante.

Morgana se enteró de que era americano. Poseía una plantación en Virginia, lo que explicaba que arrastrara las palabras al hablar, que había dejado al cuidado de su hermano pues, desde la muerte de su esposa hacía varios años, había preferido viajar.

–Sí, ese lugar se volvió muy solitario sin ella y mi hermano dijo que cuidaría de todo si quería marcharme por un tiempo. Eso fue hace siete años. Desde entonces he estado viajando, cazando y comerciando. Me compré un buen barco, al que bauticé *Dama afortunada*. Navego por todo el mundo y una vez al año hago escala en Virginia para ver cómo andan las cosas por allí y vender mis productos. Pero con eso me basta. –De pronto la miró sobresaltado, como si se asombrara de encontrarse hablando con tanta libertad.

En efecto, hacía mucho tiempo que Taylor no hablaba tanto rato seguido. Por lo general era un hombre callado, que prefería escuchar y aprender mientras los demás se explayaban hablando de sí mismos.

–¿Qué me dices de ti, Morgana? ¿Cómo viniste a parar medio muerta a estas tierras salvajes? No es lugar para una mujer.

Con tristeza, ella le contó su rapto y cómo se había fugado. Era una historia inverosímil y disparatada, pero él no le preguntó detalles y le dio tiempo para que se tranquilizara cuando los recuerdos la hacían llorar. Cuando terminó, él volvió a hablar.

–¿Y no sabes dónde está tu marido?

–No. Me temo que me cree muerta. Sin duda ha vuelto a su barco. Él no... las cosas no iban muy bien entre nosotros –concluyó sin convicción.

–Morgana, ¿has pensado... se te ha ocurrido pensar que puede estar muerto? –Taylor intentó que sus palabras sonaran lo más suave posible.

–Sí, lo he pensado, pero no lo creo. No lo sé, estoy tan cansada.

Él se acarició la barba en actitud pensativa. Se había sentido decepcionado al enterarse de que Morgana estaba casada, pero al parecer el matrimonio no había sido satisfactorio. Sin embargo ella había pronunciado el nombre de su marido mientras se hallaba inconsciente, lo que le daba que pensar. No sabía qué hacer con ella. En el fondo creía que su marido estaba muerto. Había visto los asesinatos que cometían los guerreros ashanti. Taylor le cogió el bol vacío de las manos.

–Buena chica. Mañana nos ocuparemos de encontrarte ropa adecuada y decidiremos qué hacer con respecto a tu singular situación.

Se volvió no sin antes advertir que Morgana se ruborizaba al oír que hablaba de su ropa y salió de la cabaña en silencio. Durante un largo rato ella permaneció inmóvil pensando confusa en el extraño y amable yanqui que le había salvado la vida. No se parecía a ninguno de los hombres que conocía y no lo comprendía ni sabía cómo reaccionar ante él. ¿Era posible que hubieran matado a Rian? Sintió una extraña punzada de dolor. No, él era como un gato, siempre caía de pie.

A la mañana siguiente, Taylor cumplió su promesa y le trajo ropa.

–Es todo lo que he podido encontrar, Morgana –se disculpó tendiéndole las prendas–. No son de mujer, pero más vale eso que nada. Pertenecen a uno de los jóvenes de mi tripulación.

Morgana cogió los calzones y la camisa al tiempo que le daba las gracias en un murmullo, pero él ya se había marchado. Vio que también le había traído un poco de agua y, algo temblorosa, se dispuso a lavarse tras quitarse las hojas y el ungüento del cuerpo. Tardó unos instantes en volver a sostenerse en pie, pero finalmente se encontró limpia y vestida. Sorprendida, advirtió que Taylor le había arreglado incluso las suelas de las botas donde el cuero mojado se había podrido.

Comprobó que los calzones le ajustaban perfectamente al agacharse para ponerse las botas. La ligera camisa de lino le ceñía el pecho de modo revelador, pero no le preocupó. A esas alturas ya se había hecho a la idea de que Taylor había visto todo lo que poseía al desvestirla para curarle las heridas. Como no encontró ningún cepillo, Morgana se pasó los dedos por la maraña de rizos cobrizos tratando de ponerlos en orden. Luego salió de la choza.

Cerró inmediatamente los ojos ante el resplandor del abrasador sol africano y tardó unos instantes en volver a abrirlos, entornándolos para protegerlos de la luz cegadora.

–Bien, veo que ya estás en pie. –Taylor se acercó a ella.

–Sí, gracias a ti. Te estoy muy agradecida.

–¡Oh, vamos! –Pareció avergonzarse de su gratitud–. Todo lo que hice fue ayudarte un poco. Eres tú quien luchó con valentía.

–De todos modos te debo la vida, Taylor –insistió

Morgana con una sonrisa. Era la primera vez que lo tuteaba y llamaba por su nombre de pila.

–Oh, a propósito, tengo tu pequeña daga. Un arma bastante peligrosa. –Parecía sorprendido de que llevara semejante objeto consigo.

–Y sumamente útil en ocasiones –dijo Morgana con ironía al recordar con un escalofrío las veces que había tenido que utilizarla.

–Es posible –concedió él, al tiempo que se la devolvía–. Sin embargo no es la clase de objeto que uno espera que lleve una mujer.

–Pero de no haberla tenido, no estaría aquí. Los acontecimientos cambian a las personas. Dudo que vuelva a ser o a hacer lo que la gente espera de una mujer. Pronto desearás haberme abandonado en la sabana –le advirtió.

Él no respondió y se limitó a mirarla brevemente antes de alejarse, dejándola intrigada con su extraña conducta. Lo cierto es que Taylor la consideraba una mujer singular y verla vestida de forma casi presentable lo había hecho caer bruscamente en la cuenta de que además era muy hermosa. Ni siquiera las ligeras marcas que le quedaban de las picaduras de insectos podían disimularlo, y éstas desaparecerían con el tiempo.

Cuando Morgana corrió tras él, Taylor aminoró un poco el paso, porque ella no estaba recuperada del todo y no quería que se cansara.

–¿Por qué me sigues, niña? –gruñó–. Deberías estar en la cabaña descansando.

–Ya estoy harta de permanecer encerrada y quiero ver a qué te dedicas durante el día.

Él suspiró, pero dejó que lo siguiera. A partir de entonces Morgana adquirió la costumbre de acompañarlo siempre, lo que hizo que los indígenas se preguntaran intrigados sobre esa extraña pareja. Taylor le enseñó a arrancar, limpiar y secar las pieles, algo que ella no tardó en hacer a la perfección. No disfrutaba frotando las entrañas de los animales y tendiéndolas al sol, pero siempre estaba dispuesta a asimilar toda clase de conocimientos nuevos, pues creía que podrían serle útiles si alguna vez volvía a encontrarse perdida en tierras vírgenes. Aprendió a reconocer la calidad de las artesanías de oro y marfil, y a determinar la autenticidad de las piezas. Taylor negociaba con maestría con los indígenas, pero si Morgana miraba algo con admiración, lo compraba sin siquiera regatear.

Morgana se recuperó poco a poco; y cuando se vio con fuerzas, aprendió a cocinar observando a las mujeres indígenas que preparaban las comidas de Taylor. Éstas le enseñaron a distinguir las plantas que servían de condimento de las venenosas. Pronto supo preparar estofado de mono tan bien como cualquiera de ellas, aunque se negaba en redondo a hervir las cabezas. Tampoco echaba las manos ni los pies en la cazuela, pues le parecían demasiado humanos. Se estremeció cuando Taylor le informó que algunas de las tribus del monte comían carne humana.

Taylor mandó buscar al barco varias telas con las cuales Morgana se confeccionó vestidos. A menudo levantaba la vista de la costura y pensaba en la escena tan hogareña que representaban, ella cosiendo mientras él fumaba en pipa con aire satisfecho.

Una noche Taylor la sobresaltó cuando en mitad de la cena arrojó de pronto el plato al otro extremo de la cabaña.

–¡Por el amor de Dios! ¿Por qué trabajas todo el día como una indígena? No es propio de una mujer de tu clase.

Morgana lo miró fijamente y se preguntó el motivo de su explosión de cólera.

–Sólo buscaba el modo de complacerte por lo amable que has sido conmigo. Pero si no quieres que cocine para ti, no volveré a hacerlo.

Enderezando sus delicados hombros, se dirigió al otro extremo de la habitación para sentarse en la esterilla que le servía de cama y le volvió la espalda enfadada.

–Lo siento, niña. Es sólo que... por Dios, Morgana. ¿Qué voy a hacer contigo? Ya he terminado prácticamente mis negocios aquí y no tardaré en zarpar. No quiero dejarte en estas tierras y no puedo llevarte a Irlanda, pues de aquí me dirijo a China.

–Entonces llévame contigo. Encontraré el modo de volver a casa –dijo en voz baja, mientras le retumbaban en la cabeza las palabras que una noche había dicho Rian acerca de labrarte tu propio destino o aceptar lo que te depara la suerte–. Llévame contigo. Encontraré el modo de volver –repitió en un murmullo.

A medida que se alejaban de la costa africana, la brisa del mar enfriaba poco a poco el aire. De pie en cubierta, Morgana oteó el horizonte en busca del *Hechicera*, pero no había ni rastro del barco y comprendió desolada que Rian la había abandonado. Tal vez no volviera a verlo. Lágrimas cristalinas corrieron por sus mejillas. Probablemente ni se había molestado en buscarla. Al ver que Taylor se acercaba se apresuró a enjugarse las lágrimas. Por lo menos él era amable y nunca se había propasado con ella.

–Tu camarote está listo, Morgana –gruñó él–. Me he trasladado al del primer oficial a fin de estar cerca de ti. Algunos miembros de la tripulación creen que da mala suerte llevar una mujer a bordo. No me gustaría que ninguno te hiciera daño mientras estás a mi cuidado.

–Gracias, Taylor –respondió ella, y lo siguió hasta el camarote.

No era tan espacioso como el del *Hechicera* y sólo contenía un estrecho catre, pero serviría. Había un espejo y un tocador con un cepillo y un peine. Morgana lanzó un grito de alegría al verlos y, en cuanto Taylor cerró la puerta, se sentó delante del espejo y se dispuso a cepillar sus rebeldes rizos. Él casi sonrió para sí. No estaba seguro de haber hecho lo correcto llevándosela, pero se dijo por centésima vez que en realidad no había tenido otra elección.

Los días no tardaron en seguir una tranquila rutina y las dudas de Taylor se disiparon. Para su sorpresa y la del resto de la tripulación, Morgana se adaptó enseguida, porque en sus viajes en el *Hechicera* había aprendido cómo comportarse en un barco y sabía exactamente cuándo podía pasearse por cubierta sin molestar a los hombres mientras se aseaban, y qué partes del barco no podía explorar bajo ninguna circunstancia. Siempre se mostraba cortés y no atosigaba a nadie con preguntas; y aunque siempre tenía preparada una sonrisa, no flirteaba con ninguno de los marineros ni alentaba sus atenciones. Vendaba cortes y arañazos, y daba consejos al cocinero para que la monótona dieta fuera más variada. La tripulación no tardó en aceptarla y respetarla.

Por las noches cenaba con Taylor y algunas veces con el primer oficial, Matthews, y el contramaestre, Richardson. Los entretenía con sus anécdotas sobre la vida en Londres y ellos le regalaban los oídos con historias acerca de América, de la que ella no sabía gran cosa.

–Pero yo pensaba que eran vastas tierras vírgenes llenas de indios salvajes. –Volvió sus grandes e inocentes ojos hacia ellos–. Me sorprendió mucho saber que Taylor tenía una plantación allí.

Estallaron en carcajadas mientras Taylor le explicaba paciente que gran parte de su país era tan civilizado como Londres y que la sociedad de Virginia podía ser de hecho incluso más esnob. Con expresión pensativa ella asimiló esa información y sonrió cuando se burlaron de su ignorancia. Durante esas veladas Taylor la estudiaba y pronto se despertó en él un deseo que no había experimentado en muchos años. Se sentía muy frustrado ante una situación sobre la que no tenía ningún control.

Le hubiera gustado cortejar a Morgana, pero no podía olvidar que estaba casada. Discutía consigo mismo, diciéndose que ya que en Virginia nadie lo sabía podían regresar a la plantación para establecerse allí y formar una familia. ¿Qué importaba si no contaban con la bendición de la iglesia? Además, en el fondo estaba seguro de que Morgana era viuda, a pesar de que ella se negara a admitirlo. No era posible sobrevivir a un enfrentamiento con los ashanti, y menos aún con apenas un puñado de hombres para ayudarlo. Pero luego suspiraba y reconocía honestamente que prefería no saber qué sentía por él esa mujer. Era tan esquiva como una estrella fugaz y ocultaba los ojos tras sus rizadas y negras pestañas cuando él trataba de averiguar de una forma indirecta en qué estaba pensando.

Por su parte, Morgana pasaba las noches en vela, dando vueltas en el estrecho camastro y apartando con el pie las sábanas empapadas de sudor. ¿Dónde estaba su marido? ¿Había encontrado a otra mujer que calentara su cama? Si la creía muerta, lo más probable era que se hubiera vuelto a casar. No podía estar segura siquiera de seguir siendo la condesa de Keldara. ¡Qué extraño sería volver a Irlanda y encontrar a otra en su lugar!

Morgana contuvo la respiración cuando acudió a su mente la imagen de Rian, su sonrisa burlona, su maldita arrogancia. Casi podía sentir el sabor de sus abrasadores labios sobre los suyos, escuchar su hipnotizante voz obligándola a reconocer que lo deseaba, palpar sus músculos perfectamente marcados en la espalda mientras... «¡Maldito seas, Rian McShane!», juró en silencio. Casi podía verlo de pie ante ella en esa arrogante postura, mirándola de esa forma tan enigmática y peculiar. ¡Al demonio con él! Se echó de nuevo en la cama y, volviéndose de espaldas, tiró de la sábana para cubrir su desnudez. Sin embargo, la risa de Rian resonó en sus oídos al recordar cómo la mordisqueaba con suavidad, le exploraba el cuerpo con las manos y se enrollaba al cuello sus largos rizos pelirrojos susurrándole con voz ronca en la oscuridad.

«Siempre existirá esto entre nosotros –había dicho él–, y lo recordarás mientras vivas. Te conozco mejor que ningún otro hombre, amor mío.»

Amor, amor, amor... La palabra retumbó en su cabeza hasta que no pudo seguir soportándolo y, tras soltar un grito, se tapó los oídos con la almohada. Transcurrió mucho tiempo antes de que se quedara finalmente dormida.

Taylor esbozó una sonrisa al observar cómo algunos hombres de su tripulación trataban de extender una cuerda de tender entre dos de los mástiles y discutían acerca de la mejor manera de hacerlo. Morgana esperaba pacientemente con un cesto lleno de ropa mojada apoyado en la cadera. Los hombres solían colgar la ropa en las barandillas del barco, pero ella temía que el viento se llevara la suya volando y tenía muy pocos vestidos. Finalmente llegaron a un acuerdo y sus prendas no tardaron en ondear al viento. Los hombres se alejaron ruborizados al ver la ropa interior femenina y Taylor a duras penas contuvo una carcajada. Luego se calmó y trató de decidir si Morgana aceptaría o no la proposición que pensaba hacerle esa noche. Llevaba bastante tiempo pensando en ello. Dios mío, estaba encantadora esa mañana, con el cabello recogido en lo alto de la cabeza. Ella sonrió a varios de los marineros más tímidos y preguntó quién era tan amable de sostenerle el cesto. Enseguida se adelantaron varios y casi se pegaron por ayudarla. El elegido dedicó a sus compañeros una orgullosa sonrisa de triunfo.

Al ver sus bufonadas, Taylor sacudió la cabeza con expresión de tristeza y se mordió la lengua. Pero en el fondo se sentía orgulloso del modo en que Morgana se había adaptado a la vida en el barco y de la admiración que despertaba entre sus hombres. Además era lista y estaba convencido de que no tendría ninguna dificultad a la hora de ocuparse de la enorme casa de la plantación, siempre y cuando aceptara su oferta.

El viento hinchaba las velas y los conducía veloz hacia el cabo africano. A veces se cruzaban con traficantes de esclavos, pero Taylor los esquivaba siempre que podía. No le gustaba tener esclavos y en su plantación contrataban trabajadores a sueldo, lo que, según informó a Morgana, su hermano desaprobaba.

–¿Dices que no tienes esclavos? –Le dirigió una mirada interrogante mientras recogía su cesto vacío y lo balanceaba ligeramente a un lado.

–No. Es mal asunto comerciar con seres humanos, Morgana. De hecho, es perverso. Pero todos tenemos nuestras ideas y mi hermano es un buen hombre, por mucho que insista en que compre esclavos. Es joven y no se da cuenta del abominable trato que reciben esos pobres diablos por parte de los traficantes, que los transportan hacinados en barcos con apenas comida y agua. El aire allí abajo está viciado, y con cientos de sudorosos cuerpos encadenados apenas es posible respirar, lo que provoca enfermedades. Y si eso no los mata, la tripulación se ocupa de hacerlo, golpeándolos y aprovechándose por las noches de las pobres mujeres... –Se interrumpió bruscamente–. Pero bueno, no debería contar estas cosas a una dama –concluyó al ver su rostro preocupado.

Esa noche Morgana se recostó en la silla con un suspiro y apuró lentamente su vaso de vino. Todo estaba silencioso. Observó a Taylor llenar la pipa de tabaco y encenderla, aspirando satisfecho el humo. Por alguna razón no se sorprendió cuando él se inclinó sobre la mesa y le cogió la mano.

–Morgana, he estado pensando seriamente en tu situación –empezó a decir lentamente–. Sé que no me crees, pero me temo que tu marido está muerto. De lo contrario ya habríamos visto su barco en alguna parte. –Levantó una mano–. No, déjame continuar. Por lo que me has dicho, no eras exactamente feliz en tu matrimonio. Yo llevo solo muchos años, desde la muerte de mi esposa, pero llega un momento en que un hombre empieza a pensar en establecerse. Me gustaría volver a Fairoaks contigo como esposa, Morgana.

Ella lo miró boquiabierta.

–Pero, Taylor, no sabemos si Rian está realmente muerto –repuso, ligeramente horrorizada por la proposición–. No sería legal.

–También he pensado en ello y no importa. Podemos casarnos en la iglesia de Norfolk y nadie tiene por qué saberlo. No es preciso que me contestes enseguida. Tómate el tiempo que quieras para pensarlo. Yo... he empezado a quererte, Morgana. Te prometo que no te arrepentirás si decides aceptar. Eso es todo. –Le soltó la mano con delicadeza.

Ella permaneció sentada reflexionando mucho rato después de que él cerrara la puerta tras de sí. ¿Tenía algún motivo para volver a Irlanda? ¿Y si Rian estaba muerto? ¿Y si seguía vivo y al regresar a casa descubría que ya no la amaba? ¿Había sido realmente feliz con él? Ésta era la oportunidad ideal para escapar sin tener que dar explicaciones a nadie. Morgana McShane podía morir aquí y ahora, y Morgana Jones viajaría a Virgina como la señora de Fairoaks, una de las plantaciones más grandes del país. Jamás tendría que preocuparse por nada mientras viviera. Taylor la trataría bien, estaba convencida de ello. Si los acontecimientos habían decidido por fin su destino, tal vez lo más sensato fuera aceptarlo.

Una semana más tarde Morgana comunicó a Taylor que se casaría con él. Éste recibió la noticia con aparente calma, besándola en la mejilla. Inmediatamente después ella empezó a preguntarse si había tomado la decisión correcta, pero cuanto más pensaba en ello, más se convencía. Era como si le hubieran quitado un enorme peso de encima.

Ella y Taylor pasaron muchas veladas discutiendo sobre los preparativos de la boda y aunque Morgana sentía ciertos remordimientos, se negaba a permitir que la atormentaran. Pidió a Taylor que le hablara de Fairoaks, lo que hizo encantado pues se sentía muy orgulloso de sus tierras. Morgana se acurrucaba como una niña en su regazo y le tiraba de la barba cuando lo veía demasiado serio, burlándose alegremente de su expresión horrorizada. Le decía que le recordaba un gran oso peludo, y él respondía que más le valía portarse bien si no quería que la mordiera.

Siempre se mostraba educado y cortés, y nunca trató de propasarse; y aunque por las noches ella daba vueltas en la cama, inquieta, nunca reunió suficiente coraje para recorrer los breves pasos que la separaban de su dormitorio.

Sólo una discusión enturbió la felicidad de ambos. Ocurrió cuando Morgana trató de averiguar la situación económica de Taylor, porque deseaba saber si tenía que contar con el dinero de Rian. Taylor se mordió la lengua y le dijo que no se preocupara por ello.

–Pero Taylor, tengo derecho a saberlo. Soy perfectamente capaz de ocuparme de mis asuntos –le dijo, momentáneamente irritada ante su rostro pétreo.

–No. El lugar de una mujer está en su hogar, cuidando de la casa y de sus hijos, Morgana. No tienes por qué preocuparte de las cuestiones de negocios. Satisfaceré todas tus necesidades.

–Pero, Taylor –insistió ella con más suavidad–, estoy acostumbrada a cuidar de mí misma.

–Sí, y fíjate adónde te ha llevado. No sé qué dirá la gente de mi país cuando se entere de tu extravagante pasado, Morgana. –Volvió a morderse la lengua.

Estas palabras irritaron muchísimo a Morgana.

–Bueno, estoy segura de que no tienes intención de contárselo –bramó–. ¿Y qué dirán si descubren que no estamos legalmente casados y que tus hijos son bastardos?

–¡Morgana! No debes decir esas cosas –le advirtió él con expresión seria.

–¿Y por qué no? –Se apartó de él–. No pienso callar y dejar que me tomen por estúpida cuando soy capaz de pensar tan bien, si no mejor, que la mayoría de los hombres.

–Hablaremos de ello más tarde. –Taylor se levantó para salir de la habitación.

–No, lo discutiremos ahora. Quiero saber qué harías tú si por casualidad mi verdadero marido irrumpiera en tu plantación perturbando tu tranquila existencia.

–Es poco probable que ocurra. Tú misma has dicho que seguramente te cree muerta, como lo estarías tú de no haber pasado yo de casualidad por allí. Además, no tenemos por qué preocuparnos de cosas que tal vez no ocurran jamás.

Morgana lo maldijo en silencio una vez se hubo marchado. ¿Cómo se atrevía a tratarla como si no fuera capaz de llevar sus propias finanzas? Ardía en deseos de estirarle la barba y decirle lo estúpido, terco y estrecho de miras que era. Por lo menos Rian jamás la había tratado de ese modo. Siempre respetaba sus opiniones y la animaba a expresarlas en alto. De hecho, ahora que lo pensaba, Rian tenía un montón de buenas cualidades que nunca había apreciado. Puso una mueca frente al espejo, luego se mordió el labio inferior, malhumorada. Bueno, una vez que llegaran a Virginia y Taylor tuviera las manos atadas, vería si se quedaba en casa como una mujercita sumisa.

Casi se echó a reír al pensar en la cara que pondría Taylor si ella revelaba a sus invitados la verdad de su relación. Sin duda la mitad de las mujeres presentes se desmayarían al enterarse. Luego se reprendió a sí misma por tener tales pensamientos. Taylor no merecía semejante trato, y menos después de lo amable que había sido con ella. Sin embargo no podía evitar sacarlo de su obstinación.

Bueno, tan pronto lo tuviera donde ella quería, tomaría Virginia por asalto y haría exactamente lo que se le antojara. ¡Al demonio con todos ellos! Sacó una botella de la bodega privada de Taylor y se sirvió un gran vaso de brandy. Luego, sabiendo que a él no le haría ninguna gracia sorprenderla bebiendo, se apresuró a enjuagarse la boca con agua de colonia.

Cuando bajó a cenar, Taylor se preguntó por qué Morgana le sonreía, pero por lo menos no estaba enfadada como se había temido. Pareció contenta de sentarse en su regazo y le dirigió una mirada inocente. Sin embargo le inquietaba que una mujer estuviera dotada de una mente tan rápida y calculadora. Le molestó que le tirara bromeando de la barba y le dijera que estaba impaciente por conocer Fairoaks.

–¿Tendré que arrastrar las palabras al hablar? –preguntó dulcemente–. ¿Cómo es? Vamos, Taylor, cariño, no comprendo cómo os las arregláis para sacar adelante esa enorme granja. –Morgana imitó su forma de hablar.

–Ya es suficiente, Morgana. Esta conducta no es propia de ti.

Al advertir su expresión taciturna, Morgana suspiró arrepentida.

–Lo siento, Taylor. Es que me gustaría congeniar con tus amistades –mintió ella–. ¿Cómo crees que se sentirán cuando te vean llegar con una esposa colgada del brazo, y nada menos que una conservadora irlandesa? Me compararán con tu esposa y tal vez no pueda ocupar su lugar. La gente suele atribuir a los difuntos virtudes que sus sucesores no pueden equiparar.

Taylor la miró fijamente y de pronto comprendió. «De modo que se trata de eso», pensó. Simplemente se preguntaba, preocupada, si sus amigos la aceptarían y si él seguía amando a su difunta esposa. Eso era algo que podía solucionar fácilmente y se aferró a esa idea con ansias.

–No te preocupes. No conocieron lo bastante a Janet como para formarse una opinión de ella. Murió poco después de terminar la plantación, de modo que apenas vivió un año en ella. Y tengo el suficiente sentido común como para darma cuenta de que no te pareces en nada a mi difunta esposa, Morgana. No trato de hacer comparaciones, así que puedes estar tranquila.

Morgana bajó la mirada para que no adivinara lo que pensaba, pues recordó que Rian siempre decía que sus ojos la delataban. ¡Qué fácil era engañar a Taylor! No tardaría en tenerlo bailando al son que le tocara. Sonrió vacilante y se apartó de él.

–Juguemos a cartas –lo desafió.

Y para que él no se asombrara de lo lista que era en realidad, Morgana le dejó ganar tres partidas hasta que él insistió en dar por terminada la velada.

Las olas azotaban suavemente el casco del *Dama afortunada* mientras éste surcaba las aguas del océano, rodeando en la oscuridad el cabo de Buena Esperanza. Morgana cerró los ojos soñolienta y se tapó con las sábanas, sin saber que el barco de Rian se hallaba amarrado en el puerto de Ciudad de El Cabo, tan cerca, y sin embargo, tan lejos de ella.

XXVIII

Rian observó taciturno el vaso de whisky y dirigió tal mirada de disgusto a la desaseada camarera que le guiñó un ojo que ésta se apresuró a volverle la espalda, tras disculparse en voz baja por haberlo molestado. Él volvió a fruncir el entrecejo antes de sumirse de nuevo en la contemplación del líquido ambarino. Había estado enfermo pero empezaba a recobrarse. Dios mío, cómo había podido ser tan inconsciente...

Se abrió paso a machetazos entre la frondosa vegetación de la selva africana, sin volver la vista atrás para ver si sus hombres lo seguían. Estaba convencido de que Morgana estaba muerta. Había albergado esperanzas pero éstas se desvanecieron de modo irreversible al oír las palabras de un moribundo. No volvería a tenerla. Nunca más volvería a oír su risa alegre y vibrante, ni a probar sus dulces labios de miel, ni a sumergirse en las profundidades de sus oscuros ojos verde esmeralda. La única mujer a la que realmente había deseado y amado había muerto.

La partida de hombres emprendió el serpenteante camino de vuelta al río y de allí se dirigió a la costa. Los ashanti habían quemado los botes amarrados en Bobosanga, de modo que no fue preciso encender una hoguera en la playa para llamar la atención de los ocupantes del *Hechicera*. Harrison enseguida envió otro bote a recogerlos. Estaban medio muertos, cubiertos de picaduras de mosquitos. A uno de los hombres seguía sangrándole la herida que había recibido mientras luchaba con un leopardo hambriento. Murió poco después de que lo subieran al barco y Harrison dio instrucciones de que arrojaran su cuerpo por la borda. Al resto de los hombres los envió a la enfermería. Pero no había nada que pudiera hacer ante la expresión que vio reflejada en los ojos de su capitán.

Los hombres que habían seguido a Rian contaron a Harrison lo ocurrido con tanta calma como les fue posible y le informaron de que el capitán no había pronunciado palabra desde que abandonaron el poblado de los ashanti. El señor Harrison sacudió la cabeza muy preocupado.

–Sí, sabía que no era buena idea llevar a la joven a ese salvaje lugar. Pobrecilla, que Dios la acoja en su seno. Ha muerto y no se puede hacer nada al respecto –les dijo–. Pero jamás he visto al capitán en este estado. Me temo que ha perdido el juicio.

Los demás asintieron en silencio.

–Debemos rezar por él, señor Harrison –habló el padre John. Había subido a bordo al ver que no le quedaba otra alternativa. Se proponía desembarcar en Ciudad del Cabo, donde conocía otra misión–. Y confiar en que recobre pronto el juicio –añadió refiriéndose a Rian–. Creo que se culpa por la muerte de lady Keldara. Debía de quererla mucho.

–Sí, debemos hacer todo lo que esté en nuestras manos –asintió el primer oficial con solemnidad.

Sentado en su camarote, Rian sólo veía el encantador rostro de Morgana. Bebía sin parar, pero ni siquiera la gran cantidad de whisky que ingería lograba borrar esa imagen de su mente atormentada. Pasaba horas interminables jugando con el rompecabezas chino y enviaba las comidas de vuelta a la cocina sin probar bocado. No se bañaba ni se afeitaba, se le acentuaron las arrugas y la blanca cicatriz destacaba aún más en su rostro bronceado. Cuando Harrison se aventuró a asomar la cabeza por la puerta, Rian lo maldijo con furia y le gritó que pegaría un tiro a quien se atreviera a entrar.

El primer oficial se retiró con sigilo, aún más preocupado. Abajo, la tripulación parecía cada vez más inquieta e insumisa al ver que Rian no prestaba atención al barco. Algunos se atrevieron a desobedecer las órdenes de Harrison y expresaron su hastío en voz baja cuando éste los hizo azotar y encerrar. El primer oficial se dio cuenta de pronto de lo oscuros que eran los pasillos del barco y lo fácil que resultaría clavarle un cuchillo por la espalda. Temía que los hombres intentaran rebelarse en cuanto se presentase la ocasión. Ya no lo incluían en sus discusiones y guardaban silencio cuando lo veían acercarse, para volver a murmurar tan pronto como se alejaba.

Él y Timmons, el contramaestre, discutían por las noches acerca de las posibilidades de que se produjera una sublevación.

–Te lo digo, Timmons, no me gusta el cariz que están tomando las cosas. No me gusta en absoluto. El cocinero dice que alguien entró en el pañol y robó la mayor parte de las provisiones y las raciones de agua.

–Sí, creo que será mejor que nos preparemos para un motín –respondió Timmons con expresión grave–. Lo primero que debemos hacer es guardar bajo llave los rifles que el capitán tiene a bordo.

Se apresuraron a hacerlo, pero era demasiado tarde. La cerradura de la caja fuerte había sido forzada y robado el precioso contenido.

–Nos atacarán esta noche –dijo Harrison–, cuando crean que dormimos. Yo haré la primera guardia.

–¿No crees que deberíamos informar de esto al capitán, Harrison? –preguntó Timmons asustado.

–Te digo que ha amenazado con pegar un tiro a quien entre en su camarote. Y yo le creo, muchacho. ¿No has visto su cara? Parece como si estuviera muerto por dentro y le tuviese sin cuidado lo que suceda alrededor de él. Ha cargado sus pistolas de duelo y no se separa de ellas. Aun borracho, el capitán es mejor tirador que la mayoría de los hombres sobrios. Y no quiero que me atraviese con su espada si puedo evitarlo. Llevo mucho tiempo al servicio del capitán, pero nunca lo había visto así. No sé qué hacer. –Harrison parecía perplejo.

–Sí, la tripulación de este barco no es más que una pandilla de avariciosos. Sin duda confían en hacerse con el mando y repartirse el botín que el capitán tiene almacenado. Sólo su caballo debe de costar una fortuna. Creo que podemos contar con Jeb –observó Timmons–. Quedó muy afectado por la muerte de la joven. Era como una hija para él, a pesar de que le tomáramos el pelo. No ha vuelto a tocar su guitarra desde que se enteró de la noticia.

–Y con el cocinero. A él tampoco le gusta cómo están las cosas –apuntó Harrison–. Por lo visto navegó en un barco en el que la tripulación se amotinó y me comentó que jamás lo olvidaría. Los que sobrevivieron casi murieron de hambre porque algún idiota había lanzado por la borda todas las provisiones y el agua potable.

–¡Santo cielo! –Timmons se estremeció–. Espero que ninguno sea tan necio como para hacer algo así. Muchos están demasiado enfermos para luchar y tal vez podamos apartarlos del resto. Llámame cuando quieras que te reemplace.

–Lo haré –prometió Harrison.

Cuando finalmente se oyeron murmullos y ruido de pasos anunciando el motín, Harrison se hallaba preparado. Tenía sus pistolas cargadas y listas, y se apresuró a despertar a los hombres leales. Él, Timmons, Jeb, el cocinero y el padre John, reclutado a última hora, se atrincheraron en el camarote del primer oficial. Los que quisieran atacarlos tendrían que cruzar por fuerza esa puerta. Y así lo hicieron. Tan pronto como un hombre cayó, otro ocupó su lugar. Acudieron en tropel, pisoteando sin reparos los cuerpos de sus compañeros moribundos a medida que llegaban. Los hombres en el interior del camarote no cargaron las pistolas lo bastante deprisa y la enfurecida tripulación pronto invadió la habitación. En tan reducido espacio, empuñaron sus estoques y la lucha se volvió aún más sangrienta.

Rian despertó del sopor en que lo había sumido el alcohol.

–¿Qué demonios ocurre? –bramó, con los ojos inyectados en sangre.

Cogió sus pistolas y salió como un huracán del camarote con la intención de asesinar a quien estuviera armando tan horrible alboroto. No tardó en comprender lo ocurrido. La tripulación no había tenido la precaución de vigilarlo porque todos creían que había perdido el juicio. Ahora se presentaba ante ellos y se convencieron de que en verdad estaba loco. Mató a dos con sus pistolas, luego empuñó su estoque para unirse a la refriega.

Las espadas entrechocaron, acero contra acero, y Rian los fue eliminando uno tras otro hasta que los pocos que quedaban decidieron rendirse y, volviéndose con resentimiento hacia su barbudo capitán, arrojaron las armas.

–¿Qué demonios significa esto, Harrison? ¿Por qué no me informó de que los hombres planeaban una sublevación? –Rian limpió la espada con cuidado lanzando al primer oficial una mirada fulminante.

–Lo siento, capitán, pero amenazó con disparar al primero que asomara la cabeza en su camarote. No ha sido el mismo, capitán. No es mi intención ofenderle –se apresuró a añadir Harrison al ver la mirada penetrante de Rian.

–Encierre a esos hombres –gruñó Rian.

–Lo siento, capitán –volvió a decir Harrison, tragando saliva–, pero si encierro a todos en el bergantín, no quedará nadie para llevar el barco.

–Entonces cuelgue en la verga a los cabecillas. Déjelos allí hasta que se pudran, y ocúpese de que el resto vuelva al trabajo. El que se queje será lanzado por la borda. ¿Está claro?

–Sí, capitán. A sus órdenes, capitán. –Harrison casi sonrió. El capitán volvía a ser el mismo de siempre.

Se apresuró a cumplir sus órdenes y ordenó arrojar los cadáveres por la borda, ejecutó a los cabecillas (que fueron descubiertos sin dificultad ya que los mismos hombres los delataron) y se encargó de que el resto volviera a sus tareas. Al terminar, Harrison acudió enseguida al camarote de Rian para informarle.

–Me he ocupado de todo, capitán. Déjeme ver esa herida. –Examinó detenidamente el corte del brazo, apartando la mano de Rian cuando éste trató de detenerle–. Lo mejor será echar un poco de whisky encima. Más vale no correr riesgos.

–Deje de darme la lata en tono maternal. –Rian retiró el brazo impaciente–. Echaré un poco de alcohol, si es que aún queda algo.

–Sería un milagro –murmuró el primer oficial.

–¿Cómo dice? –Rian arqueó perversamente las cejas.

–Que sería un milagro que quedara –se atrevió a decir Harrison–. Después de quedarse aquí sentado bebiendo a grandes tragos como si se tratara de agua, es un milagro que siga con vida. Lo he visto enfurecerse y degollar hombres, pero jamás lo había visto permanecer de brazos cruzados sumido en la autocompasión –concluyó desafiante.

–¡Basta ya! –exclamó Rian–. ¡Salga de aquí ahora mismo!

–Sí, capitán. –El primer oficial salió dando un portazo.

El conde permaneció largo rato mirando al vacío después de que Harrison se marchara. El primer oficial era uno de sus más viejos amigos y Rian sentía gran respeto hacia él. Le enfureció que lo reprendiera tan amargamente, sobre todo porque sabía que tenía toda la razón. Rian estaba muy enfadado consigo mismo. Había bebido hasta sumirse en un horrible sopor, sin prestar atención al barco y permitiendo que sus hombres se amotinaran. Hacía semanas que no se bañaba ni afeitaba. Se miró en el espejo y no dio crédito a lo que vio. Morgana se habría estremecido de miedo al verlo.

¡Morgana! Pensar en ella lo estaba enloqueciendo. Tenía que olvidarla, dejar que su fantasma descansara en paz. Soltó una amarga maldición y a voz en cuello pidió a Harrison que le trajera agua. Éste cumplió la orden encantado pues había descubierto dónde habían escondido las raciones que faltaban.

Con los primeros rayos del amanecer Rian apareció en cubierta, limpio y recién afeitado. Verlo en total posesión de sus facultades disipó los planes de insurrección que pudieran quedar en la mente de su tripulación. Se hizo cargo del timón tras informar a Harrison que se detendrían en Ciudad de El Cabo para reponer provisiones y dejar al padre John en la misión.

Harrison asintió con rostro inexpresivo, pero el capitán advirtió que al darle la espalda sonreía.

El conde volvió bruscamente al presente y tiró unas cuantas monedas sobre la mesa para pagar el whisky antes de salir del bar de Ciudad de El Cabo. Frunció el entrecejo. Podía volver tranquilamente al barco pues de nada le serviría buscarse a una fulana con quien pasar el resto de la noche. Ninguna de las mujeres que había visto era pelirroja, ni tenía los ojos verde esmeralda. «¡Maldita seas, Morgana!», musitó mientras paseaba por el puerto en la oscuridad. Permaneció en los muelles unos instantes, viendo las altas y blancas velas de un barco que surcaba a lo lejos las brillantes aguas. Consiguió a duras penas leer el nombre del barco a la luz de la luna, *Dama afortunada*. Confió en que fuera tan apropiado como el de *Hechicera*.

–Buen viaje, madame –murmuró con tono burlón antes de subir por la pasarela de su barco.

¡La India! El nombre en sí brillaba como las prendas que vestían los indígenas de piel morena. Las mujeres se cubrían el rostro con un velo y algunas llevaban brillantes joyas en la frente. Una vez que Taylor la dejó bajar del barco, Morgana contempló con avidez cuanto la rodeaba. Muchos de los hombres vestían túnicas blancas y algunos llevaban la cabeza envuelta en un turbante.

–Vamos, Taylor, visitemos la ciudad o vayamos de compras. –Morgana lo cogió del brazo y comenzó a tirar de él, tratando de arrastrarlo.

–¡Estáte quieta, por favor! Tengo asuntos que atender y no permitiré que te pasees por las calles como una vulgar fulana. He enviado un mensaje al maharajah de Bhavnagar y nos ha invitado a cenar. ¿No te parece mejor? –Miró preocupado su expresión de disgusto.

–De acuerdo, pero como te sientes allí y hables de negocios toda la noche, me pondré a gritar de aburrimiento –dijo ella con tono desafiante.

–Pensé que te interesaban mis negocios. ¿Has cambiado de parecer?

Morgana no contestó y él sonrió satisfecho. Había empezado a aburrirse de sus negocios, como la mayoría de las mujeres. Así pues, ya no tenía de qué preocuparse.

Para sorpresa de Morgana, el maharajah vivía en un asombroso palacio con cúpulas, altos chapiteles y alminares.

–Me recuerda en cierto modo al Pabellón de Brighton –murmuró mientras eran conducidos por largos corredores–. Ya sabes que Prinny está decorándolo al estilo oriental.

–¿Cómo voy a saberlo? –Taylor puso los ojos en blanco–. La verdad, Morgana, a veces dices cada disparate. Confío en que permanezcas callada durante la cena.

–No lo haré si sigues tratándome tan injustamente. –Hizo un mohín y le tiró de la barba, con gran disgusto por parte de él–. Tal vez el maharajah me encuentre divertida, aunque a ti no te lo parezca.

–Por el amor de Dios, Morgana. Gran parte de mis negocios en la India son a través de él. Si haces algo escandaloso se negará a volver a recibirme.

Morgana se ruborizó ante su mirada exasperada. Evidentemente, Taylor no tenía ningún sentido del humor. Decidió comportarse con absoluta corrección, luego se volvió con arrogancia y lo maldijo en voz baja. A veces le recordaba a una anciana quisquillosa. ¡Ojalá fuera más atrevido!

El maharajah de Bhavnagar le pareció fascinante y no el salvaje que esperaba encontrar. Tenía un aspecto muy distinguido y hablaba inglés con soltura. De cabello negro y tez morena, parecía a su vez fascinado con Morgana y no podía apartar los ojos de ella cuando se sentaron en cojines de satén alrededor de una sofisticada mesa de bambú.

Morgana tenía un aspecto encantador con el vestido que se había confeccionado con las telas almacenadas en el barco de Taylor. Era un modelo sencillo, después de todo no era costurera, pero la seda negra destacaba la palidez de su tez y arrancaba destellos de sus ojos verdes acentuando las negras pestañas que ocultaban esas joyas esmeralda. El cabello le brillaba como cobre bruñido.

Taylor frunció el entrecejo al verlos reír juntos. Morgana se ruborizó cuando el maharajah se inclinó para ofrecerle una fruta. Ella la mordió con avidez y advirtió cómo se le oscurecían los ojos de placer al ver sus pequeños dientes blancos y sus labios sensuales. Cuando el maharajah propuso pasear por los jardines del palacio, ella aceptó encantada, haciendo caso omiso de las malas caras de Taylor. Sus ruidosas carcajadas resonaron alegres en la noche y el eco llegó a Taylor a través de la galería abierta, atormentándolo. ¿Qué hacían allí fuera su prometida y el maharajah? No le habían pedido que los acompañara. Suspiró. Ojalá pudiera llevársela a Virginia, a Fairoaks. Estaba convencido de que allí las cosas serían diferentes.

La fragancia de las flores exóticas flotaba en la noche. Morgana advirtió la mirada invitadora de Sirsi, como el maharajah le había pedido que lo llamara, y el corazón empezó a latirle con fuerza. Él se hallaba en la penumbra y por un instante creyó que era Rian. Rian en los jardines de Shanetara hablándole de la hora de las brujas. Se oyeron las campanadas de un reloj. «Con esos ojos que tienes podrías hechizar a cualquier hombre.» Morgana se estremeció. «Mañana tendré un cardenal», se había quejado ella, y él había replicado: «Cuéntales que te he puesto mi marca y verás cuántos hombres se atreven a desafiarme.»

–No ha oído una palabra de lo que he dicho, ¿verdad, Morgana? –Los oscuros ojos de Sirsi la devolvieron al presente con un sobresalto.

–Lo... siento, Sirsi. Me temo que estaba en otra parte, en otra época, en otro lugar –se disculpó ella consternada.

–No importa. Sólo le he preguntado si les gustaría alojarse en el palacio durante su estancia aquí.

–Oh, sí, sería estupendo, pero antes debo consultarlo con Taylor. Me temo que no le gusta que tome decisiones por mi cuenta.

–Y hace bien, el hombre tiene derecho a reinar en sus dominios. –La sonrisa de Sirsi brilló en la oscuridad.

–¿Y si no tiene cualidades para ello? –lo desafió Morgana en broma, pero con una nota seria en la voz.

–Entonces otro debe ocupar su lugar.

El maharajah arrancó una flor para ponerla en el pelo de Morgana. Al hacerlo sacudió ligeramente el matorral y la túnica le quedó cubierta de pétalos, semejantes a diminutas estrellas a la luz de la luna. Morgana se estremeció al sentir el roce de su mano y de pronto deseó que sus ojos fueran verdes, en lugar de marrones.

–Me persigue un demonio, Sirsi. ¿Entramos ya?

El maharajah la siguió en silencio, preguntándose la causa de su repentino cambio de humor. Le habían hablado de la frialdad de los ingleses, pero en Morgana había fuego y se proponía avivarlo hasta ver aparecer la llama del deseo.

Taylor se disgustó al ver la flor en el cabello de su prometida y los pétalos que cubrían la túnica de Sirsi, y disfrutó al llamar la atención del maharajah con cierto sarcasmo.

Sirsi sonrió y se sacudió los pétalos con gesto indolente.

–Su prometida es una mujer encantadora, capitán Jones. Le he dicho que mis establos están a su disposición y les ruego que durante la visita se alojen en mi palacio como mis huéspedes.

El capitán no tenía más remedio que aceptar. Rechazar la hospitalidad del príncipe hubiera sido una grosería y no era prudente insultarlo.

Los días siguientes Morgana acompañó con frecuencia a Sirsi en sus paseos a caballo por las tierras de su pequeña provincia. Le presentó a sus esposas, Jind, Dhoraji y Amreli, y cuando no estaba cabalgando, se pasaba las horas en las estancias de las mujeres. Éstas se mostraron encantadoras y se apretujaron alrededor de ella con curiosidad, como habían hecho las mujeres de Don Mojados. Morgana descubrió que seguía sin acostumbrarse a la idea de que un hombre tuviera más de una esposa. Le parecía primitivo y pagano, pero las mujeres la trataban con tanta amabilidad que no podía por menos que corresponderlas.

Jind era la más joven, esbelta y sensual, con una boca roja como el vino tinto y los ojos misteriosamente rasgados. Tenía el cabello largo y oscuro, y en la nariz llevaba un pequeño diamante. Todas tenían agujeros en las orejas y le habían rogado a Morgana que les permitiera agujerearle las suyas, pero ella se había negado en redondo.

Dhoraji era la mayor y algunas veces resultaba un poco irritante. Era la madre del príncipe que algún día heredaría el reino de Sirsi y jamás permitía que las demás esposas, que sólo habían traído al mundo hijas, lo olvidaran.

El rostro de Amreli recordaba el de un gavilán y, sin ser realmente bonita, Morgana observó en ella cierta sensualidad que podía haber atraído a un hombre como Sirsi.

Sirsi. Con qué facilidad pronunciaba su nombre. Era un hombre frío, pero ella sospechaba que había mucho más tras ese aspecto regio. Tuvo ocasión de vislumbrar su temperamento el día en que una mujer intocable intentó tocarle la tela del vestido en el mercado. Si Morgana no hubiese intervenido el maharajah habría ordenado azotar a la joven. Le costaba comprender el sistema de castas que imperaba en la India porque, de no ser por el vestido que llevaba, la mujer podría haber sido muy bien una de las esposas de Sirsi.

Él la entretenía espléndidamente, con gran disgusto por parte de Taylor, quien empezaba a impacientarse con el maharajah y ansiaba concluir de una vez sus negocios para poder zarpar de nuevo. Pero el príncipe le daba largas, alegando que tendrían tiempo de sobra para negociar. Taylor sospechaba que Morgana era la responsable del retraso, pero no podía hacer nada al respecto. Si trataba de tocar el tema, ella se limitaba a reír y le decía que no fuera tan remilgado.

Un anciano que leía el futuro palpando la cabeza de la gente dijo la buenaventura a Morgana. Sus palabras la desconcertaron tanto que sintió un escalofrío bajo el brillante sol de la India y tras arrojar unas cuantas monedas al hombre se alejó rápidamente. De los montones de telas brillantes del mercado seleccionó varias para confeccionarse saris. Y contempló las cobras que emergían de las cestas de los flautistas con un estremecimiento de temor, pues le recordaron las víboras de África.

Varios días más tarde Sirsi propuso viajar a la ciudad de Agra para ver el Taj Mahal, y partieron del palacio de Bhavnagar seguidos de un gran séquito y escoltados por varios guardias armados. Jind y Amreli los acompañaron en literas, pues no les gustaba cabalgar. Dhoraji prefirió permanecer en palacio ya que había visto muchas veces ese maravilloso lugar. Morgana no tuvo problemas con su pequeño caballo pues las semanas anteriores se había acostumbrado al temperamento del animal, y se sorprendió al descubrir que Taylor se sentía tan a sus anchas a lomos de un caballo como en la cubierta de su barco, porque nunca había salido a cabalgar con ellos. Se alegró de llevar el manto que la protegía del sol y del polvo durante el trayecto, aunque en ocasiones envidiaba la comodidad con que viajaban Jind y Amreli. Habría sido agradable recostarse en una de las literas con cortinas y ser abanicada con hojas de palmera, pero no quería desaprovechar la oportunidad de estar junto a Sirsi.

Estaba muy atractivo sobre su semental blanco, y cuando en más de una ocasión posó su cálida mirada en Morgana, ésta se ruborizó. Sí, tenía un buen porte y ocupaba cada vez más sus pensamientos, sobre todo por las noches, cuando se detenían a montar las espaciosas tiendas de seda y cubrían el suelo de alfombras y almohadones. Ella daba vueltas en su estera, imaginándose como una princesa india, y cuando en ocasiones no lograba conciliar el sueño, salía a pasear por la arena del desierto y estudiaba las estrellas. Una vez vio al maharajah de pie ante su tienda observándola en la oscuridad y se apresuró a volver a su estera con el corazón extrañamente palpitante.

Cuando varios días más tarde Morgana tuvo ocasión de contemplar el Taj Mahal, pensó que era el edificio más bello que jamás había visto. Se trataba de una perfecta joya de mármol blanco, tan delicada y majestuosa que casi la dejó sin aliento. De pie bajo la arcada, se maravilló de su belleza. Hasta Taylor parecía anonadado.

–Cuénteme la historia, Sirsi. ¿Quién lo mandó construir y por qué? –le rogó impaciente.

–Fue inspirado por el amor –respondió el príncipe, y pasó a relatar una de las más bellas historias que Morgana había oído en su vida–. El Taj Mahal tardó ocho años en levantarse y se terminó en 1648. El rey que ordenó construirlo, Shah Jahan, reinó en el vasto imperio musulmán de la India, cuya capital era Agra. Invitó a artistas y arquitectos de todos los países para construir su ciudad de mármol. Poseía enormes arcas llenas de oro y rubíes, y los establos reales albergaban miles de caballos y cientos de elefantes. Pero el tesoro que el rey preciaba por encima de todo era su hermosa esposa, Mumtaz-i-Mahal, que significaba la Elegida del Palacio.

»Como sabe, tenemos la costumbre de poseer muchas esposas, pero para Shah Jahan sólo existía una. Dicen que él y Mumtaz-i-Mahal no se separaron ni un solo día en los ocho años que duró su matrimonio. Pero el destino intervino con mano cruel convirtiendo ese gran amor en una tragedia. La emperatriz contrajo una fiebre fatal y falleció. Durante días la corte temió que el rey también muriera, pues se negó a probar bocado y ni sus hijos se atrevían a hablar con él. Finalmente llamó a su mejor arquitecto, el persa Usted Isa, y le encomendó construir la tumba de su amada reina. El rey gastó gran parte de sus riquezas en el Taj Mahal, que significaba la Corona de Mahal –tradujo Sirsi–. Y derramó todas sus lágrimas, dolor y amor en él.

Profundamente conmovida, Morgana escuchó en silencio el resto de la historia.

–Dicen que la tumba encierra un espíritu, Morgana –continuó Sirsi–. Cuenta la leyenda que si dos amantes se aventuran en los jardines una noche de luna llena, pueden ver cómo el sepulcro desaparece envuelto en la niebla y durante un emocionante instante vislumbran la radiante imagen de la reina Mumtaz-i-Mahal antes de que se desvanezca entre los rayos de luna que se reflejan en las fuentes.

–¿Y qué fue de Shah Jahan? –preguntó Morgana mientras contemplaba el dosel bordado con diez mil perlas que coronaba el ataúd de la emperatriz.

–Oh, esa parte de la historia también es triste, porque justo cuando terminaron la tumba, el hijo del rey lideró una rebelión contra el trono y encerró a su padre en prisión. Shah Jahan permaneció siete largos años esperando la muerte. Finalmente, cuando yacía moribundo, pidió a los solados que al amanecer lo llevaran al balcón de la prisión para ver el Taj Mahal una última vez antes de morir. Cumplieron su deseo y el anciano cerró los ojos para siempre, satisfecho de reunirse pronto con su verdadero amor –concluyó Sirsi.

De pronto Morgana se sintió muy vacía y, para su sorpresa, se encontró llorando por los dos amantes desventurados y por ella misma.

–Vamos, Morgana, la he hecho llorar. –El maharajah parecía realmente acongojado. Se habían separado de Taylor, Jind y Amreli y se hallaban a solas en esa particular sección de la tumba–. No debe estar triste. Todo eso ocurrió hace muchos años. No era mi intención afligirla.

–Lo siento, Sirsi, pero no puedo evitarlo –dijo Morgana entre sollozos, tomando el pañuelo que le ofrecía.

Se secó los ojos y no protestó cuando él la rodeó con el brazo y la atrajo hacia sí para consolarla. Se preguntó si Rian había visto alguna vez esa tumba. Sin duda habría comprendido exactamente cómo se sentía en ese momento, aunque le extrañaría que lo hiciera. Sin embargo la había comprendido cuando se le aparecieron los fantasmas de Shanetara y le habló de su amor. Se oyó ruido de pasos en el corredor y se separaron bruscamente.

–Os estábamos buscando –dijo Jind malhumorada.

–¿Has estado llorando, Morgana? –Taylor la miró con suspicacia.

–Ha sido por mi culpa –explicó Sirsi–. Le he contado la historia de la tumba y se ha entristecido. ¿Ya está mejor, Morgana?

–Sí, gracias.

El rostro de Jind se relajó al oír estas palabras y miró a Morgana con más benevolencia.

–Sí, es muy triste, ¿verdad? Yo también lloré la primera vez que oí la historia. Vamos, salgamos de este sombrío lugar. Estoy hambrienta.

Morgana estaba tan ensimismada que apenas habló durante todo el camino de vuelta. Taylor trató de animarla, pero no pudo hacer nada para arrancarla de su melancolía.

Una noche se despertó empapada en sudor y con las sábanas pegadas al cuerpo. Sabía qué le ocurría, pero se negaba a reconocer que echaba de menos las caricias de Rian, su esbelto cuerpo junto a ella, el roce de sus abrasadores labios. Él había despertado su naturaleza apasionada y ahora Morgana necesitaba que calmaran su ansiedad. Jind y Amreli seguían durmiendo y no se movieron cuando ella abrió la tienda y salió. El eunuco que montaba guardia se movió ligeramente pero se limitó a asentir al ver que sólo se trataba de la mujer inglesa. Era agradable sentir el aire frío del desierto contra su piel y la arena caliente bajo sus pies desnudos. Morgana parecía flotar a la luz de la luna mientras caminaba por el campo silencioso. Un movimiento entre las sombras llamó su atención y Sirsi salió de la oscuridad.

Ella abrió la boca y susurró:

–Sirsi, yo...

Morgana no tuvo que decir nada más. La presión de los labios de Sirsi sobre los suyos acalló sus palabras. Le echó los brazos al cuello y él la condujo a su tienda. La tendió con suavidad entre los almohadones y le desabrochó el camisón sin prisas, con delicadeza. Morgana no sintió vergüenza cuando él besó delicadamente sus senos, luego susurró con voz ronca su nombre al tiempo que exploraba entre sus muslos. Se estremeció al sentir el roce de su mano y, atrayéndolo hacia sí, trató torpemente de desabrocharle el cinturón de la bata. Finalmente se la quitó y sus dedos se encontraron con su miembro erecto. Gimió levemente cuando él la penetró y se acopló al ritmo que imponían sus caderas, preguntándose si era la luz de la luna lo que hacía que sus ojos se vieran verdes en la oscuridad.

Morgana suspiró satisfecha cuando los primeros rayos del amanecer iluminaron el cielo. Bostezó y se estiró, recorriéndose el cuerpo con las manos. Tendida en la bañera de mármol blanco, se alegró de que Jind, Amreli y Dhoraji aún durmieran. Sirsi era un buen amante, aunque resultaba extraño que fuera él el primer hombre a quien se entregaba de buen grado. Vestida con un fresco sari, se paseó por los jardines del palacio. Se detuvo a arrancar una flor y le dio vueltas entre las manos. No tenía nada que hacer. Más tarde enviaría a uno de sus criados por un vaso de zumo y se quedaría un rato en el jardín. Ahora eran las noches lo que contaban, las noches en que ella se escabullía de los aposentos de las mujeres y pasaba por delante de los eunucos, que desviaban prudentes la mirada, en busca de los brazos y labios de Sirsi. No tenía que seguir dando vueltas en la cama, ansiando amor.

Esos encuentros furtivos hacían que Sirsi se sintiese

cada vez más enamorado de ella; le rogaba que se quedara con él y se inventaba nuevas excusas para posponer su partida.

–No puedes casarte con el capitán Jones, Morgana –le susurró una noche–. Cuando te imagino en los brazos de ese anciano...

–No es tan mayor, Sirsi. Además, él no tiene otras esposas –bromeó ella.

–Oh, Morgana, sabes que no puedo abandonarlas por ti; pero te juro que si te quedas, no volveré a visitar el aposento de las mujeres. Te trataré como a una reina y tendrás tus propias habitaciones y criados, todo lo que puedas desear.

–Pero no seré más que una concubina, Sirsi –protestó ella, luego se abandonó en sus brazos.

El aroma del jazmín flotaba en el aire, mezclándose con las dulces fragancias de las demás flores. Era casi abrumador en la noche cálida. Morgana cerró los ojos por un instante dejando que el perfume invadiera sus sentidos.

–Hay flores muy bellas, pero tú, querida, eres la más hermosa del jardín.

Morgana se volvió sobresaltada al oír el sonido de una voz tan próxima. Un hombre alto permanecía de pie a sus espaldas recorriéndola aprobador con sus ojos oscuros.

–¿Quién es usted? ¿Qué hace en estos jardines? –Miró alrededor intrigada pero no había nadie a la vista. Estaba totalmente sola con el extraño.

–Un bandido nómada. Tengo entendido que eres la última amante del maharajah y tengo intención de raptarte y pedir un rescate por ti.

–¡Dios mío! –Se alejó de él asustada–. ¡Guardias, guardias!

En cuestión de minutos se vieron rodeados por los soldados de palacio pero ante su sorpresa no arrestaron al intruso como había esperado, sino que se arrodillaron ante él.

–¿Están locos? Arresten a este hombre enseguida –dijo Morgana furiosa.

El extraño batió palmas, riendo.

–Dejadnos, por favor.

–Sí, señor. –Los soldados hicieron una reverencia y desaparecieron, dedicando a Morgana silenciosas miradas de confusión al pasar.

Con el miedo reflejado en el rostro ella miró al hombre que había despedido tan fácilmente a los guardias.

–¿Quién es usted? –preguntó de nuevo, preparada para echar a correr. Si pudiera llegar al palacio. ¡Malditos soldados! ¿Cómo se atrevían a dejarla allí con un bandido?

El intruso volvió a reír.

–Lo siento. Tal vez ha sido una broma pesada por mi parte. Me llamo Hassan y soy el hermano del maharajah.

Morgana respiró aliviada, luego entornó los ojos, furiosa.

–No ha sido nada divertido. ¿Por qué no ha empezado por ahí en lugar de darme un susto de muerte?

Hassan se encogió de hombros.

–Sólo quería ver si realmente eras una mujer tan atractiva como se dice en la corte.

–¿Y lo soy? –Empezó a tranquilizarse. Al parecer el hermano de Sirsi había heredado el encanto de los Bhavnagar.

–Tal vez. ¿Entramos? –Le ofreció el brazo.

–Como quiera.

Se encontraron en la galería con Sirsi y Taylor.

–Hola, Hassan. No sabía que hubieses vuelto. –Sirsi estudió brevemente a su hermano.

–Sin duda es una desagradable sorpresa para ti –observó Hassan con sequedad.

–Morgana, ¿qué ha sido todo ese revuelo en los jardines? –Sirsi pasó por alto el comentario de su hermano.

–No era nada, Sirsi. Un pequeño malentendido. Siento haber llamado a los guardias. Pensé que Hassan era un bandido y me asusté.

–¿Estás bien? –preguntó Sirsi con cierta aspereza.

–Sí –asintió ella.

–Bien, capitán Jones. –El maharajah se volvió hacia Taylor–. Tengo asuntos que discutir con mi hermano. Confío en que nos excusará. Les espero a usted y a su encantadora prometida para cenar, como de costumbre.

Taylor aceptó la despedida con elegancia, cogiéndole la mano a Morgana mientras se alejaban. Ella vio a Hassan arquear las cejas interrogante unos instantes, pero no fue hasta que se encontró en mitad del corredor que recordó que la había llamado la última amante del maharajah. ¡Lo sabía! Por alguna razón lo sabía.

–Bien, Hassan. ¿Qué te ha traído a la India? Si no recuerdo mal, todavía te queda un trimestre en la universidad. –La voz de Sirsi no reflejó su irritación–. ¿Han vuelto a expulsarte?

–Sí, pero ¡qué demonios! Era un lugar condenadamente aburrido. –Hassan se dejó caer sobre una silla, indiferente al ceño de Sirsi.

–Hassan, ésta es la tercera vez que te echan de una universidad. No me gusta malgastar mi dinero. ¿Qué ha sido esta vez? ¿Una mujer?

–Como siempre, hermano. ¿Qué otra cosa podía ser? –Esta vez fue Hassan quien frunció el entrecejo. No sería fácil convencer a Sirsi–. Hay otras universidades.

–No tengo intención de enviarte a otra, Hassan. –Sirsi miró a su hermano con frialdad–. Cada vez eres más libertino, con las mujeres y en el juego. Mis contables me informan que tienes considerables deudas.

–Así es, pero lo solucionaré. No tiene importancia.

–La tiene para mí. Das mal nombre al palacio de Bhavnagar y la gente nos pierde el respeto. No lo permitiré, ¿lo has comprendido? –Aguardó a que su hermano asintiera brevemente–. Muy bien. He tomado una decisión. Las tribus nómadas últimamente se han vuelto más osadas en sus ataques a mis caravanas. Este mes ha ocurrido en dos ocasiones. Me han robado una joya que valía una fortuna. –Hizo una pausa, recordando los ópalos que tenía intención de regalar a Morgana–. Por lo tanto he decidido que te encargues de conducir un destacamento al norte de la provincia. Espero que termines con esos brotes de violencia y te encargues de restablecer la paz en mi reino. Te concedo dos semanas. Tal vez la vida militar resulte más de tu gusto. Eso es todo.

Hassan contuvo la respiración.

–Y tal vez me maten. Te gustaría, ¿verdad, hermano? Siempre te las arreglas para encontrar el modo de mantenerme lejos de palacio. ¿Tienes miedo de mí, hermano? ¿Temes que te arrebate el trono?

–No, Hassan. –Sirsi le dirigió una mirada penetrante–. Pero no dudo que de buena gana lo intentarías y no quiero tener que colgarte por traición. Ve y prepárate para partir. No te hablo como a un hermano, sino que te lo ordeno como tu príncipe.

Hassan se volvió hacia la puerta.

–Oh, a propósito, hermano. Tu última amante me parece de lo más encantador. El capitán Jones ignora todo el asunto, ¿no es cierto?

–Uno de estos días perderé la paciencia, Hassan –dijo Sirsi.

Hassan soltó una desagradable carcajada y salió a la galería. Sirsi lo miró con frialdad. ¡Maldito Hassan! ¿Cómo se las arreglaba para enterarse de todo lo que ocurría dentro de los muros del palacio?

Taylor se aclaró la voz con nerviosismo.

–¿Te apetece ir al mercado, Morgana? Al parecer dispongo de un poco de tiempo y me gustaría disfrutar de tu compañía.

Ella se disponía a declinar la invitación cuando cayó en la cuenta de que últimamente había pasado muy poco tiempo con Taylor.

–Oh, sí, me encantaría. –Le sonrió y se vio recompensada con una mirada afectuosa.

Se sentía culpable. ¡Menudo lío! No sabía cómo había empezado todo. Se acostaba con un hombre, pero estaba prometida a otro y casada con un tercero. Oh, ¿cómo se las arreglaba para meterse siempre en semejantes líos? Y ahora ese horrible hombre, el hermano de Sirsi, lo sabía. Se preguntó si guardaría silencio.

Taylor la cogió del brazo para ayudarla a subir al vehículo y Morgana hizo todo lo que pudo para evitar estremecerse. Si él advirtió su repentina rigidez, no lo demostró. Dios mío, ¿cómo iba a casarse con Taylor y vivir en una remota granja de Virginia cuando había yacido en brazos de un príncipe? Se sorprendió comparando el robusto cuerpo de Taylor con la esbelta figura de Sirsi y se estremeció. Taylor sin duda consideraría que era su deber llevársela a la cama, pero se escandalizaría al descubrir que en su interior ardía un volcán de pasión. Por primera vez empezó a arrepentirse de haber aceptado tan deprisa su proposición. ¡Ojalá no se hubiera sentido tan desesperadamente sola! Debió considerar el asunto con más detenimiento.

De pronto, la voz ansiosa de Taylor la devolvió a la realidad.

–Morgana, debemos volver al palacio.

Ella advirtió que el mercado era un hervidero de gente que se empujaba. A lomos de su caballo vio por fin la causa del revuelo. Habían levantado una horca y los soldados se disponían al llevar a cabo un ejecución pública. Trajeron al prisionero a rastras y Morgana vio que lo tenían atado y con los ojos vendados.

–Morgana –volvió a hablar Taylor–, debemos marcharnos de aquí. No es lugar para una mujer.

Una morbosa curiosidad se apoderó de ella y, haciendo caso omiso de sus urgentes ruegos, hundió los talones en los flancos del caballo y avanzó entre la multitud. Nunca había visto colgar a nadie. La gente se apartó al verla y ella logró llegar al pie de la horca sin darse cuenta de que Taylor la seguía tratando de abrirse paso entre la multitud. Observó fascinada cómo los soldados ponían la soga en torno al cuello de la víctima y la apretaban, y por un instante no vio a un humilde campesino indio, sino a Rian, Rian atado y con los ojos vendados frente a la prisión de Newgate. La trampilla bajo los pies de la víctima se abrió. La cuerda se tensó y se oyó el ruido sordo del cuello del hombre al partirse. Todo terminó en cuestión de segundos y Morgana no se dio cuenta de que había gritado, pero Taylor la oyó por encima del ruido de la multitud y lo invadió una descorazonadora sensación. La palabra había sido penetrante, clara: «Rian, Rian.»

–No ha sido muy agradable, ¿verdad? Me sorprende que hayas querido verlo.

Morgana se volvió y encontró a Hassan a su lado, a lomos de un hermoso corcel castaño.

–No... no sé por qué lo he hecho, salvo porque una vez conocí a alguien a quien iban a colgar. Quería ver cómo era –explicó arrepentida, alejando su caballo de la escena.

–¿Y lo colgaron? –Hassan clavó la mirada en ella.

–No.

–Entonces fue muy afortunado. ¿Vas a volver al palacio?

–Sí, supongo que sí. Taylor está... ¡Oh, cielos! –Buscó ansiosa entre la multitud, pero no lo vio por ninguna parte–. Lo he perdido.

–No te preocupes. Si quieres te acompañaré.

Morgana le dio las gracias encantada, porque la multitud parecía cada vez más exaltada y le asustaban los curiosos campesinos indios que la observaban huraños. Sabía que no se atreverían a atacarla en compañía del hermano del príncipe.

Hassan escudriñó a la amante de su hermano con curiosidad. No parecía afligida en lo más mínimo por la escena que acababa de presenciar. La mayoría de las mujeres se hubieran desmayado, y supuso que debía de haber pasado por cosas peores en su vida. Se preguntó qué escondía tras su aparente frialdad. No tardó en comprender qué había llamado la atención de su hermano. Los ojos verde esmeralda ribeteados de negras pestañas, la boca roja y aterciopelada que se curvaba a la espera de besos, el pálido y esbelto cuello. Bajó la mirada hasta la curva de sus senos y la estrecha cintura que podía rodear con sus manos. Sí, era una mujer digna de un príncipe, y tal vez de un reino. Esbozó una desagradable sonrisa cuando una idea acudió a su mente.

–¿Por qué me examinas tan detenidamente, Hassan?

Vio la frialdad de su mirada y se dio cuenta de que ella lo había examinado con la misma atención. Esa mujer no era estúpida y sospechó que tras ese rostro en apariencia inocente se escondía una mente extremadamente compleja. Entornó los ojos y le dirigió una mirada especulativa. A diferencia de la mayoría de los hombres indios, Hassan respetaba a las mujeres inteligentes.

–Me preguntaba qué podía ver una mujer como tú en mi hermano –respondió él con una sonrisa indolente y provocadora.

–Tal vez lo mismo que veo en ti –replicó ella, complacida al ver su expresión de sorpresa. Si quería jugar con ella, no tardaría en enterarse de que podía estar a la altura del mejor contrincante.

Hundió los talones en los flancos del caballo y se alejó al galope de las estrechas y sinuosas calles, haciendo que los campesinos se apartaran al verla. Cuando llegó a los establos de palacio, Hassan, que ya estaba allí, le dirigió una divertida sonrisa. Morgana no quiso darle el gusto de preguntarle cómo había llegado antes que ella. Sintió sus manos cálidas en torno a su cintura cuando la ayudó a bajar de la silla y se quedó mirándola unos instantes antes de soltarla. Se dirigían al palacio cuando se encontraron con Sirsi, quien los miró con expresión enfadada. Morgana no se quedó a escuchar lo que siguió, sino que se apresuró a disculparse y subió deprisa los escasos escalones que la separaban de los aposentos de las mujeres. Sólo llegó a sus oídos el primer comentario.

–Manténte alejado de ella, Hassan –había dicho Sirsi.

Durante la cena Morgana le pidió disculpas a Taylor por haberlo perdido entre la multitud y le explicó que al volver atrás en su busca no pudo dar con él. Taylor aceptó sus excusas con aire taciturno al tiempo que se tiraba de la barba con su mano callosa. Empezaba a acostumbrarse a los impulsos y caprichos de aquella mujer. No obstante arqueó las cejas cuando mencionó que Hassan había tenido la amabilidad de escoltarla hasta el palacio. El joven príncipe le había disgustado desde el primer momento.

–Tal vez en el futuro no seas tan testaruda, Morgana. Te advertí que una ejecución no era lugar para una mujer.

–Es cierto, capitán Jones. –Sirsi bebió un sorbo de vino y dirigió a su hermano una mirada fulminante.

–Oh, no pasó nada –repuso Morgana a nadie en particular y siguió comiendo, inconsciente de la mirada especulativa de Hassan.

Morgana se recostó en la espaciosa bañera de mármol blanco, disfrutando de la fragancia de las lilas que Taylor había comprado en uno de los barcos del puerto. Los jazmines flotaban en el agua, mezclándose con el aroma de lilas. Pidió más agua caliente y Ajmer, la criada, vació obediente otro cubo humeante. Finalmente decidió salir. Le parecía una lástima abandonar esa agradable agua, pero anochecía y Sirsi la esperaba como siempre. Bajó las escaleras de mármol de la bañera y dejó que Ajmer la secara con una suave toalla de lino. Luego se tendió en un banco cercano y Ajmer le dio un masaje con aceites perfumados. Sus músculos se relajaron poco a poco bajo las manos expertas de la criada. Cuando hubo terminado se levantó y escogió un vestido rojo y permaneció en silencio mientras Ajmer procedía a vestirla. No solía usar ropa de color rojo, pero ese particular tono brillaba a la luz parpadeante de las lámparas y se reflejaba en sus rizos cobrizos. Cuando echó a andar, parecía como si caminara en una columna de fuego.

–Gracias, Ajmer, eso es todo –despidió a la muchacha por esa noche.

Sacó del agua una de las flores de jazmín y la secó con cuidado antes de ponérsela en el cabello, luego salió al balcón. Detrás de ella oyó las voces de las mujeres de Sirsi que entraban a cenar. Debían de estar al corriente de su aventura, pero no habían dado muestras de saberlo. Se reían y la llamaban, rogándole que tocara para ellas. Sirsi le había regalado un sitar y, como no era muy distinto de su guitarra, enseguida había aprendido a tocarlo. No era tan melodioso, pues sonaba de un modo peculiar, casi monótono, y la resonancia era mucho más penetrante, como un zumbido. Sin embargo disfrutaba tocándolo y le encantaba entretener a las tres mujeres.

La canción que escogió era hechizante, y aunque pronunciaba las extrañas palabras en indostánico con marcado acento, las cantaba con suficiente soltura para que se entendieran. Jind le había enseñado el idioma por las tardes. Su dulce y vibrante voz flotó hasta los jardines donde Hassan permanecía apoyado contra el tronco de un árbol, con la mirada clavada en los aposentos de las mujeres; a lo largo de la galería donde se encontraba Sirsi y hasta la habitación donde Taylor repasaba sus cuentas.

> «Y cuando el barco zarpó
> ella permaneció en la playa llorando;
> y, con un suspiro, levantó una esbelta mano
> para decir adiós a su amado.»

La voz de Morgana vibró y se elevó en la oscuridad, luego se sumió en la melancolía; y los tres hombres, cada uno por sus propios motivos, se sintieron profundamente desdichados.

Morgana no sabía cómo había ocurrido. Había yacido en los brazos de Sirsi, sabiendo que debía marcharse antes del amanecer. Luego se había encaminado hacia los aposentos de las mujeres cuando una mano le había tapado bruscamente la boca, casi asfixiándola. Se había debatido en vano contra el asaltante, que la había metido en un saco y arrojado sobre un caballo. En estos momentos se golpeaba contra los flancos del animal mientras galopaba por el desierto. Sabía que era el desierto porque los cascos se hundían silenciosos en la arena, a diferencia del ruido seco que producían en los duros caminos de Bhavnagar. Pero no tenía ni idea de quién se la había llevado, ni por qué. Intentó gritar una y otra vez, pero fue inútil. Su raptor no la oía o prefería pasar por alto sus gritos. Después de lo que parecieron horas se dio cuenta de que había amanecido y empezaba a hacer un calor sofocante. Creyó asfixiarse y sintió que el sudor le bajaba por la nuca y los ojos, cegándoselos con una pegajosa humedad. Creyó que la cabeza le estallaría y finalmente se vio envuelta en una compasiva oscuridad.

Cuando volvió en sí, advirtió algo frío sobre la frente y por un instante pensó que se encontraba en el enorme salón de Shanetara y que Rian acababa de rescatarla de los oficiales británicos. Luego abrió los ojos despacio y se encontró con el rostro sonriente de Hassan.

–¡Tú! ¡Dios mío! ¿Qué has hecho? Debes de estar loco. –Trató de incorporarse.

–Paciencia, Flor de Loto. –Sonrió con expresión perversa, luego le cogió las manos y se las ató.

Morgana trató de soltarse de sus garras, pero era muy fuerte. Vio que lo que había creído que era un saco en realidad era una alfombra. No le extrañaba que se hubiera asfixiado dentro de ella. Dios mío, ese hombre estaba loco. ¿Qué se proponía hacer?

–No voy a hacerte daño –dijo como si le hubiera leído el pensamiento.

–¿De veras? –Morgana estaba al borde de la histeria, pero trató de dominarse–. ¡Estúpido! Casi me matas. –Tenía cardenales y golpes por todo el cuerpo–. ¿Puede saberse qué pretendes con esta locura?

El paño húmedo que tenía en la frente cayó al suelo cuando él la obligó a ponerse de pie, haciendo caso omiso de su pregunta.

–Me temo que tendrás que montar sin silla –dijo–. No he podido conseguir una de mujer sin despertar sospechas.

La sentó sobre el caballo y le quitó las riendas de las manos, atándolas al pomo de la montura de su semental.

Luego se montó en él y lo fustigó. Morgana se dio cuenta de que tenía que sostenerse como fuera en la silla o se vería en el suelo pisoteada, y con una expresión de determinación se agarró con fuerza, apretando los dientes.

«Nos mataremos –pensó, advirtiendo la espuma que cubría los flancos de los sudorosos caballos–. ¡Está loco!»

Los caballos levantaban nubes de polvo al hundir sus cascos en la arena. Hassan se detuvo una o dos veces para dejar que bebiera agua zarandeándola con brusquedad cuando apenas se había mojado la boca.

–Te sentará mal –dijo enojado, volviendo a tapar la cantimplora.

Ella lo miró fríamente con los ojos llenos de odio, y no dijo nada. Hassan oteó el horizonte y pareció satisfecho ante lo que vio, luego volvió a montar.

Era tarde cuando finalmente se reunieron con la tribu nómada. Había anochecido hacía rato y Morgana tiritaba a causa de la brisa helada que barría el desierto. Se alegró cuando Hassan la bajó de la montura y la empujó al interior de una tienda. Cayó sobre los almohadones que cubrían el suelo con un suspiro de alivio. Él habló deprisa y con soltura en indostánico a los hombres que aparecieron, pero ella no pudo seguir la conversación; luego se deslizó a su lado.

–¿Cansada?

–Puedes imaginártelo –respondió ella con hostilidad.

–Pobre Flor de Loto. No debe de haber sido muy divertido para ti.

–¿Por qué lo has hecho, Hassan? –insistió ella–. Sin duda sabes lo furioso que se pondrá Sirsi.

–Eso espero. Me propongo pedir un rescate por ti.

–Oh, Hassan –exclamó ella con tono cansino–. No será una de tus bromas.

–Te aseguro que no es una broma, Morgana. –Torció el gesto a la luz de la luna.

Con creciente horror Morgana comprendió que hablaba en serio y de pronto se echó a llorar.

–¡Cállate! –le ordenó él con brusquedad–. ¿Quieres que te oiga toda la tribu?

–Me tiene sin cuidado –dijo ella entre sollozos. Eres un animal.

Ante su sorpresa él se limitó a reír y le cortó las cuerdas que le ataban las muñecas. A continuación entró una mujer joven acarreando una bandeja con carne y frutas. Dirigió una mirada hostil a Morgana, luego habló con Hassan deprisa en indostánico. Por último sonrió y se retiró, dejando la bandeja en el suelo antes de salir.

–Ésta es Krishna, mi esposa. –Señaló a la figura que se había marchado.

–Pero si es una nómada –tartamudeó Morgana–. Creía que estas cosas estaban prohibidas entre tu gente.

–Así es, pero la quería –respondió Hassan con solemnidad–. Además, no puedo permitir que mi religión se interponga en mi subida al trono. Uno escoge a sus amigos donde más le conviene. –Se encogió de hombros–. Con el dinero de tu rescate podré liderar una rebelión para expulsar a mi hermano del trono.

–Pero debes de tener dinero propio –dijo Morgana confundida–. Al fin y al cabo también eres príncipe.

–No –repuso él con amargura–. Dependo de Sirsi para todo. Ésa fue la voluntad de mi padre. No tengo nada que mi hermano no me dé. Cuando llegué a Bhavnagar la semana pasada se mostró muy desagradable conmigo. Dijo que quería que condujera un destacamento para someter a los nómadas del norte de la provincia. ¡Es un estúpido! Los nómadas atacan sus caravanas siguiendo mis órdenes. ¿Acaso cree que voy a poner fin a esos ataques?

–No parece el Sirsi que yo conozco. –Morgana tendió el brazo para coger otro trozo de carne y trató de conservar la calma, aunque cada vez estaba más asustada. Tenía que escapar y advertir a Sirsi de los planes de su hermano.

–Oh, no lo conoces tan bien como yo, Flor de Loto. Es violento y cruel, y me considera una amenaza para su trono. –«Y con razón», pensó Morgana–. No se detendría ante nada con tal de deshacerse de mí.

–Sirsi no es así, te lo aseguro –insistió ella.

Hassan se limitó a soltar una carcajada burlona y volvió a atarla.

–Lo siento, Flor de Loto, pero no pudo dejar que escapes. Buenas noches. –Y desapareció.

Ella forcejeó durante un rato, tratando de aflojar los nudos de las cuerdas que le sujetaban las muñecas y ahora también los tobillos, pero fue en vano. Hassan las había atado con fuerza. Lo maldijo en silencio durante unos instantes, luego se durmió, convencida de que Sirsi pronto enviaría a alguien en su busca.

Transcurrieron los días y al ver que el maharajah no enviaba el rescate que Hassan había exigido, Morgana empezó a inquietarse. La expresión ceñuda de Hassan no presagiaba nada bueno, y cuando le hacía preguntas, éste le respondía con aspereza.

–Naturalmente mi hermano intentará encontrarte primero, Flor de Loto. –Seguía llamándola por ese estúpido nombre–. Pero acabará pagando. Sabe que no puede dar conmigo en el desierto. Pagará –añadió Hassan.

Sin embargo, Morgana ya no estaba tan segura.

XXIX

En el rostro de Amreli apareció una sonrisa. El palacio entero estaba alborotado por la desaparición de la mujer inglesa. Recordó cómo había llegado el mensajero con la nota en que Hassan pedía un rescate. ¡Qué furioso se había puesto el maharajah! Y el pobre capitán Jones, enfermo de pesar y preocupación. Pero eso le traía sin cuidado a Amreli. Jind y Dhoraji eran unas estúpidas y no veían lo que sucedía ante sus propias narices. ¿Acaso no sabía que el maharajah se acostaba con la pelirroja? Vamos, si ya estaba en camino de convertirse en la cuarta esposa de la casa. No, a la bonita y sensual Jind no le importaba, ni a Dhoraji, cuyo hijo algún día gobernaría Bhavnagar. Pero a Amreli sí. No pensaba quedarse sentada viendo cómo el príncipe caía en los brazos de la hermosa mujer inglesa.

Así pues, cuando Sirsi interrogó a sus mujeres acerca de la desaparición de Morgana, Amreli respondió con mirada inocente.

–Pero, Altísima, yo estaba despierta cuando llegó Hassan. No tuvo que obligar a la joven inglesa. Ella se marchó con él por voluntad propia.

Sirsi zarandeó a su esposa.

–¿Qué estás diciendo, mujer? –preguntó furioso, conteniendo la respiración.

–Te digo que lo vi. –Volvió la cabeza con arrogancia–. Hassan vino por ella y... Lo siento, debe de ser muy doloroso para usted, capitán Jones. –Le lanzó una mirada compasiva–. Pero lady Keldara se fue con Hassan por voluntad propia. La vi abrazarlo estrechamente y... besarlo en los labios antes de partir –concluyó Amreli desafiante, como si retara a Sirsi a afirmar que no era cierto.

Taylor luchó valiente contra sus emociones.

–No puedo creerlo. Está mintiendo –dijo a la mujer india.

–¿Por qué iba a hacerlo? Respóndame –replicó ella con arrogancia.

Al capitán no se le ocurrió ningún motivo y por un instante se sintió derrotado.

–Su Altísima. –Se volvió hacia Sirsi–. No puede creer esta historia. Mi prometida ha sido raptada. Le exijo que pague de inmediato el rescate.

–¿Que exige, capitán Jones? Olvídelo. Yo soy quien manda aquí –respondió Sirsi con frialdad–. Mi hermano me odia. Tal vez haya logrado convencer a Morgana de algún modo para que lo ayude en sus ridículos planes. Me cuesta creerlo, pero no descarto la posibilidad. –Frunció el entrecejo sin poder disimular su perplejidad.

¿Le había hecho esa faena? ¿Se había cansado de pronto de él y arrojado a los brazos de Hassan? Tal vez. ¿Y si Hassan le había propuesto casarse con ella... y prometido un reino a cambio de su ayuda? ¿Qué mujer no se habría apresurado a aprovechar una oportunidad así? Se sentía indignado. Amreli tenía razón. Su esposa no tenía motivos para mentir.

Ordenó a los soldados que empezaran la búsqueda de la pareja, luego dijo al capitán Jones que no tenía intención de pagar el rescate hasta contar con pruebas en uno u otro sentido. Taylor se puso pálido de rabia y miedo, pero sabía que no podía hacer nada.

Los días transcurrían con lentitud y los soldados seguían sin encontrar ningún rastro de Hassan o de Morgana. Llegó otro mensajero con una segunda misiva aún más amenazadora que contenía un mechón de pelo cobrizo. Sirsi casi gritó al verlo. ¿Y si estaba equivocado y Amreli había mentido? Se sintió debilitado y empezó a dudar de sí mismo y de su decisión. En la nota Hassan advertía que si no pagaba, lo próximo que enviarían sería un dedo. Se estremeció, recordando cómo los esbeltos dedos de Morgana se habían hundido en su cabello para atraerlo hacia sí. Taylor le suplicó, trató de convencerlo y finalmente se ofreció a pagar el rescate.

–¿Cuánto pide su hermano? Dígamelo y yo lo pagaré –dijo Taylor.

–Dudo que pueda reunir esa cantidad, capitán Jones. Se trata del rescate de un príncipe, una cantidad elevada incluso para mí. En dinero americano serían unos quinientos mil dólares.

Taylor se quedó boquiabierto. No sabía de dónde sacar esa suma de dinero, aunque vendiera la plantación y el barco.

–Entonces ¿qué podemos hacer? ¿No han descubierto nada sus soldados?

–No, nada en absoluto. Hassan conoce bien los desiertos y es amigo de muchas tribus nómadas. Lo envié a Francia e Inglaterra para que recibiera una buena educación y allí aprendió a despreciar nuestro sistema de castas. Pronto convertirá en princesa a una intocable, por increíble que parezca.

Seis días más tarde el maharajah recibió otro paquete. En el interior encontró un pequeño dedo cubierto de sangre.

Morgana se encogió cuando Hassan se acercó a ella con un cuchillo.

–¿Qué te propones?

–Sólo quiero cortarte un mechón de pelo. Al parecer mi hermano no cree que estás en peligro, Flor de Loto.

–¿Y lo estoy? –preguntó ella nerviosa.

–¿No te dije que no te haría daño? Siempre cumplo mis promesas, Morgana.

Le cortó un rizo y, tras envolverlo, llamó a Abu para que fuera a llevar el mensaje.

Varios días más tarde Hassan entró y preguntó a Morgana si estaba lista para ir a bañarse. Cada día la escoltaba hasta un estanque cercano a fin de que pudiera lavarse. Sonrió. La primera vez ella montó en cólera, luego le rogó suplicante que se volviera. Pero él se apoyó en una roca y dejó que eligiera entre continuar o seguir pareciendo una salvaje. Su pálida piel estaba negra de polvo y tenía el cabello enmarañado como una gitana. Morgana se vio reflejada en el agua e, indignada, se quitó el sari sin hacer caso de la mirada de aprobación de Hassan. Se metió en el agua y se frotó con vigor, sorprendida de que la dejara tranquila, pues pensaba que intentaría violarla.

Ahora ya no tenía por qué seguir preocupándose. Sin duda Krishna lo tenía bastante ocupado. Luego de despojarse de sus ropas sin vacilar, Morgana se sumergió en el agua hasta que ésta le cubrió los sonrosados pechos; se le cortó la respiración por lo fría que estaba. Cuando terminó el baño, salió y volvió a vestirse. Podía moverse con bastante libertad, pero siempre había alguien escondido en las proximidades vigilándola. Sólo una noche Hassan decidió atarla como al principio y la dejó a solas en la oscuridad de la tienda. Morgana sabía que pasaba las noches con Krishna; se preguntó de quién era la tienda que ocupaba. ¿Le había cedido Hassan la suya? Se encogió de hombros con indiferencia. Probablemente pertenecía a Abu o a uno de los otros hombres. A Morgana le tenía sin cuidado siempre y cuando la dejaran tranquila.

Hassan examinó en silencio a Morgana a la tenue luz de la tienda y su mirada se detuvo en sus manos largas y delgadas. ¿Cómo iba a cortar uno de esos esbeltos dedos? Cogió el cuchillo. Tenía que hacerlo, de lo contrario su hermano no enviaría el dinero. Despacio se acercó a ella.

–¿Qué quieres, Hassan? –preguntó Morgana con brusquedad–. ¿Otro mechón de pelo?

–No, pequeña Flor de Loto. Me temo que eso no basta.

Morgana se estremeció de miedo al advertir la mirada de disgusto de Hassan.

–¿Qué ocurre, Hassan? Prometiste... no hacerme daño –balbuceó presa del terror.

–Lo sé, Morgana, pero debo enviar a Sirsi algo que lo convenza de que hablo en serio. –Su voz sonó apagada–. Sólo voy a cortarte un dedo. No te dolerá mucho, lo prometo.

Entonces ella gritó y se puso de pie dispuesta a huir de allí. Él la agarró y ambos tropezaron y cayeron sobre los almohadones. El ligero albornoz que ella se había puesto después del baño se abrió, revelando la cremosa blancura de sus pechos. Hassan se quedó boquiabierto al ver el hermoso cuerpo desnudo que tenía ante sí y sintió que despertaba en él el deseo. Sí, era muy bella y se había acostado con su hermano. Antes de que Morgana se diera cuenta de lo que sucedía, Hassan sostuvo el cuchillo en su garganta.

–No te muevas –murmuró.

Entonces apretó la boca contra sus suaves y maduros montículos, y mordisqueó delicadamente los rosados pezones hasta que se pusieron rígidos. Con la mano libre apartó los pliegues del albornoz y exploró los blancos muslos, acariciando, tanteando.

–No, Hassan, por favor –gimió Morgana.

–Te entregaste de buen grado a mi hermano. ¿Por qué no vas a hacer lo mismo conmigo?

–Lo odias, ¿verdad?

–Sí, lo detesto. Poseerte será un placer, Flor de Loto. –Trató de desabrocharse con torpeza los pantalones.

Morgana gritó cuando se tendió sobre ella, la besó con brusquedad y le separó los muslos. Trató de protestar pero la afilada punta del cuchillo que seguía sosteniendo contra su cuello la disuadió.

Una vez satisfecho, Hassan se echó a un lado y la sujetó en el suelo apoyando una pierna fuertemente sobre sus muslos. Tenía el rostro encendido.

–Me cuesta creer que yacieras tan inmóvil y fría debajo de mi hermano, Morgana. –Y musitó una maldición en la oscuridad.

–Si no estás satisfecho, tal vez debas buscar los brazos de tu mujer, Hassan –replicó Morgana sarcástica. Le dolía todo el cuerpo.

–¿Krishna? No significa gran cosa para mí, pero debo tenerla contenta o la tribu nómada no me seguirá. Además, su hermano es muy poderoso y puede reunir un ejército cuando se le antoje. Si haciendo que ella disfrute consigo lo que necesito de su hermano, ¿por qué no voy a aprovecharme de la situación? Todas las mujeres son iguales.

Morgana se estremeció en la oscuridad al darse cuenta de lo cruel que era. Jamás la devolvería a Sirsi para que no revelara sus planes. Tenía intención de matarla y ella no había descubierto todavía ningún modo de escapar. Los interrumpió un audible llanto. Hassan maldijo con furia y comenzó a recoger sus ropas.

–¿Qué demonios ocurre? No intentes escapar, Flor de Loto. –Le pasó la mano por los pechos y entre los muslos una vez más–. Volveré enseguida y entonces averiguaremos por qué te desea tanto mi hermano.

Se encogió cuando él rió en su cara; después le ató las manos a uno de los postes de la tienda y desapareció en la noche.

–¿Qué ocurre, Abu? –preguntó Hassan a uno de sus hombres.

–Pali ha muerto.

Hassan lo siguió hasta una tienda. Pali era la mujer de uno de sus mejores hombres, Shivpuri. Había contraído una especie de fiebre varios días atrás, pero nadie había pensado que podía morir. Shivpuri seguía llorando de tristeza y dolor cuando él se arrodilló junto al cuerpo de su mujer. Krishna y otras cuantas mujeres lavaban y vestían el cadáver para el entierro. Hassan se quedó contemplando inexpresivo el rostro de Pali, sin hacer caso de la mirada de Krishna. Luego, con gran horror por parte de los presentes, levantó una de las manos de la joven y le cortó el dedo meñique. Shivpuri lo miró fijamente, paralizado y mudo de pánico y rabia, luego gritó y trató de atacar a su jefe. Hassan levantó el cuchillo con gesto amenazador.

–¡No seas estúpido! Está muerta. Y este pequeño detalle nos proporcionará el dinero que necesitamos para atacar el palacio y tomar el trono –susurró.

Shivpuri tembló violentamente por un instante antes de alejarse y romper de nuevo a llorar. Hassan tendió el pequeño trozo de carne a Abu, que casi vomitó al verlo.

–Ahora ve al encuentro de mi hermano y dile que la próxima vez recibirá el resto del cadáver. Dile que empiezo a cansarme de tanto esperar.

Hassan regresó a su tienda y sonrió al ver el rostro aterrorizado de Morgana. Tenía manchas rojas en las muñecas por haber intentado soltarse de las cuerdas que la sujetaban.

–Bien, Flor de Loto, no será necesario cortar uno de tus dedos después de todo. Has sido muy afortunada –dijo mirando su cuerpo desnudo tendido sobre los almohadones–. Eres preciosa. Me pregunto por qué no me he fijado antes en tus evidentes encantos –añadió antes de quitarse la ropa y forzarla una vez más.

Sirsi se quedó boquiabierto cuando el sangriento y marchito dedo salió rodando del paquete que tenía en el regazo. Apenas se atrevió a tocarlo. ¿Cómo podía Hassan ser tan cruel? Miró fijamente al joven nómada que lo había traído.

–Debería matarte por esto –murmuró.

–Si lo hace, Alteza, la mujer de cabello rojo sufrirá el mismo destino. Si no regreso, Hassan le ha prometido una muerte muy lenta y desagradable. –Abu sostuvo la mirada fría y oscura del maharajah.

Sabía que lo dejaría marchar como siempre y como siempre tendría que burlar a los estúpidos soldados que mandarían tras él. Adelantó la mandíbula desafiante. No tenía miedo.

–Por favor, Alteza –dijo Taylor con expresión angustiada–. Déle a su hermano el dinero. Ya ha oído lo que ha dicho el muchacho. La matarán.

–Sin duda la matarán de todos modos, capitán Jones. –Sirsi habló en voz baja, derrotado–. Jodhpur –llamó finalmente a su criado–. Trae mi joyero.

Abu se quedó boquiabierto cuando vio el brillante. El joyero en sí debía de ser de oro macizo. Hassan quedaría muy satisfecho, y tal vez Shivpuri le perdonaría por haber cortado el dedo de su mujer. Se apresuró a coger el joyero y lo sostuvo con fuerza mientras se alejaba del palacio a caballo.

Morgana sollozó en silencio. Había transcurrido casi una semana y Abu seguía sin volver. Se quedó horrorizada cuando Hassan le explicó por qué había sido preciso cortarle el dedo. ¡Santo cielo! Estaba loco. Sin duda la mataría. Cada noche entraba en la tienda y la forzaba, riéndose con crueldad al ver que ella no podía resistirse. Ya la había golpeado dos veces. Iba a morir allí, en ese horrible desierto de la India.

–Calla, estúpida.

Levantó la vista y vio a Krishna entrar a hurtadillas y llevarse un dedo a los labios.

–¿Qué quieres? –preguntó Morgana en voz baja.

–He venido para ayudarte a escapar, pero debes hacer exactamente lo que yo te diga –susurró la mujer nómada.

Morgana asintió, demasiado confusa para pensar, y sus ojos se iluminaron esperanzados. Al parecer había llegado la ayuda, bajo el disfraz más inverosímil.

–Hassan está fuera en una incursión. Debemos darnos prisa pues volverá antes del anochecer –explicó Krishna mientras cortaba las cuerdas que mantenían a Morgana cautiva. Últimamente Hassan la tenía todo el tiempo atada.

Morgana siguió a la mujer india fuera de la tienda tratando de no hacer ruido para no llamar la atención de los hombres que quedaban en el poblado. Cuando llegaron a las afueras del campamento donde se hallaban atados los caballos, Krishna soltó uno.

–Tendrás que montar sin silla. Vamos, vete enseguida. Desataré al resto de los caballos y los dispersaré para distraer la atención de los hombres.

–¿Por qué haces esto, Krishna? –preguntó Morgana mientras se subía a lomos del semental.

–¿Por qué? ¿Crees que no sé qué sucede en tu tienda cuando cae la noche? ¿Por qué Hassan ya no viene a mi cama? Está loco por ti y no tengo intención de perderlo. ¡Vete! –Levantó una mano y la dejó caer sobre el flanco del semental.

El caballo salió desbocado y a punto estuvo de arrojar a Morgana al suelo. Salió disparado por el desierto y los cascos volaron, levantando polvo y arena alrededor. Morgana miró por encima del hombro mientras tiraba con fuerza de las riendas. Krishna había cumplido su palabra, pues los demás caballos habían salido en todas direcciones. Se inclinó sobre el cuello del semental, pegando el cuerpo contra su lomo de modo que, en medio del polvo, los nómadas no pudieran saber si el caballo llevaba jinete. Sabía que Bhavnagar se hallaba al sur. Confió en haber tomado la dirección correcta.

La cabalgata no resultó fácil, pero Morgana nunca pensó que lo sería. No tenía comida ni agua, salvo la que encontró en los pequeños oasis que salpicaban el desierto. Sin embargo, por alguna razón, después de todo lo que le había ocurrido no le pareció demasiado duro. Fue capaz de subsistir gracias a las lecciones de supervivencia aprendidas durante su estancia en África y a los consejos de Taylor. No se dejó dominar por el pánico como antes, sino que observaba el cielo por las noches para estudiar las estrellas y orientarse, recordando cuidadosamente lo que Rian le había enseñado. No cometió el error de caminar en círculos y se mantuvo alejada de las tribus nómadas, temerosa de que Hassan la siguiera. Y cuando varios días más tarde Bhavnagar apareció en el horizonte, fue capaz de sonreír, orgullosa de sí misma.

Uno de los guardias la reconoció y antes de que llegara a las puertas del palacio, Sirsi y Taylor la aguardaban al pie de las escaleras. Desmontó del semental y, sucia y cansada como estaba, se arrojó a los brazos de Sirsi, riendo y llorando, mientras repetía una y otra vez su nombre. Demasiado tarde vio la repentina comprensión y angustia en los ojos de Taylor, quien dejó caer los brazos a ambos lados del cuerpo y se alejó. Se disponía a seguirlo, pero Sirsi la detuvo y dijo:

–Déjale ir, Morgana.

La besó abiertamente, luego la apartó un poco para poder mirarla y en su rostro se reflejó todo el calor, el alivio y el afecto que sentía por ella. Entonces Morgana vio cómo sus ojos oscuros se volvían fríos como el acero.

–¿Qué ocurre, Sirsi? –preguntó con nerviosismo.

Él no respondió y se limitó a cogerle las esbeltas y perfectas manos y contemplarlas detenidamente. De pronto lanzó una maldición y las apartó con brusquedad.

–¡Perra! ¿Por qué has vuelto? ¿Acaso Hassan no ha resultado tan bueno como esperabas? ¿O te ha echado de su lado cuando ya no te necesitaba?

–Sirsi..., no te comprendo. ¿De qué estás hablando? –Morgana parecía realmente confundida.

–¡Apártate de mi vista!

El maharajah dio media vuelta y se marchó, dejándola allí plantada, sollozando y preguntándose qué había salido mal. Finalmente subió por las escaleras y se encaminó a los aposentos de las mujeres. Éstas se habían enterado de la noticia y Morgana vio sus miradas de recelo al verla entrar.

–¡Cerda inglesa! –soltó Amreli–. ¿Cómo te atreves a dejarte ver?

Cruzó corriendo la habitación y le habría arañado la cara de no ser por Dhoraji y Jind que la cogieron por las muñecas para detenerla.

–¿Puede alguien explicarme qué ocurre? –sollozó Morgana cansada.

–Te lo diré. –Amreli se ofreció de buena gana, entornando los ojos con odio y astucia–. ¿Cómo te atreves a venir aquí después de yacer en los brazos de Hassan y burlarte de esa forma tan terrible del príncipe? ¿Te ha expulsado Hassan de su lado ahora que mi señor ha pagado tal fortuna por ti? ¡Ja! ¡Te escupo a la cara, puta inglesa!

Amreli, efectivamente, la escupió. En un instante Morgana se encontró en el otro extremo de la habitación, tirando del pelo largo y negro de la india.

–¡Zorra mentirosa! –A Morgana se le hinchó el pecho de rabia mientras clavaba las uñas en la cara de Amreli y vio con satisfacción las cuatro rayas sangrientas que había dejado.

Las dos mujeres rodaron y lucharon a brazo partido por el suelo, golpeándose sin piedad a pesar de los esfuerzos de Jind por separarlas. Dhoraji se mantuvo lejos, pidiendo ayuda a gritos. Morgana recibió un puñetazo en la nariz y empezó a sangrar, pero tuvo la recompensa de golpear el ojo de Amreli, que se le hinchó y se puso morado. No supo que Sirsi, Taylor y los guardias del palacio habían acudido hasta que sintió la fuerza de unos brazos que la ponían de pie y la separaron de Amreli. Las dos se miraron, jadeando furiosas y con un aspecto lamentable.

–¿Qué pasa aquí? –preguntó el maharajah con frialdad.

–¡Esa puta inglesa ha intentado matarme! –Amreli señaló a Morgana mesándose indignada el enmarañado cabello.

–¡Perra mentirosa! –exclamó Morgana entre dientes–. Sin duda eres tú quien ha llenado la cabeza de Sirsi con tales ideas.

–¿Qué ideas? ¿De qué estás hablando? –Se volvió hacia ella.

–Dice que Hassan era mi amante y que lo planeamos todo juntos. ¡Es mentira! Se propone armar a las tribus nómadas y atacar el palacio. El canalla de tu hermano me ha utilizado. Me raptó y me habría matado de no haberme escapado.

–No escuches sus mentiras, príncipe –interrumpió Amreli–. Quiere salvar el pellejo ahora que ha sido descubierta su traición. ¿Acaso quieres que te vuelva a embaucar?

–¡Silencio! Controla tu lengua. Yo soy quien manda aquí.

–Que nos diga entonces cómo escapó. Y por qué no le falta un dedo. –Amreli no estaba dispuesta a ceder.

–Sí, Morgana. Me interesaría saberlo –volvió a hablar Sirsi.

Con voz entrecortada Morgana relató toda la historia, omitiendo que Hassan la había violado noche tras noche.

–¿Y por qué quería ayudarte a escapar esa nómada si era la esposa de Hassan? –preguntó Amreli con astucia cuando Morgana terminó.

–¿Y bien, Morgana? –Sirsi miró su cara pétrea–. ¿Por qué callas, muchacha? Habla de una vez.

–Porque él… me violó. Krishna temía que me tomara como esposa. –Respondió en voz tan baja que Sirsi tuvo que esforzarse por oírla.

–¿Lo ves? –Amreli sonrió triunfal–. Eran amantes.

Sirsi sintió cómo un torrente de rabia ciega recorría sus venas. Amreli tenía razón. Morgana lo había engañado. Se había acostado con su hermano y ella misma lo admitía.

–Capitán Jones, salga de este palacio ahora mismo o no me hago responsable de mis actos. Me ocuparé de que lleven su equipaje al puerto. Espero que se hayan marchado de Bhavnagar dentro de una hora.

La expresión del maharajah era terrible cuando dio media vuelta y se marchó.

Morgana no se quedó a contemplar cómo la costa de la India desaparecía del horizonte. Se sentó en el camarote llorando amargamente. ¿Cuándo había empezado a ir todo mal? No podía aceptar el hecho de que Sirsi no le creyera. Se había acostado con ella y la había amado. ¿Cómo podía apartarla tan cruelmente de su lado? Y esa bruja de Amreli, a Morgana le hubiera gustado matarla.

Taylor había dado instrucciones a los hombres de mantenerse alejados de ella y ni siquiera entró en el camarote. Se sentía profundamente desolada. Habría recibido de buen grado incluso a Taylor, se habría sentado contenta en su regazo y tirado de su barba, y escuchado cómo le decía con su acento americano que no se preocupara por nada. Entonces recordó su triste y acusador rostro, y supo que le había hecho demasiado daño para que volviera a ella. Tal vez tampoco le había creído. ¡Oh, maldito Hassan! ¿Por qué lo había estropeado todo? Esperó sinceramente que él y Sirsi se mataran mutuamente y que Bhavnagar fuera destruido. Se lo merecían.

Se acercó a la cama y se acostó de nuevo, con los ojos llorosos, deseando desesperadamente dormir un poco. Estaba extenuada tras el tortuoso viaje por la arena ardiente del desierto, pero su preocupación sobre cómo iba a enderezar su vida la mantenía desvelada. Finalmente pudo más el cansancio y se quedó profundamente dormida.

Taylor se paseó pensativo por cubierta. De modo que eran ciertos los rumores que había oído en el palacio acerca de Sirsi y Morgana. Se había arrojado a los brazos del maharajah, no a lo suyos. Al principio se había negado a creerlo, pero ahora no podía seguir mintiéndose. Lo había engañado. ¿Había dicho Amreli la verdad? ¿Había planeado Morgana todo ese terrible asunto con Hassan a fin de obtener el dinero del rescate? Dios mío, se había entregado a los dos hermanos indios mientras que con él había fingido ser una tímida y respetable viuda, sin permitirle más que un casto beso. ¿Acaso creía que no era lo bastante hombre? ¿Es que no sabía cuánto la deseaba y ansiaba hacerla suya? Le había pedido que se casara con él y ofrecido la mejor plantación de toda Virginia. Pero ¿qué era eso al lado del reino que Sirsi o Hassan le habían prometido? ¿Habría rechazado alguna mujer la oportunidad de convertirse en princesa? No, sin duda Morgana no habría dejado escapar tal oportunidad. Taylor recordaba sus perspicaces y calculadores ojos, y sus preguntas astutas.

Lo había engañado. ¿Era ésa la primera vez? Al fin y al cabo, ¿qué sabía en realidad de esa extraña y esquiva belleza que había encontrado medio muerta en la sabana africana? Tal vez todo había sido mentira. Dios mío, ni siquiera sabía si realmente se llamaba Morgana. Podría ser una vulgar criminal, huida de alguna colonia penal. Morgana se había mostrado muy reservada acerca de su pasado y sólo sabía de ella que había zarpado de Inglaterra con su marido. ¿Un marido inventado con un barco inventado tal vez? Taylor no había visto ni rastro del barco llamado *Hechicera*. ¿También el nombre era inventado?

Maldijo su silencio. A pesar de lo que había hecho o de lo que era en realidad, la amaba. No podía negarlo. Estaba decidido a hablar con ella esa noche y tratar de sacar algo en claro de esos tristes acontecimientos. No podía soportar oír sus terribles sollozos y las miradas que le lanzaba la tripulación como si se tratara de un ogro.

Morgana se sorprendió cuando Taylor llamó suavemente a la puerta del camarote y dijo que le gustaría mucho que cenara con él. Había permanecido acostada todo el día sintiéndose desgraciada y sabía que tenía un aspecto horrible. Taylor no hizo ningún comentario al respecto y Morgana llegó a la conclusión de que le importaban muy poco sus sentimientos. Sin embargo aceptó la invitación; era mejor que quedarse sola con sus pensamientos.

Se vistió con esmero, tratando de parecer lo más presentable posible. No se puso ninguno de sus encantadores saris de la India, ni los brazaletes ni las chucherías que Sirsi le había regalado. En lugar de eso escogió un vestido verde que se había hecho con una de las telas del barco de Taylor. Se cepilló con energía el cabello y se lo recogió en un pulcro moño, tal como solía hacer antes de casarse con Rian. Cuando por fin estuvo lista se miró en el espejo y quedó satisfecha. Parecía una auténtica y remilgada señorita inglesa. Tal vez podría convencer a Taylor de que las palabras de Amreli no eran más que mentiras.

Era evidente que el cocinero se había enterado de la historia y la compadecía, porque sirvió uno de sus platos predilectos en un esfuerzo por complacerla. Sin embargo la cena resultó bastante embarazosa, porque ni Taylor ni

Morgana sabían qué decir. Los sucesos ocurridos en Bhavnagar pesaban en sus conciencias y cada uno se concentró deliberadamente en la comida. Cuando finalmente Taylor apartó el plato y encendió su pipa, Morgana supo que había llegado el momento de ajustar las cuentas. Se miró fijamente las manos y esperó a que hablara.

Él se aclaró la voz.

–Morgana, he estado pensando mucho acerca de lo sucedido en la India. No sé ni me importa la verdad de la cuestión. Eres joven y has cometido errores. Sólo quiero que sepas que te amo y que sigo queriendo que te cases conmigo. Iremos a Virginia y olvidaremos lo que ha sucedido aquí.

Morgana sintió que se le llenaban los ojos de lágrimas. Estaba profundamente avergonzada. Taylor era un hombre bondadoso y comprensivo, ¿qué debía hacer?

–No soy buena, Taylor –sollozó–. ¿Acaso no lo ves? Siempre me estoy metiendo en líos. Ni siquiera sabes qué pensar de mí. Todo ha sucedido tan deprisa, desde que me capturaron esos africanos, que no sé qué pensar. Me duele la cabeza de tanto intentarlo. Por favor, ten paciencia conmigo; no quiero tomar más decisiones. Necesito tiempo para pensar y sobreponerme.

–Comprendo. Pronto llegaremos a China. Podrás responderme entonces. –Se volvió y salió del camarote.

XXX

La relación entre Morgana y Taylor se había vuelto mucho más comedida. Ambos se mostraban excesivamente educados, pero ya no se quedaban hablando después de cenar, y ella no le tiraba de la barba ni se sentaba en su regazo por las noches. Cada día se convencía más de que no se casaría con él, de que sólo había estado engañándose a sí misma. Se sentía terriblemente sola, pero ya no quería casarse con Taylor y no lograba reunir el coraje suficiente para regresar a Irlanda, a la farsa de su matrimonio con Rian McShane. Tampoco podía regresar a Inglaterra pues sería procesada por asesinato. Morgana se sentía tan agitada como los mares por los que navegaban.

Llegó a la conclusión de que los hombres no eran buenos, ninguno de ellos, y decidió que no volvería a tener nada que ver con uno mientras viviera. Se mostró cortante con la tripulación de Taylor hasta el extremo de ser grosera, y ellos la observaron con perplejidad y compasión, tratando de comprenderla.

Cuando el barco finalmente hizo escala en Macao, el puerto chino en poder de los portugueses, Morgana había perdido mucho peso a causa de las preocupaciones y se la veía extrañamente taciturna. No disfrutó con el habitual bullicio y ajetreo de los muelles, y apenas reparó en los *collies* que corrían de un lado para otro con mercancías, ni en los juncos o sampanes amontonados en el puerto. No tenía ni idea de dónde iban a hospedarse y se limitó a asentir cuando Taylor le informó de que el coronel Davis y su esposa los alojarían en su casa. Dejó que Taylor la ayudara a subir a la *jinrikisha* y se sentó en silencio, mirando las atestadas calles mientras se alejaban de allí.

Panzudo y con calvicie incipiente, el coronel Davis rondaba los cincuenta años y se daba aires de importancia. Por desgracia le recordaba tanto a su primo Trevor que apenas podía mostrarse educada con él.

Prudence, su esposa, era una cotilla y parecía encantada de tener a una condesa en casa, a pesar de lo desagradable y distante que ésta pudiera ser. Dio una calurosa bienvenida a Morgana, reparando en cada detalle de su aspecto mientras le mostraba su habitación.

–Será agradable tener por fin alguien con quien hablar. No tiene idea de lo sola que se siente una con esos horribles chinos. «Bárbaros», le dije al coronel. No sé cómo pudo aceptar este destino. Es tan terriblemente aburrido contar únicamente con las esposas de los militares. –La señora Davis se abanicó con energía antes de abrir los postigos para dejar que entrara algo de luz en la habitación–. Las conocerá esta tarde. Tenemos costumbre de servir el té cada día a las cuatro. Como le dije al coronel, sólo porque él creyera conveniente relegarnos a este incivilizado país no es motivo para que también nos dejemos contagiar por el primitivo comportamiento. Eso jamás. Debemos guardar las formas, ¿no le parece, lady Keldara?

Morgana asintió con poco entusiasmo y deseó que se marchara y la dejara echarse con un paño frío en la frente. Últimamente tenía dolores de cabeza muy a menudo.

–Así está mejor –dijo la señora Davis con un suspiro mientras sacudía las almohadas y pasaba la mano por el tocador para comprobar si había polvo–. Tendré que hablar con Draya. Es muy sucia, pero aquí es difícil tener una servidumbre decente.

–Estoy segura. –Morgana se vio obligada a decir algo.

–No lo sabe usted bien. –La señora Davis resplandeció al oír ese trivial comentario–. ¡Con los fumaderos de opio y los terribles burdeles del puerto! La verdad, si no he dicho al coronel cien veces que tiene que hacer algo al respecto, ninguna se lo he dicho. Vamos, la semana pasada sin ir más lejos mataron a un joven marinero a navajazos allí mismo en el puerto. ¡Qué escándalo! Pero supongo que querrá asearse y descansar un poco. Las travesías por el océano son terriblemente cansadoras. Y tan aburridas, sin tener nada que hacer salvo permanecer en cubierta y contemplar el mar. Es terrible con todas esas tormentas y demás. Así se lo dije al coronel. Le confieso que me mareé muchísimo al venir aquí. ¡No sabe cómo llegué a desear la muerte!

Morgana pensó que era un lástima que el deseo de la señora Davis no se viera cumplido y se dijo que si volvía a oír la palabra «terrible» una vez más se pondría a chillar.

–Estoy muy cansada –dijo dando por terminada la conversación–. Creo que me echaré un rato. ¿Me llamará para el té?

–Por supuesto, puede estar segura. Le diré una cosa en favor de estos bárbaros: hacen un té excelente. –La señora Davis apretó los labios.

La puerta se cerró por fin y Morgana se dejó caer en la cama con un suspiro de alivio.

Los días transcurrían lentamente. Morgana apenas salía de la casa aunque Taylor a menudo se ofrecía a acompañarla, lo que llevó a la señora Davis a comentar que estaría agradecida de tener un prometido tan atento. Pero a Morgana le tenía sin cuidado lo que pensaran. Comía siempre a solas salvo a la hora de cenar, pero asistía a todos los tés de la señora Davis, donde estaba segura de ser tema de muchas conjeturas.

Al parecer los chinos tenían reglas muy estrictas en lo que a los forasteros se refería y sólo los dejaban establecerse en Macao y Cantón, de modo que un grupo de militares ingleses y sus mujeres se asentaron allí, así como muchos marineros y comerciantes. A estos últimos sólo se les permitía tratar con los monopolistas chinos, de ahí que no tuvieran ningún control sobre los desorbitados precios de las mercancías. Sin embargo aprendieron rápido que el opio podía comprar prácticamente todo, y los que no deseaban tratar con los mercaderes de Cantón y Macao conducían sus barcos hacia el puerto de Hong Kong.

–Querida lady Keldara. –La señora Atherton se inclinó en su asiento. Era una de las damas que frecuentaban el salón de la señora Davis a la hora del té–. Qué contenta debe de estar con un prometido como el capitán Jones. Mi marido dice que es uno de los hombres más buenos que jamás ha conocido.

–Así es. –Morgana se llevó la taza de té a los labios preguntándose si había sido prudente presentarse como una viuda. Pero ¿qué otra cosa podía decir?

–Oh, sí –intervino la señora Langley–. Los capitanes de barco suelen ser hombres duros. ¿Recuerdas al atractivo moreno que solía hacer escala aquí? ¿Cómo se llamaba, Prudence? No consigo recordarlo. Era endiabladamente atractivo, si te gusta ese tipo de hombre.

–Oh, ya sé de quién hablas, Beatrice. Del capitán O'Shea, Shanon o algo así –respondió la señora Davis, haciendo un esfuerzo por recordar.

–¿No fue el hombre que mantenía a esa muchacha china del local de la Dama Roja? –La señora Granger frunció el entrecejo–. ¿El que mató a un oficial al batirse a duelo por ella?

–El mismo, Elvira. –La señora Langley hizo una pausa para beber un sorbo de té, soplando antes para que se enfriara.

–Me pregunto qué le ocurrió. Han pasado muchos años desde la última vez que se le vio por aquí.

–Quién sabe. –La señora Atherton se había cansado del tema–. Probablemente mató a alguien en una reyerta en los muelles. ¿Piensa acompañarnos al baile de oficiales la semana que viene, lady Keldara?

–Oh, sí –imploró la señora Granger–. A Gertrude y a mí nos encantaría que viniera. –Señaló a la señora Atherton con una ligera inclinación de cabeza.

Morgana contestó encantada a esa pregunta y dejó la taza de té con cuidado para que no vieran cómo le temblaban las manos. ¿El tal capitán O'Shea o Shanon podía haber sido McShane? Era evidente que la señora Davis no había caído en la cuenta, o tal vez ella sólo imaginaba cosas. Pero Rian había estado muchas veces en Macao. Había traído seda china, esa brillante tela de color verde que había intentado arrancarle aquella noche en la playa. ¿Qué habían dicho de él? Al parecer había tenido una amante china. «Solía tener un amor en cada puerto, y volveré a tenerlos si sigues comportándose de este modo», le había dicho en una ocasión, mientras le lanzaba una mirada dura y burlona.

–Querida lady Keldara, ¿le ocurre algo? –preguntó la señora Atherton–. Está muy pálida.

–Lo siento. Me temo que todavía no me he repuesto del todo del viaje. ¿Qué decían?

Respondió a las preguntas que le hicieron las damas acerca de su persona, dejando educadamente de lado las que no deseaba contestar, y volvió a sumirse en sus pensamientos. Sin duda se estaba dejando llevar por la imaginación. Había cientos de capitanes de barco irlandeses. Finalmente apartó de sí el pensamiento.

El baile de oficiales era un acontecimiento aburrido y Morgana no tardó en arrepentirse de haber aceptado la invitación. Ninguno de los jóvenes presentes le interesó en absoluto y se alegró cuando Taylor le preguntó si quería dar un paseo por los jardines. Por fin se libraría durante un rato de esas entrometidas. El olor del otoño flotaba en el aire. Arrancó distraídamente varias flores de los arbustos y examinó las estatuas de dragones y demás criaturas que adornaban el lugar. Toda China al parecer estaba habitada por dragones. La música oriental que se oía en la noche le pareció extraña y, gracias a las lecciones de guitarra que le había dado Jeb, se dio cuenta de que se basaba en una escala de cinco notas. Permaneció en silencio, preguntándose si Taylor diría algo. Sospechaba que la había sacado de allí para averiguar si tenía intención de casarse con él. Suspiró con aire pensativo. No sabía qué hacer. Ojalá no fuera tan reservado, amable y considerado. ¡Dios mío! ¿Por qué no le gritaba o la golpeaba? Habría sido mucho más sencillo hablar con él.

Pensó en las veces que Rian la había amenazado con romperle el cuello y la había maldecido furioso con una mirada burlona. Por lo menos ella comprendía su temperamento apasionado, sus maneras bruscas y sus exigencias. No comprendía en absoluto a Taylor. ¿Cómo podía quererla después de todo lo ocurrido?

–Morgana –dijo él por fin–. ¿Has tomado ya una decisión?

–Sí, Taylor –respondió ella en voz baja, sabiendo que iba a herirlo–. No... no puedo casarme contigo. No tenemos nada en común. No pensamos ni sentimos del mismo modo acerca de nada.

–Pero Morgana –suplicó él–, nos adaptaremos el uno al otro. Te lo prometo.

–Taylor, es inútil –susurró ella–. Estarías cada vez más furioso conmigo y llegarías a guardarme rencor. Te amargaría la vida. Vengo de un mundo muy diferente. Necesito...

¿Qué necesitaba? Recordó cuando tenía dieciséis años y vivía en Londres, y no era más que la hija de un poeta pobre. Entonces ya sabía lo que quería. Un libertino; sí, un hombre moreno y disoluto que vistiera con elegancia y alternara con la buena sociedad; un hombre que la sacara a pasear por las deslumbrantes luces de Drury Lane; que condujera una calesa y perteneciera al Four Horses Club. Un demonio, un calavera que lograra que le latiese con fuerza el corazón y la cabeza le diera vueltas. El rostro de Rian irrumpió en sus pensamientos, sus labios exigentes que se curvaban en una mueca burlona antes de convertirse en un beso; la intensidad con que sus ojos verdes brillaban en la oscuridad. Sí, había sido todo lo que había deseado en un hombre, orgulloso, apasionado, duro, fuerte. Entonces ¿por qué no había sido feliz con él?

–No desees las cosas, Taylor –dijo de pronto–, porque puede que las consigas.

–No logro comprenderla, Morgana –dijo la señora Davis al tiempo que se inclinaba para servir el té–. Un buen hombre como el capitán Jones... ¿Qué ha ocurrido para que lo rechace de este modo y nada menos que en el baile de oficiales? Le aseguro que pareció un fantasma el resto de la velada.

–Sencillamente no lo amo, Prudence. –Morgana miró por la ventana con expresión de cansancio.

–¿Amor? Querida muchacha, podría ser mucho peor –la reprendió la señora Atherton con suavidad–. ¿Qué se propone hacer con su vida?

–No lo sé. En realidad no lo he pensado. Cada vez que lo intento empieza a dolerme la cabeza. Supongo que debo regresar a Irlanda, pero la perspectiva me horroriza, Gertrude.

–Acabo de tener una idea maravillosa. –La señora Langley batió palmas alegre–. ¿Le gustaría ser institutriz? Oh, ya sé que está por debajo de su posición social, pero es lo más indicado si tiene intención de permanecer un tiempo en China. Y siempre puede volver a su tierra si descubre que no le gusta.

–Claro, Beatrice, debería habérseme ocurrido a mí –intervino la señor Granger–. Nuestra querida Sung Lü se ha quedado desconsolada con la pérdida de la pobre señora Whiteby.

–Por favor –rogó Morgana, cada vez más interesada–, díganme de qué están hablando. Tal vez me gustaría ser institutriz. Es lo que me proponía ser antes de que muriera mi padre.

–Bueno –continuó la señora Lingley–. Uno de los comerciantes chinos llamado Sung K'ang Nan tiene una casa en los alrededores. Seguro que ha visto esa enorme pagoda con los monstruosos dragones en la fachada. Su esposa asistió al baile de oficiales la otra noche y se quejó de que su institutriz, la señora Whiteby, había hecho las maletas y se había marchado sin dar ninguna explicación. Sung Lü estaba fuera de sí. Su marido insiste en que sus hijos sean educados por una institutriz inglesa y sabe Dios que escasean en Macao. Cree que ayudará a su hijo cuando sea mayor y se ocupe del negocio de la seda.

–Me atrae la idea, Beatrice –dijo Morgana emocionada. Por fin había encontrado una salida a su problema–. ¿Cree que le interesará mi oferta?

–¿Interesarle? Querida muchacha, si sabe leer y escribir, el trabajo es suyo. Hoy mismo le enviaré una nota.

–Me alegro mucho por usted, Morgana, pero sigo creyendo que es terrible rechazar tan cruelmente al pobre capitán Jones. –La señora Davis arrugó la nariz y, como de costumbre, tuvo la última palabra.

Morgana llegó a primera hora de la mañana a la mansión en una *jinrikisha*. Taylor se quedó horrorizado al enterarse de sus intenciones y se enfadó aún con más las damas que la habían ayudado, pero ella se mostró inflexible. Le pareció que los dragones le sonreían perversamente al pasar delante de ellos, pero decidió que debía de ser cosa de la imaginación. Golpeó con ímpetu el aldabón de bronce y un muchacho la hizo pasar y la condujo a la sala de estar. Ésta se hallaba llena de almohadones de seda y mesitas de bambú, y repleta de piezas de marfil y jade, gran parte de las cuales eran muy valiosas, según pudo comprobar gracias a lo que Rian le había enseñado.

Después de lo que le pareció una eternidad, se presentó una mujer menuda con el cabello negro azabache que la luz de las lámparas hacía que pareciese azulado.

–¿Es usted lady Keldara?

–Sí.

–Soy madame Sung Lü. La señora Langley me ha hablado de usted. Tengo entendido que le interesa el puesto de institutriz que se encuentra vacante en estos momentos.

–Así es, me interesa el puesto. –Morgana se sentó cuando Sung Lü le pidió que lo hiciera.

Estudió a la mujer oriental con curiosidad. Debía de tener unos treinta años, aunque a Morgana le resultaba sumamente difícil poner edad a los chinos. Tenía los ojos almendrados y los pómulos altos, angulosos en la penumbra. Iba impecablemente vestida y su expresión era inescrutable.

–Lady Keldara, mi marido insiste en que mi hijo sea educado por una institutriz inglesa. Me temo que es un niño difícil. No será sencillo.

–No me asusta el trabajo duro, madame. Mi padre pensaba que la educación era muy importante. Hablo inglés, francés, algo de español e indostánico, así como un poco de chino que he aprendido aquí. Sé leer, escribir y algo de matemáticas, y estoy bien versada en literatura inglesa e historia grecolatina. Si eso es lo que su marido desea que su hijo aprenda, yo puedo enseñarle.

–Muy bien. Entonces empezará el lunes. También tengo una niña. Me gustaría que estudiara con mi hijo. Se alojará aquí, naturalmente, y le pagaré cada mes...

Tras ofrecerle una paga mucho más elevada de lo que Morgana había esperado, Sung Lü le deseó los buenos días. Morgana salió de la casa aliviada porque la mujer no le había preguntado acerca de su experiencia ni pedido referencias. Como había dicho la señora Langley, las mujeres cultas escaseaban en Macao, cuya población inglesa consistía en su mayor parte en las esposas de los oficiales. Volvió a casa de los Davis en el coche de Sung Lü.

Sung Lü confió en haber tomado la decisión acertada. Al fin y al cabo la chica era muy joven. Sin embargo tenía un aire decidido. Además, probablemente no se quedaría mucho tiempo. Muy pocas lo hacían. Su hijo detestaba estudiar y solía hallar el modo de deshacerse rápidamente de las institutrices. La última se había encontrado una serpiente en la cama. No era venenosa, pero para la mujer había sido la gota que colmaba el vaso y se había marchado ese mismo día. Sung Lü suspiró y corrió a informar a su marido.

–Entonces ¿ha conseguido el puesto? –preguntó Prudence cuando Morgana llegó a la casa.

–Sí, no ha sido difícil.

–Bueno, no creo que tenga ningún problema. Pero el capitán Jones está muy disgustado. ¿Por qué no sale al jardín y habla con él?

Morgana se instaló enseguida en la casa china. Su habitación era pequeña, pero confortable. Taylor le hizo varias escenas y ella se alegró de librarse por fin de él. Sin embargo Taylor le preguntó si podía visitarla, a lo que ella asintió de mala gana, más que nada por compasión.

Sung Lü le mostró el aula y le presentó a sus hijos. La pequeña, Sung Ni Yüan, miró a Morgana intrigada mientras hacía una graciosa reverencia con expresión muy seria. Pero el niño, Sung Hsi Wei, la miró con rebeldía y sólo se inclinó cuando su madre le habló en chino a toda prisa. Morgana suspiró. Sin duda se trataba de un niño difícil. Ante su sorpresa los dos hablaban inglés, aunque algo vacilante y con numerosos errores. Tenían muchos problemas en pronunciar su nombre y ella finalmente sugirió que la llamaran lady Mag, sin darse cuenta de lo doloroso que iba a ser oír de sus labios el diminutivo que utilizaba Rian.

–Bien, lady Mag. –Sung Hsi Wei la estudió con disimulo después de que Sung Lü se retirara–. ¿Sabe cuántas institutrices he tenido? Siete –añadió sin darle tiempo a contestar–. Las he ahuyentado a todas y usted será la siguiente –se jactó.

–¿Has estado alguna vez en África? –Al momento decidió que lo que necesitaba ese niño era una buena paliza. Estaba terriblemente consentido.

–No –respondió él de mal humor.

–Bueno, pues yo sí. ¿Sabes lo que hacen allí con los niños poco respetuosos? –Morgana tampoco esperó a que él respondiera–. Algún día te lo diré.

Sung Hsi Wei la miró con incredulidad.

–¡No lo sabe! –soltó–. No puede enseñarme nada.

–Ya lo veremos –le advirtió ella–. Ahora siéntate.

Casi se echó a reír al ver la expresión de perplejidad del niño, pero logró contenerse mientras echaba un vistazo a los libros que habían dejado sobre la mesa. Nunca había enseñado y no sabía muy bien qué hacer a continuación, pero estaba decidida a no permitir que el pequeño tirano se diera cuenta.

–En primer lugar quiero que los dos leáis en voz alta para ver qué nivel tenéis. Luego haremos algo de matemáticas. Empezará Sung Ni Yüan –se dirigió a la niña que apenas había dicho una palabra.

–Puede llamarme Ni, lady Mag –repuso la niña vergonzosa, dirigiendo a Morgana una tímida sonrisa, para gran disgusto de su hermano.

Morgana le devolvió la sonrisa.

–De acuerdo, Ni.

La niña pronunció con torpeza varias palabras, pero se esforzó mucho y antes de terminar de leer la página estaba al borde de las lágrimas.

–Muy bien, Ni. –Morgana volvió a sonreír–. Mejorarás con el tiempo. Aquí tienes. –Le pasó el libro a Sung Hsi Wei–. Te toca a ti, Hsi.

–Mi nombre es Sung Hsi Wei –dijo él con frialdad–. Y no pienso leer. Y sé todo lo que necesito saber, lady Mag.

–Entonces ya debes de saber lo que hacemos en Inglaterra con los niños que se niegan a estudiar. Repasamos las lecciones con una regla. –Cada vez más enfadada, cogió la vara de marfil del escritorio.

–No se atreverá. Si me toca, se lo diré a mi padre.

–Escúchame, Hsi. Cuando hayas soportado las lluvias de Inglaterra, escalado los montes rocosos de Irlanda, cocinado estofado de mono en África, y visto el Taj Mahal de la India, entonces me dirás qué tengo que hacer. Antes, no, ¿queda claro?

–¿De veras ha hecho todas esas cosas? –Esta vez la miró con cierto interés.

–Así es. Verás, no sabes tanto como crees. Ahora lee la página en voz alta, por favor.

El niño puso mala cara, pero hizo lo que le pedía. Al no oír el habitual ruido procedente del aula, Sung Lü se asomó para ver qué tal le iba a la nueva institutriz y se encontró a los niños en silencio sentados en sus escritorios estudiando las tablas de multiplicar. Cerró la puerta, pues no deseaba interrumpirlos, y se retiró algo sorprendida. Poco después pudo comentar a su marido que le parecía que a la nueva institutriz no le iba mal.

Morgana no tardó en advertir que Sung Lü y Sung K'ang Nan la apreciaban y esperaban que cenara con ellos, pues los niños lo hacían antes. Se sobresaltó la primera noche que se sentó a la mesa y trajeron a una anciana en una silla de bambú. Tenía el cabello blanco recogido en un prolijo moño, la piel amarilla muy arrugada por la edad y los ojos de un intenso color azul.

–Lady Keldara, ésta es mi madre, madame Sung –le presentó Sung K'ang Nan–. Madre, ésta es la nueva institutriz.

–Ah, de modo que es usted la osada tirana que ha amenazado con golpear a mi nieto. –La mujer miró a Morgana con astucia.

Al oír estas palabras Morgana se sonrojó.

–No lo habría hecho, madame –empezó a decir, pero fue interrumpida con un ademán.

–No se disculpe, lady Keldara. Por lo que he visto, ese niño está pidiendo a gritos una buena paliza. Mi hijo lo consiente demasiado. –Lanzó a Sung K'ang Nan una mirada penetrante–. Veo que se está preguntando cómo he llegado a hablar tan bien inglés. –Morgana se sobresaltó, porque era precisamente lo que estaba pensando–. Mi madre era inglesa. Dejó a su gente para casarse con mi padre.

Eso explicaba los ojos azules de la anciana. Madame

Sung era sin duda un mujer franca. A diferencia de la mayoría de las orientales, decía lo primero que se le pasaba por la cabeza. Morgana pudo ver que eso incomodaba a su hijo y a su nuera, pero no podían hacer nada al respecto. Los chinos trataban a sus mayores con gran respeto y les daban la razón en todo momento y sobre cualquier asunto. Cuando terminaron de cenar, madame Sung pidió a Morgana que la acompañara, luego llamó a dos de los criados para que la llevaran de nuevo a su habitación. Era evidente que no podía andar. Morgana averiguó la razón más tarde, cuando Sung Lü la escoltó hasta la habitación de la anciana con su habitual rostro impasible. Si su suegra le parecía irritante, no lo demostró.

Madame Sung tenía los pies diminutos y deformes. Morgana no pudo evitar mirarlos fijamente.

–Una costumbre abominable, ¿no le parece? Me los vendaron cuando tenía siete años. Por aquel entonces para las damas de alta alcurnia era considerado una desgracia caminar, y sigue siéndolo en muchas partes de China. Sung Lü es siamesa. Por eso sus pies son normales, no como los míos. Y nos negamos a permitir que vendaran los de Ni siguiendo esa costumbre.

–Pero ¿por qué lo hacen? –Morgana casi se estremeció al pensar en lisiar deliberadamente a alguien para que no pudiera andar.

–Para impedir que las mujeres tengan amantes. Si no pueden caminar, no pueden tener citas secretas, porque no tienen modo de acudir a ellas. Ninguno de los criados se atrevería a ayudarlas a hacer algo así. Ah, veo que se escandaliza. Bueno, cada cultura tiene sus excentricidades. Por favor, siéntese, lady Keldara. Hábleme de Inglaterra. Hace mucho que no hablo con nadie de la patria de mi madre; y no digamos del tiempo que ha pasado desde que la vi por última vez. Un país frío y húmedo, segun recuerdo, pero fascinante.

Hablaron largo y tendido mientras madame Sung servía el té, hasta que ésta finalmente comentó que estaba cansada.

–Tienes que volver, Morgana –dijo, tal como le había pedido que la llamara. La anciana sonrió cansinamente.

–Lo haré, madame –prometió Morgana.

La Dama Roja se recostó en su silla con una perversa y desdentada sonrisa en su rostro amarillo. De modo que Rian McShane había vuelto finalmente a China después de cinco largos años. Sospechaba que Taian se alegraría. «La pobre estúpida», pensó madame Kiangsu. ¡Esperar todo ese tiempo! Hubiera sido mucho mejor para ella casarse con uno de esos estúpidos marineros que siempre le rogaban que se fugara con ellos, o con Fang Lai, el espadero, a quien no parecía importarle que fuera una prostituta. Bueno, las cosas volvían a ponerse interesantes.

El barco de Rian todavía no había hecho escala en el puerto, paro madame Kiangsu sabía que no estaba lejos de la costa. Tenía espías por todas partes. No había nada que no supiera, aunque era muy poco lo que revelaba. Uno de sus agentes había divisado al *Hechicera* hacía una hora. Aspiró pensativa su pipa de opio y se recostó para esperar.

De pie en la cubierta del *Hechicera*, el conde de Keldara observó cómo la costa aparecía en el horizonte. Aunque seguía taciturno, empezaba a resignarse a la idea de que Morgana había muerto. Todo lo que quería ahora era finalizar el viaje y volver a casa para poner su vida en orden. A menudo se sentía desdichado, sobre todo por las noches, cuando tenía que hacer frente al vacío del camarote y los recuerdos que éste le traía. Muchas veces se sentaba en silencio y tocaba la guitarra que había regalado a Morgana, evocando el dulce y suave sonido de su voz; o leía las páginas de los libros de su padre, recordando cómo las sombras jugaban en su rostro mientras por las noches le recitaba los poemas en voz alta.

Echaba de menos el calor de su cuerpo junto a él y el suave tacto de su cabello en torno a su cuello. Le costaba conciliar el sueño y con frecuencia se paseaba por cubierta en plena noche estudiando las estrellas. Ninguna de las prostitutas que conoció en los puertos logró aliviar el dolor de su corazón, aunque sí atenuaron el que sentía entre las piernas.

Era tarde cuando el barco entró en el puerto de Macao y, abriéndose paso entre los juncos y los sampanes, echó anclas. Suspiró, dio a la tripulación las órdenes pertinentes y finalmente desembarcó. Detuvo una *jinrikisha* e indicó la dirección, luego se recostó en el asiento sin prestar atención a los marineros borrachos que salían tambaleantes de los bares a uno y otro lado de los muelles. Al llegar al burdel chino, arrojó varias monedas al *collie* y entró.

Estaba lleno de humo, como de costumbre, y en el aire flotaba el olor a incienso. Varias jóvenes orientales con el rostro pintado holgazaneaban por la habitación y apenas le prestaron atención. Se oyó un crujido cuando un biombo de bambú se abrió y apareció una anciana. Conocida en el puerto como la Dama Roja, madame Kiangsu era una mujer a tener en cuenta. Muchos creían que era miembro de la Sociedad de la Ley Celestial, la organización que en una ocasión había intentado asesinar la emperador manchú, Jen Tsung. Aunque no pudo probarse nada en su contra, todavía conservaba las cicatrices bajo las uñas, donde los hombres del emperador le había introducido brotes de bambú para hacerla hablar. Rian la conocía desde hacía mucho tiempo.

–Bienvenido, capitán McShane. –No parecía en absoluto sorprendida de verlo.

Rian tampoco se sorprendió. Sin duda se había enterado de su llegada antes incluso de que entrara en Macao. Se rumoreaba que tenía espías por todas partes.

–Buenas noches, madame Kiangsu. –Hizo una reverencia y aceptó el vaso de vino que le ofrecía.

Hablarían un rato y luego, cuando ella se cansara de su compañía, lo dejaría subir al encuentro de Taian, su querida china. Era un ritual que habría preferido ahorrarse esa noche, pero no tenía intención de insultar a la Dama Roja, de modo que se recostó en su asiento y esperó a que la mujer volviera a hablar. La anciana lo miró sin pestañear, un truco que Rian sabía que era efecto del opio pero que no dejaba de resultar desconcertante. Sin embargo no se permitió bajar la vista y se vio recompensado con una lenta y desdentada sonrisa. Una hora más tarde la anciana le permitió retirarse.

Taian era muy menuda y delicada, con el cabello negro y liso que le llegaba hasta la cintura. Sus labios pintados se curvaron expectantes al verlo entrar, pero no se arrojó a sus brazos, sino que esperó a que hablara. Cuando Rian así lo hizo sólo fue para decir que le preparara el baño, y ella le dio la espalda para que no viera su decepción. Siempre se ponía muy triste cuando la dejaba, al igual que cuando volvía. Lo amaba y seguía confiando en que un día se la llevaría con él y la alejaría de esa vida de pecado que se veía obligada a soportar para no morir de hambre. Pero él nunca le había dicho que la quería ni que la había echado de menos, aun cuando algunas veces transcurrían años entre visita y visita. Las demás muchachas se reían de ella y decían que era estúpida por esperarlo cuando otro marinero podría habérsela llevado consigo, pero a ella no le importaba.

Sus manos pequeñas se movieron con destreza, frotándole la espalda y masajeándole los músculos que ella sabía que más le dolían; y Rian permaneció callado. Taian advirtió que no estaba de humor para escuchar una charla trivial, de modo que también guardó silencio, a excepción del grito estridente que soltó cuando él la arrojó de pronto sobre la cama y le abrió al kimono dejando a la vista sus altos y firmes pechos.

A la mañana siguiente Rian despertó y por un instante no supo dónde se encontraba. Luego vio el rostro de Taian en la pequeña y curvada tabla que utilizaba como almohada, y recordó. La despertó y le pidió que fuera a buscar el desayuno, y frunció ligeramente el entrecejo al verla salir. Se preguntó qué pensamientos se escondían tras esa permanente máscara impasible. Siempre le hacía pensar en una muñeca, una muñeca inescrutable que hacía exactamente lo que le pedía. Nunca le gritaba furiosa, aunque suponía que a menudo la hacía entristecer, y no podía hablar con ella en profundidad sobre temas que le interesaban. Sin embargo había sido bien entrenada en las artes de complacer a un hombre y por un tiempo su cuerpo ayudó a calmar el dolor que sentía en su interior. Taian tenía trece años la primera vez que la había poseído. Bueno, tal vez se la llevara de compras más tarde. Siempre parecía disfrutar, aunque su rostro seguía grave cuando le daba las gracias.

Después de desayunar la llevó al mercado, donde le compró un precioso brazalete de jade. Aunque el precio le pareció insignificante, la mirada de Taian reflejó la satisfacción que sentía. Luego la dejó en el burdel y salió a atender sus asuntos. En su ausencia, Taian disfrutó exhibiendo su regalo a las demás chicas que no contaban con tan atractivo caballero.

–Mirad. –Sacudió su orgullosa cabeza sin poder disimular su indignación–. Siempre regresa a mi lado.

–Unas palabras muy orgullosas para una mujer de la calle –replicó Pengpu–. Volverá a irse, como siempre. Veremos entonces si nos hablas con tanto desprecio.

Taian se limitó a sonreír y hacer tintinear el brazalete en su muñeca.

Morgana se quedó mirando fijamente el lagarto que se había encontrado en la cama. Sacaba y escondía rápidamente la lengua mientras la contemplaba con sus pequeños y brillantes ojos. Tenía la piel resbaladiza y de colores, pero aun así le recordó a las serpientes de África. Sacó uno de sus guantes y, con él puesto, cogió a la criatura y salió al pasillo sosteniéndola por la larga cola con una expresión marcial. Sabía quién era el responsable de esa broma pesada. Apenas una semana antes había encontrado un sapo cornudo en la cómoda. ¡Maldito niño! ¿Cuándo se enteraría de que tales trucos no iban a ahuyentarla?

–¡Hsi! –Furiosa, abrió la puerta de la habitación del

niño–. ¿No te he advertido que seas más cuidadoso con tus animales? Me he encontrado esta criatura en mi cama.

El niño la miró azorado. Estaba convencido de que el lagarto funcionaría. Algunas de sus institutrices se habían marchado gritando de la casa sólo de verlo. A otras las había derrotado con el sapo cornudo. Dios mío, ¿es que ésta no se asustaba de nada?

Morgana le arrojó el lagarto y él lo cogió al vuelo antes de que se escabullera ante tan brutal trato; luego la vio salir de la habitación. Suspiró. No se le ocurría nada más por el momento para asustarla.

Morgana llamó a la puerta de madame Sung y la abrió de un empujón cuando ésta le gritó que entrara.

–Le prometo que uno de estos días perderé la paciencia con ese niño, madame –dijo muy agitada.

–¿Qué ha hecho esta vez, Morgana?

–Me ha metido un lagarto en la cama; sí, y la semana pasada me encontré un sapo cornudo en uno de los cajones de la cómoda. Se lo advierto, madame, ese niño necesita una buena paliza, y con urgencia.

Madame Sung rió.

–Morgana, me temo que mi nieto ha encontrado en ti la horma de su zapato.

Morgana miró a la anciana con afecto, luego se echó a reír al ver el lado cómico de la situación.

–Bien, creo que a estas alturas debe de haber comprendido que tengo intención de quedarme. Al fin y al cabo llevo aquí cerca de dos meses, y las demás institutrices nunca aguantaron más de tres semanas.

–Sí, creo que esa pesadilla de niño ya debe de haberlo comprendido. –Madame Sung miró a Morgana con cariño. Habían trabado amistad enseguida en las pasadas semanas–. Tal vez debería hablar con él.

–No, si lo hace creerá que me ha vencido. Tendré que probar nuevas tácticas, eso es todo. Como solía decir mi primo Gerald que estuvo en el ejército, si no puedes ganar la batalla, retírate y prueba una nueva línea de ataque.

–Muy sensato, querida.

–Bueno, debo admitir que fue lo único inteligente que le oí decir a Gerald. ¿Cómo se encuentra? ¿Puedo traerle algo?

–No, querida, estoy bien. Me han dicho que el capitán Jones ha estado hoy aquí.

–Sí, el pobre se niega a aceptar un no por respuesta –reconoció Morgana con tristeza–. Me temo que le he hecho mucho daño.

–Bueno, se repondrá. Todavía no he oído que nadie muriera a causa de un desengaño.

–Yo sí –dijo Morgana al recordar la historia de la madre de Rian y el fantasma de Katy McShane–. En Shanetara tenemos dos fantasmas que se aparecen muchas veces cuando hay niebla y llovizna. Sí... –E imitando el acento irlandés que sabía que encantaba a la anciana, le narró la historia de William y Katy McShane.

–Una hermosa historia –dijo madame Sung cuando Morgana terminó.

–Me la contó uno de mis primos –explicó Morgana, sintiéndose de pronto culpable. No le había revelado a nadie que el hombre con el que se había casado seguía con vida. Ya estaban bastante escandalizados y confundidos por su conducta y la ruptura de su compromiso con Taylor.

–¿Echas de menos Shanetara, Morgana? –Madame Sung la miró comprensiva.

–A veces sí. Me parece tan lejano, casi como un sueño.

Por un instante se planteó confiar su secreto a esa anciana que empezaba a adorar, pero decidió que no podía cargarla con sus problemas.

–¿Le gustaría sentarse mañana conmigo en los jardines, madame? Tengo un poco de tiempo libre y me encantaría su compañía. Además, el aire fresco le sentará bien.

Últimamente la anciana parecía sentirse cada vez peor y Morgana temía que la oscura y lúgubre casa no contribuyera a mejorar su salud.

–Por supuesto, niña. Siempre me gusta charlar contigo y los jardines están muy bonitos en esta época de año. Será un placer.

–Entonces la veré mañana –prometió Morgana y cerró la puerta detrás de ella con suavidad.

El día siguiente era frío pero soleado, tal como había esperado, y Morgana vio cómo dos de los criados bajaban a madame Sung en su silla para que pudiera disfrutar de los cálidos rayos de sol. Cubrió cuidadosamente los hombros de la anciana con el chal.

–Y ahora, madame, verá como en un momento se siente mejor.

–Gracias, niña. –Madame Sung le dio una palmadita en la mano con afecto–. No sé cómo me las arreglaba antes de que vinieras. Te aseguro que este lugar parecía otro. Hasta Lü lo ha comentado.

Morgana se sintió muy satisfecha, porque Sung Lü raras veces alababa a nadie, tan ocupada estaba con mantener a su marido alejado de las casas de baño de las geishas, aunque sin demasiado éxito. Morgana tenía la sospecha de que en China las mujeres eran ciudadanos de segunda clase. Suspiró.

–Oh, madame, ¿cree que llegará el día en que las mujeres dejaremos de estar subordinadas a los hombres y se nos permitirá tener nuestra propia profesión?

–Abre los ojos, pequeña. Son las mujeres las que gobiernan el mundo, aunque los hombres son demasiado estúpidos para darse cuenta. Piénsalo. ¿Fue realmente César quien reinó en Roma? No, Cleopatra fue la que lo sedujo para que obrara según sus deseos y cameló a Marco Antonio mientras lo hacía. ¿Y por qué crees que Colón descubrió el nuevo mundo si no para poner un tesoro a los pies de Isabel la Católica? O fíjate en Ana Bolena. ¿Acaso no dividió Enrique VIII a la Iglesia católica para tenerla? Sí, nunca subestimes el poder de una mujer, Morgana. –Madame Sung asintió sabiamente con la cabeza–. No ha habido hombre que no haya intentado obtener el poder, conquistado reinos o amasado una fortuna por el amor de una mujer, ya sea su madre, amante, esposa, hija o hermana. ¡Cuando las mujeres empiecen a pensar y actuar como los hombres, será su perdición! Son tan distintos como la noche y el día, y así es como debe ser.

–Supongo que tiene razón. –Morgana sonrió con aire pensativo.

–Por supuesto que sí. Cuando hayas vivido lo que yo comprenderás de qué estoy hablando. Ahora tráeme unas flores de jazmín. Me gustaría oler su fragancia, niña. Es tan deliciosa.

Morgana se levantó y se dirigió hacia un macizo; se disponía a coger una de las flores cuando vio que Taylor se acercaba. Arrancó la flor y se volvió hacia él.

–¿Sucede algo, Taylor?

–Me han dicho que estabas aquí fuera, en los jardines. –Habló en tono apremiante, suplicante casi–. Tengo intención de zarpar hoy, Morgana. Llevo demasiado tiempo aquí. He venido a rogarte una vez más que cambies de parecer y vengas conmigo a Virginia. Te amo.

–Oh, Taylor. ¿Cómo podría hacértelo comprender? No puedo, sencillamente no puedo.

–Di mejor que no quieres. Dios mío, Morgana. –De pronto la estrechó entre sus brazos y la besó con pasión–. No puedo soportarlo. ¿Cómo voy a dejarte aquí?

–¡Taylor! –Morgana se apartó de él y se llevó la mano a los labios–. ¿Te has vuelto loco?

–Morgana, por favor...

Ella no lo escuchó, pues ya había echado a correr hacia la casa y, para su sorpresa, lloraba con amargura. Se había olvidado por completo de madame Sung, quien había presenciado toda la escena. Al verla, Morgana se sobresaltó.

–Le ruego que me perdone, madame. –Parecía abatida mientras le tendía la flor a la anciana y trataba de ocultar las lágrimas.

–No importa, niña. He visto lo ocurrido. Llora, Morgana, aunque tu corazón no se vaya con él. –Señaló a la figura de Taylor que se alejaba.

–No, madame, mi corazón no se va con él –replicó Morgana. De pronto se arrodilló a los pies de madame Sung y le abrió su corazón.

Empezó por su primer encuentro con Rian y le contó toda la historia, sin olvidar ningún detalle ni guardar nada para sí. La anciana escuchó en silencio, acariciando el cabello pelirrojo y el rostro angustiado y bañado en lágrimas apoyado en su regazo. Madame Sung escuchó durante una hora y no la interrumpió ni una sola vez, pues comprendió que se trataba de algo que la joven llevaba demasiado tiempo guardándose y acerca de lo cual necesitaba hablar. Cuando terminó, Morgana continuó llorando en silencio.

–Pequeña –dijo madame Sung con expresión pensativa–. Jamás he escuchado una historia más triste. Es un lío tremendo, ¿verdad? Y te ha hecho terriblemente desdichada. Bueno, es lo mínimo que cabía esperar de Rian McShane. Ese hombre perverso y lleno de estúpido orgullo.

–Entonces ¿conoce a mi marido? –Morgana levantó la cara intrigada.

–Sí, conozco al capitán. Viene a menudo a hacer negocios con mi hijo y es el pícaro más arrogante que he conocido jamás. –Sonrió con amabilidad–. Pero estoy segura de que te quiere mucho.

–¿De veras? –dijo Morgana, incrédula.

–Deja que te diga algo, niña. Hace mucho tiempo conocí a un hombre tan orgulloso y arrogante como tu Rian: mi marido. Oh, no tenía más remedio que casarme, pues en aquellos tiempos eran los padres quienes decidían. Nunca vi a Sung Tsingtao antes del día de mi boda. Tenía catorce años y no sabía nada de la vida y los hombres, pero Tsing fue muy amable conmigo. Tenía veintiocho años y era muy atractivo. No me importa admitir que me consideré muy afortunada. Varias de mis amigas se habían casado con maridos tan viejos como yo ahora, lo que es mucho decir. –Le brillaron los ojos–. Pero, como te iba diciendo, yo era joven e impresionable, y enseguida me enamoré de mi marido.

»Sin embargo, él era un hombre orgulloso y le habían inculcado que los hombres no debían tener sentimientos o, si los tenían, debían reprimirlos. Era muy susceptible y temía que le hicieran daño, se rieran de él o no le consideraran lo bastante hombre. Hizo cosas osadas y escandalosas, y pensé que era el hombre más valiente que jamás había visto. No comprendí que trataba de impresionarme porque no era capaz de abrir su corazón y revelarme sus sentimientos. Sólo cuando yacía moribundo comprendí lo mucho que me había querido. Verás, no permitió que me quedara a su lado.

–Pero ¿por qué si la quería?

–Oh, niña. Me amaba tanto que no quería que lo viera sufrir al final de sus días. Quería que lo recordara tal como era, un valiente y osado guerrero que había conquistado mi corazón. Y por alguna razón el saber que me amaba, aunque jamás me lo confesara, me ha mantenido viva todos estos años. Nunca me he vuelto a casar.

–Gracias, madame –murmuró Morgana.

–En una ocasión leí un verso de un anciano muy sabio –suspiró madame Sung–. Decía así: «Escucha tu corazón y conocerás eterno gozo, aunque el ciruelo florezca mientras la nieve sigue cubriendo la tierra.» Escucha tu corazón, Morgana.

XXXI

Una vez el barco estuvo cargado y los suministros guardados, Taylor comprendió que todo había terminado. Maldijo a Morgana en silencio mientras subía por la pasarela. En la oscuridad, un elegante clipper amarrado junto a su barco atrajo su atención. Se preguntó a quién pertenecería. Aguzó la vista para leer el nombre a la plateada luz de la luna y contuvo la respiración. En un costado de la embarcación y escrita de modo llamativo se leía la palabra *Hechicera*. Musitando una maldición, volvió la espalda y ordenó soltar amarras.

Taian miró muy seria el rostro taciturno de Rian.

–El capitán Rian es desdichado, ¿verdad? –preguntó con timidez.

–Sí, pequeña Taian. El capitán Rian es muy desdichado.

–El dolor de su corazón desaparecerá con el tiempo, ¿no es cierto? Hay tristeza en su espíritu, puedo verla en sus ojos –susurró.

–Sí, si uno deja alguna vez de amar, tal vez desaparece con el tiempo –respondió Rian en voz baja.

–¿El capitán Rian ama? –Taian sintió como si un cuchillo le atravesara dolorosamente el corazón.

–Sí –dijo él por tercera vez–. El capitán Rian ama muchísimo.

–Y esa mujer, ¿quién es?

–Mi esposa, Taian.

El cuchillo se hundió aún más.

–¿Y dónde está esa mujer, su esposa? –preguntó ella, luchando por contener las lágrimas.

–Muerta. Oh, Morgana era el mismo cielo, Taian. Tenía el cabello como el cobre bruñido y los ojos más verdes que el jade. –De pronto se alegró de hablar del dolor que sentía en su corazón.

–Yo también sé lo que es amar de ese modo –murmuró ella.

–Entonces ¿por qué no se lo dices al hombre que amas, pequeña Taian?

–¿No lo sabe, hombre estúpido? –gritó, y salió corriendo de la habitación con las lágrimas corriéndole por las mejillas.

Rian comprendió su respuesta pero no pudo pronunciar las palabras que ella deseaba escuchar. Lamentó haber causado a esa joven china todo el sufrimiento que había visto reflejado en sus ojos.

La Dama Roja fumaba en su pipa de opio. Sí, las cosas se estaban poniendo interesantes por momentos. Había encontrado a Taian llorando desconsoladamente, la pobrecilla, y había descubierto la razón de su llanto. Las piezas del rompecabezas empezaban a encajar. De modo que Rian McShane no sabía que su esposa seguía con vida y se encontraba allí mismo, en Macao, como institutriz de... ¿cómo se llamaba el comerciante? Ah, sí, de los hijos de Sung K'ang Nan. Tenía que ser ella. La descripción coincidía a la perfección. Tal vez su esposa también creyera que Rian estaba muerto, o tal vez había huido de él. En ocasiones podía ser un demonio. Ella misma lo había visto hacía muchos años batirse en el duelo con un marinero a causa de Taian.

Madame Kiangsu esbozó una sonrisa perversa y desdentada, y mandó llamar al capitán.

–¿Qué sucede, madame? –preguntó Rian algo malhumorado–. ¿Ha visto a Taian?

–Se ha marchado, la muy tonta. Me temo que su dolor es demasiado para ella. Volverá, no te preocupes. No tiene adonde ir.

–Entonces ¿por qué quería verme?

–Tengo entendido que estás dispuesto a comprar sedas en este viaje.

–Siempre me interesan las telas hermosas, madame. –Rian se sentía ligeramente irritado. Sus negocios no eran asunto de madame Kiangsu.

–Tal vez deberías visitar a Sung K'ang Nan. Creo que tiene algo que te interesará particularmente.

Se recostó en la silla y volvió a sonreír cuando Rian se hubo marchado. Sí, las cosas se estaban poniendo realmente interesantes. Ahora sólo tenía que esperar.

Taian vagó sin rumbo por los muelles con el corazón partido. Se metió en uno de los bares del puerto que le llamó la atención por las luces brillantes y el ruido. Al fondo del local había un joven marinero apoyado contra la pared. A pesar de las lágrimas que la cegaban logró esbozar una sonrisa.

–¿Qué tal si invitas a una copa a una chica sedienta, marinero?

Se dijo que no importaba, nada importaba ya, mientras lo ayudaba a subir por las escaleras que conducían a una diminuta habitación y se quitaba el vestido.

Morgana se sentó tranquilamente en la cama de Ni para contarle una historia. Los ojos de la niña se abrieron asombrados mientras Morgana le explicaba cómo había sido capturada por los indígenas africanos. Apenas respiraba de la emoción. Morgana fingió no darse cuenta de que Hsi se acercaba y ladeaba la cabeza para poder escuchar también, y a duras penas logró contener la risa. El niño no había vuelto a gastarle bromas pesadas y parecía contento de que se quedara. Cuando llegó a la parte en que la víbora se abalanzó sobre sus botas de piel, soltó un grito ahogado.

–¿No se asustó, lady Mag? –Se adelantó para sentarse a su lado en la cama.

–Sí, Hsi, me asusté mucho –respondió ella muy seria–. Me di un susto de muerte.

–Pero no la mordió, ¿verdad, lady Mag? –La niña la miró llena de preocupación.

–No, Ni. Sus colmillos no lograron atravesar el cuero. Realmente fui muy afortunada, porque las víboras son muy venenosas y sin duda habría muerto.

–Me alegro de que no muriera –dijo Ni muy seria.

–Yo también –intervino el niño.

–¿Por qué, Hsi? –Morgana lo miró sorprendida–. Creía que no era más que otra horrible institutriz, después de todos tus esfuerzos por espantarme.

–Oh. –Hsi ocultó el rostro con timidez–. Usted no es como las demás. Ninguna había pasado todas esas aventuras. Siento haber sido tan malo.

–¡Chócala! –Morgana le tendió la mano.

De pronto el niño sonrió y le estrechó entusiasmado la mano.

–¡Chócala!

–Éste es mi muchacho –dijo ella mesándole el cabello–. Y mi niña –añadió, pues no quería dejar de lado a la pequeña Ni–. Pero ya está bien por esta noche. Mañana tenéis clase. Es hora de dormir.

Refunfuñaron un poco, y ella los arropó y les dio un beso antes de apagar las lámparas. Luego salió y se sentó con madame Sung, que se encontraba mucho mejor últimamente. Morgana estaba convencida de que el sol le sentaba bien a sus gastados huesos.

Al cabo de un par de días Rian decidió visitar a Sung K'ang Nan. Después de todo, la Dama Roja siempre estaba al corriente de cuanto sucedía en Macao, y si ella creía que ese mercader chino tenía algo digno de ver, probablemente era cierto. Sin embargo le preocupaba Taian. Todavía no había regresado. Pengpu, una de las chicas, le comentó que se había liado con un marinero que había conocido en uno de los bares del puerto y se había quedado a vivir con él. «¡Tanto hablar de su corazón partido!», se dijo con amargura.

Ya anochecía cuando detuvo una *jinrikisha* y dio la dirección, pues no había querido interrumpir la cena. Sung K'ang Nan acostumbraba trasnochar, lo mismo que Rian. Había hecho negocios con ese hombre en el pasado y sabía que era un comerciante honesto, no como algunos de los estafadores de Macao. Rian pensaba hacerle una visita tarde o temprano, pero tenía que reconocer que las palabras de madame Kiangsu habían despertado su curiosidad.

Silbaba cuando llamó con aldabón de bronce. Wong Chow, el criado, sonrió al verlo.

–Bienvenido, capitán McShane –dijo en inglés. Recordaba muy bien al capitán porque en una ocasión éste lo había defendido de un grupo de marineros borrachos que se proponían darle una paliza.

–Buenas noches, Wong Chow. ¿Está el señor en casa?

–Sí, capitán McShane. Le diré que está usted aquí.

El muchacho desapareció y Rian estudió con interés el vestíbulo. Sung K'ang Nan poseía sin duda unas piezas de artesanía muy hermosas. A Rian no le hubiera importado comprarle algunas, pero sabía que pertenecían a la colección privada del comerciante.

–Buenas noches, capitán McShane –lo saludó Sung K'ang Nun con una reverencia.

Rian hizo lo propio y lo siguió hasta un pequeño salón.

–Tengo entendido que este año tiene unas sedas particularmente hermosas –dijo una vez que tomaron asiento.

–Oh, sí. –El rostro de Sung K'ang Nan se iluminó. Siempre disfrutaba haciendo buenos tratos pues era comerciante por naturaleza–. Por supuesto tengo muchas más en el almacén –explicó–. Pero como bien sabe, capitán, aquí guardo las mejores. –Lo miró con perspicacia–. Si tiene la bondad de esperar, iré a buscarlas.

Rian asintió y se dispuso a aguardar que regresara. En alguna parte de la casa se oía cantar a una mujer y, por alguna extraña razón, le recordó ligeramente la voz de Morgana, aunque aquella mujer cantaba en chino. Apartó la idea de su mente. ¿En qué estaba pensando?

–Sí, son realmente hermosas, señor Sung. –Rian acarició los rollos de seda con aire pensativo. Sin duda le pagarían una buena suma por ellas cuando volviera a Inglaterra–. ¿Convenimos un precio?

Regatearon durante media hora y cuando finalmente llegaron a un acuerdo, cada uno quedó convencido de haber salido ganando en el trato.

–¿Me lo enviará a mi barco por la mañana?

–Como siempre, capitán McShane –asintió Sung K'ang Nan satisfecho consigo mismo.

–Me interesarían unas cuantas piezas más –dijo Rian–. Dejaré el resto a su elección. Acordaremos el precio cuando las lleve al barco.

–De acuerdo –convino el chino. Le encantaba que el inglés confiara tanto en él, pues no parecía considerarlo un estafador como a muchos de los otros comerciantes. En consecuencia siempre trataba a Rian mucho mejor que a cualquiera de los otros que acudían a negociar con él–. ¿Tomamos una copa para cerrar el trato? Creo que es una costumbre inglesa.

Morgana paseaba ociosa por los jardines, deteniéndose de vez en cuando para oler una flor o estudiar las estatuas chinas. Se había acostumbrado a los dragones y ya no le parecían tan perversos como al principio. Oyó las voces procedentes del salón. Alguien había venido a hacer negocios con Sung K'ang Nan, pensó. Los comerciantes a menudo acudían a la casa por la noche en lugar de visitarlo en su oficina durante el día. Sospechaba que la mayoría sólo quería una buena cena y mejor licor que el que podían conseguir en los muelles. Sin embargo, éste, si se trataba de un marinero, no había cenado con ellos. Suspiró y sumergió distraídamente la mano en el estanque espantando a los peces de colores.

–Me alegro de volver a verlas, madame Sung Ling Kwan, madame Sung Lü –saludó Rian. La anciana madame Sung no parecía sorprendida de verlo en Macao, pero él sabía que sus fuentes de información eran tan buenas, si no mejores, que las de Madame Kiangsu.

Madame Sung lo esperaba desde que había escuchado la historia de Morgana, pero a decir verdad no tenía noticia de que hubiera llegado al puerto. No había podido pensar en otra cosa que en la tristeza de la joven. Ahora ocultó su sorpresa entornando los ojos. Era evidente que ese hombre ignoraba que su esposa se encontraba allí.

–Capitán McShane. –Inclinó grácilmente la cabeza en dirección a él–. ¿Por qué no da un paseo por los jardines? Creo que hay una flor que le interesará mucho. –Estaba convencida de haber visto salir a Morgana poco antes.

Rian miró confundido a la anciana y se preguntó con impaciencia por qué de pronto todo el mundo parecía saber qué podía interesarle. Sin embargo siguió la sugerencia pues no deseaba ofender a la madre de su anfitrión.

–Al fondo del jardín, capitán McShane –exclamó madame Sung a sus espaldas–. Frente a la estatua del dragón que hay junto al estanque de nenúfares.

Encontró fácilmente el estrecho y sinuoso sendero de enormes piedras. Conocía los jardines y se preguntó qué nuevas flores brotaban bajo los frágiles arbolillos.

Tardó unos instantes en acostumbrarse a la luz tenue, y cuando la vio, creyó que era un fantasma. Se encontraba sentada muy quieta en el borde del estanque, con el cabello suelto y un vestido blanco, casi diáfano, como un sudario a la luz de la luna. Parecía triste, meditabunda, casi melancólica, mientras contemplaba las estrellas. Rian contuvo la respiración.

–¿Morgana?

Estaba convencido de que se desvanecería en una nube de niebla. Morgana volvió hacia él sus ojos verde esmeralda y Rian creyó que se ahogaría en sus profundidades.

No lo había oído llegar y él había hablado en voz muy baja, pero Morgana reconocería esa voz ronca en cualquier parte.

–Rian –susurró antes de desmayarse en sus brazos.

No permaneció mucho tiempo inconsciente y cuando volvió en sí, Rian se hallaba inclinado sobre ella con una expresión de preocupación e incredulidad en el rostro.

–Suéltame. –Se apartó de él furiosa, sin creer que fuera su marido el que la sostenía entre sus brazos–. ¿Cómo te atreves a tocarme después de abandonarme a merced de esos indígenas africanos?

–¡Morgana! –Rian la miró fijamente sin comprender–. Creía que estabas muerta, ¿no lo entiendes? Creí que habías muerto. Te busqué, pero el jefe de los ashanti me dijo que habías huido a la selva. No pensé que sobrevivirías. –La zarandeó levemente–. Sabe Dios que para mí la sorpresa ha sido tan grande como para ti.

–Déjame tranquila. Yo... trabajo aquí. ¿Qué van a pensar de mí? Tengo obligaciones que atender. –Se levantó de nuevo del banco.

–Morgana, no pienso permitir que vuelvas a escapar de mí –dijo él y ella vio el conocido brillo burlón en sus ojos.

–Por favor, Rian, no puedo pensar ahora. –Se frotó la cabeza, que volvía a dolerle–. Debo entrar. Hablaremos mañana.

Sin decir otra palabra se volvió y se alejó corriendo, apartando los jazmines a su paso. Rian se dispuso a seguirla, pero ella había desaparecido. Por fin se dio cuenta de que no podía llevársela de la casa de Sung K'ang Nan a la fuerza y regresó al salón.

En ausencia de Rian, madame Sung había explicado brevemente la situación a su hijo y su nuera, guardándose para sí gran parte de la historia que Morgana le había contado sólo a ella y diciéndoles únicamente que la joven había perdido el rastro de su marido en África y lo había creído muerto.

Sung Lü estaba profundamente conmovida.

–¡Menuda impresión le va a causar! –murmuró.

–Y también al capitán McShane –añadió Sung K'ang Nan.

No tuvieron tiempo de decir nada más porque Rian irrumpió en el salón en ese momento.

–Lo sabía, ¿no es cierto? –Miró a madame Sung acusador–. Dios mío, ¿por qué no me lo advirtió? –Entornó los ojos–. Y madame Kiangsu debió de suponérselo también.

–Dejadnos, por favor –pidió madame Sung a su hijo y su nuera, que salieron obedientes de la habitación, meneando la cabeza ante las desafortunadas circunstancias–. Sí, lo sabía –respondió la anciana recostándose en su silla de bambú una vez estuvo a solas con él. Tenía el presentimiento de que iba a disfrutar hablando con franqueza a ese joven disoluto–. ¿Dónde está Morgana?

–No lo sé. Se ha ido corriendo. –Rian se dejó caer derrotado en una silla, mirando fijamente el olvidado vaso de vino.

–Que tonta –murmuró madame Sung–. Pero te está bien empleado. Tengo entendido que has tratado a esa pobre criatura de forma abominable. No. –Levantó una frágil mano–. No te molestes en negarlo. Morgana me lo ha contado todo. –Le lanzó una mirada penetrante–. Dime, ¿qué piensas hacer al respecto?

–No lo sé –repitió Rian–. Pensé que había muerto. Yo... apenas puedo creer que esté viva. He pasado un verdadero infierno. –Se levantó y empezó a pasearse inquieto por la sala.

–¿De veras? Pensaba que te habías alegrado de deshacerte de ella. –Madame Sung contuvo una sonrisa.

–¿Alegrarme? Me volví loco pensando que la había perdido, precisamente cuando...

–¿Cuando qué...?

–Cuando por fin comprendí que la amaba. Me he dicho un millón de veces que si la encontraba se lo diría. –Se mesó los cabellos, muy agitado.

–Eres un estúpido, Rian –dijo madame Sung con severidad–. ¿Qué te hace pensar que la joven te va a creer ahora? Está convencida de que la odias y tiene motivos para ello.

–Lo sé, lo sé. He cometido muchos errores, demasiados, pero ¡maldita sea! Siempre se resistía y no estaba dispuesto a que me tomara por un colegial novato.

–¿Y cuándo ha sido fácil conseguir lo que realmente vale la pena, querido muchacho? Me sorprende que estuvieras dispuesto a arriesgar el cuello por una pobre prostituta china... Oh, sí, lo sé todo –dijo madame Sung con sequedad–. Y sin embargo te niegas a correr el riesgo de que te haga daño alguien a quien dices amar tanto. Si me lo permites, creo que eres muy egoísta. Piensa, Rian. Lo peor que puede hacer ella es decirte que te odia, y ya debe de habértelo dicho miles de veces. Por una vez trata de no pensar en ti sino en ella. Una niña solitaria, que aún llora por la muerte de su padre, se encuentra en una tierra extraña con un hombre que no parece quererla y que la trata con tanta crueldad como a una mujer de la calle. ¿Cómo habrías reaccionado tú? Naturalmente la joven quería golpearte y herirte, al igual que tú habías hecho con ella.

–Al parecer no conoce todos los detalles, madame –dijo Rian haciendo una mueca irónica.

–La joven era desdichada. Necesitaba a alguien con quien hablar, alguien que no la juzgara, sino que sencillamente la escuchara. Necesitaba que alguien le demostrara que la amaba.

–Pienso llevármela conmigo a Irlanda. –La voz de Rian se endureció–. Sigue siendo mi esposa.

–Sí, pero no estamos en Inglaterra, Rian, y en esta casa mando yo. –La expresión de madame Sung era severa–. Si Morgana no desea volver contigo, no podrás obligarla. Es muy dueña de quedarse con nosotros todo el tiempo que desee. Le he tomado mucho afecto.

–No piensa facilitarme las cosas, ¿verdad, madame? –Rian miró fijamente a la anciana y pensó que no le gustaría tenerla como contrincante.

–No. Puedes visitar a la joven mañana, si es que consiente en recibirte. Buenas noches, capitán McShane.

Rian comprendió que lo despedía y salió de la casa furioso. ¿Cómo se atrevía esa anciana a impedirle ver a su esposa?

Cuando Morgana cerró la puerta del dormitorio temblaba de pies a cabeza. ¡Estaba aquí! ¡Rian estaba aquí! Dios mío, sólo de pensar en tenerlo tan cerca temblaba como una niña asustada. Había dicho que la creía muerta, que la había buscado. ¿Sería verdad? Estaba pálido y parecía sorprendido de verla. ¿Se había equivocado respecto a él? Oh, ¿cómo se atrevía a venir con tanta arrogancia y exigirle que volviera con él? Ese brillo burlón en sus ojos y esa sardónica sonrisa en sus labios... No, no había cambiado ni un ápice. «No pienso permitir que vuelvas a escapar de mí», le había advertido, y hablaba en serio. Morgana había percibido tras su fría apariencia cierta violencia contenida. La obligaría a marcharse con él y si se negaba, no vacilaría en llevársela por la fuerza. Esa noche tardó mucho en conciliar el sueño.

Se despertó temprano cuando Sung Lü llamó a la puerta y después de mirarla con expresión seria le dijo que Rian la esperaba abajo. No había rastro de curiosidad en el rostro de la mujer siamesa y Morgana se maravilló una vez más de la habilidad de los orientales para ocultar sus sentimientos. Dijo a Sung Lü que bajaría enseguida, luego se apresuró a vestirse.

Lo primero que sacó del armario fue un vestido verde y se lo puso a toda prisa, tratando de no temblar. Por fortuna no tenía botones ni corchetes, pues los dedos no le hubieran respondido. Se lo cerró con un fajín y corrió a peinarse su enmarañada melena. No tenía tiempo de recogérsela en el pulcro moño que solía llevar. Hubiera gritado de exasperación, pues sin duda Rian pensaría que lo había hecho a propósito. Él siempre había preferido que la llevara suelta. Cuando por fin estuvo lista, se miró en el espejo e hizo una mueca. Luego bajó a recibirlo.

Rian se hallaba en el salón, mirando por la ventana. No la oyó entrar, de modo que Morgana tuvo varios minutos para estudiarlo antes de que advirtiera su presencia. Parecía mayor y más curtido, y vio arrugas en torno a sus ojos que no tenía un año atrás. Un año. ¿Era posible que hubiera transcurrido tanto tiempo? Había adelgazado y el tiempo parecía haber acentuado el aire inquieto, ansioso y vigilante que había adquirido tras su estancia en prisión.

–No te he oído entrar, Mag.

Sus ojos verdes destellaron. Seguían siendo las mismas cuentas de cristal que ella recordaba. La cicatriz parecía más profunda en su mejilla. Estaba aún más moreno si cabía, como un dios de bronce.

–No, supongo que no. –Bajó los ojos, incapaz de sostenerle la mirada.

Ahora le tocaba a él. La recorrió descaradamente con la mirada a la luz de los primeros rayos de sol que se filtraban por la ventana. Pensó que Morgana no parecía haber dormido bien. Tenía profundas ojeras bajo los ojos, que desvió al advertir su mirada penetrante. ¿En qué pensaba aquella mujer tan complicada? Cruzó la habitación y se detuvo delante de ella, pero no la tocó.

–Eres mi esposa –murmuró.

–Ojalá no lo fuera –respondió ella en voz baja.

Esas palabras lo irritaron y de pronto la estrechó entre sus brazos y le levantó la cara con brusquedad mientras con la otra mano le rodeaba la cintura y la atraía hacia sí.

–¿De veras? ¿No me has echado de menos, Mag?

–No, me alegré de librarme de ti –jadeó ella.

Él soltó una maldición. Había venido dispuesto a rogarle que lo perdonara y confesarle que la amaba, pero ella se burlaba de él y lo rechazaba. Apretó la boca sobre la suya y la besó salvaje, ansiosamente, buscando con la lengua la dulzura de esos labios de miel que llevaba todo un año deseando y añorando. Morgana trató de soltarse, pero él estrechó su musculoso cuerpo contra el suyo y le arqueó la espalda hasta que ella pensó que iba a rompérsela. Temblaba y sintió que se le doblaban las rodillas, y se habría caído de no haberla sostenido Rian. Volvió a sentir el viejo fuego que le removía las entrañas y el dolor abrasador que le recorría las venas. Nadie, ni siquiera Sirsi, había despertado tales sensaciones en ella. Deseó que se detuviera, pero el beso continuó, abrasador, excitante, y ella se fundió y se estremeció entre sus brazos de acero mientras emitía un gemido ahogado. Cuando Rian finalmente la soltó, Morgana creyó morir de vergüenza por haber respondido. ¡Lo sabía! Siempre lo había sabido. Se sonrojó y sintió que todo el cuerpo le ardía febril.

Rian la miró fijamente con esa extraña y enigmática mirada, y Morgana creyó ver compasión en sus ojos.

–¿Sigues afirmando que no me has echado de menos, cariño?

Ella abrió la boca para hablar pero de sus labios no brotó ningún sonido. Por sus mejillas corrieron lágrimas de humillación. Rian le ofreció el pañuelo en silencio.

–Mañana el *Hechicera* zarpará rumbo a Irlanda. Espero encontrarte a bordo.

Salió sin pronunciar otra palabra ni volver a tocarla. Una vez había bastado y lo sabía.

Los niños lloraron cuando Morgana se despidió de ellos, aunque Hsi trató de mostrarse valiente y se enjugó las lágrimas con furia diciendo que se le había metido algo en un ojo. La pequeña Ni berreaba sin disimulo y tiraba patéticamente de las faldas de Morgana con su diminuta mano. Se le encogió el corazón al ver su desconsuelo y trató de contener las lágrimas. No debían verla llorar.

–Prometed que me escribiréis y tal vez un día, cuando seais mayores y vuestro padre os deje me haréis una visita. –Intentó sonreír.

–¿Podremos, lady Mag? –El rostro de Hsi se iluminó ligeramente.

–Por supuesto. Me enfadaré si no lo hacéis –aseguró ella.

–Nunca tendremos una institutriz como usted, lady Mag –dijo Ni con voz temblorosa–. Ahora que estaba aprendiendo a leer bien para quc no se avergonzara de mí.

–Nunca me he avergonzado de vosotros, Ni. Espero que no os rezaguéis en vuestros estudios, os enviaré los libros de poesía que escribió mi padre.

–Nos gustaría mucho –dijo la niña.

–Y nada de bromas a tus profesoras, ¿entendido, Hsi?

–Está bien –rezongó el niño–. Apuesto a que ninguna será tan valiente como usted.

Despedirse de madame Sung resultó aún más duro.

–Así que has decidido volver con tu marido. –La anciana examinó a Morgana detenidamente.

–En realidad no tenía otra elección, madame –suspiró Morgana.

–Podrías quedarte aquí, pero creo que serías desdichada. De ahora en adelante debes afrontar los problemas, niña. No puedes huir de ellos eternamente.

–No, supongo que no.

–Toma. –Madame Sung sacó algo de su pequeño joyero y se lo puso en el regazo–. Mi marido me lo dio justo antes de morir. Me gustaría que lo tuvieras tú.

–Es precioso, madame, pero no puedo aceptarlo. –Morgana miró el diminuto anillo de jade de intrincado diseño delicadamente tallado.

–Es el símbolo chino de la alegría. Llévalo y acuérdate de mí, pequeña. A mí pronto dejará de servirme y me gustaría saber que lo tiene alguien a quien quiero. Espero que te traiga toda la felicidad que tú me has dado.

–Gracias, madame. Lo guardaré como un tesoro. –Morgana se lo deslizó en un dedo con los ojos llorosos.

–Nada de llantos –dijo madame Sung en tono severo–. Ya derramarás suficientes lágrimas a lo largo de tu vida sin necesidad de llorar por una anciana. Dame un beso de despedida, Morgana, y márchate.

Morgana se inclinó y besó la arrugada mejilla sin avergonzarse de sus lágrimas. La anciana le cogió las manos.

–Valor, niña. Y recuerda el ciruelo.

–Así lo haré, madame –prometió.

Se despidió de Sung Lü y Sung K'ang Nan, dándoles las gracias por su amabilidad, luego subió a la *jinrikisha* que aguardaba fuera. Morgana no volvió la vista atrás cuando el vehículo pasó por delante de los dragones chinos que seguían vigilando la mansión y cruzó las puertas que daban a la calle.

LIBRO QUINTO

LAS SOMBRAS

XXXII

Macao, China, 1816

Rian la esperaba a bordo del *Hechicera*. Observó en silencio cómo Morgana subía por la pasarela. En cuanto ésta llegó a cubierta la tripulación la rodeó entre vítores y hurras, cada uno intentando no ser menos que los demás, mientras algunos hombres discutían acaloradamente sobre quién iba a recoger su baúl. Morgana les dio las gracias a todos por el caluroso recibimiento, luego abrazó a Jeb, quien seguía sin hacerse a la idea de que siguiera con vida, y estrechó la mano de Harrison. Finalmente, al advertir la presencia de Rian, se dispersaron y prepararon para zarpar, y el *Hechicera* salió del puerto abriéndose paso entre los numerosos juncos y sampanes.

Apoyada en la barandilla de la cubierta, Morgana, sin atreverse a mirar a Rian, contempló cómo el puerto de Macao se hacía cada vez más pequeño. No supo que él estaba detrás de ella hasta que posó sus manos sobre los hombros de ella.

–Pensé que no vendrías.

–¿Y si no lo hubiera hecho? –Se volvió hacia él.

–Habría ido a buscarte.

–Sí, eso me temía.

Se apartó, sabiendo por instinto que él no la seguiría, sino que se quedaría al timón hasta el anochecer. Estaba en lo cierto. Rian no bajó al camarote hasta que cayó la noche y el cocinero les sirvió la cena. Ella no había hecho nada en todo el día. No lograba concentrarse en las ocupaciones triviales a que solía dedicarse. Se había bañado y vestido, tras elegir un traje dorado que ponía de relieve las motas color miel de sus ojos. Se dejó el cabello suelto, pues temía que su marido se enfadase si se lo recogía.

Rian cerró la puerta en silencio y la miró con aprobación.

–Las sedas chinas te sientan muy bien, Mag –murmuró, recordando la primera vez que la había visto envuelta en esas telas.

–¿Desgarrarás también ésta? –Morgana logró esbozar una sonrisa irónica, pues sabía muy bien a qué se refería.

–Si es necesario –se burló él, sosteniéndole la mirada.

–No pienso resistirme, Rian –replicó ella casi en un susurro–. Tómame si quieres.

Para sorpresa de Morgana él se limitó a decir que tenía hambre y que la comida se iba a enfriar. Apartó la silla para que se sentara y ni siquiera la rozó mientras tomaba asiento. Luego sirvió el vino. Sus dedos se tocaron cuando Morgana tendió la mano para coger el vaso y la retiró bruscamente, casi derramando el contenido. Si Rian lo advirtió, y ella estaba segura de que así era, no lo demostró.

Después de cenar le dio a Morgana la guitarra y le pidió que tocara para él. Ella la acarició con cariño, feliz de volver a tenerla, y empezó a cantar la canción de cuna china que había aprendido de los niños. Cuando terminó, tenía los ojos llorosos.

–Me la enseñaron los niños. Voy a echarlos de menos –dijo.

Rian le cogió la mano y, dejando el instrumento a un lado, la atrajo hacia sí.

–Podemos tener hijos, Morgana.

Al oír estas palabras, a ella se le encogió el corazón y empezó a respirar deprisa, pesadamente. Él la puso de pie y le desató el fajín que le sujetaba el vestido. Morgana se estremeció al sentir el roce de sus manos pero no se movió ni gritó cuando las prendas cayeron al suelo y quedó completamente desnuda delante de él. Rian se quitó la ropa a su vez y la arrojó sobre una silla. Alargó un brazo para coger uno de los mechones que le cubrían los senos mientras la besaba con delicadeza y ternura. Morgana no lo esperaba y su cuerpo se estremeció de placer mientras él la exploraba con la lengua, le acariciaba los pálidos y redondeados senos y jugueteaba con los pezones erectos.

Entonces le rodeó la espalda con un brazo y, colocando el otro debajo de sus rodillas, la alzó en el aire y la llevó a la cama. No apagó las lámparas y Morgana pensó que era peor que pudiera examinarla y acariciarla a la luz parpadeante. Volvió la cara para evitar su mirada, pero él le sujetó la mandíbula y volvió a besarla, esta vez con más urgencia.

–No sabes cómo atesoré los recuerdos de momentos como éste cuando te creía muerta –murmuró él–. Y ahora eres mía otra vez.

–No, Rian, no soy tuya. Nunca lo seré –susurró Morgana con el corazón palpitante bajo su extraña y enigmática mirada.

Él esbozó una sonrisa.

–¿Eso crees? Somos iguales, cariño, tú y yo. El abuelo se dio cuenta enseguida. No te molestes en negarlo, te conozco como ningún otro hombre lo hará jamás –musitó él y le besó las sienes–. Sé lo que se esconde en lo más profundo de tu ser. Sí, Morgana, somos iguales. Ahora lo comprendo, y algún día tú también lo comprenderás. Y entonces nunca podrás librarte de mí, como yo tampoco podré hacerlo de ti. Mientras vivas tendrás presente mi rostro, el roce de mis labios sobre tu boca, el peso de mi cuerpo sobre el tuyo y todo lo que sientes por mí, te lo aseguro.

Llevó la boca hasta sus pezones y trazó con la lengua

húmedos círculos antes de buscar el calor de su vientre y la suavidad entre sus pálidos muslos. Ella gimió y sintió una creciente excitación que se tornó en un estremecimiento de placer. No comprendía las palabras que acababa de pronunciar Rian, pero sabía que no podría resistirse a él y por alguna extraña razón no quería hacerlo. Yació en sus brazos y sintió que le faltaba el aire. Nunca la había amado de ese modo antes, entregándose a ella en lugar de poseerla con fuerza. Siempre la había utilizado aun cuando la complaciera, y se burlaba y reía de ella mientras la obligaba a responder a sus caricias.

Ahora se entregaba a ella plenamente. Alzaba con las manos su cuerpo ágil, le cubría de besos abrasadores los muslos, el vientre, los senos, los párpados, las sienes, y le recorría las mejillas y la boca con la lengua, probando, buscando, encontrando. Ella le echó los brazos al cuello y lo atrajo hacia sí cuando él se sumergió profundamente entre sus muslos. Entonces gritó y sollozó su nombre, arqueando las caderas para recibirlo, y comprendió que él deseaba quedar grabado para siempre en su corazón, tal como había dicho, y que lo estaba logrando.

Mientras viviera recordaría esa frenética unión de sus cuerpos que habían permanecido tanto tiempo separados, febriles de ardiente pasión; recordaría el peso del cuerpo de Rian sobre ella, despertándole los sentidos hasta conducirla a un rapto semejante a un torbellino que la sumió en una parpadeante oscuridad; su dulce grito de éxtasis proclamando su rendición al tiempo que se estremecía, temblaba y estallaba debajo de él como un viento salvaje en una violenta tormenta, y lágrimas de felicidad comenzaron a correr como la lluvia por las mejillas mientras él derramaba su semilla en su interior y se enrollaba su largo y pelirrojo cabello en torno al cuello susurrándole que la amaba.

Cuando terminaron, ella permaneció en silencio, tratando de aplacar los fuertes latidos de su corazón. Él la acarició con ternura, secándole el sudor que cubría su piel pálida, brillante a la luz de la lámpara. Ella vio que su pecho oscuro cubierto de vello negro también estaba empapado en sudor y sintió que le goteaba por los costados y entre los muslos. Rian volvió a besarla y de nuevo se enrolló sus rizos cobrizos al cuello, asiéndola a él para siempre.

–Te quiero, Morgana –volvió a murmurar.

–No, Rian, por favor –susurró ella.

–Pero es cierto, a pesar de todo lo que te he dicho y hecho. Te quiero desde el primer momento que te vi en Shanetara, con tu resplandeciente melena que te caía en cascada sobre la espalda y las mejillas encendidas por el viento. Y tus ojos color esmeralda con motas doradas, tan orgullosos y furiosos cuando me miraste desde lo alto de *Copper Lady*. Sí –dijo–. Te deseaba y amaba tanto que me dolía todo mi ser y te poseí. Eres mía y siempre lo serás.

No, no era cierto, gritó Morgana en su fuero interno. Era el efecto del vino. Mañana le diría que estaba borracho y que había olvidado sus palabras de amor, que había mentido. No podía creerle, no iba a hacerlo. Ese extraño que despertaba tal pasión en su cuerpo y se rodeaba el cuello con sus rizos pelirrojos, susurrándole palabras de amor a la tenue luz de la lámpara. Era cruel. ¿Cómo podía atormentarla de ese modo?

–¡No! –gritó ella–. Te odio. No digas eso.

–Lo diré. –Su voz sonó de pronto dura y burlona, y la maldad se reflejó en sus ojos oscurecidos por la pasión–. No importa si me desprecias, Morgana. Te poseeré, te humillaré, te doblegaré hasta que me ames. Juro que lo conseguiré.

Se levantó y apagó las lámparas, y cuando regresó a su lado no fue delicado con ella. No, esta vez la poseyó cruel, brutalmente, mientras apretaba la boca contra sus hinchados y magullados labios y la obligaba a responder una y otra vez.

Morgana oyó cómo las olas golpeaban suavemente el casco del barco y por un instante no supo dónde se encontraba. Trató de incorporarse, pero Rian la había rodeado con el brazo y no podía moverse, y entonces recordó la noche anterior. Le dolía todo el cuerpo y seguía sintiendo el hormigueo de después de hacer el amor. Al notar que se movía, Rian la atrajo hacia sí.

–Buenos días, cariño.

Ella vio que sus ojos verdes le sonreían y advirtió las arrugas de tensión en torno a ellos.

–Buenos días –respondió ella en voz baja, esperando que él admitiera que lo de la noche anterior no había sido más que efecto del alcohol.

En lugar de eso, él la besó, se levantó de la cama y se puso deprisa los calzones antes de coger la navaja y cubrirse de espuma la cara. Ella se incorporó sobre un codo para observar cómo se afeitaba. Cuando hubo terminado, Rian se limpió con una toalla, luego se la colgó al hombro y se sentó en el borde de la cama, mirándola interrogante con esa peculiar expresión felina.

–Rian –Morgana abordó el tema vacilante–, en cuanto a la noche anterior...

–¿Qué ocurre?

–¿Hablabas en serio? Quiero decir que... no parecías... ¿No estabas borracho? –preguntó con timidez–. ¿Mentiste?

–No, cariño. Hablaba en serio. Te quiero. Pero escúchame bien, Mag. No creas que puedes utilizar mi amor como un arma para amenazarme. Te lo advierto. –Puso una mano alrededor de su esbelto cuello–. Sigo siendo el dueño de lo que poseo. Puedes herirme, sí, pero no creas que vas a mandar sobre mí, cariño. Eso nunca.

Habló con voz suave y agradable, pero Morgana no se dejó engañar. Bajo la superficie se escondía el filo agudo del acero templado. Le acercó la ropa y sonrió divertido al ver que ella se apresuraba a vestirse por temor a que volviera a forzarla. Morgana no sabía si podría soportar un nuevo ataque a sus sentidos y sin duda él era capaz de repetirlo.

Era extraño que Rian no le hubiera preguntado nada acerca del pasado, ni hubiera querido saber cómo había llegado a Macao. Se estremeció. Tal vez pensaba sacar el tema más adelante. ¿Qué diría ella si le hacía preguntas? ¿Cómo podría explicárselo? Oh, ¿sería cierto que la amaba?

Una vez que él subió a cubierta, Morgana se bañó y vistió para dar su paseo matinal. El aire era frío. Sería invierno antes de que llegaran a Irlanda. A Morgana le encantaba ver cómo el viento jugueteaba con las velas, hinchándolas ligeramente, y sentir el gusto de la sal en los labios. Vio que su marido se hallaba como siempre al timón, hablando con Harrison y Timmons. Se acercó despacio a ellos y los dos hombres interrumpieron bruscamente su conversación y de pronto recordaron varias tareas urgentes. Casi sonrió al verlos escabullirse para dejarlos a solas el mayor tiempo posible a fin de que se adaptaran el uno al otro.

–¿Llegaremos a casa a tiempo para las Navidades, Rian?

–Depende del viento y de las condiciones atmosféricas, cariño. Lo dudo. –Al ver el rostro decepcionado de Morgana su voz se suavizó–. Pero haré todo lo posible si tanto lo deseas, Mag.

–Oh, me encantaría pasarlas allí.

Ella vio sus manos fuertes aferradas al timón y los músculos de sus brazos mientras conducía el *Hechicera* siempre hacia adelante. Él advirtió su mirada y sonrió.

–¿Te gustaría intentarlo?

–Oh, ¿crees que sabré hacerlo? –Los ojos le brillaron de inesperado placer.

–Vamos, te enseñaré. –La puso delante de él y colocó sus pequeñas manos en dos de las astas que sobresalían del gran timón. Luego puso las suyas encima.

–Es un buen barco, Mag. Cuando hace buen tiempo el más leve movimiento puede mantenerlo o desviarlo de rumbo. Pero si sopla el viento o estalla una tormenta puede ser como tratar de dominar a una hechicera.

–¿Por eso la bautizaste con ese nombre?

–No, cariño, lo llamé así en tu honor.

–Eso no es verdad. Todavía no me conocías –rió ella. Sin embargo se sintió complacida.

–Ahora elige un punto en el horizonte y procura que la botavara apunte en todo momento en esa dirección. Eso es, siempre que no la pierdas de vista, mantendrás el rumbo.

Morgana se estremeció al pensar que el control del veloz clipper estaba en sus manos.

–¿Dónde lo compraste, Rian?

–Lo construyeron en Estados Unidos. Me lo vendió un comerciante de Nueva York.

–No sabía que habías estado de América. –Morgana volvió a enderezar el rumbo al notar una repentina ráfaga de viento.

–Sí, hace muchos años. Hice varios cambios en el barco para poder armarlo tal como está. Como has tenido ocasión de comprobar, a veces navegamos en mares peligrosos y no quiero arriesgarme a ser asaltados por los piratas.

Morgana sentía el calor de su cuerpo contra el suyo. Había dicho que la amaba. De pronto se sintió contenta como no lo había estado en mucho tiempo. Tal vez llegaran a solucionar sus diferencias y sacar algo en claro de esa farsa de matrimonio. Sabía que amaba el mar y que jamás sería feliz si permanecía mucho tiempo en el mismo lugar. Sospechaba que si tenían hijos los embarcaría a todos en alguna disparatada aventura. Sólo pensarlo Morgana se echó a reír.

–¿Te diviertes, Mag? –le susurró él al oído.

Santo cielo. ¿Y si él adivinaba sus pensamientos?

–Yo... estoy un poco cansada, Rian. ¿Puedes llevarlo tú, por favor?

Obediente, él volvió a coger el timón y sonrió al verla estirar los brazos y la espalda.

–Tengo los músculos agarrotados –comentó ella con sorna–. ¿Por qué no me lo advertiste?

Rian rió.

–Imaginé que no tardarías en enterarte.

–Gracias. ¿Podré volver a llevarlo otro día?

–Si eso te hace feliz.

Al cabo de un rato Morgana se retiró, resuelta a hacer

una visita al cocinero. La cocina se encontraba dentro de los límites del barco que ella podía explorar, aunque el resto de las bodegas quedaban fuera. Le caía bien el cocinero, un hombre grande y rechoncho con gran sentido del humor. Morgana sospechaba que su amabilidad se debía a que era demasiado gordo para pelear o salir huyendo. Pareció encantado de verla.

–Oh, señora. ¡Qué alegría verla viva y con tan buen aspecto! –exclamó con una sonrisa de placer.

–Supongo que así es –dijo ella adoptando en broma un tono severo–. ¿Qué refunfuñaba cuando he entrado?

–Oh, las patatas están empezando a pudrirse y los hombres ya están hartos de ellas. Se las preparo fritas, hervidas o en puré, pero siguen quejándose. Unos ingratos, eso es lo que son. Deberían considerarse afortunados por tener verdura fresca. He navegado en barcos donde no se almacenaba más que carne de cerdo salada y judías.

–¿Por qué no las prepara en forma de empanada? Se deshará de ellas y dejará encantada a la tripulación.

–Jamás he oído hablar de tal cosa, lady Keldara. –La miró con escepticismo.

–Oh, es un plato delicioso, se lo aseguro. La señora Tinsley, una vieja amiga mía, solía prepararlo cuando veía que las patatas empezaban a echarse a perder. Le enseñaré cómo hacerlo. Corra a buscar esos endiablados tubérculos, cocinero –le ordenó en su mejor acento irlandés–. Yo lo solucionaré.

Morgana no tardó en ir y venir por la cocina preparando la masa mientras el cocinero pelaba las patatas. Esparció la masa en el molde y a continuación introdujo el relleno. Ahora sólo tenía que esperar a que la empanada se cociera. Lanzó una mirada al cocinero y sonrió. Tenía la nariz salpicada de harina y las manos cubiertas de masa, pero se sentía orgullosa.

–Bueno, espero que su sabor sea tan bueno como su aspecto.

–Estoy seguro –sonrió el cocinero–. ¡Qué contentos van a ponerse esta noche con semejante manjar!

La empanada fue un éxito inmediato y muchos miembros de la tripulación salieron al encuentro de Morgana para darle personalmente las gracias al enterarse de que ella había sido la artífice, lo que llevó a Rian a comentar con ironía que tal vez debería andarse con cuidado con lo de dejarle el timón o acabaría llevando el barco.

Morgana se limitó a reír. Rian la estudió con curiosidad a la luz de la lámpara. Su mujer había cambiado, y eso no le gustaba. El caparazón que había construido alrededor de ella se había endurecido durante el último año. Ya no parecían afectarla sus insultos burlones. Se preguntó qué le había ocurrido, pero temía preguntar, temía saber. No podía imaginar cómo había logrado sobrevivir en las salvajes tierras africanas ni por qué los ashanti no la habían matado. ¿Le había creído cuando le confesó que la amaba? Rian lo dudaba. Ella había bajado los ojos al advertir su mirada. Al parecer había aprendido nuevos trucos desde la última vez que la había visto. Una expresión dura apareció en su rostro cuando dejó de reír y Rian descubrió que por primera vez en su vida no podía leerle el pensamiento. De pronto comprendió que su esposa también podía ser peligrosa. Recordó que le había enseñado a manejar la espada y a disparar, y se preguntó si seguiría llevando su pequeña daga atada en el muslo. La noche anterior se había mostrado bastante sumisa, pero ahora parecía haber recuperado de pronto su valor y haberse repuesto del susto de volver a verlo. Sí, se daba cuenta de que las palabras que había pronunciado la noche anterior empezaban a causar efecto en ella y advirtió la expresión de obstinación en su boca. «Vamos, se ríe de mí», comprendió de pronto.

–¿Qué es tan divertido, madame? –le preguntó con frialdad.

–Tú. ¿Por qué me miras de este modo? Parece como si todavía pensaras que soy un fantasma.

–Bueno, debo admitir que los dos nos hemos llevado una buena sorpresa. Dime, Mag, ¿cómo lograste sobrevivir al ataque de los ashanti y fuiste a parar a China?

Morgana contuvo la respiración. Había llegado el momento. Rian quería saber.

–Vamos, con mi ingenio y mi instinto, y las habilidades que me enseñaste –logró decir ella con tono despreocupado.

–¡Maldita sea! –soltó él–. No me mientas.

Morgana vio que estaba furioso y, como no quería enfurecerlo más, le contó en pocas palabras la historia guardándose para sí lo tocante a su relación con Taylor, Sirsi y Hassan, y sin mencionarle siquiera el rapto de éste último por temor a que le pidiera detalles. Rian sospechó que no decía toda la verdad y su rabia aumentó cuando la vio sonrojarse al pronunciar el nombre del maharajah indio. Morgana concluyó su relato con voz entrecortada bajo la mirada oscura de Rian.

–¿Por qué no me cuentas el resto? –dijo él con suavidad, entornando los ojos.

–No hay nada más que contar –dijo ella dando por terminada la conversación al tiempo que recogía su chal.

–¿Adónde vas?

–Fuera, a tomar el aire.

–Ni lo sueñes, querida. –La cogió por la muñeca con brusquedad–. No hasta que haya oído el resto de esta increíble historia.

–Te lo he contado todo. –Lo miró desafiante–. ¿Qué más quieres?

–Quiero saber las partes que has resumido, Mag. No intentes negarlo. ¿Has olvidado que te conozco muy bien? ¿Qué me ocultas? ¿Qué es lo que no quieres que sepa?

–Suéltame –dijo ella–. No te diré nada. Te odio y si estoy aquí es porque sé que habrías encontrado el modo de obligarme a ir contigo. –Trató de apartarse de él.

–Vamos, Morgana. Creía que no ibas a resistirte –dijo con tono amenazador.

–Eso fue anoche porque estaba demasiado cansada y confusa, incluso para pensar –susurró ella, olvidando que había decidido hacer lo posible por arreglar su matrimonio–. Sigues siendo el mismo bruto de siempre. Y en cuanto a lo que me dijiste anoche y esta mañana, no creas que vas a engañarme. Me niego a volver a tomar parte en otro de tus crueles juegos. Sí, sobreviví en la selva cuando tu me dejaste a merced de esos salvajes. Te enterarás de que no me rindo fácilmente –le advirtió, soltándose de sus garras.

Corrió hacia la puerta, pero él fue más ágil y le bloqueó el paso. Ella retrocedió, odiándolo más que nunca. Clavó la mirada en los estoques que se encontraban muy cerca de ella. Rápida como un rayo agarró uno y lo empuñó ante él en actitud amenazadora.

–No te acerques o te atravesaré el corazón –le advirtió.

Rian vaciló unos instantes, pues se dio cuenta de que hablaba en serio. Luego se movió tan rápidamente como una pantera y cogió la otra espada.

–Nos hemos batido a duelo antes, cariño, tú y yo –sonrió–. Y recuerdo quién salió vencedor. –Flexionó la hoja para probarla–. ¡En guardia!

Morgana lo miró boquiabierta. ¿Cómo había logrado coger la espada tan deprisa? No tenía intención de batirse en duelo con él. No podía luchar con las faldas largas y en ese camarote tan estrecho. Sin embargo saludó brevemente y logró detener su furiosa embestida. Él jugó con ella, rasgándole las faldas una y otra vez hasta que cayeron hechas trizas alrededor de sus tobillos haciéndola tropezar. Morgana vio con alivio que no tenía intención de hacerle daño, sino simplemente humillarla, y, tras recuperar el equilibrio, arremetió frenéticamente contra él. Prosiguieron el combate, atacando y defendiéndose, mientras el ruido de las espadas al chocar resonaba en el pequeño camarote. Morgana tenía el rostro tenso y sudoroso.

–Te mataré –dijo entre jadeos, más decidida que nunca al oír su risa cruel.

Mientras tanto Rian no cesaba de formularse ásperas preguntas y cada vez que ella se negaba a responder o a abandonar la lucha, él reanudaba sus ataques y volvía a rasgarle las faldas.

Por desgracia Rian no se tomó en serio sus amenazas ni se asustó realmente de su destreza con la espada, ya que le constaba que él podía ser infalible con la suya. Bajó la guardia un instante para apartar un banquillo que le entorpecía el camino y Morgana vio su oportunidad. Cegada por la furia, lanzó una estocada. Él se recuperó a tiempo para impedir que la espada le atravesara el corazón pero la punta se hundió en su hombro, dejándole una herida que no tardó en teñir de rojo la camisa. Morgana, horrorizada, dejó caer la espada al suelo. Rian hizo una pequeña mueca de dolor y la miró como nunca lo había hecho. Entonces arrojó a un lado su espada, soltó una maldición y agarró a Morgana con brusquedad, zarandeándola como si fuera una muñeca. Con su brazo sano le arrancó los restos de su desgarrado vestido. Las olas sacudieron de pronto el casco del *Hechicera* y Rian cayó al suelo arrastrándola consigo. Morgana sintió que la sangre tibia y pegajosa se deslizaba entre sus senos y por el vientre, mientras él la forzaba con violencia, maldiciéndola y apretando la boca contra la suya con una crueldad que la sorprendió y atèrrorizó.

–Me haces daño –gimió ella.

–Ha sido por mi culpa. He vuelto a subestimar tus virtudes, querida –gruñó con los labios contra su cuello.

Logró mantenerla inmóvil debajo de él mientras se quitaba la ropa, antes de obligarla a separar los muslos y penetrarla con un impulso violento. Ella se quedó sin habla al ver los espasmos de placer que la sacudían e inflamaban, bloqueando su furia con un deseo aún más salvaje. Le echó los brazos al cuello y le susurró «malnacido» al oído, y él rió burlón antes de morderle el labio con crueldad. Ella gritó ante tan brutal trato, pero él volvió a besarla, y sus violentos y profundos avances borraron de su mente todo, salvo la urgencia de sentirlo en su interior.

Más tarde, después de arrancar de sus torturados labios todas las respuestas a sus preguntas y de obligarla a yacer dos veces más debajo de él, dejó que se levantara. Morgana se acercó tambaleante a la cama y se dejo caer en ella, observando asustada cómo él se lavaba la herida del brazo y se la vendaba para detener la hemorragia. Se preguntó si la golpearía por ello. Rian había perdido mucha sangre, y no había sido sino la fuerza de voluntad y el orgullo lo que le había mantenido en pie. Se volvió y se tendió a su lado con los ojos extrañamente brillantes en la oscuridad, pues había apagado las lámparas.

–De modo que preferías los brazos de un príncipe indio a los míos y te habrías casado con un vulgar americano con tal de huir de mí –murmuró con aspereza.

Morgana no dijo nada y yació en silencio tan lejos de él como le fue posible.

–Creo que Hassan tuvo una buena idea. La próxima vez te ataré también a un poste, pequeña bruja.

–¿No sientes lástima de mí? ¿Te alegra saber lo mucho que me humillaron? Todo fue por tu culpa. Si no me hubieras abandonado en Bobosanga nada de todo eso habría ocurrido –sollozó Morgana con amargura.

Rian no supo qué responder porque le constaba que ella tenía razón. ¡Maldita sea! ¿Realmente había esperado que ella le fuera fiel todo ese tiempo? Él no se había portado precisamente como un monje. No le importaba que su cuerpo hubiera sido utilizado por otro hombre. Era el hecho de que se hubiera entregado de buen grado al maharajah lo que le dolía y ponía furioso. La atrajo hacia sí con brusquedad y, rodeándola posesivamente con los brazos, se durmió.

XXXIII

Los días transcurrían lentamente. El prometido otoño había llegado con sus vientos implacables y el aire helado anunciaba la proximidad del invierno. Morgana raras veces salía a cubierta a pasear por las mañanas. El viento soplaba con más severidad de lo que su castigado rostro podía soportar. Rian apremiaba a la tripulación para que el *Hechicera* llegara a Irlanda para Navidad, antes de que hiciera demasiado frío, y les resultaba difícil evitar que sus entumecidos dedos resbalaran por las jarcias y que las velas se congelaran y quedaran rígidas.

Rian entró en el camarote frotándose las manos para entrar en calor y una corriente de aire cerró de golpe la puerta. Morgana corrió a ayudarlo a quitarse las ropas mojadas, porque para mayor desconsuelo de la tripulación hacía días que llovía. Temía que se resfriara y cayera enfermo. Él aceptó la taza de té caliente que ella le ofreció en silencio. Luego Morgana le volvió la espalda deseando que dijera algo. La travesía había sido terrible pues tan pronto se peleaban furiosos como guardaban un frío silencio. Había sido así desde la noche en que ella le había explicado su rapto y posterior llegada a China.

De vez en cuando Rian abandonaba su estado taciturno y se tendía sobre ella en la oscuridad susurrándole que la amaba, pero Morgana no le creía. Mentiras. Todo eran mentiras. Se negaba a dejarse engañar y tomar parte en ese juego cruel.

Él la observó acercarse a la estufa y recoger el libro que estaba leyendo. Debía de haberlo leído un centenar de veces y podía recitar extensos pasajes de memoria. Morgana volvió a preguntarse por qué se negaba a creer en sus palabras de amor y no trataba de arreglar su matrimonio. Conocía muy bien la respuesta. Él le haría daño, se reiría de ella. Esbozaría esa desafiante sonrisa y Morgana no podría soportarlo. Sería demasiado. Podía soportar que la violara, no tenía otra elección, pero jamás permitiría que él la humillara como había prometido hacer.

Al ver su expresión Rian suspiró. ¡Santo cielo! ¡Al demonio con ella! Estaba decidido a no permitir que su obstinado e impetuoso carácter le impidiera conseguir lo que quería. Tenía que convencerla de que la amaba. Madame Sung estaba en lo cierto. Sin embargo, ella parecía indiferente a sus palabras de amor. Tal vez habían llegado demasiado tarde, pero no estaba dispuesto a tolerarlo. Conseguiría que le creyera y correspondiera a su amor aunque fuera lo último que hiciera.

Ella lo amaba, estaba seguro de ello. Se estremecía cuando la tocaba y gritaba que se rendía con una pasión que lo hacía arder de deseo. No importaba la intensidad con que se resistiera, ella no podía negarlo: lo deseaba, y su necesidad de él flotaba entre ambos como una espesa niebla en medio del profundo silencio. Rian sabía que cuando entrara en el camarote al anochecer ella yacería desvelada en la cama, aunque a menudo fingiera estar dormida cuando él se deslizaba a su lado. Las sábanas se hallarían en desorden y húmedas de sudor a causa de las constantes vueltas que ella habría dado en la cama, y en la oscuridad le besaría en la boca casi con fervor. Rian sabía también que era la traición de su cuerpo débil lo que hacía que Morgana le guardara cada vez más rencor; las noches que ella se entregaba a él de buen grado eran la causa de que otras veces se resistiera con toda sus fuerzas.

–Sigue lloviendo –comentó Morgana por decir algo.

–Sí.

Ella se adelantó para tomar asiento a su lado y extendió las manos hacia el fuego que ardía en la pequeña estufa.

Rian no dijo nada, se limitó a seguir mirándola con sus brillantes ojos verdes. Ella se puso nerviosa pero al mismo tiempo sintió una repentina oleada de excitación y se estremeció.

–¿Tienes frío? –preguntó él.

–Sentada tan cerca del fuego, no.

–Entonces ¿por qué tiemblas?

«¡Maldito hombre! –se dijo furiosa–. ¿Es que no se le escapa nada?» Se negó a responder y él contuvo la risa.

–Pronto te haré entrar en calor, Mag. –Los ojos de Rian brillaron con una expresión burlona.

Ella apartó el libro.

–¡No te atrevas, animal! ¿Es que no puedes pensar en otra cosa?

En ese instante Harrison entró con el agua para el baño del conde y éste no tuvo tiempo de responder. Cuando el primer oficial se hubo marchado, Rian se quitó las últimas prendas mojadas y, con un suspiro, se sumergió en el agua caliente. Morgana hizo un esfuerzo para no mirarlo, ya que por mucho que se negara a admitirlo su bronceada desnudez la excitaba. Él vio que se sonrojaba de vergüenza y cerró los ojos con una sonrisa.

–Acércate, cariño –dijo despacio–, y frótame la espalda.

–Hazlo tú mismo –replicó ella.

–¿Tengo que salir de la bañera a buscarte? –dijo él, arqueando una ceja interrogante.

Morgana se mordió el labio. Sabía que lo haría si no le obedecía. Enfadada, se arremangó y se acercó a la bañera de metal. Le cogió la pastilla de jabón de la mano y empezó a frotarle la espalda.

–Canalla, perezoso, puerco... –murmuró.

–¿Cómo dices, cariño? –preguntó él en voz baja.

Morgana casi se atragantó de la rabia y le echó el agua

por encima, de modo que no sólo le mojó la espalda, sino la cabeza y los hombros. Rian soltó una maldición y, volviéndose, le salpicó la cara y los pechos, y el vestido no tardó en quedar completamente empapado.

–¡Mira qué has hecho, descarado! –bramó ella.

Él le sujetó las muñecas con fuerza y, riendo, la atrajo hacia sí. Entonces, antes de que Morgana adivinara sus intenciones, la metió en la bañera y el agua se desbordó por los lados y cayó sobre la alfombra. Ella sintió su miembro rígido a través del vestido empapado y trató de ponerse de pie, temiendo su siguiente movimiento.

–Debo quitarme estas ropas mojadas –dijo indignada–. No sé en qué puedes estar pensando para hacer estas bromas pesadas.

–Tú te lo has buscado, cariño –sonrió él, sin dejarse intimidar por el tono glacial de su voz.

–¡Odioso e infame animal! ¿Cómo te atreves a tratarme así?

Él esperó a que ella se quitara la ropa mojada y se quedara sólo con la camisa. Entonces se puso de pie y se la arrancó. Morgana se quedó boquiabierta y musitó una maldición. Era una escena demasiado ridícula, los dos desnudos luchando a brazo partido en el camarote. Se zafó de él y trató de coger la bata.

–¡Estúpido! ¿Y si entra Harrison?

–Nadie abre esa puerta sin mi permiso –sonrió Rian perverso, tratando de agarrarla de nuevo.

Como un rayo, Morgana corrió al otro lado de la mesa.

–Rian, sé juicioso –le rogó.

–Lo sería si me dejaras cogerte, cariño. Aquí tienes. –Le tendió la bata–. Ven a cogerla.

Morgana le dirigió una mirada llena de furia y trató de agarrar la ligera prenda inclinándose sobre la mesa a fin de mantener la barrera entre ambos. Para su sorpresa y horror, Rian tiró de ella por encima del sólido mueble y la besó con pasión. Morgana lanzó un grito. ¡Dios mío! Ser poseída encima de una mesa como una vulgar criada. Nunca se lo perdonaría. ¡Jamás! Trató de arañarlo, pero él le sujetó los brazos con facilidad y se los sostuvo sobre la cabeza mientras con la mano libre le acariciaba despacio los pechos y el interior de los muslos hasta hacerla jadear. Al ver su descarada y burlona mirada, Morgana se ruborizó y cerró los ojos con fuerza para no ver su sonrisa triunfal.

–Canalla, sinvergüenza, violador de mujeres –lo insultó jadeante y furiosa cuando terminó con ella–. ¡Y encima de la mesa donde hemos cenado!

–Jamás he probado un manjar más delicioso –rió él, recorriéndole el cuerpo con los ojos oscurecidos de pasión mientras ella trataba de cubrirse.

–Oh, bruto...

Morgana le arrojó el cepillo enfurecida, pero Rian se agachó y se estrelló contra la pared. Ella le volvió la espalda furiosa y descubrió que le temblaban tanto los dedos que apenas podía cerrarse la bata. Él logró disimular una sonrisa de satisfacción mientras le devolvía el cepillo. ¡Santo cielo, menuda bruja! No recordaba haberla visto nunca tan atractivamente enfadada. Tendría que andarse con cuidado o lo asesinaría mientras durmiera.

Hacía más frío a medida que se aproximaban a Irlanda. El viento trajo aguanieve, de modo que la cubierta del *Hechicera* se volvió muy resbaladiza y era peligroso salir incluso para los marineros más experimentados. De los mástiles colgaban grandes carámbanos y el cielo estaba nublado y gris. El barco surcaba las olas despacio y quejumbroso a causa de la pesada carga que llevaba. Morgana oía a los caballos relinchar inquietos en las bodegas. Deseaba bajar a tranquilizar a *Copper Lady*, pero no se atrevía. Rian la mataría si se aventuraba a entrar en esa parte del barco. No había visto a su yegua desde que la había subido a bordo al abandonar China.

Las olas se estrellaban contra los costados del barco. Casi todas las velas habían sido remendadas lo mejor posible, de modo que sólo la más alta ondeaba al viento sin desgarrones. Nadie se atrevía a cambiarlas ahora, pues las cuerdas estaban demasiado resbaladizas y quien tratara de escalar por los mástiles caería sin duda por la borda.

Morgana pensó que todo era muy tétrico y deprimente. Se estremeció cuando Rian le informó que el tiempo en el norte de Estados Unidos era dos veces peor durante el invierno. No podía imaginar nada peor que ese frío penetrante e hiriente. Por las noches se acurrucaba contra él en busca de calor, porque su cuerpo siempre estaba más caliente que el de ella, lo que llevó a Rian a comentar con sarcasmo que al menos el maldito tiempo había servido para algo. Desde entonces ella procuró mantenerse alejada de él, pero antes de que concluyera la noche el frío del camarote siempre la llevaba a buscar el abrigo de sus brazos.

Durante el día Morgana se ocupaba de los regalos de Navidad de la familia y bordaba ropa para los niños. En una ocasión rió con tristeza y comentó a Rian que ni siquiera sabía si el bebé de Fionna era niño o niña. Probablemente no reconocería a la pequeña Maureen. Después de todo había nacido poco antes de que abandonaran Irlanda. Morgana confeccionó preciosos vestidos orientales para las mujeres de la familia, aunque los modelos no se parecían en nada a la escandalosa seda china que había llevado ella hacía tantos años. Decidió regalar camisas de fino lino a los hombres.

Una noche ella y Rian volvieron a jugar con el rompecabezas chino y probaron los intrincados tiradores con paciencia. Abrieron puerta tras puerta, hasta que Morgana empezó a ponerse algo nerviosa.

–Oh, Rian, ¿crees que lo conseguiremos? –preguntó.

–No lo sé. Espera, creo que la próxima es ésta. Sí, fíjate. Ahora prueba ésa.

Morgana hizo lo que le pedía, porque sus esbeltos dedos podían abrir los tiradores con mayor facilidad que los de Rian. Sin embargo los dos se quedaron extremadamente sorprendidos y sin aliento cuando finalmente llegaron a la caja del centro. Morgana hizo saltar la cerradura y la diminuta caja se abrió de golpe con un ruido sordo. En el interior había un pequeño rollo de pergamino. Ella lo sacó con cuidado y lo desenrolló. Soltó un grito de angustia y horror cuando vio que estaba escrito en chino.

–Oh, Rian, no puedo leerlo –casi sollozó, porque no había logrado aprender de los niños los numerosos símbolos chinos.

–Déjame ver –dijo él cogiéndole el pequeño manuscrito de las manos. Los caracteres chinos estaban borrosos, pero sin duda habían sido escritos delicada y concienzudamente en otro tiempo–. No sé traducirlo literalmente, pero en inglés sería algo así como: «Escucha tu corazón y conocerás eterno gozo...»

–«Aunque el ciruelo florezca mientras la nieve sigue cubriendo la tierra» –terminó Morgana en voz baja.

–Pero ¿cómo lo sabes?

–Madame Sung me dijo esas mismas palabras en una ocasión.

–Bueno, ahora ya sabes el secreto del rompecabezas. –Enrolló el pergamino y volvió a colocarlo en el interior de la caja.

Morgana cerró todas las cajas con cuidado, recordando el orden para poder volver a abrirlas.

Era Nochebuena y Morgana tenía ganas de chillar, pues sabía que debían de estar muy cerca de Irlanda y deseaba ardientemente pasar las fiestas con la familia. Era extraño pensar que en otro tiempo había llevado una vida tan tranquila con su padre como única compañía. Ahora no podía imaginar la vida sin cinco primos discutiendo alrededor de ella, aun cuando uno de ellos fuera su sarcástico marido. Sin embargo éste se había mostrado muy amable en los últimos días y parecía comprender lo decepcionada que se sentía. Miró los regalos vistosamente envueltos con cintas y lazos, y suspiró. Más valía tarde que nunca, se dijo. Sus silenciosas meditaciones se vieron de pronto interrumpidas por el ruido de pasos y los gritos de la tripulación. ¡Santo Cielo! ¿Qué sucedía arriba? Cogió el chal a toda prisa y se lo puso encima. Fuera haría frío, aun cuando el aguanieve se derretía a medida que se aproximaba a la costa.

Morgana se abrió paso hasta cubierta y finalmente logró comprender lo que gritaban los hombres. ¡Tierra! ¡Tierra a la vista! Estaba en casa. ¡Al fin en casa!

–¡Rian! –Corrió a su lado–. ¿Es Irlanda? ¿Estamos realmente en casa?

–Así es, cariño. –La cogió en brazos y le dio vueltas por los aires–. ¡Lo hemos conseguido, Mag! Puede decirse que hemos establecido un récord.

Ella rió y le echó los brazos al cuello, besándolo frenéticamente en un arrebato de felicidad.

–Bueno –dijo él cuando Morgana finalmente se calmó–. De haber sabido que reaccionarías de este modo habríamos llegado aquí hace semanas.

–Oh, Rian. –Bajó la mirada con timidez, decidida a no dejar que nada le estropeara la velada–. Es Nochebuena.

Ni siquiera el hecho de que apenas veía la costa a causa de la oscuridad logró enturbiar el regreso al hogar de Morgana. Sólo distinguía Brandon Hill alzándose en medio de la negrura, pero a través de la niebla brillaban tenues luces procedentes de Kilshannon. Kilshannon, donde Michael Kelsey vivía y trabajaba, donde Gerald pasaba las noches divirtiéndose con las camareras, donde los almacenes de Rian bordeaban los muelles. Oh, lo había echado muchísimo de menos pero hasta ese momento no había caído en la cuenta. Y, para su sorpresa, descubrió que por encima de todo había echado de menos a su anciano y cascarrabias abuelo, a pesar del matrimonio que le había obligado a contraer. Lo único que contaba ahora era que estaba en casa.

Permaneció en cubierta resistiendo el frío. Rian no insistió en que bajara al camarote a pesar de que la vio tiritar y frotarse constantemente las manos entumecidas para calentárselas. En una ocasión dejó el timón para llevarle los guantes y ella le dio efusivamente las gracias, maravillándose de lo amable que podía llegar a ser a veces. Después de lo que pareció una eternidad, la costa de Irlanda apareció por fin ante sus ojos.

Entraron en el puerto y, tras amarrar el barco, los hombres bajaron ansiosos en busca de una taza de sidra caliente y el confort de la cama de una mujer. Rian no intentó detenerlos. Podrían descargar más tarde, pasadas las fiestas. Fue con Harrison a buscar el baúl de Morgana y su escueto equipaje, luego dio las buenas noches al primer oficial al ver que uno de los arrendatarios del abuelo se ofrecía a llevarlos a Shanetara. Morgana se alegró de no tener que esperar hasta la mañana siguiente para llegar a la gran mansión y dio calurosamente las gracias al joven por su amabilidad. Se encaramó al pescante del coche y metió las manos en los bolsillos de Rian para que no se le congelaran. Él la miró y sonrió, pero no dijo nada.

Mollie O'Malley bajó tambaleándose por las empinadas escaleras de Shanetara con sumo cuidado. Había tomado un par de tragos de cerveza y se sentía bien, realmente bien. Sin embargo murmuró una maldición al oír los golpes del aldabón de bronce de la puerta principal.

–Me preguntó quién puede ser a estas horas de la noche y en Nochebuena –murmuró.

Toda la familia se hallaba reunida en el gran salón, Bridget y Patrick procedentes de Kilshannon Hall, y Trevor y Fionna de Shaughnessy Bay. Habían traído también a sus hijos. Maureen era una niña preciosa y el hijo de Fionna, Corby, prometía ser tan apuesto como el resto de los hombres de la familia. Unos rompecorazones, eso es lo que eran, gruñía Mollie. Pero se sentía orgullosa de cada uno de ellos. Cruzó el largo corredor renegando de Stepplewhite, el mayordomo, por haber abandonado su puesto, y abrió la puerta de par en par.

–¡Santo cielo, pero si son los señores! –exclamó–. Oh, mi corazón late tan deprisa que creo que me voy a desmayar.

–¡Ni se le ocurra, Mollie! –rió Rian, mientras Morgana corría a abrazar a la anciana.

–¡Mollie! ¡Oh, Mollie, estamos en casa! ¡Al fin en casa!

–¿Es usted? ¿Es realmente usted después de cuatro años? –La anciana se frotó suavemente los ojos arrasados en lágrimas.

–Naturalmente, ¿quién si no? –Rian imitó en broma el acento irlandés.

–¡Qué demonios! –Fergus McShane golpeó el suelo con el bastón–. Trevor, sal y averigua quién está armando tanto alboroto. No soporto este ruido. ¡Por el amor de Dios! Si se trata de Kerr O'Malley que vuelve a estar borracho, mañana le hablaré con franqueza, aunque sea el día de Navidad.

–Sólo somos nosotros, abuelo. Y completamente sobrios, como puede ver –dijo Rian entrando en el gran salón seguido de Morgana.

–¡Por Dios, pero si son mis queridos nietos! –exclamó el abuelo mientras Morgana cruzaba la habitación y se arrojaba en sus brazos–. ¿Qué os proponéis irrumpiendo de este modo? ¿Queréis provocarme otro ataque al corazón? –vociferó, pero vieron su satisfacción cuando abrazó a Morgana y estrechó la mano de Rian.

–Ya les he dicho que no ha sido muy amable por su parte no avisarnos, Su Señoría –intervino Mollie–. He mandado a Kerr a recoger sus baúles y preparar su vieja habitación.

–Gracias, Mollie –dijo Rian a la rolliza mujer cuyo rostro resplandecía–. Como puedes ver, Morgana no está prestando atención.

En efecto, se encontraba sentada en el regazo de su abuelo tratando de responder a la avalancha de preguntas de todos los presentes.

–Pero ¿cuándo habéis llegado? ¿Por qué no nos avisasteis? –preguntaba Patrick.

–¿Dónde habías estado? Rian no te llevó a África, ¿verdad? –Ésta vez era Gerald.

–Probablemente la llevó a rastras a un fumadero de opio chino –gruñó Trevor.

–Oh, Morgana, os hemos echado tanto de menos –intervino Rosamunde mientras ella, Bridget y Fionna le rogaban que se sentara con ellas y les contara sus aventuras–. Ojalá hubieras escrito más a menudo.

–¡Silencio! –gritó Rian en medio del revuelo–. Uno a uno, por favor. Por Dios, ¿ésta es Maureen?

Él y Morgana miraron a la encantadora niña que se escondía de ellos cogida de la mano de un niño más pequeño y de ojos oscuros.

–Sí –les informó Bridget–. ¿No quieres decir hola a tus tíos, cariño? –le preguntó a la niña.

Rian rió cuando Maureen negó con la cabeza y se escondió tras las faldas de su madre.

–Ven aquí, cariño –dijo con tono persuasivo–. Seguro que no te acuerdas de mí. Te has convertido en una pequeña dama desde la última vez que te vi. ¿Quién está contigo? –Sonrió al niño.

–Es Corby, mi hijo –respondió Fionna orgullosa.

Morgana pensó que parecía más feliz de lo que la había visto en años. Cuando Rian logró tener a un niño en cada brazo, se sentó en el sofá al lado de su mujer. Habló con ellos un rato, luego volvió la atención a los adultos de la sala y respondió a muchas de sus preguntas con tanta paciencia como le fue posible. Morgana lo observó en silencio rodeado de niños y de pronto pensó que sería un buen padre. Acarició los brillantes rizos rojos de Maureen y se la sentó en el regazo. Él hizo dar botes al niño en sus rodillas y éste gritó encantado. Ninguno de los dos advirtió que Colin no había hablado con nadie desde su llegada.

–No resultó nada fácil –comentó Rian a Patrick, que se hallaba sentado al borde de su silla con los hombros hacia adelante para escucharlo mejor–, pero prometí a Morgana que estaríamos en casa a tiempo para las fiestas y aquí estamos. –Le dedicó una dulce sonrisa.

–Cielos, Rian. Debes de haber forzado mucho al barco y a tus hombres –se maravilló Patrick.

–Sí, pero ellos también tenían ganas de llegar. No es divertido pasar la Navidad en alta mar –replicó Rian.

El gran abeto lucía lleno de adornos a la luz de las lámparas y Morgana se sintió algo desilusionada por no haber podido ayudar a decorarlo, pero se consoló pensando que por fin estaba en casa.

¡Cuatro años! ¡Había transcurrido tanto tiempo! El abuelo estaba más viejo y apagado que la última vez que lo habían visto. Parecía repuesto de la sorpresa de volver a verlos, pero tras hablar un rato alegremente, guardó silencio. Ella lo miró y advirtió que le brillaban los ojos. Rosamunde parloteaba como siempre, con las mejillas sonrosadas y soltando risitas disimuladas mientras agitaba las manos excitada. De vez en cuando se llevaba a la nariz un frasco de sales aromáticas.

–Para evitar desmayos, querida –le explicó a Morgana–. Menuda sorpresa. No consigo reponerme. Me cuesta creer que estéis realmente aquí después de tanto tiempo.

Tras hablar un rato con su tía, Morgana se volvió hacia su cuñada.

–Corby es un niño encantador, Fionna.

–Eso creo –respondió Fionna–. Trevor está tan orgulloso. Me consta que creía que nunca tendríamos hijos, pero después de Maureen todo sucedió tan rápido que Bridget comentó que debía de ser algo contagioso –rió alegremente.

–Será mejor que te des prisa, Morgana –intervino Bridget sonriente mientras cogía a Maureen en brazos–. Estos dos llevan tiempo suplicando otro compañero de juegos. Es hora de irse a la cama, cariño –le dijo a su hija, que refunfuñó pero se frotó soñolienta los ojos cansados.

–Tú también, Corby –ordenó Fionna a su hijo.

–Yo los acompañaré arriba, Fionna –se ofreció Bridget, luego desapareció con los niños.

–Ha sido tan maravillosa –dijo Fionna–. No sé cómo me las habría arreglado sin ella.

–Parece muy travieso –dijo Morgana, recordando a su pequeño Hsi–. Uno de estos días se convertirá en un rompecorazones.

–Sí, y Patrick tendrá que batirse a duelo con todos los jóvenes si desea retener a Maureen mucho tiempo a su lado –intervino Rian al oír el último comentario de Morgana.

–Espera a tener uno, Rian –respondió Patrick de buen humor–. Te estaría bien empleado que cargaras con una niña, así sabrías lo que han sufrido tantos padres para defender a sus hijas de tipos como tú.

Morgana vio ruborizarse a su marido y comprendió que Patrick había dado en el clavo. Sin duda recordaba cómo la había convertido en su esposa. No pudo evitar tomarle un poco el pelo.

–Sí, Rian. ¿Te gustaría? –rió.

–¿Es una invitación, Mag? –contraatacó él al instante, y todos sonrieron al verla bajar la mirada.

Sabía que si levantaba la vista vería esa extraña y enigmática mirada en su rostro, y sintió una repentina oleada de excitación cuando él le cogió la mano.

Dejaron los regalos al pie del árbol para abrirlos a la mañana siguiente y desearon buenas noches al resto de la familia.

Rian cerró sin hacer ruido la puerta del dormitorio y sirvió dos vasos de buen whisky irlandés de la botella del tocador. Le tendió el suyo a Morgana, quien lo miró pensativa antes de beber un sorbo.

–Gracias por no decirles la verdad de lo que ocurrió en África –murmuró.

Él había respondido con evasivas al explicar esa parte del viaje, guardando para sí los detalles. Ningún miembro de la familia había adivinado que habían permanecido todo un año separados.

–No es asunto suyo –respondió de modo terminante–. Además, no estaba de humor para escuchar los sermones de Trevor. Cielos, estoy agotado. –Se desabrochó la camisa y se la sacó de los calzones antes de dejarse caer en una silla.

Morgana vio que ardía un gran fuego en la chimenea, pero así y todo encendió las lámparas. Luego empezó a desvestirse lentamente. Era más de medianoche, pero no sabía si Rian había hablado en serio al insinuarle que engendraran un hijo y no estaba muy segura de cómo actuar. Por fin se puso el camisón y se metió en la cama. Él apuró su vaso de whisky, luego apagó las lámparas antes de deslizarse a su lado. La estrechó entre sus brazos y la besó con delicadeza, pero debía de estar realmente extenuado porque unos momentos más tarde dormía profundamente.

Morgana permaneció desvelada mucho tiempo reflexionando, luego cerró también los ojos y se durmió.

A la mañana siguiente los despertaron los gritos emocionados de los niños. Rian abrió un ojo aturdido, sin recordar por un instante dónde se encontraban.

–¿Qué demonios es este alboroto? Dile a Harrison que se ocupe de ello enseguida.

Morgana se echó a reír y pasó suavemente la mano por su pecho peludo.

–Son los niños, Rian. Es Navidad –le recordó–. Levántate, perezoso, o no nos esperarán para abrir los regalos y nos lo perderemos.

–Oh, está bien –murmuró, bostezando y frotándose los ojos–. Vamos allá.

Los demás ya estaban abajo, al parecer sacados también a rastras de las camas pues seguían en pijama y bata.

–Te he dicho que esperes, Corby –reprendió Trevor malhumorado. No parecía contento de haber madrugado tanto.

–Es Navidad, Trevor. Procura no estropearle el día –lo regañó Fionna, para sorpresa de Morgana. Tener un hijo que defender sin duda la había arrancado de su timidez.

El abuelo se hallaba en su enorme silla interpretando con gran entusiasmo el papel de Papá Noel. Morgana pensó que tenía mucho mejor aspecto esa mañana. Tal vez sólo había estado sorprendido y cansado la noche anterior. Llamó a los niños y les pidió que pasaran los regalos a medida que leía los nombres en voz alta. Enseguida entregaron a Morgana y a Rian el suyo. Volvían a mostrarse algo tímidos esta mañana, aunque sonreían con picardía y a Maureen se le marcaban los hoyuelos.

Morgana había confeccionado un par de calzones y un

chaleco para Rian y éste le regaló un juego de joyas de jade. Tuvieron que abrir muchos regalos porque cada Navidad todos se habían acordado de ellos y los habían ido guardando hasta que regresaran. Morgana pensó que jamás había visto tantos paquetes juntos.

Más tarde todos se sentaron a comer el banquete de Navidad. Morgana los observó a todos reunidos alrededor de la mesa y se dijo que nada había cambiado en Shanetara.

–Oh, a propósito, Morgana –dijo Rosamunde una vez que pasaron al salón–. El nombre de tu nueva doncella es Peggy. El doctor Kelsey y Kyla se casaron poco después de que te marcharas de Irlanda.

Morgana celebró la noticia y se alegró por ellos. Iría a la ciudad a felicitarlo. Los hombres no se entretuvieron con su oporto y enseguida se reunieron con las mujeres. Ella jugó con el abuelo una silenciosa partida de ajedrez que perdió, como de costumbre, y enseguida la conversación giró en torno a la situación política.

–Esos malditos rebeldes –comentó Trevor–, ¿acaso no ven que sólo perjudican la causa irlandesa con todas esas correrías? No sirve de nada atacar a los británicos con tácticas de guerrilla. El camino hacia la libertad pasa por conseguir un escaño en el Parlamento de Dublín.

–¡Uf! Si seguimos tu ejemplo jamás nos libraremos del dominio inglés –replicó Colin con tono sarcástico.

Morgana observó el rostro encendido y excitado, y la repentina dureza en los ojos de su joven primo. Recordó la carta que le había enviado Bridget mencionando lo mucho que había temido la familia el que Colin pudiera unirse a los radicales irlandeses. ¡Santo cielo! Confió en que no hubiera cometido semejante estupidez. Si lo descubrían envuelto en tales complots traería la desgracia a aquella casa. ¡Si habían estado a punto de colgar a Rian por sospechar que andaba mezclado con esos radicales!

Después de las fiestas las cosas volvieron a la normalidad. Morgana salía a pasear a caballo con Rian, encantada de volver a estar a lomos de *Cooper Lady*. Los páramos se hallaban cubiertos de una ligera capa de escarcha y al respirar formaban pequeñas nubes de vaho. Volvía a Shanetara con el cabello enmarañado y las mejillas encendidas por el frío.

En una ocasión llegaron hasta Kilshannon para hacer unas compras y asegurarse de que las mercancías eran descargadas del barco y guardadas en los almacenes del muelle sin contratiempos.

–No me atrevo a llevarlas todavía a Inglaterra, Mag –explicó mientras veía a los hombres bajar las numerosas cajas del *Hechicera*–. No hasta que averigüemos qué ha sucedido allí con respecto a mi fuga de la prisión y la muerte de lord Chalmers. He escrito a Brad, pero sin duda tardaré en recibir su respuesta.

Al oír esas palabras se despertaron los viejos temores de Morgana de ser procesada por asesinato. Había transcurrido mucho tiempo desde que creyó que iba a ser arrestada por los dragones británicos. Durante su estancia en África se había enterado de que, tras abandonar su exilio en Elba, Napoleón había reunido una vez más a los franceses en torno a su desastrosa causa. Logró gobernar durante cien días más antes de ser derrotado en Waterloo. Entonces trató de obtener asilo en Inglaterra, pero lo enviaron exiliado a Santa Elena, donde se decía que pasaba los tristes días escribiendo sus memorias. Morgana se estremeció, preguntándose si volvería o si Francia se hallaba por fin en paz. Pero no quería pensar en ello. Le recordaba demasiado a Phillipe y su desagradable muerte a manos de Rian.

–¿Crees que los británicos nos arrestarán, Rian? –preguntó con timidez.

–No, solucionaré este asunto y estoy seguro de que Brad nos ayudará con mucho gusto.

Ella lo miró a los ojos y se sorprendió al descubrir que por una vez le creía. Después de todo él no tenía ningún deseo de ser ahorcado por un crimen que no había cometido.

Se disponía a regresar a Shanetara cuando se encontraron con Michael Kelsey. Morgana lo examinó con interés. Parecía mayor y más delgado, y advirtió algunas canas entre sus cabellos rubios. Sus ojos azules seguían brillando con una expresión de alegría, aunque tuvo la impresión de que la miraba algo azorado y con cierta compasión.

–Hola, Michael –lo saludó Rian con naturalidad a lomos de *Lucifer*–. Enhorabuena por tu matrimonio.

–Gracias, señor. Pero ¿cuándo han regresado? –El médico escudriñó a su vez el rostro de Morgana.

–Hace apenas unas semanas. Acabamos de descargar las últimas mercancías del *Hechicera* –respondió Rian.

De pronto Morgana comprendió que a Michael le preocupaba su matrimonio con Rian y se preguntaba si seguía siendo tan infeliz. ¡Era intolerable! Podía soportar todo excepto que la compadecieran, y menos aún alguien como Michael que había sido tan querido para ella. Tendría que disipar sus temores o él iría a su encuentro y podría ser un problema.

–Me alegro de volver a verte, Michael. –Morgana se sorprendió de lo normal que había sonado su voz. Luego se volvió hacia su marido–. Rian, querido, estoy hambrienta. Si no volvemos enseguida a casa nos perderemos la cena. –Parecía realmente una tierna esposa cuando miró a su marido.

Los músculos en torno a las comisuras de los labios de Rian se tensaron imperceptiblemente, pero sólo Morgana lo advirtió. Adivinó las intenciones de su mujer y se enfadó, sin embargo no quiso echar a perder su pequeña comedia. Después de todo habían fingido a menudo para otros, pensó sombrío. Los dos caballos estaban tan cerca que casi se tocaban, y él salvó la distancia que los separaba y, cogiéndole la mano enguantada, se la besó.

–Como tú digas, cariño. Adiós, doctor.

A Morgana le pareció que Michael hundía ligeramente los hombros cuando se alejaron y volvió a preguntarse si había adivinado la situación de su matrimonio. Confió en que no le hiciera preguntas. Azuzó con el látigo a *Copper Lady* y se marchó a galope tendido del pueblo con

Rian pisándole los talones. Cuando llegaron a los establos, él la bajó de la montura con brusquedad y dejó los caballos al cuidado de Jim.

–Rian, cariño –la imitó él con ironía–. Tal vez debería tener al médico siempre cerca de mí.

–Basta, Rian –le rogó ella–. Sencillamente no podía quedarme allí de brazos cruzados viendo cómo se compadecía de mí.

–¿Y acaso tiene motivos para compadecerte, Mag? ¿Soy realmente un ogro? No me gusta que me pongan en ridículo.

–No era mi intención –murmuró ella al ver que llevaba la mano a la fusta que guardaba en una de sus botas de montar. Sin duda no iba a golpearla por su insolencia.

–No has respondido a mi pregunta, querida.

–¡Suéltame! –replicó ella–. Me haces daño.

–Te soltaré cuando me venga en gana –dijo él con aspereza–. Vamos, responde.

–¿Por quién me has tomado? Te he dicho que me sueltes.

Sin hacer caso de sus protestas, Rian la llevó a rastras al interior de los establos.

–¡Sal de aquí! –gritó a Jim, quien dejó caer inmediatamente el cepillo y se escabulló.

Rian la empujó hacia la escalera que conducía al pajar y, tras obligarla a subir, la tiró al suelo. Ella lo maldijo furiosa, tratando de ponerse en pie.

–¿Qué crees que estás haciendo? Tengo frío y quiero irme a casa.

–No te muevas –gruñó él, desabrochándose la chaqueta y la camisa. Sus intenciones saltaban a la vista bajo los estrechos pantalones de montar.

Morgana intentó zafarse, pero él la cogió por la muñeca y se la retorció con crueldad obligándola a doblar el cuerpo. De pronto ella dejó de oponer resistencia y, cogiéndolo desprevenido, le hincó salvajemente sus pequeños y afilados dientes en la mano. Murmurando una maldición, Rian la soltó. Entonces ella bajó corriendo por la escalera y cuando él se disponía a seguirla, Morgana la arrojó con gran estrépito al suelo.

–¿Qué dices ahora? –se burló, mirándolo con una sonrisa triunfal.

–Vuelve a ponerla en su sitio. Te lo advierto, Mag. –Entornó los ojos con expresión amenazadora.

–No estás en situación de darme órdenes –dijo ella, y soltó una carcajada–. Te sentará bien quedarte ahí un rato reflexionando. Adiós, cariño. Te echaré de menos durante la cena –añadió con sarcasmo.

Rian se quedó sin habla cuando ella giró sobre sus talones y salió de los establos. ¡No podía dejarlo allí! Se sentó en cuclillas, convencido de que de un momento a otro regresaría para pedirle perdón y poner la escalera en su lugar. ¡Maldita mujer! Se arrepentiría de gastarle semejante broma. Le daría un buen revolcón en el pajar para escarmentarla. Sin embargo esperó en vano, porque Morgana no sólo no volvió, sino que, al salir del establo, vio al muchacho que cuidaba los caballos y lo llamó.

–Jim, Su Señoría desea que le dejen un rato tranquilo. ¿Por qué no vuelves a la casa y averiguas si tu madre necesita algo? Puedes regresar dentro de un par de horas.

–Gracias, señora. –El joven sonrió encantado y se marchó corriendo.

Morgana volvió a la casa riendo todo el camino. Le estaba bien empleado a ese arrogante bastardo. Lo dejaría allí un par de horas sin poder moverse. Se estremeció por un instante al pensar en lo que haría cuando bajara, luego se encogió de hombros con indiferencia. No podía pegarle en Shanetara. El abuelo era quien mandaba en la casa y ordenaría azotar a su nieto si se enteraba de que le había puesto la mano encima. Era el único lugar donde no era el amo.

Cuanto más tiempo pasaba, más furioso se ponía Rian. Supuso con acierto que Morgana había despedido al mozo de cuadra y que no recibiría ayuda en varias horas, cuando ella se hubiera cansado de la broma. Dios mío, la habría matado. Estaba decidido a no permitir que ella se regodeara en su triunfo y se riera de él, y de lo estúpido que había sido. Rian miró fijamente la escalera tendida en el suelo. No había nada en el pajar que le sirviera para bajar. Estaba cada vez más furioso. Sin duda en esos momentos Morgana estaba cenando con una sonrisa triunfal en el rostro. Bueno, no iba a permitir que se saliera con la suya. Miró hacia el suelo y por un instante se preguntó qué ocurriría si saltaba. Tal vez si se colgaba del borde y se balanceaba hasta aterrizar en uno de los establos vacíos, la paja suavizara la caída. Se moriría si pasaba la noche en el pajar.

Se sujetó al borde del pajar y se deslizó despacio hasta quedar colgando en el vacío. No le resultó difícil, teniendo en cuenta las veces que había subido y bajado por las jarcias del *Hechicera*. Sin embargo no iba a ser sencillo caer sobre *Copper Lady* o *Lucifer*, de modo que tendría que aterrizar en el establo vecino. Dándose impulso con el pie consiguió balancearse hacia adelante y hacia atrás, confiando en no romperse la espalda contra la pared frontal del establo. Con una última patada se soltó y salió disparado hacia adelante. Logró aterrizar en el establo, pero la fuerza del impulso le hizo perder el equilibrio y cayó de espaldas contra la puerta. Por un instante le dolieron los omoplatos, pero no tardó en recobrarse. Sin embargo, al intentar ponerse de pie descubrió que se había torcido el tobillo. El dolor era tan intenso que vio las estrellas. Apretó los dientes y se encaminó cojeando hacia la casa, maldiciendo a Morgana a casa paso que daba.

–¡Maldita sea! No es propio de Rian llegar tarde. ¿Dices que no ha entrado contigo, Morgana? –preguntó malhumorado el abuelo.

–No, abuelo. –Apartó la mirada para que ésta no la delatara. Pobre Rian. Se preguntó si se enfadaría mucho con ella.

–Bueno, tendremos que empezar sin él. Le hablaré con franqueza cuando lo vea –gruñó el anciano.

–Espero que no –dijo Rian–. Siento llegar tarde.

Morgana se quedó boquiabierta al verlo entrar cojeando en el comedor y tomar asiento a su lado. ¿Cómo había logrado bajar? Jim no podía haber vuelto todavía. Lo miró perpleja y aterrorizada, y él sonrió con una expresión burlona que no presagiaba nada bueno.

–¿Dónde has estado, insolente? –preguntó el abuelo con severidad.

–Echando paja a los establos –respondió Rian, dirigiendo a Morgana otra mirada burlona.

–¿Y dónde estaba Jim? Se supone que es él quien se ocupa de estas tareas. Para eso se le paga –replicó el anciano.

–Creo que Morgana ha enviado al muchacho a un recado y yo necesitaba hacer un poco de ejercicio. –Rian se encogió de hombros con indiferencia al tiempo que se servía.

Se dio por zanjado el asunto, pero Morgana sintió que le temblaban las rodillas debajo de la mesa. Dios mío, era imposible saber cómo se proponía castigarla. Había cojeado al entrar. ¡Santo cielo, debía de haber saltado desde el pajar!

–Así es –susurró Rian, en respuesta a su silenciosa pregunta.

Morgana casi se atragantó y él le dio unas palmadas en la espalda con más entusiasmo del necesario, luego le ofreció un vaso de vino. Ella le agradeció sus atenciones con tono glacial y los ojos llenos de lágrimas, mientras por debajo de la mesa le daba una patada en la pierna herida. Al verlo hacer una mueca de dolor, Morgana le sonrió dulcemente y siguió comiendo como si nada hubiera sucedido. Al poco rato ella soltó un grito ahogado.

–¿Sucede algo, querida? –preguntó Rosamunde–. Tienes las mejillas un poco encendidas.

–Nada... Me he atragantado, eso es todo –logró responder Morgana.

Rian le había metido la mano por debajo de la falda y la acariciaba con aire indiferente mientras con la otra seguía comiendo. Morgana creyó morirse de vergüenza, pero no había nada que pudiera hacer o decir para detenerlo sin atraer la atención sobre ella y lo que él le hacía. Cuando Rosamunde hizo señal a las mujeres de que se retiraran al salón y dejaran a los hombres beber su oporto, Morgana temblaba de pies a cabeza. ¡Maldito hombre! Jamás se había sentido tan furiosa y humillada en toda su vida. ¿Cómo se atrevía?

No podía ni mirarle a los ojos cuando los hombres se reunieron finalmente con ellas. Él se dejó caer a su lado en el sofá y le pasó el brazo alrededor de los hombros con naturalidad. Al ver que se ponía rígida, sonrió y siguió fumando uno de los cigarros comprados en España. Ella ardía en deseos de arrancarle esa sonrisa de una bofetada y a duras penas logró controlarse. Furiosa, dio una puntada a la labor que estaba bordando y se pinchó un dedo. Se lo llevó a la boca echando chispas por los ojos. Estaba decidida a permanecer en el salón hasta que todos se hubieran retirado, pues le aterrorizaba lo que podía suceder una vez a solas con él en el dormitorio.

Sin embargo él debió de leerle el pensamiento, porque antes de que ella tuviera oportunidad de abrir la boca, comentó que Morgana parecía muy cansada y dio las buenas noches a la familia. La cogió de la muñeca y se la apretó de manera amenazadora cuando ella trató de protestar. La levantó de su asiento y la condujo al piso de arriba; luego cerró la puerta de la habitación dando un portazo y echó el cerrojo. Morgana retrocedió con el miedo reflejado en el rostro.

–¿Qué sucede, Mag? –dijo él con una sonrisa desagradable–. ¿Te arrepientes de tu desafortunada broma? Ven aquí. ¡Maldita sea, te digo que vengas aquí! –exclamó al ver que ella no movía ni un músculo–. Por Dios, si tengo que cruzar la habitación para cogerte te daré una paliza.

–No te atreverás. Si me pones la mano encima, se lo diré al abuelo –lo amenazó ella–. Aquí no eres el amo, por mucho que te guste pensar lo contrario.

–De modo que crees que el viejo te protegerá, ¿eh? Pues te equivocas. ¿Cuántas veces tengo que repetírtelo para que te entre en la cabeza? Me perteneces. Eres mía. Y si vas con esos cuentos al abuelo, te llevaré a donde nadie pueda ayudarte.

–¡Oh, canalla! Eres lo bastante perverso para hacerlo –replicó ella–. ¿Y adónde crees que iríamos? No tienes escapatoria, Rian McShane. El ejército británico te busca para colgarte, ¿o acaso lo has olvidado?

–Y a ti te buscan por asesinato, cariño –se burló él–. Te llevaré a Keldara, donde yo soy el único amo. Eso es lo que debería haber hecho. –Entornó los ojos–. Sí, te llevaré allí y entonces veremos quién impone las reglas en este matrimonio.

Morgana se volvió llevándose una mano a la boca para reprimir los sollozos. Hablaba en serio. Santo cielo, se la llevaría de allí y no tendría a nadie a quien acudir. Keldara era una de las haciendas más remotas y perdidas de Irlanda. Rian se la había descrito muchas veces. En otros tiempos había sido una fortaleza, al igual que Shanetara, pero mucho más aislada e inexpugnable. Levantada a lo largo de la costa de las desoladas tierras de Connaught, se hallaba rodeada de murallas y un foso que tiempo atrás los había defendido de los intrusos. Si la encerraba en Keldara jamás podría escapar. Sintiéndose completamente derrotada se volvió hacia él.

–Eso está mejor –dijo Rian con voz ronca desde la enorme cama con baldaquín donde se había sentado–. Ahora desnúdate. Me temo que esta noche me duele demasiado la pierna para pelearme contigo.

A Morgana le temblaron los dedos cuando trató de desabrocharse los diminutos botones del vestido. Luego se quitó las enaguas y permaneció de pie delante de él sólo con la camisa.

–Eso también –le ordenó él.

Morgana sintió que se le saltaban las lágrimas al quitarse la última prenda. Bajó los ojos mientras él le recorría con la mirada el cuerpo desnudo.

–Ven aquí –dijo, con la vista nublada por el deseo.

Esta vez ella le obedeció y se acercó a él despacio sintiendo que se le doblaban las rodillas.

–Te odio, mala bestia –susurró mientras él la estrechaba entre sus brazos.

Rian se desvistió lentamente sin dejar de observarla en la semipenumbra, luego bajó la cabeza y la besó.

–Veo que eres bastante complaciente para variar –musitó.

–Te odio y te desprecio.

Rian rió suavemente antes de cubrirle de ardientes besos las sienes, las mejillas y el cuello, y acariciarle los senos, apretando los maduros montículos de carne con delicadeza y frotándole los pezones con los dedos hasta encenderlos de pasión. De pronto se tendió de espaldas.

–Bésame, Mag –susurró–. Por todas partes.

–No.

–Hazlo. Ya sabes a qué me refiero.

Rian sintió las lágrimas en su pecho cuando ella se dispuso a obedecer y bajó la cabeza en la oscuridad. Gimió con voz ronca al sentir el roce de sus labios y cuando ya no pudo contenerse más, le cogió la larga melena pelirroja y volvió a besarla al tiempo que la tendía sobre él. Entonces se arqueó hacia adelante y la penetró, y cuando Morgana creyó que iba a estallar, emitió un grito de gozo y se estremeció sacudida por una oleada tras otra de exquisito placer. Luego se durmió exhausta entre sus brazos.

XXXIV

–Rian, ¿puedes echarme una mano, por favor? –preguntó Morgana volviéndose de espaldas. Peggy tenía el día libre.

Sintió los dedos tibios contra su piel mientras le abrochaba el último botón que ella no alcanzaba. La noticia de su regreso no había tardado en correr por todo el condado y esa noche Johnnie Gallagher ofrecía una fiesta en su honor. Morgana se examinó con ojos críticos en el espejo y sonrió satisfecha. Había escogido un vestido de seda de color verde jade que había comprado en Macao y que era más formal que la mayoría de los que había traído consigo. Con él se había puesto las encantadoras joyas de jade que Rian le había regalado por Navidad. Se había cepillado y recogido el cabello en diminutos tirabuzones sobre la cabeza al estilo oriental, y un pequeño retículo y un abanico pintado completaban el conjunto.

–Estás encantadora, cariño –dijo Rian besándole el hombro–. Sin duda al oficial Gallagher no le pasarán por alto tus atributos.

–Oh, no seas tonto –lo reprendió ella–. Ya sabes que Bridget dijo que se disponía a pedir la mano de Darcie, la hermana de Sean. Y ya era hora. La joven lleva muchos años suspirando por él.

–Vamos, esa joven apenas acaba de salir del colegio. No puede tener más de dieciocho años –rió Rian.

–Diecisiete. Y, si mal no recuerdo, una vez dijiste lo mismo de Anne Denby y salió bastante bien al final.

–Sí, es posible, pero Johnnie es por lo menos diez años mayor que Darcie...

–¿Y qué? Tú tienes once años más que yo –le recordó Morgana con tono severo.

–Sí, y mira el infierno que estoy pasando. Será mejor que esta noche prevenga a Johnnie del error que está a punto de cometer.

Morgana lo miró asustada por un instante, pero vio que su marido sólo le tomaba el pelo.

–Oh, pícaro. –Lo miró con ceño pero de buen humor–. Nunca me perdonarás por haberte abandonado en el pajar, ¿verdad?

–Debo confesar que te apuntaste un tanto, cariño. Pero no temas, me propongo ganar la batalla, madame. –Se volvió hacia ella con una mirada penetrante.

Rian estaba realmente atractivo esa noche, Morgana tenía que reconocerlo. El color ébano de sus cabellos resaltaba con el negro de su chaleco y los calzones, y las blancas mangas de volantes parecían espuma de mar en sus muñecas. En el cuello llevaba un lazo sujeto con una aguja de diamante. Rian nunca se ponía pelucas como muchos de los jóvenes dandis. Le desagradaban, pues las consideraba demasiado calurosas y pesadas, además de una soberbia estupidez.

–Será mejor que nos marchemos o llegaremos tarde –murmuró, ofreciéndole el brazo.

Saludaron al taciturno Colin al pie de las escaleras. Estaba muy irritado por tener que asistir a la fiesta de Johnnie Gallagher. Había tratado de escabullirse en el último momento, pero el abuelo había montado en cólera y le había advertido que si no tenía deseo de abrazar el sacerdocio, no le quedaba más remedio que asistir a fiestas y encontrar una esposa adinerada.

–Tal vez el viejo vuelva a cambiar el testamento, Colin.

Y esta vez tú serás el desafortunado beneficiario. –Morgana rió mientras Rian la ayudaba a subir al landó.

Su joven primo se limitó a devolverle una mirada inexpresiva y tomó asiento junto a Gerald, quien ya estaba en el interior del coche. Rian se sentó al lado de Morgana e hizo una señal a Kerr para que se pusiera en camino.

–¿Fuiste desafortunada? –preguntó Rian pasándole el brazo alrededor de los hombros.

–La verdad, no sé si debo responder a esa pregunta –replicó ella sin poder ocultar su indignación.

Él se echó a reír y cogió un rizo suelto que le caía sobre el pecho.

–Yo diría que tuviste una suerte endiablada, Rian. –Gerald lanzó a Morgana una mirada de aprobación.

–Supongo que sí –replicó su marido.

Realizaron el resto del trayecto en silencio. Laughin Hall era una hermosa finca, aunque bastante nueva según los criterios irlandeses pues sólo contaba cien años de antigüedad. La había mandado construir el abuelo de Johnnie y éste la había heredado hacía varios años cuando murió su padre. Su madre, una encantadora dama octogenaria, seguía residiendo allí y fue ella quien los recibió cuando entraron en el salón de baile. Morgana ya la había visto en varias ocasiones pero no pudo evitar sentirse intimidada en su presencia y puso especial cuidado en tratarla con deferencia. ¡La anciana dama era una arpía!

–Rian, canalla, te aseguro que has roto el corazón de mi hijo al atrapar a la joven más bonita de Irlanda. –La vizcondesa le lanzó en broma una mirada severa mientras él se inclinaba a besarle la mano.

–Entonces debo pedirle disculpas, señora –replicó él con los ojos brillantes.

Riéndose, Morgana los interrumpió y abrazó a la anciana besándole sumisa la marchita mejilla que le ofrecía.

–¡Fuera de aquí! –La vizcondesa sonrió indulgente–. No dudo que el sinvergüenza de tu marido es capaz de manejarte mucho mejor que cualquier otro hombre –dijo a Morgana antes de que se alejaran.

–Ése es el eufemismo del año –susurró Rian al oído de Morgana una vez que la anciana no podía oírlos.

Rian rió suavemente y se encaminó hacia la mesa de los refrescos. Tardaron mucho tiempo en servirle porque sus amigos no cesaron de interrumpirlo para darle la bienvenida y preguntarle acerca del viaje; cuando regresó, Morgana ya estaba en la pista de baile con el oficial Gallagher. Johnnie le susurró algo al oído y ella sonrió con un mohín. Rian estuvo a punto de soltar una maldición, pero en lugar de ello se apoyó contra la pared con las dos copas para observar a su esposa, lo que causó muchos comentarios entre los presentes en la fiesta, porque nadie había visto al conde desvivirse por ninguna mujer y aquella noche parecía disfrutar contemplando a su esposa. Lindsey Devlin se sintió especialmente dolida por el comportamiento de Rian. Jamás le había perdonado que se casara con Morgana y había aceptado la proposición de Sean por despecho. En esos momentos ardía en deseos de golpear a Rian con un atizador. ¿Cómo se atrevía a permanecer allí de pie sin sacarla a bailar? Miró a su marido con amargura.

–Bueno, ¿vas a sacarme a bailar o te propones beber hasta caer inconsciente, como de costumbre?

Sean la miró disgustado.

–Si endulzaras tu lengua no tendría que beber para olvidar la fiera con la que me he casado.

–¿Fiera? ¡Podría haberme casado con cualquiera en Irlanda, borracho!

–¿Ah, sí? –Sonrió con timidez–. No veo que tu antiguo pretendiente te saque a bailar. Probablemente se alegra de haberse librado de ti.

Lindsey se sonrojó furiosa ante el cruel comentario de Sean y maldijo a Rian McShane para sus adentros. ¿Cómo se atrevía a quedarse allí ignorándola como si no existiera? Volvió la espalda a su marido y se abrió paso hacia Rian. Sean la observó alejarse, luego pidió al camarero otra copa de champán.

–¿Me buscabas, cariño? Te aseguro que esto ha estado

muy solitario sin ti. –Lindsey sonrió dulcemente a Rian.

–No, no te buscaba –respondió él en voz baja–. Y en cuanto a la soledad, tengo entendido que te casaste con Sean inmediatamente después de que me marchara. ¿No te basta su compañía, Lindsey?

–Míralo, aún no es medianoche y ya está borracho. Tendré que enviarlo a casa antes de que haga alguna tontería. ¿Puedo contar con que me acompañes más tarde?

–Lo siento, Lindsey. Devlin Way no queda en la ruta a Shanetara. Pero estoy seguro de que Max O'Brien estará encantado de llevarte a casa. –Rian sonrió con indolencia.

–¿Ese pelmazo? No, gracias. –Se mordió el labio.

¡Dios mío! Se moría por acostarse con Rian. Le dolía todo el cuerpo sólo de pensar en ello. Se inclinó para dejarle contemplar mejor sus senos que asomaban invitadores por el escote.

–Háblame de tu viaje. ¿Fue muy aburrido?

–Todo lo contrario, querida. –Examinó a Morgana con afecto cuando pasó delante de él cogida del brazo de Johnnie.

Lindsey hizo un encantador mohín.

–Bueno, al menos podrías decir que me has echado de menos –dijo de mal humor.

–Mentiría si lo hiciera.

Rian se alejó de ella. No tenía deseos de liarse con Lindsey Devlin que sin duda intentaba seducirlo. Ya tenía bastantes problemas con Morgana sin que Lindsey volviera a causar una escena de celos.

–Cariño, aquí tienes tu champán. –Cogió a Morgana cuando ésta abandonó la pista de baile–. Hola Johnnie.

–Rian, diablo. Morgana me dice que ya llevas aquí cerca de un mes.

–Así es.

–Bueno, de haberlo sabido habría organizado antes esta fiesta. Tendrías que avisar cuando traes de vuelta a la cosa más bonita de Irlanda.

–¿Y brindarle a tu espada la oportunidad de robármela? Eso jamás. –Rian cogió a Morgana posesivamente del brazo.

Ella le dio las gracias por el champán y bebió un sorbo.

–¿Qué le has dicho a Lindsey, Rian? Te está fulminando con la mirada.

Rian frunció el entrecejo.

–Te aseguro que no sé por qué Sean no le da una buena paliza.

–Necesita mano dura –terció Johnnie–. Es triste ver a un hombre incapaz de controlar a su mujer. Nunca pensé que Sean demostrara ser tan poco hombre. Todo el condado rumorea que Lindsey le ha estado poniendo los cuernos con Max O'Brien.

–¿De veras? –dijo Rian–. Acaba de comentarme lo pelmazo que era.

–No me digas. –Johnnie silbó suavemente–. Entonces debe haber echado el ojo a otro hombre.

–Pero ¿cómo va a tener ella algún respeto hacia Sean? –preguntó Morgana con disgusto–. Allí de pie, bebiendo hasta caer inconsciente. ¿Acaso no le importa cómo se comporta ella? Vamos, si yo fuera un hombre no permitiría que mi mujer escapara de mí como una... –Se interrumpió bruscamente, consciente de la sonrisa burlona y los ojos entornados de Rian.

–¿Decías, cariño? –Parecía contener la risa.

–Nada –se limitó a responder ella–. Me voy a la mesa de cartas.

Horrorizada por lo que había dicho, se alejó. ¿Qué debía de estar pensando Rian? ¿Que realmente disfrutaba teniéndolo como amo y señor? Pero de pronto comprendió que era cierto. No habría respetado a un hombre que se dejara pisotear e intimidar con sus arranques de genio. No, tal vez detestara a su marido, pero por lo menos lo respetaba.

Esa noche se jugaba al faraón y Gerald tenía la banca.

–Dame cartas, querido primo –le pidió mientras abría el bolso y sacaba un puñado de billetes.

Morgana hizo una apuesta fuerte, pero descubrió que

no podía concentrarse en el juego y perdió varias sumas de dinero.

–A Rian no le va a gustar que malgastes de ese modo su dinero, prima –bufó Gerald.

Ella le dirigió una mirada glacial.

–Te aseguro que a Rian no le importa en absoluto cómo gasto su dinero, Gerald. Jamás se ha entrometido en mis asuntos financieros.

–¿De veras? –Lady Colleen McIntosh miró a Morgana azorada–. ¿Quiere decir que su marido le deja disponer de su propio dinero?

–Por supuesto –replicó Morgana algo sorprendida.

–Pues yo jamás he podido. A duras penas logro que Billy me pase una renta miserable.

Todo el mundo alrededor de la mesa se echó a reír. Billy McIntosh, el barón de Killarney, no era precisamente pobre. Sin duda la renta miserable de Colleen era una considerable suma en realidad.

–Y jamás me deja retirar dinero de la cuenta cuando ando un poco escasa –continuó Colleen cuando cesaron las carcajadas.

–Lo que supongo sucede con harta frecuencia. –Lady Brenna Murphy miró divertida a su amiga.

–Oh, Brenna –exclamó Colleen con ironía.

–Esta noche no estás de suerte, Morgana –dijo Gerald mientras retiraba el dinero que había apostado–. Las cartas no están de tu parte.

–Eso parece, primo –coincidió Patrick, que se había unido en mitad de la partida.

–Oh, Dios mío –exclamó Morgana arrepentida–. Y además me he quedado sin blanca. Dame cartas –pidió a Gerald–. Entretanto iré a pedirle dinero a Rian.

Morgana se alejó corriendo de la mesa pues no quería interrumpir el juego. Vio a su marido en la mesa de refrescos hablando con Sean Devlin.

–Rian –le imploró con una sonrisa–. He perdido todo mi dinero jugando al faraón y he pensado que no te gustaría que malvendiera mis joyas.

–Y quieres que te dé más libras, ¿no?

–Así es.

–Oh, Sean. ¿Has visto una mujer igual? Sabía que no era mi encanto personal lo que la había traído corriendo a mi lado. –Rian rió mientras introducía la mano en el chaleco y sacaba un fajo de billetes–. Aquí tienes, cariño, enseguida iré a recuperar tus pérdidas.

–Estoy segura. –Morgana volvió a sonreír y se alejó corriendo tras mirar preocupada a Devlin, que no le había dirigido la palabra en toda la velada.

–Bueno, ¿cuánto te ha dado? –Gerald la miró con incredulidad–. Te aseguro que jamás he visto a Rian tan desprendido con el dinero.

Morgana contó los billetes y casi se atragantó.

–Cinco... cinco mil libras –balbuceó.

Hasta Patrick arqueó las cejas.

–Es inverosímil que Rian lleve encima tal cantidad. ¿Y si le roban? Te aseguro que a veces creo que no tiene cerebro.

–¿Quién? –preguntó Rian mientras se sentaba al lado de Morgana.

–Tú, dando a tu mujer todo ese dinero. ¿Qué te ha sucedido, primo? –preguntó Patrick visiblemente confundido ante el comportamiento de Rian.

–Así se dará cuenta de que no soy tan malo. –Rian se volvió hacia Morgana–. Podrías haberte casado con un tacaño. Si no se lo diera –añadió dirigiéndose a Patrick–, malvendería esas joyas de jade, y entonces tendría que volver a China para comprarle otras, lo que a la larga resultaría mucho más caro, primo. Además, me propongo recuperarlo todo. Dame cartas, Gerry.

Jugaron mucho rato y Morgana tuvo oportunidad de observar a su marido. Era un jugador excelente y parecía saber exactamente cuándo apostar y cuándo abstenerse, y no tardó en recuperar todas sus pérdidas además de hacerse con la banca.

–Las apuestas son sin límite, damas y caballeros –anunció, y prosiguió la partida.

Cerca de una hora más tarde se vieron interrumpidos por un grupo de hombres enmascarados que entraron por las puertas correderas de la terraza. Todo fue tan deprisa que al principio nadie comprendió qué sucedía. Luego la orquesta dejó de tocar y las mujeres empezaron a gritar y a desmayarse. Morgana cogió a Rian del brazo y lo vio entornar peligrosamente los ojos. La atrajo hacia él para tranquilizarla y le susurró al oído que no se asustara e hiciera exactamente lo que los hombres querían.

Uno de los tipos enmascarados dio un paso hacia adelante con descaro y fanfarronería.

–Damas y caballeros, entréguenme su dinero y las joyas, y no habrá problemas. De lo contrario... –Dejó la frase deliberadamente a medias.

Se oyó un murmullo cuando el resto de los bandidos empuñaron las pistolas de modo amenazador. Morgana se encogió contra el pecho de Rian.

–¿Qué significa esto? No pueden irrumpir aquí de este modo. –Johnnie Gallagher dio un paso hacia adelante con osadía.

–Pues lo hemos hecho –replicó el que parecía el cabecilla dando un codazo en el pecho del vizconde.

El resto de los tipos enmascarados se abrió paso hábilmente entre la multitud, con las pistolas en alto, mientras despojaba a la nobleza de sus bolsos, relojes, faltriqueras y sellos, dejando caer el botín en bolsas que no tardaron en llenarse. A Morgana le temblaron los dedos mientras se desabrochaba el precioso collar de jade y se quitaba los pendientes. Rian introdujo la mano en el chaleco con la intención de sacar la pequeña pistola que siempre llevaba encima por las noches. Si pudiera distraer por un instante su atención, el resto de los lores podrían dominar a los hombres enmascarados. Colin se detuvo con sigilo detrás de él.

–No lo hagas, primo. No te gustaría que hicieran daño a tu mujer, ¿verdad?

Morgana se volvió al oír las palabras de Colin y vio que Rian miraba al joven a los ojos.

–Por el amor de Dios, Rian, Colin tiene razón. No hagas ninguna estupidez, por favor.

Rian se encogió de hombros con indiferencia y dejó caer las manos a los lados, y Morgana soltó un suspiro de alivio. Sin duda se proponía disparar a los bandidos y a ella le aterrorizaba la idea de que lo mataran.

Una vez recogidos todos los objetos de valor de los presentes, el cabecilla volvió a tomar la palabra.

–Damas y caballeros, quiero que sepan que sus riquezas van a ir a parar a una buena causa. ¡Abajo el rey George! ¡Viva la República Irlandesa!

Y desaparecieron en la noche tan deprisa como habían llegado. La gente se quedó unos instantes aturdida, luego se pusieron a hablar todos a la vez. Morgana se tapó los oídos.

–Rian, sácame de aquí, por favor –le rogó.

Al ver la expresión de temor en su rostro él hizo lo que le pedía. Colin había desaparecido y Gerald dijo que ya encontraría alguien que lo acompañara, de modo que regresaron solos en el landó.

–Mantén los ojos bien abiertos, Kerr –gritó Rian al anciano encorvado sobre las riendas–. Sin duda habrás oído lo que ha sucedido ahí dentro.

–Sí, lord Rian. Estábamos en los establos y no nos enteramos hasta que todo había terminado. De lo contrario habríamos acudido en su ayuda. ¡Malditos radicales irlandeses! Tendrían que ahorcarlos a todos –murmuró.

–Oh, Rian. –Morgana se estremeció entre sus brazos–. Mis preciosas joyas de jade. Tendrás que volver a China después de todo. –Trató de esbozar una temblorosa sonrisa a través de las lágrimas.

–Calla, cariño. –Rian le acarició el cabello con suavidad y le secó las lágrimas con sus besos–. Todo irá bien. Las recuperaremos, te lo prometo.

–¡Santo cielo! ¿Cómo ha podido ocurrir algo tan horrible? Eran los Irlandeses Unidos, ¿verdad?

–Probablemente, cariño.

–Y el cabecilla era tan... descarado. Me miró de un modo que me hizo estremecer.

–No creo que fuera el cabecilla en realidad, Mag –respondió él sombrío.

Ella lo miró sorprendida pero Rian no quiso seguir hablando del tema y añadió que estaba cansado y que no serviría de nada insistir en ello.

Durante muchos días el asalto fue la comidilla del condado. Johnnie Gallagher se disculpó por el modo en que había terminado la fiesta y se ofreció a reembolsar sus pérdidas a todos, pero nadie aceptó la oferta. El abuelo afirmó que jamás había oído nada tan osado desde la rebelión contra los ingleses conducida por Wolfe Tone unos años atrás. Morgana se negó a salir a pasear sin Rian, lo que llevó a éste a burlarse de su repentina predilección por su compañía. A partir de entonces todos durmieron con las pistolas al alcance de la mano.

Los dragones se presentaron e interrogaron exhaustivamente a todo el mundo acerca del incidente, lo que los puso muy nerviosa a Morgana. Pero por fortuna los que interrogaron a ella y a Rian no sabían nada acerca de que él había sido condenado a la horca por traición ni estaban al corriente de su fuga. De hecho nadie en Irlanda parecía haberse enterado. Sin embargo, uno de los dragones los miró con hostilidad y anotó sus nombres, cosa que dejó muy inquieta a Morgana.

–Oh, Rian, ¿y si vuelven y nos arrestan? –preguntó asustada.

–No te preocupes antes de tiempo, cariño –replicó él muy serio–. Ayer recibí una carta de Brad y dice que han retirado todos los cargos contra ti. Creen que la muerte de lord Chalmers fue un caso claro de defensa propia.

–¿Y tú? –preguntó ella con ansiedad.

–Todavía se me busca por traición, aunque según Brad el incidente con lord Chalmers tuvo algo que ver con el asunto.

–Entonces me detendrán por haberte ayudado a escapar –gimió Morgana–. Oh, no deberíamos haber vuelto.

–Calla, Mag. –La cogió entre sus brazos y añadió en voz baja–: Te quiero.

Esa noche Morgana dio vueltas inquieta en la cama mucho después de que Rian se quedara dormido. Como siempre después de hacer el amor, sentía su cuerpo saciado, pero no podía apartar de sí los pensamientos que acudían a su mente. Fuera se oyó el fragor de un trueno y el relámpago que siguió iluminó la habitación. Morgana oyó el golpeteo de la lluvia sobre el tejado y el silbido del viento a lo largo del balcón. Apenas distinguía el ruido de las olas rompiendo contra las rocas de la playa, a lo lejos. Sin duda era una noche de brujas y fantasmas.

Y de pronto lo oyó. Alguien sollozaba débilmente. Era Katy, Katy McShane, Morgana estaba segura. Se levantó con sigilo de la cama y se puso la bata mientras otro relámpago volvía a iluminar la habitación. ¿Venía de fuera? No, parecía proceder del piso de abajo. Abrió la puerta del dormitorio, avanzó de puntillas por el sinuoso pasillo que conducía a las largas escaleras y bajó en silencio. Tenía los pies helados pues no llevaba zapatillas. Esta vez Morgana oyó claramente el llanto. Procedía de la biblioteca. Corrió hacia allí y abrió la puerta sin hacer ruido. Con el corazón palpitante, contuvo la respiración.

El espectro miraba por uno de los grandes ventanales que daban a la playa. Morgana vio a través de la figura luminosa el barco fantasma de William que se balanceaba sin descanso en las turbulentas aguas. El espíritu no pareció advertir su presencia y Morgana se acercó lentamente.

De pronto se cerró la puerta y el espectro desapareció en medio de una luminosa niebla que no tardó en desvanecerse. Morgana se quedó clavada donde estaba, presa del terror. ¡Alguien había entrado en la biblioteca en mitad de la noche! Una lámpara parpadeó brevemente iluminando la estancia con su resplandor. Instintivamente se escondió detrás de una de las estanterías. Era Colin, podía verlo claramente. Llevaba un abrigo y estaba algo mojado, pero no empapado como debería estarlo de haber permanecido fuera bajo la lluvia. Lo miró con curiosidad. ¿Qué hacía ahí y dónde había estado? Llevaba algo enrollado bajo el brazo, una especie de pergamino. ¿Un mapa tal vez? Se sirvió un vaso de brandy y ella advirtió en sus labios una sonrisa indolente y satisfecha. Las danzantes sombras hacían que pareciese amenazador y malvado, y un sexto sentido advirtió a Morgana de que no se dejara ver. Fuera lo que fuese lo que se proponía hacer, era evidente que no deseaba que lo descubrieran. Lo vio esconder el pergamino en uno de los estantes y apagar la lámpara. El corazón le latía deprisa y por un instante creyó que la había visto, pero Colin se limitó a dar media vuelta y salir de la habitación. Lo oyó subir con sigilo por las escaleras hacia su dormitorio.

Morgana no se dio cuenta de que había estado conteniendo la respiración hasta que soltó un largo suspiro de alivio. Tenía el labio superior cubierto de sudor. Salió a toda prisa de su escondite y corrió hacia la estantería donde Colin había escondido el pergamino. Éste crujió cuando lo abrió. Levantó un instante la vista aterrorizada antes de volver a bajarla. No era más que un mapa, un mapa de una zona costera. ¿Por qué querría esconderlo? Lo estudió en silencio a la luz de la luna, temerosa de encender la lámpara, pero no vio nada particularmente interesante en él y finalmente lo enrolló y volvió a ponerlo en su lugar.

Tal vez Rosamunde tenía razón al decir que Colin estaba relacionado con esos rebeldes irlandeses. Pero entonces Morgana recordó que había permanecido con ellos en la fiesta de Johnnie y parecía tan perplejo como los demás ante la aparición de los enmascarados. No, no podía ser; suspiró más tranquila. Tal vez fuese contrabandista. Sabía que muchos nobles se habían mezclado en esa clase de negocios cuando Napoleón intentó conquistar Francia. Pero la guerra había terminado y ya no era preciso dedicarse a pasar mercancías de contrabando. No, tampoco podía tratarse de eso.

Finalmente decidió que sus conjeturas no la llevarían a ninguna parte. Sin duda Colin podía ofrecer una explicación plausible. Se disponía a regresar a su dormitorio cuando reparó en algo blanco en el suelo. Lo recogió y vio que se trataba del pañuelo de Colin. Debió de caérsele al salir de la habitación. Advirtió que tenía manchas rojas. ¡Carmín! Parecían manchas del carmín que utilizaban las damas de la noche para colorearse los labios. Morgana soltó un suspiro de alivio. De modo que era lo que Patrick había sospechado. Colin tenía a una joven en alguna parte y no quería que nadie se enterara. Sí, eso lo explicaba todo. El mapa de la zona costera y sus idas y venidas sin dar explicación alguna a su familia debían de significar que tenía la intención de fugarse con su novia. Tal vez la joven fuera de clase humilde y Colin sabía que el abuelo se negaría a permitir que se casara con ella. Morgana recordaba demasiado bien lo furioso que se había puesto el anciano al enterarse de la boda de Patrick; y Colin se había enfadado cuando el abuelo sugirió que encontrara una esposa adinerada, y cuanto antes mejor. Sí, tenía que ser eso. No se le ocurría otra explicación. Qué sencillo parecía todo de repente. Sin duda Colin había utilizado a los rebeldes irlandeses para cubrirse y confundir a su familia de modo que no adivinaran sus intenciones. Morgana casi sonrió. ¡Su astuto primo! ¡Los había tenido preocupados por nada!

Echó una mirada hacia los grandes ventanales antes de salir de la biblioteca. Tal como había sospechado, el barco fantasma había desaparecido. En silencio volvió de puntillas a su habitación y se acostó.

A la mañana siguiente, Morgana se levantó temprano y se lavó la cara y las manos en la palangana, tratando de no hacer ruido para no despertar a Rian, que seguía durmiendo. Se acercó al tocador para coger el cepillo y se detuvo en seco. Allí, sobre la madera pulida, estaban sus joyas de jade. Soltó un grito de alegría.

–Rian, las has recuperado. Dime, ¿cómo lo has conseguido? –Corrió hacia la cama.

–¿El qué? ¿De qué estás hablando? –Rian abrió los ojos con una expresión malhumorada.

–Mis joyas –respondió enseñándolas–. Pensé que jamás cumplirías tu promesa.

–¿De dónde las has sacado? –preguntó él.

–Vamos, estaban sobre el tocador, donde tú las dejaste. –Al ver su entrecejo fruncido le falló la voz.

–No sé de dónde han salido, Mag –dijo él–. Yo no las puse allí.

Ella lo miró confusa. Mentía, estaba convencida.

–Pero si... si tú no las pusiste, ¿quién lo hizo?

Y de pronto se quedó paralizada. ¿Habría prometido Rian recuperar las joyas de no haber creído que podía hacerlo, de no haber sabido que podía hacerse con ellas fácilmente? ¿Por qué había dicho que el enmascarado no era el cabecilla? ¡No lo habría sabido a no ser que... él mismo fuera el cabecilla! Se le revolvió el estómago sólo de pensarlo. Santo cielo. ¿Había sufrido realmente amnesia durante esa época en Inglaterra, o sólo había sido un ardid para engañarla? Ahora recordaba que los tres oficiales británicos habían identificado a su marido como el cabecilla de los radicales. Sintió náuseas. Pero entonces ¿cómo se explicaba la historia de lord Chalmers? Tal vez Rian lo había sobornado para que le contara esa historia con la esperanza de que ella aceptara el trato, pero al matar a ese hombre por equivocación había complicado mucho las cosas. Lord Chalmers había contado con que ella se rendiría. Y si Rian había permanecido impasible durante el juicio era porque todo el tiempo había sabido que no lo ahorcarían. Contaba con que lord Chalmers le salvara el cuello. Brad y Anne también debían de estar confabulados. Pero ¿cómo se explicaba entonces que Rian detuviera su coche y se batiera en duelo con Phillipe? ¿Cómo podía haber estado en dos sitios a la vez? Tal vez sólo se había servido de su acusación para procurarse una coartada. Había cientos de hombres con cicatrices y podía haberse equivocado. Estaba muy oscuro y ella se había asustado mucho. ¡Santo cielo!

De pronto se dio cuenta de que su marido la miraba fijamente con una expresión interrogante.

–¿Sucede algo, Mag?

–No... Sólo que... no me gusta la idea de que alguien entre a hurtadillas en la habitación, eso es todo –mintió–. Deberíamos andar con más cuidado y echar el pestillo.

–Juraría que anoche lo eché –dijo despacio, pero Morgana no se dejó engañar.

Por supuesto que lo había hecho. Nadie podría haber entrado la noche anterior en la habitación sin tirar la puerta abajo, a no ser, naturalmente, que hubiera sido un fantasma. ¡Un fantasma! Alguien pudo entrar mientras ella se encontraba en el piso de abajo. Pero no se imaginaba a su abuelo o a Rosamunde moviéndose furtivamente en mitad de la noche. Y Colin se había ido derecho a su habitación, estaba segura de ello. Gerald había pasado la noche, como de costumbre, en Kilshannon. No, Rian había dejado las joyas allí y ahora mentía. Pero ¿por qué? No le dejaría saber que sospechaba de él o la mataría. ¿Cuántas veces lo había intentado ya? Procuró no apartarse horrorizada cuando él la estrechó entre sus brazos y la besó con ansiedad.

XXXV

Ese año la primavera llegó antes de lo habitual. En los campos de Shanetara las verdes briznas de hierba luchaban por abrirse paso a través de la fina capa de escarcha que seguía cubriendo la tierra, lo que hizo que Morgana recordase el ciruelo de madame Sung. Sin embargo se respiraba cierta inquietud en el ambiente y Morgana se encontró ansiosa y llena de expectación.

En el condado se habían producido nuevos asaltos de los rebeldes irlandeses; se trataba de asaltos repentinos que concluían tan deprisa como habían empezado y tras los cuales los hombres enmascarados parecían desaparecer sin dejar rastro. Morgana se deprimía a medida que se convencía de que Rian era el cabecilla de esos osados bandoleros. Salía de la casa a horas intempestivas sin dar ninguna explicación acerca de sus ausencias, que sospechosamente siempre coincidían con los asaltos. En las escaramuzas habían muerto otros dos oficiales británicos.

El capitán Vickery cerró la puerta de la taberna de Dingle que servía de cuartel general. Se frotó las manos vigorosamente mientras se quitaba los guantes y se acercaba al fuego en busca de calor, porque aunque la primavera flotaba en el aire, las noches seguían siendo frías. Se trataba de un hombre joven pero decidido, y su reciente ascenso en el cuerpo de dragones había supuesto para él un gran estímulo para capturar a los rebeldes irlandeses y hacerlos procesar por sus crímenes. La carta con órdenes que había recibido el día anterior le quemaba en el bolsillo y la sacó para leerla una vez más. Aunque seguían buscando al conde de Keldara por traición, al parecer habían salido a la luz nuevas pruebas gracias a la tardía declaración de una tal María Frampstead. A esas alturas el capitán Vickery sabía todo acerca de la muerte de lord Chalmers y su relación con las acusaciones del conde. Tenía órdenes de no actuar hasta obtener más pruebas en uno u otro sentido. En cuanto a lady Keldara, los cargos contra ella habían sido retirados. Aunque personalmente el capitán Vickery tenía sus dudas acerca de la culpabilidad de lord Keldara, era extraño que los radicales, tras un insólito período de tranquilidad, volvieran a actuar de pronto. Por otra parte, lady Keldara había logrado sacar a su marido de la cárcel. Sea como fuere, esta vez se proponía esperar hasta estar seguro antes de detener al conde por traición a la Corona. Si esperaba el momento propicio, los rebeldes cometerían tarde o temprano un desliz y el capitán Vickery estaba convencido de que lograría atrapar a ese hombre. Siempre decía que si dabas suficiente cuerda a alguien, terminaba colgándose. Pero por el momento tenía que contentarse con tener al conde estrechamente vigilado y esperar.

En el gran salón reinaba el silencio. Fionna y Bridget cosían un nuevo traje para Corby, quien parecía crecer a pasos agigantados, y Rosamunde remendaba unas camisas de Gerald.

–Te aseguro que no sé como se las arregla para destrozarlas de este modo –suspiró la mayor de las mujeres enseñándoles las camisas.

–Las peleas en Kilshannon –repuso Morgana sin molestarse en levantar la vista.

–¡Vamos, Morgana! –la reprendió Rosamunde con suavidad.

–Es cierto. La semana pasada…

–No quiero oír nada al respecto. –Rosamunde apretó los labios–. Te aseguro que no sé de dónde sacas esos escandalosos chismes. No es propio de una dama repetirlos.

–Me los explica Rian.

Morgana se levantó, inquieta, y comenzó a caminar arriba y abajo por la habitación. Tocó distraídamente las piezas del ajedrez. Habían dejado una partida a medias, probablemente el abuelo y Rian, y vio que las negras se encontrarían frente a un jaque mate al cabo de unas cuantas jugadas. Con una silenciosa sonrisa movió las piezas dando ventaja a las negras. Suspiró y se volvió para mirar por uno de los grandes ventanales de la fachada preguntándose si los rebeldes irlandeses volverían a actuar esa noche.

Últimamente se habían vuelto más osados en sus correrías. No parecía importarles a quién atacaban siempre que obtuvieran un buen botín a cambio. Morgana pensó en Hassan y en el dinero que había necesitado para organizar una rebelión. Se preguntó si habría conseguido llevar a cabo sus cruentos y ambiciosos planes, y si en esos momentos Sirsi yacería muerto o moribundo. No, no pensaría en el alegre y encantador Sirsi que tan cruelmente se había comportado al final con ella. La herida era demasiado dolorosa.

Al otro lado de la puerta unas voces anunciaron la llegada de los hombres al salón. Al parecer habían vuelto a discutir acerca de la finca. Hasta donde Morgana podía recordar, siempre que hablaban de la administración de las tierras de Shanetara terminaban discutiendo. Trevor era de la opinión de desahuciar a los arrendatarios y roturar sus tierras, en tanto que Patrick se negaba en redondo alegando que provocaría disturbios entre los que se quedaran. Aunque no lo manifestara en voz alta, Morgana estaba de acuerdo con Patrick. Shanetara poseía suficientes tierras de cultivo tal como estaba. Además, los arrendatarios no tenían a dónde ir. Se estremeció al pensar en lo que sucedería cuando muriera el abuelo y Trevor heredara la finca. Sin duda los arrendatarios quemarían la casa grande hasta los cimientos.

Rian le ofreció una copa que ella aceptó con una mirada glacial mientras le sonreía con sorna. Sabía que esa actitud le irritaba, pero él se negaba a hacer una escena delante de la familia y se limitó a devolverle la sonrisa antes de proponerle que tocara la guitarra para entretenerlos.

Morgana se estremeció ligeramente cuando las manos de Rian le rozaron los hombros y volvió a preguntarse si realmente era el cabecilla de los rebeldes, si estaba casada con un ladrón y asesino. En cualquier caso ahora lo detestaba y temía aún más, y se preguntó por qué él seguía insistiendo en decir que la quería. Sin duda no tardaría en cansarse del juego. Sí, tan pronto como ella aceptara sus palabras de amor, Rian le volvería la espalda con una carcajada y se mofaría de lo estúpida que había sido. Era cruel, despiadado y poco fiable, pero hizo lo que le pidió y, deslizando los dedos suavemente sobre las cuerdas de su guitarra color ébano, empezó a tocar una vieja balada irlandesa. Los McShane afirmaban que esa canción hablaba de uno de sus antepasados, pero ella lo dudaba.

Sus dedos puntearon suavemente las cuerdas mientras cantaba la angustia y dolor de los jóvenes amantes.

«Un buen día se encaminó hacia el verde bosque
en busca de caza menor.
Una joven sonriente de ojos verde claro
se detuvo a hablar con el joven Shane.
Su corazón recordaba a su amada con tanta claridad
que intentaba en vano encontrar palabras para recibirla.
Ahora Shane vaga en silencio por el bosque
y el viento del oeste le susurra:
Fionna, oh, Fionna, nuestro amor era inmaculado.
Fionna, oh, Fionna, jamás amarás a otro.
El pobre Shane...»

La voz de Morgana se apagó poco a poco y entonces, sin decir palabra, dejó la guitarra y salió de la habitación.

No supo que Rian la había seguido hasta que oyó ruido de pasos a sus espaldas. Se apartó, pero él fingió no darse cuenta y, cogiéndole la mano con firmeza, la llevó a la habitación y cerró la puerta.

El viento azotaba los páramos mientras Morgana daba rienda suelta a *Copper Lady* dejando que la llevara veloz por el prado. Casi se echó a reír. Por una vez había logrado escapar de la casa sin que nadie la siguiera. Ningún mozo la acompañaba, porque había informado a Ben con frialdad que iba a reunirse con Rian en la pradera del sur. Se alejó a galope tendido de la gran mansión hasta que ésta desapareció de su vista y pensó en lo fácil que había resultado engañar al mozo con una simple mentira. Llevaba tiempo deseando escapar de allí y estar a solas con sus pensamientos, y disfrutó de la soledad ávidamente. Se estremeció levemente ante la idea de topar con los rebeldes irlandeses, pero enseguida la desechó, pues sabía que sólo salían cuando el manto de la noche ocultaba sus rostros enmascarados y sus actividades rebeldes.

Copper Lady se dirigió instintivamente hacia el viejo camino de los páramos y Morgana se encontró de pronto en la pradera donde solía compartir entrañables momentos con su amigo Michael Kelsey. Desmontó del caballo y se tendió en la hierba, recordando. ¡Qué lejano parecía todo y qué joven era entonces! Una niña confusa y desconsolada, que explicaba sus sentimientos contradictorios a un hombre amable que sólo quería ayudarla y que ahora la miraba con compasión. Morgana cerró los ojos disfrutando del calor que la envolvía a pesar de las amenazantes nubes grises que se aproximaban.

Ella había cambiado. ¡Dios mío, cómo había cambiado! Y el artífice de ese cambio era Rian, que la había convertido en una mujer apasionada, le había arrebatado los últimos restos de su infancia y descubierto un impetuoso carácter que ni siquiera sabía que poseía. Lo veía tan claramente, con esos burlones ojos verdes y sus labios sardónicos y sensuales. Las sensaciones desenfrenadas e impúdicas que le provocaba la confundían y herían. ¿Qué era esa extraña fascinación que sentía por ese demonio y por qué se comportaba con tanto desenfreno en sus brazos? Oh, si se hubiera casado con otro hombre, o con ninguno, ¿acaso no habría sido todo diferente?

–¿Morgana?

Alguien pronunció su nombre en voz tan baja que por un instante creyó que era cosa de su imaginación. Entonces abrió los ojos y allí estaba Michael, casi como si hubiera deseado encontrarlo en ese lugar para abrir su corazón y desahogarse.

–¿Vienes aquí a menudo? –preguntó él.

–No –logró responder ella por fin–. Es la primera vez desde que regresamos. ¿Y tú?

–Sí, vengo a veces. –El médico desmontó de su caballo y se sentó a su lado–. ¿Eres feliz, Morgana? No lo pareces. Me preocupas.

–¿Feliz? ¿Acaso sabe alguien el significado de esa palabra? –respondió ella riendo con cierta amargura.

–¿Puedo ayudarte, Morgana? Sentí tanto lo de tu hijo. Yo... no sabía qué pensar acerca de tu extraña boda, y luego dejé de verte durante mucho tiempo. Dime, ¿te pega o te hace daño?

Ella miró a Michael, tan amable y considerado; y en ese instante supo que él jamás comprendería a Rian o lo que significaba vivir con un hombre como Rian. Michael jamás comprendería la osadía, ni la descarada e insultante arrogancia de su marido, ni esa forma de hacerle el amor, a veces tan apasionada y tierna, y otras tan brutal.

–No –dijo ella–. No en el sentido que tú te crees o de la forma que lo entenderías.

–¡Maldita sea! En una ocasión me pediste ayuda, Morgana. Déjame que te ayude ahora. Sé que no le amas, puedo verlo en tu mirada. Antes no me ocultabas lo que pensabas.

–Por favor, Michael –rogó Morgana–. No quiero escucharte. Se acabó, soy su mujer y jamás me dejará marchar. Sin duda lo sabes mejor que nadie porque sabes cómo es él. Me ha... cambiado, Michael. Ya no soy la niña que era cuando me marché de aquí. No, ahora soy su mujer.

–Sí, puedo verlo –repuso el médico–. Advierto una dureza en ti que antes no tenías; y algo más, algo vital y vivo, pero inquietante al mismo tiempo.

–Pasión –susurró Morgana–. ¿Sabes qué es la pasión, Michael? Es una bestia que se apodera de tu alma y te conduce al borde de la locura con sus demonios de deseo. Y una vez que se aloja en tu interior, no puedes librarte de ella. Desencadena cosas dentro de ti que nunca imaginarías que existen. Te duele y sin embargo pides más. –De pronto Morgana se interrumpió, consciente de que él comprendía vagamente esos sentimientos–. Vuelve a casa, Michael. Vuelve a Kyla y reza para que esa bestia nunca te encuentre.

Él le cogió la mano y se la besó.

–Volveré a casa, Morgana. Pero rezaré por ti, rezaré para que encuentres la paz de espíritu que estás buscando.

Ella le volvió la espalda y, montando sobre su pequeña yegua, se marchó. No volvió la cabeza ni una sola vez y Michael la vio hacer ese gesto característico de cuadrar los hombros. Con el corazón encogido y lleno de compasión, la vio alejarse hasta perderla de vista y por un instante supo mucho mejor que ella cómo conseguir la paz de espíritu.

Morgana se dio cuenta mientras galopaba de que estaba llorando. Probó el sabor amargo de las lágrimas y se las enjugó con furia. «¡Maldito seas, Rian McShane! –pensó–. Eres tú quien, con tus demonios y deseos, me ha convertido en esta mujer salvaje y arisca.» Siguió a galope tendido hacia la playa sin hacer caso de la llovizna que empezaba a caer. Tal vez no regresara nunca y galopara eternamente.

No oyó los cascos de un caballo detrás de ella, ni sabía que Rian había presenciado todo el episodio. No lo vio hasta que lo tuvo a su lado con la furia reflejada en su rostro. Lo fulminó con la mirada y clavó bruscamente los talones en los flancos de su yegua, pero él la alcanzó y, extendiendo el brazo para coger las riendas de *Copper Lady*, la detuvo.

–¡Zorra embustera! –exclamó–. ¡Al infierno con tus engaños!

–No sé de qué estás hablando. –Morgana lo miró con frialdad–. Dame las riendas.

–¡No mientas! Te he visto con Michael Kelsey. –Rian entornó los ojos amenazadoramente y la cicatriz blanca se destacó en su mejilla.

Morgana palideció.

–No lo entiendes, Rian... –empezó a explicar.

–¡No quiero oír tus excusas! –gritó él–. Baja del caballo.

–¡Ni hablar! –replicó ella tratando de soltarse.

–¡Maldita sea! Haz lo que te digo –ordenó Rian con tono amenazador– o te romperé el cuello.

Morgana no tuvo tiempo de responder, porque en ese preciso instante se oyó un trueno ensordecedor. Lo siguió un relámpago que iluminó el cielo oscuro como un millón de estrellas fugaces y se desató una violenta tormenta. Al verla gritar aterrorizada Rian musitó furioso una maldición y, tirando de las riendas de *Copper Lady*, las llevó prácticamente a rastras por la playa. La casa quedaba demasiado lejos y no era posible volver a Shanetara mientras durase la tormenta.

–Las cuevas –gritó por encima del estruendo–. Vamos a las cuevas.

Morgana lo siguió sin pensarlo siquiera, petrificada ante los espantosos truenos y relámpagos. Fustigó frenéticamente la yegua en medio de la lluvia torrencial por temor a perder de vista la oscura figura de Rian.

Estaban calados hasta los huesos y los caballos empapados cuando finalmente llegaron a las cuevas que había a lo largo de la costa. Morgana entró después de Rian y soltó un suspiro de alivio por haber encontrado tan cerca un cobijo provisional. Él la ayudó a desmontar con una expresión todavía furiosa en el rostro antes de volverse hacia los aterrorizados caballos para calmarlos y atarlos a una roca. Morgana trató en vano de escurrirse las ropas empapadas, luego se sentó en una piedra a observar el viento implacable sin atreverse a mirar el fondo de la cueva donde reinaba la más absoluta oscuridad y colgaban del techo estalactitas que parecían carámbanos de colores. Cuando Rian terminó de atar a los caballos, se acercó a ella.

–¡Levántate! –ordenó, sin hacer caso del rostro aterrorizado y manchado de lágrimas de su mujer–. Te he dicho que te levantes.

–Rian, por favor –suplicó Morgana en voz baja.

Él la agarró del brazo y la levantó bruscamente de la roca donde se hallaba sentada con una desagradable carcajada que resonó extrañamente en la cueva. Luego la abofeteó con dureza.

–¡Bruja embustera! Esta vez voy a tratarte como siempre debí hacerlo.

Se quitó el abrigo y lo arrojó despreocupado al suelo de la cueva. Morgana comprendió sus intenciones y se apartó de él, pero Rian soltó una maldición y le desgarró la parte superior del vestido.

–No, por favor.

Volvió a abofetearla, luego terminó de arrancarle el vestido antes de arrojarla sobre su abrigo y sujetarle los hombros desnudos con crueldad. Tendida en la prenda de algodón, Morgana sintió que la cabeza le daba vueltas. Se dio cuenta vagamente de que Rian se quitaba las ropas mojadas murmurando furioso y trató de incorporarse, pero él le advirtió con voz ronca que no se moviera. Morgana esperó su brutal asalto como un animal acorralado, sollozando en la oscuridad mientras fuera rugía la tormenta. De pronto se alzó sobre ella y su endemoniada risa resonó en sus oídos.

–Rian –le suplicó–. Así no, por favor.

–¿Qué te sucede, Mag? Ya te has abierto de piernas otras veces y no sólo para mí –dijo con tono apagado.

–Y jamás me lo perdonarás, ¿verdad? –sollozó ella–.

¡Arrogante bastardo! ¿No comprendes que es como ser un mueble, un objeto, algo que se utiliza y luego se deja de lado? –Sus sollozos se convirtieron en una risa histérica–. Pero tú eres el amo, ¿verdad, Rian? ¡Cobarde! ¡No eres nadie! Nadie, ¿me oyes? –Forcejeó frenéticamente mientras Rian la sujetaba–. Te odio.

–¡Cállate! Estoy harto de tus palabras. –Rian rió con aspereza–. Aunque puede resultar muy agradable en ocasiones. Y eso es precisamente lo que ahora me interesa. ¿Quieres hacer el papel de ramera, madame? Veamos qué tal te va.

Morgana gimió cuando Rian se arrojó sobre ella y la sostuvo con fuerza sobre el suelo de piedra. Gritó, le clavó las uñas y dio patadas antes de que él el retorciera los brazos con crueldad y se los sujetara a la espalda.

–Te los romperé si te mueves –le advirtió.

Ella miró sus duros y fríos ojos, y supo que hablaba en serio.

–Ahora ábrete de piernas, cariño.

Despacio, en silencio, Morgana lo obedeció llena de vergüenza. Él dejó caer una mano entre sus muslos y la acarició con suavidad invadiendo la blanda tibieza de su interior. A continuación la besó bruscamente y saqueó con la lengua la dulzura de su boca hasta encenderla como una tea ardiente. Morgana sintió el mareante y abrasador dolor en su interior y creyó morir de vergüenza al ver cómo su cuerpo la traicionaba. Le ardieron los pechos cuando Rian deslizó por ellos los labios y succionó con avidez los sonrojados y endurecidos pezones para a continuación mordisqueárselos y trazar pequeños círculos con la lengua a su alrededor. La miró a los ojos con una sonrisa de triunfo al verla gemir como un animal ante las sensaciones que le provocaba.

–Eres una bruja, pero te quiero –susurró con voz áspera antes de introducirle su ardiente miembro entre los pálidos muslos.

Morgana jadeó cuando la penetró, y advirtió que dejaba de sujetarla. Ciega y enferma de deseo, le echó los brazos al cuello y lo atrajo hacia sí, clavándole las uñas en la espalda mientras sollozaba su nombre. Gritó hasta que él le hincó los dientes en el hombro y se echó a reír antes de besar la diminuta herida y volver a deslizarle los labios por el cuello y los senos. Jamás habían hecho el amor de modo tan brutal, tan violento, y Morgana gozó con ello. Arqueó el cuerpo debajo de él y un millar de soles estallaron en su interior, encendiendo todo su ser hasta que las llamas del éxtasis abrasaron su cuerpo profanado.

Cuando todo terminó, yació empapada en sudor y temblorosa, con los pechos enrojecidos y los labios hinchados y magullados por la fuerza de sus besos. Había perdido momentáneamente el conocimiento a causa del placer y el dolor, y seguía sintiéndose ligeramente mareada. Rian miró su cuerpo desnudo, los pálidos muslos que un momento atrás habían sido suyos.

–¿Puede darte esto Michael Kelsey? –preguntó furioso e irracionalmente.

–No hizo más que besarme la mano –replicó Morgana–. Son tus celos los que te hacen pensar de otro modo. Sabes perfectamente que sólo somos amigos.

–Sí –murmuró él, sabiendo que decía la verdad–. Él no es lo bastante hombre para ti, Mag. Admítelo, encantadora bruja. –Parecía haber desaparecido su irritación–. Ningún hombre te ha hecho sentir lo que yo cuando te hago el amor, ¿no es cierto?

–No –susurró ella, odiándose tanto como lo odiaba a él; y en silencio maldijo a esa bestia llamada pasión.

XXXVI

Cuando por fin pasó la tormenta, Rian ayudó a Morgana a ponerse la ropa hecha jirones, después la cubrió con su abrigo.

–¿Qué ha sido eso? –preguntó ella bruscamente, ladeando la cabeza. Estaba segura de haber oído un ruido procedente del fondo de la cueva.

–¿Qué?

–Un ruido. Creo que venía de allá –respondió señalando hacia atrás.

Rian se encogió de hombros con indiferencia.

–No oigo nada. Probablemente no son más que murciélagos. Estas cuevas están plagadas, ya lo sabes.

–¿Son los mismos que se meten en las mazmorras del sótano de la casa? –A Morgana se le ocurrió de pronto una idea.

–Sí, ¿por qué?

–Por nada, simple curiosidad, eso es todo. –Se volvió para que no viera la expresión de su rostro y se encaminó hacia su caballo.

Con razón el abrigo de Colin no estaba mojado cuando ella lo vio en la biblioteca aquella noche. Debió de entrar por el sótano, abriéndose paso por los serpenteantes pasadizos de las cuevas y mazmorras. Sin duda una de ellas era el escondrijo donde se reunía con la muchacha de la que se había enamorado. Supo por el dolor que sentía en la espalda que no debía de resultarles muy cómodo.

A Morgana no le atraía la ida de regresar a casa en la oscuridad, pero después de todo no tuvieron ningún problema. Al parecer la noche no invitaba a salir a merodear, ni siquiera a los atrevidos rebeldes irlandeses.

Cuando llegaron todos estaban sentados a la mesa dispuestos a cenar, por lo que subieron corriendo a su habitación para cambiarse antes de reunirse con ellos. Rian pidió disculpas a su abuelo por el retraso y le explicó que los había sorprendido la tormenta.

–Pero estamos bien, abuelo. –Morgana no permitió que se reflejaran en su rostro sus confusos sentimientos–. Nos refugiamos en las cuevas de la playa.

–¿De veras? –Colin la miró, enarcando una ceja–. ¿Cuáles?

–Las que llevan a las mazmorras –respondió Rian con calma y a continuación tomó un sorbo de vino.

A Morgana le pareció que Colin los miraba con una expresión extraña, pero enseguida se tranquilizó al pensar que si una de las cuevas era realmente su nido de amor, era lógico que le preocupara que lo hubieran descubierto. Se apresuró a calmar sus temores.

–Estaba bastante oscuro y nos quedamos junto a la entrada. Además, Rian dijo que había murciélagos.

–Sí, y la verdad es que no nos gustaría que os perdierais en ellas. Seguro que no has olvidado lo que ocurrió aquel día en las mazmorras. –Colin parecía aliviado.

–No me lo recuerdes –rogó Morgana estremeciéndose–. No me gustaría volver a explorar ninguna de ellas. Con una vez tuve suficiente.

–Por cierto, Colin. –Gerald se metió otro trozo de rosbif en la boca–. Hoy he visto a Lucy O'Neal en Kilshannon. Me preguntó por ti –añadió con sorna.

Colin se ruborizó.

–¿Qué te he dicho acerca de perder el tiempo con esas

fulanas? –El abuelo miró colérico al joven–. Sólo me faltaría enterarme de que hay un biznieto mío entre la chusma.

Colin no respondió y se limitó a mirar su plato con resentimiento. Pero Morgana se alegró de ver por fin confirmadas su sospechas acerca de su primo. Lucy O'Neal. Así pues, éste era el pequeño secreto de Colin. Casi sonrió.

–¿Sabes? –dijo a Rian cuando se retiraron a su habitación–. Creo que Colin está planeando fugarse con esa muchacha de que Gerald hablaba.

–¿Ah, sí? ¿Qué te hace pensarlo? –Rian se sirvió un vaso de whisky.

–Bueno, la otra noche oí llorar de nuevo al fantasma, sólo que esta vez venía de la biblioteca. Así pues, bajé de puntillas y mientras estaba allí entró Colin. Llevaba un papel enrollado bajo el brazo y lo escondió en uno de los estantes. Cuando se marchó, lo cogí y le eché un vistazo. Era un mapa de las cuevas que recorren la playa. Creo que es allí donde se cita con esa joven y por eso no quería que nadie lo descubriera. Además, recogí un pañuelo que se le cayó y tenía manchas de carmín. –Sacó el pañuelo del cajón en que lo había guardado distraídamente.

Rian dejó su vaso y examinó el pañuelo con detenimiento.

–¿Te vio Colin, Morgana?

–No, por lo menos eso creo –titubeó al ver que su marido fruncía el entrecejo–. Y dejé el mapa donde lo había encontrado porque no quería inmiscuirme si lo que pretendía era fugarse. Ya sabes el lío que armó el abuelo por la boda de Patrick. Pero lo cierto es que olvidé que todavía tenía el pañuelo.

–Sí, bueno, yo que tú no me preocuparía más.

Rian apagó las lámparas y extendió el brazo en busca de su mujer.

En las cuevas reinaba la oscuridad, pero las antorchas iluminaban lo suficiente. Los rebeldes irlandeses miraban fijamente al soldado británico que habían logrado capturar durante una escaramuza al anochecer. Era casi un niño, debía de tener unos diecisiete años y el miedo se reflejaba en su rostro adolescente.

–Vamos, muchacho –dijo con tono amable uno de los radicales–. Seguro que conoces los planes del capitán Vickery.

–No..., señor –tartamudeó el muchacho.

–Tenemos métodos para hacerte hablar –se mofó otro de los hombres, impasible ante el temor del joven.

–Por favor, señor, no sé nada. De verdad que no.

–No mientas, muchacho. El capitán Vickery espera un cargamento de armas y refuerzos para la próxima semana, ¿no es cierto? –insistió el hombre inflexible–. Habla de una vez o juro por Dios que...

Dio una fuerte bofetada en el rostro del soldado y el golpe le partió el labio haciendo que la sangre corriese por su barbilla.

–Si hablo no me harán daño, ¿verdad? –aventuró el muchacho con expresión temerosa–. ¿Dejarán que me vaya?

–Por supuesto –aseguró el hombre amable.

–Está bien. –El soldado miró a los hombres con escepticismo y reconoció a muchos de los hijos más jóvenes de la nobleza irlandesa–. Lo cierto es que estamos esperando refuerzos, señor, pero las órdenes del capitán Vickery son que no hagamos nada hasta tener más pruebas en contra del cabecilla irlandés. –Miró hacia el hombre alto y misterioso del rincón, cuyo rostro quedaba oculto por las sombras–. Al parecer lo capturaron hace unos tres años en Inglaterra, pero logró escapar. De todos modos más tarde salieron a la luz nuevos indicios que podían demostrar que se habían equivocado de hombre. –El muchacho se humedeció los labios, nervioso.

–¿Y quién era el hombre que arrestaron los británicos? –Inquirió el hombre rudo con frialdad.

–Era lord Keldara, señor. –El joven miró de nuevo inquieto hacia el hombre oculto por las sombras–. El capitán Vickery dijo que era un zorro astuto y que si era posible teníamos que capturarlo vivo.

–Creo que ya hemos oído suficiente –sugirió el hombre del rincón acercándose al joven–. Ya puedes irte, muchacho –declaró con una sonrisa.

El joven miró al pequeño grupo de hombres que lo rodeaban sin poder creer su buen suerte y se apresuró a abandonar la cueva. El cabecilla se movió rápido, silencioso, y el joven emitió un sonido ahogado y cayó al suelo de bruces con un cuchillo de caza oriental clavado en la espalda.

–Entregad este paquete al capitán Vickery –ordenó el cabecilla con voz severa, mientras recuperaba el cuchillo y lo limpiaba antes de devolverlo a su funda.

Rió con aspereza y encendió un cigarro, y por un instante la luz de la cerilla le iluminó el rostro. Sus ojos brillaban misteriosamente y la arrogante y aristocrática nariz de los McShane se perfiló claramente en la oscuridad.

–Decidle que se helará el infierno antes de que capture a Rian McShane. –Se volvió y sólo se oyó el roce de su abrigo contra las paredes de la cueva antes de que desapareciera en la noche.

El capitán Vickery miró fijamente el rostro adolescente del muchacho muerto que sus hombres habían descubierto en las escaleras de la posada.

–El joven Riley –murmuró–. ¡Condenados rebeldes! –Golpeó el escritorio con el puño–. ¿Es que no tienen compasión?

–Por lo visto no, señor –respondió uno de los hombres y carraspeó.

Era un asunto muy desagradable y no le hacía ninguna gracia tener que informar al capitán sobre lo ocurrido esa noche. No, no le gustaba en absoluto y no deseaba tener que repetir los burlones comentarios que habían hecho los hombres enmascarados al alejarse. Pero era su deber y lo haría.

–Hay algo más, señor –añadió volviendo a carraspear.

–Bien, hable, teniente.

–Se trata de esos rebeldes, señor. Cuando desaparecieron creímos oír cómo gritaban que... que usted nunca lograría capturar a su cabecilla, señor. A Rian McShane.

El capitán Vickery entornó los ojos, pensativo.

–Eso es todo, teniente –dijo por fin–. Ocúpese del funeral del joven Riley. Yo mismo notificaré su muerte a la familia.

–Sí, señor.

El capitán Vickery se frotó los ojos, cansado. ¿Se trataba de un juego? Qué audacia la de ese hombre. ¿Acaso deseaba que lo capturaran? Dios, el capitán Vickery no quería que lo volvieran a poner en ridículo. Por fortuna el teniente había tenido la brillante idea de anotar los nombres del conde y la condesa después de la incursión rebelde en el Laughlin Hall. Más de tres años, hacía más de tres años de su desaparición y ahora habían regresado a Irlanda como si nada. El capitán Vickery no podía tolerar tanta arrogancia. No había creído que Rian McShane fuera el cabecilla de los rebeldes, pero ahora se juró que cogería a ese presuntuoso aunque fuera lo último que hiciera.

Cuando Morgana despertó por la mañana aún lloviznaba. El cielo estaba cubierto de nubes grises y el viento soplaba a través de los balcones con un susurro quejumbroso. Rian la miró afectuosamente.

–Es un día para quedarse en cama, cariño –murmuró con dulzura.

–No –susurró Morgana cuando la besó en el cuello–. Le prometí a Fionna que hoy cuidaría de Corby. Quiere ir a Devlin's Way para ver a Lindsey y no puede llevarse al niño porque ésta no lo soporta.

–Corby ya tiene una niñera que se ocupa de él. –Rian le acarició las sienes con los labios.

–Lo sé, Rian, pero Corby me suplicó que fuera y no puedo decepcionarlo.

Para su sorpresa, él la soltó de mala gana.

–Si insistes, cariño –dijo–. Sé lo mucho que ese niño significa para ti.

Era cierto. Morgana se había encariñado mucho con el niño y estaba deseando pasar el día con él. Salió poco después de desayunar y decidió ir a caballo en lugar de utilizar el landó para disfrutar del viento que le agitaba la enmarañada melena y le encendía las mejillas. La escarcha había desaparecido y aunque seguía haciendo un poco de frío, los árboles ya tenían pequeños brotes y se habían abierto algunas flores tempranas. Al pasar junto al lago, Morgana vio que las aguas estaban agitadas y tenían un color gris, por lo que procuró mantener a su caballo alejado de la orilla. Más de un pobre irlandés se había ahogado en sus aguas profundas. Los enormes peñascos que se recortaban contra el cielo encapotado ofrecían un aspecto particularmente amenazador.

Dio las gracias al mozo de cuadra por haberla acompañado y lo despidió con una sonrisa antes de llamar a la puerta de Shaugnessy Bay con el aldabón de bronce. Por fin apareció el arisco mayordomo que parecía casi tan petulante como Trevor. Morgana no acababa de comprender por qué su primo lo mantenía a su servicio, pero decidió que debían de entenderse a las mil maravillas. Corby bajó corriendo por las escaleras, seguido con más calma por Fionna.

–¡Tía Mag! –exclamó el niño abrazando las rodillas de Morgana porque no llegaba más arriba.

–¡Caramba, cómo has crecido! –exclamó ella al cogerlo en brazos.

–¿Verdad que sí? –Fionna rió–. Corby, no deberías lanzarte sobre la gente de este modo. Por poco tiras al suelo a Morgana.

–Fionna, ¿estás segura de que quieres ir a Devlin's Way? No es un buen día para ir de visita.

–Lo sé, Morgana, pero estaré bien en la calesa y es preciso que hable con Lindsey. Corby, ve a tu habitación. Morgana subirá enseguida. –Se volvió de nuevo hacia ella cuando el niño se marchó a toda prisa–. Estoy tan preocupada por mi hermana. Siempre ha sido muy impetuosa y... bueno, seguro que has oído hablar de su comportamiento. Al parecer todo el mundo está al corriente. –Se mordió el labio–. No importa, prometí a mamá que trataría de hablar con ella. Además, odio ver como Sean se convierte en un alcohólico. Es un buen hombre.

–Sí, lo es –asintió Morgana.

Morgana observó a Fionna alejarse en la calesa acompañada nada menos que por tres mozos de cuadra. Bueno, su cuñada siempre había sido más asustadiza que ella. Después dio media vuelta y subió por las escaleras para reunirse con Corby.

El niño brincó de alegría y le rogó que jugara con él, sin hacer caso de la desaprobadora mirada que le lanzó su severa niñera, la señora Doty.

–De acuerdo –accedió Morgana con una sonrisa y lo cogió en brazos–. ¿A qué quieres jugar?

–Ya lo tengo. –Corby la miró con malicia–. Tú serás un soldado británico y yo haré de rebelde irlandés. ¡Bang, bang! –Hizo como si tuviera un fusil en las manos.

Morgana se estremeció al recordar ese día, tres semanas atrás, cuando un joven dragón fue asesinado y su cuerpo abandonado en la posada de Dingle. Rian llegó tarde aquella noche, con el abrigo ligeramente mojado a pesar de que no había llovido. La miró indiferente mientras se sacudía el abrigo de lana, el mismo sobre el que la había poseído apasionadamente en la cueva.

–Es tarde –dijo ella, observándolo tímidamente desde la cama.

–¿Echabas de menos mis besos, cariño? –preguntó burlón arqueando una ceja.

–No. –Morgana tiró de las sábanas para cubrirse–. Es sólo que... ¿por qué tienes que salir tan tarde cuando sabes que esos rebeldes merodean por los alrededores durante la noche? Son más de las doce, Rian. Estaba preocupada por ti, eso es todo. –Lo estudió con recelo.

–¿De veras? ¿Desde cuándo tu linda cabecita se preocupa por mí, Mag? –inquirió con sarcasmo.

–He oído rumores –empezó ella.

–No has oído nada –la interrumpió y, acercándose rápidamente a ella con el entrecejo fruncido, la agarró por los hombros–. Y no dirás nada, ¿entendido? Tu vida depende de ello –mascculló.

Se apartó de él aterrorizada. Era Rian quien había tratado de matarla al abandonarla en las mazmorras o empujarla escaleras abajo. Ahora lo sabía con seguridad.

–No me hagas daño –suplicó, antes de que él sofocara sus protestas con sus firmes y abrasadores labios.

El capitán Vickery se presentó a la mañana siguiente con varios hombres. Los interrogó largamente mientras uno de los tenientes tomaba notas en una pequeña libreta.

–¿Dónde estuvo anoche, lord Keldara?

–No creo que sea asunto suyo –respondió Rian con calma, lanzando una mirada penetrante al capitán.

Estaba seguro de conocer a ese oficial. ¿Dónde lo había visto antes? Ah, sí, ya lo tenía. Era uno de los hombres que había testificado en su juicio. Rian le sostuvo la mirada con expresión inescrutable.

–Señor, sabemos quién es usted. Basta de juegos. Es un criminal fugado y lo buscan por traición, como cabecilla de los rebeldes irlandeses.

–Nunca pudieron demostrarlo –replicó Rian–. ¿Ha venido a detenerme?

–No, señor. –El capitán Vickery tragó saliva–. Se me ha comunicado que han salido a la luz nuevas pruebas en relación a su caso que pueden decidir su culpabilidad o inocencia. Por el momento tengo las manos atadas, pero se lo preguntaré otra vez. ¿Dónde estuvo anoche?

–En casa, durmiendo –aseguró Rian y entornó los ojos–. Con mi esposa.

Morgana palideció cuando el capitán se volvió hacia ella.

–¿Es eso cierto, señora?

Ella miró el rostro pétreo e implacable de Rian y recordó su advertencia.

–Sí, es cierto –respondió por fin.

–Ya –exclamó el capitán Vickery–. Está claro que mentiría para protegerle a usted, señor. Después de todo fue ella quien le ayudó a escapar de la prisión de Newgate. ¿Conoce el castigo por encubrir a un criminal, señora? –Se volvió de nuevo hacia Morgana con una mirada penetrante–. No importa. Antes o después cometerán un desliz y entonces los atraparé, a los dos. Y ni el príncipe regente ni ninguno de sus presuntuosos amigos podrán salvarles.

–Tía Mag, se supone que tienes que hacerte la muerta –protestó Corby, y su voz devolvió a Morgana al presente con un sobresalto.

–Lo siento, Corby –se disculpó–. ¿Por qué no jugamos a otra cosa? A cartas, por ejemplo.

–Papá dice que apostar no es decente –respondió con expresión grave.

Ella estudió su pequeño rostro y comprendió que Trevor ya había influenciado a Corby con su pomposa seriedad. Sin duda era gracias a Fionna que el niño no había reprimido por completo su espontaneidad natural.

–Bueno, podemos jugar sin apostar –le propuso y sonrió satisfecha al ver cómo se iluminaba su rostro infantil.

–Muy bien.

Morgana repartió las cartas después de decidirse por un juego sencillo pues, a pesar de su ingenio, Corby aún no había cumplido los tres años.

–¿Vendrás a mi fiesta de cumpleaños la próxima semana? –preguntó ella.

–Claro, mamá dijo que iríamos todos. Ya te he comprado un regalo. –Corby la miró sonriente, relajando por un momento el gesto de concentración que había aparecido en su semblante al inclinarse sobre las cartas.

Morgana se examinó en el espejo. Sí, tenía buen aspecto esa noche. Había elegido un vestido de brocado dorado que resaltaba de manera encantadora las motas color miel de sus ojos verde esmeralda. Las mangas abultadas llevaban encajes de adorno y el corpiño tenía un escote cuadrado que dejaba entrever el hueco entre sus senos.

Ese día cumplía veintiséis años. Le costaba creer que hubiera transcurrido tanto tiempo desde la primera vez que llegó a Shanetara. La familia le había organizado una pequeña fiesta en el comedor y temblaba de emoción sólo de pensarlo. Nunca había celebrado su cumpleaños con una verdadera fiesta, pues siempre había sucedido algo que se lo había impedido. Como máximo había disfrutado de pequeñas celebraciones a solas con su padre.

–Mag –llamó Rian desde el otro lado de la puerta–, todo el mundo espera.

–Ya voy. –Volvió la espalda al espejo y fue a reunirse con su marido.

La tensión entre ellos había aumentado desde la visita del capitán Vickery, pero estaba decidida a no dejar que nada estropeara su fiesta, por lo que le dedicó una sonrisa vacilante y aceptó el brazo que él le ofrecía. La familia ya estaba reunida en el comedor, incluidos Corby y Maureen. Morgana abrazó a cada uno antes de dejar que Rian la ayudara a sentarse en un extremo de la mesa, sitio al que Rosamunde había renunciado en su honor. Los regalos se amontonaban en el centro de la mesa y había un enorme pastel frente a Morgana, decorado con gran esmero por el cocinero a juzgar por su aspecto. Rian descorchó el champán y, haciendo caso omiso del comentario de Trevor de que Corby no debía beber ni una gota, le sirvió una copa al chiquillo y otra a Maureen.

–Un brindis. –Rian levantó su copa–. Por la joven más hermosa de Irlanda.

Morgana se ruborizó cuando todos brindaron por ella y sintió que Rian la miraba con descaro. Bebieron el champán mientras ella cortaba el pastel e iba pasando los platos.

–Te aseguro que no pareces mayor que el día de tu llegada –declaró Rosamunde sonriendo alegremente.

–Así se habla –proclamó el abuelo, golpeando el suelo

con su bastón y contemplando a su nieta con afecto.

Morgana pasó a abrir los regalos, agradeciendo a cada uno el suyo, y dirigió una sonrisa especial a Corby, que le había comprado un precioso pañuelo con puntillas, y a Maureen que eligió para ella un bonito abanico. Fue al terminar cuando se dio cuenta de que no había ninguno de Rian. Confundida, lo miró con expresión interrogante. Él sonrió burlón como si estuviera muy satisfecho de sí mismo.

–¿Ocurre algo, Mag? –preguntó con aire inocente.

–Oh, no atormentes a la criatura, Rian –le reprendió Rosamunde–. Sabes muy bien que no le has hecho ningún regalo.

–¿De veras? Qué descuido por mi parte. Tendré que remediarlo enseguida. –Se levantó de un salto y desapareció.

Antes de que nadie tuviera tiempo de preguntarse acerca de su extraña conducta, regresó llevando en brazos un cachorro de setter irlandés.

–Oh, Rian. –Morgana miró incrédula al cachorro–. ¿De verdad es para mí?

–Sí. –Él le tendió el pequeño bulto–. Ten cuidado, cojea de una pata, pero pensé que no te importaría.

–No, claro que no –respondió y echó un vistazo a la pata posterior del animal, que estaba algo torcida–. ¿Puede andar?

–Oh, sí –la tranquilizó Rian–. Es de la jauría de Sean Devlin. Según parece el pobre desgraciado no se apartó lo bastante rápido del camino y Lindsey lo pisoteó con su yegua. Tiene suerte de estar vivo.

–¡Qué crueldad! –exclamó Morgana apretando el cachorro contra su pecho–. No te preocupes –dijo al perrito–. Yo te cuidaré muy bien y no dejaré que nadie vuelva a hacerte daño.

–Sean iba a deshacerse de él –explicó Rian–. No sirve para cazar, pero pensé que te gustaría tenerlo.

–Oh sí, claro que sí, es adorable. ¿Cómo crees que debería llamarlo?

–Eso es cosa tuya, cariño, ahora te pertenece –respondió Rian, encogiéndose de hombros.

Tras reflexionar un buen rato Morgana decidió por fin que lo llamaría *Rory*, porque significaba pelirrojo y realmente lo era. Parecía mirarla agradecido con sus tristes ojos marrones y cuando ella se inclinó para abrazarlo, la acarició tímidamente con el hocico y le lamió la cara. Ella rió e insistió en que el perrito durmiera en su habitación. El abuelo no parecía muy dispuesto a permitirlo, pero finalmente accedió. Morgana dio las gracias a Rian entusiasmada con el cachorro y subió a su habitación para instalarlo. *Rory* gimió lastimero cuando apagaron las lámparas y Morgana lo metió en la cama junto a ellos. Rian juró en voz baja, pero ella se mostró inflexible y el cachorro permaneció acurrucado en sus brazos toda la noche.

A partir de entonces Morgana daba largos paseos a pie siempre que podía ya que *Rory* no era capaz de seguirla si iba a caballo. Kerr O'Malley los estuvo observando hasta que un día bruscamente le dijo a Morgana que tal vez podría preparar una tablilla para mantener recta la pata del cachorro. Ella permaneció en los establos, muy contenta con su ofrecimiento, mientras él la confeccionaba. Había tenido que transcurrir mucho tiempo pero parecía que por fin Kerr la aceptaba. El hombre midió y cortó la tablilla, luego lijó los extremos hasta que quedaron lisos y suaves.

–Es todo lo que puedo hacer, señora –observó al terminar y después de carraspear añadió–: Pero estoy seguro de que el cachorro mejorará en poco tiempo.

Para su sorpresa, a Morgana se le llenaron los ojos de lágrimas.

–No sé cómo agradecérselo, Kerr –se limitó a responder.

–Bueno, han transcurrido muchos años y es mejor olvidar el pasado. Además, usted ha sido buena con el anciano patrón y no lo olvidaré. A menudo me ha comentado lo mucho que su presencia significa para él. Así pues, no hablemos más del asunto, lady Morgana, y vigile que el cachorro no destroce la tablilla antes de que pueda hacerle algún bien.

–Así lo haré –prometió.

Poco después, Morgana se dirigió hacia los páramos.

Parecía que iba a llover otra vez; el cielo empezaba a llenarse de negros nubarrones y se oía tronar a lo lejos. Suspiró preguntándose cuándo acabarían los aguaceros. Sin embargo, decidió que tenía tiempo de probar el invento de Kerr y regresar a casa antes de que empezara la tormenta. Así pues se puso en camino después de ajustar la tablilla en la pata del cachorro. A *Rory* no le gustó en absoluto. Arrastró la pata tratando de librarse de ella y, al ver que no lo lograba, empezó a desgarrar con sus afilados dientes las vendas que la sujetaban.

–No, *Rory*. –Morgana no pudo evitar echarse a reír.

Lo golpeó suavemente en el hocico y finalmente el perro pareció comprender que no debía quitarse la molesta tablilla. La miró lastimero y ella le dijo que lo sentía, pero que era por su propio bien.

No habían andado mucho cuando Morgana divisó a lo lejos una figura que se acercaba a toda prisa. Por un momento se sintió invadida por el pánico, pues pensó que se trataba de uno de los rebeldes irlandeses, pero entonces se dio cuenta de que era Colin. Parecía muy afligido.

–Prima. –Después de detenerse bruscamente delante de ella, tiró con fuerza de las riendas de su caballo para hacerlo retroceder un poco–. Me temo que ha ocurrido un accidente. Es... Rian.

–¿Rian? ¿Qué ha sucedido? –inquirió ella nerviosa.

–Estaba en las cuevas y se produjo un pequeño desprendimiento. Me temo que está... Ha preguntado por ti, Morgana. –Colin no terminó la frase.

Morgana se llevó la mano a la boca.

–Las cuevas. Oh, sabía que algo terrible sucedería. Tienes que llevarme allí enseguida.

Se apresuró a coger en brazos a *Rory*.

–No podemos ocuparnos de ese chucho ahora –soltó Colin.

–No puedo dejarlo aquí. No conoce el lugar y se perdería –insistió ella.

Colin juró entre dientes pero dejó que subiera detrás de él con el cachorro en brazos. Entonces hincó los talones en los flancos del caballo y se dirigió a galope tendido hacia la costa. Morgana estuvo a punto de caerse al tratar de estrechar a *Rory* contra su pecho, pero se las arregló para sujetarse al abrigo de Colin. Llegaron a las cuevas en cuestión de minutos.

–Por aquí –indicó Colin secamente.

Morgana lo siguió y entró en la cueva. Parpadeó varias veces para adaptar los ojos a la oscuridad mientras trataba de tranquilizar a *Rory* que gemía ante tan insólito trato.

–¿Dónde está, Colin? –preguntó con ansiedad–. No veo nada.

–Cógeme de la mano. Te mostraré el camino.

Se agarró con fuerza a él, ahogando un grito en su garganta. ¿Y si Rian estaba muerto?

–Oh, Colin, ¿no debería uno de nosotros ir a buscar ayuda? –sollozó nerviosa mientras avanzaba en la oscuridad por los serpenteantes túneles.

–Podría ser demasiado tarde –contestó con voz lúgubre.

Morgana se estremeció.

–Está muerto, lo sé. ¿Por qué no me lo dijiste? –se lamentó.

Su primo no respondió, limitándose a tirar de ella hasta que llegaron adonde la cueva se ensanchaba. Las antorchas de las paredes brillaban con luz mortecina y un grupo de hombres de aspecto rudo se apoyaba distraídamente contra las rocas. Llena de inquietud y confusión Morgana clavó la mirada en sus duros rostros.

–¿Qué ocurre aquí? –inquirió volviéndose hacia Colin–. ¿Dónde está mi marido?

–No lo sé –respondió Colin con una sonrisa–. En Shanetara, supongo.

Morgana retrocedió aterrorizada.

–¿Qué significa esta broma tan cruel, Colin? –logró preguntar fríamente.

–Mi querida prima –se burló desdeñoso–, acabas de convertirte en prisionera de los Irlandeses Unidos. ¡Atadla! –ordenó a sus hombres.

XXXVII

Morgana gritó cuando unas manos rudas la agarraron y le ataron fuertemente las muñecas. Mareada y aturdida por el miedo, clavó la mirada en Colin.

–Grita todo lo que quieras, prima –rió desagradable–. Nadie va a oírte.

Dio un puntapié a *Rory*, que gritó lastimero y se acurrucó bajo la falda de Morgana.

–No le hagas daño –rogó ella.

–Pues entonces haz que ese chucho se calle –contestó Colin con brusquedad–. Vosotros, no dejéis que escape. Estaré de vuelta en una hora y entonces llevaremos a cabo el resto del plan.

Morgana casi se ahogó con sus sollozos al ver que su primo desaparecía en la oscuridad de los túneles, dejándola a solas con esos hombres de aspecto peligroso. Retrocedió ante sus fieras miradas al reconocer algunos de los rostros. ¡Dios mío! El hermano menor de Sean Devlin estaba con ellos. Se volvió hacia él suplicante.

–Kelly, tienes que ayudarme.

Él la miró como si no la conociera. Luego vio al hermano de Max O'Brien, pero él la ignoró.

–¡Oh, Dios mío! –sollozó mientras caía al suelo. De

pronto una especie de entumecimiento se apoderó de todo su ser.

Colin, siempre había sido Colin. ¿Cómo había podido estar tan ciega? Lucy O'Neal, el nido de amor, ¡pues claro! Al pensar en ello rió histéricamente. Colin era el cabecilla de los rebeldes. Pero entonces, ¿por qué Rian había tratado de matarla?

Colin subió despacio por las escaleras posteriores de Shanetara, poniendo gran atención en no ser visto, la pistola oculta bajo los pliegues del abrigo. Llevaba mucho tiempo esperando ese momento y tenía intención de disfrutarlo. Abrió con sigilo la puerta del dormitorio de Rian y Morgana.

–Hola, Rian –saludó con calma.

Rian se volvió sorprendido, con un vaso de whisky en la mano.

–¿No te han enseñado a llamar?

–Escúchame con atención, primo –ordenó Colin–, porque sólo voy a decirlo una vez. Tengo prisionera a tu encantadora mujer.

–¡Morgana! Si le has hecho daño, Colin... –Rian se abalanzó sobre su primo.

–No –advirtió Colin y retrocedió mostrando su pequeña pistola–. Matarme no sería buena idea. Mis hombres tienen órdenes de liquidar a tu esposa si no regreso, después de haberse divertido con ella, por supuesto. –Se echó a reír.

Rian apretó con fuerza los puños.

–¡Hijo de perra! Supe que eras tú desde el principio. Tú eres el cabecilla de los rebeldes, ¿no es verdad, Colin?

–Así es, pero tienes que admitir que he sido bastante listo al utilizar tu nombre y tu endiablada reputación. ¿Sabes?, nos parecemos mucho, sobre todo por la noche. Es asombroso lo fácil que ha sido. Van a colgarte, Rian.

–¿De veras? ¿Cómo piensas conseguirlo? –preguntó el conde con calma mientras su mente trabajaba a toda velocidad–. Ya me he escapado una vez de la horca.

–Un incidente de lo más desafortunado. ¿Puedes creer que no supe nada del asunto hasta hace unas semanas? Sin embargo tu detención ha sido un golpe de suerte. Será aún más sencillo llevar a cabo mi plan.

–¿Y en qué consiste?

–¿Sabes el barco británico fondeado frente a la costa?

–Sí.

–Bien. A bordo hay suficientes fusiles y munición para armar todo un ejército. Quiero esas armas, primo. Esta noche, cuando haya oscurecido, quiero que embarques con mis secuaces en el *Hechicera* y ataques el barco británico. Sé que el barco tiene suficientes cañones para hundir un centenar de buques como ése. Tú consigues esas armas para mí y yo dejaré marchar a Morgana sana y salva. Hay algo más –añadió Colin con frialdad–. Cuando mis hombres se hayan ido con las armas, tú... te las arreglarás para ser capturado y confesarás a ese pedante del capitán Vickery que eres el cabecilla de los rebeldes.

–Has pensado en todo, ¿verdad, Colin? ¿Y si me niego?

–Te lo he dicho, Morgana morirá.

–Ella no significa nada para mí. –Rian rió tratando de parecer relajado.

–Ese truco no funciona, primo. Te oí aquel día en la cueva. Estás locamente enamorado de esa zorra.

Rian aspiró profundamente.

–No te saldrás con la tuya, Colin. Te atraparé como a un conejo.

Colin soltó una desagradable carcajada.

–Lo recordaré cuando te vea colgando del extremo de una cuerda, primo. Esta noche. Y ven solo, no lo olvides.

Rian se dejó caer sobre la cama desesperado después de que su primo abandonara la habitación. ¡Dios mío! Sabía que sucedería algo así, hacía tiempo que sospechaba que su primo era el cabecilla de los rebeldes. Colin los había estado espiando, tratando de encontrar la manera de obligar a Rian a cargar con las acusaciones de traición y verse así libre de ellas. Morgana debía de estar muerta de miedo. Seguro que Colin la tenía escondida en las cuevas, pero sería una temeridad ir en su busca. Los hombres de su primo lo verían mucho antes de que llegara hasta ella y no dudarían en cortarle su precioso cuello. Rian sabía que estaban desesperados. El capitán Vickery se estaba acercando demasiado a ellos. Debió advertir a Morgana, decírselo desde el principio, pero sabía que ella no le habría hecho caso. Parecía creer que él era el cabecilla rebelde, por eso últimamente le tenía tanto miedo. Rian no podía hacer otra cosa que seguir adelante con el plan de Colin hasta que se le ocurriera el modo de rescatar a su mujer. El capitán Vickery tampoco le creería si acudía a él con esa historia increíble.

Esa noche, Rian abandonó la casa en silencio para evitar dar explicaciones. Una noticia como ésa podría matar al abuelo. Fustigó sin piedad a *Lucifer*, tirando de las riendas y maldiciendo cuando el semental confundido tropezaba en la oscuridad. Cabalgó incansable y peligrosamente todo el camino hasta Kilshannon, luego recorrió los muelles con gran estruendo. Ordenó desembarcar a los pocos miembros de la tripulación que quedaban en el *Hechicera* tras pedirles secamente que se buscaran otro alojamiento para pasar la noche. Harrison protestó enérgicamente por los extraños caprichos de su patrón, pero al darse cuenta de que el conde no estaba dispuesto a discutir, siguió al resto de la malhumorada tripulación hasta la posada con la intención de emborracharse.

–¿No te parece extraño? –observó Timmons mientras recorrían la calle enfangada.

–Sí, pero seguro que el capitán tiene sus buenos motivos. Tal vez esa lagarta pelirroja lo ha echado de casa.

Los dos hombres se rieron a carcajadas de la ocurrencia y, tras darse unas amistosas palmadas en la espalda, entraron en la taberna.

Rian paseaba nervioso por la cubierta del *Hechicera.* Al poco rato oyó ruido de pasos que se aproximaban y se encontró rodeado por varios hombres enmascarados. Buscó en vano la esbelta figura de Colin, pero cayó en la cuenta de que debía de haberse quedado atrás con Morgana. ¡Cobarde canalla! Rian lo habría estrangulado con sus propias manos.

El descarado joven que había llevado la voz cantante durante la incursión en la fiesta de Johnnie Gallagher se adelantó y dio instrucciones a Rian para zarpar. El conde lo reconoció por fin, era Robert O'Brien, el hermano menor de Max.

–Y nada de trucos o su bonita esposa lo pagará –amenazó Robert.

Rian maldijo en voz baja. No había motivo para que supieran que había reconocido a algunos de ellos. Así pues hizo lo que le ordenaban, pensando todo el tiempo que lo más probable era que lo acuchillaran por la espalda antes de acabar la noche.

Un halo brumoso rodeaba la luna y una ligera niebla cubría el mar cuando silenciosamente abandonaron el puerto de Kilshannon, con rumbo a la fragata británica. Rian sabía que si disparaba contra el buque lo colgarían por traición y se devanaba los sesos desesperadamente tratando de idear un plan para frustrar el ataque. El viento soplaba con fuerza y el *Hechicera* se balanceaba sobre las olas mientras la inexperta tripulación se apresuraba a orientar las velas hinchadas. El conde rogaba que manejaran los cañones tan mal como navegaban; de este modo jamás lograrían dar en el blanco. Rió para sí en la oscuridad.

–¿Qué le hace tanta gracia? –preguntó Robert O'Brien–. Yo no me reiría si estuviera en juego la vida de mi mujer.

Al oír esto, Rian tuvo una idea repentina y se acercó de costado al barco británico, confiando en que no adivinaran sus intenciones.

–Estamos demasiado cerca –protestó O'Brien–. Nuestros disparos pasarán justo por encima de la proa.

Al darse cuenta de que su truco había fallado, el conde volvió a virar el timón y dirigió el barco hacia mar abierto. Contempló con el corazón en la boca cómo los rebeldes, después de cargar y apuntar los cañones, derribaban el palo mayor de la fragata británica al primer disparo. Fue pura suerte, pues solían necesitarse varios intentos para calcular correctamente la distancia. Se oyeron gritos y pasos apresurados procedentes de la fragata, cuando la tripulación sorprendida subió a cubierta, y Rian comprendió que la batalla iba a ser larga y sangrienta. Tenía que hacer algo, lo que fuera.

Morgana oyó los cañonazos que retumbaban por los túneles de la cueva como si fueran truenos. Había dormitado un poco pero ahora estaba despierta y desesperada. En vano trató de aflojar las cuerdas que la mantenían prisionera. Estaba segura de que se trataba de cañonazos; los había oído antes, cuando los piratas berberiscos atacaron el *Hechicera*, y sabía distinguirlos perfectamente de los truenos.

–¿Qué ha sido eso, Colin? ¿Qué está ocurriendo? –Miró a su primo con temor.

–Es Rian que dirige un pequeño ataque contra los británicos, prima –respondió con ironía.

–¿Rian? Pero si yo creía que eras tú el cabecilla rebelde –balbuceó Morgana, confusa.

–Sigues sin entender nada, ¿verdad, prima? –dijo Colin con una diabólica mirada a la luz de las antorchas parpadeantes–. Si te hubieras casado conmigo, Morgana, ahora no estarías aquí.

–¿De qué… de qué estás hablando?

–Verás. –Miró a lo lejos como si estuviera imaginando la batalla entre los dos barcos–. Siempre quise hacer carrera en el ejército, pero, a diferencia del resto de los McShane, yo no tenía el dinero necesario. Oh, ya sé que el abuelo quería que fuera sacerdote, pero nunca tuve la intención de complacerlo. De hecho había planeado matar al anciano, pero entonces llegaste tú, con tus cabellos rojos y tus ojos verde esmeralda, y hechizaste de tal modo al viejo que el muy imbécil cambió su testamento.

–No…

–Sí, pero en realidad no tuvo importancia. Dijiste que

te casarías conmigo, con lo cual todavía me quedaba una oportunidad. Incluso era mejor así, porque gracias a ti conseguiría una fortuna mucho mayor de lo que esperaba. Pero te casaste con ese bastardo de Rian y después descubrí que estabas embarazada. ¡Pequeña zorra! ¿Cómo se las ingenió para seducirte? No importa –dijo Colin con desprecio–. Ya había intentado matarte antes, pero ese niño acabó de decidir tu suerte. ¿No lo entiendes, Morgana? Tenía que deshacerme de ti antes de que naciera el bebé o ese mocoso lo habría heredado todo. Y tú, pobre imbécil, pensaste que era Rian quien trataba de matarte. Creíste que se había casado contigo sólo por el dinero, justo lo que yo pensaba hacer. ¡Qué estúpida eres!

»Está locamente enamorado de ti –continuó Colin–, lo ha estado durante años, pero tu ceguera y testarudez te han impedido verlo. Mi primer intento en las mazmorras falló porque él insistió en buscar por todos los pasadizos hasta dar contigo. Entonces me di cuenta de que el temerario Rian McShane se había enamorado de ti. Fue un golpe de suerte que encontrara la antorcha que tú dejaste caer. ¡Maldito bastardo! Siempre estaba en medio, interfiriendo en mis planes. El tropiezo casual de tu yegua te volvió a salvar la vida el día que disparé contra ti en los páramos. ¡Maldita sea mi suerte! Tienes siete vidas igual que los gatos, querida. También fui yo quien te empujó escaleras abajo. Por desgracia no te maté, pero al menos acabé con tu hijo. –Hizo una mueca burlona y Morgana comprendió que estaba completamente loco.

»Pero tú seguías insistiendo en que alguien trataba de matarte y Rian no tardó en sospechar de todos esos accidentes. Se dedicó a hacer preguntas y a husmear por los alrededores, pero como no podía demostrar nada decidió alejarte de aquí. Yo pensé que había perdido, pero entonces tuve una idea brillante. Ingresé en las filas de los Irlandeses Unidos y empecé a aterrorizar a la gente del lugar, haciéndome pasar por mi querido primo Rian.

–Fuiste tú quien mató a esos soldados británicos –logró articular Morgana, paralizada de terror.

–Sí, yo los maté, a todos. Vinieron a fisgonear por aquí buscando líos y tuve que deshacerme de ellos. Todo iba bien hasta que regresasteis. Creías que no te había visto aquella noche en la biblioteca, pero no fue así. Sabía que habías encontrado el mapa y no comprendo por qué no sospechaste de mí entonces.

–Pensé que únicamente utilizabas las cuevas para citarte con esa muchacha de Kilshannon –gimió Morgana.

–Pues fue una suerte para mí –se burló él–. Dejaste que tu odio hacia Rian te cegara, prima. Dime, ¿por qué lo detestas tanto?

Morgana lo miró fijamente, resuelta a no responder. Sintió una pequeña y cálida lengua que lamía sus muñecas y se dio cuenta de que *Rory* estaba detrás de ella, mordisqueando las cuerdas que la mantenían sujeta. Disimuladamente se apartó un poco del cachorro provocándolo para que clavara los dientes con más fuerza en la cuerda, mientras rezaba para que Colin no viera lo que estaba haciendo.

–Subí a tu habitación y dejé las joyas de jade, y tal como había esperado, creíste que Rian era el cabecilla rebelde y que te las había devuelto. A partir de entonces todo fue muy sencillo. Averigüé que hacía tres años lo habían arrestado en Inglaterra y juzgado por traición. Ya lo tenía en mis manos, aunque no podía comprender por qué el capitán Vickery no lo había metido en la cárcel, pero ese joven soldado que maté me dijo que necesitaban más pruebas porque después de que Rian escapara habían averiguado algo que podía demostrar su inocencia. Así pues, tramé este pequeño plan para que tuvieran la prueba final. Esta noche tendrá éxito en más de un sentido.

–¿Qué quieres decir? –preguntó Morgana, desviando la atención de su primo para evitar que viera lo que estaba haciendo.

–Pues que en estos momentos Rian está atacando la fragata británica amarrada frente a la costa. Mis hombres se apoderarán de las armas que transporta y después la hundirán. Pero me temo que tu marido no va a volver. Ha accedido a entregarse a los ingleses a cambio de tu libertad. No, Morgana, no te hagas ilusiones. Ahora conoces la verdad y me temo que después tendré que matarte.

–¡Estás loco! –exclamó ella–. No lograrás salirte con la tuya.

–¿De veras? Una pobre esposa loca de amor descubre que su marido es un asesino y se arroja por los acantilados. Nadie dudará de mi historia cuando te encuentren, querida. Pero prometo mostrarme debidamente confundido y acongojado.

Morgana tiró con fuerza y la última de las cuerdas que la sujetaban cedió. Permaneció totalmente inmóvil, con las manos a la espalda, para que Colin no viera que había logrado soltarse. Sin embargo tenía que desviar su atención o no podría desatar las cuerdas de sus tobillos. Estuvo a punto de gritar ante su angustiosa situación; de hecho debió de hacerlo sin darse cuenta, pues un gemido profundo y triste resonó por las cuevas. Morgana alzó los ojos y vio la hermosa imagen de Katy McShane pero ¡menuda visión! Al fantasma le sangraban los oídos y la nariz, y tenía el cuello torcido como si se lo hubieran roto. Abrió la boca y gritó.

–El fantasma –musitó Morgana.

Colin se volvió hacia donde ella miraba y, rápida como un rayo, Morgana desató las cuerdas que le sujetaban los tobillos y se lanzó a la carrera por los túneles oscuros. Oyó que Colin maldecía y echaba a correr tras ella, abriéndose paso en la oscuridad. Ella dio vueltas y más vueltas a ciegas, tropezando, cayendo y respirando con dificultad. ¿Cuál era el túnel correcto? ¿Se dirigía hacia la costa o esas catacumbas llevaban a las mazmorras donde quedaría atrapada? Morgana se apresuró, las manos húmedas a causa del limo verde que cubría las paredes, hasta que, con un suspiro de alivio, vio la entrada de la cueva. Bajó corriendo por las rocas en busca del sendero que llevaba a la playa, oyendo tras ella el ruido de las botas de Colin. Era inútil, nunca encontraría el sendero en la oscuridad. Se volvió y encaminó sus pasos hacia los peligrosos acantilados que había más allá de los páramos. En sus prisas por huir, tropezó y cayó rodando hasta el borde. Gritó cuando vio a Colin alzándose sobre ella con el abrigo agitado por el viento como si fueran las alas de un murciélago. Tiró de ella rudamente para levantarla y la miró con malicia.

–Yo no habría elegido un lugar mejor, querida –se burló y una sonrisa cruel se dibujó en su rostro–. Tal vez incluso me divierta contigo antes. Te gustaría, ¿verdad, zorra?

Morgana se debatió como no lo había hecho en toda su vida cuando él la agarró del vestido y se lo rasgó hasta la cintura, dejando al descubierto sus pálidos y redondeados pechos. Ella lo arañaba y le daba patadas, pero Colin le dio un fuerte puñetazo. El golpe la aturdió y le hizo perder el equilibrio, y apenas estaba consciente cuando él empezó a apretar cruelmente sus pechos y la besó con violencia. Entonces ella lo mordió furiosamente abriéndole una herida por la que comenzó a manar sangre. Se aprovechó de su pequeña ventaja y le clavó las uñas en una mejilla.

–¡Maldita zorra! –volvió a maldecirla.

Se arrojó sobre ella y cayeron al vacío.

XXXVIII

Morgana recobró lentamente el conocimiento. Oyó confusa el rugido de las olas al romper contra los acantilados y un dolor agudo en el costado le hizo saber que estaba viva. Trató de levantarse y estuvo a punto de perder nuevamente el conocimiento. Yacía en un estrecho saliente de los acantilados. No podía creer que estuviera viva. ¡Era un milagro! Pero no se atrevía a moverse pues el saliente era demasiado estrecho y si cambiaba de posición lo más seguro era que cayese al vacío. Se palpó el cuerpo con cautela en la oscuridad y llegó a la conclusión de que no tenía ningún hueso roto, pero estaba muy magullada y dolorida a causa de la caída.

Soltó un gemido de temor al volver la cabeza para mirar los peñascos del fondo, sobre los que yacería muerta de no ser por la intervención del destino. A la tenue luz de la luna pudo distinguir el cuerpo sin vida de Colin tendido sobre las rocas. Las olas le mecían suavemente la cabeza al precipitarse entre los peñascos, para después retirarse. Morgana sintió náuseas ante aquella visión, se estremeció y volvió la cabeza. Había tratado de matarla, el delicado y poético joven con quien una vez había pensado en casarse convencida de que podría manejarlo a su antojo. Rió histéricamente al pensar en ello y enseguida empezó a sollozar.

Colin la había llamado estúpida y ciega, y tenía razón. Morgana yacía en el duro y rocoso saliente mientras el viento la azotaba con furia y la lluvia empezaba a mojarla, y pensó en su disparatada e inverosímil historia. Fue entonces cuando por primera vez en su vida comprendió lo que su marido había tratado de decirle, lo que Madame Sung había querido explicarle y lo que su corazón siempre había sabido. Estaba enamorada de Rian McShane.

Lloró con amargura. Ahora que ya era demasiado tarde comprendió que lo amaba, que lo había amado siempre, desde su primer encuentro cuando casi lo atropelló con su yegua frente a Shanetara y él la miró con esa sonrisa indolente y cansina, y esos ojos arrogantes y burlones. Se estremeció a causa de la fría lluvia y sintió los brazos cálidos y fuertes de Rian en torno a su cuerpo, sus músculos marcados en la espalda, y la abrasadora llama de sus labios sobre los suyos. Estaba a su lado, siempre lo había estado, presto a darle su apoyo siempre que lo necesitara. Ahora podía verlo todo con claridad y sintió un dolor que le desgarró las entrañas y el corazón como si fuera a morir. Rian iba a dar su vida por ella esa noche, lo colgarían, y todo para nada, pues ella moriría de frío en el acantilado antes del amanecer. No podía sobrevivir toda una noche a la intemperie; hacía demasiado frío, a pesar de que la primavera se había adelantado. ¿Por qué había sido tan condenadamente testaruda y arrogante? Sí, los mismos defectos que había reprochado a su marido. Recordó las arrugas que aparecieron en el rostro de Rian al reírse, lo oscuros que se habían vuelto sus ojos verdes cuando éste le dijo que se comportaba igual que él, que estaban hechos el uno para el otro. Él lo sabía y trató de decírselo. ¿Por qué no lo había escuchado?

Rian la había golpeado y humillado, pero también amado. Amado con una intensa y salvaje pasión que ni siquiera el paso del tiempo lograría borrar. Sí, Rian era duro y exigente, pero por encima de todo era un hombre.

¿Acaso se conformaría ella con menos? No, no quería ningún joven infantil y débil a quien poder dominar y dar órdenes. A la larga habría aborrecido a un hombre así. No, Morgana quería un amor apasionado. Dejaría que el viento hinchara las velas de su barco mientras navegaba por los siete mares; y los conquistaría o moriría en el intento. ¿Podría aceptar a un hombre que le exigiera menos? No. Quería que su hombre llevara el timón, sus cálidas manos sobre las suyas, ayudándola, compartiendo con ella la batalla de la vida.

–Rian, oh, Rian, mi amor, mi vida –gimió en voz baja–. ¿Por qué he sido tan estúpida? ¿Dónde estás, amor mío, y dónde está tu estrella brillante para que guíe nuestro barco a casa?

Los hombres de la fragata británica tardaron un poco en reaccionar, pues los habían cogido por sorpresa, pero después lucharon con tenacidad. Un mástil del *Hechicera* cayó y se hizo astillas en la oscuridad mientras su vela se desplomaba sobre la cubierta. Los rebeldes cargaban los cañones todo lo rápido que podían y respondían a su vez a los disparos, haciendo caso omiso del humo caliente y oscuro que les irritaba los ojos. No prestaban atención a Rian situado al timón y de pronto éste vio su oportunidad. Hizo virar bruscamente el barco y dejó un lado expuesto a los cañones de la fragata británica. Se oyó una fuerte explosión y el casco del *Hechicera* se abrió como una nuez. La onda expansiva sacudió el barco con violencia y las olas penetraron por la enorme abertura con un rugido ensordecedor.

–¡Estúpido! –Robert O'Brien se volvió furioso–. Vamos a hundirnos.

Desenvainó su espada y trató de atravesar a Rian, pero el conde era más rápido. Corrió a su camarote, abrió de un golpe la puerta y cogió uno de los estoques que había sobre la mesa, uno de los que Morgana y él habían utilizado durante su pelea en el barco. ¡Morgana! Apretó con fuerza los labios al enfrentarse al hermano de uno de sus viejos amigos. La pelea fue breve, puesto que el joven rebelde no podría equipararse al experto conde, que atravesó al muchacho con su estoque, pensando por un momento en lo triste que era luchar contra amigos, contra hermanos. Tendría que contárselo personalmente a Max. Después pasó por encima del cadáver y echó a correr por el pasillo.

El *Hechicera* se hundía con rapidez. Tenía que escapar de allí o se ahogaría, y Rian no era de los capitanes que se hundían con su barco. Regresó a cubierta, donde el resto de los rebeldes se disponían a bajar los botes y se dio cuenta de que tendría que pelearse para conseguir uno. Lanzando un juramento, levantó su espada y atacó con furia a dos hombres. Éstos soltaron las cuerdas para enfrentarse a él y el pequeño bote chocó contra el costado del barco. Rian no tenía tiempo ahora para la etiqueta y los buenos modos de la esgrima que practicaba en el Angelo's de Londres. Le cortó el brazo a uno de los hombres y degolló a otro. A continuación arrojó el estoque y saltó por la borda. No había mucha altura, pues para entonces el *Hechicera* estaba prácticamente hundido. El conde sujetó el bote antes de que se alejara y subió a él. Contempló en silencio cómo las oscuras y tempestuosas aguas engullían con gran estruendo el *Hechicera*. Por un instante habría jurado que la imagen del barco fantasma de William se destacaba contra el brumoso contorno de la luna, pero enseguida se desvaneció dejando un remolino de neblina gris. Con el entrecejo fruncido, Rian remó hacia la orilla.

El capitán Vickery lo esperaba allí, arrestando a los rebeldes a medida que llegaban al puerto con los pequeños botes, para ser conducidos a la posada de Kilshannon desde donde los trasladarían a Dingle. Sonrió con satisfacción al ver bajar del bote a Rian. Ya le tenía y esta vez no escaparía.

–El juego ha terminado, caballero. –Se acercó lentamente–. Queda usted detenido.

–¡Por el amor de Dios! Tiene que escucharme –dijo el conde, sacudiéndolo por los hombros–. Mi esposa corre un grave peligro. ¡Dios mío! –bramó cuando dos dragones trataron de sujetarlo–. ¿Es que no lo entiende? Haré que me escuche, lo juro.

–¡Dios mío, capitán! –Harrison surgió de la nada–. El conde no es culpable de traición. Le juro que hundió su propio barco, yo lo vi.

El capitán Vickery miró fijamente al primer oficial.

–¿Y quién es usted, si me permite la pregunta?

–El primer oficial de lord Keldara, señor. Al menos déjele explicar lo sucedido. Yo vi cómo hacía virar al *Hechicera* para que los cañones de la fragata lo alcanzaran de pleno. No hundiría su propio barco si fuera culpable, ¿no le parece?

Y así el capitán Vickery tuvo el privilegio de oír la historia más increíble de su vida. Miró fijamente al conde cuando éste terminó de explicar lo que prometía ser el mayor escándalo de toda la carrera militar del capitán.

–Le creo –dijo por fin–. ¡Guardias!

–No lo olvidaré, señor –prometió Rian estrechando con fuerza la mano del capitán–. Si alguna vez me necesita...

–Lo tendré en cuenta. –El capitán Vickery sonrió–. Ahora será mejor que nos demos prisa si queremos salvar la vida de su esposa.

El trayecto hasta las cuevas era largo y duro, y Rian avanzó implacable, sin importarle si reventaba a su semental negro en el intento. Pero *Lucifer* era fuerte y a pesar de que sudaba y resollaba por el esfuerzo no desfalleció. Llovía con fuerza cuando el conde se bajó de un salto del caballo y corrió hacia las cuevas, seguido de los dragones con sus antorchas que crepitaban por la humedad.

–¡Morgana! –llamó con voz ronca–. ¡Morgana!

El capitán Vickery se detuvo a su lado jadeante.

–¿Por dónde?

–No se separen de mí. –Rian apretó con fuerza los labios–. Conozco estas cuevas como la palma de mi mano, pero sus hombres podrían perderse en ellas.

Avanzaron con dificultad por los serpenteantes túneles, mientras Rian gritaba desesperado el nombre de su mujer, pero seguía sin aparecer ningún rastro de ella.

–¿Qué ha sido eso? –preguntó el conde bruscamente.

–No he oído nada –repuso el capitán Vickery, lanzándole una mirada penetrante–. No permita que la imaginación le juegue una mala pasada. Sé lo preocupado que está, pero es preciso que mantenga la calma.

–No, escuche, lo he vuelto a oír –dijo Rian al oficial–. Un gemido o algo así, como el llanto de un niño.

Corrió a toda prisa por el túnel hasta llegar al lugar donde los rebeldes habían mantenido sus reuniones secretas.

–¡*Rory*! –exclamó levantando al pequeño cachorro–. Se han ido. –Se quedó mirando con expresión grave las goteantes antorchas y las cuerdas tiradas en el suelo–. Salgamos de aquí.

Rian condujo de nuevo a los dragones por los túneles húmedos y salieron a la oscuridad de la noche. Sin saber qué hacer, dejó al perro en el suelo.

–¿Dónde está Morgana, *Rory*? ¡Ayúdame a encontrarla!

El cachorro lo observó momentáneamente confuso y asustado, pero como buen setter irlandés tenía un instinto de cazador innato. Necesitaba a la única persona que lo había tratado con cariño y de repente echó a correr hacia los acantilados arrastrando la pequeña tablilla tras él.

–¡Dios mío! ¡Colin la ha arrojado por los acantilados! –Rian sintió que el corazón le latía con furia–. ¡Morgana! ¡Morgana! –llamó con voz ronca–. Traigan aquí esas antorchas.

El conde se acercó al borde de la imponente pared rocosa y, al mirar hacia abajo, descubrió el cuerpo sin vida del pobre Colin cuya cabeza las olas seguían meciendo suavemente.

–¡Morgana!

Ella le oyó. Por encima del rugido del mar y la lluvia, ella le oyó y el corazón le dio un vuelco, y sintió una alegría que no había conocido en toda su vida. ¡Rian había venido! Por increíble que pareciera, Rian había venido; siempre había estado a su lado. Las lágrimas le corrieron por las mejillas y su sabor salado se mezcló en su boca con el de la lluvia.

–¡Rian! –gritó– ¡Rian, estoy aquí!

Vio el rostro preocupado de él en lo alto del acantilado a la luz de las antorchas que resplandecían en la noche como un millón de velas.

–¡Está viva! –exclamó Rian, agarrando al capitán Vickery–. ¡Dios mío! ¡Está viva! Aguanta un poco, amor mío, ya voy.

–Rian, no seas estúpido, te vas a matar –advirtió ella con voz débil–. Espera hasta mañana.

–¿Y dejar que te mueras de frío? ¿Es que nunca vas a aprender, mujer? Yo soy el que manda, así que deja de darme órdenes –vociferó mientras se ataba una cuerda alrededor de la cintura y sujetaba el otro extremo a la silla de *Lucifer*–. Cuando haya llegado abajo, haga retroceder a mi caballo y súbanos –pidió al capitán Vickery.

–Está completamente loco. –El capitán lo contempló incrédulo–. Lo más probable es que pierda pie y se mate.

–¿Qué haría usted si se tratara de su mujer?

El capitán Vickery estudió de nuevo el rostro decidido, afligido y lleno de amor del conde, y vio las duras líneas en torno a los labios y los ojos, y la fulminante cicatriz que cruzaba su mejilla izquierda.

–Buena suerte –dijo por fin con una sonrisa.

Morgana observó angustiada a su marido descolgarse por la pared rocosa.

–Rian, no lo hagas –rogó–. Vas a matarte.

–Por el amor de Dios, muchacha –exclamó él adoptando su mejor acento irlandés–. ¿Nunca has oído hablar de la buena suerte de los irlandeses? Qué lástima, muchacha, tienes sangre irlandesa y deberías entenderlo. Seguro, y yo ahora tengo en mi hombro un duende que me cuenta historias acerca de una maravillosa olla llena de monedas de oro al final de este arco iris.

Morgana no sabía si reír, llorar o darle una bofetada por decir tonterías, mientras él descendía lentamente por la pared del acantilado, tanteando con manos y pies en la oscuridad en busca de un apoyo, resbalando y acercándose cada vez más. Morgana nunca lo había amado tanto como cuando, tras conquistar el escabroso y mojado peñasco, llegó hasta ella con sus ojos verdes brillando en la noche.

–¿Estás bien?

Ella asintió con la cabeza, sin atreverse a hablar bajo el azote de la lluvia mientras el pasado se desvanecía como la niebla. Abrazó con fuerza a su marido y lloró sobre su hombro.

–Te quiero, Rian McShane.

Morgana vio aparecer esa extraña y burlona mirada en su rostro mientras la escudriñaba con sus ojos verdes, pero fue la última vez en su vida que la vio. Luego, lenta y dulcemente, Rian sonrió y fue como si ella hubiera cruzado de pronto los abismos que la separaban del otro lado de su alma.

–¡Súbanos! –gritó el conde, rodeando fuertemente con los brazos la cintura de Morgana.

Los dragones tendieron impacientes las manos para ayudarlos a subir por el borde del acantilado y los dejaron en el suelo firme de los páramos. Morgana se apoyó cansada en el fuerte pecho de su marido y esbozó una sonrisa al oír vítores de los soldados. Empezaba a sentir un ligero alivio en el costado.

–Colin está... está allí abajo –balbuceó mirando a Rian, el dolor y la tristeza reflejados en su rostro encantador.

–Lo sé –musitó él.

–Estaba completamente loco. Trató... trató de matarme.

–Lo sé –repitió Rian–. No pienses más en ello.

Morgana sintió cómo un pequeño y cálido bulto saltaba sobre sus tobillos.

–*Rory*, oh, *Rory*. –Se inclinó para coger al cachorro en sus brazos.

–Fue él quien me indicó dónde encontrarte –explicó Rian acariciando con cariño las orejas del perro–. Vamos, Morgana, volvamos a casa.

La ayudó a montar en la silla de *Lucifer*, y después

montó detrás rodeando a Morgana y al cachorro con un brazo.

–Lord Keldara. –El capitán Vickery detuvo su caballo junto a ellos–. Necesitaré su testimonio para esclarecer todo este asunto. Pasaré a verle dentro de unos días. Estoy seguro de que retirarán todos los cargos contra usted, lady Keldara –comentó a Morgana inclinando la cabeza–. Le debo una disculpa.

–Disculpa aceptada, capitán. Gracias –repuso ella con una sonrisa.

–Quedamos a su disposición –prometió Rian, mirando a los ojos del capitán con la clase de entendimiento que sólo compartían los hombres más valientes. Después hincó los talones en los flancos de *Lucifer* y se dirigieron hacia las sombras alargadas que proyectaba la gran mansión bajo la luz brumosa de la luna.

Morgana lloró cuando bajaron el ataúd de Colin a la fosa y oyó caer sobre él las primeras paletadas de tierra. Dio media vuelta y se alejó apresurada. Era una desgracia que hubiera terminado de este modo. Colin, el extraño, melancólico y poético Colin. Era su primo y en una ocasión quiso casarse con ella, pero al final trató de destruirla.

–Es mejor así, Morgana. –Rian la cogió del brazo cuando ella tropezó, incapaz de ver el camino a través de las lágrimas.

–Sí.

Ella se preguntaba qué estaría pensando ese extraño hombre, alto y misterioso, que era su marido. Sabía que antes o después tendrían que hablar para llegar a comprender ese amor que los había torturado a los dos con su dolorosa violencia.

Apenas habían cruzado unas palabras desde la noche que la rescató. Parecía temeroso de hablar con ella, temeroso de que pudiera burlarse de él y se retractara de las palabras de amor que había pronunciado precipitadamente en un momento de desesperación.

Pero él la había amado esa noche. La había tomado entre sus brazos y le había hecho sentir ese viejo y conocido deseo, esa pasión ardiente y abrasadora, y ella se había entregado con ansias, comprendiendo por fin que aquello era realmente el amor. No era tan sólo un dolor ardiente que debía aliviarse con besos y caricias. Era preocuparse el uno del otro, compartir y también sufrir.

Los cargos contra ellos fueron retirados. Ahora eran libres, libres para volver a empezar. El abuelo tenía el corazón destrozado; había llorado y maldecido, con la barbilla temblorosa por la impresión de las desgarradoras noticias; pero después su expresión se había endurecido con determinación, cuadrando los hombros con el mismo gesto que había heredado su nieta, en un reflejo del orgullo y la dignidad que había inculcado en todos los valientes y arrogantes McShane. Y Morgana supo entonces que con el tiempo también superaría su tristeza.

Todo el condado parecía conmocionado y escandalizado, pero nadie murmuró ni hizo preguntas. Algunas de las más antiguas y mejores familias irlandesas habían perdido a sus hijos en la funesta rebelión. Muchos habían muerto al hundirse el *Hechicera* y los que se salvaron fueron embarcados hacia Inglaterra para ser juzgados. El capitán Vickery había prometido hablar en su favor si devolvían el producto de sus robos, pues Colin era el único de entre ellos que había cometido asesinato. Eran jóvenes e impetuosos, buscaban gloria y emociones. Una temporada con la armada británica y aprenderían la lección. La fragata británica únicamente había sufrido daños menores, gracias a Rian, y no había muerto ningún miembro de la tripulación.

Sin embargo Morgana sabía que esa pequeña rebelión, que nunca aparecería en los libros de historia como un acontecimiento importante, era sólo el principio. Contempló las exuberantes extensiones verdes y supo que algún día, de algún modo, Irlanda sería libre.

XXXIX

Morgana despertó antes de que amaneciera. Miró a su lado en la cama y vio que Rian no estaba. Tan sólo su almohada ligeramente aplastada atestiguaba que había yacido junto a ella.

Se levantó y después de vestirse bajó de puntillas por las escaleras para no despertar al resto de la casa. Por alguna razón sabía adónde había ido su marido. Salió al jardín y disfrutó del fresco y nítido aire primaveral del amanecer bajo un cielo todavía oscuro.

Copper Lady resopló y pateó el suelo inquieta cuando Morgana le puso las bridas. Como no quería despertar a Jim para ensillarla, montó a la yegua a horcajadas y a pelo. Se alejó de la gran casa en dirección a la playa, hacia las salvajes y furiosas olas espumosas que tanto atraían a Rian, que siempre lo atraerían.

Paseaba por la playa, su perfil alto y orgulloso se recortaba contra el horizonte, seguido en silencio por su endiablado semental, y ella supo que pensaba en el *Hechicera*, en su pasión por viajar. Se dirigió lentamente hacia él, el corazón latiéndole con fuerza. Rian observó que se acercaba y desmontaba del caballo sin quitarle los ojos de encima.

–Sabía que estarías aquí –susurró ella.

–Sí.

–Habrá otro barco, Rian –le aseguró tras una pausa.

–Sí, pero no significará nada si tú no estás a mi lado para compartirlo.

Rian habló con indecisión y ella le cogió la mano al comprender que tendría que recorrer la mitad del camino si querían volver a empezar.

–Quiero estar allí contigo, Rian. Te amo. –Se puso de puntillas y lo besó en los labios con dulzura, sintiendo que un fuego ardía en su interior–. Sí, he sido una estúpida, pero te amo, eres toda mi vida. Llévame a casa, Rian, a Keldara, para que tu hijo pueda nacer allí.

–¿Mi hijo?

–Sí, ya crece dentro de mí, valiente y fuerte como su padre.

Ahora podía decírselo, ahora que estaba segura de ello. Su hijo, concebido durante la entrega salvaje y apasionada sobre las frías rocas de las cuevas, crecía a salvo en su vientre. Era extraño que una caída se hubiera llevado a un niño y dejado a otro.

–Oh, Morgana, te quiero tanto. –La besó intensamente–. Hemos malgastado tanto tiempo... ambos demasiado orgullosos y testarudos...

Ella miró sus ojos verdes y vio cómo la vieja sonrisa burlona asomaba a sus labios, pero sólo encerraba amor, el amor que habría visto siempre en ellos de no haber estado tan ciega.

–Tenemos toda una vida por delante, Rian. Para envejecer juntos y ver cómo tu hijo se convierte en un hombre.

–¿Cómo sabes que es un niño, amor mío?

–Porque tú lo ordenaste así.

Se rieron vacilantes, indecisos, pero era un comienzo. Un comienzo sobre el que harían crecer su amor y su vida en común. El sol salió por detrás de la gran casa como si un pintor descuidado hubiera barrido el cielo con su pincel despertando el mundo con los pálidos colores del amanecer. Y Shanetara no volvió a proyectar sombras nunca más.

ÍNDICE

BIBLIOTECA DE AUTOR DE

ARNETTE LAMB

6/01 **NOVIA DE ULTRAMAR, LA**

BIBLIOTECA DE AUTOR DE

PHYLLIS A. WHITNEY

2/01 **CISNE NEGRO, EL**
2/02 **REVELACIONES**
2/03 **FUEGO AZUL**